論創ミステリ叢書
110

森下雨村

探偵小説選Ⅱ

論創社

森下雨村探偵小説選Ⅱ

目次

創作篇

■評論・随筆篇

凡例

一、「仮名づかい」は、「現代仮名遣い」（昭和六一年七月一日内閣告示第一号）にあらためた。

一、漢字の表記については、原則として「常用漢字表」に従って底本の表記をあらため、表外漢字は、底本の表記を尊重した。ただし人名漢字については適宜慣例に従った。

一、難読漢字については、現代仮名遣いでルビを付した。

一、極端な当て字と思われるもの及び指示語、副詞、接続詞等は適宜仮名に改めた。

一、あきらかな誤植は訂正した。

一、今日の人権意識に照らして不当・不適切と思われる語句や表現がみられる箇所もあるが、時代的背景と作品の価値に鑑み、修正・削除はおこなわなかった。

一、作品標題は、底本の仮名づかいを尊重した。漢字については、常用漢字表にある漢字は同表に従って字体をあらためたが、それ以外の漢字は底本の字体のままとした。

創作篇

三十九号室の女

運命の拡声機《かくせいき》

一

――十時五十五分発、神戸《こうべ》行二三等急行！　十時五十五分発、神戸行二三等急行‼　国府津《こうづ》――沼津――静岡――浜松――京都――大阪――神戸行‼

入口の拡声機が、また大きな声で鳴り出した。と、ほんの数秒、シーンとなった待合室が、急にまたガヤガヤと騒《ざわ》めき立って、トランクや雨傘をもった人々が、ぞろぞろと入口の方へ歩き出した。

（もう、一時間も経《た》ったかなア――）

夕刊の隅《すみ》から隅まで目をとおして、そろそろ居眠りをしかけていた須藤千代二は、大きな欠伸《あくび》を一つすると、物憂《ものう》さそうに後の窓を振返った。外はよく見えないが、どうやら雨はやんだらしい。

（どれ、そろそろ出かけるとするかナ）

彼は手にした新聞を傍《かたわら》へ置いて、今一度欠伸をしながら呟いた。が、考えてみると、そこを出て、さてどこへ行こうとの目的《めど》もない彼だった。下宿へ帰っても詰らない、といって懐中《ふところ》の寂しいのに、今時分のこと銀座へ出かける勇気もなかった。

（帰ったって仕様がないし、明日は日曜だが――）

そうなると、せっかく起《た》ちかけた腰が、また重くなって、例の憂鬱《ゆううつ》が、ムクムクと頭を擡《もた》げる。

先生のお庇《かげ》で学校は出たが、――そしてやっとのこと弁護士試験にも合格はしたものの、彼はその弁護士という商売が、どうにも虫が好かないのだ。それも最初はそんなでもなかったが、先生のところへ出入りする有《う》象無象《ぞうむぞう》の連中を見ている中《うち》に、弁護士という商売がつくづくと浅間《あさま》しくなってしまったのだ。で、学校にいるころから、きれいに足を洗って、自分の好きな記者生活に転身しようと思ったことも、一度や二度ではなかったが、――先生にはこっぴどく呶鳴りつけられ、一方、就職を頼んだ新聞社の友人からは、あっさりと説諭《せつゆ》されて、とうとうずるずるになってしまったものの、といって、今でもまだ弁護士の肩書で、飯を食おうなどとは決して思ってはいないのだ。

だから、今夜も関西へゆく先生を見送ったついでに新聞社の友人を訪ねてみようと思っていたのが駅へ着くとからの土砂降《どしゃぶ》りである。おまけに夜勤のはずの幡谷《ばんや》が、今日は夕方ちょっと顔を出しただけで帰っていったとのことに、そのまま待合室で雨宿りをしている中に、いつの間かこんな時間になってしまったのだ。

(あああ——)

彼は三度目の大きな欠伸と一しょに、思い切って立ち上った。そして入口の方へ向いてぶらりぶらりと歩きかけた。と、彼はふいにハッとなって足を停めた。

「須藤さーん。須藤千代二さーん。お宅から急用でーす。至急、案内係までお出で下さーい」

音叉《おんさ》のように、広い室内に響きわたる拡声機が、突然、彼を呼びはじめたのだ。

「須藤千代二さーん、——至急、案内係へお出で下さーい。お宅からお電話です」

彼は顔を上げて、拡声機を睨んだ。それから須藤千代二という言葉に、呼吸《いき》をつめて耳をこらした。はじめは、何だか津藤と聞えたようだったが、二度目は確かに須藤であった。

間違いなく、自分を呼んでいるのだ。

(でも、誰が、何の用があって呼んでいるだろう?)

お宅というから変である。下宿ではあるまい。といって、先生のお宅にしても、自分が東京駅にいることを知っていようはずがない。もしかすると、何か変事でも出来て、事務所へ問い合した結果、先生を見送って行ったらしいと知れて、万一を頼んでこんな方法をとったのだろうか?

一、二等待合室から案内所までの短い距離を、駆けるよう急ぎながら、彼はそんなことを考えた。

「ああ須藤さんですか。津藤々々と聴えたものですからね。若い女の方のようですよ」

額のひどく禿《は》げ上った案内係は、そういって目の前の受話器をとって渡してくれた。

「誰ともいいませんでしたか先方《せんぽう》は?」

若い女と聞いて、須藤は受話器を受取りながら訊き返した。

「ええ、誰方《どなた》ともいわれませんでしたよ。何しろ、ひどく急《せ》きこんでいられたようですから」

その返事を半分聞き流して、彼は電話器へ獅噛《しが》みついた。

「モシモシ、あ、モシモシ、モシモシ」

いくら呼んでも返事がない。しかし、雑音が入るところを見ると、切れてはいないのだ。すると受話器をおいて引込《ひっこ》んでしまったろうか。

「モシモシ、あ、モシモシ」

彼が今一度、繰返して呼んだ時、電話の彼方《むこう》でふいに帛《きぬ》を裂くような声がした。確かに女の声だった。

「あッ！」

思わず叫びを洩《も》らすと、彼は受話器をぎゅっと耳に当てて、呼吸《いき》を呑んだ。

「どうか、したのですか？」

顔色を変えて、受話器を握りしめた須藤の様子を変に思ったか、案内係が振返った。

「いや――その――」

須藤は碌々《ろくろく》返事もしないで、右手を伸すと受話器の鈎《かぎ》をやけにガチャガチャと叩き出した。

「切れましたか？　交換手を呼ぶなら、僕が呼んで上げます――」

省の器物は大切に取扱うべし――服務規定に、そんな文句があるのだろう。案内係は渋面《しかめつら》をして、須藤の手からもぎとるように受話器を取った。

「じゃ、今の電話がどこから掛ってきたか、訊いてみてくれませんか。もう継《つな》がんでもいいのです」

「あ、モシモシ、こちらは案内係だがね、先刻《さっき》の電話――今、案内へかかってきた電話さ。話をしない中に切れたんだよ。――ああ、番号を調べてくれたまえ。そう、むろん公用――至急にね」

須藤の驚いた顔を、恐らく他の意味にとったらしい、案内係は親切にそう訊いてくれた。が、その返事の来るまで、須藤の心臓《むね》はまだドキドキと波打っていた。

「ああ、そう。どうも有難う」

案内係ガチャリと受話器をかけると、

「丸の内の×××番だそうです。御存じですか、×××番は東京ホテルですよ」

「えッ！　東京ホテル？」

「そうです。だから電話ですむ用事だが、何だったらお出でになる方が早いでしょうよ」

そういって、机に向いた案内係の顔を見ながら、須藤はぽかんとなってしまった。

一体、これはどうしたというのだ？

場所《ところ》もあろうに、あの東京ホテルから、――豪華と高慢《こうまん》のあの建物のどこから、どんな女が、どんな理由で、――それも一面識もないはずの自分を呼んだりなんぞしただろう？

　しかも、その女は、――あの声は――。

二

「電話がかかってきた時、女の人は何かいっていましたか？　ただ、僕を呼んでくれというだけでしたか？」

　案内係の前を去ろうとした須藤が、ふと思いついたように訊いた。その声も、態度も、もうすっかり平静に復《かえ》っていた。

　帳簿から目を上げた案内係が、まだいたのかというような顔をして、

「そうですね。何でも生命《いのち》に関《かかわ》ることだから、至急にということでしたよ、――大抵《たいてい》、ここへ掛ってくる電話は、危篤か、火事か、まあ普通じゃありませんよ」

「いや、有難う。とにかく、ホテルへ行ってみましょう」

　須藤がそういって、グイと帽子を冠《かむ》った時、背後《うしろ》からポンと肩を叩いたものがあった。

「何をきょろきょろしてるんだい。また弁護士が嫌《いや》になって、満洲《まんしゅう》行の旅費でも訊きに来たんじゃないか？」

「やア、君か！」

　振りかえると、帽子を横ちょに冠ったレインコートの背の高い青年が、ニコニコしながら立っていた。友人の、新聞記者の幡谷である。

「先刻、君の社へ電話をしたんだよ」

「そうかい。それは失礼――今日は中央亭で県人会があったんで、怠《なま》けたんだよ」

「で、これから社へ行くのかね？」

「いいや、もう家へお帰りだ――」

「じゃ、僕と一しょに来たまえ」

「どこへ行くんだ。僕はもう食い気《け》はないよ」

「そんな話じゃないんだ。事件だよ」

「事件？」

　幡谷の眼がきらッと光った。

　自動車《くるま》が走り出すと、幡谷が訊いた。

「驚くなよ、――」

　須藤が急に厳粛《げんしゅく》な顔をして、幡谷の耳に口を寄せた。

「たった今、ホテルで女が殺されたんだ！」

「へえ？　ほんとか、それは？」

　幡谷の顔が引きつるように硬張《こわば》った。

「どうしてそれを知ったんだ？　で、女は一体何者だね？」

「それがさ、実に不思議でならないんだよ。僕、先生を送って、待合室で雨宿りをしていると、突然、拡声機で僕の名を呼ぶので、電話口へ出てみると、何とも返事がないんだ。で、怪しいと思っていると、ふいに、何というか帛を裂くような、――絞め殺されるような――」

「つまり悲鳴だね」

「そうだ、それも尋常《じんじょう》の悲鳴とは違って、たしかに殺《や》られた声なんだ。で、はっと思うと、何かが机の上からでも落ちるような音がして、それからドサッと人の倒れる音なんだ。その後が、呻《うめ》きというかな、ウーンと落ちこんでゆくような声だ――と思ったら、電話が切れてしまったのだ」

「どうして切れたんだろう?」

「向うで切ったんだ。誰かが、まあ恐らく犯人だろうよ。ガチャリと受話器をかける音が、はっきりと聞えたから――」

「なるほど」

幡谷はちょっとの間、腕を組んで考えこんだ。が、すぐ須藤の方へ向き直ると、

「それで君は、そんな女に知己《しりあい》はないんだね?」

「ないよ。知ってる若い女といやあ、君も知ってるあすこの連中くらいなんだ。ホテルへ宿《とま》りこむような女に知己《ちかづき》は絶対にないよ」

「そうだね、君のことなら、――すると、今引っかかってる職業《しごと》の方で、誰かそんな女はないのかね?」

「女の関係してるような艶《つや》っぽい事件なんか、僕のところじゃ扱わんよ」

「すると、いよいよ怪しいが、――もしかすると誰かの悪戯《いたずら》じゃないかナ?」

その時、ホテルの玄関に自動車が停った。表の鋪《ほ》道《どう》に自家用の自動車や、タクシーが一ぱいに列《なら》んで、美しく着飾った婦人が四五人、ぞろぞろと彼等の前に現われた。何かの披露会《ひろうかい》でもあるのだろう。だが、二人にはそんなものは目につかなかった。

「僕が口を利《き》こう。どうせここだって客商売だからな」

幡谷は心得顔《こころえがお》に独り言《ひとごと》をいいながら、正面の玄関をかけ上った。上った奥が大食堂の囲い石になっていて、直ぐ左手に事務所がある。

「ちょっと支配人に取次いでくれませんか。新聞社の者ですが」

幡谷が名刺を出すと、事務所の男が、

「御用向《ごようむき》は?」と訊いた。

「お目にかかってから申上げるといって下さい。ちょと重大な用件ですから――」

事務所の男が、支配人室へ電話をかけると、恰度《ちょうど》、こちらへ来るところだから、暫らく待ってくれるようにとの返事だった。

それから五分と経たないのに、食堂の横の廊下から格《かっ》幅《ぷく》のいい、半白《はんぱく》の、口髭《くちひげ》をきれいに刈りこんだ白チョッキの人物が、急ぎ足に現われた。

「お待たせして済みませんでした。犬山でございます」

幡谷の名刺を片手に、腰を低く、上品に挨拶する犬山支配人を、須藤は感心して眺めていた。

その犬山支配人は、四辺《あたり》を憚《はばか》るように低声《こごえ》で話す幡谷の言葉を一語も聞きのがすまいとするように肩をひそめながら、熱心に聞いていたが、その顔には見る見る困惑《こんわく》の色が浮かんできた。しかし、さすがに狼狽《あわ》てたような様子は、顔にも態度にも見せなかった。

「それはどうも、有難うございました」

幡谷の話が終ると、支配人は鄭重《ていちょう》な言葉でそういって、一度事務所の卓《テーブル》へ身体《からだ》をまわしかけたのを、また二人の方へ向き直って、

「しますと、まず第一に、そういう電話をこちらから東京駅へかけたかどうかを確かめ、もし掛けたとすれば、何号室からだったかを調べなくてはなりませんが……ではちょっとお待ち下さい」

支配人はそれから事務所の男に、二言三言《ふたことみこと》何ごとか命じた。そしてその男が、背後の硝子《ガラス》の仕切の中に入ってゆくと、支配人は目の前の卓上電話を取り上げて、

「あ、交換台だね。こちらは犬山だが、先刻――そう十時四十五分過ぎに、ホテルから東京駅へ電話をかけたかね？……そう、かかっている。すると部屋の番号は？」

「三十九号室でございます」

澄んだ、きれいな交換手の返事の声が、受話器を洩れて、側《そば》にいる須藤の耳へ小さく聞えた。

「それではね、その部屋へ、私からだと申上げてつないでみて下さい」

支配人は受話器を耳に当てたまま、右の手で、卓の一方にひろげたまま置いてある大型の宿泊人名簿を引寄せて、白い大きな指先で、三十九号室をさがして行った。

支配人の指先の止ったところには、

佐々木　百合枝　二十六歳――

そして下の肩のところに、名古屋市南区直来《なおらい》町××番地、それに止宿《ししゅく》の時間は、その日の正午と記《しる》してあった。字体は使いなれたペン字だが、しかしこんなホテルへ泊る女にしては、チト下手過ぎると須藤は覗《まず》きながら考えた。

「モシモシ、犬山です。え？　――あ、そう。ではよろしい、有難う」

支配人は受話器をかけた。今度の交換手の返事は、須藤には聞えなかった。が、三十九号室へ、電話が通じなかったことは間違いない。

「いや、お待たせしました。それでは、どうかこちらへ――」

支配人は床を見つめるようにして、先に立った。が、三歩と歩かないのに、事務所を振返って、恰度、硝子の仕切から出て来た男に、

「ちょっと用事が出来ましたからといって、河本さんを捜して、私の部屋へ来るようにいってくれたまえ。急いでね――」

いいすてて、先に立つ支配人の後につづきながら、幡谷が須藤の横腹をつつきながら囁いた。

「おい、本物だぞ。今、支配人が呼べといった河本というのは、ここへ来ている警視庁の高等係だぜ――」

三

三人が支配人室にいた時間は短かった。

支配人が二人に対して、それも主として幡谷の職業に対して、こんな事件が起った場合、ホテルがどれほどの損失をうけるかということを、世馴《よな》れた言葉で婉曲《えんきょく》に訴えているうちに、もう河本高等係が来てしまったのだった。

高等係は、肩巾のひろい、がっしりとした、円顔《まるがお》で目の大きい人物だった。幡谷の方では知っていたが、先方《むこう》ではその顔に見覚えはないらしかった。

支配人は、二人を紹介して、一通り事の次第を語ってから、

「それで、一応電話はしてみましたが、ベルは鳴りますが、誰も出ないというんです。それで部屋事務所を呼んでみるよりも、直々《じきじき》行った方が早いと思ったものですから」

「いかにも――」

支配人とは違って、河本警部の顔は、話を聞くとから異常な緊張を見せていた。やがて二人で何事かひそひそ

と話をしだした。それは恐らく、現場へ須藤と幡谷を、立ち会わすかどうかという相談だったらしい。が、そんなことが問題になるはずはなかった。須藤は第一、関係者だし、幡谷も報告者として、そこに立ち会う十分の権利があったのだ。

河本警部が手帖《てちょう》を出して、簡単な訊き書《かき》をとると、四人はいよいよ支配人室を出た。

もう十一時半になっていた。まだ四、五組の外人客が雑談にふけっているロビイを右手に見て、照明柱の横の狭い階段を十段ばかり踏むと、もう二階だった。

そこは恰度、廊下の中央で、左手の角《すみ》がボーイのいる部屋事務所、それに並行《へいこう》して長い廊下が左右にのび、廊下をはさんで同じような部屋が幾十となく続いている。

廊下には、部屋事務所の前の階段を上り切った天井に一個とそれを真中《まんなか》にして左右に遠く一個ずつ、都合三つの電燈が、乳白色《にゅうはくしょく》の外球《がいきゅう》に包まれて、ぼかしたような光線《ひかり》を投げているきり。階下の色彩と照明にくらべると、まるで別の世界のようなしっとりと落ちついた感じだった。須藤は電燈の光源《ひかり》のとどかない、ずっと奥の方を見ながら、裁判所の廊下を聯想《れんそう》していたほどだった。

「三十九号室の鍵は？」

支配人が、事務所にいる部屋ボーイに訊いた。

「お客様のところだと存じますが。――」

若い美男のボーイは、支配人と高等係の顔を見て、急に表情《かおいろ》を引きしめながら、もう一度鍵盤《けんばん》を検《あらた》めた。が、やはり三十九号室の鍵はなかった。

佐々木百合枝は、外出はしてはいないのだ。

「いや、君はそこにいてくれていい」

案内に随《つ》いて来そうにしたボーイに、これは高等係がおだやかにいった。四人は足音に注意しながら、支配人を先頭《さき》に、右へ、廊下をしずしずと歩いて行った。

三十九号室は、右側の、廊下の中央《なかほど》にあった。手前が三十八号で、向うが六十五号になっていた。その三十八も、四十も、六十五号も空部屋《あきべや》らしく見えた。

四人が静かに足を停めると、支配人がノックした。コツコツと廊下に反響《こだま》するその小さい音が、ひどく無気味に感じられる。須藤はいよいよ事件に直面するかと思うと、不覚にも、冷たい汗を脇の下に感じるのだった。

中からは何の返事もなかった。支配人がドアの把手《とって》に手をかけると、鍵はかかってなかったと見えて、わけもなくスッと開いた。

同時に、冷たい風がサッと四人の鼻先を打った。大方、窓でも開け放しになっているのだろう。部屋の中は真暗《まっくら》だった。

「佐々木さん、おいでではございませんか。電燈《あかり》をつけてもよろしうございますか?」

支配人は返事のないのを確かめてから、入口の左手の壁にあるスイッチを押した。ピチン！　と冴《さ》えた音がして、パッと一度に明るくなった。と、いっしょに、

「や、これは！」

支配人が真先《まっさき》に、魂消《たまげ》たような声をあげた。須藤も幡谷の相当の覚悟はしていたものの、

「む！」

といったきり、呼吸《いき》をつめた。

部屋の中は、まるで暴風雨《あらし》の後のような乱雑さだ。

椅子がひっくりかえっている、毛布や掛布団が投げ出され、インキ壺が転がり、戸棚の戸も、机の抽斗《ひきだし》も一つ残らず抜き出されている。用箋《ようせん》、マッチ、コーヒーの盆──部屋の中のもの一切《いっさい》が、足の踏場もないまでに散かっている。そして、そして裸にされた寝台の足のところに、その足に、半ば凭《よ》りかかるような姿勢で、一人の若い女が死んでいる！

須藤の眼に、歪《ゆが》められた白い円顔が映った。眼をあけて、虚空《こくう》を睨んで、歯を食いしばった恐ろしい顔が──と同時に、その白い頸《くび》に、絡《から》みついた薄桃色《うすももいろ》のハンカチが──。


「他殺です！　器物に触れないように注意して下さい！」

河本警部は喘《あえ》ぐような声でそういうと、そのまま部屋を飛び出した。本庁へ知らせに、部屋事務所へでも取って返したものだろう。

「君、知らないのか?　この女を?」

幡谷が須藤を浴室の方へ、引張《ひっぱ》ってゆきながら訊いた。

「知らない──見たこともないよ。僕は──」

須藤はそう答えて、溜《た》めていた呼吸を、一度にほーッと吐き出した。

死人に口無し

一

河本高等係は、部屋事務所の電話で、事件の大要《あらまし》を本庁に急報すると、さて、これから如何したものかと考えた。

真先に思い浮んだことは、何はあれ、まずホテルの出

入口の警戒であった。しかし考えてみると、正面の大玄関、南側の車寄せ、それからグリルの方への通路――他にもまだあったが、その一つ一つの出入口に慌《あわ》てて警戒を命じてみたところで、結局、自分一人ではどうなるものでもなかった。それに今夜は、某家《ぼうけ》の結婚披露会で、階下《した》にはまだ多勢の客が立てこんでいる。もしボーイ達の口から、それらの人々に事件のことが洩れようものなら、それこそ人騒がせに終るだけだ。

のみならず、現場をそのままに打棄《うちす》てておくわけにはいかない。鍵でもかけておけばともかく、新聞記者の幡谷や須藤を残してあるのだ。そこで手配の方は捜査課の連中が来るまで待つことにして、彼はそこにいた坂田というボーイを連れて、三十九号室へ引返してきた。

ボーイは二十四、五の色の白い美男だった。

「君だね、この部屋へお客さんを案内したのは?」

「ハイ……」

ボーイがおどおどしながら答えた。彼は警部の電話を側で聞いて、大体《だいたい》のことは知っていたのだ。

「それは何時ごろだったね?」

「正午《おひる》ちょっと過ぎでございました」

「荷物は何かあったかね?」

「黒革《くろかわ》のスーツケースが一個《ひとつ》だけで――」

「他には? 洋傘とかハンドバッグのようなものは持ってなかったかね?」

「他には何もおもちでなかったように思います。ああ青い表紙の本を一冊、手にもっていられました」

「青い表紙の本? で、そのスーツケースは君が運んだんだね。この部屋のどこへ置いた?」

「最初あの寝台の横へ――」

ボーイは手を上げて、身体を右に寄せながら、寝台の方を指さした。と、その拍子《ひょうし》に、今まで警部の身体に隠れていた女の顔が目につくとギョッとした風で思わず指を引込めながら、

「あすこへ置いたのですが、戸棚へ入れてくれと仰有《おっしゃ》るもので、その戸棚を開けてお入れしました」

「フン、この戸棚だね」

警部は半分開いたままの戸棚の中を覗いてみて、

「何もありはしない。持っていったと見える――で、そのスーツケースには何か見覚えになるようなものはなかったかね? レベルか何か?」

「そんなものは、何もなかったように思います。中型の黒塗りの革鞄《トランク》で、まだ買ったばかりのような品でしたから」

「そうかね。それで君は、どんな種類の女と見たかね、

言葉や態度は?」

「左様でございます……」ボーイは暫らく考えていてから、「まア、職業婦人といったようなキビキビした方で、言葉附きなども、今から考えますと、それほど良い家庭の方のようにも思われませんでしたが……」

「客商売の女とは見えなかったかね。筋のいい客を相手にしているといったような?」

「さアそういうところはよく解りませんですが――」

「よろしい。で、君はあすこにいて、誰かこの部屋へ入るのを見なかったかね? それとも、この部屋から何か叫び声でも聞えはしなかったかね?」

「一向《いっこう》気がつきませんでした。出入りの方はありましたが、みんなこちらにお泊りのお客様で――」

何故《なぜ》か、ボーイの言葉が口ごもった。

「君は、一体あの部屋事務所にずっといたのかね?」

「はア、居りました。でも、一二度、階下へ用事があったものですから――」

「何の用事だった?」

警部の声がちょっと尖《とが》った。ボーイはどぎまぎしながら、ちらと犬山支配人の方を見て、

「実は階下に結婚披露式があって、そのお嫁さんが大変な美人だと、他のボーイがやって来て申しますもので、つい代りを頼んで――」

「覗きに行ったというわけだね。そのボーイは誰というのだね」

「浜本と申します」

「それは何時ごろのことかね?」

「九時半ごろでございました。それから十時過ぎにもちょっと、これはお客様の用事で、グリルへ参りました」

「お客様というのは、この部屋のかね?」

「いいえ、他のお客様でございます。こちらの方は、五時半ごろ、部屋で食事をしたいと仰有るので、食堂の者と一しょにそれを運び、下げに参ったのが六時過ぎで、その時には、卓で青い表紙の本をお読みになっておりました。それだけでございます」

河本高等係は、そこで腕の時計を見て、何ごとか考えこんでいたが、やがて、

「正確にはわかるまいが、君がグリルへ行った時間は大凡《おおよ》そ十時何分ごろだね?」

「十時二十分ごろだと思います。半には、まだなっていませんでした」

「すると、十時半から後は、ずっと部屋事務所にいたわけだね」

「ハイ」

ボーイがはっきり答えた。すると河本警部が急にきっとなって、相手の顔を睨むように見据えた。

「いいかね。この女が殺されたのは、十時半から十一時の間なんだ。十時五十分にこの部屋から東京駅へ電話をかけているんだから、その点は少くとも間違いはない、――するとだ、誰かが、その時間の間に、ここへ入って来て、この女を殺害して、また出て行ったに違いないのだ。それを、君があすこにいて気がつかんというのは怪しいじゃないか？」

「……ですけれど、お客様以外の方は、誰方もお通りになりませんでしたので――」

「事務所の前は通らんでも、外へは出られるから、それはまア宜いとしても、叫び声か、物音は聞いたはずじゃないか。こんなに部屋の中が引くり返してあるし、それに電話口ではっきり悲鳴が聞えたというんだから」

ボーイは困り切った顔をして、口をもぐもぐさせだした。何と返事をしたものか、考え込んでいるらしい。

「居眠りでもしていたんではないかね？」

犬山支配人が、見兼ねたように口を利いた。

「いいえ、眠ってなんぞ居りません。でも、格別物音が聞えたようには思いませんですが……」

「よろしい。その辺のことは、また後から訊くとして、君も係り合いだから被害者をよく見ておきたまえ。何か君が見た時と、変った点でもありはしないか？」

ボーイはちょっとためらっている風だった。でも仕方なさそうに渋々《しぶしぶ》と二、三歩前に踏み出して、無気味そうに死体をじいっと覗きこむと、突然、

「着物が違っています！」と顫《ふる》えるような声でいった。

「着物が？」

「ええ着更えたかも知れませんが、八時過ぎまでは、お見えになった時と同じ花模様の着物に、薄水色の紋附《もんつき》の羽織《はおり》をお召しになっていましたのに――」

そういえば、目の前に、横たわっている女は、縦縞《たてじま》お召《めし》の単衣《ひとえ》に、藤色銀紗《ぎんしゃ》の絽《ろ》の羽織を身につけていた。しかし、それはボーイのいうとおり、後から着更えたものかも知れない。――河本警部はそう思って、大して気にも止めぬ風で、

「他に何か変った点はないかね？　まさか人は違っていまいね？」

「ええ、この方です、それは間違いありません」

ボーイがそう答えた時、廊下に四、五人の靴音がして、やがて入口のドアが開いたと思うと、背広姿の石岡捜査係長が、刑事や鑑識課員をつれて入って来た。

二

石岡係長は、部屋の入口で、河本高等係から一応報告を聴くと、犬山支配人や顔見知りの幡谷に軽く会釈《えしゃく》をして、足許《あしもと》に注意しながら、死体検査をやっている医師の背後へ近づいた。

その時、指紋《しもん》係はもうドアのアタリから仕事にかかっていたし、写真技師は写真機を構《かま》えて、入口のところで係長の指図《さしず》を待っていた。

「どうだね。別に変った点もないかね？」

係長が声をかけると、医師は手をはたきながらゆっくりと立ち上った。

「至極《しごく》簡単ですね。こいつで一気に絞めたんですよ。これだけの力だと五分はかからなかったでしょうな。犯人はむろん男でしょうよ」

「そうかね。じゃ、とにかく、写真を撮ろう。河本君、皆さんにちょっと部屋を出てもらって、どこかで待っていていただくことにしてくれたまえ」

犬山支配人を真先に、幡谷と須藤、それにボーイの四人が部屋を出ると、写真技師が右から左から死体の写真を撮った。それが済むのを待ち兼ねたように、係長が死人の頸から、薄桃色のハンカチを解いて、両手で引伸ばしながら、電燈にかざしていたが、

「馬鹿に巾広《はばひろ》のハンカチだね。被害者のものらしいな。わるくない香《におい》だ――」

鼻先で嗅《か》いでみてから、ハンカチの四隅をじろじろ見廻していたと思うと、

「オヤ、縫取《ぬいと》りがあるぞ。河本君、被害者は何といったっけ、佐々木――？」

「百合枝です」

「百合枝？　S・Yだから、頭文字《かしらもじ》にしちゃ反対だが、加害者が証拠品を遺《のこ》しとくはずがないから、まあ当人のものだろうな、――するとあまり教養のある真面目《まじめ》な家庭の者ではなさそうだね」

「ボーイも言葉附きが良い家庭のもののように思えなかったといっていましたよ」

「そうだろう。第一、この着物からして、この女には不似合《ふにあい》だよ。しかし、痴情の結果にしては、チト部屋が荒し過ぎてあるし、物盗《ものと》りにしては莫迦《ばか》に素人臭《しろうとくさ》いじゃないか」

係長はそういって、部屋の中を注意深く見廻していたが、ふいに顔を上げたと思うと、

「葉山君！」

と傍《かたわら》で検案の結果を書記に口述《こうじゅつ》している医師に向かって呼びかけた。

「君、死後二時間乃至《ないし》三時間半だって？　そいつはチト怪《おか》しいぜ」

「どうしてです？」

円顔の医師がきょとんとした顔をして振返った。

「どうしてって、君、十時五十分ごろに、この女からの電話を聞いた者があるんだよ」

「へえ！　しかし——」

医師は腕の時計を見ながら、

「今、十二時五分過ぎですよ。死後一時間というはずはありませんな、もう顎《あご》のところに立派に硬直《こうちょく》が顕《あら》われているんですから」

「でも、その人は、この女の悲鳴を聞いて、そこへ駆けつけて来たんだからね。念のために呼んで訊いてみてもいいが、——河本君、あの先生をちょっと呼んでくれたまえ」

須藤が緊張した顔を、再び部屋の中に現わした。

「須藤君といいましたかな」

「ええ、須藤千代二です」

「今、ちょっと問題になったんだが、君が東京駅でこの女の電話を聞いたというのは、何時ごろのことですか？」

「十時五十分ごろだと思います。拡声機で神戸行き二三等急行の発車予報を聞いて間もなくでしたから」

係長と医師が顔を見合したまま互に眼でものをいっていた。やっと医師が口を開いた。

「どうも合点《がてん》がいかん。あの硬直状態では、いくら何でも一時間前ということは有り得んですよ。少くとも二時間半乃至三、四時間というところだが——」

「仮りに三時間とすれば、九時だね。九時に殺されたものが、十時五十分になって電話をかけるなんてことは、それこそ絶対にあり得ないよ」

「しかし、僕には一時間前ということは、どうしても認められませんな」

「ここの窓が開いているんだが——」

係長は冷たい夜気《やき》の流れこんでくる中庭に面して開いた窓を指《さ》して、

「これも勘定《かんじょう》に入れてだね」

「むろん、季節外《はず》れの冷たい雨も考慮に入れてです」

「じゃそれは解剖《かいぼう》の結果を斟酌《しんしゃく》することとして——」

係長は時間の違いについては、それだけに止めて、今度は須藤の方へ向き直った。

「それで、君はこの女を全然知らないというそうだが――」

「ハア、見たこともありません」

須藤はキッパリと答えた。

「しかし、顔の相恰《そうごう》が変っているし、それに見忘れるということもあるんだが、思い出せないかね。とにかく君が東京駅にいることを知っていて、名指《なざ》しで君を呼んだ女だからね」

須藤はそういう係長の眼色《めいろ》に、明《あきらか》に自分に対する疑惑を感じた。しかし、それは当然のことで、須藤としては十分覚悟の前だった。いや、それ以上に、彼は捜査係長が、自分に対してどんな風の取調べをするか、それを心待ちにしているような気持さえあったのだ。だから、彼の返事に躊躇《ちゅうちょ》はなかった。

「僕にも、それが解らないのです。顔は先刻から見飽《みあ》きるほども見たのですが、全然見覚えがないのです。それに第一、僕には、男にも女にも、佐々木姓《せい》の知人は一人もないんですから」

「どうも怪しな話だね。冗談事《じょうだん》なら知らんが、自分の生死に関する場合、まるきり知らない他人の名を呼ぶなんて、――それも失敬《しっけい》だが、君の名が社会的に非常に有名ででもあればともかくだが――」

「そうですよ。見も知らん人間が、僕なんどに用のあるはずがありませんからね。で、僕、今ふと思い出したんですが、もしかすると人違いだったかも知れませんよ」

人違いということは、何も今ごろ気がついたわけではなかった。しかし、話がそこへ触れるまでは黙っていろと、幡谷からいわれていたのだ。――新聞記者の幡谷が、何でそんなことをいったか、その意味は大体彼にも分ってはいたが、――それが今、係長の言葉が変に絡んで聞えたので、つい口に出してしまったのだ。

「人違いだって？　でも、確に君の名を呼んだのだろう？」

「ええ、拡声機では、確に須藤千代二と僕の名を呼んだんですが、案内係へゆくと、何だか津藤と聞えたようだといいましたよ、その時は自分のことだとばかり思って気にとめませんでしたが、やっぱり津藤だったかも知れません」

「津藤と聞えた？　フン、須藤に津藤か、なるほど、ちょっと間違いそうな名だな。それなら、なお案内係の方を調べてみることとしよう」

そんなことは、まあ後廻しといった風で、係長はそこでひとまず話を打切ると、須藤を部屋の外に出しながら、今度は死体の上に蹲《しゃが》みこんだ刑事の方へ振向いた。

「どうだい、なにか見附かったかね?」

すると懐《ふところ》から帯のあたりを念入りに検べていた刑事が、頭を傾《かし》げながらのっそりと立ち上った。

「変ですよ。この通り着物はキチンと着ている癖に、懐紙《はなかみ》一枚もってないんです。腕時計は盗《と》られたとしても、何か懐にありそうなものだに……」

三

「幡谷の奴、どこへ行ったかなア?」

参考人の控室にあてられた三十八号室の前に立って、須藤は左右の廊下を眺めながら、幡谷の姿を捜していた。そこにいるはずの彼が、先刻自分の後から部屋を出たまま、どこへ行ったか帰ってこないと、——ボーイの坂田から聞いたからだ。

四辺《あたり》はしんとして、長い廊下には人影一つ見えなかった。ホテルの泊客《とまりきゃく》達は、そこに恐ろしい殺人事件があったことも知らずに、もう夢路を辿《たど》っているだろう。

「そうだ、社へ電話をかけに行ったかもしれない」

須藤がふと思い出したように呟いた。と、その時、ふいに頭の後で、コトッとドアの開く音がした。

ハッとして振向くと、三十九号室ではなくて、筋向いの六十号室のドアが半分ほど開いて、鳥打帽《とりうちぼう》に洋服姿の男が、ひょいと部屋の中から顔を出した。横顔だけで、それも仄暗《ほのくら》い廊下の電燈《あかり》で、よくは見えないが、何だか痩《や》せこけた顔をした、いやに眼の落ち窪《くぼ》んだ毛唐《けとう》のような風貌《かおつき》の男だ。

その男は、長い頸を突き出すようにして、じっと目の前を凝視《みつ》めていた。その様子が、どう見ても三十九号室の気配《けはい》を窺《うかが》っているとしか須藤には思われなかった。が、その中に、ふとこっちを向いて、そこに須藤のいるのに気がつくと、つとドアを閉めながら、そそくさと廊下を向うへ歩き出した。

「毛唐のようにもないが、泊り客かしら?」

須藤はちょっと変な気がして、その男の後をじいっと睨むように見送っていた。と、やがて廊下を左に、その男は階段の方へ消えていったが、それと入り代りに幡谷の姿が、ぽかと廊下の角に現れた。

幡谷の方でも、すぐにそれと気がついたらしい。踏み出した足を止めると、手を上げてこっちを向いて麾《さしまね》いた。須藤が靴音を気にしながら、そっと近づくと、幡谷はもう足を返して、どんどんと階段を下りかけていた。

「おいおい」

須藤が慌てて声をかけた。

「今、そこへ変な男が下りていったんだろう?」

「鳥打帽《ハンチング》をかむった、背のひょろ長い――」

「ああ、今、そこで擦《す》れ違ったよ。どうかしたのかね、あの男が?」

「いや、どうもしないけど、三十九号室の前から出て来たんだよ。それが、何だか、あの部屋の様子を気にしてる風に見えたものだから――」

「へえ、じゃ何か知ってるかもしれないぞ。追っかけてみようか」

二人は急いで階段を下りると、廊下から控室の方へかけて探してみたが、どこへ行ったか、もうその男の姿は見えなかった。

その中に、玄関の方からドヤドヤと人の入ってくる靴音が聞えた。幡谷が振返ってみると、同業の新聞記者が三四人、受付の前に立っていた。

「もう分ったと見えるナ。目附《めっか》ったら面倒《めんどう》だ。君、こっちへ行こう」

幡谷は須藤を促《うなが》しながら、つと傍の廊下へ飛びこんだ。

「ところで君は、何を訊かれたんだね。係長に?」

狭い廊下を歩きながら、幡谷が思いついたように低声《こごえ》で訊いた。

「うん、例の電話を聞いた時間さ。医師の検案では、死後二時間半乃至三、四時間らしいんだ。それで僕の話と大分違うものだから呼んだんだよ。医者なんて、宜《い》い加減なことをいうもんだね」

「だが、怪しいんだよ。それが――」

幡谷はそういって、何か考えている風だったが、

「僕、今、南側の入口へ行って、ボーイに黒皮のスーツケースをもって出て行ったものはないか訊いてみたんだ。すると、確に中型の黒いスーツケースをもって出かけた男を見たというんだよ。ところが、そのボーイが男の顔も何も憶《おぼ》えてはいないが、時間だけは割合正確で、それが十時ちょっと過ぎだというんだよ」

「十時過ぎだって?」

「うん、その前か後かに、偶然時計を見たので、大体間違いはないというんだ。もっとも、黒皮のスーツケースといったところで、あの部屋から持出したとは断言出来ないが、仮りにもしそうだとすると、どうせ殺しておいて持出したに違いないから、部屋をあんなに引っ掻き廻した時間まで加算すると、二時間くらいは経っているかもしれないんだ」

「しかし、兇行《きょうこう》の時間は、電話で悲鳴を聞いた僕の方

が確なはずだよ」

「そうだ、そこをいわれると一言《いちごん》もないが、ボーイの言葉もちょっと気になるんでね、――あ、ここだな、電話交換室は――」

幡谷は電話交換室と書いた部屋の前に差しかかると、突然、何か思いついた風で、ドアの前に近づいたが、ふと足を停めると、次ぎの瞬間、きっとなってドアの隙間《すきま》に耳をあてた。内部から、交換手とは違う男の低声が聞えたからだ。

――使用人はともかく、お客様の方の取調は明朝にお願いしたいものですが、何しろもう十二時半、一時に近いんですから――。

犬山支配人の声だ。

――泊り客の方はそれでもいいとして、舞踏室の方はどうしますかな？

これは捜査係長の声らしい。

――それは半田《はんだ》さんの方に、招待名簿がありましょうから、御面倒でもそれでお調べを願わないと、もうお帰りになった方も大分ございますから、――どうだね、分ったかね？

――ハイ、分っております――。

交換手の声が交った。

――三十九号室からは三度掛っております。一度は東京駅で、後の二度は二度とも同じ番号で、午後の二時と今夜の十時二十分でございます。番号は九段の四八五三番で――。

――ええ？　九段の四八五三？

ふいに支配人の口から魂消《たまげ》たような声が洩れた。

――御存知ですか、その番号を？

――九段の四八五三番なら半田さんお電話です。今夜、ここで御子息《ごしそく》の結婚披露会を開かれた半田平五郎さんの――。

死屍台《ししだい》の前で

一

「君、名古屋から、まだ何ともいってこないかね？」

今日も背広姿の石岡係長が投げるように帽子を帽子掛にかけながら、後から随いてきた部下の刑事を振返った。

「はア、まだ何ともいって来てないようですが――」

「仕方がないね。もうそろそろ十時じゃないか。――あ、君々」

係長は茶をもってきた給仕を呼びとめて、

「今朝の新聞をそろえてきたまえ」

「新聞といえば、帝都新聞には名古屋にあんな女はいないと書いてありましたね」

「うん、だから返事を早く聞きたいんだよ」

係長はいらいらした面持《おももち》で、給仕のもってきた新聞の中から、五六枚の新聞を取りあげて、ざっと社会面に目をとおすと

「他にはないようだね。身許《みもと》まで調べているのは！」

「そうのようですね。その新聞の記者でしょう、昨晩《ゆうべ》、現場に立会ったのは？」

「ああ、幡谷とかいったね。時々、ここでも見る顔だが、――とにかくこれが事実だとすると、ちょっと厄介《やっかい》なことになりそうだよ。念のために君、そこらで半田という人間のことを一応調べてみてくれないか」

刑事が部屋を出てゆくと、係長はポケットの莨《たばこ》をさぐりながら、今一度、幡谷の新聞を手にとった。

事件の発端《ほったん》が発端だし、舞台が東京ホテルだし、それに被害者が若い女ときているので、今朝の新聞は、一様《いちよう》に筆を揃えて、昨夜の事件を書き立てていた。

須藤千代二なる青年が、東京駅の拡声機で自分の名を呼ばれ、同時に女の悲鳴を聞いて、ホテルへ駈けつけた発端から、そこで女の絞殺《こうさつ》死体を発見した次第、被害者の住所氏名がこれこれであること、そして彼女が電話を通じて呼んだ名前が、現場へ駈けつけた須藤とは一字違いの津藤、もしくは津頭千代二であるらしいこと――それと、その人間の任意出頭《にんいしゅっとう》を捜査当局は希望しているということ。

表題《みだし》や扱い方は多少違ってはいたが、記事の内容はどの新聞も、殆ど変りはなかった。それというのが、真夜《まよ》半《なか》の事件で、ゆっくり材料をあつめてかかる時間がなかったところへもってきて、平常《いつも》はとかく秘密主義をとりたがる当局が、昨夜《ゆうべ》はめずらしくあっさりと事件の顚末《てんまつ》を発表したためであったらしい。しかし、捜査当局――石岡係長としては、犬山支配人の希望もあり、深夜にホテルを騒がしたくなかったのと――それは捜査上からも、――一つには、津藤千代二を捜すために、新聞を利用したのが、巧く図《ず》にあたったわけだった。少くとも、津藤なる人間を探すための手数と時間が、新聞のお庇《かげ》で省けたのだ。

だから、その朝、寝床の中で新聞を手にした石岡係長は、内心大いに満悦《まんえつ》の気持であった。ところが、たった

一つ、幡谷の新聞だけは、すっかり係長を面くらわせてしまったのだ。

記事の詳細、正確——それは幡谷が現場に立会っていたのだから、何の不思議もないとして、問題は、被害者がホテルの宿所名簿に自分で書いた住所が、全然出鱈目《でたらめ》だということを、名古屋電話としてはっきり書いていることだった。

「疑問の女——被害者の正体《しょうたい》は？」

係長の眼は、今もその煽情的《せんじょうてき》な小表題《こみだし》に注がれている。

——本社の調査するところによれば、名古屋市中区直来町《なおらいちょう》×丁目××地には、佐々木百合枝なるものなく、同番地附近について取調ぶるも、全然心当りなしとのことである。これによって被害者が住所を詐称《さしょう》して投宿《とうしゅく》したことは明かであるが、同時に、その氏名も偽名《ぎめい》ではないかとの疑いあり、要するに、被害者の正体は目下《もっか》のところ不明にて、自然、事件は案外複雑化する模様である——。

普通の読者だと、気にもとめずに読み飛ばすに相違ないこの文句が、石岡係長の胸にはぐっとこたえるほども、痛いところへ触れていた。被害者の身許が、最初から判っているということは、大概《たいがい》の場合、犯人捜査の範囲が、非常に限定されていることを意味している。今度の被害者、佐々木百合枝にしても、その住所がはっきりと判っているので、内々高《たか》を括《くく》っていたのだ。が、新聞の記事が事実で、——恐らくそれは事実であろうが、——その上、名前まで偽名だとすると、捜査は決して楽ではない。

（——そうなると、被害者が二度も電話をかけたという半田家へ、真向《まっこう》からぶつかってみるほかはないが、——待てよその半田家は、ホテルで結婚披露をやったんだ——）

新聞から眼をはなした係長が、新しい莨に火をつけながら、口の中で呟いた時、ドアを開けて昨夜の鑑識課員が入ってきた。

「どうもお役に立ちそうなものが見つかりませんですが、——よほど抜目《ぬけめ》のない奴と見えて、どこにも見当らないのです。やっと、こんなものが出てきただけで——」

鑑識課員は手にした指紋の写真を差し出しながら、

「二つとも男ですが、こっちはどうもはっきりしないんです」

「なるほど、親指だね。で、これはどこにあったかね？」

「ドアの内側にたった一つ残っていたのです。しかしそれは駄目でしょう。こっちの方は、もっとはっきりしていますよ。テーブルの上についていたんです」

「これもあまり明瞭とはいえんね。電話についてたはずだが?」

「それが、すっかり消したと見えて、受話器にも台にも、全然ついてないのです。被害者の指紋さえ出ないんですから」

「よほど落着いて始末したと見えるな。ところで、これは索引《さくいん》と対照してみてくれたろうね?」

「ええ、むろん対照してみましたが、見つからないのです。だから、事によるとこれは事件には関係がないかもしれませんよ。つまり前の泊り客のかも――」

「とにかく、何かの参考になるかもしれないから保存しておいてもらうんだね。それから被害者のは?」

「これは今索引と対照しているんですが、これも見つかりそうにないのです」

その時、給仕が開封した電報をもって入って来て、課長からといって差出した。手にとって見ると、

――御照会の件取調べたれど、当市内に佐々木百合枝なる婦人なし。――名古屋警察署

二

部下の刑事が、興信録《こうしんろく》か何かで調べたところによると、半田家の当主平五郎氏は、明治五年生れの六十二歳、群馬県の出身。職業は建築請負《うけおい》で、半田組の社長、家族は夫人秀子との間に一子幸夫《ゆきお》があるきり。その幸夫は明治四十一年生れ、K大学経済科出身。

「これだね、昨夜結婚披露をやったのは?」

「そうです。何でもスキーの選手で、その方面ではちょっと知られているそうですよ」

「ほほ――で、こちらが花嫁の身許だね。――岡本銀行の頭取《とうどり》、岡本春樹の長女節子、二十二歳、仏英和女学校出身の才媛《さいえん》か、――両方とも相当のブルジョアだね」

「ブルジョアには違いないでしょうが、M警部の話では、半田の方は近ごろひどく景気が悪いとかいっていますがね。土地や建物の思惑買《おもわくが》いが祟《たた》った上に、昨年の春からの暴落《ぼうらく》で、大分打撃をうけたとかいう噂《うわさ》だそうで――」

「そうかね、Mさんの話なら間違いあるまい。しかしこっちの方は大金持だろう?」

「岡本ですか。これはもう何百万か何千万か、大したものでしょうな。だからMさんはきっと半田氏の方から持ちかけた政略結婚じゃないかといっていましたよ」

「あるいはそんなことかも知れんね。いや、今のところ、これで十分だ。では、一つ出かけてみるかな――」

石岡係長は、それだけのことを頭へ入れると、わざと円タクをひらって、麴町《こうじまち》元園町の半田氏邸へ出かけていった。

元園町《もとぞのちょう》といえば、英国大使館の裏手、麴町郵便局の横から富士見町へ抜ける広い通《とおり》を、××子爵《ししゃく》家の黒板塀に沿うて曲ると、すぐ右手の赤い屋根が半田氏邸で、文化住宅風な低い石塀の内側に、遅咲《おそざ》きの椿《つばき》が見事な花を見せていた。

正面に玄関、その右手に応接室らしいカーテンの窓が見える。植込みに隠れて主家《おもや》の方は見えないが、二階建の気持のいい建築である。

石岡係長が玄関に立ってベルを押すと、一分とは待たないにドアが開いて、半白頭の丈の高い、肩幅のがっしりした五十五、六の和服の老人が顔を出した。

「警視庁のものですが、――少々お訊ねしたいことがありまして――」

それが主人の半田氏であることは、その風貌《かおつき》から服装《みなり》から、一目でそれとわかった。それだけに、ちょっと意外に感じながら、係長は相手に十分の敬意を表して、静かに名刺を手渡した。

「警視庁の方ですか、何の御用かしらんが、まアお入り下さい、ここでは話も出来ません」

半田氏はそういいながら、係長を応接室のソファに導いた。眉の濃い、眼の落ち窪んだ、ちょっと気難《きむずか》しいところも見える相貌《かお》だが、職業柄か年の効《こう》か、ひどくくだけた態度である。

席につくと、係長はまず差しさわりのない予備的な質問からとりかかった。

「昨晩は御子息の結婚披露会がおありだったそうで、お目出度《めでと》うございます」

「お庇様で――」

半田氏はあっさり答えて、細巻の葉巻を手にとりながら、さてその結婚披露会が捜査係長の来訪と、どんな関係があるかといった風の面持で、

「しかし、そのことでまさかお訪ね下さったでもありますまいな?」

「はイ、披露会にはむろん関係はないはずですが、実はもう新聞で御承知のことと思いますが、昨夜、あのホテルで殺人事件がありましたもので――」

「そうそう、新聞に出ていましたね。場所が場所だし、意外に思いましたよ」

「それで被害者は名古屋のもので、佐々木百合枝と宿帳に書いてありますが、この名前を御存じかどうか、伺いたいと思いまして」

「その女を、私に知らんかといわれるので？　知りませんな、一向に――佐々木といいましたかな、名前は？」

「はア、佐々木百合枝というんです」

「心当りもありませんな。佐々木という名も思い出せないし、殺された女の写真でも出ていれば、あるいは見覚えがあるかもしれんが」

半田氏は椅子から身体を起して、莨の灰を指先で落しながら、

「ところで、その女のことについて、わざわざ私を訪ねて下さったのは、何か事情《わけ》でもあってのことですか？」

「いや、特にあなたに限るというわけではありませんが、少くともお宅の誰方かが、被害者を知っていられるに違いないと思われる節があるので伺ったわけでして、――というのは、昨日被害者はホテルから二度もお宅へ電話をかけているのです」

「何？　私のところへ電話をかけている？　間違いじゃありませんか、それは？」

半田氏はさすがに驚いたらしく椅子の腕をぎゅっとつかむと、身体を前に乗り出して、相手の顔を覗きこんだ。

「いや、間違いではありません、九段の四千八百五十三番ですから――」

「フーム、どうも意外ですな。で、それはどんな用件で、誰にかけた電話でしょうか？」

「それをお伺いに上ったわけでして、つまりその辺の事情がはっきりすれば被害者の昨日の行動もわかるし、ホテルへ宿《とま》りこんだ目的も大体見当がつこうかと思いまして、――それで被害者がお宅へ電話をかけたのは、最初が午後の二時で、次ぎは夜の十時過ぎ、つまり殺される直前なんですが」

半田氏はしばらく無言のまま、考えこんでいたが、

「二時というと、私は社の方だったし、夜の十時過ぎはホテルにいたし、――つまり二度とも、私が留守中にかかってきたわけですが……」

「お宅の電話というのは、あの廊下にあったあれでしょうね？」

係長は玄関を入った時、廊下の向うの右側に、後からでも取りつけたらしい、ひどく目ざわりな電話のあった

のを思い出して訊いた。

「そうです。元は階段の下にあったんですが」半田氏は軽くうなずいて、

「家内が長らく病気でして、ベルの音を聞かせると神経を刺激してよくないものですから、あそこへ移したのです。かかってきたとすれば、あれです」

「その時、お宅にいて、電話を聴かれたのは誰方でしょうか？　その方を尋ねるのが早道のようですが。新聞でも御承知のとおり、今のところ被害者の身許すら分っていない有様で、あなたが御存じでないとすれば、お宅の皆さんを取調べさしていただくより他、方法がないのです――」

半田氏の面《おもて》には、明かに不快の表情《いろ》が浮んだ。話を聴いてみれば、それは捜査官としては無理のないところである。しかし、こちらとしては、電話が二度かかってきたというだけの理由で、病人のある家を掻きまわされては堪《た》まらない、――どうしたものかといった風で、暫らく考えこんでいたらしい。が、やがて、

「そうですな。事件《こと》が事件だから、家族の者をお調べになるというなら、異存は申せないわけですが、しかし、お互いに無駄な時間潰《つぶ》しをしてもつまらないことで、――それよりもどうでしょう。私も今日は閑《ひま》だし、まず被害者を私が見せてもらって、知っている女か、それとも私の家に関係があるかどうかを確かめてみることにしては。それで女の身許がわかれば、家の者を調べなくてもよいではありませんかな」

係長は、半田家の人々を調べないとは明言《めいげん》しなかった。だが、何にしても、半田氏のこの提言は結構である。普通なら、これは捜査官の方から申出るべきことである。それを相手の方から、進んで申出てくれたのだ。

「それでは、仕度《したく》をする間、お待ちになって下さい」

半田氏はそういって部屋を出ると、自分で電話口へ立って自動車を呼んでいたが、やがてきちんと折目のついた袴《はかま》をつけて現われた。自動車《くるま》はもう門の前へ来ていた。

「では、お伴《とも》をいたしましょう」

二人が玄関へ出ると、十五、六の小さい女中が両手をついて見送った。石岡係長は、主人のお出かけというのに、小女《こおんな》一人きりで他に誰も送って出ないのを不思議に思った。

――これだけの家だから、他にも女中がいそうなものだし、それに結婚披露会の翌日といえば、今少し家の中がごたついていても、よさそうなはずだが――。

そんなことを考えながら、表門のところまで歩いてきた石岡係長は、ふと足をとめて、傍の小門の前で立話《たちばなし》を

している二人の男女に目をやった。

一人は五十前後の下働きとでもいった風の女だ。歯でも痛むのか、折り畳んだ繃帯《ほうたい》を右の顎にあてて、じっと抑《おさ》えつけながら立っている。その前に、横顔を見せて話しかけている若い男、――何だか見たようだと思ったら、ひょいとこちらを向いて、びっくりしたように慌てて会釈をした顔。

それは昨夜、三十九号室で会ったきりの須藤千代二であった。

「どうしてあの男が?」

だが、それ以上考える閑はなかった。

「さア、どうぞ――」

自動車の内と外から、彼を促す声がしたのだ。

三

自動車は半蔵門から一つ橋へ、聖橋《ひじりばし》を渡って、帝大まで十分とはかからなかった。

赤門をくぐって、砂利を敷つめた校庭《にわ》を真直ぐに、赤い煉瓦《れんが》の建物の前までくると、係長が運転手に声をかけた。

「では、このままでちょっとお待ち下さい。都合を聞いてきますから――」

係長は自動車を下りると、つかつかと赤い建物の中へ消えていったが、すぐに引返して来て、

「じゃ、どうかこちらへ」

と半田氏を案内した。

震災《しんさい》で焼けのこった記念物の一つであろう、四辺の建築にくらべると、あまりにも貧弱な、むしろ穢《むさ》くろしいといいたいくらいの小《ちっ》ぽけな建物、――その入口に法医学教室講堂と木の札がかかっていた。

泥によごれた狭い廊下を入ってゆくと、途中まで顔を見せた年とった小使《こづかい》が、先に立って、突き当りのドアを開けた。と、外気の中では、かつて感じたことのない異様な臭気《しゅうき》がぷうんと鼻を打った。ガランとした黒ずくめの部屋で、血痕《けっこん》に汚れたどす黒い鉄製の死屍台が三つ、コンクリートの床の上に並んでいる。その中央の台の上に、白いシーツを掩《おお》うた死骸が横わっていた。

「恰度よかったですよ。解剖は午後になったそうですから」

係長がそういって、死屍台の前へ近づいた。その後から半田氏がハンカチで口を掩いながら、さすがに緊張した面持でつづいた。

小使が無雑作《むぞうさ》にシーツをめくった。無気味な女の顔が、はだけたままの胸が、手が、三人の前に現れた。

ぎょッとしたような顔をして、それでもまじまじと死体の面を見つめていた半田氏の口から、ふいに、

「あ」

と、かすかな叫びがもれた。でも、なおよく見直すために、幾分上体を跼《かが》めるようにしていたと思うと、突然、

「これや、私の家の女中です！」

と縺《もつ》れるような声でいった。

「ええ？　お宅の女中ですって？」

係長も、それは、少々意外であった。

「間違いありません。確に私の家の女中です。きぬ、――林きぬといいました。昨日まで、私の家にいた女中です！」

「着衣にも見覚えがありますか？」

「さア――着物のことは、私にはわからないが――」

「で、昨日までお宅にいたというと、昨日の午後なり、今朝なり、当人がいないことにお気づきのはずですが？」

「いや、それが――」半田氏は呼吸《いき》をのんで、「実は昨日の十二時前でしたよ。私が社へ出かけようとすると玄関のところで、唐突《だしぬけ》に暇《ひま》をもらいたいといいだしましてね。今日は結婚披露会だし、それに月末も近いことだから、出来るならもう二、三日もいてもらいたいと申したのですが、何が何でも暇をくれろというものですから――」

「その暇をもらいたいという理由は、何でしたか？」

「それが、その――」半田氏はちょっと返事に窮《きゅう》した風で口籠《くちご》もって、「私にもよくわからないので、訊いてみたのですが、どうしてもはっきりいわないのです。だものので、私も社へ出かけるところだし、幾分腹立ちまぎれに、暇を出したようなわけですが」

半田氏はそういった後から、手にしたハンカチで額の汗をふきながら、

「でも、これは意外でした。それに、この女がホテルへいっていて、殺されたというのは、どうにも合点のいかんことで――」

係長の頭の中にも、同じような疑問と意外さが渦巻《うずま》いていた。

――被害者が半田家の誰かと関係のあることは分っていたが、それが半田家の女中だろうとは、少々意外過ぎる、それも半田家の一人息子の結婚披露会の日に、その披露会のあるホテルへ、しかも名前を偽《いつわ》って宿りこんだといのは、どういう理由《わけ》だ、――それに半田家へ、二度

も電話をかけたというのは？　――これには何か事情《わけ》があるぞ？

謎への一歩

一

「どうも意外でしたな。家を出る時は、まさか、あの女があんな死に様をしていようとは思いませんでしたよ」

帝大の死体解剖室を出てから、一言も口を利かずに考えこんでいた半田氏が、椅子に腰を下すと初めて口を開いた。待たしてあった自動車で、そのまま半田氏邸へとって返した二人は、先刻のまま応接間に対《むか》い合っていた。

「それで、あの死体は今日解剖がすむと、後はどういうことになりますか？」

「普通の場合だと、引取人に渡すだけの話です」

「その引取人のない場合は？」

「区役所へ引渡します。事件のあった区役所ですから今度の場合だと麹町区役所ですね」

「すると、つまり行路病者《ゆきだおれ》と同様に取扱われるわけですな。――いや、いくら何でもそれでは可哀想《かわいそう》だ。じゃ、私の方で引取って葬《とむら》いだけてもしてやりましょう、差支《さしつか》えないでしょうな」

「それは大変結構なお話ですが、しかしこちらで葬いまでなさらんでも、誰か引取人がありましょう。親なり兄弟なり――」

「それが、有るのか無いのか、よく分らんでしてな、あの女は――」

「と、いうと孤児《こじ》か何かですか？」

眼鏡《めがね》の底から、石岡係長の眼がきらと光った。

何の気もなく問返した言葉ながら、話がいつの間にか事件の要点に触れてきたことに気がついたからだった。

「それが私にも分らんが、或《あるい》はそんなことかも知れません。家へ来た時にも、親や兄弟の話は何もしませんでした」

「でも、口入屋《くちいれや》なり何んなり、身許引受というものがありましょう。その方で分りませんか？」

「いや、私は口入屋へは一切頼まん流儀《りゅうぎ》で、いつも新聞へ広告を出すことにしているのです。で、あの女《こ》も新聞広告を見て、真先にやって来たのです――それも前にいた女中が、母親が死んで突然暇をとったもので、その代りに雇《やと》ったわけですが、先刻《せんこく》もお話したとおり家内が病気で臥《ふせ》っているので、私が自分で会ってみると、言葉もハキハキしているし、仕事も早速《さっそく》間に合いそうでしたから、そのまま雇入《やといい》れたのです」

「それはいつのことですか?」

「さあ――先月の二十日ごろでしたか。確かそのころでしたよ」

「その時、身許は十分お調べになったでしょうね?」

「むろん一応は訊いてみたのですが、北海道とだけでくわしいことは申しませんでしたよ――一体、私が人を使う場合、原籍《げんせき》だの履歴《りれき》だのということは、あまり喧《やかま》しく詮議《せんぎ》立てせん方でして――つまり永年《ながねん》の経験から、この人間はと睨んだら、大概見当が外れないもので――これは何も自慢ではないが、まアそういったわけで、それに一つには私にしても、幸夫にしても、上女中がいなくなって、その日から困ったものですから、そのまま雇入れたわけです」

「それにしても、お宅へおかれるんですから、もとどこに奉公していたか、身許引受人があるかどうかくらいのことは、お確かめになったでしょう?」

「いや、何もそんなことまで訊きませんでしたよ。それが今もいうとおり、人間を見れば大概分りますからね――」

「しかし、職人や何かと違って、全然素性《すじょう》もわからない者にお宅の中のことを委《まか》せるというのは、随分危険なことだと思いますが」

多勢の人を使う請負業者――それも腕一本から叩き上げたらしい半田氏が、人を見る眼をもっていることは首肯《うなず》かれる。だが、土木工事なんどに使う土方《どかた》や職人とは違って、家庭の、それも身のまわりのことを委す上女中を、ろくろく身許も調べず、引受人もなしに、ただ相手の態度《ようす》を見ただけで雇入れるということは、まず普通の常識では許容されないことである。殊に、その女がこんなことになってみれば、半田氏としては、そこに自分の落度《おちど》があったことを認めてもいいわけだ。係長はそう思って、相手の耳には多少当てつけがましく聞えたかもしれないが、無遠慮にいってのけて、じっと主人の顔を見つめた。

が、半田氏の方は一向平気で、莨を口からはなしながら、

「そうですな、あなた方には、むろん危険千万《きけんせんばん》なことだと思われるでしょう。それは無理もないことだが、――しかし、口入屋をとおして印《はん》をとったりするよりも、

やはり自分の眼の方が確かなもので、その証拠には使ってみると、まア十中八九間違いないのです。つまり経験でしょうな。あの女に《こ》しても、よく働いてくれましてね。いい女中が見つかったと思って悦《よろこ》んでいたのです。だから引取って始末もしてやろうかと考えたようなわけでして——」

「よく働いたと仰有ると、あなた方にも当人にも、勤めの上では何も不満はなかったでしょうね?」

「不満なんどどちらにもあるはずはないのです。もっとも私は始終外へ出がちで、家のことはよく分らないが、誰からもそんな話は聞きませんでしたよ」

「すると、先刻のお話に戻りますが、何の不満もなく働いていたものが、突然暇をくれといい出した理由、それからわざわざ御令息《ごれいそく》の結婚披露会のあるホテルへ泊りこんだということについてはあなたはどうお考えになります。何か事情《わけ》がなくては、ただの気紛《きまぐ》れからだとは考えられませんですが?」

「さア、そこですよ。私も先刻からそれを考えているのだが、さっぱり合点がいかないのです——」

「立ち入ったお訊ねですが、何か家庭的な事情というようなことについて、思い合わされる点はありませんか?」

今の場合、それは半田氏に対する、殆ど最後的な質問であった。しかし、半田氏はこの不躾《ぶしつけ》な問に対しても、顔色一つ動かさなかった。

「気がつきませんな、何も——清川でもいてくれると、何かお話することがあるかもしれませんが——」

「清川と仰有ると?」

「幸夫の友達で、ずっと私のところにいるのですが、昨夜、披露会がすむと慰労《いろう》がてら四、五日どこかへ行ってくるといって出かけましたがね。私に代って、ちょいちょい家のことを見ていたので、彼がいると、何か私の気のつかんことを知っているかと思うのですが——」

「行先はわかっていませんか、その方の?」

「どこへ出かけましたか、若いもののことですから——」

これもまた更に手応えのない応答《こたえ》であった。係長は先刻からの半田氏の返事が、結局一つところをぐるぐるとまわってばかりいて、事件の要点には一向にふれないのを、じりじりしていた。何だか瓢箪《ひょうたん》なまず式な、巧くこちらの質問を反しているような気もせられる。しかし、考えてみると、家を外にしがちな事業家《しごとし》だから、家庭のことなどには案外無関心であるかもしれない。それと一家の主人として、突然こんな事件にぶつかった場合、多少気のついた点はあったとしても、なるべく明確な答弁を避けようとするのは当然である。

そう考えると、この上、半田氏を相手に何を訊いても無益なような気がせられた。それよりも林きぬがこの家へ来てから一ケ月半近い日が経っているとすれば、むしろ他の女中にでも訊いた方がいいかも知れない。

そこで石岡係長は、話頭《はなし》を転じて家族や使用人のことについて訊いてみた。

「家族は病妻《びょうさい》と幸夫きりで、他には今申上げた清川は家の者同様にしていますが、女中といって飯焚《めした》きのお直《なお》という年とった女と十四、五の少女《こども》が一人きりです。これで家内が丈夫だと今一人二人女中を置いてもいいんですが、何しろ寝切りなものですから――」

「それは御不自由でしょうな。で、その奥さんには誰方か附いていませんか?」

「看護婦が一人ずっと附いております」

「そうですか、それではその下働きの女中さんと看護婦を呼んでいただけませんか。――例のホテルからかかってきた電話のことについて訊ねてみたいのです。それから後で、被害者の部屋もちょっと調べさしていただきます――」

「どうぞ御自由に――、では女中から呼んできましょう。ベルを押してもいいが、あなたのことを一応耳へ入れておく方がいいでしょうから」

二

半田氏が出ていって五分もすると、廊下に足音がして、下働きの婆《ばあ》さんにしては品《ひん》のある、服装《みなり》も小ざっぱりした五十五、六の女が入ってきた。

石岡係長は、その顔を一目見て、それが先刻《さっき》、半田氏と自動車《くるま》に乗った時、門の傍《そば》で須藤と立話をしていた女であることに気がついた。あの時は、右の頰に湿布《しっぷ》をあてていたが、見ると歯痛でも起しているのか頰から顎へかけていくらか膨れ上っている。

(すると須藤は、やはりホテルの事件が半田家に関係のあることを嗅ぎつけて、やってきたのに違いない。むろん、背後《うしろ》に新聞記者の幡谷がいてのことだろう――)

係長は、そんなことを考えながら、もじもじと逡巡《しりごみ》する婆さんを、やっとのこと椅子に落ちつかすと、

「お直さんというんだね。歯が痛むんですか?」

「ハイ、この年をしまして、子供のように奥歯が痛むんでございますよ。二、三日も前から――」

「それはいけないね。ところで、もう聞いたんでしょうね、おきぬさんのことは?」

「ハイ、……今、旦那《だんな》様から聞いて、びっくりしたんでございますよ。真実《ほんとう》でございますか、それは?」

「真実とも、それでお前さんにも訊くんだが、おきぬさんが昨日暇をとって、この家を出ていったのは、何時ごろだったね?」

「そのお暇をもらった話も、実は、たった今旦那様から伺ったばかりで、私はちっとも存じませんでしたよ。そういえば、昨夜も今朝も見かけないので、お千代に聞くと、昨日十一時半頃ぶらりと出かけたと申しますので、大方ホテルの方へお手伝いにでも行ったに違いない。それにしてもどうして帰ってこないだろうと不審に思っていたのでございますよ。私はおきぬさんが出かけた時は、丁度、お医者さんへいっておりましたもので――」

「お千代というのは誰だね?」

「私の姪《めい》で、走り使いにこちらでお世話になっている少女でございます」

「ああ、先刻玄関でみたあの子だね。ぶらりと出たというと、手ぶらだったろうか。そんなことは気がつかなかったかな?」

「さア、格別、そんな話はしておりませんでしたが、何かもっていたら気のつくはずでございますが――」

「じゃ、それはいいとして、以前《まえ》にどこかに奉公していたとか、生れはどこだとか、話していたことはないかね?」

「聞いておりません。あの女《ひと》は御飯を一しょにいただきましても、私達には物をいったこともございません。毎日お化粧ばかりして、掃除一つするでなし、自分の汚れものまで外へ出すという風でございましたから」

「フム」係長はちょっと考えていてから、「それでは今まで堅気《かたぎ》な奉公をしてきた女じゃないね?」

「そんな風には見えませんでございましたよ。ほんのちょっとした衣服の綻《ほころ》びまで、自分では出来ないのか、いやなのか、お千代に繕《つくろ》わしていたくらいですから――」

「フム」係長は、そこでまたちょっと考えてから、「で、あの女が、突然、暇をとったについて、何か思い合すことはないかね?」

「さア――、それなんでございますよ――」

お直婆さんが、そういって黙りこんだ様子が、何だかためらっている風に見えたので、後を追っかけるように、

「昨夜、殺される前に、おきぬさんが津藤千代二という男を、電話で呼んでいるんだがね。いつか、そんな名

前を口にしたことを聞かなかったかね？」

「ええ、津藤という人なら存じておりますよ。度々《たびたび》、ここへ訪ねてきて、いつも裏口からおきぬさんを呼び出しておりましたから」

「ほウ、――そんなに度々やって来たのかね。津藤が？」

「左様でございますね。五六遍は確かまいりましたよ。おきぬさんの方で私たちに遠慮していましたが、いつも、ちょっと来ては、ちょっと帰ってゆくという風でございましたが――」

「それで、おきぬさんが、その津藤という男のことで何か話したことはないのかね？　どうした男だか、どういう関係か？」

「何も聞いてはおりません。それが今も申すとおり、つんとしていて訊いても話すような女《ひと》ではないし、私の方でも、どうせ内緒《ないしょ》ごとにきまっている他人《ひと》のことを聞きたくもなし、一切見て見ぬ風をしていましたから。それでも一昨日《おととい》訪ねてきた時は、二人があまり大きな声で口喧嘩《くちげんか》をするもので、二階へ聞えてもと、つい顔を出したんでございますが――」

「ほウ一昨日も訪ねてきたんだね。で、喧嘩は何だったね？」

「さあ、夕方のことで、私はお台所で洗いあけをしていましたもので、初めは聞いておりませんが、だんだん声が高くなってきて、二人で何か押問答《おしもんどう》をしているようなので、ふと耳を立てたんでございますよ。するとおきぬさんの声で、――『何てしつこい人だろう。私、あなたにはもう飽々《あきあき》したわ。出ていって頂戴《ちょうだい》』と疳《かん》高い声で怒ったようにいったと思うと、今度は男の声で――『金持のの
ら息子をまるめこんで、俺を袖《そで》にしようなんて、そんなわけにはいくまいゾ』――とか何とか、まるで芝居の台詞《せりふ》みたようなことをいったんでございますよ」

「フム、それから？」

「で、あんまり声が高いので、人聞きも悪いと思ってお台所から顔を出しますと、おきぬさんが抑えられた手を振り放そうとして争っているところでしたが、私の顔を見たもので、急いでその手を放して、裏木戸から出ていったんでございます。それでもおきぬさんは私には何ともいわないんでございますから――まア、面目《めんもく》なくて何もいえなかったでしょうけれど――」

「なるほど、で、その金持ののら息子というのは、幸夫さんのことだろうね、大方？」

「え！　いいえ――」

お直婆さんは、言葉のはずみで、とんだお喋べりをし

たといった風で、ひどくどぎまぎしながら、

「それは津藤さんの方で、感違いをしているんでございますよ。若旦那には何も関係はないことで――」

婆さんがまたもじもじしながら口籠った。

「若旦那でないとすると、それじゃ清川さんとでも、何か怪《おか》しかったというのかね?」

「――まア傍《はた》からは分らないことで、何とも申せませんですが、おきぬさんをこちらへ連れてきたのは清川さんで、あの女が大きな顔をしていたのも、清川さんが庇《かば》っていたからで、夜分なんか時々二人で出かけることもありましたからね」

「ちょっと待ってくれたまえ。清川さんがあの女をつれて来たというのは? おきぬさんは、新聞広告を見て、やってきたんじゃないかね?」

「それは新聞へも広告を出したでしょうが、おきぬさんがこちらへ見えることは、その前から決っていたんでございますよ。それも、前にいたお里さんが急に暇をとったもので、私が清川さんの部屋を掃除に参りますと、机の側に女の写真が落ちていましたので、戯談《からかい》半分に訊くと――『いい女だろう、お里さんの代りに来てもらおうかと思っている』と、これも笑い半分の話でしたが、それから二日しておきぬさんが来たのを見ると、それが写真の女なので、やはり真実だったかと思うたことでございましたよ」

　これは意外な事実だった。これで先刻の何だか要領を得なかった半田氏の話も、いくらか説明がつくわけである。だが、――それは、半田氏自身が、清川の言葉を信じて、彼女を雇った場合のことである。が、それならば、清川の紹介だとはっきりいってもよさそうなものだに――、一言もそんな話がなかったところを見ると、あるいは清川との関係なんか全然知らないのか、それとも知っていても、何か事情があって、そこに触れなかったかに違いない。

（イヤ、こいつはゆっくり考えてみなくてはならないところだ――）

係長はそう思って、今度は津藤のことを訊いてみた。

三

「津藤というのは、どんな風貌《かおつき》をしているね? そんな風だと、むろん好い男だろうね?」

「さア、好い男といっていいんですか」お直婆さんは膨れた頬に手をやりながら、「――まア、左様でござい

ますね。若い女の飛びつきそうな優形《やさがた》ではないが、男らしい顔をしておりますよ。眉の濃い、鼻の大きい、円顔というよりも顎の出っ張った、丈もいくらか高い方で、がっしりした身体の——その癖、平常《ふだん》の言葉つきは、女のように優しいんですよ」

「なるほど」係長はちょっと硬派《こうは》の不良を心に描きながら、「それで大体の見当はつくが、どこかに一目で知れるような目じるしといったようなものはないかな?」

「さア、格別、これといって気がついておりませんが」

「服装《きもの》は?」

「いつも洋服で、しゃんとした服装《なり》をしているんでございますよ。一昨日なんども合着《あいぎ》の服に、買い立てらしい帽子を冠っていたようでした」

「年齢《とし》は二十七、八というところかね?」

「まアまア、そんなところでございましょうね。割り方老《ふ》けては見えますが」

「イヤ、有難う。お庇でよく分った。ところで今一つ訊きたいことがあるのだが、それは昨日の午後の二時ごろと、夜の十時過ぎに、東京ホテルからこちらへ電話がかかってきたはずだが、それを誰が聞いたのか、お前さんは知らないかね?」

「ハイ、実は先刻もある人から、そのことを訊かれましたが、正午過ぎにはお医者へいっておりまして、それも三時過ぎまでかかったもので、どこから電話がかかってきたか存じませんが、夜の十時過ぎにかかってきたのはよく知っております。その時は、清川さんが電話口へお出になったのでございます」

「清川さんが? 清川さんは、その時分まだホテルにいたはずだが——」

これもまた少々意外な話であった。半田氏の話では清川はホテルの披露会が済んでから、慰労かたがたどこかへ旅行に出かけたとのことだった。披露会が何時に済んだか、はっきりしたことは分らないが、十二時を過ぎてもまだ舞踏場が賑わっていたことは確かである。ダンスの方は添えものとしても、主人側の一人として出席したはずの清川が、二時間も早くホテルから脱け出してきたとは考えられない。仮令《たとい》、服を着更えに帰ったとしてもである。

「私も、旦那様がお帰りにならないのに、清川さんが一人で先へ帰ってくるはずはないと思ったのでございますよ。それもいつ帰ってきたのか、少しも分らないで、電話が鳴ると奥の方から足音がして、清川さんの声が聞えたもので、初めてそれと知ったくらいなんですから」

「フム、で電話でどんな話をしていたね? お前さん聞いたのだろう?」

「歯が痛むもので起きていましたから、聞くには聞きましたが、こちらからは何も仰有っていなかったようでしたよ」

「でも、何か一言ぐらいはいったんだろう?」

「いいえ、ただ返事ばかりしておいでのようでございました」

「で、清川さんは、それからどうしたね?」

「電話が断《き》れると、また奥へ入っていったようでしたが、間もなく内玄関の開く音がしましたので、もしや旦那様かと思ってのぞいてみますと、清川さんがトランクをもって出てゆくところでございました。私は声をかけようとしましたが、その時はもう外へ出、格子戸《こうしど》が閉りましたので、そのままになりましたが――」

　すると、清川がホテルを脱け出して、十時前後に半田家へ帰ってきたことは疑いない。服を着更えかたがた、病夫人に披露会が無事に済んだことの報告にでも帰ってきたというのなら不思議はないが、それなら何もそーと帰って、再びそーと出かけてゆく必要はないことだ。それに被害者林きぬは、清川が半田家へ帰っていることを知っていて、電話をかけてきたとしか思われない。と、その電話で二人はどんな話をしたのだろう?

津藤との喧嘩――清川と関係があったらしい事実。何だか、漠然とではあるが、何かそこに連鎖《つながり》があるようにも感じられる。しかし、それにしても、被害者が突然半田家から暇をとって、結婚披露会のある東京ホテルへ泊りこんだという大きな謎には、何の関係もないことだ。事件の核心に近づくためには、もっともっと網をひろげて、ゆっくりと調べてかからねば、――石岡係長はそう考えて、お直婆さんにお千代を呼んでくるように頼んだ。

　十五歳だというが、お千代は年の割には身体も出来、早熟《ませ》た方で、係長の前へ出ても物怯《ものお》じしたような様《さま》はなく、落着いた声で、てきぱきと答えた。

「おきぬさんが、昨日家を出た時、お千代さんは見ていたんだね。どんな衣服《きもの》を着ていたか、憶えていない?」

「着物は縦縞のお召で、それに藤色の錦紗《きんしゃ》の羽織を着ていました」

「よく憶えているね。それから何かもっていたのかね。本か何か?」

「いいえ――」

「ハンドバッグは?」

「もっていませんでした」

「そう。では、トランクなんどはむろん持っていかなかったろうね？」

「ハイ。歩いて出ていきましたから――」

「後から運送屋でも、トランクを取りにはこなかったかね？」

「いいえ」

お千代はそういってお直婆さんの方を振返った。

「まいりませんですよ。運送屋なんか――」

お直婆さんが、お千代の言葉に裏書きした。

空《から》っぽの支那鞄《しなかばん》

一

被害者の林きぬが、半田家を出た時は、手ぶらで、何一つもっていなかった。――それだのに、ホテルへは黒皮のトランクを携えて投宿している。

（こいつは、ちょっと怪《おか》しいゾ？――）

お千代の話を聞きながら、石岡捜査係長は考えた。半田家を出たのは十一時半ごろ、ホテルへ入ったのは正午過ぎだ。どこかへ立寄って、トランクを持出す時間はゆっくりある。しかし、他処《よそ》へまわってトランクを持出すくらいなら、暇をとって出てゆく家から、何か身のまわりのもの一つ二つは持って出そうなはずだ。それを手ぶらで、――しかもホテルへ？――もしかすると、前々から準備をしてかかっていたのが津藤との喧嘩から、急に身を隠す必要が出来て、清川と一しょに逃げ出すつもりではなかったろうか？

今のところ、それは想像に過ぎない。しかし昨夜の清川の行動が、その想像を裏書きしているような気がせられる。半田氏に旅行のことを申出たのも突然らしい。旅へ出るなら出るで、大ぴらに帰ってくればいいものを、十時過ぎにそっとホテルから引返して、トランクを持出した、のみならず、電話で林きぬと話までしているのだ。犯人が誰であるかは別個《べっこ》の問題としても、とにかく、清川がこの事件に関係のあることは間違いない――。

ようし、ついでに看護婦の話を聞いてみよう。係長はそう考えて、看護婦の小川とめを呼びにやったが、今丁度食事中だとのことに、それではといって、お直婆さんにきぬの居室《いま》へ案内してもらうことにした。

その時、ふいに廊下の向うで電話のベルが鳴り出した。

ドアのところにいたお千代が、駈け出そうとすると、もう受話器を外す音がして、電話口で半田氏の声が聞えた。

踏み出した足を止めて、三人がそこに立っていると、間もなく話をすました半田氏が、つかつかとドアの前へやってきた。

「急用が出来たので、これから出かけたいのですが、何かまだ私に御用がありましょうか?」

係長は半田氏の声から態度から、何だか先刻とちがって、そわそわしているのに気がついた。そういえば、濃い眉根をぐっと寄せて、いやに気難しい、不機嫌そうな表情《かお》をしている。

「そうですね。先程、清川さんのお話が出ましたが、清川さんがホテルを出られたのは何時ごろだったでしょうか?」

「さア、何時にホテルを出たか、それは分りませんな。旅行に出たいといったのは、宴会が済んでからでしたが」

「宴会の済んだのは何時でした?」

「九時過ぎだったでしょう。清川がどうかしたというのですか?」

「いや、昨夜十時過ぎにこちらへ帰られたという話ですから」

「ああ、そうですか。大方、服でも着更に戻ったのでしょう。では、それだけで?」

「ついでに清川さんの郷里を伺っておきたいんですが?」

「福島県です。郡山在《こおりやまざい》で、清川と聞けば旧家ですからすぐ分りますよ」

半田氏はそれだけいうと、お千代に自動車を呼ぶように命じておいて、せかせかと自分の部屋へ入っていった。

その間に、係長はお直婆さんを案内に、廊下を奥へ、小さい中庭に沿うた廻り廊下を左へ、林きぬがいたという部屋の前に立った。

「清川さんの部屋はどこかね?」

係長は帽子に手をかけながら、婆さんの方を振向いた。

「あの向うの洋間でございます」

お直婆さんは、廻り廊下の向うに、ちょっと離れのようになって二つ並んだ洋室のドアを指して、

「この間まで、向うのお部屋に若旦那様がいらっしゃいましたが、今度、裏手へ御普請《ごふしん》が出来ましたので――」

後を向いて、植込の間からのぞいている青い屋根を指した。新婚の家だというのに、お祝いの品も見えないと思ったら、新邸が出来ていたのか。家族の割には手狭い

とも見えないが、病人もあり、相手は富豪《かねもち》のことだし、半田氏の方で気兼ねをして、新夫婦のために新築をしたのであろう。

「そうかね。では、こっちは急にひっそりなるね——」

係長はそういいながら、障子《しょうじ》を開けて、一歩中へ踏みこんだ。南北が開いた四畳半で、壁際に小さい鏡台《きょうだい》と文机、その上に読みさしの婦人雑誌が二冊。他には隅の方に衣紋掛《えもんかけ》があるきりだが、彼女の所有品らしいものは、目のふるる限り何もない。

「きれいじゃないか? お前さんでも掃除したのかね?」

「いいえ、私は入りもしませんですよ」

「衣類は押入《おしいれ》だろうね?」

「ええ、大きな支那鞄があったと思いますが」

係長が押入の前へいって、静かに襖《ふすま》を開けた。と、二段になった棚の上に夜具が、下に相当大きな黒塗りの支那鞄が入っていた。係長が手をかけると、錠は下りてなかったと見えて、鞄の蓋《ふた》はそのまま開いた。

「おや!」係長が低い声をあげた。

「どうかしたんでございますか?」

「どうもこうも、カバンは空っぽだよ」

「へえ!」横から覗きこんだ婆さんが、きょとんとした顔をして、「ほんとうに空っぽですね。昨日着ていた平常着《ふだん》まで——まア、いつの間に持出したんでしょう?」

押入の奥の方を覗いていた係長は、頭を引込めると、つと振返って鏡台の前へ近づいた。そして上から順に一つ一つ抽斗を開けてみた。白粉《おしろい》や刷毛《はけ》や若い女の化粧道具がいくつとなく、行儀よく抽斗の中に並んでいる。

「はてな? ——」

右手の拇指《おやゆび》を頬にあてて、じっと考えこんでいた係長が、

「君、ちょっと立会ってくれないかね。清川さんの部屋へ行ってみたいが——」

返事もまたずに、今度は婆さんの先に立って、廊下を、清川の部屋の前までいった石岡係長が、いきなりドアの把手《ノッブ》に手をかけた。が、そこには鍵がかかっていた。

「合鍵はないだろうね?」

「ハイ、そんなものは私なんど——」

係長は鍵孔に当てていた眼をあげると、廊下を後に引返しながら、口の中で呟いた。

(——女なら、化粧道具を忘れていくはずがない。それに、——そうだ昨日着ていた着物はどうしたのだ。やはり、清川が自分のトランクへ詰めて持出したに違いな

い――）

二

「存じませんわ。あの女《ひと》がいつ出ていったか。私、二階にばかりいて、滅多に下りてはこないんですから。でも、二時に洗濯物を入れに下りてきた時は見かけませんでしたわ」

「じゃ、奥さんのところへも挨拶にいかなかったかナ？」

「ええ、見えませんでしたわ。で、今もお直さんと話したんですけれど、いくら何でもお暇をいただくのに奥さんにも物をいわずに出てゆくなんて、ちと非道《ひど》いと思いますわ――」

　ぶくぶくと肥った体を、白い消毒衣に包んだ看護婦の小川とめは、長椅子《ソファ》の端にいくらか窮屈《きゅうくつ》そうに腰をかけて、まだ脱けきらない東北訛りの早口で、ずばずばと答えた。年齢《とし》も三十上らしいが、職業柄で、相当に人ずれもしているらしい。

「二時というと、その時分に、どこかから電話がかかってきたはずだが、下へおりた時、気がつきませんでしたか？」

「ええ、私が階段を下りた時、かかってきましたわ。ベルが鳴ったので、電話口へ出ると、低い女の声で幸夫さんを呼んで下さいというので、呼んで上げましたわ」

「幸夫さんを？――清川君ではなかったですか？」

「いいえ、幸夫さんをと、はっきりいいましたわ」

「で、先方は誰ともいわなかったですか？」

「私、誰方ですと訊いたんですが、呼んでいただけば分るというものですから、そのまま取次ぎましたの」

「そうかなア？」係長はちょっと頭を傾げていたが、

「後から、清川君と代った様子はなかったですか？」

「さア、私、裏庭へ出て、ほし物をもって戻ってきた時も、まだ幸夫さんが電話口にいたんですが――」

「時間は確かに二時でしたね？」

「ええ、二時を二三分すぎていたでしょう。私いつものとおり時計を見て、奥さんにお薬を差上げてから、下りてきたんですから」

　では、時間に間違いはないはずだ。すると、その電話がホテルからかかってきた電話だことも間違いあるまい。それにしては、幸夫が電話口へ出たというのが合点がいかない。

「それで、あなたは電話を取次いだ時、聞いたような声だとは思いませんでしたか?」

「ええ?」

「実は、その電話はホテルからおきぬさんがかけてきたはずですがね」

「おきぬさんから?!」

看護婦は、さも驚いたように、と同時に、さてこそといったような表情《かお》をして、

「まア、そうでしたの。声が低かったので、ちっとも気がつきませんでしたが、――それで分りましたわ。幸夫さんが、電話口でいやあな顔をして、間誤々々《まごまご》していた理由《わけ》が――」

「ほう、すると幸夫君とも何か事情《わけ》があったんですか?」係長はさも意外そうにいって相手の話を釣り出すように、「僕はまた清川君と関係があったかと思っていたんだが?」

「あの女のことですもの、誰と何していたかわかりませんわ――」

「でもお直婆さんに聞くと、あの女をここへつれてきたのは、清川君だという話だが」

「そうですかしら。私、知りませんけど、大方そんなことでしょう。どうせ、カフェーかどこかにごろごろしていた女《ひと》でしょうから――」


「しかし、幸夫君と関係があったというのは、どうも信じられんね。幸夫君にしてみれば、いくら何でも婚約中の身じゃないか、それが小間使《こまづかい》に手をつけるなんて?」

石岡係長が莨に火をつけながら、ぐっと砕《くだ》けた態度で話し出した。

「婚約中だからといって、じっとしているようなら結構ですけどね。幸夫さんという人は、そんな方じゃありませんよ。――それにおきぬさんの方では、ちゃあんと思惑があってかかっていたんですもの。だから、どっちがどっちともいえませんけれどね」

「思惑というと、――つまり、幸夫君をまるめこもうとでもいうのかな?」

「そうですわ。最初からそのつもりだったでしょう」

「だって、こっちはもうお嫁さんがきまっているじゃないか?」

「でも、なにも自分がお嫁さんになろうというのではないんですもの。だから、お嫁さんの決っている方が却って都合がよかったかもしれませんわ。私の知った女《ひと》にも、看護婦とそんな風の小間使職業《しょうばい》を一しょにしてる人がいくらもありますわ。近頃の若い女《ひと》は、そんなことにかけては、とても凄いんですからね」

「何だか真実《ほんと》のように思われんなア。何か確な証拠でもあるのかねえ?」

「証拠がなくて、こんなお話はできませんわ。私、ちゃあんとこの眼で見とどけているんですもの。それも旦那様や清川さんがいない時は、ほんとうに大ぴらですからね。一度なんか、奥さんが幸夫さんに御用があると仰有るので、何の気もなしに幸夫さんのお部屋へ行って、私の方で赤い顔をしてしまいましたわ」

平気でずけずけそんなことが口に出せるのも、職業《しょうばい》が職業だからだろう。それに同性に対する憎悪《ぞうお》と反感も、多分に手伝っているに相違ない。

「なるほどね、——するとあの女は、一方では幸夫君を、一方では清川を、——つまり二人を手玉にとっていたわけだね」

「まア、そうだったんでしょうね。だけど、あの女《ひと》の目的《めあて》は、今もいうとおり最初から、はっきりしていましたからね。だから、昨日になって急に暇をもらったんでしょう。それからわざわざホテルへ宿りこんで、幸夫さんに電話をかけてきたんですわ——」

看護婦の小川とめは、そこまできて、ハッとしたように口を噤《つぐ》んだ。つい調子にのって、べらべらと喋ってしまってから、ふと或ることに気がついたのだ。——林きぬは、電話をかけてきたそのホテルで、何者にか殺害されている。目の前の男は、その犯人を捜しているのだ。——自分の話が、相手の耳にどう響くか。その結果が、幸夫に、半田家にどんな迷惑を及ぼすか、今やっとそれに気がついたのだ。

それと見た係長は、相手の気をまぎらすように、いろいろと話題を変えてかかってみたが、彼女の方では、すっかり言葉が渋ってしまって、むしろ、前言を取消すような口振りである。そこで係長は、宜い加減なところで、話を打切って半田家を出た。

時計を見ると、いつの間にか一時半になっていた。

三

——あの女の言葉には、明《あきらか》に林きぬに対する憎悪と反感がふくまれている。いや、若干《じゃっかん》の嫉妬《しっと》もまじっているかもしれない。が、といって、あの話を全然否定するわけにはゆかない。幸夫ときぬが関係のあったことは、恐らく事実であろう。それはお直婆さんの話を思い合しても、うなずかれる。婆さんは、津藤がきぬに向いて、「金持ののら息子と……」といったのは、津藤が感違いをしているのだと弁明《いいわけ》したが、あれは幸夫を庇っていったことに違いない。

——それに二人の関係が、きぬの方に思惑があって持ちかけたものだということも、どうやら首肯《うなず》かれる節がある。何故といって、すでに津藤という情人《おとこ》がありながら、清川をろうらくして半田家へ小間使に住みこんだ女だ。何か、そこに目的があってのことだ、と考えても差支えはあるまい。

——するとだ。小川とめが何の気もなく口にした最後の言葉を、軽々しく聞き流すわけには、いかないことになってくる。つまり、いよいよ結婚式が挙げられることになったので、一切を清算するための非常手段をとったかもしれないのだ。あばずれ女のやりそうなことだし、それに、そう考えると、彼女がホテルへ宿りこんだ理由《わけ》も、幸夫に電話をかけてきた理由も、筋道がたってくる。

——が、そうなると、犯人は何者だ？　それに清川は一体、どんな役割をつとめたというのだ？　いや、だんだんと解らなくなってくる——。

空腹を感じだした係長が、そんなことを考えながら半田家の門を出ると、いきなり、

「や！」

と声をかけたのは、新聞記者の幡谷だった。

「先刻から待ってましたよ。被害者は、林きぬでしょうね？」

「う——」

係長は、真向からの質問に、何を考える閑もなく、呻《うな》るように答えてしまった。

「それはまア間違いないつもりだったが、犯人の方はどうです？　目星がつきましたか？」

「そう君、簡単にはいかんよ。君が自分でそう書いていたじゃないか」

「あれは僕の想像だが、しかしおよその見当はついたんでしょう。清川が臭いんじゃないですか？」

「さアね。その辺はもう君の方で調べ上げているんだろう？」

「ええ、昨夜の清川の行動はすっかり分っていますがね。この家を出てからのことは——」

「この家を出てからのことが分ってるって？」

先を歩いていた係長が、急に歩度をゆるめて、幡谷の方を振返った。「どうして調べたんだね？」

「あの先生が調べたんですよ。昨夜の、それ——津藤と間違えて、ホテルへ僕と一しょに飛び込んだ須藤君が——」

「ウン、先刻、ここへ来て女中と話していたようだっ

たね」

「先生、とても熱心でしてね。あれで弁護士商売がいやで、元来《もともと》新聞記者志望なもので、昨夜から狂人《きちがい》みたようになっているんですよ。それに、清川とはちょっと知ってるそうでしてね」

「フム、友人かね？」

「大して近しい仲でもないようですが、同じ夜学に通ってたそうですから、顔くらい知ってるでしょう――ところで、飯はまだでしょう、あなたも？」

「ああ、腹は空《す》いてるが、まだ用があるんでね」

その時、二人は横町から広い通りへ出ようとしていた。係長は、幡谷が何か聞き出すつもりで、誘いをかけている意図《はら》は十分に見抜きながら、こちらでも昨夜の清川のことを聞きたい弱味《よわみ》と、それに事実、胃の腑の中は猛烈な食慾をうったえていた。

「そこらで、ちょっと何か掻きこもうじゃありませんか。僕、河本さんを捕えるのに今朝からホテルへ張込んでいて、すぐこっちへ廻ったもので、飯なんか食う閑がなくて、ペコペコなんです。あ、あすこでライスカレーでもやりましょうか、交際《つきあ》って下さい」

大方、そのつもりで最初から見当をつけていたのだろう。通りへ出ると、幡谷はすぐ左手の軽便《けいべん》食堂を覗きながら、係長をつれこんで、人気《ひとけ》もない片隅のテーブルに陣取《じんど》ると、さもせかせかとライスカレーを命じた。

「で、清川が昨夜どうしたというのかね？」

腰を下すと、早速係長の方から口を切った。

「ホテルからの電話を聞いた後で、トランクをもって出たことは、むろん御承知でしょうね？　あれから、じきそこの日の出タクシーまで行って、自動車《くるま》に乗ったんです。それから、真直ぐに東京駅へ行ったというんですが、それから先はわからないのです。運転手の話では、そのまま大急ぎで赤帽《あかぼう》にトランクを渡して、構内《なか》へ駆けこんだというんですがね」

「じゃ、よほど慌てていたと見えるね。どこへ行くとも何時の汽車に乗るともいわなかったかな？」

「ただ、大急ぎでやってくれといっただけらしいんです。半田氏はどういっていました、清川のことを？」

「旅行に出たといってたがね――」

「それが怪《おか》しいじゃありませんか、披露会のお客がまだ多勢いるのに、大急ぎで旅行に出るなんて？」

「うん、普通なら最後《おしまい》までいてしかるべきだがね――」

「一体、林きぬが偽名をして、ホテルへ宿りこんでいたことについて、半田氏はどういう弁明をするんですか？」

「それが、今書いてもらっちゃ困るが、実は頗《すこぶ》る不徹底なんでね。つまり、全然自分には見当がつかないというんだよ」

「そうですかねえ。半田氏には或《あるい》は見当がつかんかもしれんが、あの幸夫というのは、銀座じゃ相当有名な不良だったようですね。元K大学のスキーの選手で、顔を売ってたのにつけこんで、随分カフェー荒しをやってたというじゃありませんか。それが例の×××に睨まれて、親爺《おやじ》さんがいくらかせしめられたという風聞《うわさ》もありますね」

「そうかね、それや初耳《はつみみ》だよ」

「一方、林きぬの方も、どうやらその好い相手だそうじゃありませんか。津藤というのは、あの女の情人でしょう」

「婆さんの話では、そうらしいね」

係長は、どうせ婆さんの口から洩れていることだと思って、言葉短く肯定《こうてい》した。

「すると、そこに何か経緯《いきさつ》がありはしませんか？　あなたの考えはどうです？」

幡谷は係長の腹を読もうとして、ぐんぐんと無遠慮に突っ込んでくる。

「さア——、その辺は、むしろこちらから君達の意見を訊きたいところだが、——どれ、じゃ詰めこもうか」

薄ぎたない服装をした出前持兼任《けんにん》のボーイが、註文の皿を運んできたのを幸い、係長は言葉を濁して早速スプーンを手にとった。幡谷もナプキンでスプーンの先きを拭きながら、

「とにかく、僕はそこに秘密があると睨んでいるんですがね。でなきゃ、被害者が結婚披露会のあるホテルへ、わざわざ宿りこむ道理がないんですから。それに二度もあすこへ電話をかけているんでしょう？」

「どうして、君、それが分ったね？」

それは半田家の門前で須藤の顔を見た時から、不審に思っていたことだった。係長は幡谷の方から口を割ったを幸い、受身の立場をかわそうと訊き返した。

「それはまアどこかから洩れたんですが」

幡谷も軽く逃げながら、

「ただ、そう考えてくると、清川という先生が、どういう役割を引受けたのか、それがよく分らないんですよ。僕は幸夫ときぬの経緯は経緯として、とにかく清川が怪しいと思うんだが、須藤君は、清川という男は、決してそんな大それたことの出来る人間じゃない。どっちかというと、人の好い、お坊ちゃん見たような男だというんです。しかし、どう考えても、昨夜の清川の行動には

腑におちん点があるんです。第一、そこらへちょっと三、四日の旅に出るのに、大きなトランクを持出す必要なんかないじゃありませんか。僕は、どうも高飛びしたんだと思いますがね」

幡谷はコップの水で、硬い飯を咽喉《のど》の奥へ送りこみながら、係長の顔を上目使いにそうと見た。

「さア、それはチト速断《そくだん》じゃないかね……」

係長はそう答えながら、肚《はら》の中で、自分と幡谷の見解に大した逕庭《けいてい》のないことを考えていた。

「というのは、時間の点が喰違《くいちが》うというんでしょう?」

「時間も違うが、まだ犯人のところまで考えるのはチト早いよ。それよりも君、河本君の方は、何か手懸《てが》りがあったらしいかね?」

相手の質問を避けるというよりも、事実、河本警部に一任してあったホテルの方の調査の結果が、係長は気にかかっていたのだ。

「そうですね。格別、耳寄りな話もなかったようでしたが」

「しかし、ホテルの中で、誰も気がついてないというはずはないがね。あれだけ部屋の中が荒されているし、被害者の悲鳴も聞えたはずだし――」

「ほんとですね。そういえば――」

幡谷は、六十号室の男のことをいおうとして、危うく口に出かかった言葉を、グッと咽喉の奥に呑みこんだ。

三つ葉の窓

一

――絞殺美人の身許判明、――ホテルの怪死体は実業家半田家の小間使、謎はいよいよ深まる――。

須藤は幡谷の帰りを待ちながら、新聞社の応接間で夕刊のトップに出た四段抜きの記事を、もう何遍読み返したかわからなかった。それは、彼が半田家のお直婆さんから聞き出した話に暗示《ヒント》を得て、幡谷がものにした特種で、東京ホテルの絞殺美人が、当夜ホテルで結婚披露会を開いた半田家の小間使林きぬであると断定しただけのものであったが、事件が事件だけに、殊にすべての新聞が朝刊で騒ぎ立てた後だけに、圧倒的に読者の注意を惹《ひ》いた記事であった。

須藤が、まだいくらかの興奮を感じながら、その短い記事を、殆ど暗じるほども読み返した頃、廊下にせかせかした足音がして、やっと幡谷が顔を見せた。

「やア、失敬々々、随分待たしたね。約束の七時までには引あげるつもりが、交代《こうたい》のK君が来てくれないもので、とうとう今まで頑張っていたんだ」

「で、津藤はやって来たのかね？」

「それが、やって来ないんだよ。あれだけどの新聞も書いたから、市内にいるなら、もうとっくに出頭しそうなものだが、被害者が東京駅へ電話をかけたところを見ると、大方汽車に乗ったんだね。係長もそういってるよ
――ところで君、飯は？」

「ウン、我慢が出来なくて今先刻やったところなんだ」

「そう――僕も警視庁で連中《あそこ》とつきあってきたんだ。じゃ、お茶でも飲もうか」

幡谷は須藤を案内して、がらんとした社内の食堂へ入って行くと、片隅のテーブルに腰を下ろして、居残りのボーイに紅茶を命じながら、

「ところで、君の方はどうだった？　何か収穫《しゅうかく》があったかい？」

「いや、歩き廻っただけで、結局くたびれもうけだ」

「東京駅はどうだった？」

「ウン、二時間もかかって片っ端から赤帽にあたってみたが、更に要領を得ないのだ。時間から考えて、十時三十分の小田原行だと思うんだが、何しろ昨日は土曜日だろう。発車間際《まぎわ》にトランクをもって駆けこんだ客はいくらもあるというんだ。その中《うち》に、刑事らしい先生が二人ほど、やって来たから、僕の方が逃げ出してしまったよ」

「そうだろう。捜査課の方でも、小田原から箱根方面と睨んでいるらしい」

「或はそんなことかも知れんね。で、僕はそれからホテルへ廻ってみたのだ。六十号室の先生をつかまえようと思って――」

「フム、あの海江田《かいえだ》という男か。いたのかい？」

「それがまた居ないんだ。正午《ひる》過ぎにちょっと帰って来て河本警部の取調はうけたそうだが、それからまた出かけたというんだ。ボーイに聞くと、どこへ行くのか、ホテルで飯を食うことなんか滅多にないという話なんだ」

「そうらしいね。先刻、河本警部に会ったので訊いてみたが、あの先生、海江田哲夫というんだね、――何でも、外国に永《なが》くいて、最近帰ったばかりで、日本が珍らしくて、毎日あちこちほッつき廻っていて、昨夜《ゆうべ》もホテルにはいなかったというんだそうだ」

「いなかったというのは、ホテルで寝なかったという意味かしら?」

「我々からすると、そう解釈しなくちゃならんがね」

その時、ボーイが紅茶を運んできたので、幡谷はちょっと言葉を切って、

「しかし、河本警部の方じゃ、全然いなかったものと解釈してるよ。他の諸君がいたので、僕は黙って聞いていたがね——」

「そいつは面白いね。こっちでくわしく訊かなかったか、それとも先生わざと黙っていたか知らないが、とにかくあの先生が何か知ってることは間違いないよ。僕はそう睨んでいるんだ。だから、今夜も君と会ったら、もう一度ホテルへ行ってみるつもりだがね。——それはそうと、僕、歩きついでに今一軒《いっけん》清川君の友人のところへ行ってみたんだ」

「ホウ」幡谷は俯向《うつむ》いて紅茶をすすりながら、上目使いで、「随分、活動したな」

「まア、乗りかかった船だから、行くところまで行ってみないと気がすまないんだよ。その男は常石《つねいし》といって、学校時代から清川君の親友なんだ。で、何か知ってるかと思って、高円寺《こうえんじ》まで行ってみたのだ。すると変な話を聞いたがね——」

「フン、どんな話だね?」

「それは清川君よりも、昨日結婚式を挙げた半田の息子の話だがね。それもまア清川君から聞いたことらしいが、あの半田幸夫という奴は始末にいかん女蕩《おんなたら》しだそうだね。銀座辺《あたり》を随分荒したという話だぜ」

「その話は僕も聞いたよ。何でも、それで×××に親爺がゆすられたとかいう噂だね」

「その話さ。清川君が話していたというのは。つい、この二月ごろのことだそうだ。二度に一万円近く絞られて、清川君がその尻拭《しりぬぐ》いに走り廻ったという話だよ。それから、僕、こんな写真を借りてきたよ」

須藤は内かくしから、手札型の写真を出して、幡谷の前においた。それは二人の青年が、小さい泉水《せんすい》を背景にして撮った写真で、一人は椅子に腰を下し、一人は傍《かたわら》に寄り添うて立っていたが、椅子に腰かけた方の青年は、寝巻《パジャマ》着らしい着流しで、額から耳にかけて繃帯をしている。

「誰だね、この写真は?」

幡谷が写真を手にとりながら訊いた。

「立ってる方が清川君で、片方が半田幸夫だよ」

「へえ? 怪我《けが》したんだね。いつ撮った写真だろう?」

「一昨年の暮、赤倉《あかくら》かどこかへスキーに行っていて、

怪我した時、撮った写真だそうだがね。この写真にまた相当いわくがあるんだそうだよ。何でも、怪我をして長野の病院へ入っている中に、看護婦に手をつけて清川君がその後始末に出かけた時の記念だそうだ」

「ほう——彼氏は到るところ、死屍累々《ししるいるい》というわけだね」

幡谷が莨に火を点《つ》けながら、大きな声でいった。

「手傷を負うのはどっちかわからないが、とにかく、女にかけちゃ目のない男らしいね。で、僕はふと考えたが、あの女も何か関係があって、面当《つらあ》てにホテルへ飛びこんだんじゃあるまいか——ね？」

「ウン、そう考えると、ホテルへ泊りこんだ理由は、簡単に解決するが——」

幡谷は椅子の背に凭《もた》れて、天井に煙を吐きながら、少時《しばらく》考えていたが、

「しかし、それだけで、犯人は誰かということになると、ちょっと困るね」

「でも、動機のない犯罪はあり得ないからね。僕は、そこに動機があると見ているんだが、——一体、石岡氏の意見はどうだね？　やはり清川君を怪しいと睨んでいるかしら？」

「まア、そうだろうね。今のところ、他に目をつける人間は誰もないんだから。しかし、今日は、係長なかなか口を開かないんだよ。半田家を出て、僕とちょっと話したくらいのもので、例の解剖の結果を聞こうというので、連中が総がかりで名刺を出しても、容易に出てこないんだ」

「それで解剖の結果はどうだったろう？」

「それも言葉を濁して、仰言《おっしゃ》らないのだ。でも、これは君と駅の案内係と二人証人がいるから、問題はないが、——とにかく、目下のところ清川の捜査と、津藤の出頭を待つよりほか、手のつけようがないらしいんだ」

「じゃ、僕らの方が、あの六十号室の男に望みをもってるだけ、まだ有望なわけだね」

「まア、そういうことになるね。何にしても、他社をリードしたついでに、何か朝刊へ材料《たね》をつかみたいものだが——清川の行先が箱根ときまっていれや、君に行ってもらうんだがなア」

「行ってもいいよ。しかし、その前に僕は、どうしてもあの男に会いたいんだ。じゃ、これからすぐホテルへ行ってみよう——」

「じゃ、待ちたまえ。無駄足をしてもつまらんから——」

幡谷は起ちかける須藤を止めて、カウンターのところ

へ行ったと思うと、電話で東京ホテルを呼び出して、六十号室へつないでくれるように頼んだ。と、すぐ受話器をかけて、須藤の方を振向いた。

「大丈夫、――今ならいるよ。六十号室はお話し中なんだ」

二

新聞社からホテルまでは、ゆっくり歩いても十分とはかからない距離だった。しかし、須藤は明るい電車線路を左へ折れて、薄暗い横町の近道を、ぐんぐんと大股《おおまた》に歩いていた。

その横町を突っ切って広い通《とおり》へ出る、ホテルの南車寄《くるまよせ》は、すぐ右手の方に見えていた。

須藤が広い通を斜《はす》に、五、六間《けん》も来た時だった。彼はふいに足を停めて、思わず、

「おや!」

と、呟いた。五、六台の自動車が列んだホテルの入口から、たった今、出て来て、向うへ歩いてゆくハンチングにステッキをもった男。顔ははっきり見なかったが、背恰好《かっこう》から、その様子がどうやら六十号室の男らしい。

須藤は足を早めた。そしてすれすれになるまでに近づいて、横顔を覗くと、確にそうだ。

(声をかけてみようか。相手の名前もわかってるし――)

が、須藤は思い返した。

(――街中である。先方で顔を反向《そむ》けたら、それっきりだ。それよりも、どこへ行くか尾《つ》けてみよう)

道は省線のガードを潜って、真直ぐに銀座へ出る。電車線路を横切って一つ二つ目の十字路まで来ると、彼はつと足を停めて、目の前の大きな建物を見上げ見下した。それから服の袖口をめくって、じっと時計に眼をやった。と思うと、くるりと足を左へ向けて、ネサンサインの明るい通を、ステッキを鳴らしながらゆっくりと歩き出した。

が、次の十字路を越えて、半町も行くと、彼の姿が、右側の青いネオンの軒下《のきした》に、吸われるように消えていった。

Bar Continent――須藤は、横文字の青い灯を見上げながら、どうしたものかと考えた。

(――こちらの顔を覚えていて、警戒されては詰らないが、まさか――)

須藤は高をくくって、つとドアを押した。右側にスタ

ンド、左側にやっと人の擦れ違うくらいの通路をおいて五六脚《きゃく》のテーブル。小ぢんまりした洋酒専門の酒場《バー》である。

勤人《つとめにん》らしい三組ほどの客が、立ったり腰かけたりして、静に話しながらグラスを傾けている。六十号室の男――海江田哲夫は、その連中と離れて、向うの方にひょろ長い身体をスタンドによっかかって、頭の禿《はげ》かかった酒場係《バーテンダー》と話している。幸いと須藤の入ってきたことには気がつかないらしい。

須藤は壁際に対い合った二人の青年の隣へ腰を下すと、甘口のカクテルを注文した。海江田とは背中合せの恰好だが、普通の話声なら十分聞きとれるくらいの距離である。

「今日は旦那《マスター》はいないね？」

「ええ、ちょっと用足《ようた》しに出かけましたんで、お話相手がなくていけませんね。――でも、東京見物もう大概お飽きになったでしょうな。格別これといって変ったところもないし――」

「いや、僕のは東京見物じゃなくて、お江戸見物だからね。この間も、旦那と話したんだが、何しろ東京を見ないで真直に彼地《あちら》へ行ったもので、まる三十年、歌舞伎《かぶき》とヨシワラの夢ばかり見てきたんだよ。明けても暮れても、日本人の話といやあ他にないからね。その三十年の帳消しが、君、一週間やそこらじゃ、ちょっと出来まいじゃないか――」

常連《じょうれん》と見えて、馴々《なれなれ》しい口の利き方だが、それにしても何だか下卑《げび》た言葉附きで、変に癖のある尖った声である。顔はもとより見えないが、薄気味悪い、あの落窪《おちくぼ》んだ瞳で、じろじろ相手を見ながら、にやにやと笑っている様子が、目に見るようだ。

「それじゃ、まだ当分お江戸の御見物ですか？」

「さア、それが懐中《ふところ》との相談でな、――そろそろ淋しくなりかけたので、これから軍資金の調達にかかろうというところなんだがね――、あ、もう一杯」

須藤がグラスの酒を、やっと半分も舐《な》めずる間に、彼は酒場係を相手に、取りとめもない話をしながら、強烈な酒を三、四杯も呷《あお》っていたが、その中に、急に何か思いついた風でズボンのポケットをじゃつかせて勘定をすますと、そそくさと飛び出していった。

「アメリカ帰りらしいね？」

須藤は、後から勘定をはらいながら、酒場係に何気ない、調子で話しかけた。

「大分永く彼地《むこう》にいて、あちこち歩いた方のようですよ」

「彼地《あちら》で何をしていたんだろうね？」

「さア、何をしていましたかねえ。ごろごろしていたのじゃあありませんか——」

須藤は、それだけ聞くと、つり銭をつかんで表へ出た。見ると、元来た道を、逆に、小脇にステッキを抱えて、格別酔った風もなくぐんぐんと歩いている。

町角に差しかかって、続け様に通る自動車をやり過す間に、須藤との距離は、ほんの三、四間に迫っていた。間もなく道が開けると、彼は傍目《わきめ》もふらず、真直ぐに向うへむいて歩き出した。

（そうだ、この辺で声をかけてみようかしら——）

これという目的《めあて》もなしに、明るい灯を追うて、蛾のようにほッつき廻っているらしい男を、どこまで尾けて歩いても仕方がない。ここらで呼びとめて、ぶらぶら歩きながら、——それとも飲助《のみすけ》らしいのを幸い、カフェーへでもつれこんで、例の話を聞き出してみようかしら——須藤が、ふとそう考えた時だった。すぐ目の前を歩いている彼が、突然、

「や！」

と、須藤にも、はっきり聞えるほどの声をあげて、ふいに足を停めたと思うと、向うから急ぎ足に来て、彼と今擦れちがったばかりの、けばけばしい服装《なり》をした若い女を、じろッと睨むように振返った。女の方でも、その声に驚いて、ハッとしながら見上げるように相手の顔を見返した。

と、同時に、声は聞えなかったが、男の方から何か一言、話しかけたようだった。すると、女がさも驚いた風で、急に足を早めて、まるで逃げ出すようにすたすたと駆け出した。

一瞬、彼は、その後を追って行きそうな身構《みがま》えだった。が、すぐまた思い返した風で、広い通を左へ折れた女の後を見送りながら、にやりと変な笑いを口唇に見せると、再び向うへ歩き出した。

須藤は、二人が確かに見知った顔であると思った。それも女の方は、ひどく驚き、慌てた風だった。その様子から、会ってはならない人間と、ぱったり顔を合して、度を失って逃げ出したとしか思えない。何か事情があるだろう、——しかし、久々で日本へ帰った外国の放浪者と、エプロン姿ではなかったが、眉を塗った口紅の女との行きずりの寸劇《すんげき》だ。どうせ、彼が自分からいう「お江戸見物」中に味わった苦《にが》い経験の一つを、呼び起したくらいのところであろう。

須藤は、あっさりとそんな風に考えながら、大して気にもとめずに歩いていた。その中に、彼が先刻立ちどま

って、腕の時計を見た四つ角の近くまでくると、彼は再び足を停めて、今度はうさん臭そうに、四辺をきょろきょろ見廻し出した。何かを探してでもいるような、それとも人を警戒しているらしくも見える眼つきである。

須藤は素知らぬ風で、その傍《そば》を通り抜けて、四つ角までゆくと、左へ曲る風をして、つと後を振返った。と、姿が見えない！

どこへ消えたか、ほんの十数秒の間に、海江田哲夫は、影も形もなくなっている――。

三

須藤は、急いで足を返した。

絶対に、自分を追越しては行かなかった。と、いって後へ引返した様子もない。恰度九時前後の盛り時で、かなり人通りは多いにしても、もし引返していったのなら、あのひょろ長い男だもの、肩から上が、すぐにもそれと目につくはずだ。

するとこの両側のどこかへ消えたに違いない。が右側は見上げるようなビルディング、左側は町角に入口のある大きなカフェー、それにつづいて煙草屋や、飾窓にネクタイなんどを飾った洋品店が並んでいる。

その時、須藤の眼が、ふと右側のビルディングの端に、この界隈《かいわい》にしては、珍らしくつつましやかに、そうと往来へ顔をのぞけた長方形のガラスの灯にそそがれた。

「カフェー・ミドリ」――見ると、入口のスイングドアが、仄暗い灯の下で、まだ微かながら揺《ゆら》いでいる。

酒場《バー》からカフェーへ。何の不思議もないことだ。

須藤は、つかつかとその前に近づくと、ぐっとドアを押して中へ入った。ビルディングの地階を利用したものらしい。すぐ眼の前に、地下室への階段が、左下へ通じて、そこから静かなレコードが聞えてくる。

須藤は薄暗い階段を踏んで、地下室へ下りていった。

チュードル式の建築――というよりも装飾をした、奥行のある全体が落ちついた感じのする部屋である。客は大してないようだ。須藤が入ってゆくと、入口のスタンドの前にいた肩から下をむき出しにした断髪の女給が、棕梠《しゅろ》の蔭になった中ほどのボックスへ案内した。

須藤はビールを命じると、反対側の席に移るように見せかけて、四辺のボックスに注意した。向うの隅に二三人、すぐ自分の背後に二人、入口の左側に女給を集めてはしゃいでいる学生風の一組。――その他にはボックスの蔭にかくれているかもしれないが、海江田らしい男の姿は、どこにも見えない。

（間違ったかな――？）

須藤が、ちょっと心許《こころもと》ない気持でいると、ビールを運んで来た女給が、目の前に腰を下した。

「感じのいい部屋だね。目につかないので、今まで知らなかったが――」

「ええ、いいでしょ、感じが。皆さん、そういうわ。これ、マスターの趣味よ」

「部屋はこれっきり？　もう他にない？」

「まだあるわ、特別室が一つ」

「どこなの、奥の方？」

「いいえ、ちょいと気がつかないように出来てるの、捜してごらんなさい」

須藤が腰を浮かせて、四辺を見廻していると、

「わかったでしょう。入口のすぐ左よ」

そういわれて気がつくと、なるほど、階段を下りたすぐ左側、スタンドと向い合ったところに、ちょっと見ると板の壁としか見えない出張った一室があって、正面とこちらへ向いて二つずつ開いた三つ葉型の装飾窓《かざりまど》から、軟《やわら》かい電燈《あかり》がもれている。

「ああ、あれかね。ひそひそと話をするにはもってこいだね」

「そうよ。でも、駄目よ。もう先客があるんだから――」

「先客って、背の高い、眼の落ちこんだ男じゃない？」

「まア、よく知ってるわねえ。あんた後を尾けてきたの？」

「馬鹿――犬じゃないよ。だって、僕と一しょに入るところを、こっちで遠慮したんだからね。それにあの顔は、一目見たら忘れっこないよ――」

須藤は海江田の在所《ありか》がわかると、すっかり落ちついた気持になって、べらべらと喋舌《しゃべ》った。が、相手は誰だろう？　一人で特別室へ入りこむわけはない。

「あの人、常連かい？」

「いいえ、今晩始めてよ」

「始めての一人客でも、特別室《スペシャル》へ通す？」

「それや、通さないことないわ。でも、あの方は特別よ。待ってる方があっていらっしったんだから――」

先刻、そこの四つ角で、彼がビルディングを見上げ見下した理由が、同時に腕の時計に眼をやった理由が、それを聞いてやっと分った。このビルディングを目標《めじるし》に、この地下室で、誰かと会う約束があったのだ。だから、ここへ入ろうとした時も、用心深く、きょろきょろと四辺を見廻していたのだ。でも、その相手は誰だろう？

「じゃ、待ち人来《きた》るというわけだね」須藤はわざと愚にもつかないことをいってビールをぐっと乾しながら、

「で、男かね、女かね相手は？」

「心配しなくともいいわよ。男よ、それも白髪のお爺《じい》さんよ」

「そうかい。じゃ、何か用談だね——」

気にはかかるが、それ以上、根掘り葉掘り訊いては拙《まず》い。須藤は話題を世間話に移しながら、女給が二本目のビールをとりに立ち上ると、便所へ行くような風をして、自分もつづいて立ち上った。

都合のいいことに、便所は特別室と共通らしく、出っ張った特別室とこっちの部屋とが、鍵の手になった隅っこのところにあった。

須藤は植木鉢の向うを廻って、便所の方へ歩きながら、爪立《つまだ》つようにして、三つ葉型の飾り窓をつと覗いた。と、同時に、彼は危うく、咽喉まで出かかった驚きの声を、やっとのことで呑みこんだ。

なんと、そこにテーブルを囲んで、六十号室の男、海江田哲夫と対い合って腰かけた半白の老人——それは、意外にも、今日の正午《ひる》前、その門前で、石岡係長と自動車に乗るところを、しかと見とどけた半田平五郎氏の顔なのだ。

×　　×　　×

それから五分の後。

地下室を飛び出した須藤は、四つ角を左へ、××堂の前の自動電話へ飛びこんでいた。

「もしもし、幡谷君か？　ウン、僕だ——須藤だよ。——大変なことを見附けたぞ。海江田が今、半田老人と会見しているんだ。——ウンそうかも知れん。場所？　××堂を入った一ツ目の横町、ミドリというカフェーだ。来る？　よし、大急ぎでやってきたまえ。角のところで待ってるから——」

運ばれた死体

一

「——君、えらいものを目附《めつ》けたね」

歩いても十分とはかかるまい道を、社の自動車《くるま》で駆けつけた幡谷が、町角の電柱によっかかって監視の目をつ

づけている須藤の傍《そば》に近づきながら、呼吸をはずませ囁いた。

「うん、僕も意外だったよ。まさか、あの二人が、こんな場所で会見しようとは思わないからね。それ、そのミドリというカフェーだよ」

須藤が大きな建物の端《はずれ》に見えるカフェーの軒燈《けんとう》を指して、

「ホテルへ行くと、折よく中から出てきたので、そのまま後をつけたんだ。すると、この横町を真直に行って、コンチネントという酒場《バー》へ入ったんだ」

「ああ、あの左側の酒場だね。主人がアメリカにいたとかいう――」

「そうらしい。そこでウイスキを大分引っかけて、アメ・ゴロらしい与太《よた》を飛ばしていたと思うと、ふいと飛び出して今度はあすこへ入ったんだ。その様子が、時間の打合せまで出来ていたらしいのだ」

「で、まだ二人で話しているんだね?」

「むろん話しているよ。入った客はあるが、誰も出てはこないから」

「じゃ、一つ覗いてみるかな」

「うん、行ってみたまえ。階段を下りると、すぐ左側の特別室《スペシャル・ルーム》だ。変に凝《こ》った部屋で、三つ葉型の窓が正面と横に二つずつくっついてるよ。そこからそうと覗くんだ。――僕は工合が悪いね、今出てきたばかりだから――」

「そうだな、変に思われても拙い。じゃ、君は暫らく歩哨《ほしょう》だ」

幡谷はそういうも一しょ、ソフトの縁をつと上げてちょっと阿弥陀《あみだ》に見せながら、極めて自然な足取りでカフェーの扉《ドア》に消えていった。

腕時計を見ると、かっきり十時。須藤は急にいらいらした気持に襲われだした。火を点けた導火線《みちび》でも見つめているような、なんだかじっとしていられない気持だった。そこでポケットから煙草を出して口にしたが、半分も吸わないで足下に踏みにじると、電柱の蔭を離れて、その辺をぶらぶらと歩き出した。

疑問の人物海江田と、問題の人半田老人との会見、――一体、二人の話は何だろう? 何の目的で会見しているだろう? 三十九号室の事件に関する会見であることは、絶対に間違いないとして、いったいどちらが事件の筋書の主役なんだ? 犯罪の動機から考えると、海江田を疑う余地はない。すると海江田は手先に使われたか? それとも――。

須藤がそうした想像の翼《つばさ》をひろげはじめた時、彼の位置からは右手に当るビルディングの正面入口から、ひょいと歩道へ踏み出した男。——日曜日の夜、灯《あかり》一つ見えぬ建物の中から、ふいと出てきたその男の姿が何か奇怪なものでも見るように、須藤の眼底《がんてい》を刺激した。

流しの円タクでも待つらしく、通の左右に目を配るその男の顔が、ぐっとこちらを向いた時、須藤はハッとして、喘ぐように口の中で呟いた。

「おや！　怪しいぞ、これは——」

須藤の足が、思わず、二、三歩前へ乗り出した。

幾分ソフトを眉深《まぶか》にかむり、羽織、袴にステッキをついたその人物を、彼は間違いもなく、今の今までカフェー・ミドリの特別室にいるとばかり思っていた半田平五郎氏と見たのである。

「一体、これあどうしたというんだ？」

見誤りではない。たしかに半田平五郎氏だ。が、カフェーの中にいた半田老人が、カフェーの入口から出ないで、どうしてビルディングの玄関から出て来たのだろう？　——そうだ、あのカフェーはこの建物の隅っこの地階を利用しているのだから、どこかで繋《つな》がっているに違いない。

（それにしても、わざわざこちらから出て来たところをみると、やはり警戒しているんだな——）

須藤が呼吸《いき》をつめて、じっと老人の方を見つめていると、そこへ自動車がやって来た。

半田氏を乗せた自動車が、電車通を横切って、築地《つきじ》の方へ、消えてゆくのを瞬《また》きもせず見送っていた須藤が、夢から覚めたように呟いた。

（幡谷の奴、何をしているんだ——）

ちょっとの間、どこかへ押し込められていた焦燥が、須藤の頭へ再びどっと押し寄せてきた。カフェー・ミドリには、もう半田老人はいないのだ。いや、あの部屋はとっくに出ているのだ。すると海江田との会見は終ったはずだ。いったい幡谷はどうしている？　或いは海江田をおさえて話しこんでいるのだろうか？　だが、それでは何もかも打《ぶ》ちこわしではないか——。

須藤は堪《たま》りかねて、ミドリの扉口《とぐち》へ走っていった。と、丁度、幡谷が出てくるのと、危うくぶつかるところだった。

「どうしたんだい。半田はもう帰っちゃったぞ！」

「半田が？　いつ？」

幡谷は意外な顔で訊き返しながら、何やら大切そうに小脇に抱えたものを、須藤に触れられるのを恐れるように右の小脇に持ちかえた。

「たった今、このビルの玄関から出て来て、自動車をひらって築地の方へ行ってしまったんだ」

「へえ！　ビルの玄関から？　――うむ、女給がお二人ともお帰りになりましたというので、僕は君が電話をかけてる間に、去《い》っちまったかと思ったんだ。ああそういやあ半田の事務所《オフィス》が四階にあるといってたよ。それで海江田の方は？　一しょじゃなかったかい？」

須藤は今、その海江田のことを訊こうとしていたのだ。それを向うから訊かれて唖然《あぜん》となった。

「いいや、半田老一人だ。じゃ、君は海江田を見なかったのかい？」

「うん、今もいうとおりだ、女給が帰ったというものだから、探してもみなかったよ――表へは出なかったんだね？」

「君から後、出た者も入った者もないのだ」

「怪《おか》しいね。すると先へ出てしまったか、それとも半田と一しょに地下道からどこかへ出たかもしれん。まア、仕方がない。二人の会見を見とどけただけで大成功だよ」

「それや何だね？」

須藤は何だか癪《しゃく》にさわるような物足りなさを感じながら、幡谷が後生大切《ごしょうだいじ》に抱えている新聞包に目を止めた。

「うん、匙《さじ》とコップが二組だ。二人ともいないんで業《ごう》腹《はら》だったから、女給にチップをつかまして失敬して来たんだ。僕あこれから、これを鑑識課へもっていって指紋の顕出《けんしゅつ》を頼むつもりだ。うん、それで一切が解決するかもしれないよ。どうだね、君も一しょに行ってみないか」

「さア――」須藤は一しょに行ってみたい気もしたが、自分は自分でという気持の方が強かった。「僕は引返して、半田の家へ行ってみよう、また何に打つかるかも知れないから。用があったら電話しよう。何時ごろまで社にいるんだね？」

「ぎりぎりまでいるよ。都合で今晩は泊りこむかもしれない――」

二人は通りかかった円タクに飛び乗ると、そのまま麴町へ向いて急がした。が、もし、この時二人が、今十分も例の電柱の蔭で、ビルの周囲《まわり》を警戒していたなら更に一つの注目すべき出来事に打つかったであろうに――。

二人が自動車に乗って間もなく、ビルディングの右手の、路次の中から、背広姿の一人の男が、まるで背に半分負《お》ぶったような恰好で、一人の酔っぱらいを歩道《ペーブ》の上まで連れ出してきた。そして、ちょっと人目を憚るように、路次の入口であたりを見廻していたが、やがて通りかかった円タクを呼びとめると、肩にかついだ男に、ぶつぶつ小言をいいながら、それでも抱えるようにして、車体《くるま》の中に連れこんだ。

二

それからほんの六、七分も経ってであった。

日比谷《ひびや》から真っ直ぐに桜田門へ差しかかった一台の自動車が、警視庁の玄関前にエンヂンをとめると、中から下り立った運転手が、後のドアを開けながら、

「もしもし」

と車内《なか》へ向いて声をかけた。

半分窓硝子を開けた、客席《シート》の上に、一人の客が俯伏《うつぶ》せになって眠っている。不自然に、頸を隅の方へ曲げこんで、右手をぐったりと投げ出したまま、いかにも窮屈そうな恰好である。

「酔っ払《ぱら》いはこれだからなアー」

運転手は口の中で呟くと、そうと肩に手をかけて、

「もしもし、警視庁でございますよ。もしもし」

だが、相手はこんこんと深い眠りをつづけている。

「もしもし、旦那、――もし――」

ふと言葉を切って、客の耳から頸のあたりを、じっと凝視《みつ》めていた運転手が、突然、

「呀《あ》ッ！」

と声を立てた。それから肩にかけた右手で、二度ばかりぐっと身体をゆすぶった。が、クッションの客は、声一つ立てず、揺《ゆす》ぶられる度《たび》に、下に垂《た》れた手を人形のようにぶらぶらと動かした。

思いきった風で、中に入った運転手が、客の肩に両手をかけて、持ち上げた横顔をじいと覗きこんだ。と、同時に彼は、

「ヤッ！」

と驚きの声をあげて、怯《おび》えたように手を引いた。そして転げるように外に出ると、

「大変です、お客が――」

と喚《わめ》きながら、警視庁の玄関に突っ立った警官の前へ駆けていった。

「く、自動車の中で、お客さんが死んでいます！」

警官が、これもいささか狼狽《あわ》てた様子で、石段を一飛びに飛び下りた。そして開け放ったドアから、頭を突っこんで、じっと客の様子を見ていたと思うと、

「よし、このままここで待っているんだ――」

急に緊張した声でいって、あたふたと廊下の奥へ駆けていった。と、間もなく引返してきた警官の後から四、

五人の制服や私服が、どやどやとそこへ現われた。

「ほんとに驚いてしまいました。つい、今、銀座の××堂の横手で、このお客さんを乗せたのです。それも別に一人連《つれ》があって、その方が舁《かつ》ぎ込むようにして乗せたのです。私もひどく酔っぱらっているとは思いましたが、も一人の方はしらふで、それに警視庁までと仰有るもので、その――」

運転手は警官を前にして、いいにくそうに口ごもりながら、

「何とも思わずお乗せしたのです。それで数寄屋橋《すきやばし》を渡って、省線のガードの下までくると、も一人の方が忘れ物をしたから、自分をここで下してくれ。引返すのも気の毒だから、この人は真直ぐに警視庁まで送りとどけてくれればいい。酔っているから車代はこっちで払っておくと仰有って、五十銭下さったのです。それでここまで来て声をかけると、このとおりで――」

「警視庁までやってくれといったんだね?」

「ハイ」

「一体、もう一人の客というのは、どんな風の男だったね?」

「さア、年は三十前後でしょうか。角ばった顔をした、体格《からだつき》のがっしりした人で黒っぽい背広だったと思います」

丸腰の正服や私服が、車内を覗きこんでは、いろんな質問を浴せて、運転手を面くらわしている間に、最初から車内に入っていた警部補が、一同の前へやってきて、

「外傷はどこにもないらしい。酔っ払って心臓麻痺《しんぞうまひ》でも起したかも知れん。とにかく、自動車《くるま》から出さなくては――」

「今時分、厄介なものを持ちこんだものだな。おい、君、中へ入るんだ――」

ぶつぶついいながら運転手に手伝わせて、三、四人の手で運び出された死体が、玄関の石段の上に横たえられた。

「まだ温味《ぬくみ》があるね」

「うん、時間は経っていないようだ。それにしても、馬鹿にひょろ長い男だなア」

石段の上に長々と横たわった死体を見下しながら、警部補が感嘆したように呟いた。無理もない、それは確かに六尺近くもありそうな身長の男だった。

「お前が二人を乗せた時は、まだ生きていたんだな?車内で二人はどんな話をしていた?」

「格別、何も話はしていなかったように思います。お乗りになる時は、この方はもう正体もなくなって、も一

人の方が何かいっても返事もしなかったようですから――」

運転手がそう答えた時、中から靴音がして、背広姿の河本高等係がひょっこりと顔を出した。

「何だ、行き倒れかね?」

河本警部は、そういった後から、何気なく同僚の肩越しに、死体の顔を覗きこむと、

「はて? 何だか見たような顔だが――待ってくれたまえ、確かに見た顔だぞ――。君、身許はわからないかね?」

「今、自動車から下したばかりで、これから取りかかろうというところですが」

警部補が急に死体の傍に跼みこんで、服の内かくしをさぐると、皮の紙入と名刺入が出てきた。

「待って下さい。名刺がありますよ。ローマ字だが――」

立ち上って、頭の上の高い電燈にかざしながら、

「Tetsuo Kaieda――か。そうか、海江田哲夫ですね」

「あッ、分った、そうだ、あの男だ!」

河本警部が、周囲の誰もが目を瞠《みは》るほど、頓狂《とんきょう》な声を出した。

「知っていられるですか? この男を?」

「うん、ちょっと、――で、この男を乗せてきた運転手は? ああ、お前か。いつ、どこから乗せたんだ、――ふむ、連れがあって、途中から引返した。その男の風采《ふうさい》は?」

河本警部が、どうしてそう眼の色を変えて運転手に訊問を始めたか、一同には更に合点がいかなかった。

三

警視庁の玄関先で、そんな騒ぎの始まっているころ、庁内の鑑識課の一室では、幡谷が例の匙とコップを前にして、何かの仕事でまだ居残っていた若い鑑識課の一人と語っていた。

「そそっかしい君達には似合わん智恵を出したもんだね。これなら助手くらいには使えるね」

鑑識課員が冗談半分にいったのは、幡谷が問題のコップと匙を包むのに、包紙が指紋を荒さぬように、皿の上へのっけて巧く持ってきたのを褒《ほ》めたのだった。

「そそっかしいのは、どっちだか分らんて、――が、冗談は別として、どうしても今夜はやってもらえないのかね?」

「駄目だね。僕一人が済まないんだ。明日にしてくれたまえ。明日の朝ならどんなに早くったって大丈夫だ。君の顔に免じて必ず顕出しておくよ。しかし、一体、何に関係があるんだね。この指紋が?」

「今度の事件だよ——」

「今度の事件というとホテルのかね?」

「そうさ、もしうまく顕出ができたら、それこそ犯人の指紋と思って間違いないんだ。残念なことは、どっちがどっちの匙を使ったかはっきりしないが、それはまアいいよ。とにかく、大切にしてくれたまえ。今夜が駄目なら明朝で結構。顕出が出来たらホテルで取った指紋と照合してみてくれてもいい。同じだったら、僕は総監から金一封だ——その時は君にもコーヒーくらいおごるよ——」

幡谷は係長か、それとも鑑識課長でもいたら、無理にでもその場で顕出をさして、現場の指紋との照合までやらす意気込みでやって来たのだったが、相手が顔見知りだけの係員では、時間が時間だし、強《た》ってと無理もいえなかった。それに、もうそろそろ社へ帰って何か記事も書かねばならぬし、須藤からどんな耳寄りな電話がかかってこないものでもなかった。

「じゃ、お頼みしましたよ」


「ああ、確かに」

幡谷はそこで鑑識課を出て、薄暗い廊下を正面玄関まで来て、河本警部を中心に五、六人の連中が死体を取り巻いているのに打つかった。

「何かあったな?」

でも、酔っ払いか何かの検束《けんそく》くらいに思って、のこのこと割り込んでゆくと、河本警部がひどく緊張した様子で、自動車の運転手を取調べている。彼はまだ足許の死体には気がつかなかった。

「何ですね?」

彼は傍《かたわら》の刑事に低声で訊いた。

「これだよ、——死体をわざわざここまで送りとどけて来たんだ」

「へえ! 死体を持ってきたんですか!」

幡谷はそう聞いただけで、何だかぎょっとしながら足許に目をおとした。背のひょろ長い男が両眼を見開いたまま、白い歯を見せて横たわっている。

その時、運転手を訊問している河本警部の声が、針のように彼の耳に響いた。

「場所は××堂の横手、ふむ、××堂と筋向いのビルディングの前で呼び止めたんだね。それで歩いていたのか、それともその辺から出て来たのか?」

「私が気がついた時は歩道の上に立っていましたがどこかあの辺のカフェーから出て来たかもしれません」

「それで連の男というのは、三十歳位の角ばった顔といったね。帽子や、服装はどうだったね？」

「それが夜のことですから、それにこんなことになろうとは思いませんし――」

「よく見なかったというんだな。しかし、大凡《おおよ》そどんな商売の人間かくらいは見当がつくだろう。例えば会社員だとか、学生上りだとか？」

「それも、いきなり警視庁へといわれたものですから、実はそのこちらに御関係の方かと思いましたもので――左様ですね、今から考えると、まア会社員かも知れません。洋服でしたし、言葉つきもそんな風でしたから。でもはっきりしたことは申上げられません――」

運転手が頭をかくような仕草《しぐさ》をした。

「もう一度聞くが、車へこの男を乗せる時、その男は友人みたような口を利いていたかね。つまり海江田君といったか、それとも海江田さんといったか――」

先刻から半信半疑《はんしんはんぎ》でいた幡谷の眼に、そこに横《よこたわ》る男の姿が、今こそ、はっきり海江田哲夫と判明した。と同時に、彼があのビルディングの前から、死体となってここまで運ばれて来た径路も、朧気《おぼろげ》ながら今の訊問で判った。

でも、どうして彼が死体となったか？　いつ、どこで――？　それもひとりで死んだか？　他殺か？

事件は更に意外な方面に転回したのだ。幡谷は急に身体の中が熱をおびて、張り切ってくるような気持だった。

運転手がもじもじしながら口籠ると、河本警部が傍《かたわら》の警部補を振返った。

「山城君、これはちょっと重大な事件になるかもしれん。で、とにかく、死体は中へ運ばしてくれたまえ。それから車内には別に何もなかったかな？」

警部補が遺留品は全然ないと答えると、

「それでは、被害者――かどうかまだ分らんが、例の名刺入と、他には？」

「百円札が三枚紙入に入っています。それと腰のポケットに銀貨が四、五円ありました。そうそう、それから銀貨にまじって、何か、これあ鍵のようですな」

警部補が手にもっていた紙入や名刺入と一しょに、小さい鍵を河本警部の前に出した。

「六十号室の鍵のようですね？」

幡谷が、鍵を手にして眺めている河本警部の方へ向いて、その時、はじめて声をかけた。

「やア、君か？」

警部は、一瞬面くらった風だったが、幡谷の言葉をそのまま六十号室の鍵だともいいにくかったか、

「君、この男を知ってるかね?」

と、いかにも苦しそうに反問した。

「顔ははじめて見ますがね。僕は昨夜《ゆうべ》からこの先生を追っかけていたんですよ」

幡谷は空々《そらぞら》しい警部の態度に、軽い反感を覚えて、ちょっと皮肉にいってみた。

「昨夜からだって、君?」

「そうですよ。あなたには昨夜はあすこにいなかったといったそうですが、十二時前まで六十号室にいて、それからどこかへ出かけていったことは事実ですよ」

「ふむ、それあ初耳だ。僕には、全然そんな話はしなかったがね」

「今となっちゃ、それこそ死人に口なしですね。——ところで、これはむろん他殺でしょうな?」

「——僕には分らんよ。医者じゃないのだから——」

少々えこ地になった河本警部が、突っ放すように素気《すげ》なくいって、つと横を向いた。幡谷はそれを機会《しお》に彼等の仲間から離れて、すたすたと石段を下りながら口の中で呟いた。

(——今に見ろ。明日の朝は皆で俺の前にお辞儀をしなくちゃなるまいぞ——)

指紋の主《ぬし》

一

「捜査係長から、お迎えの自動車をもらうなんて、満更《まんざら》でもないな——」

幡谷は、警視庁から差し廻された自動車の中に反りかえって、両切《りょうぎり》をふかしながら、すっかりいい気持になっていた。

事件の発展次第で、昨夜は宿直部屋の固いベッドへもぐり込む決心でいたのが、河本警部との小競合《こぜりあい》からけちがついて、須藤からは半田老人帰宅せずとの電話がかかるし、一方、海江田の事件を記事《もの》にしようとしていると、突如、記事差止めの命令をくうし、いささか業《ごう》を煮やして、そこらの屋台店で一ぱい引っかけ、芝のアパートへ帰ったのが午前の二時過ぎ。

それでも夜の明けるのを楽しみに、そのままぐっすり

と寝込んでしまった幡谷であった。

それがドアのノックに、ふと夢が破られた。

「幡谷さん、幡谷さん――、警視庁の石岡さんという方からお電話ですよ」

幡谷の心臓が思わずどきッと波打った。眠い目がその瞬間、パッチリと頭の芯《しん》から覚めてしまった。カーテンをもれる眩《まぶ》しい光線に気がついたのは、それからだった。

（そうれ見ろ――もうお辞儀をしてきたのだ。待てよ、ここで狼狽《あわ》ててはいけないぞ――）

小卓に手をのばして、時計を見ると、九時十分。

廊下からは、繰返して声がする。

「うん、まだ寝てるといってくれたまえ――昨夜《ゆうべ》、大分遅かったから――」

大して眠そうもない声で答えながら、彼は、さて、これからの作戦をどうしたものかと考え出した。

――昨夜の若い鑑識課員が、約束どおり今朝になって指紋の顕出をやったのだろう。その結果、現場指紋に符合する指紋を発見して、石岡係長のところへ飛んでいったに違いない。それと知って、係長がどんな顔をして喜んだか想像するに余りがある。そこで何はおき自分のところへ電話をかけてきたのだろう。

――すると、要するに三十九号室の犯人は、判明したのだ。半田老人か、海江田哲夫の、二人の中の一人である。そして自分はそのいずれかを真犯人と断定する大切の鍵を握っているのだ。捜査官に、その鍵を提供するのは社会人としての義務である。が、新聞記者としては、ただそれだけでは済まされない。待てよ、何とかして夕刊の特種にしなくては――。

その時、また引返して来た電話の取次ぎが、

「幡谷さん、――それでは、これから自動車をお廻しするから、すぐいらっしていただきたいとのことですよ」

「うるさいな、どうも――」

だが、幡谷はすっかり満悦だった。警視庁からわざわざ迎えの自動車《くるま》を差し向けるというのだ。世間を騒がした怪事件解決の鍵を握った自分に対して、当局がそれだけの礼をもってすることは、むしろ当然というべきだが、でも相手が警視庁だけに、ちょっと痛快なような気持である。

（――しかし、狼狽てることはないぞ。どこまでも落ちついてかかるんだ）

ゆっくりと顔を洗って、軽い朝飯を済ました彼は、迎えの自動車を二十分の余りも待たしておいて、ゆうゆうと煙草をふかしながら、階段を下りて踏板《ステップ》を踏んだ。

警視庁の石段を上りながら、彼はふと昨晩そこに横たわっていた海江田の死体を思い出した。そして顕出された指紋の主が彼でないことを祈りながら、——それは彼の職業意識から——真直ぐに捜査係長の室へ入っていった。

「やあ、わざわざお呼び立てして——」

ドアを開けると、待ちかまえたように石岡係長の愛想《あいそう》のいい声が迎えた。

「どうも、朝寝坊なもので——」

幡谷はそれから傍にいる河本警部に、

「昨夕《ゆうべ》は失礼しました」

と平気な顔で会釈をした。

「やあ」

警部がちょっと気拙《きまず》そうに、それでも肥った身体を椅子から浮かした。

「ところで、早速ですが清川の行方《ゆくえ》はわかりましたか?」

幡谷が椅子を引寄せながら、何気ない調子で訊いた。真面目な相談に入る前の雑談といった風な口調《くちぶり》だったが、実はアパートを出る時から、いい機会《チャンス》なのであれもこれも訊いてやろうと考えていたことだった。

「それが皆目《かいもく》わからないのだ。小田原から箱根、修善《しゅぜん》寺《じ》方面へかけて、手をまわしてみたが、全然手懸りがないんでね」

「あっちの方面と見せて、途中から他処《よそ》へ飛んだんじゃないですか?」

「或はそんなことかもしれんな」

「それで、新婚旅行の先生方はどうです?」

「半田幸夫は奈良ホテルにいるのを突きとめて、一応調べたらしいが、これは無論何も知るはずはないんだね」

「でも、被害者との関係は承認したんですか?」

「それは認めたらしい。しかし、それ以上のことは、当人何も知らないというので、どうしようもないのだ——が、清川や幸夫のことは、最早《もう》大した問題ではなくなったんだ。と、いうのは、昨夜君が鑑識課へもって来てくれたコップと匙で、万事《ばんじ》が解決しそうなんでね」

係長が、何だか気味の悪いほど打ちとけた態度で急に話をそこへ持ってきた。

「ああれですか。多分、そのお話だろうと思ったことですが——」

幡谷は得意そうな顔も見せずゆったりとかまえて次ぎの言葉を待った。

「君が、あんなものを持ってきてくれたことは、僕はちっとも知らなかったんだ。今朝、出勤すると鑑識課の吉井君が顔色を変えてやって来て、いきなり犯人の指紋が出ましたというもので、事情《わけ》を聞いてみると、これこれで昨夜遅く君が持って来てくれたグラスから出た指紋が、三十九号室の現場指紋とぴったり合うというのでね、実は驚いて早速君のところへ電話したわけで――」

「そうでしたか。それは結構でした。で、たった一つきりで、ほかには出なかったでしょうか?」

「ほかにも二つ三つ出るには出たが、どうもはっきりしないそうでね。今、ご覧に入れるが――」

係長は、机の抽斗を開けて角封に入った小さい指紋写真を二枚と、拡大鏡《かくだいきょう》を取り出して、幡谷の前に押しやりながら、

「その不鮮明な方が現場指紋だが、新しいのとくらべて見ると、よく判るよ。蹄状紋《ていじょうもん》で、中央のところに三角型のデルタという奴がはっきりと出ているだろう。それを中心にして比較すると寸分違わないことが判るだろう――」

幡谷は拡大鏡を手にとって、二つの写真をくらべてみた。実は、指紋の比較照合なんどいうことは、彼には初めての経験で、説明を聞いて見るのだから、同じようにも思えるが、でなかったら素人には何ともいえないほど、片方は不鮮明な写真だった。がそんなことはどうでもよかった。専門家の眼で同一だと鑑定がついているのだ、問題はその指紋の主が誰かということである。

「で、結局、それが犯人――といえないまでも、兇行前後にあの三十九号室におった人間の指紋だということは断定してもいいわけで、つまり大変なものを発見してくれたことになるのだが、それから先は君の説明を聞かなければならないので、御足労《ごそくろう》をかけた次第なのだ――」

幡谷が拡大鏡から眼をはなすと、係長がどこまでも懇《こん》談《だん》的な調子でいった。

「そうですか、いやお安い御用ですよ。あれは銀座裏のミドリというカフェーで見つけてきたのです」

「ミドリ? というと、どの辺だね?」

「××堂の横町をちょっと入った裏通りですよ」

「ええ? ××堂の横町だって?」

河本警部がぎくッとしたように、横合《よこあい》から声を上げた。

二

「××堂の横町だと、それ、例の――」

河本警部が大きく見はった眼を、意味あり気にそのまま係長の方へ向けた。

「ああ、なるほどね。もしかすると関聯してるかも知れんな――」

係長は呟くようにいってから、幡谷の方へ向き直った。

「君は昨夜の事件を知っているはずだが、あの死体がやはり××堂の横町から円タクで運ばれて来たんだよ」

「海江田の死体ですね」

「そうだ。で、今君の話を聞いて河本君もいうんだが、そのカフェーにいた一人は海江田じゃなかったかね？」

「お察しのとおりです。一人は確かに海江田でした」

「すると、今一人は？」

「それが実は、――もうちょっと待っていただくと、はっきりしたことがいえるんですが――」

幡谷は、頭の中で良心の囁きを聞きながら、それでもすらすらといってのけた。半田老人の名を代償《だいしょう》に事件解決の顛末を夕刊の特種にする交渉を、真向から持ちかけてみることは雑作《わけ》もない。だが、係長の方で承知をしても、半田老人を拘引することにでもなれば、他の社の連中が黙ってはいまい。それよりも捜査の邪魔をしない範囲で、夕刊の締切間際まで引ぱっておく方が一番賢明な策である。それにはどういう風に出たらいいか。幡谷はアパートで迎えの自動車《くるま》を待たしながら、それを考えてきたのである。

「というのは、海江田がカフェーへ入ったのを発見したのは、例の須藤君でして、僕は先生の電話で飛んでいったのです。ところが、行ってみると須藤君が電話をかけている間に、海江田も相手の男も、もうどこかへ去ったか見えなくなったので、僕は二人のいたテーブルにのっかっていたグラスと匙を失敬して、こちらへ駆けつけたわけなんです。それで僕は全然見ていないし、須藤君に訊いてみても、小さい窓からチラと覗いただけで、相手が何者だかよくわからないのですよ」

「しかし、大体どんな風の顔かぐらいは分っているだろう。三十前後の男じゃなかったかね？」

「いや、そんなに若い男ではなかったようですよ」

「若い男でない？　怪《おか》しいね、それは――」

係長が頭を傾げて、傍《かたわら》の河本警部をチラと見た。

係長も河本警部も、昨夜の運転手の話から、海江田を助けて自動車に乗せながら、途中で逃げ出した男のことを考えているらしい。その男が何者か、幡谷も昨夜から気にはかかっているのだが、今の場合、そんなことまで考えてはいられなかった。

「じゃ、相当の年輩《ねんぱい》か、それとも老人《としより》なんだろうが、それで今少ししたら判るというのは、どういう意味かね?」

「つまり、須藤君が今確めに行ってるのです」

「確めに?」

係長が上体《からだ》を乗り出すようにして、訝《おか》しそうに幡谷の顔を凝視めた。

「若干《そこばく》説明を要するんですが、須藤君の朧気な印象から、僕にはその相手の男が何者だか大凡その見当がついているのです。しかし、事が事ですから、その人の名誉のためにも宜い加減なことはいえないので、確にその人間かどうか、須藤君が今その人のところへ行ってるはずです。——そういえば、大概想像がつくと思いますがね」

「ふむ——」

係長がじいと考え込んだと思うと、すぐ顔を上げて、ぐっと大きく首肯いた。

「そうだね、大凡の見当はつかんこともないが——では、少時《しばらく》待つことにしよう。ところで、君達が海江田を怪しいと睨んで追っかけた動機は何だね?」

「そのことは、昨夜、河本さんにもちょっと話したんですが、あの晩、あなた方が現場を調べている時、須藤が廊下に立っていると、六十号室からあの男がひょいと顔を覗けて、それからどこかへ消えて去《い》った様子がどうも怪しいというので、須藤君が躍起《やっき》になって後を追っかけていたんです。それが昨夜ホテルから後を尾けてゆくと、例のカフェーへ入って誰かと会ってるというので、それから僕のところへ電話をかけてきたという順序です」

「なるほど、しかし須藤君はあの人の顔を見ているはずだが、——昨日、僕と一しょに法医学教室へ出かける時、門のところにいたんだから——」

係長が、ふと思い出したように呟いた。幡谷はハッと思った。そうだ、昨日、須藤が半田家の門前でお直婆さんと立話をしている時、石岡係長が半田老人を連れて帝大へ出かけたことは、須藤から聞いていたのだ。

が、係長は大して気にも止めない風で、

「とにかく、君達のお庇でどうやら事件も解決が近づいたようで、両君に大いに感謝しなくてはならないわけだね」

「そこで夕刊までには、一切を解決して、僕んとこの特種ということにしてもらいたいものですね？」

「だが、同時に海江田の方の片がつくかな――」

「死因は何です？　もう判っているでしょう？」

「それがまだ判らないんでね。鑑識課で頭をひねっているらしいんだ。外傷は一つもないし、それかといって毒殺の疑いもなし、今のところ心臓麻痺だろうということになっているが――」

「しかし、死体を警視庁へ送りとどけるなんて、――それも海江田の死体ですからね」

「そうなんだ。君の話で、そこが一層怪しくなってきたんだが、どうせこれも解剖しなくてはなるまい――そういえば、河本君、海江田の指紋の照合はどうしたかな？　もう判りそうなものだが――」

「そうですね。鑑識へ聞いてみましょう」

河本警部が、卓上電話の受話器をとって、鑑識課を呼び出した。

「――どうだね、先刻の指紋は？　ふむ、違う――全然、違う――なるほど、ああ、そう、――いや有難う」

警部の口唇《くちもと》を凝視めていた係長と幡谷の眼が、きらりと光った。

「現場指紋とは全然違うそうです。しかし、幡谷君が持ってこられた一方のコップから出た指紋とは、どうやら一致するらしいといっていますがね」

「それが一致しなかったら大変だ」係長はそういって幡谷の方を向くと、「すると、どういうことにするかな、これから？」

「僕、須藤君を迎えに行って来ましょう。ここで待っていても仕方がないんですから――」

「じゃ、そう願うかな」

行きがかりから、つい出鱈目をいってしまったが、それについては、ちっとも早く須藤に会って、口裏も合せ、これから二三時間後の打合せもしなければならなかった。第一、須藤がどこにいるか、多分、半田家へ出かけているとは思うが、それも当にはならない。間誤々々していて、もし夕刊の締切りまでに会えなかったら、それこそ飛んだことになってしまう。

幡谷がそんなことを考えながら、帽子を摑んで起ち上がると、そこへ丸腰の警官が狼狽てた様で入って来た。

「何かね？」

係長が振向くと、

「只今、津藤千代二と申す者が、至急お目にかかりたいといって来ておりますが」

「なに、津藤千代二？」

係長の眼が、今一度、鋭く光った。

三

「や、えらいところで出会《でくわ》したな?」

幡谷は、津藤のことが気にかかって後髪《うしろがみ》を引かれるような思いをしながら、警視庁の玄関を出てくると、目の前で停まった乗合自動車《バス》から、ひょいと飛び下りた須藤とぱったり顔を見合せた。

「でも、ここで会えてよかったよ。これから君を捜しに出かけるところだったんだ」

「僕を捜しに? 何か用でも出来たかね?」

二人は電車通りを横切って、司法省の塀に沿うて日比谷の方へ歩いていた。

「大変な用が出来たんだ。まず第一に、君、犯人が判ったぜ」

「ほう、真実《ほんと》かい、それは?」

須藤が思わず足を停めた。

「真実さ。昨夜、僕が鑑識課へ持ち込んだコップから犯人の指紋が出たんだ。三十九号室の現場指紋と同じ奴がね。それで、昨夜電話で話した海江田の指紋と比べて見ると、全然違うんだよ」

「すると、半田老人の指紋だということになるわけだね」

「そこだ、結論は——ところで、昨夜海江田と会見していたのが、半田平五郎だといってしまったんでは、騒ぎ立てられて、うっかりすると他社の連中に嗅ぎつけられる惧《おそ》れがあるのだ。僕なんかと違って、随分、捜査課《あすこ》へ喰いこんでいる先生がいるからね。そこで、君をだしに使って、相手の顔をはっきり見とどけるひまがなかったが、どうやら半田老人らしかったというので、今、半田家へ首実験に出かけているといったんだ」

「すると、僕に決定権を握らして、夕刊の締切りまで引っぱろうという作戦だね」

「そうだ。なかなか頭がいいよ。それで今十時半だから——」

幡谷は拓務省《たくむしょう》の角を右へ曲りながら、時計を見て、

「君が顔を出すのは、まず一時だね。それまで半田老人を捜していたということにしてもらうんだ」

「それだと恰度いいよ。老人は今朝早く帰って来て、それから被害者の骨を拾いに火葬場へ出かけてまだ帰って来ないんだから」

「じゃ、お誂《あつら》え向きだ。ところで困ったなあ、僕は君を捜しに出たんだから、のこのこ引返すわけにはいかな

いんだが、君、津藤千代二が出頭したよ」

「いつ?」

「たった今さ」

「へえ、するとやはりどこかへ行ってたんだね。この方も君、問題じゃないか」

「それさ。が、僕は君を連れないで、すぐ引返すわけにはゆかんし、致方《いたしかた》がないから、誰かに頼んで原稿を書くことにするよ。君はどうする? 一しょに社へ行って、昼寝でもするか――」

「そうね。一時まで時間があるなら、僕は東京駅へ行ってくるよ」

「東京駅? 先生でも迎えにいくのかね?」

「いや、先生の方はまだ三、四日大丈夫だが、半田家で張番《はりばん》をしていて、僕、ちょっと変なもの見つけたんだよ」

「何だね、変なものって?」

「あまり大きな声ではいえないが、清川君の手紙を失敬して開けてみたのだ」

「ほう。そいつは耳寄りな話だね、誰に宛てた手紙だね?」

「むろん半田老人にだ。それも、今朝、半田家へ行ってみると、老人は六時ごろに帰って、一時間ばかりして火葬場へ出かけたというので、どこの火葬場か知らないが一時間もすれば帰ってくるだろうと思って、その辺でぶらぶらして待っていたんだよ。帰ってきたら正面から打つかってみるつもりでね。ところがなかなか帰ってこないのだ。その中に、郵便配達が門の傍の郵便受へ何か投げこんでいったので、ふと見ると、手紙が一通、郵便受の口に引っかかっている。何気なくそれを引き出して見ると、表は半田平五郎氏の名宛で、裏は車中にてK生となっているのだ」

「ふむ」

「悪いとは思いながら、どうもそのまま郵便受へ戻すわけにもいかんじゃないか。随分、僕も躊躇したが、とうとう思い切って、そうと封を開けてみたのだ」

「いいとも、場合が場合だからね」

「まあ、致方がない、そんな理窟をつけて、とにかく、開けてみたのだ。すると君、中から何が出てきたと思う? これを言い当てたら偉いものだ」

「手紙より、他に何か入っていたんだね?」

「うん、東京駅の携帯品一時預りのチッキが入っていたのだ」

「へえ! そいつは意外だね!」

「意外さ。それで別に走り書きの手紙があったのだ。

それがまた謎のような文句でね、ここへ写してきたんだが——」

須藤は、ポケットからノートを取出して、歩き歩きページをひろげながら、

「こうなんだ、それ。

——取急ぎ東京駅へ駆けつけ候《そうら》いしも、発車間際にて、残念ながら間に合わず、致方なく手荷物一時預りへ託し置き、一方、時間無之《これなき》まま、直《ただち》に上野駅に向いやっと乗車 仕《つかまつり》候《そうろう》。右様の次第にて、預かり証もそのまま持参いたし候《そうろう》間、車中よりおとどけ申上候。なお途中にて気付き候ことながら幸夫君の部屋に、当時の書面二、三有之《これあり》やも知れず御注意願上《ねがいあげ》候。取急ぎ右まで

車中にて　　　　　　　　K　生」

「一体、どういう意味だね、これは？」

公園の散歩道に、足を停めて文面を読み返していた幡谷が呟くようにいった。

「何だかはっきり呑みこめないよ。しかし、清川があの晩、半田老人の命令で動いたことだけは想像が出来るね。それも東京駅から立つ人間に、手渡すつもりで、何かを持って駆けつけたが、汽車に間に会わなかったので、それを一時預けにしたことだけは間違いない——」

「何を手渡すつもりだったろう？　トランクかね？」

「さあ、それはわからない。第一、誰に渡すつもりだったか。新夫婦は十時半よりはずっと早く出てるはずだし、他に半田家の関係者であの晩、東京駅から汽車に乗った者は誰もないんだからね」

「で、自分は上野駅へ行っているんだね？」

「これも合点がいかないんだ。消印を見ると、昨日の朝、篠《しの》の井で投函《とうかん》しているから、中央本線で長野の方へ行ったんだ。何の用事で行ったか、さっぱり判らないが、ただこの手紙のお終《しま》いの文句がちょっと気にかかるよ」

「うん——僕もそれを考えているんだが——」

幡谷はそういったまま、少時、黙りこんで歩いていたが、ふと須藤の方を振り向くと、

「君、そいつはあれじゃないかね。それ、君が持って来た写真の話に関係した——」

「ふん、なるほどね」須藤が右手を上げてノートの表紙をぱたんと打った。「そうだそうだ、あれは長野だったね。或はそんなことかも知れんぞ」

「しかし、今ごろ、古い焼木杭《やけぼっくい》に火のつくはずもないが——とにかく、そんな詮索《せんさく》はまあ後廻しにして東京駅へ行って来たまえ。何が出るか楽しみだよ」

「そうだよ。じゃちょっと行って来よう」

「一時までには顔を見せてくれたまえ」
「大丈夫、そう手間はとらんよ。では、今――」
二人は日比谷の十字路でわかれて、須藤は濠端《ほりばた》を左へ、幡谷は右へ歩いていった。

被害者の情人

一

幡谷と須藤が、これからの打合せをして、日比谷の交《こう》叉点《さてん》で右と左に分れた時、石岡係長は捜査課の一室で津藤千代二と会っていた。

事件の直後――被害者が何者であるか不明であった昨日の午前中だと、津藤は参考人として非常に重要な人物だった。が、それが林きぬと判り、おぼろげながら事件の内容もどうやら目鼻がつきかけて、有力な手懸りまでも見つかった今となっては、大して重要視すべき人物ではなくなっていた。しかし、半田家の女中お直婆さんの話によれば、彼は疑いもなく林きぬの情人であり、二人は死の前日にも会っているし、のみならず被害者は死の直前、東京駅の待合室へ電話をかけて、彼の名を呼んでいる。

して見ると、今の場合、誰よりもよく被害者を知っているのは彼である。或は、その死の原因についても意外な事実を知っているかも知れないのだ。

係長はそう思って、彼の陳述に多くの期待をかけながら、津藤を待たしてあった控室に入っていった。

お直婆さんの話から、硬派の不良を心に描いていた石岡係長は、入口に近く、四角いテーブルの端に小さくなって腰をかけていた青年を見て、ちょっと意外な感じがした。――眉の濃い、鼻の大きい、顎の出っ張ったがっしりした体格《からだつき》、――そういったお直婆さんの言葉に偽りはなかったが、見たところ、眼光《めつき》にちょっと気にくわないところはあるが、全体の感じが不良らしいとこは少しもなく、きりッとした頼母《たのも》しそうな青年である。服装もぴったりと体に合った薄鼠《うすねずみ》の背広を着け、紺のオーバーと、ソフトを行儀よく膝にのせていたが、係長が入ってくると、それを手にしたまま立ち上って、

「津藤千代二と申します。新聞でこん度の事件を知りまして、驚いて上りました」

と挨拶した。その態度も声も、いくらか怯々《おずおず》はしてい

たが、しかもどこかしっかりしたところがあった。

「もっと早く出るはずでしたが、大阪の方へ行っておりまして、昨日の夕刊ではじめて知りましたもので」津藤は再び椅子にかけながら、「それで直ぐ夜行で帰って参りまして、先刻《さきほど》東京駅へ着いて、そのままこちらへ伺いました」

「それでは、東京を発《た》ったのはいつですか?」

じっと相手の様子を見ていた係長が静かに口を開いた。

「一昨日の夜十時五十五分の神戸行でしたね」

「やはりあの汽車だったんですね。すると待合室の拡声機が君の名を呼んだ時は、もう汽車に乗っていたんですね?」

「はい、そのことは新聞で見たんですが」津藤は急に顔を曇らせて、「僕は十時半ごろに東京駅へ行き、売店で買物をしていると、もう改札がはじまったものですから、待合室へは入らないで、そのままホームへ行って列車《はこ》の中へ入っていたのです。それも土曜日で込み合うようでしたから急いだんですが、もし待合室にいたら、須藤さんとかいう方に御迷惑はかけなかったはずでしたし、それに彼女の死に目にも会えたかと思うんですが――」

津藤の言葉が、死者に対するくり言になってきそうだったので、係長はすぐ次ぎの質問に移った。

「それで、大阪へは何の用事で行ったんです?」

「あちらへ行ったのは」津藤は口唇に寂しい微笑を浮かべて、「実は、もう長いこと仕事がなくて遊んでいますので、あちらにいる友人を訪ねて、何か職業を見つけようと思って出かけたのです」

「なるほど、で友人には会ったんですか?」

「よう会いませんでした。梅田へ着いて電話をかけると、留守だというので、大阪の市内《まち》をぶらぶらしている中に新聞を見たものですから」

「ところで、今まで君はどこにいたんです?」

「横浜の長者町《ちょうじゃまち》にいましたが、大阪へゆくことに決めたもので、もうその下宿は引払ってしまいました」

「すると、君はあの女に会うために、わざわざ横浜から出て来たんですね? 一週間に一度は必ず半田家へ顔を出したという話だが?」

「いえ、わざわざではないのです」津藤はあわてて打消した。「彼女《あれ》に会うためもありましたが、東京へ出てきたのは、やはり職業を捜すためだったのです。その都度《どっ》半田さんのお家へはまいりましたが――」

「それはただあの女の顔を見るだけだったか、それとも他に何か用事があったかね?」

係長が急に言葉の調子をかえて、思い切った風に聞くと、今まで冷静だった津藤が、さすがに狼狽てたようで、どぎまぎしながら、

「格別、これという用事があったわけでもないのですが——実は、彼女も僕の苦しいことはよく知っていましたので、時折は小遣いなどもくれていましたようなわけで——」

「じゃ、二人の関係はよほど深かったと見えるね。それが最近になって、誰か他の男とどうこうといったようなことでもあったかね？」

「他の男と？——いいえ、そんなことはありません」

「そんな素振《そぶ》りも見なかったかね？」

「ありません。彼女に限って、そんなことは絶対になかったと思います。僕は今でも、そんなことから今度の不幸を招いたとは考えてもおりません」

「それでは訊くが、一昨日、つまり事件の起きた前日、君は半田家へ被害者を訪ねていって喧嘩をしたという話だが、口論にもせよ、その原因は何だったね？」

「僕が喧嘩を？」

津藤はハッとしたように顔を上げたが、次ぎの言葉が出るまでには、そこに何秒かの時間がかかった。意外な質問に出会して明に答えに窮した様子が見えた。

「いや、それは違います。僕がいつまでも遊んでいるので、意気地がないなんどいいますから、ついむしゃくしゃして大きな声を出したんですが、決して喧嘩をしたんじゃないのです」

「口論の原因はそれかもしれんが、君はその時、被害者に向って、(金持ののら息子をまるめこんで、自分を棄てるつもりか) とか何とかいったというじゃないか。この言葉は君の失業問題とは関係がないように思われるが、これは一体どうしたわけだね？　何か事情がありそうに響く言葉じゃないか？」

二

普通なら、被害者との関係や、その身許素性といったような事柄から、順次訊いてゆくべきところを、そんなことは後廻しにして、いきなり二人の口論について、係長が鋭く訊き出したのは、話が自然《ひとりで》にそこへいったというよりも、その点についての津藤の説明が、今度の事件の解決には極めて重大な鍵となるからであった。つまり、それは津藤対きぬの関係よりも、きぬ対清川、或はきぬ対半田幸夫の関係において問題となるのである。

特に、係長は、意外な指紋の発見から、今、ある人物を瞼《まぶた》の中に畳みこんでいるのである。仮にその人物を、犯人として考えた場合、きぬ対清川、或は幸夫の関係は最も重大になってくるので、係長は真向からそれを訊こうとしたのである。

が、津藤の方では、係長のそうした意図《かんがえ》を知ったかどうか、今度は大してためらいもせずに、

「今、はっきりとは覚えませんが、確にそのような乱暴なこともいったように思います。しかし、それは言葉の行きがかりで、彼女が失業者だの意気地なしだの、いつまで小遣いをせびりにくるだのと申しますもので、つい口に出しましたことで――」

「しかし、何の根拠《こんきょ》もないのに、そんな言葉が出るとは思えないが?」

「それは一、二度、あれが半田の息子さんと一しょに歩いているのを見たことがあるからです」

「ふむ、しかし君は、あの女に限ってそんなことはない――素振りもなかったといったじゃないか? あれは死人を庇うつもりでいったのかね?」

「いいえ庇うつもりではありません。変に見えるかも知れませんが、乱暴な口を利いたのは、今も申すとおりつい行きがかりで言っただけで、彼女《あれ》が他の男と歩いているのを見たからといって、僕は彼女の心を少しも疑ってはいなかったのです。小間使であってみれば、そこの家の人と一しょに歩くくらいは当然《あたりまえ》のことですから――」

係長は、津藤の言葉を、全部のまま受け容《い》れていいとは思わなかった。少くとも、二人が口論をした時、津藤が彼女に対して幾分の嫉妬をいだいていたのは事実であろう。しかし、彼女のために、熱心に弁論するところを見ると、これ以上深く疑っていたとは思われない。もし、幸夫なり清川なりと関係があったことを知っていれば、前後の事情から考えてそれを黙っているはずがない。――すると、この津藤も、やはり彼女の手玉にとられていた一人であろうか。

係長は、津藤の答弁に失望を感じながら、そんな風に考えて、静かな言葉で質問をつづけた。

「それで、君が被害者と知るようになったのは、一体いつごろですか?」

「半年ばかり前のことです。昨年の十月ごろだったと思います」

「それは横浜ですか?」

「ええ、あれが長者町のカフェーにいた時分、遊びにいって知合《しりあい》になったのです」

大方そんなことだろうとは思っていたが、彼女がカフェーにいたということは、初めて聞く事実だった。そう聞けば、彼女が若い男の気持を捉える術を心得ていたことも、はっきりと首肯けるし、女中や看護婦の何かしら彼女に対して棘《とげ》をもっていた言葉の節々《ふしぶし》も合点がいく。

「何というカフェーだね？」

「メリーという小さいカフェーでしたが、今は代から何からすっかり代っています」

「そのカフェーへくる前はどこで何をしていたか知りませんか？」

「僕、いつかもそれを訊いてみたんですが何故だか自分の身の上のことはいいたくないようで、何も話しませんでした。生れは北海道だといっていましたが」

「で、そのカフェーにはいつまでいたんだね？」

「先月半田さんへ上るまで居りました」

「カフェーなんどにいたものが、よく女中奉公をする気になったものだね。何か理由があったですか？」

「つまりカフェーにいては、いつまで経っても家庭をもつことが出来ないというだけの理由でした」津藤はそういった後からちょっと恥掻《はにか》むような表情をして、「それも女給をしていると相当収入もあったようですが、何やかや費用《ものいり》も多く、かえって借金が殖《ふ》えてゆくというので、苦しくとも固い家へ二三年奉公し、僅《わず》かでも世帯をもつための用意をしたいという彼女の希望だったのです」

「それにしても、半田家のような口がよく見つかったものだが、誰か世話をする人があったんでしょうね？」

係長は、清川が引っぱって来たというお直婆さんの言葉を思い浮べながら、何気ない風で訊いてみた。が津藤はそうした事情は少しも知らないらしく、新聞広告を見て行ったのだと、半田老人の言葉を裏書きしたに過ぎなかった。同時に、それは彼が林きぬを信頼し切っていたことを証拠立てたもので、それによって係長の頭の中に、事件渦中《かちゅう》の注意人物の一人として残っていた一抹《いちまつ》の疑雲《ぎうん》が、殆ど完全に消えてしまったのだった。それほども彼女を信じ、些少《さしょう》にもせよ彼女の仕送りまで受けていた彼が、まかり違っても彼女に自《みずか》ら手を下すようなことをするはずはない。いわんや犯人の目星はつきかかっている。判らないのは、その間のはっきりした事情だけだ。

「君は横浜にいて、大阪へゆくのに何故東京駅から乗ったんだね？　それに君が十時五十五分の汽車に乗ることを林きぬがどうして知っていたんだね？」

「それはあの日、僕が彼女に時間をいったからです。東京駅から乗ったのも、彼女に会いに東京へ出て来たからでした」

「じゃ、あの日林きぬに会ったんだね？　それはどこで？」

これはちょっと意外であった。正午近くまで半田家にいて、突然暇をとって、手ぶらで同家を飛び出しながら一時間と経たない中に、謎のスーツケースをもって東京ホテルへ行っている彼女。それからは佐々木百合枝の仮名にかくれて、ずっとホテルの三十九号室にいたはずの彼女と、津藤はその日会ったというのだ。

いったいいつ、どこで彼等は会ったか。その時、二人はどんな話をしただろう。その会話の中に、何か事件の核心に触れた点はなかったろうか、――何であのホテルへ宿ったか、名前や住所を偽ったか？

係長は、急に緊張した面持を見せて、肚の中で質問の条項を算《かぞ》え立てた。が、慌てることはない。津藤は従順にこれらの質問に応えようとしているのだ。

三

「会ったのは日比谷公園でしたが、それも彼女の方から会いたいといって、電話をかけてきたのです」

「電話をかけてきた？　それはあの日のことかね？」

係長が急きこんで訊いた。

「そうでした。あの日の午前十時ごろだったと思います。用事があるから、午後の三時に間違いなく日比谷公園へ来てくれと電話をかけてきたのです。前の日、気拙い思いをして別れたので、僕は淋しい気でいましたし、大阪へ発とうと決心した矢先でもあったし、暫らくの別れだと思って、二時には東京へ来て公園のベンチで彼女のくるのを待っていました」

「その時の林きぬの服装は？」

係長は、二人が会ったのは、女がホテルへ宿った後だと知って、スーツケースの点にちょっと失望しながら訊いてみた。

「模様なんか忘れましたが、お召の着物に、藤色の羽織を着ていたように思います」

どうやら投宿した時の服装と合うようである。

「それで、君を呼び出した用件は何だったかね？」

「別にこれという用事はなかったのです。ただ前の日気拙い思いをして別れたので、彼女《あれ》も気にかかっていたでしょう。僕の方にもそんな気持が多分にあったんですから」

「半田家から暇をとったことについては、どういっていたね？」

「僕はそれが不審でならないのです。暇をとったなんてことは一言も申しませんでしたし、ホテルへ宿っていたことも、新聞を見てはじめて知りましたので、何故そんなことをしたか一切見当がつきません。僕はやはり半田さんにいるものとばかり思っていたのです」

「その晩、半田家の結婚披露がホテルであることは、君は聞いていただろうね？」

「いいえ、それも新聞で知ったのです。前の日に会った時も、何もそんな話はしませんでした。もし、僕がそれを知っていたら、そんな忙しい時に、どうして暇がもらえたか不審に思って訊ねたでしょうが、何故それを黙っていたか判りません――」

それで見ると、林きぬは津藤にも、すべてを秘密にしていたのだ。半田家から暇をとったことも、ホテルへ宿りこんでいることも一切包みかくしていたと見える。と、すれば、それは何のためにであろう？　幸夫もしくは清川との関係を別にして、それを津藤に秘密にしなければならないような事情が、何か他にあったのだろうか？

結婚披露会の夜を選んでの彼女の計画《もくろみ》、それから清川と諜《しめ》し合せて――だが、そうだとすると、その直前にわざわざ津藤を横浜から呼び出して会ったというのは怪《おか》しい。いささかことが矛盾《むじゅん》する。

半田家の郵便受から清川の手紙を窃《ぬす》み読んだ須藤の話を聞いていたら、少くとも清川に関する点だけは、わけなく解決が出来たであろうに、まだそれを知らない係長は津藤と同様深い疑念を感じながら、

「実は、我々の方では、この事件は恋愛関係が原因だと見ているのだ。しかし、今まで君から聞いた範囲では、別にそうした様子もないようだが、何かその時の話で、思い合すようなことはありませんか？

黒革のスーツケースが一個紛失《ふんしつ》はしているが、どうも物盗りとは思えないし、それよりも当人が名前を変えて投宿しているあたりに、何か原因がありそうに思えるんですがね」

津藤は頭を傾げて少時考えていたが、ホテルへ宿りこんだことさえ理由《わけ》が分らないのだから、まして名前を変えていたことなんど全然何の理由だか想像も出来ないと言って、

「日比谷で会った時も、別に前の日と変った様子は見えませんでしたし、一時間ばかり歩いて、別れる時も暫く会えないといって淋しそうにはしていましたが、電話を東京駅へかけてくるような、そんな切迫した事情があるような風は少しも見えませんでした」

「一時間ばかり歩いたというと、別れたのは四時ごろですね。それから夜の十時過ぎまで、君はどこにいました?」

「汽車は十時五十五分と決めていましたから、それまで邦楽《ほうがく》座で映画を見ていて、閉《は》ねるちょっと前に出て東京駅までぶらぶらと歩いてきたのです」

係長が、もう何か訊くことはないかと考えていると、何かいいたそうにもじもじしていた津藤が、やっと思い切った風で、

「あのう、出来ることでしたら、ちょっと彼女《あれ》に会わしていただきたいと思いますが、死体はどこにあるのでしょう?」

哀願《あいがん》するような声でいった。

「そうだ。こっちから訊いてばかりいて、その話をすることを忘れていた」石岡係長は心から詫《わ》びるように、

「しかし、お気の毒だが、遅かったですな。昨日、解剖が済むと、半田さんの方で引取って、すぐ火葬場へ運んだようだから」

そう聞くと、津藤はさも力を落したようにがっくりと首を伏せて、じいっと項垂《うなだ》れこんだまま、暫らくは顔もよう上げなかった。

「災難とあきらめるよりほかないですね。それから、まだ来ていただく用事があるかも知れんので、宿が決まったら今日の中に報《しら》しておいてもらいたいんですがね――」

「承知しました」

津藤が元気のない声で、そう答えた時、ドアが開いて河本警部がふと顔を覗けた。その様子が何か用あり気に見えたので、係長が訊くと、

「海江田のことですが、宜いでしょうか、ここで?」

「いいよ。何か判ったかね?」

「ええ、今、医務課の諸君が集って、すっかり調べ直したんです。すると今朝見えなかった死斑がぽつぽつ出ているので、もう間違いないということになったですが、何を使ったのか分らないので、帝大へ送ろうかといっていますが――」

「それだと、むろん解剖しなくちゃなるまい。そういってくれたまえ」

「それから新聞の方ですが、どうしましょう? 課長は一切記事差止めにしたらという御意見のようですが」

「そうだね。それが宜《よ》かろう。では、直ぐその手配を命じてくれたまえ。もうそろそろ新聞記者が押しかける時分だから――」

河本警部が出てゆくと、石岡係長は呆気《あっけ》にとられてい

る津藤に一二の注意を与えて、もう帰ってもいいと告げた。が、津藤が椅子から起ちかけると、ふと思い出したように、

「ああ、そうそう。今一つ訊くことがあった——君が日比谷公園で林きぬと会った時、きぬはハンカチをもっていなかったかね？」

「気がつきませんでしたが」

「実は、犯人が絞殺に用いたのが、桃色のハンカチなんだが、それはどうも被害者のものらしいんだ。ところで、それにS・Yという縫取りがあるので、最初は宿帳にあった佐々木百合枝の頭文字だろうと思ったが、林きぬでは、話が合わなくなってくるのだ。で、頭文字以外に何か、——まあ雅号《がごう》といったような意味でS・Yという縫取りをしていたのではないかと思うんだが、何か気がついていませんか？」

「さあ？——」

津藤は意外そうな表情《かお》をして、考えていたが、

「もしかしたら、雅号かも知れません。和歌が好きでよく作っていましたから」

係長はその答えで満足したらしく、津藤を部屋から送り出すと、そのまま自分の部屋へ帰って来た。そして医務課へでも詳しいことを聞き合すつもりだったろう、手を伸して卓上電話を取ろうとすると、恰度、その時、呼出しのベルがヂリヂリと鳴った。

受話器を耳にあてて五秒もすると、電話線の彼方《むこう》から聞えたのは幡谷の声だった。

「——須藤君が今戻って来た。で、結果は？——ふん間違いない、——確にそうだというんだね。いや、有難う。お庇で大変助かったよ。何？書いてもいいかって？——ああ、そいつは困るんだ。今相談して一切記事差止めということになったんでね。——気の毒だが、待ってくれたまえ。決して他へはもらさんからね——。どうも仕方がないんだ。課長の命令だから——」

係長の言葉がまだ終らないのに、電話は向うからふっりと断れた。失望と憤慨《ふんがい》が、ごっちゃになった幡谷の声と一しょに——。

小田原へ

一

――半田老人の指紋が、現場指紋と一致した。それだけでも、もう動きはとれまい。それにあの清川からの秘密通信。事情《わけ》はさっぱりわからないが、とにかく、事件以来、姿を消した奇怪な彼の行動が、半田老人の指図によることは疑いない。すると、すべてはあの老人の細工《さいく》なのだ。

――ここまでくれば、事件の解決は今一息だ。が、それにしても清川が東京駅へ預けた品物は何だろう？　トランクかしら？　いや、トランクは自分が持っていったに違いない。といってお直婆さんの話では、他には何にも手にしてはいなかったというのだが――。

日比谷から東京駅まで、気は急《せ》きながら、乗合《バス》に乗るのも馬鹿々々しいような気がして、須藤はそんなことを考え考え、丸ビルの中を抜けて駅の乗車口へ飛びこんだ。

雑沓《ひとごみ》の中を掻きわけるようにして、改札口左手の携帯品一時預かり所の前までゆくと、五、六人の預け人が、バスケットや風呂敷包を目の前に置いて、順番のくるのを待っている。須藤はいらいらした気持で、足摺《あしずり》しながら、その連中が一人去り、二人去るのを待っていた。

そこは、すぐ隣の手荷物取扱所の隅の方を区切った小さなやや三角形の部屋で、係員のいる背後《うしろ》の壁は、預かり品を置く五段くらいの頑丈《がんじょう》な棚になっていた。

須藤は、人々の後から、その棚にある品々を、どれほどの興味をもって、あれかこれかと眺め渡したことであろう。

が、その時、彼はふと半田家を出てから、ここへ着くまでの時間のことを考えた。開封した清川の手紙を元通りにして郵便受へ入れ、門前から引返して、幡谷と二人でぶらぶらと日比谷公園をぬけて、ここへくるまでに、ざっと四十分はかかっている。もし、自分のすぐ後へ、半田老人が帰って来て清川の手紙を見た場合、そのままここへ来たとしたら、もうその品物はないかもしれぬ。が、老人の帰宅が、三十分もおくれたとしたら、たしかにまだ、その品物は目の前の棚にあるはずだ。あるとすれば、一体それはどれだろう？

須藤が棚の上に並んだいろいろな手荷物を眺めながら、

そんなことを考えている中に、やっと先客が立ち去って、彼の番が廻ってきた。

二人いる係員の一人は、預り品の整理にかかるし、幸い後につづく預け人もいない。彼はそこで手にした手帳《ノート》を急いで開くと、書きとめておいた預り証の番号を今一度確かめて、目の前の係員に、さり気ない風で訊いてみた。

「九三六という番号なんですが、まだここにありますかしら?」

「札をおもちですか?」

小柄な、まるっこい体格をした中年の係員が訊き返した。

「いや、札はもっていないんですが、——実は、その品がここにあるかどうか、それだけ調べていただけばいいんですが」

札があるかと訊かれて、須藤は、そのまま突っ放されはしないかと、内心ひやりとしながら頼むようにそういった。

「品物はなんですか?」

「多分トランクだと思います。預けたのは、先週の土曜日の晩なんですが」

「トランクで、九三六と——」

係員が後を向いて、棚のトランクを一つ一つ調べていたと思うと、ふと思いついたように、

「そうだ。君、先刻《さっき》あっちへ廻したトランクは九三六だったね?」

と傍《そば》の同僚に呼びかけた。

「ああ、そうだったよ、確か——」

預り品を整理していた今一人の係員が俯向いたまま答えた。

「じゃ、もうここにはありませんよ。先刻出していったばかりです」

「先刻?」須藤は思わず声をはずませて、「どんな男が持ってゆきました?」

「さあ? ほんの二十分ばかり前ですが——なあ、君あのトランクを受取りに来たのは、どんな人間《ひと》だったかなあ?」

俯向きこんでいた若い係員が、やっと顔を上げて、須藤の前へやって来た。

「六十くらいに見える半白の老人じゃなかったですか?」

「そうそう、大分白髪《しらが》の多いいかつい顔をした方でしたよ。どうかしたんですか、それが?」

「いや、別に何でもないんですが、それで、その老人

がトランクを受取って帰ったんですね、一人で？」

いかつい顔をした半白の老人、――それは半田老人に違いない。すると、時間から考えて、すぐ自分の後から清川の手紙を見て、そのまま飛んで来たものと思われる。それから考えても、そのトランクが事件にとって、よほど重大な意味をもっていることは首肯かれる。一体、その内容は何であろうか？　それよりも、半田老人はどこへそれを運んだであろう？

が、相手の返事は意外であった。

「いや、持って帰ったんじゃありませんよ。手荷物にしてお送りになったのです。それでなおよく憶えているわけですが――」

「へえ、手荷物にして？　で、どこへ送ったでしょう、御面倒でも送り先がわかりませんかしら？」

「そうですね。トランクを出すと、鉄道便で送りたいがといわれるので、手荷物係を教えて上げると、済まないがそっちへ廻してもらえまいかと仰有るもので、恰度暇でもあったし、私が手荷物係へ持っていって上げたんです。送り先はたしか小田原でしたよ。今、行って訊けば、まだ分るかもしれません。ちょっとお待ち下さい。私が行ってみましょう」

その係員は、須藤がノートを手にして、トランクや預け主のことを熱心に訊く様子から、大方その筋のものとでも思ったらしい。でなければそんな面倒を見てくれるはずがないのに、自分からそう言って、手荷物係の方へ入っていった。

一時預かりとはちがって、こちらは目白押しにごった返す客が、後から後からと大きな手荷物を受附台の前へ持ち込んで、喚き立てている。須藤が、その横の方に立って待っていると、やがて係員が一枚の紙片をもって引返して来た。

「分りましたかしら？」

待ち構えたように須藤が声をかけた。すると係員は手にした送状の控《ひかえ》を、彼の前に示しながら、

「多分これでしょう。赤革中型のトランクで、送り先はやはり小田原です」

須藤が飛びつくようにして、その控を手にとった。見ると、差出人は半田でこそなかったが、はっきり清川三郎と書いてあり、送り先は小田原××町相模《さがみ》屋旅館、そして受取人は芳村里子と女名前になっている。

二

芳村里子——芳村里子——。

須藤の頭の中を、この新しい女の名前が、十文字にかけまわった。むろん、聞いたこともない名前だ。

この新しい登場人物が、事件とどんな関係をもっているか。それは全然判らない。が、清川があの夜、倉皇《そうこう》として半田家から運び出したトランクを受取るべき人物であることは確かだ。それと半田老人が、自分からわざわざ東京駅へ出向いて来て、あわてふためいて——どうもそうとしか考えられない——そのトランクを処理した点から考えると、一刻も早くトランクを受取りたい必要に迫られているものと思われる。それは清川がトランクの預り証を、急いで旅先から送りとどけてきた点からも首肯かれる。

一体、どうした女だろう？　そしてトランクの内容は？

須藤は電話を聞いて東京ホテルへ駈けつけたあの時よりは、ずっと冷静ではあったが、それでもじっとしていられないような興味と昂奮を感じて、乗合《バス》の方へ踏みかけた足を止めて、通りかかった円タクを幡谷の社へと走らせた。

「オイ、面白くなってきたぞ。半田がもう東京駅へ来ていたんだ！」

幡谷の顔を見るなり、須藤が叫んだ。

「ほう、半田老人がね。で、預けた品は？」

幡谷は椅子の背をつかんだまま、意外そうに須藤の顔を見つめている。

「やはりトランクだったよ。それをもう鉄道便で小田原へ送ることにしているんだ」

「小田原へ？」

「うん、送り先は小田原の相模屋旅館内芳村里子となっているが、知ってるかね、芳村里子という女を？」

「知らないね、そんな女は——待ってくれたまえ。小田原の相模屋旅館だね。通信員に調べさしてみようか」

「それもいいだろうが、僕これから行ってみようと思うんだ」

「そうだね、事が事だから通信員よりは自分で出かける方がいいね。すると——」

幡谷は腕の時計を見てから、

「ようし、それじゃ原稿はすぐ済むから、係長との約束は電話ですまして一しょに出かけることにしよう」

そういって、そそくさと編輯への階段を駆け上った幡谷が、再び顔を出すまでには三十分はたっぷりかかった、しかも、入って来た幡谷の態度《ようす》は先刻とはまるで変って喧嘩でもした後のようにひどく昂奮してぷりぷりしていた。

「どうしたんだね、君?」

ばたんと手荒くドアを閉めて、物もいわずに腰を下した幡谷の顔を、怪しみながら須藤が訊いた。

「どうしたもこうしたもあるものか。 今になって、書いちゃいけないというんだ。人を馬鹿にしてる! 君からの報告さえあれば書いていいとあれだけ約束しといて、電話をかけたら駄目だというんだ――」

「記事差止めだね?」

「うん、事件に関する一切の記事を差止めるというんだ。我々のお庇で犯人の目星がついたくせに、あまり癪にさわったから電話を切っといて、向うへ行ってるK君に直々談じ込ましたんだ。すると相手が相当の実業家だということと、海江田の死因が他殺と判明したという理由で、一、二日待ってくれろというんだそうだ。半田老が実業家だってなんだって、そんなことは問題じゃないじゃないか。それに海江田が他殺だくらいのことは、昨夜から判っている話だ、――人に二段も三段もの原稿を書かしておいて、あんまり馬鹿にしてやがる。もうどんなことがあったって教えはしないぞ」

幡谷はぷんぷんしながら、自暴《やけ》になって煙草の煙を吐き出した。

「まあ、仕方がないさ。憤慨したって、相手が警視庁じゃ始まらんよ。それよりも小田原へ遠征しようじゃないか。そしてもう一遍係長の鼻をあかしてやる方がいいんだ」

汽車の時間表を見に、一度編輯へ引返した幡谷が帽子を摑んで出てくると、二人は階段を下りかけた。とふいに背後《うしろ》から給仕の声がして、

「幡谷さん、速達です」

と呼び止めた。

振返った幡谷が、給仕の手から受取った速達を、ちらと見ると、

「おや、これは君に来てるんだ、僕の気附になっているが――」と裏を返してみて、「常石達雄――知ってるかね?」

「常石? ああ、そうか」須藤は手紙を受取りながら、「それ、昨日、君に話した清川の友人さ。あの写真を貸してくれた――昨日、別れ際に、何か林きぬのことで思い出したら知らしてやるといってたから、その時は君の

気附にしてくれと頼んでおいたんだ。先生、大分興味をもって僕の話を聞いてたから、何か調べて寄越したんだろう」

「なんだか手紙だけじゃないようだな?」

「うん、何か硬いものが入っているが、西洋紙へ書いてるかもしれん。開けてみようか――」

「時間がないよ。汽車に乗ってからにしたまえ。何が出て来たって、どうせ新聞へは書けないんだ――」

蟠谷は、記事差止めの余憤《よふん》をえらいところで洩らしながら、階段をすたすたと駈け下りた。

三

「どれ、今の手紙を出したみたまえ。何が書いてあるか――」

有楽町《ゆうらくちょう》から省線に乗って、新橋で熱海《あたみ》行きに乗り換えた二人は、これからの一時間を、ゆっくり話が出来るように、空《あ》いている座席を捜して、後尾《あと》へ後尾へと車内を物色していった。だから、二人がやっと乗客の少い最後尾の箱の、窓に近い片隅に対い合って腰を下した時には、もう列車は品川を通り過ぎていた。

須藤は、いわれるままにポケットの手紙を取出すと、爪先で封を切りながら、そっと内容《なかみ》を抜き出した。

「なんだ、雑誌の口絵かなんかじゃないか」

蟠谷がつまらなさそうに呟いた。

「うん、女の顔ばかり並んでいる、――手紙はどうしたんかな?」

須藤が、空っぽの封筒をのぞきこんでいる間に、たしかに雑誌の口絵らしい四頁《ページ》大くらいのグラビア版を小さく折り畳んだのを、手にとって開いた蟠谷が、

「手紙はここにあるよ。倹約《けんやく》して欄外へ何か書いてある。読んでみたまえ、君宛になってるから――」

返された写真版を見ると、いろんな型に切りこんだ若い女の上半身を、四ページ大の裏表に一ぱいずらりと並べて、その上に懸賞プロフェショナル・ミス・ニッポンと表題がつけてある。写真の下や横に、東京や京都、大阪各地のダンスホールやカフェーの名と女の名前がついている。

どこかの娯楽雑誌で、全国のダンサーや、女給の美人投票でもやって、集った写真を載せたものらしい。その写真版の欄外に、上段から左へかけて、小さいペン字が細々《こまごま》と記してある。大方、別に便箋を使っては嵩張《かさば》ると思って、そこへ書きこんだものらしい。

須藤兄

昨日は遠路を恐縮。君が帰った後で、ふと林きぬの写真が雑誌へ出ていたことを思い出し、古雑誌を引張り出して、やっと捜し出したからお送りする。君を送り出した後から、思い出すなんか、僕も少々頭が悪いが、半歳も前に、それこそカフェーかどこかで清川と一しょになった時、僕のもっている雑誌を見て清川がちらとそんな話をしたことを思い出したわけだ。雑誌は去年の九月の×××だ。それで問題の林きぬは、右の一番下段にすましこんでいる女がそれだ。横浜長者町カフェー・メリー内かほるとある。これが林きぬが半田家へ来る前にいたカフェーと名前だ。ちょっと驚いたろう。僕は実物を見たことがないから分らないが、写真だから多少修正はしてあるとしても、相当のシャンには相違ないね。ただし、真物《ほんもの》はこんなに取りすましてはいまいと思う。それは昨日も話したとおり、清川の話から察してもわかることだ。――こんなものが、今ごろ役に立つとも思えないが、見つけ出したから、ともかく送る。――それから、昨日もいったとおり、僕は飽くまでも清川を信じているが、もし彼が問題になるようだったら面倒でもちょっと知らしてくれたまえ。失敬

常石生

「ほう、カフェーにいたんだね。どうもただ者じゃないと思ったら――どれどれ、生き顔はどんなだね？」

つと席を立って、須藤の傍へ幡谷が、じっと写真版を覗きこんだ。

「この女だね。でも何だか違うようじゃないか。あの女とは――」

須藤が指した右下の写真。背景をつぶした逆三角の枠の中に、僅《わずか》に横を向いて、明るい光線に右半面をくっきりと浮き出さした女の顔。手紙にあるとおり、いやに取りすましてはいるが、実物はぐっと柔かい、肉感的な感じが多分にあるらしく思われる顔だ。それも大きくウェーヴさしたあり余る頭髪と、福よかな顎の下から、ちょっと覗いた衣服の柄が目立って華美《はで》に見えるのが、いくらか手伝っているのかも知れないが――

「やはり、この顔だろうよ。死顔はあのとおりひどく歪んでいたからね」

「そうだろうか。僕はもっと円顔だったたような気がするんだが――」

「懸賞写真の顔と、絞《くび》られた死顔じゃ大分違うよ。とにかく、大切にしておこう、これでも修正すれや立派に出るからね」

「じゃ、君にやっとこう」

須藤は、それを幡谷に渡しながら、

「ところで、君、小田原の女は何者だと思う？　僕は全然見当もつかないが？」

「分らんね。それよりも清川が持ち出したそのトランクには、一体何が入っているかが先決問題だよ。それが判れば、その受取人も自然判るわけなんだから――僕は、トランクは清川が自分で持っていったものと思ったから、東京駅へ預けてあるのは、何か他のものだと考えていたんだが、トランクだったとすると、今一度考え直してみなくちゃならんよ」

「被害者の所持品だと考えると、一番簡単で、理窟に合うがね」

「どうして？」

幡谷が不思議そうに瞳を見はった。

「つまり――」須藤は四辺を見まわして、近くに誰もいないのを確かめると、「兇行の動機は別として、とにかく、加害者の方では犯罪を遂行《すいこう》しなければならないと決心して、すっかり計画を樹《た》てていたんだと僕は考えるのだ。で、その計画の一つとして、被害者と自分とは、既に絶縁している、従って、この犯罪には、自分は関係はない――と見せかけようとしたじゃないかと思うんだ。それで係長の訊問に対しても、林きぬの方から申出であって、その日の正午《ひる》前、暇を出したと言明したんだ。その言葉を実証するためには、被害者の所持品を半田家からなくしておかないと工合が悪いわけだ。そこで清川に命じて、それを持ち出さした――と僕は考えるがね。で、なければ、清川が半田家へそっと取って返して、泥棒みたようにトランクを持って出かけてゆくわけがないんだ」

「なるほど、そう考えれや簡単だが、それだと東京駅で誰かに手渡すつもりが間に合わなかったという清川の手紙はどうなるんだ？」

「それも半田老人の奸計《トリック》だと考えれば、何でもないんだ。林きぬの所持品をまとめて十時三十分までに東京駅へ持ってゆけ。すれば誰かが待っている、もし間に合わなければ一時預けにしておけといわれたので、その通りにしたと考えたらどうだ。つまり最初から受取人なんか誰もないんだ。それで清川が東京にいては工合が悪いから、休養に名をかりて、当分旅行に出したんだ」

「そこまでは宜いが、じゃ十時二十分に林きぬから清川にかかった電話はどう説明するのだ。きぬは清川が半田家へ帰っていることを知るはずがないじゃないか？」

「うん、そいつはちょっと説明に困るが――」

須藤が急に口を噤んで考えこむと、

「それに、君の言うほど頭をつかってかかったことなら、もう一歩考えて、どこかへ出すかどうかして兇行の場所を選みそうなものじゃないか。いくら何でも、自分の息子の結婚披露をやっているホテルの中で殺すなんて、最初から企《たくら》んでいたと思えないよ。だからきっと突発的な犯行で、それも本当に殺意があったかどうかも、疑問だと僕は思うんだ。そうなると清川の行動は、時間から見てすべて兇行前だから、まるきり判断がつかないんだ」

「でも、清川が半田老人の指図で動いたことは、あの手紙で見て――」

「うん、その点は間違いないんだ。だから、清川と林きぬとの間に、何か黙契《もっけい》があって、それを半田老人が巧く利用したと考えると、筋道が通るようにも思うんだが、それにしてもトランクの内容が分らんよ。が、それは小田原へ行って、トランクを突き止めれば、いずれ解決するとして、さて受取人だが、――何といったっけ、芳村?」

「芳村里子だよ」

「そうだったね、芳村里子か――?」

女の名を口の中で呟きながら、立てつづけに煙草を吸っていた幡谷が突然、手にした吸い差しをぽいと足許へ投げたと思うと、

「おい！　あれじゃないか。それ、あのハンカチにあった縫とりさ――」

「縫取り?」

ちょっと怪訝《けげん》な顔をした須藤が、急に思いついたように、ぽんと膝をたたいた。

「うん、S・Yか。そうだ、芳村里子だからS・Yに違いない。なるほどね、こいつは気がつかなかった！」

暴風雨の前奏

一

「君、相模屋というのは、どの辺《あたり》かね?」

人々の後から、わざとゆっくり歩いて、切符を渡しながら、幡谷が改札係に訊いた。

「相模屋旅館ですか、海岸寄りの方ですよ」

「歩いてどれくらいかかるだろう?」

「さあ、二十分くらいのものでしょう。電車でおいでになれば直ぐですよ」

「有難う。あ、それからこの前の列車で着いた手荷物は、もう配達したかしら？　その旅館宛になっているが――」

「多分まだでしょう。午後は二回配達のはずですから。係に訊いてみて下さい」

二人は手荷物係の方へ廻って、同じ質問を繰返した。

するとやはり今着いた分と一しょにこれから配達するところだという返事だった。見ると向うの方で職員と合同運送の法被《はっぴ》を着た人夫《にんぷ》が二人、今列車から下した荷物を選りわけながら運んでいた。

「おい、あれじゃないか？」

ごたごたと手荷物を積み重ねた片隅に、荷札をつけた自転車と並べておいてある赤皮のトランクを指して幡谷が低い声で囁いた。

「うん、そうかも知れない。他にはトランクは見えないから――」

須藤はそういうと、係員の方へ向いて、

「その赤いトランクだと思うんですが、相模屋行になっていませんかしら？」

と訊いてみた。

「これですか」彼を振向いた係りが、荷札を見ながら、

「そうですよ」と投げるような返事をした。

「で、何時頃配達になるでしょう、それは？」

「そうですね。これから出るんだから、三十分くらいかかりますね」

今度は法被を着た運送の男が答えた。

幡谷と須藤が、ホッとしたように眼を見合した。汽車の中から、彼等が心配したことは、問題のトランクがもうとっくに配達されていはしまいかということだった。それも相手の手に渡っただけならだが、もしかすると半田老人から電話でもかかって、受取ると一しょに姿を晦《くら》ましてでもいたら――とそんなことまで考えて来たのである。

が、トランクがまだ駅にあって、これから配達されるというならば、まずその心配はなくなった。それにトランクと一しょに、旅館へ乗りこむという都合のいい作戦もとれるわけだ。どうせ大した旅館でもあるまいが、それにしても、正面から踏み込むわけにはいかないのだ。とすれば、そんな小細工《こざいく》を弄《ろう》してでも、まず相手の顔を見とどけねば――それも汽車の中で、二人が考えたことの一つだった。

駅から電車に乗って、大通りを真直ぐに、いくつ目か

の停留場で下りた彼等が、車掌に教えられた道を左へ、海岸寄りの方へ五、六町も歩いてゆくと、松林をとりこんだ庭の周囲《あたり》に、高い塀をめぐらした外観だけは立派に見える建物の屋上に、相模屋旅館と大きな看板が出ているのが見えた。

「案外近かったね。まだ三時半だから、ちと早いよ――」

幡谷が時計を見ながらいった。

「やはりトランクと一しょがいいね。そこらをぶらぶらしていようか」

二人は旅館の前を通りぬけて、少時《しばらく》、その辺を歩いていた。すると間もなく背後の方でオートバイの爆音がしたので、急いで引返してくると、恰度、先刻の男が旅館の前で車を止めて、リヤカーに積んだトランクを、舁《かつ》いでゆくところであった。

幡谷と須藤は、送り状を手にして引返してくる配達と、玄関の前で擦れちがうように入っていった。そしてどこの宿屋ででも浴びせられるあの不愉快な声に迎えられて、靴を脱ぎにかかっていた幡谷が、

「おや！」

と目の前の壁際に置かれたトランクの荷札に、ふと気がついたように、極めて自然な声を出した。

「芳村里子？　へえ――」

「御存じの方なんですか？」

三十五、六の横肥《よこぶと》りのした女中が、早速鈎《はり》にかかって来た。

「同名異人《どうめいいじん》かしら？　東京の人じゃないかい？」

「そうなんですよ」

「若い女《ひと》？」

「そう二十歳《はたち》、――ほんとはもっと上かも知れません――」

「年恰好も似てるようだが、いつから来ているんだね？」

「そう、一昨日の夜いらっしゃいましたわ――綺麗《きれい》な方ですよ――」

「すると人違いかな。僕の知った女だと三日も家をあけられるはずはないんだから――」

「誰だい？　知った人かね？」

それまで、俯向きこんで、わざとゆっくり靴の紐《ひも》を解いていた須藤が、やっと式台に足をかけた。

「うん、名前が同じだから訊いていたんだが――」

「で、人違いかね？」

「わからないよ。もっとよく訊いてみないと」

女中はもう先に立っていた。二人は後から、廊下伝い

に階段を上ると、南に向いて海を見晴らす、この旅館では上等らしい一室に通された。むろん、避暑客を目あての旅館と見えて、小さい部屋が並んでいるが、客は殆どないらしい。

座布団を出して、一度下りていった女中がお茶を運んでくると、幡谷が早速口を開いた。

「どうも気にかかるが、今の女の部屋はどこだね?」

「十二番さんですよ。この廊下を突き当って左の――」

幡谷はちらと廊下に顔を突き出してから、

「あの離座敷《はなれ》みたようになった部屋だね」

「ええ静かな部屋ですわ。お一人では淋し過ぎるようなーー」

女中が急須《きゅうす》を注《つ》ぎながら、口唇《くちもと》に変な笑顔を見せた。

「お伴《つれ》なしなんだね?」

「ええ、後からいらっしゃるそうですが、お電話ばかりでまだお見えになりませんのよ。昨日も東京まで迎えにいらっしったようですけど――」

「ほう、待ち人来らずか――で、今いるのかい?」

「いいえ、お留守なんです。正午《ひる》からお出ましでしたから、どこかへ散歩にでもいらっしたのでしょう」

「こんなところへ来て、一人じゃ怠屈《たいくつ》だろうからね。ところで一昨日というと土曜日だが、何時ごろにここへ着いたね?」

「そうですね。あの方がいらっしたのは、随分遅かったんですよ。国府津までしか汽車がなくて自動車でいらっしたようでしたから、かれこれ二時近かったかもしれません」

二

女中が部屋を出てゆくと、幡谷と須藤が怪訝そうな顔を見合せた。土曜日といえば、事件の日だ。――が国府津までしか汽車がなかったといえば、大方十一時半過ぎの下関行に乗って国府津まで来て、それから自動車を飛ばしたものに違いない。

ところで、それでは少々話が変になってくる。つまりトランクを東京駅へ預けた清川の手紙の文句と、話のつじ棲《つま》が合わないのだ。

清川は午後十時三十分の小田原行に間に合うように大急ぎでトランクを東京駅へ持ちこんだのだ。が、それが駅へ飛びこむと同時に、汽車が出てしまって、相手に手渡すことが出来なかったので、是非なくトランクを一時預けにして、自分は上野駅へ急いだのだ。

だから、半田老人の命をうけた清川から、そのトランクを受取るべき相手は、十時三十分の汽車で、小田原へ向けて出発しているわけである。須藤にしても、幡谷にしても、――いや、恐らく半田老人までもそう考えていたことだろう。が、それが十一時半の汽車だったとすると、そこに一時間の相違がある。

これは、事件そのものには、大して重要な関係がないとしても、清川の手紙の内容を知っている二人には何だか気にかかる問題だった。いろいろ考えてみると想像される三つの場合が生じてくる。

一つは、十時半の汽車に乗るつもりのその相手が何かの都合で、汽車の時間を遅らしたのではあるまいか。それとも途中下車をして、終列車に乗ったのだろうか。或いは、清川がその夜、トランクを渡そうとした人間と、今ここに宿っている女とは全然別人なのかもしれない、――という三つの見解である。

「人が違っているとは思えないね。何か深い理由《わけ》があって手渡すつもりのトランクだから、他の人間に送りとどけたって仕方がないよ。と、いって途中下車なんてことも、まず問題にならないし、結局、約束の時間を違《たが》えたと見るのが一番無難《ぶなん》だね」

「あるいは、発車間際になっても清川がやってこないので、待合室へでも入って待っていたかもしれないよ」

「すると、僕と一しょにあの拡声機を聞いたわけだが――」

「そして慌てて逃げ出す君を、後から笑って見てたじゃないかな――が、冗談は別として、女が帰ってくる前に、一つあの部屋へ飛び込んでみようじゃないか?」

幡谷がもう、持前の無遠慮な冒険をもくろみだした。

「女中にでも目附かったら拙いよ。――それにトランクはまだ帳場だろう」

トランクはトランクとして、なあにちょっと覗いてみるくらい構うものか。目附かったら、その時のことさ――」

幡谷はそういうと一しょ、ふいと部屋から出たと思うと、すたすたと廊下を向うへ歩き出した。須藤は、さすがにその後へつづくほどの勇気はなかった。彼は何だか気のさすような思いがして、後の閾際《しきいぎわ》へのけぞるように両手を突いて、廊下から階段の方へ、警戒の眼をくばっていた。が、幸いと誰も上ってくるような気配はなかった。

背後の方で、そうと障子の開く音がした。須藤がつと振向くと、幡谷の姿はもう十二番の部屋に消えていた。

（自分には、ちょっとあんな真似《まね》は出来そうもないな

――)

須藤がまた階段の方に眼をやりながら、口の中で呟いた、とふいに、

「おい！」

と低い声が後で呼んだ。須藤がハッとして、振り向くと、細目に開いた障子の隙間から、ひどく緊張した幡谷の顔が、――同時に、その手が慌てたようにこっちを向いて麾《さしまね》いた。何か緊急な用でもあるらしい様子だ、弾《はじ》かれたように起ち上った須藤が、小走りに部屋の前までゆくと、幡谷が手をとるようにして引張りこんだ、そして障子をそうと閉めながら、

「おい、あれを見ろ、あれを！」

幡谷が上ずった声で、花瓶に白い百合花《ゆり》を生《い》けた床《とこ》の間を指した。須藤の視線が、その花瓶から、傍《かたわら》のスーツケースに移った。

「へえ！」

須藤がそういってじっとスーツケースを凝視めると、

「まだ気がつかんかい。黒皮じゃないか！」

幡谷の言葉の意味が、やっと呑みこめたように、須藤がハッと息を吸うた。たしかにそれは黒皮のスーツケースだ。

「それに、これを見たまえ！」

矢継ぎ早にそういって、後を向いた幡谷の後から、部屋の片隅を振返った須藤の前に、華美な女物の衣裳《いしょう》が、――羽織と着物が、朱塗《しゅぬり》の衣桁《いこう》にかかっていた。

「おい、林きぬが着ていた衣服《きもの》と思えんかね？」

着物は薄い藤色につつじの総模様、片方は薄水色の紋附の絵羽織。――「花模様の着物に水色の紋付」――ホテルのボーイが証言した被害者が投宿当時の着衣と、同じだといえばいえる模様と色調《いろあい》。

「うーむ」

須藤が、上顎からでも出るような声で呻った。

「君、これが全然事件に無関係な人間のところにあったって、こうものが揃ってちゃ、ちょっと考えさせられるよ。それがあのトランクの受取人じゃないか――」

「うむ、どうも他のものとは思えんが――」

須藤がはじめて声を出した。たしかに幡谷のいうとおり、どう考えても、それは被害者がホテルへ投宿した時、身に着けていた着物と羽織にちがいない。それがあの部屋から失くなった被害者の唯《た》った一つの携帯品、黒皮のスーツケースと一しょに、晴がましく袖をひろげて、問題のトランクの受取人の部屋にかかっている。

須藤と幡谷は、もう一度息を呑んで、衣桁から床の間を振返った。

「ただの関係者という以上に共犯者かもしれないぜ」

幡谷がやっと我に返ったように呟いた。

「むろん、そうだろうね」

「すると、こいつを捕《とら》えれば、事件は解決するんだが――」

「捕《つかま》えるさ。考えることはないよ」

そういった須藤の頭からは、もう先刻階段の方に気を配った時のような不安と警戒の気持が、煙のように消し飛んでいた。

「ところで、これからどうしよう?」

「そいつを開けて見ようじゃないか。そのスーツケースを――」

「うん、宜《よ》かろう」

須藤がつかつかと床の前へ近づいて、片膝をつきながら、スーツケースを引寄せた。が、見ると、さすがに錠前だけはかかっていた。

「駄目だよ、錠が下りている――」

「持出して錠前屋に開させようか? どうせ、こうなったら正面からぶつかる他はないんだから」

「ぶつかるのはいいが、待ってくれたまえ。――この鍵が合わんかな。僕のスーツケースと同じ型らしいが――」

須藤はそういいながら、ズボンのポケットを捜《さぐ》って小さい鍵束《かぎたば》を取出すと、その中の一つを鍵孔に差しこんで、ごとごとやっていたと思うと、やがてカチッと錠前の外れる音がした。

「おい、開いたよ」

嗄《か》れたような声の下から、須藤の手がスーツケースの蓋にかかった。まずそこに化粧道具が入っているらしい、平べったい小型の函が現われ、その下に銘仙《めいせん》の着物や、華美《はで》模様の長襦袢《じゅばん》など――一日二日の旅に出そうな女の衣類が、つめこまれていた。

「もっと下の方を見てみたまえ」

須藤の横合から、蹲《しゃが》みこんでいた幡谷が、いきなり手を差しのべて、無雑作に中の衣類をつかみ上げた。が、そこにはもちろん、蓋の内側のかくしの中にも、格別所有者《もちぬし》の姓名《なまえ》や身許を語るようなものは、何も入っていなかった。

「これは何だい? 変なものがあるが――」

須藤が長襦袢の下から、ちらと覗いていた白いものをつまみ出した。見ると、木綿でこしらえた看護婦でも冠っていそうな縁のない帽子であった。

「記章《マーク》がついてるじゃないか」

幡谷が帽子の眉庇《まひさし》にあたるあたりを指した。なるほど小さい星型の周囲《まわり》に赤と金色の輪の入った直径二分くらいの円形の記章がくっついている。

「看護婦帽だよ、これは。どこかに姓名《なまえ》が入ってないか見てみたまえ」

内側を引っくり返して検《しら》べていると、記章の後に薄く消えかかった墨の跡が、それでも目を近づけると、はっきり「よしむら」と判読出来た。

「芳村だよ――芳村里子だね」

須藤がいうと、幡谷が頭を傾げた。

「しかし怪《おか》しいじゃないか。これは被害者のスーツケースだぜ。するとこの帽子も、むろん被害者の帽子《もの》に違いないんだが――」

そうだ、スーツケースは林きぬの所持品にちがいない。半田家を出る時は、手ぶらで出たにせよ、ホテルへ入った時は正《まさ》しくこのスーツケースを持っていたのだ。だからそれが被害者林きぬの所持品《もちもの》であることに、寸分の疑いもないわけだ。それだのに、その中に、「よしむら」と名前の入ったそれも被害者とは凡《およ》そ縁のなさそうな看護婦帽が入っているとは？

まさか、この部屋の宿泊人芳村里子が看護婦で、スーツケースの中に自分の帽子を入れておいたでもあるまいに――。

「何が何だか、さっぱり解らなくなってしまったね」

「うん、見当がつかん。しかし、今にわかるよ。とにかく、そいつだけ持って行こうじゃないか」

「よかろう。じゃ、君これを持ってくれたまえ。僕は元どおりしとくから――」

幡谷がつかみ出した衣類や化粧道具を、そそくさと詰めこんで、須藤が再び鍵をかけようとしていると、ふいに廊下の彼方《むこう》から人の跫音《あしおと》が聞えてきた。

鍵を握った手を止めて、二人が顔を見合した。

「静かに――」

幡谷が須藤を眼で制して、障子の際に息を殺した。

跫音はだんだんとこっちへ向いて近づいてくる。しかも、それは一人ではなく、一方の跫音は、何か重いものでも提《さ》げているらしく、廊下を踏む音がみしりみしりと響いてくる。

二人は今さらのようにハッとなった。

十二番の客が、――芳村里子が帰って来たのだ。自分の留守の間に、乱暴な侵入者が部屋の中に忍び込んで、大切の秘密を発《あば》いたとも知らず、番頭か女中にあの重いトランクを持《も》たして帰って来たのだ。

須藤が手にした鍵束を、無意識に腰のポケットに突っこんで、床柱《とこばしら》を背に立っていた。幡谷は幡谷で、右肩を前に、両足をぐっと踏みはだいて、身構えるような恰好をしていた。

その時二人の足音が廊下を曲って、障子の前で停った。

「どうも御苦労さま。重かったでしょ、ここでいいわ」

丸味のある女の声がした。

「ついでに中へお入れしましょう――」

「いいわいいわ、あたしが入れるから、――それから誰も訪ねてはこなかったでしょうね？」

「はア、誰方も――」

「そう、じゃ後でお紅茶でももって来て下さいな」

女中がバタバタと去ると、外から障子が静かに開いた。そしてまず例のトランクが、ついで白い足袋《たび》が、――そしてその後から目許《めもと》のぱっちりした見るからに肉感的な、若い女の顔が二人の前に現われた。

「あら！」

踏み出した足をそのまま、片手に何か小さい包みをもった女が、さも駭《おどろ》いたらしく、はッとなって立ちどまった。が、幡谷にはまだ気がつかないか、正面にいる須藤の顔を、何か奇怪なものでも見るように、目《ま》ばたきもせず眺め入った。

須藤は何かいおうとした。弁明か、質問か、とにかくこのまま黙ってはいられないところだった。が、何といって切り出すべきか、突差《とっさ》の場合、適当な言葉が見つからなかった。彼は明に狼狽《ろうばい》しながら、しかし、その女の顔に、何だか見覚えのあるような気がして、じっと相手の顔を見返した。

「どなたですの、あなたは――？」

無言の数秒。その後から、やっと女が口を開いた。須藤を呑んでかかったような声だった。そして無遠慮な侵入者を威嚇《いかく》するような態度で、一歩部屋の中へ入ろうとした。が、ふと幡谷の姿が目につくと、彼女は今一度驚愕《おどろき》の表情《いろ》を繰返して、再びそこに立ちすくんだ。

と、唐突《だしぬけ》に、

「おや、君はかほるさんじゃないか！」

無気味な沈黙を破って、幡谷が女に呼びかけた。

「えッ！」

須藤がハッとするよりも、女の声が早かった。

「そうだ、メリーにいたかほるさんだ。忘れたかね、僕の顔を？」

「――」

「ははは、面くらって思い出せないと見えるね。君がいなくなった後から、東京の半田家へお輿入《こしい》れをしたというので、大変な評判だったぜ――」

「えッ！」

女が喘ぐように息を呑んだ。と、思うと、その顔からサッと血の気が消え失《う》せて、狼狽と恐怖に充ちた眼光で、じっと幡谷の顔を睨めつけた。

「でも、えらいところで目附かったものだね。君がメリーのかほるさん、つまり林きぬだってことは、もうすっかり判っているのだ。今さら逃げ隠れする君でもあるまいが、何なら証拠を見せようか――」

幡谷が、例のミス・ニッポンのグラビア写真を、内かくしから取出して、彼女の前に突きつけた。

瞬間、女の顔に名状《めいじょう》しがたい変化が流れた。うっすらと刷《は》いた白粉の下で、顔面の神経がビクビクとひきつるように駆けまわった。恐怖から自棄へ、驚愕から苦笑への激しい感情の動揺だった。

「仕方がないわね、そんな証拠物までもってちゃ――」

障子を後に閉め切ると、女が打って変ったような冷静な口調で話しかけた。

「で、あなた方は一体誰方なの？　あたしのいない間に、空巣《あきす》ねらいみたいな真似をして――」

「安心したまえ。空巣ねらいでも、お巡査《まわり》さんでもないんだ。林きぬの行方を突きとめに来ただけのことなんだ」

「そう――だって、林きぬは殺されたじゃないの」

「うん、今朝あたり火葬場から出て来たらしいね。だから、どうして殺されたか、それさえ聞けば、僕の方には用はないんだ」

「そう、それならお安い御用だわ――」

彼女は手にした包物《つつみ》を、ぽいと床の上に投げ出すと、

「まあ、お二人ともお坐りになったらどう？　あなた方どうせ新聞屋さんでしょ？　聞きたいと仰有れば、何でもいっちまうわ――」

女はそういうと、自分から座布団を引き寄せて、窓際《まどぎわ》に近い文机の前に座を占めた。幡谷がその後から、彼女と向き合うように、部屋の中央《なかほど》にどっかりと胡坐《あぐら》をかいてポケットの煙草をとり出した。

「あたしに一本頂戴――」

女が指環《ゆびわ》の光る手を、幡谷の方に突き出した。その顔を、横から見ながら、床柱の前に両膝を抱えて蹲《うずくま》っていた須藤が今更のように口の中で呟いた。

（――この女が、死んだはずの林きぬだろうか？　顔はたしかに写真の顔だが、――すると、ホテルで殺されていたあの女は？　――）

奇怪な告白

一

林きぬが生きている！　東京ホテルのあの三十九号室に、仰向《あおむ》け様になって絞殺されていたあの女が、――今でも、まざまざと目の前に浮かんでくるあの死体の主が、立派に生きていて、今、自分の前に坐っている。

いったい、これは真実《ほんとう》のことだろうか？　幡谷が最初、女に向いて、いきなり林きぬと呼びかけた時、須藤は事実、彼が何をうろたえているのかと思ったくらいだ。が、今、幡谷の煙草を引き寄せて、火をつけている女の顔に注意すると、それは正しくあのグラビアの写真版に出ていた顔とそっくりだ。髪の毛の多い、卵形のふっくらとした顔容《かおかたち》――その目許から、口唇《くちもと》、――たしかに、あの顔にちがいない。

そういえば――。須藤はふと、昨夜《ゆうべ》、海江田の後をつけていて、銀座裏で擦れ違った女の顔を思い出した。ふいに足をとめて、呼びかけた海江田を振返ってさも驚いた様子で駆け出した女、――あの時は、場所が場所だし、大して気にもとめなかったが、今考えると、どうやらその横顔がこの女だったように思われる。衣服の柄が莫迦に華美《はで》だと思ったのも、今着ている銘仙の着物が、夜の灯でそう見えたにちがいない。何よりも、彼女をあんなにも駭かした相手が、海江田だった事実から推《お》して、――そうだ、するとやっぱりこの女が林きぬなのか。それにしても、電話口で悲鳴をあげて、一度死んだはずの彼女が、どうして生きているというのだろう？

「さあ、ぼつぼつ聴こうじゃないですか。一度死んだあんたが、また生き返ってきた事情《わけ》を――」

幡谷が相手を呑んでかかったような、しかしどこまでも砕けた態度で話しかけた。

「ええ、お話しするわ、何もかも。でも、その前にあんた方、ほんとに新聞社の方なの？」

自暴《やけ》にぐっと吸いこんだ煙を、口の端《はた》から吐き棄てると、女は睨むような瞳を、幡谷から須藤の方へちらと移した。

「名刺を出してもいいが、その必要もあるまい、僕は××新聞の幡谷、こちらは東京駅であんたの電話を聞いて、ホテルへ駆けつけた須藤君なんだ」

「そう、あんたが須藤さんなの？」彼女はちょっと驚いた風で、「あんた津藤と名前までそっくりですってね。ほんとにお気の毒しちゃったわねえ」

「気の毒ってこともないが――」

事の意外に少々呆気にとられながら、何だか尻をまくったようなふてぶてしい女の態度を先刻《さっき》から苦々《にがにが》しく見ていた須藤が、幡谷とは反対に重々《おもおも》しい口調で切り出した。

「いったい今度の事件で、君はどんな役を購《か》って出たんです？　まさか犯人ではあるまいと思うが――」

「犯人ですって？　まあ！」女は大仰《おおぎょう》な声を上げて、「あたし何も人殺しなんかに関係はないのよ。ただ、死んでた人の身代りに頼まれただけなんですもの」

「ふん、大方そんなことだろうと思ったが、それにしても関係がないとはいえまい。君が事件の共犯者だことは、動かせないからね」

須藤は、相手を一筋縄《ひとすじなわ》でいかぬ女と見てとって、弁護士らしい口調でつづけた。一つにはそれで相手の口を割らせようと考えたのだ。幡谷はそれと察したか口を噤んで黙りこんだ。

「あたしが共犯者ですって？　どうしてですの？　あたしは今もいうとおり、何も知らないいんです――」

女が煙草を投げすてて、須藤の顔をきっと凝視めた。

「何も知らないといったって、第一、君は被害者の身代りになってるじゃないか。そしてその着物から、スーツケースまで持ち出しているじゃないか。そのために、警察当局は犯人捜索に非常な支障を来しているのだ。君が犯人と関係がないなら、そんな身代りになったり、着物を持ち出したりする必要はないはずだ。それくらいのことは、常識で考えても解ることじゃないか」

須藤が相手の顔を睨み返して、能弁にまくし立てる間に、幡谷はそうと立って、廊下の気配を窺った。が、幸いと人の近づく様子はなかった。

「つまり君の行為は、犯人を幇助《ほうじょ》しているのだ。犯罪があった場合に、それをその筋へ知らせるのはお互いの義務だのに、君はそれをしなかったばかりか、現に姓名まで偽って、当局の捜査を困難に導いている。これは明に殺人を幇助しているのだ」

「だって、だって！」女が最初の不貞腐《ふてくさ》れた平静を失いながら叫んだ。「そんなはずはありませんわ。――あたし、ただ御主人の仰有るとおりにしたまでのことなんですもの――」

「御主人って半田平五郎氏なんだね？」

「ええ――」低い声で呟くようにいってから、「でも、あたしが何であんなことをしたか、お話すれば、あなた方きっと解って下さるわ。共犯だの、殺人幇助だのって、それはあんまりですわ、あんまりだわ」

彼女はそこまでいうと、急に面《おもて》を伏せて声を呑んで泣き出した。ちょっとした感情の動きで、すぐにも出る女の涙だ。でなくて、この不貞々々《ふてぶて》しい女性《おんな》が、――須藤はそう思いながらも、ちょっと持て余し気味で幡谷と顔を見合せた。が、彼女の奇怪な行動が半田老人の命令《いいつけ》だという、第一の扉は開かれている、もう手をゆるめる必要は毫《ごう》もないのだ。そこで幡谷が口を切った。

「とにかく、もっと詳しい話を聞いてみなくちゃ判らんね。あんたが全然関係がないというのなら、同じ殺人幇助にしたって、また話が変ってこようじゃないか。その辺は須藤君の畑なんだから、有りのままに話してみたらどうです。僕等もここまであんたを追っかけて来たくらいだから、或る程度までは知っているんだ。で率直にいってもらわんと困るんだが――」

「ええ、よく解りましたわ」

女は顔を上げて、ハンカチを目にあてながら、

「知ってるだけはお話しますけど、でも何からお話したら――?」

「第一に犯人が誰か聞かしてほしいね?」

これは須藤の質問だった。

「同時に、あんたが身代りになったあの女は何者なんだね?」

追っかけるように幡谷がいった。が、期待は見事に外れた。

「あたし、あの女が何という方か、誰があの女を殺したのか、そんなことは少しも知りませんわ」

「知らない? 君が? ――だって、君はあの晩、ずっと三十九号室にいたじゃないか?」

「いいえ、あたしがあの部屋へ行ったのは、あの女《ひと》が殺されてから後なんです――」

彼女がふと口を噤んで、廊下の方に耳を立てた。女中らしい足音が聞えたからだ。間もなく障子が開いて、紅茶をもって入って来た先刻の女中が、幡谷と須藤の顔を見ると、

「おや、やっぱりお知合の方でしたの?」

と、意外そうに三人の顔を見廻した。

「うん、名前が同じだと思ったら、やはりそうだったよ」

「じゃ、お賑やかになってよろしうございますわね。それではお二人の分ももってまいりましょうか?」

「そうね。あなた方、ビールでも召上《めしあが》ったら如何?」

女が女中の手前、友人《ともだち》のような馴々しい言葉でいった。

「いや、結構」幡谷が女中の方を振向いて、「欲しくなったらそういうよ――」

二

「いったい、あんたがホテルへ行ったのは何時ごろのことなんです?」

女中が部屋を出てゆくと、幡谷が早速話をつづけた。

「四時でしたわ、かっきり。それも四時にホテルへ来るようにという話だったものですから――」

「何の用でです?」

「披露会のお手伝いなんです――」

「へえ? すると、あの日、正午前に半田さんから無理矢理に暇をもらって、あすこを出たというのは嘘《うそ》なんですね?」

「嘘にも、真実にも、あたし暇なんかとった覚えは全然ないわ。手が足りないから、夕方の四時までにホテルへ行って、幸夫さんの身のまわりのことを見るようにって頼まれただけなんです。それで、ちょっと用があったので、正午《ひる》前に出かけて、四時かっきりにホテルへ行ったのです」

これは少々意外であった。半田家を正午前に出て、どこからか黒皮のスーツケースを持出して、一時前後に東京ホテルへ入ったとばかり思われていた彼女が、ホテルへ行ったのは午後四時、それも幸夫の結婚披露の手伝いに、半田氏の命《めい》で出かけたという。すると、半田氏は全然出鱈目をいっているのだ。

「で、用って、その間、あんたはどこへ行ってたのです?」

「買物をしたり、津藤と会ったりしていたのです。それも津藤があの晩に発って大阪へ行くといってたので、その前に一度会いたいと思って、朝のうちに電話をしといたんですから、銀座で買物をして、約束の二時に日比谷で津藤と会ったんです」

「だって、君は前の日に、津藤と喧嘩別れをしたという話だが?」

皮肉ではなく、須藤が真向から訊くと、

「ええ、喧嘩しましたわ。だから、なおのこと会いたかったんです」

「でも、君は津藤をほんとに愛しておったかねえ。人の噂じゃ、清川や幸夫君とも仲がよかったというじゃないか」

須藤は、質問が漸次《だんだん》本筋から外れてゆくのを承知でぐんぐんと訊いてみた。

「大方、婆やさんや、看護婦の小川さんがそんなことをいったんでしょうが、それはあたしが幸夫さんや清川さんから重宝《ちょうほう》がられていたので、嫉妬《やきもち》半分にいったんです。お二人とも優しくはして下さったんですけど、他に何にも変なことなんかありませんわ」

「しかし、現に君が幸夫君とふざけているのを見たというものがあるんだ――」

「だって、それあ仕方がないじゃありませんか。先方《むこう》は御主人ですもの、感情を害して、お暇でも出たらまたカフェー勤めでもしなくちゃならないでしょう。清川さんだって、そうですわ。どうせお邸なんてものは、百万美人でなくっちゃ勤まらないんですもの――」

お直婆さんの話からしても、幸夫に対する世間の噂から考えても、その言葉には、かなりの疑問があるように思えた。しかし、表面だけは、筋道の立っている返事である。それに今、それ以上、その問題にこだわってはいられなかった。幡谷が引取るように後をつづけた。

「で、津藤君と別れて、ホテルへ行ったと、――それからどうしたんです?」

「どうもしないわ。ただ、着換室でお茶を飲んで、欠伸ばかりしていたんです。九時過ぎまでは、何も用はないんですもの――」

女が紅茶を引寄せて、静に口をうるおした。

「つまり、幸夫君の衣裳更えですね?」

「ええ、それだって女と違って、何でもないんですもの。まったく欠伸ばかりしていましたわ。だから、幸夫さん達を送って出たら、すぐ帰るつもりでいると、そこで清川さんにつかまったんです」

「ふん、清川登場だね。で、どんな話があったの?」

「清川さんは、ただちょっとといって、小さい部屋へ伴《つ》れてっただけなんです。いってみると、そこに御主人がいらっして、あたしと二人きりになると、折入って頼みがある、それも愚図々々《ぐずぐず》していられないことなんで是非頼む――と、随分せかせかした風で仰有るんです。あたし、何のお話かと思っていると、お礼は十分するから、あたしにある女の身代りになってくれといわれるんでしょう。あたし、何のことだか解らないんですけど、御主人の頼みだし、その場で引きうけてしまったんです。すると、こっちへ来いと仰有るので、後へついて、廊下をぐるぐる廻って、二階へ上るとあの部屋へ行ったんです。あなた方は後からいらっしったから、御存じでしょうが、あたしは一目見て、すっかり胆《きも》をつぶしてしまったのです。だって部屋があのとおりでしょう、それだけならだけど、その中に女が絞り殺されて倒れているんですもの。誰だって大概びっくりしちゃいますわ、――あたし声こそ立てなかったけど、足がひとりでにガタガタふるえて、立っていられないような気がしたんです。すると、御主人が身代りになってもらいたいのは、この女だと仰有るんでしょ。あたし、その場で御免下さいって謝ったんです。と、今更そんなことをいわれちゃ困る、お前には何も関係はないのだから、着物をとっ更えて、少時《しばらく》姿を隠してくれさえすればいい、――承知してくれるなら、五千円の礼をするといわれるのです」

「ほう、身代り料五千円か、安くないね?」

幡谷はちょっと合の手を入れた。

「ええ、安くないわ。だから、あたし考えたの。津藤と家庭《いえ》をもつつもりで働いているんだけど、あたしの腕一つではいつまで経っても、そんなお金はたまらないし、それに津藤は職業《しごと》がなくて、あたしから小遣を強請《せび》っていくばかりだし、こんなことではほんとに仕様がないんですもの。そう思うと、あたし急に五千円のお金が欲しくなってきたのです」

「それは無理もないね」

「そうでしょう。だからあたしほんとにお金がもらえるかどうか確かめてみたんです」

「ふむ、すると――」

「今、ここに持合せてないから、手附けとして千円だけ渡しておく。後は二回にわけて、明日でも半分は渡すと仰有って、百円札を十枚、あたしの前に出したんです」

「で、君はそれを受取ったんだね?」

「いいえ、そう簡単にはいかんわよ。だって、いくらお金をもらったって、あたし巻添えをくって罪人になるのはいやなんですもの。誰だってそうでしょう。お金は欲しいけど後が恐いわ」

「それあ尤《もっと》もだ。で、半田老人にそのことを話したんだね?」

「ええ、訊いてみたわ。すると、ここに死んでいる女が誰か、それは訊かないでくれ。ただ、この女がここで殺されていることが判っては、自分が困るので、誰だか判らないことにしたいのだ。それで着衣《きもの》を取っ変えて、他に証拠はないから、このスーツケースをもって当分姿を隠してさえくれれば、それでいいんだ、――と仰言るのです」

「ふむ」

「でも、あたし宿帳に名前が載ってるでしょうと訊いてみたのです。するとそんな心配はないというんです。それから――」

「ちょっと待ってくれたまえ。そんな心配はない――というのは、宿帳を調べてみたというんだろうね?」

須藤が口を挿《はさ》んで、訊き返した。

「さあ、それはどうだか、とにかく心配はないと言ったんです。それから万一、警察の取調べが喧しくなればあたしだということにしなくては仕様がないが、その時は自分の手で巧く始末をするから、後のことは一切自分に委せておけばいい、――とこう仰有るんですの。だもので、あたしほんとを言えば慾に目がくれて引受けてしまったのです――」

三

「宿帳の名前は心配ない」――半田老人は宿帳を調べて、それが偽名であることを知っていたのだ。被害者が偽名を使い、着衣とスーツケース以外に、身許を調べる材料がないことを確かめて、そこで林きぬを身代りに立てて、一切を暗《やみ》に葬ろうと企んだものと思われる。

しかし、事を暗から暗に葬るにしては、どうして林きぬのような女を使って、身代りに立てたであろう? それは自分の弱点を握られるようなものではないか。金銭まで与えて、自己の犯行を知らしめるということは、そこによくよくの事情がなければならぬ。が、それは今のところ想像さえもつかないことだ。

「すると、それからいよいよ着衣を取っ更える段取《だんどり》になったんですね?」

「ええ、話が極《きま》ると、ちっとも早くといって、御自分で死んだ女の衣服を脱ぎ出したので、あたしは隣の部屋へ入って、すっかり取り換えっこをしたのです」

「あんたの方はいいとして、死人の方はどうして着せたんです? むろん、あんたが手伝ったでしょうね?」

「手伝えと仰有るので、あたし初《はじめ》は傍へゆくのも恐かったけれど、仕方なしに手伝ったんです。死人に衣服を着せるなんて、嫌なものよ。身体がぐにゃりぐにゃりして、帯なんかいくらしめたって、ちっともきまらないんですもの――今から考えると、あたし自分ながらよくあんな恐ろしいことが出来たと思いますわ」

須藤と幡谷の眼の前に、三十九号室の狼藉《ろうぜき》を極めた光景が、瞭々《ありあり》と浮んできた。あの足の踏み場もなく取り散らかされた部屋の中で、礼装の老人と、美しい小間使とが、絞られた死女を裸体にして、その衣服を取りかえたのだ、――二人は、話を聞きながら、ぞっとするような無気味さを感じた。

「女の懐から紙入れやなんか出てきたはずだが、それはどうしたんです?」

「あたし、そんなもの知りませんわ。後で腕時計を取り外したんですが、大方一しょに持っていらっしたでしょう」

「なるほど、用意周到《よういしゅうとう》だな。すると、その後はもう後始末ですね?」

「ええ、いろんな相談をしたのです。でも、あたしどうしていいか分らないもので、すっかりお委せしたんです。すると第一、あたしの名前をどう変えるかということになって、芳村里子としたらいいだろう。それから邸の方は、その日の正午前に暇をとったことにしておこう。それと、これから当分身を隠すところだが、市内では拙いから小田原はどうだといって、この宿屋まで決めて下さったのです」

「で、スーツケースを持出したのは?」

「それは後で聞いたんですが、衣服を着せて済んだ時、御主人がお宅へ電話をかけろと仰有るので、あたしが呼び出すと、清川さんが電話口へ出たのです。何でも清川さんは、御主人からスーツケースを受取ると、東京駅へ持っていって一時預けにし、それから邸へ引返して、あたしの着物をまた東京駅へ持って来て下さったそうです」

だんだんと事情が判ってくる。それにしても、何という半田老人の細心な注意力であろう。自宅へかける電話にさえ、交換手に不審を抱かせないように、彼女を使っているのである。

「その電話をかけたのは十時二十分だね?」

「その時分だったでしょう」

「で、君は十時半の小田原行に乗るはずだったんだろう?」

「ええ、それがこうなんですわ。はじめ御主人の話では、あの部屋の仕事さえ済めば、あたしはすぐ東京駅へ行って、スーツケースとトランクを清川さんから受けとって、十時半の小田原行に乗ることになっていたのです。ところが仕事もずっと手間取るし、それに御主人が電話をかけている間に、あたしふと大変なことに気がついたのです。それは津藤のことなんですが、――殺されている女が、いつまでも判らないで済めばいいけれど、もし何かのことからあたしだということになってしまうと、一番に疑いのかかるのは津藤なんです。前の日に喧嘩をしているし、それにその晩の汽車で大阪へ発ってゆくし、どうしたって警察から睨まれるにきまっています。それでは津藤が可憐想《かわいそう》ですし、またそんなことから、あたしが生きていることが判ったりしてはと思ったので、あたし無理に御主人にお願いして、時間を延してあんな苦しい芝居をしたんですの」

「なるほど、それで東京駅へ電話をかけたんだね——」

拡声機の謎が、はじめて解けた。彼女は津藤の身に恐ろしい嫌疑のかかるのを惧れて、そのアリバイをつくるために、東京駅の拡声機を利用して、その上、あんな悲鳴と断末魔《だんまつま》の苦しそうな呻き声まで、巧《たくみ》にも芝居したのだ。

須藤と幡谷は、まんまとそれに引っかかって、女はその時、殺害されたのだと信じ切っていたのだった。現場で死体を検案した警察医が、須藤の証言にも拘らず、死後の推定時間を九時から十時の間とした、あの確信と明察に、彼等は今更敬意を表したい気さえした。

「じゃ、それからぽつぽつ部屋を出て、終列車に乗ったというわけだね。それで大体話はわかったが——」

須藤はそういった後から、ふと思いついたように、

「そうそう、その晩海江田に会ってるはずだな。どこで会ったんです?」

「海江田って誰方ですの?」

「それ、銀座裏で昨夜あなたに呼びかけた背の高い、鼻の尖った——」

「えッ!」女が声を上げて目を瞠った。「あんた、昨夜のこと御存じ?」

「半田さんとあなたが会見しただろうくらいのことはね——」

「まあ、ほんとの探偵さんみたいね。あたし、あの人何というか知らなかったけど、部屋を出ると、すぐ向うの部屋から、恐い顔をしてこっちを見ていたので、その時ハッとして顔だけはよく覚えていましたわ。それがあんなところで、ふいに出会したんでしょう。あたしびっくりして逃げ出したんです。——でも、そんなことはどうでもとして、あたしの知っているのは、これだけですわ。これでもあたし、共犯ということになりますの?——」

彼女のいうところに、大体偽りはなさそうだった。幡谷も須藤も、聞き終って深い嘆息《たんそく》を吐《つ》いた。白日の下にさらけ出された事件のからくり。——それはなんと巧な、恐ろしいトリックの連鎖であろう。被害者をこの世界から完全に葬り去ろうとする恐ろしい奸計、その奸計の手先となった彼女が、情人を救おうとして更に企んだ計画。土曜日の夜以来の謎と疑問は、彼女の告白によって殆ど

解けた。が、まだ事件の真相は、依然として謎のままに残されている。

——いったい被害者は何者だ？ そして犯人は誰なのだ？ ——それにあの海江田を殺したのは？

須藤と幡谷は、女の言葉に答えることも忘れて、しばらくじっと考えこんだ。

邂逅《かいごう》

一

「どうぞ、こちらへ」

たった今、婦長さんへといって渡した名刺を取次いだ若い看護婦が、幡谷の前に丁寧《ていねい》にスリッパを揃えながら、がらんとした仄暗いホールを右へ、取っつきの一室に案内した。

そこは三方を白い壁にかこまれた小さい部屋で、インキ壺とペン皿を載せた四角いテーブル、それに右手の壁に視力検査の表をかけただけの、どこの病院にもある応接兼用の仮予診室だった。

看護婦が椅子をすすめて、部屋を出てゆこうとすると、幡谷が入口に立ったまま、

「こちらに芳村という看護婦さんがいるでしょう？」

と如才《じょさい》なげに問いかけた。

「芳村さん？ さあ——」

看護婦が足をとめて、じっと頭を傾げるのを、待っていたように幡谷の眼が、上目使いに、相手の帽子を凝視めていた。

「いらっしゃったようにも思いますが、私、こちらへ来て、まだ間がないものですから——」

「そうですか。じゃ、もう止《よ》したかもしれません。いや、何でもないのです」

看護婦が出てゆくと、幡谷が上衣のポケットからくしゃくしゃになった看護婦帽を取出して、じっとその帽章に目をやった。たしかに、星型のまわりに赤と白の二重円——今の看護婦のそれと同じマークにちがいない。

須藤を後に残して、相模屋旅館を飛び出し、最寄《もよ》りの病院を二、三軒も駆け廻って確かに鎌倉海岸病院の看護婦帽のマークだと確かめて来たのだから、よも間違いのあろうはずはなかった。問題はただ、芳村里子なる看護婦が、海岸病院にいるかどうか。いや、現在そこにいな

くとも、病院の看護婦名簿に、名前を列《つら》ねたことがあるかどうかということだ。

三十九号室の被害者林きぬが、立派に生きていた、――このあまりにも意外な発見は、幡谷――須藤もむろん同様だったが、――にとっては、少くとも彼の記者生活中、かつて経験したことのない異常な興奮と興味であった。事件そのものの意外な発展、それ自体が過去の犯罪記録にも先例のない異常な出来事であるが、同時に一方幡谷としては、口約《こうやく》を無視した石岡係長の態度に少からず憤懣《ふんまん》を感じている矢先である。警視庁の連中が林きぬが生きていようなどとは夢にも知ろうはずはない。大方、今頃は半田老人を引っぱって、取調べているであろうが、あれだけの細工をした老人が林きぬを身代りに使ったなどと自分からわけなく口を割ろうはずもない。とすれば、その間に、真実の被害者を突きとめて、意地にでも警視庁の鼻を明かしてやろう。――彼はそう考えて、須藤に電話をする隙もなく国府津まで自動車を飛ばして、六時何分の京都からの上り列車で大船まで、それから横須賀行に乗換えて、今鎌倉の海岸病院へやって来たのだ。

しかも彼は、被害者については、もう確信をもったような緊張した気持でいたのだ。被害者は余人《よじん》ではなく芳村里子その人にちがいない。というのは、第一被害者のスーツケースから現れた看護婦帽の名前がそれを証明しているし、次ぎには被害者の頸に巻きついていたハンカチの頭文字がそれを語るし、第三には半田老人が林きぬに、芳村里子の偽名を用いるように命じている。身代りに使った人間に、被害者の名前をそのまま用いさしたことは、半田老人としては甚《はなは》だ拙かったといわねばならぬ。しかし、被害者を前にして、突嗟《とっさ》にことを決めねばならなかったあの場合、ゆっくり名前など考えている閑もなく、人間の取っ換えと一しょに、その名前までそっくり取り換えたということは、当人にとっては或は窮余《きゅうよ》の名案だったかもしれないのだ。何故といって、林きぬがうまくその名に隠れて正体を見せないでいてくれれば、ほんとうの被害者は永久に判らずに済むと考えたかもしれないからだ。――いずれにしても、被害者が芳村里子であることは十中八九間違いない。だから今もいうとおり、問題はその芳村里子の存在した事実を突き止めさえすれば、すべては自然に解決する。それも今は最早《もはや》目の前に迫っているのだ――。

病室でも廻っているのか、案外に手間取る婦長を、待ちわびながら、幡谷がそんなことを考えていると、廊下にせかせかと軽いスリッパの音がして、額に小皺の刻まれた四十前後の、どことなく品のある顔をした婦長が、

いそいそと入って来て、

「大変お待たせいたしました。私、上山と申します」

と物馴れた態度でいって、ふと気がついたらしく、テーブルの抽斗を開けて、煙草の灰皿を幡谷の前に置いた。

「早速ですが、こちらに芳村里子さんという看護婦がいたはずですが、現在も居ますかしら？」

幡谷はポケットの煙草をさぐりながら、じっと相手の顔を見た。

「芳村里子さん？」

婦長は口の中で繰返してちょっと考えてから、

「里子さんでしたか――確か里枝さんだったと思いますが――」

「里枝さんですか。そうかも知れません。僕の方よりも、あなたの方が正しいでしょうから」

幡谷はこみ上げてくる歓喜を、ぐっと抑えつけて、しいて平静を見せて答えた。

「あの方が、どうかしかたのでございますか？」

今度は婦長が訝《いぶか》しそうな眼で訪問者の顔を見る番だった。

「いや、あの女《ひと》がどうしたんでもないのです。実はアメリカから電報がきましてね、あの女の叔父さんとかが彼地《あっち》で亡くなって、大変な遺産が転がりこんだというので、どこにいられるか知りたいと思っただけのことなんですが」

幡谷は汽車の中から考えていた作り話を、平気ですらすらといってのけた。明白に事情を告げては、病院の体面などを考えて、先方の口が渋らないものでもないと思ったからである。

「そうですか――さあ、今どこにいられるか、それはこちらでも判りませんですが」

「原籍だけでもよろしいんですが、お調べ願えませんか？」

「左様でございますね。あの方はある患者さんに附き添って、こちらへ見えていたので、病院の看護婦ではないんでございますが――でも原籍ぐらいは手許《てもと》でわかるかもしれません。では、ちょっとお待ち下さいまし」

「それから、もし皆さんと一しょに撮られた写真でもありましたら――」

婦長が出てゆくと、幡谷はわくわくする胸を抑えながら、先刻看護婦がもって来た紅茶の残りを、ぐっと一息に飲み乾した。その時、彼はふと須藤のことを想い出した。相模屋を出てから、もうかれこれ一時間半は経っている。どこへ行ったか心配しているに違いない。今の間にちょっと電話を頼んでおこう――彼は婦長の後から部屋を出ると、玄関を入った左にある医局の窓口へ行って、そこにいた看護婦に番号をいって、小田原呼出しの電話を頼んだ。

今度はそう待たせないで、婦長が一枚の紙片を手にして、幡谷の前へ戻って来た。

「原籍は長野市××町三で、名前はやはり芳村里枝さんとなっております。長野の村井という病院から患者さんと一しょに、こちらへいらっしゃったんでございます」

長野？　それも長野の病院から患者と一しょに？

――幡谷の頭に、清川の友人から聞いたという須藤の話が、電光のように閃《ひらめ》いた。もう、そこに寸分疑いを挿《はさ》む余地はない――。

「それはいったいいつのことですか？」

幡谷はそういった後から自分の声が、あまりに急きこんでいたのに気がついた。

「左様でございますね。あれはたしか昨年の三月から五月一ぱいだったと思います――」

「その患者さんというのは誰方でしょう。都合でそちらへ聞き合してみたいんですが？」

「お住所《ところ》は忘れましたが、東京の方で半田さんと仰有いましたですよ。スキーの選手とかで、長野の方へ行っていられて怪我をなすったとかいうお話でした。こちらへ来られた時には、もう殆ど傷はお治りになっていたようでしたが」

もうそれ以上訊ねる必要はなかった。何と簡単に、一切が解決したことか！　これで全てが判ったのだ。長野の病院、――半田幸夫と芳村里子――やっぱり清川が話していたという二人の関係の延長が、今度の事件を生んだのだ。殺害の動機は、林きぬに対して抱いていたそれをそのまま里子にもってゆけばいいわけだ。つまり幸夫との旧《ふる》い関係を材料《たね》に結婚披露の晩を期して、ものにしようと企んでいたので、そういえば半田老人が身代り料として林きぬに与えた千円の金が、どうやらその事実を証拠立てているように思われる。まさかあの晩の費用として、準備していた金ではあるまい。恐らく先方の要求に応じるための千円だったにちがいない。それが、二人の間に相談《はなし》がまとまらないで、ついあんな結果になったのではあるまいか――。

「それで写真の方はいかがでしょうか？」

「それが、病院の看護婦でないもので、一しょに撮った写真なんかないそうでございます。期間が短かったので、それほどお心易《こころやす》くならなかったでございましょう――」

その時、医局の方で電話のベルが鳴って、看護婦がバタバタと廊下をこちらへ走って来る足音がした。

幡谷は礼をいいながら、帽子をとって起ち上った。電話口に立つと、向うで須藤の急きこんだような声が聞える。

「須藤君か、僕、幡谷だ。今、鎌倉の海岸病院にいるんだ。ああ、首尾は上々《じょうじょう》、万事予想どおりだ、――何？ そっちは？ 林きぬが？ ほんとかい、それは？ ――うん、僕が出て間もなく、――うん、なるほど。そうかもしれん。じゃ僕はこれから東京へ引返して、心当りを当ってみよう。そうだね。じゃ、今七時半だから九時に社で会おう。じゃ――」

二

幡谷は新橋で下車すると、自動車を飛ばして半田老人のオフィスのある銀座のビルディングから、念のために元園町まで覗いて、約束の九時ちょっと前に社へ帰った。すると、須藤がもう階下《した》の応接で待っていた。

彼は自動車《くるま》を下りて、始めて腹の空いているのを感じた。まだ晩飯をくっていなかったのだ。そこで編輯へちょっと顔を出すと、胃の腑の要求するままに須藤を誘って、社の近くの支那料理店へ入っていった。

「この部屋ならどんな話をしても大丈夫だろう」

幡谷は離れのようになった二階の隅の部屋へ腰を下すと、女中に料理を命じながら、

「林きぬの奴、どこへも顔を出した様子はないがね。いったいどうしたというんだい？」

「行ってないとすると、どこか他の場所だね。どうも一ぱい喰わされた傾きで少々面目ないんだが――、それもあれからいろいろ話していると、結局自首する気持になりかけて、その前に一応半田老人に相談したいというから、それもいいだろう。なおよく考えてみたまえといって、僕はそこで自分の部屋へ引き上げたんだ。その後で風呂に行ったらしかったが、間もなく庭へ出てぶらぶらしていたと思うと、それっきり姿が見えなくなったんだ。それでも最初は、そこらへ散歩にでも出たんだろうと思っていたが、日が暮れても帰ってこないし、膳を運んで来た女中に聞くと、十二番さんは、晩は飯は召上らないと帳場からの話だというから、帳場へいって訊いてみると、一時間ばかり前に東京から長距離電話がかかってきて、急に用が出来たからといって、そのまま出かけていったというのだ。東京からの電話といえば半田老人より他にあるはずはないから、きっと老人と打合せて、

僕に後を尾けられないように、そっと脱け出したものと思ったんだ――」

「そうだね。東京からの電話といえば、津藤はまだ何も知らないわけだから、半田老人だろうね。しかしオフィスは閉っているし、元園町へゆくはずはないと思ったが、念のために廻ってみると、刑事らしい男が門のところに頑張っているんだ。あれで見ると、半田老人はまだ捕まってないらしいから、きっとどこかで会見しているね」

「そうだろうと思うが――で、君の方は？」

「うん、僕の方は――」

足音がして、女中が料理を運んで来たので、幡谷はちょっと話をきって、早速箸をとりながら、

「姐《ねえ》さん、川村君が今来るがね。知ってるだろう。うん眼鏡をかけた声の大きい先生だ――来たらこちらへとおしてくれたまえ。なに、僕の代りにあすこへ行ってもらってる先生さ。様子を訊こうと思って、電話をかけておいたんだ――」

幡谷はそういう間もせっせと頰張《ほほば》りつづけながら、

「で、僕の方は至極簡単明瞭なんだ。芳村里枝が里子と一字変っていただけで、半田幸夫との関係から何から、すっかり判ったんだ。残念なのは写真が手に入らなかったくらいのものだよ」

幡谷が海岸病院訪問の話をするのを、じっと聞いていた須藤が、

「じゃ、清川君は老人の命令で、その女のところへ行ったんだね？」

「むろん、そうだろう。きっと引きつづいて変な関係になっていたので、こっちから行ってる証拠物件の始末に出掛けたじゃないかな。そう考えると君、清川から老人に宛てたあの手紙の文句も判るじゃないか」

「そうだ。じゃ、僕、これから長野まで行ってみようかなあ。町名番地が判っていれあ、手間はとらないから――」

「そうだね。記事差止でなきゃ、差しずめ通信員を使うところだが、うっかり他の社に嗅ぎつけられては困るし、証拠がために出かけてもらってもいいな」

「よかろう、清川君の乗った汽車でいいな」

須藤が時計を見ながら、そういった時、部屋の外に重い足音がして、ガラッと襖が開くと、

「よう！」

と筒《つつ》のような声と一しょに、まるまると肥った顔に、鉄縁の眼鏡をかけた川村が入って来たと思うと、いきなり、

「おい、犯人逃亡で捜査課長は狂気のようになってるぜ！」

三

「犯人逃亡？　って、半田老人がかね？」

幡谷がさすがに箸を止めて、目を瞠りながら突っ立っている相手の顔を見上げた。

「うん、半田らしいんだ。それもね――」

川村が二人の間に、大きな身体をどっかと胡座《あぐら》をかくと、幡谷は須藤を紹介して、ビールを注ぎながら話の続きを促した。

「僕は癪にさわるんで、あれからずっと警視庁に頑張っていたんだ。すると午後一時半から捜査首脳会議なんだ。それから早速刑事が飛ぶし、石岡係長も出かけていったよ。むろん半田を引張りに行ったらしいんだ。ところが二十分と経たないに係長が手ぶらで帰ってくるし、刑事連も馬鹿見たような顔をして、続々《ぞくぞく》引きあげてくるんだ。つまり半田老人の行方知れずというわけなんだ。一方では、何とかいう警部が主任になって、例の海江田事件を、調べにかかっていたらしいが、刑事に聞くと第一昨夜の運転手が朝から流しに出て帰ってこないという有様で、これも一向手のつけようがなく、夕方になるとまたぞろ会議なんだ。僕はいい気味だと思っていると、七時過ぎだったよ。急にまた捜査課がざわめき出して、五、六人の刑事が飛び出していったのだ。そして石岡係長が今もいうとおり狂気《きちがい》のようになって電話をかけたり何かしてるので、こいつ何かあるなと思ったが駄目だ。もう他社の連中が感づいて騒ぎ立てるものだから、僕は一時間から待っていて、そうと係長に会ってみたんだ」

「ふん、すると？」

話に聞き入った幡谷がそれでも川村のコップにビールの泡を盛っていた。須藤も煙草の灰がテーブルに落ちたのも知らず、川村の顔を見つめている。

「すると、あれで石岡係長案外人はいいんだね。君の方には特別だといって話してくれたよ。聞いてみると朝から流しに出ていた昨夜の運転手というのが、大変な見附けものをして、係長のところへ飛びこんだんだよ」

「へえ、昨夜の運転手かね？」

「うん、場所はいわなかったが、どこか芝方面でお客をひらって、五時半ごろ品川駅へ行ったというんだ、その運転手がね。すると、品川駅の入口のところに一人の男が待っていて、自分の自動車《くるま》から下りた男と一しょに、切符を買って中へ入ったそうだ。ところが、その待ってた男の顔から服装《みなり》が、どう見ても昨夜、銀座で海江田と一しょに、自分の車に乗って途中から逃げ出した男にちがいない、――それも途中で車を停めて五十銭玉をもらった時、振向いて見たんだから決して間違いないというんだそうだ」

「なるほど――」

「で、それはまあそれとして、今度は品川までのっけていったお客の様子を訊いてみると、僕は知らないが、それが君、半田老人らしいというんでね――、そうなってくると、もう何も文句はないはずだ」

「いかにも、それが半田老人にちがいないとすると、ちょっと面白くなってくるね。しかし駅に待ってたという男が誰なのか。係長の方では何か目星がついてるかしら?」

被害者の方ばかり追っかけていて、海江田事件の方は全然顧《かえり》みる閑のなかった幡谷と須藤には、それが誰であるか、まるきり想像もつかなかった。

「さあ、それはどうかな。しかし、とにかく、海江田を始末したのは、場所から判断してやはり半田老人だと睨んでいるらしいんだ。我々が考えてもそれはまあそうだろうよ。で、半田老人が身辺危うしと見て、手先に使った男をつれて逃亡したと見ているだろうと、僕は思うんだ」

「なるほど」何か考えていた須藤が、「で、品川へ行った時間は、わからんでしょうかね?」

「そいつは聞かなかったが、六時前後じゃないですかな――捜査課で騒ぎ出したのが七時ごろだから」

須藤は川村の話を聞きながら、林きぬへかかってきた長距離電話のことを考えていたのだ。林きぬは半田老人からの電話で、老人に会いに東京へ出て来たものと須藤は今まで思っていた。が、もし六時前後に半田老人が品川駅から汽車なり電車なりに乗ったとすれば、その推定は根本から怪しくなってくるのである。

幡谷もそれに気がついたらしい。

「川村君、その時間がちょっと問題だがね。御苦労でも君、今電話で係長にそれを確かめてみてくれないかね。僕が訊いてもいいが、実はまだ昼間の虫がおさまらないんだよ」

「わけないことだ。訊いてみよう。半田が品川へ行った時間だね」

「そうだ、――あ、それから」

幡谷はふと思いついたように、

「この事件に関して誰か自首して出たものはないか、ついでに訊いてみてくれないか」

「自首したもの？」

川村が不審そうに、浮した腰をまた下した。

「うん。誰だって訊いたら、――さあ、須藤君、どうだい、驚かしてやるか？」

「そうだね。驚かす驚かさんよりも、黙ってちゃ後で五月蝿《うるさい》かもしれんぞ」

「それもあるね。じゃ、先方でもし訊いたらいってくれたまえ、林きぬだと――」

「ええ？　誰だって？」

川村が眼鏡の底から、きょとんとした眼で訊き返した。

「林きぬだよ」

「林きぬ？　被害者じゃないか？」

「そうサ、その被害者が生きていて、自首するといって隠れ家を飛び出したんだ。くわしい話は後でするよ。ところで、そうなると、ここの電話じゃ困るね。御苦労ついでに社から掛けてくれるか」

飛び出していった川村が、まん円い顔をニコニコさせながら、戻ってくるまでには二十分とはかからなかった。

「どうだったね？」幡谷が訊くと、

「係長、驚いていたぜ。ほんとか、ほんとかって五、六遍も聞き直すんだ。電話を断らせないんだ。仕方がないから詳細は幡谷君に訊いてくれといったよ」

「駭くのが当然だ。死んだ人間が生きてるんだからね。すると、奴《やっこ》さんはまだ警視庁へは顔は出さないんだね。――で、何はどうだね。品川駅の方は？」

「六時二十分から三十分の間、あまり正確なことは判らないというんだがね」

「それが真実だろう。すると須藤君、どうだね？」

「僕の方も、まあ六時半というところだから、やっぱりそうかも知れないね。念のために交換局を調べてみたらどうだね」

須藤はそういって、ふと腕の時計を見ると、

「――おや、もう十時だ。僕はそろそろ出かけなくちゃ」

「行くのかね、ほんとに？」

「行ってみるよ、江戸の仇《かたき》を長崎へ打ちにゆくようなものだがね――」

×　×　×

時間表を見ると、午後十時三十五分の新潟行と、同じく五十五分の米原行と、どっちでも時間の都合はよさそうだ。東京駅からあわてふためいて駆けつけた清川も、

大方そのどっちかに乗ったであろう。

　何の準備もなかったが、それでも一度下宿へ取って返した須藤が、円タクを駅前にすてたのは十時四十分。米原行に乗ることに決めて、三等の切符を買って改札の方を振向くと、たった今、到着駅へ入ったばかりの列車から、降りたった乗客が、ぞろぞろと改札口へつづいている。

　広い構内の中央に突っ立って、改札から吐き出される人の列を、見るともなくぼんやりと見ていた須藤の瞳が、その時、何を認めたか、ふいにきらッと輝いた。と思うと、彼は思わず五、六歩前に進み出て、入口の方へ歩いてゆく鼠色がかった背広姿に、薄色のソフト、小脇に外套《がいとう》を抱えこんで片手に洋傘をもった背のすらりとした男の姿に、吸いつけられたように目を瞠った。

　が、それも数秒。やがてつかつかとその男の後を追うて、歩き出した須藤が、出口に近い売店の前までくると、だしぬけに、

「おい、清川君！」

　呼びかけた。一瞬、ハッとして振返ったその男が、ぐっと右肩を後に引いたまま、怯えたような眼で、須藤の顔を覗きこんだ。

扉ひらく

一

（おや、違ったかな——）

　呼びかけた須藤の方で、ハッとしたほど、振返った清川の顔が、その瞬間、駭きの表情《いろ》に硬ばっていた。が、眉を上げ、くりくりした円い眼を一ぱいに瞠って、じっとこちらを凝視めた顔は、たしかに清川三郎にちがいなかった。

「僕だよ、久濶《しばらく》だったね」

　須藤が笑顔を見せながら、一歩前に近づいた。

「や、君だったか。どうもしばらく——」

　清川が、急に顔色を軟げて、しいてとってつけたような笑顔で答えた。

（新聞で何もかも承知しているな——）

　須藤は、その態度《ようす》から、清川が明かに自分を警戒しているらしいのを観て、拙いとは思ったが、

「どこへ行ってたね?」と馴々しい語調《ことば》で話しかけた。

「うん、ちょっと――」清川の方でも、気拙そうに言葉の尻を濁して、すぐ後から、

「君は?」と問い返した。

友人という気持から全然離れて、会わでもの男に邂逅《めぐりあ》ったといったような、出来ればこのまま右と左に別れて行きたいような素振りである。須藤は何だかじれじれした気持で、思い切って無遠慮にいってのけた。

「長野まで行くつもりだったが、それももしかしたら君に会えるかと思って――」

「え!」

清川の顔が、再びハッとしたように硬くなった。

「が、ここで君に会ったら、もうその必要もなさそうだ。そこらをぶらぶら歩きながら話そうか」

「でも、僕は――」

清川が何だかもじもじしながらいいにくそうにいった。狼狽と困惑の表情が、ありありとその面《おもて》に浮んでいる。

「何か急ぎの用でもあるのかね?」

「うん、ちょっと帰りを急ぐんだ」

「帰りって、元園町だろう?」

須藤が急に声を落して、相手の顔を覗きこむと、清川がぎょっとしたように、その瞳をまん円く見開いた。

「じゃ、君は何も知らないんだね。あすこには刑事が張りこんで、親爺さんと君の帰りを待ってるぜ」

「え?! 刑事が――」

「うん、のこのこ帰っていったら、捕っちまうだけだ――いろいろ話があるが、まあ往来《とおり》へ出ようじゃないか」

須藤が先に立って、まだ人通りの多い電車通りへ出ると、後から随いて来た清川が四辺を振り返りながら、

「いったいどうなってるというんだね。僕はほんとに何も知らないんだが――」

と、初めて打ちとけたような語調《くちぶり》で心配そうに訊いた。

「君は知らないだろう、無理もないよ。実はね、半田老人が正午過ぎから行方をくらましたので、警視庁が躍起になって捜しているんだ。それで、君は今のところ共犯関係と見られているから、見つかれば否応《いやおう》なしに引張られるにきまっているのだ」

「引張られる? 僕が――そんな莫迦なことが――。僕は親爺さんの命令《いいつけ》どおりに、長野へ行ってただけなんだ。共犯なんて――」

「君は恐らく疚《やま》しいところはないだろう。しかし、長野へ立つまでのあの晩の君の行動は、警察の眼から見ればそう見えるよ。だから君としちゃ、事情がはっきりす

るまで、顔を出さない方が得策なんだ。二日でも三日でも、ぎゅうぎゅういわされちゃ、つまらんじゃないか」

「うん、それはそうだが――」清川はそういって、ちょっと考えながら歩いていたが、「しかし、親爺さんだって、何も逃げ隠れすることはないと思うが、どうしたというのかね?」

「半田老人は仕方がないよ。動きのとれない証拠が挙がったから」

「証拠が?」

清川がふいに足を停めて、須藤の顔を凝視めた。

「指紋だよ。三十九号室の現場指紋が半田老人のだという確定的な証拠が挙ったんだ。それと今日になって林きぬが生きてることも判ったんだ」

「林きぬが? ど、どうしてそれが判ったんだ?」

「僕等が捜し出したんだよ」

「え? 君等が?」

清川にとっては、恐らく須藤の話の一つ一つが、夢にも想像しなかった驚異だったにちがいない。彼は喘ぐようにそういったきり後の言葉がつづかなかった。そこで須藤が、幡谷と二人で石岡係長を向うに廻して事件の探査に当った径路を簡単《てみじか》に話して、

「まあ、大体こういったわけで、乗りかかった舟で後へも退けず、今日は小田原まで出かけて行って林きぬの発見と同時に、ほんとの被害者が芳村里枝という女で、幸夫君と関係があったことまで突きとめたんだ。もっとも、このことは警視庁ではまだ知らないが、とにかく、ここまで話せば、僕がどうして長野行の切符を買ったか、それまで説明する必要はあるまいと思うがね」

「うん、よく判ったよ」

頭を垂れて歩いていた清川が、呻くように答えた。初めて、一切の事情が呑みこめて、おずおずしていた不安と警戒の気持から、一度に解放されると同時に、相手の前にすっかり兜《かぶと》を脱いだ清川だった。

「じゃ、僕はもう長野へ行く必要はあるまいね?」

「ああ、行くことはないよ。あっちの方のことは、誰よりもよく僕が知っている――」

まる二日、長野へ行っていた清川である。しかも、それは半田老人の命令によってである。この清川の言葉に偽りはあるまい。須藤は案外容易《たやす》く清川が折れて出たことを喜びながら、

「有難い、――じゃ話してくれるんだね」

「うん、話してもいい」清川は諦《あきら》め切った調子で、「被害者が林きぬで通っているなら、僕等が苦労した甲斐《かい》もあるが、それが芳村里枝と判ったのでは、もう隠したっ

て仕方がないのだ。それどころか、隠し立てをした日には、僕も疑られるし、殊に不利な立場にある老人は、犯人か何ぞに見られてしまうにきまっている」

「へえ？　じゃ、半田老人は犯人じゃないというのかね？」

今度は須藤が、意外そうに清川の方を振返った。

「僕はそう信じているのだ。前後の情況からすると、誰だって老人を怪しいと思うにちがいない。僕だって別にこれという反証を挙げるわけにはいかないから」清川はちょっとそれを淋しがるように、「しかし、話をすれば君にだって、判ると思うよ。あの場合、老人としては、ああするより他なかったんだ。だから、林きぬが生きてると判れば、もう逃げ出すことはないと思うんだが――」

半田老人が犯人でない？　須藤には、それは絶対に信じられないことだった。でも、清川はそれをどう説明するだろう。

が、二人はいつの間にか、ガードを潜って、広小路《ひろこうじ》の方へ歩いていた。須藤はどこか喫茶店へでも入ってから、と思ったか、場所が場所だけに落ちつけそうな店が見当らなかった。そこで二人は相談の上、銀座へ出ることにして、足を返して地下鉄へ入っていった。

二

「芳村というのは、お察しのとおり、長野のある病院で、元看護婦をしていたんだ」

長い階段を下りて、電車を待ちながら、清川は話しだした。

「一昨年の暮、幸夫君が赤倉で怪我をして、入院した時、僕は見舞に行って会ったんだが、ちょっと顔のいい気の利いた女なので、どうかなと思っている中に、果して関係が出来てしまったのだ。そして傷も殆ど癒《い》えたのに、鎌倉の海岸病院へ、その女をつれて移って来たんだが、なかなかしっかりした女で、幸夫君をつかんで離さない。その中に老人にも知れて、摺《す》ったもんだの末、とうとう僕が仲に入って、まだ双方に未練のあるやつを、一度は金で済ませたんだ」

「それあ病院を出てからのことだね？」

「うん、退院と同時だった。ところが、手が切れたというのは表面だけで、やはり二人の関係はつづいていたんだ。それも女の方から、また持ちかけたかもしれないが」

「その時分、女はどこにいたんだね？」

「生れが長野なので、あちらへ帰っていたんだ。手を切った時に、東京附近にはいないという条件だったものだからね。だが、実は始終東京へ出て来ていたらしく、幸夫君の方では月々の手当を内緒で出していたんだ。それがまた老人に知れるし、一方去年の秋頃から結婚の話が出たりして、自然幸夫君が急に冷淡になってきたので、今度は女の方が居直って、直接老人へ向けて交渉をしてきたのだ。しかも、それには今年の正月、女の児《こ》を分娩《ぶんべん》したという証明書まで添えてあったのだ――」

そこへ電車が来たので、二人は人のいない中央の席を選んで腰を下した。しかし、電車の騒音で他人《ひと》に話を聞かれる心配はなかった。

「結婚の話はすすんでいるし、老人はすっかりまいってしまったんだ。というのが、月々相当な仕送りをつづけるか、でなければ正式に半田家へ入れろというんでね。むろん、半田家へ入れるわけにはゆかない。それは女がどうこうという問題よりも、幸夫君の結婚話が、実は半田家としては多分に政略的な意味があったからで、それを取止《とりや》めることは、老人の事業の浮沈《ふちん》に関する重大問題だったのだ。そこで邪魔が入っても困るというようなわけで、遂々《とうとう》月々金を出すことになったはいいが、それが先方の要求どおりでなかったせいであったか、いよいよ結婚披露というあの土曜日の昼になって、女が突然、電話をかけてきたのだ」

「幸夫君が、自分で聴いたホテルからの電話なんだね？」

「そうなんだ。大方、新聞で結婚披露のことを知ったらしい。今夜の八時半までに、二百円の金を持って来い。承知をしなければ、披露会の席へ怒鳴りこむと――まあ、そういった調子なんだ。幸夫君は蒼くなって僕に話す。僕から親爺さんに相談する。親爺さんにしたって方法のつくはずはない。しかし、結婚を打毀《ぶちこわ》されては堪らないから、とにかく、何とかするというので、僕は一切を親爺さんにまかせたんだ。すると、これは後で聞いたことだが、披露会の時間の都合で八時半というのを九時にして、ともかくもホテルの女の部屋で会うことにしたんだそうだ。それで親爺さんは、むろんどこかで無理な金策をしただろう、宴会が済むのを待ちかねて、新郎新婦が衣裳更えをしている間に、三十九号室を訪ねたらしいんだ。すると忽《たちま》ち顔色を変えて、僕のところへ飛んで来たのだ」

「ふん、それが九時ちょっと過ぎだね？」

「そうだ、新夫婦がそろそろ出かけようとしていたから、九時五分か十分だろう。それから僕をロビイの傍《かたわら》の小さい部屋へつれこんで、突然あの女が殺されている、という話なんだ。僕も驚いて、呆然《ぼうぜん》としていると、老人がいうのに、女の死体をそのままにしておくと、所持品から芳村里枝ということはもちろん、幸夫との関係も自然判ってしまう。それでは甚だ拙いことになるから、何とか始末をしなければならない。幸い林きぬが来ているから、彼女《あれ》を身代りにしようと思うが、どうだろうという話なのだ。親爺さんが芳村里枝だと判るのを怖れたのは、一つは最初女の方から先刻の話があった時、内々人をやって捜ってみると、どうやら女の背後《うしろ》に誰か性質《たち》のよくない男が控えているらしい。その証拠には交渉から何から、とても女一人の遣口《やりくち》とは思えないところがあるんだ、で、間誤々々していると、その黒幕の男が飛び出してきて騒ぎ出すにきまっている。すると二万円やそこらの金では済まないことになると考えたのだ。そこで、どうしても殺されたのは芳村里枝じゃないことにしなければならんというのだ。で、僕が、身代りを立てていつまでも誰だか判らないで済めばいいが、それが衣類や何かからもし林きぬだと判った場合はどうするかというと、それは当人さえ黙っていれば判りっこないし、仮令判ったところで、林きぬならば話がちがうというんだ。とにかく、間誤々々してはいられないし、僕としても他に案はないので、老人のいうとおりに林きぬを呼んできたんだ。それから二人の間に、どういう話があったか僕は知らないが、暫らくすると老人がまたやって来て、林きぬが承諾したから、これからすぐ芳村里枝のスーツケースを持って、元園町へ引返して林きぬの身の廻りのものと一緒に十時半までに東京駅へ運んでもらいたい、それからその足で長野へ行って、芳村里枝の住居《すまい》を訪ね、こちらから行っている手紙や何かを巧く始末してくるようにという話なんだ。が、その時は、僕もいくらか冷静になっていたので、ホテルから元園町へ、更に東京駅へと自動車を乗り廻すのは危険だから、スーツケースだけひとまず東京駅へ運んで、林きぬの身の廻りの物は後から別にということにしたのだ。と同時に、宿帳に芳村里枝の名が出てはいないかと訊いてみると、その点は女と電話で話した時、佐々木という名で宿っているとのことだったから、念のために宿帳を調べてみたが間違いないとのことで、それではというので僕は、老人がそこへ持出してきていたスーツケースを持って、そのままホテルを出たんだ。それから上野へ行くまでのことは君の知ってるとおりだ」

「ところで、君が元園町へ帰っている時に、老人から電話がかかったろう? 林きぬの呼び出しで?」

「ああ、あれは何でもなかったのだ。用心深い親爺さんが、長野へ行くについて、後から思い出したことを注意しただけなんだ」

「なるほど、それで長野へ行ってからは?」

「人に気づかれないように、家捜しをするんで、ちょっと厄介だったが、それも婆さん一人の家に間借りしていたので、案外雑作《わけ》なくいったよ。五、六通こっちから行った手紙があったので、そいつを始末して来たんだ」

「子供は?」

「これがまた大変な芝居で、下宿の婆さんに訊くと、子供はいるにはいるが、それは他人の子で、悪い医師と共謀《ぐる》になって、どこかしら生れたばかりの子供をもらって来て、誤魔化《ごまか》していたんだね。だから、今事を荒立てないがいいと思ってそのまま帰って来たんだ」

「黒幕にいる男というのは判らなかったかね?」

「ちょっと訊いてみたが、婆さんの家へ引越したのが去年の暮だそうで、むろん男はあったらしいが詳しいことは分らないので、これもそっとしておいたんだ」

須藤はついでに海江田について訊いてみたが、清川は名前はもとより、全然会った覚えもないと答えた。

その時、二人はもう電車を降りて、京橋を銀座の方へ歩いていた。

「それで大略《たいりゃく》話は判ったが、しかし反面から考えると」

清川の話が一段つくと須藤は前後の事情を考えながら、

「それほどの事情だったからこそ、老人が一と思いに殺ったとも考えられるね。殺って将来の禍根《かこん》を絶ち、その犯行をくらますつもりで、身代りを使ったじゃないかと——突差の思いつきにしては、トリックが少々立派すぎるという感じがするよ」

「反証がないから、或はそうもいえるかもしれんが」

清川は飽《あく》までも信ずるところがあるのか、素直に一応はその点を承認して、「しかし、金の工面《くめん》もして行ったし、相手が死んだことが判って問題になるよりは、そっとしておいて、無事に披露会の済んでくれた方が老人にとってはどんなによかったかも知れないんだからね」

「それなら今更何も逃げ出したりすることはないわけだに?」

「だから、僕には老人の考えが解らないんだ」

清川のいうところにも、たしかに道理があった。しかし、今ここで議論をしてみたところで、それはどうにもなるものでなかった。それよりも元園町へ帰れない清川をどこへ連れてゆくか、自分はこれからどうするかが次ぎの問題であった。

彼は当然幡谷のことを思い出した。そうだ幡谷に報告かたがた相談してみよう。そう思って腕の時計を覗くと、とうに十一時過ぎていた。しかし今夕《こんゆう》からの情況ではまだ社にいるかも知れない。須藤は清川に一応話をして、橋際の自働電話へ飛びこんだ。すると幸い幡谷はいて、須藤の話を半分も聞くと、莫迦にせかせかした声で、

「よし、じゃ清川君と一しょに、直ぐ社へ来てくれないか。僕の方にも話があるんだ――」

三

それから間もなく、二人は輪転機《りんてんき》の騒音を聞きながら、新聞社の階段を踏んで、階上の応接間で幡谷とテーブルを囲んでいた。

「来てもらって済まなかったね。何しろあれから大変さ。林きぬの一件で係長から何度も電話がかかるし、一方交換局を調べなくちゃならないし、それでゆっくり君の電話も聞いていられなかったんだ」

清川との挨拶が済むと、幡谷は初対面の固苦しさをとって除《の》けるように、早速砕けた調子で話し出した。

「それで交換局の方はどうだったね？」

「うん、やっぱり六時二十分ごろに品川駅前の喫茶店から相模屋へ電話をかけているんだ。それから二人が六時四十分の汽車に乗ったことも確実らしいというので、今あっちこっちへ電話をしているんだよ、――それはそうと今の話のつづきだが、長野の方はいいとして、清川君が、犯人は半田老人ではないといわれるのは、どういう理由かしら？」

電話の継続《つづき》という意味から、須藤が清川に代って、ホテルでの出来事、それに対する清川の意見を話すと、幡谷は身体を乗り出しながら、熱心に聞いていたが、

「なるほど最初から殺害する意思《かんがえ》だったら、金の工面をしてゆくはずはないね。しかし、どうだろう、工面はしたが突差のことで金が先方の要求額まではまとまらなかった。そこで巧く折衝《せっしょう》がつかない、女の方では大きな声で怒鳴り出すというようなことになって、つい手を下したとは考えられないかしら？」

清川はそれに対して何かいいたそうに見えたが、思い返した風で黙っていた。

「とにかく、半田老人でないとすると、じゃ犯人は誰だということになるが、他に全然見当がつかないし、それに須藤君のいうとおり身に覚えがないなら、ここまで来て逃げ出す必要はないわけだから。それも一人で逃げ

出したならだが、海江田事件に関係のある怪しい青年と一しょだからね」

「怪しい青年というのは何ですか？」

清川は海江田のことは須藤から聞いていたが、その死体が怪青年の手で自動車に乗せられたことまでは知らなかった。そこで須藤があらためて、その話をすると、

「僕にもそれは判らないが」清川は頭を傾げながら、「しかし、海江田という男に老人が脅迫されたことは事実としても、それくらいのことで相手を殺すような無茶はしまいよ。僕は別の原因で、誰か他の者に殺られたのを、老人が知って、会見直後だし、場所が自分のオフィスの近くだしするから、後のことを考えてその青年を使って始末したではないかと思うね。それも、その青年と一しょに汽車に乗ったとすればだが――」

「その点は、もう間違いないようですよ。運転手の証言があるし、汽車に乗る前に小田原へ電話をかけているし、それで警視庁じゃ海江田殺しも半田老人だと見て、大騒ぎをやっているんだから――」

幡谷がそう言葉を切った時、静かな廊下をスケートでもするようにスリッパを辷《すべ》らしながらやって来た給仕が、警視庁の村川さんから電話だと伝えた。

慌てて飛び出していった幡谷が、少時して引返して来たと思うと、いきなり、

「須藤君、判ったよ。老人の行先が！」

と声をはずませていった。

「どこだね？」

「やはり伊豆方面だ。たった今、捜査課へ電話があって、たしかに半田老人らしい男と青年とが、十時頃に三島で降りて、乗換えたということだけ判ったそうだ。もっともそれから先は皆目雲をつかむようだといってるがね」

「きっと修善寺に隠れているね。ちと遅いが行ってみようか？」

「うん、係長はこれから出掛けるというんだ。どうせ先方も自動車《くるま》だろう。追駆けようじゃないか！」

「行こう！　清川君、君もどうだね？」

二人の話を聞きながら、考えこんでいた清川が、静かに面《おもて》を上げて、

「そうだね。僕も老人には会いたいが、僕が行くと、君達を案内するようなことになりそうでね――」

「案内する？」須藤が駭いたように、「じゃ老人の行先を知っているんだね？」

「伊豆方面なら、きっと天城《あまぎ》の麓《ふもと》の別荘だろうと思うんだ。しかし出来れば、僕は一人で会ってみたいのだ」

「いいじゃないか。僕達は何も老人を逮捕に出かけるんじゃないのだから、一しょに行って、君が先に会うんだ。――それで老人の話を聞いてみて、いずれにしてもこの際、堂々《どうどう》と顔を出すように、君から勧告すれば――」

「うん、それもそうだね。じゃ、一緒に行こう――」

窮鼠《きゅうそ》

一

「世古《せこ》の滝って、いったい天城の向うかね、こっちかね?」

横浜を後に、暗夜《あんや》の道を、制限外のスピードで突走る自動車が、急なカーヴでぐいと一と揺れ揺れた後から、須藤が思いついたように清川に訊いた。

東京を出る時から、頭の上におっかむさるように垂れていた空からは、いつの間にか小雨がぽつりぽつりと落ち出して、道は漆《うるし》のように暗く、疲れきった人は、そろそろ眠気さえ催《もよお》していた。

それも無理はなかった。幡谷と須藤は同じ道を三度目の往来《ゆきき》だし、清川は長野からの夜汽車を、そのまま延長して自動車に乗り換えたのだ。そして真暗い夜道を三十マイルからの速力で、まるで矢のように走りつづけているのである。誰も物を言わなくなると、急に瞼が重くなって、そのまま眠りの中に落ちこんでゆきそうな気持だった。

「天城の麓に吉奈《よしな》という温泉があるね。あすこから右へ半里ほども入った谷間だよ」

「そこには温泉でも湧いているのかね?」

「湧いてはいるが、湯はたった一つで、家なんか五、六軒しかないのだ。恐らく地図にも出ていまい。最近までろくな道もなかったんだから」

「そんな不便なところへ、半田老人、また何んで別荘なんか持ったんだね?」

「いや、最初から親爺さんのものじゃなかったのだ。事業関係の或る知人で、山の好きな人があって、それが大分前温泉を掘り出す考えで、谷合《たにあい》の土地を買い込んで、ちょっとした別荘まで建てたんだ。ところが、掘っても掘っても温泉は出ないし、そのうち不景気はやってくる。本業の方もとうとう失敗して、土地も家も、売れるほどのものは皆売り払ったが、残ったのがその土地と別荘で、不便なために誰も買手がないのを、老人が泣きつかれて仕方なしに引受けたんだ」

「じゃ、半田氏のものになって、まだ間がないね」

「そうだ、三年くらいのものだろう。しかし、このごろでは道も出来て、別荘の近くまで自動車が行くようになっているが、とにかく、隠れ家には持って来いの場所《ところ》だよ」

「しかし、三年も経っていると附近の者は半田氏の別荘だということくらい知ってるだろう?」

「知るものか、門が道路ぷちにあるわけじゃないし、近所といっても世古の滝までは四、五町もあるし、それに年寄りの別荘番が一人いるきりで、滅多に行くこともないからね、何しろよほどの物好きでなきゃ、一人でいられる場所じゃないのだ」

「えらいところだね。すると、乗っていった自動車の始末を巧くすれば見附《みつか》る心配はないわけだね?」

「だから、僕もそれを心配しているんだ。自動車から足がつくとなれや仕方がないからね」

そういえば、気にかかるのは石岡係長の乗った警視庁の自動車だった。たしかに、彼等よりは一足先に出たはずだのに、ここまで来てもまだ影も形も見えないのだ。それも修善寺方面とだけの漠然とした見当で出かけたならだが、係長自身で出馬したところを見ると今の話の別荘まで嗅ぎつけているのではあるまいか。もしそうだったら、そして自分達が着く前に一切が解決していたら、――そんなことを考えると、何だかじれじれして急に眠気も覚めてしまった。

「ところで、清川さん、今となっては大して興味もないことだが、あの林きぬが半田家へ住み込むようになったのは、あなたの尽力《じんりょく》なんですか?」

今度は幡谷が、これもまた眠気覚しのような口調で、清川に向いて話しかけた。

「僕の尽力といって、あれが変なことでして、やはり幸夫君の思召《おぼしめし》だったんです。それも海岸病院にぶらぶらしているころ、ちょいちょい横浜《はま》へ出かけている中に、あの女が目について、退院してからもよく行っていましたよ。僕も二、三度お伴を仰《おお》せつかったことですが、――いったい幸夫君というのが、好きな女に出会すと、すぐ熱《あつ》くなる方で、あの女にもいくらか参っていたんです。そこへ持ってきて、女の方から堅気な家庭《うち》へ小間使に入りたいの何のといい出したもので、幸夫君の方は里枝とは一応手を切った後だし、どうかしたいと思っていたところへ、恰度二月でしたか、今までいた女が暇をとったもので、僕に親爺さんの方を巧く取りもってくれという話で、新聞広告まで出した後から、あの女をつれて来て、まあ小間使ということにしてしまったわけなんです」

「なるほど、すると林きぬの方じゃ、情人のために稼ごうというくらいのもので、格別他意があったわけじゃないんですね」

「まあ、そうだろうと思いますね。もっとも、僕はあの女に津藤という情人のあったことは、最近まで知りませんでしたよ。一度、裏庭で、きぬが変な男と話しているので、邸の婆やに訊くと、時々訪ねてくるという話で、こいつまた芳村里枝のようなことにならねばいいがと、先生の結婚を前に控えて、実は内々心配していたのです。ところが、それより先に一度話のついた芳村の方から、問題が起ってきたので、少々意外でしたよ」

「そうだろう。これで君も親爺さんも、幸夫君のためには、随分手を焼いてるね」

須藤が欠伸を嚙み殺しながら、同情するようにいった。

「食客《いそうろう》みたいなものだから、手を焼くくらい仕方はないが、人殺しのお附き合《あい》はご免だね」

「でも、警視庁じゃ、そう睨んでいるんだから、老人が出てくるまでは、大きな顔は出来ないぜ」

「ハ、ハ、ハ。じゃ、今のところ、やっぱり共犯の疑い濃厚かな――」

清川が戯談《じょうだん》ともつかずいった時、首を差しのべて、前方を覗いていた幡谷が、ふいに、頓狂な声で叫んだ。

「おや！　灯が見えるぞ。係長の自動車《くるま》かな?」

雨の降りかかる硝子板をとおして、前方に自動車の尾燈《テイル》らしい赤い燈が、二人の眼にもはっきり映った。それもだんだんと近づくにつれて、どうやら路傍《ろぼう》に停車しているらしいことが判ってきた。

命ずるまでもなく、運転手が徐々《じょじょ》にスピードを落した。間近《まぢか》まで来ると、赤い尾燈の横に、東一一五五――捜査課の庁用自動車の番号が、糸のような雨の中に、はっきりと読めた。石岡係長の自動車だ。何かの故障で動けなくなっているらしい。パンクでもしたのだろう、車の傍《かたわら》に蹲んでいた運転手が、こちらの自動車が近づくと、慌てながら立ち上った。

「停めずにやりたまえ！」

幡谷が運転手に呼びかけた。

僅かの徐行《じょこう》――自動車はまた全速力で、雨の中をまっしぐらに走り出した。

「おい、これで安心だよ」

幡谷が吐き出すようにいって、

「もう、慌てることはないぞ。しかし、君、道は大丈夫だろうね。先へ行っても迷い児《まよいご》になったら困っちまうぜ！」

「大丈夫ですよ。修善寺までは二度も夜道を走っていますから。もう、そろそろ茅ケ崎《ちがさき》です——」

運転手が前方を睨んだまま、元気な声で答えた。

二

「おいおい、君等は東京から来たんだね？」

ふいに自動車が停った拍子に、ハッとなって眼が覚めると、運転手台のドアが開いて、洋服を着た一人の男が、三人の顔をじろじろと覗きこんでいた。

「ええ東京から来たんですが——」

運転手が答えると、

「今頃いったいどこへ行くんだい？」

追っかけるように、その男が訊いた。

「天城の方へ行くんですがね——」

幡谷が眠い眼をこすりながら、暗くてよく見えなかった男の方に、じっと顔を近づけたと思うと、

「おや、君は——」

と先方でも、幡谷の顔に気がついたか、驚いたような声を上げた。名前までは知らないが、顔だけは、警視庁の廊下でお馴染《なじみ》の刑事である。半田老人を追っかけて来た刑事隊の一人で、大方係長の自動車を待ちうけてでもいるのだろう。

「御苦労様、——係長は今やってくるよ。途中でちょっと故障を起して遅れたから」

「そうですかね。いや、もう一時間もこうして立っているんでね」

刑事が拍子抜けのしたように、そろそろ顔を引込めだした。

「ここは修善寺だね。で、君、半田老人は捕ったかね？」

幡谷が隙《すか》さず訊いてみた。

「いや、それがここへ来たことはわかっているが、三島からの途中で自動車を乗換えたりして、どこかへ消えちまって、未《いま》だに捜しているんですよ」

「ほほ、それじゃ我々も草臥《くたび》れもうけかな。するととにかく、どっかへ腰を落ちつけなくちゃ。では、また——」

刑事を後に、自動車が修善寺の町へ入ると、豆ランプの光線で時計を見ていた須藤が、

「そろそろ三時半だよ。眠てる間に箱根を越したんだね。ここまで来れば、もう一息だろう」

「そうだ、後三、四十分だ。でも、よかったよ、親爺さんが捕ってなくって――」

清川がホッとしたようにいった。

雨は止《や》んでいたが、四辺はまだ暗かった。修善寺の町を突き抜けて、だんだんと上り坂になってゆくカーヴの多い道を、運転手は巧にハンドルを動かして、ぐんぐんと上ってゆく。山角を曲る毎に、左に見える谷が次第に深くなって、湯の宿らしい灯がそこここに瞬いていた。

そのうちに両方の山が迫って、自動車が谷間に沿うて走るようになると、薄靄《うすもや》につつまれた天城の山が、急に目の前に見えてきた。

「あれが吉奈で、あの手前を右へ曲るんだ」

清川が前方に点々と見える燈火《あかり》を指していった。そして割合に平坦《へいたん》な道が少時つづくと、自動車はもう天城の麓に差しかかって、二つに岐《わか》れた右の道を、谷川の流れを足下に聞きながら、奥へ奥へと進み出した。

もう、東の空は白みかけているころだが、道は山の麓を分け、だんだんと深い暗の中に入ってゆくように思われた。

「なるほど、こいつは深山幽谷《しんざんゆうこく》だね」

須藤が窓から暗い外をのぞきながら大仰にいった。

「これでも、こんな道路《みち》がついたからまだいいんだよ。元はほんとに淋しかったものだが――」

清川はそういって、ふと思いついたように、

「君、もうすぐだから、警笛なんか鳴らさんで、そうとやってくれたまえ」

と運転手に注意した。それから五分と経たないに、清川は自動車を停めて、路の上に降り立っていた。頭の上には茂り合った樹木が一ぱいに掩い冠さって、前を見ても後を向いてもトンネルの中に立っているような感じだった。

「自動車《くるま》はここに待っててもらって、これから谷へ下りるんだ。足許に気をつけてくれたまえ」

二本の丸太を立てた、枝折戸《しおりど》も何もない目標だけの門を中に、清川は先に立って歩き出した。小さい自然石を並べて足がかりにした細い傾斜の路を三人はまるで手捜《てさぐ》りでもするように、静かに静かに下りていった。谷川の音がだんだんと近くなって、路が左に曲ると、いくらか空が開けて、やや平地をなしたところがあって、そこに平家建らしい低い建物の棟《むね》が見えた。

「これだよ、別荘は」

清川が足を停めて、目の前を指した。

「叩き起すのも気の毒だが、半田氏が来てるかどうかたしかめる法はないものかなあ?」

幡谷が雨戸の締った庭先を透《すか》すようにして囁くと、

「別荘番を起せばいいんです。じゃ、ちょっと待っていて下さい」

清川が軒下を通って、建物の端れにある勝手口らしい雨戸をコトコトと叩いた。と、間もなく戸を繰《く》る音がして、別荘番らしい老人が顔を出した。

清川が老人と何か話していたと思うと、やがて二人の方を向いて麾《さしまね》いた。

「お客様が二人見えているそうだ。一人は若い女だそうだが、男の方は誰だか――」

二人が側へゆくと、清川が低い声でいった。

「まだ皆寝ているだろう?」

「爺やの話では、晩《おそ》くまで話声がしていたというがね。とにかく、中へ入りたまえ、僕、様子を見てくるから」

爺やが慌てて夜具を片づける間に、三人は靴を脱いで、次ぎの間に通った。縁側にそうて、今一つ同じような部屋があって、そこから左に折れた廊下の向うにまだ一つか二つ部屋があるらしかった。

「怪しいぞ、ここに誰も寝てないとすると――」

そうと次の部屋を覗きながら、清川が呟いた時、奥の方から老人らしい呟きが聞えた。

「起きているんだね。じゃ、行ってみよう」

清川が縁側を左へ曲って、奥の方へ消えると同時に疳高い女の声。ついで呶鳴るような荒々しい声が聞えた。谷川の音に消されて、言葉は聞きとれなかったが確かに殺気《さっき》立った罵《ののし》り合うような気配だった。

幡谷が弾かれたように清川の後を追うと、須藤もつづいて廊下を走った。

突当りの襖が開け放されて、古風な石油ラムプを点《とも》した部屋の中に、半田老人と林きぬと、それから今一人、見知らぬ顔の男が、鼎坐《ていざ》の形で坐っていた。

部屋の中には老人のらしい床が、一つとってあったが、寝た様子はなく、老人もきぬも着物は着たままで、男は洋服の膝をどっしりと胡坐をかいて坐っていた。その男の前に火の消えた四角い火鉢があって、一ぱいに突き差した煙草の吸殻《すいがら》から、白い煙が線香《せんこう》のように立ちのぼっていた。

「新聞社の幡谷さんと、友人の須藤君です」

部屋の入口に立っていた清川が、平然として二人を老人に紹介した。窓に近い机の端《はし》に、軽く右肘をのせて端然と坐っていた老人が、その気難しい顔をじっと二人の方に向けた。が、表情《かおいろ》も変えねば、口を開こうともしなかった。

明かに狼狽の表情《いろ》を見せたのは、林きぬだった。彼女は二人の顔を見た瞬間、あらッと小さく叫ぶと、もう二人の正視に堪えられぬ風で、そのまま眼を伏せて傍の青年の方へそっと身体をにじり寄せた。

「海江田の死体を運んだのは、この方ですね?」

挨拶をすますと、幡谷が青年の方をちらと見ながら真向から半田老人に問いかけた。

「海江田? の死体ですと?」

半田老人が、何のことやら腑におちぬらしく訊き返した。

「昨夜あなたを脅迫した海江田哲夫が、あれからすぐ殺害されたことは御存じでしょう。その死体を、この方が自動車に乗せて警視庁へ送ったはずです」

「――」

依然として、呑みこめないらしい表情《かお》をして、老人が何かいおうとすると、

「何をいうんです。藪《やぶ》から棒に――」

目の前の青年が、急に気色《けしき》ばんだ口調で喰ってかかった。

「僕は海江田なんて、聞いたこともないんだ。おまけに死体を運ぶなんて――」

「そうだ、幡谷さん」清川が思い出したように口を挿んだ。「これあ、津藤君ですよ。須藤君と間違えた、それ――」

「津藤君だって? この人が?」

幡谷と須藤が、異口同音《いくどうおん》に叫びながら、こっちを向いた青年の顔を、さも意外そうに凝視めた。

津藤千代二――それが林きぬの情人であることは判っているが、その津藤が、どうして半田老人と一しょに東京を発って、こんなところまで来たのだろう。それに彼は大阪から引返して、まだ林きぬとも会う閑はなかったはずだ。第一、彼女が小田原の旅館に隠れていることなど知っているわけがない。それだのに、そのきぬと諜し合して――品川から、相模屋旅館へかかった電話は、時間と場所の点から見て、半田老人をそこに待合わした津藤がかけたものに相違なかったからだ――どこかで落ちあって、三人一緒にここまで来たのは、何か深い理由がなければならない。それも夜の目も寝ずに、三人膝を付き合して、声を荒立てていたのは?

が、それよりも、警視庁へ訴えて出た円タクの運転手の目に誤りがないとすれば、津藤が何といおうとも海江田の死体を運んだ男は、彼以外の何人でもあり得ないはずだが――。

須藤と幡谷が、津藤の顔を睨んだまま、そんなことを考えていると、清川が無気味な沈黙を破って、静かに半田老人に話しかけた。

「――両君は、もうすっかりホテルでの事情を知っていられるのです。で、結局、芳村里枝を殺したのは誰か――というので、わざわざここまで来られたんですが」

あなたを疑っているとまではいいかねて、清川がそれだけいって言外の意味を残した。すると、きっと結ばれた老人の唇から、その時、始めて声が、

「誰が殺したか、俺《わし》は知らん！」

「むろん御存じないでしょう。僕もそう思うんです。しかし警察では、あなたを取調べるつもりで、もう刑事がそこまで来ているのです」

「刑事が来ようと、誰が来ようと、俺は知らん！」

老人は頑固《かたくな》に清川の言葉を突っぱねて、そのままぷいと横を向いた。

「いったいあなた方は――」

清川に代って、須藤が何かいいかけた。が、ふいに口を噤んだと思うと、突然、後の廊下にただならぬ足音がして、石岡係長を先頭に三、四人の刑事が、どやどやと座敷の中に踏みこんで来た。

三

「半田さん、今度の事件の容疑者として、御同行を願います」

部屋の中を、素早くじろと見廻した石岡係長が、真向から半田老人に呼びかけた。

「私を、私を容疑者として――」

剛愎《ごうふく》な老人の面上に、はじめて驚愕と苦渋の表情《いろ》が現われた。そしてまだ何かいおうとして口をもぐもぐさせていると、

「半田さんは犯人じゃありません」

横合から、主人の危急《ききゅう》を救うように清川は叫んだ。

「君は誰だ?」

「清川です」

「なに、清川? ホテルから姿を隠した清川三郎だね」

係長の眼が異様に光った。「じゃ、君も一緒に行ってもらおう。で、そちらは?」

係長が、林きぬの方に目を移した。

「それが死んでたはずの林きぬですよ」

ざまを見ろ、といわんばかりに、須藤がつと彼女の方

に顎をつき出していった。

「フン、林きぬか、お前が——」石岡係長が眼鏡の底から鋭い眼光《めつき》で、俯向きこんだ女の横顔を睨みながら、

「それじゃ、三人とも揃っているんだね。ところで、も一人、そちらは？」

係長が一歩前に踏み出して、これも横を向いたままの津藤の顔を覗きこむと、

「おや！」と低い声で叫びながら、「君は津藤君じゃないか？」

津藤がひょいと頭を上げて、黙礼《もくれい》でもするように係長の方に軽く頭を低《さ》げた。

「君はどうしてこんなところへ来ているんだね？」

「は——」

津藤が、もじもじしながら躊《ため》らうように口唇《くち》を動かした時、部屋の入口にいた刑事の一人が、係長の側へ来て、何事か低い声で耳打をした。

「なに？　海江田の死体を？」

係長の口から、さも意外そうな呟きが洩れた。と、横眼でじろと係長の方を見ていた津藤が、ついと身を躍《おど》らして、左手の障子を開けるも一しょ、ひらりと窓の外に飛び下りた。

「逃げたぞ！」

叫ぶと同時に、刑事の一人が後を追うた。つづいて一人、二人。須藤と幡谷も急いで勝手口へ引返すと、慌てて靴をつっかけながら、声のする刑事の後を追っかけた。

夜はいつの間にか明けはなれて、深い谷間の底に、もう朝の太陽が木の間をとおしてほのかな光線《ひかり》を射していた。

「こっちだこっち！」

上手の方の木立の中から刑事の叫ぶ声がした。

「左は谷だ！　上の道路《みち》を警戒しろ！」

同じ声がまた叫んだ。

幡谷と須藤は、自動車を待した道路へ向いて、急勾配《きゅうこうばい》の細道を息もつかずに駆け上った。居眠りをしていた運転手が、驚いて車内から飛び下りた。

坑道《こうどう》のように、ぼうと明るく見える道路の彼方へ、ぽっかりと一人の男が浮び出た。が、ちらと背後を振向くと、そのまま上手へ向いて走り出した。

「津藤だ！」

幡谷が叫びながら、転げるように砂を蹴《け》った。幡谷の前方を二人の刑事が走っていた。が、足に自信のある彼は、見る見る二人を駆けぬいた。津藤との距離は二十メートルから十メートルへ、——もう一息の間に迫った。

と、津藤の姿がふいと掻き消すように見えなくなった。

一直線に駆けていた道路から、急に左へ曲ったのだ。見失っては――ゴールへでも飛びこむような勢で、津藤の消えたところまで、最後のヘビーをかけた幡谷が、ハッとしたまま足をとめた。両側から迫った深い谷間にかかった橋の上に、津藤が棒のように立ち竦《すく》んでいるのだ。進みもならず、退きもならずに、目の前の「危険」の立札を見詰めながら――

腐《く》れ朽ちた三尺幅くらいの、長さは二十間からあろうと思われる橋の中央に、大きな穴が開いて、わずかに一本か二本の橋桁《はしげた》だけが、骸骨《がいこつ》のように残っている――津藤は夢中でそこまで行って、追いつめられた鼠《ねずみ》のように呆然として立ち停ったのだ。足の下には、眼下遥《はるか》に岩を嚙む激湍《げきたん》が、恐ろしい死の口を開けて待っている。

「おい！　温和《おとな》しく引返すんだ。温和しく――」

後から駆けつけた刑事達が、これもまた進みもならず口々に叫んだ。が、津藤の耳には、その声がかえって恐怖を誘ったであろう。彼はつと後を振返ると、そのまま両手を左右に伸ばして、一歩前に踏み出した。

「あぶない！」

思わず誰かの声が叫んだ。一本の橋桁が――いや、橋それ自身が、彼の足許にゆらゆらと揺いでいるのが誰もの目にはっきりと映ったからだ。が、彼はもう何かに憑《つ》かれでもしたように、また一歩踏み出した。一切を忘れた一同《みんな》の背を冷いものがサッと走った。

と、

アッ！　という間もなかった。橋桁が落ちたか、バランスを取りそこなったか、津藤の身体が谷底へ向いて、石のように落ちていった。

青春有罪

一

「君達は残っていたまえ！」

津藤を追っかけて、これも飛び出してゆこうとする今一人の刑事と、詰襟《つめえり》の男を呼び止めながら、石岡係長が半田老人の方へ向き直った。

「海江田の死体を自動車に乗せた男が、あの津藤であることは、もう間違いないのです。ここにいる」係長は傍《かたわら》の詰襟の男を振返って、「その時の運転手が、はっきりそうだと証言したのみならず、津藤はそれと気がついて、あのとおり逃げ出してしまいました。しかしその海江田を殺害したのは誰か、それはまだ判ってはいません。いずれ津藤の口から一切の事情は判るでしょうが、その前に、それについて何かお話し下さることはないでしょうか?」

　両手を膝において、黙禱《もくとう》でもするように、目を閉じていた半田老人が、徐《しずか》に面《おもて》を上げた。

「あの男が死んだことは、今聞くのが初めてです。何も申すことはありません」

「しかし」係長がつづけた。「あなたは、昨夜、銀座裏のカフェーで海江田に会われたでしょう? 海江田は、あれから二十分と経たないうちに、あの近くで誰かに殺害されたのです」

「何といわれようと、私に関係はないのだ」

　老人は係長の言葉を突っぱねるようにいって、そのまま横を向こうとした。側にいた清川が、それを引止めるように口を出した。

「こうなったことですから、もう何もかも仰有ってはいかがです。どうして海江田という男にお会いになったか、津藤や、きぬと一緒にここへこられた筋道はどうか、すっかり仰有った方が、はっきりして宜《い》いじゃありませんか」

「それには前の話からしなくてはならん――」

　そういった老人の顔は苦りきっていた。

「むろん、前の話も有りのままになさった方がいいでしょう。どうせ分ることだし、須藤君達にはもう何もかもわかっているのです――判らないのは、誰があの女を殺したかということだけです」

「それは俺《わし》にもわからないのだ。それが判っていれや何も心配することはなかったのだ」

「それでは、大体のところを僕からお話しましょう。僕にも共犯の疑いがかかっているそうですから、一応弁明しておきたいのです――」

　清川はそういって、老人の方を見たが、格別反対するような様子もないので、そのまま言葉を続けて、ホテルでの出来事から、その後の自分の行動について、上野駅で須藤に会うまでの話を、掻《か》いつまんで説明した。

　係長は、幡谷から林きぬが生きていることは聞いていた。そして現に彼女は自分の前にいるのである。しかし、それでは三十九号室の真《しん》の被害者は誰か。また林きぬと事件との間に、どういう関係があるか、それは少しも知らなかった。従って、今清川から被害者が芳村里枝という女で、林きぬはその身代りに使われたのだと聞かされると、事の意外さに今更の驚きを感じないではいられなかった。と同時に、結婚披露の宴《えん》を張っているわが子の醜聞《しゅうぶん》が、世間に洩れるのを惧れて林きぬを身代りに立て、一時にもせよ、その場を取りつくろおうとした老人の苦衷《くちゅう》に対しては、十分の同情もしたのである。しかし、それによって半田老人に対する嫌疑が、寸毫《すんごう》も薄らいだわけでは決してなかった。それどころか、清川の話は、犯行の動機についての今までの想像を、一層鮮明に裏書してくれたようにさえ係長には思われた。

が、今はそこまで突込んで訊くべき時でなかった。そこで係長は、清川の言葉が終ると、今度は老人の方へ向き直って、おだやかな語調で話しかけた。

「それでホテルの方のことは、大体わかったとして、今度は海江田の方ですが?」

先刻《さっき》まで苦りきっていた半田老人の顔が、いつの間にか、いくらか和《なご》やかに寛《くつろ》いで見えた。清川の話を聞いているうちに、今まで自分の胸一つに収めていた大きな苦悩が、急にとってのけられて軽くなったような気がしていたのだ。

「今から考えると莫迦なことをしたようにも思うが、清川もいうとおり、あの時は幸夫の結婚が破談《はだん》にでもなってはと、そればかり心配して、何でもかでも、あの女のことは押し隠さなくてはと、あんな細工をしたのです。ところが、あの翌日、あんたと本郷から帰ってくると、間もなく海江田から昨夜のことで会いたいと電話がかかってきたのです」

係長は半田邸の応接間で、お直婆さんと話している時、電話の呼鈴《ベル》が鳴って、話をしていた老人がひどく慌てた様子で、自動車を呼んで出かけたことを思い出した。

「それも、今すぐ会いたい、自分から出掛けてもいいというもので、仕方なく倶楽部《クラブ》で会うことにして行ってみると、自分は六十号室に泊っていて、昨夜のことはすっかり知っている。で、口留料《くちどめりょう》を出さなければ、警察へ訴えて出るというのです。手許に持ち合せはないし、それにその晩、銀座のオフィスできぬに会う約束をしていたので、海江田ともそこで会うことに決めたのですが、二人がかちあってもと思って、海江田の方は地階のカフェーで会おうと、後で話を変えたのです」

「海江田はいくらくれろといったんですか?」

「千円出せといっていました。仕方がないので、いくらかは出すつもりでしたが、日曜日のことで、思うように金の調達が出来ないもので、三百円だけ渡してやりました。それから、私がビルディングの方へ入ってゆこうとすると、後から誰か尾けて来たようだからというので、ビルディングの一階から横手の通路を教えて出してやりましたが、その後のことは、私は少しも知らないのです――」

「なるほど、それで林きぬと会われた用向きは？」

「身代り料の残りを払う約束がしてあったのです――」

「そうですか、よくわかりました――」

係長は納得がいったように、首肯いてみせながら、

「で、今日、いや昨日ですか、津藤とはどうしてお会いになったのです？」

「それが」半田老人は横を向いて俛垂《うなだ》れたきぬの方にちょっと視線をくれて、「今も申すとおり、日曜日で金の工面がつかなかったので、約束の半分もきぬに渡すことが出来なかったのです。すると昨日の一時ごろでしたか、あの男がきぬの代理だといって事務所へ訪ねて来て、きぬへの約束の金を全部もらいたい、警察の方で私やきぬに手を廻しているから、すぐにもどこかへ高飛びしたいという話です。ところが昨日は火葬場へ行ったりして、金策の閑はなかったし、それに仮令《たとえ》手許に持合せがあったとしても、初めて会う男に渡してやるわけにもいかんので、その話をすると、とにかく、東京にいてはお互いに危ないから夕方までに金策をしてもらいたい、それで自分を信用出来ないなら、きぬを呼んでもいいから、どこか静かなところで取引をしたいというもので、私も今警察へ喚《よ》ばれたりしてはと、ふとこの別荘を思い出して、六時半に品川で落合う約束をして一しょにやって来たのです――」

「すると、小田原へ電話をかけたのは、やはり津藤だったんですね？」

老人が一息つくと、清川がそれを待っていたように訊いた。

「多分そうだろう。俺は知らん、きぬには三島で会ったのだ」

清川がきぬに向いて、同じ質問を繰返すと、きぬが俯向きこんだまま、わずかに首肯いて答えた。

津藤は土曜日の晩から大阪へ行っていて、昨日初めて警視庁へ顔を出したのだ。その間きぬとは全然交渉がなかったはずだ。それがきぬの隠れ家の電話番号まで知っていたとは不思議だ。が、考えてみれば、それは不思議でも何でもないのだ。円タクの運転手が、その前夜、津藤が東京にいた事実を認めている。そして津藤自身が逃走を企てたことによって、その証言に立派な裏書までしたのだ。つまり津藤は大阪へ行くと見せて、東京にいて林きぬと聯絡《れんらく》をとっていたにちがいない――。

だが、そうなると今度は津藤と半田老人との関係はどうなる？　初見《しょけん》の人だという津藤の言《げん》に偽りがないとす

れば、問題は更に海江田と津藤との関係いかんということにもなってくる。

係長の頭に、当然、そうした疑問が湧いてきた時、表の方にがやがや多勢の声がして、「雨戸を外すんだ、雨戸を――」と性急《せいきゅう》に叫ぶ声が聞えた。係長と清川がハッとして振向くと、そこへ先刻の刑事が駈けて来て、瀕死《ひんし》の津藤を谷底から拾い上げて、今やっと一同で運んで来たことを報告した。

二

狭い庭先の、雨戸の上に、津藤は全身の負傷で虫の息になって横たわっていた。

係長の命で、誰かが医師を迎えに駈け出すと、誰彼《たれかれ》の手で人工呼吸が繰返された。しかし大して効果がありそうにもないので、今度は傷を調べにかかると、頭部の方はそれほどでもなかったが、右の肩から背にかけて、かなりひどい打撲傷《だぼくしょう》を負うているらしかった。そこで、そうと上衣をとり、血の滲《にじ》んだ小衣を脱がしてみると、果して肩の関節から背骨のあたりが滅茶々々《めちゃめちゃ》になって、折れ砕けた骨が破けた肉の間から、牙《きば》か何ぞのように突き出していた。

「これやひどい！」

今まで乱暴な手つきで、小衣を脱がしていた刑事がさすがに眉をしかめて立ち上った。

「これじゃ医者が来たって助かりっこないね」

側から幡谷が、これも顔を反向けながら呟いた。と、幡谷の背後から覗きこんでいた清川が、突然、

「それやとかげの刺青《いれずみ》じゃないですか？」

と頓狂な声を上げた。

「これかね？」

一度立ち上った刑事が、再び踞みこんで、ぐったりなった津藤の二の腕に目をとめた。

「そうだ、とかげの刺青だな、これは――」

一同の眼が、血の気を失った蒼白《あおじろ》い皮膚の上に、ぼかしたように描かれた無気味な小さい動物の刺青に注《そそ》がれた。

「すると怪しいぞ？ ――」

唸《うな》るように呟いた清川が、頭を傾げて、死人に等しい津藤の顔をじっと凝視めていたと思うと、

「そうだ！ この男にちがいない。これや芳村里枝の情夫なんだ！」

「え？ 何だって？」

自分の耳を疑ぐるように係長が真先に聞き咎《とが》めた。

「いや、確かにそうです。今もお話したとおり、僕は芳村里枝の蔭に誰か黒幕があると睨んで、長野へ行った時、里枝の下宿している家の婆さんに訊ねてみたのです。すると情夫のあることは間違いないが、遠方にいて滅多に訪ねて来ないから詳しいことはわからない。しかし長《ちょう》さんという名前で、腕にとかげの刺青をしている。それは半月ばかり前訪ねて来て、里枝を相手に酒を飲んでいる時、腕まくりをしていて、はっきり見とどけたということでした。婆さんが長さん長さんというもので、気がつかなかったのですが、今考えると女の方で須藤君と同じ名前を、馴々しく呼んでいたのが、そう聞えたのではないでしょうか。それと津藤の顔が、婆さんの話とよく合っているようだし、どうも別人だとは思えないのです」

「フム、それはまた意外な話だが――」

係長が半信半疑の面持で、小首を傾げながら呟いた。

「それから、これは芳村から聞いたことでしょうが、その長さんという男は、見かけはしゃんとしているが、女の懐を目めてに遊んでばかりいるやくざ者で、このごろはまた他に女が出来たとかで、里枝さんの方で別れようとしているが、なかなか手が切れないで困っているらしいとも話していました。何かその辺に、意外な事情もあるのではないでしょうか」

「うーむ、刺青なんぞしているところを見ると、津藤もやくざ者にはちがいないが、しかしそれだけの話で直《ただち》に芳村里枝と津藤を結びつけるのはどうかな――」

そうはいったものの、やはり気にかかるか、係長が婆さんの話というのを、何かと清川に訊いている間に幡谷は何を思いついたか、つと靴を脱いで縁側から廊下へ、つかつかと奥の座敷へ入っていった。そして刑事の看視《かんし》をうけながら、半田老人の前に坐っている林きぬに、

「事件の当夜、君はホテルで津藤と会ったんだね?」

と藪から棒に問いかけた。幡谷の足音にも顔を上げなかった林きぬが電気にでも打たれたように、ハッとこっちを振向いた。意外な質問を不意に浴せかけられて返事に窮した驚駭《きょうがい》と困惑の態《てい》が、そのまま顔の面《おもて》に浮かんでいた。それと見た幡谷が、追っかけるように後をつづけた。

「それからだ、その翌晩、銀座裏で海江田に出会した時も、どこか近くで津藤が待ち合していたんだろう?」

「……」

「そこで海江田に見附かった話をして、津藤を嗾《け》しかける。津藤は海江田の後を追うて殺害する――」

「いいえ、いいえ、嗾しかけるなんて、そんなことはしませんわ！」

女が顫える声で叫んだ。

「嗾しかけなきゃ、相談したか、とにかく海江田を始末したんだ。ね、それにちがいあるまい？」

女は唇を噛んだまま、怨《うら》めしそうに幡谷の顔をじっと睨んだ。幡谷の眼にはそれが無言の肯定と映じた。

彼は勝ち誇ったように座を立った。もうそれ以上訊く必要はなかったのだ。

三

「事件の経緯《いきさつ》が、大体わかったように思うんだが」

須藤と清川、それに石岡係長と半田老人を前に置いて、幡谷が徐《おもむ》ろに語り出した。その時、林きぬは係長の計《はか》らいで、医者のくるのも待たずに、息を引きとろうとする津藤との最後の訣《わか》れを惜しんでいた。

「もっとも、わかったといっても、要するに一つの仮定の上に立った僕の直感的な解釈に過ぎないから、そのつもりで聞いていただきたいのだが」

幡谷はそれだけの冒頭《まえおき》をしておいて、朝からの騒ぎに度を失った別荘番の爺さんが、今ごろやっと運んで来た渋茶《しぶちゃ》をぐっと飲みながら、

「その仮定というのは、先刻《さっき》清川君が話した被害者芳村里枝の情夫が津藤だったという説だ。だから、もしその仮定が間違っていたら、僕の推理は根柢《こんてい》から崩れてしまうわけだが、しかしいろんな点から考えて、僕にはそれが事実のように思えるのだ。つまり津藤は二人の女をもっていて、その二人を巧に使って幸夫君を手玉にとっていたのだと僕は考えるのだ。

津藤と芳村里枝との関係が、いつどうして始まったか、それは詮索の限りでないが、里枝が津藤に劣らぬあばずれだったことは間違いであるまい。でなければ、いくら津藤の命令《いいつけ》にしても、あんな大胆な芝居が、世間普通の女に打てるはずはないからだ。で、二人が腹を合せて、男から金を捲き上げたことも、恐らく今度が初めてではあるまいと思う。が、それはとにかく、病院へ入院した幸夫君が里枝に気のあることを知った津藤は、いい金櫃《かねびつ》が目っかったと喜んだにちがいない。そして里枝と話し合って、二人の仲を退引《のっぴき》ならぬところまで進展させ、海岸病院までくっついてゆかして、結局まとまった金を半田家からせしめたのだ。しかし、肚に一物あった津藤は、それだけでは満足せず、その後も二人の関係を持続せし

めるように仕向けさして、約半歳も経ってから、里枝が幸夫君の子供を生んだといって、またも半田家へ交渉を持ちかけたのだ。それが宜い加減な作り事であったことは、今度清川君が行ってみてわかったが、当時半田さんの方では幸夫君の結婚談が持上っている矢先で、世間の風評《ふうひょう》を心配して、十分の調査もせずに、毎月の扶養料《ふようりょう》を出すことになって、話は無事におさまったのだ。

本来ならば、その辺で大概話はお終いになっているところだが、人間の慾には果しがない。まして津藤はそれを職業にしている悪党だ。幸夫君の結婚談がいよいよまとまったと知ると、またもやまとまった金を取ってやろうと考えたのだ。そして里枝とその相談をする一方、新しく出来た今一人の情婦林きぬを使って側面からもその準備を進めたのだ。

ここで、僕にはっきりしないのは、林きぬが半田家へ小間使に住みこんだ理由だ。幸夫君が相ついで知った女が、二人とも津藤の情婦だったということは謂《い》わば運命の悪戯だ。津藤がその蔭に北叟笑《ほくそえ》んで、林きぬを半田家へ住みこませたことはいうまでもないが、さてその目的が半田家の内情を知ろうとするだけの単なる諜報《ちょうほう》勤務にあったか、それとも里枝の演じた役割を今一度きぬに繰返さすつもりだったか、それは疑問だ。しかし、芳村里枝が薄々きぬのことを知って、津藤に別れ話を持ちかけていたというのが事実ならば、恐らく、いざとなれば里枝の代りにきぬを表面に押し立てようという二段構えの作戦ではなかっただろうか。いずれにしても悪辣《あくらつ》な津藤の作戦だったことは間違いない。

そこで、いよいよ結婚披露の当日だが、それまでに何等の予告もしないでおいて、ホテルへ泊りこんだ里枝から、突然、電話をかけてきた、――これがまた彼等としては、最も巧妙な戦術に出たもので、二万円の金を出せ、出さなければ結婚披露の会場へ暴れ込むというのだから、半田さんの方では、事を目の前に控えてどうすることも出来ないわけだ。が、ただ一つ彼等の手落ちは、それが土曜日で、半田氏の手でどうにも金策が出来ないことに気がつかなかったことだ。それと今一つ、半田氏から会見の時刻を、半時間延ばしてほしいと申込んだのを、里枝が承知しながら、それを津藤にしらせなかった――そこからあの事件が起ったのだ。

九時という時間は、披露会が終らないうちにという考えから、津藤が里枝に指定してあったにちがいない。披露会が終った後では、交渉の効果が薄いからだ。そこで九時十分から二十分、もう半田氏との会見が終ったと思う頃、津藤は三十九号室へ出かけていって、里枝の手から、二万円を取ろうとした。が、そうした事情で、金はまだ受取っていない。で、有りのままの話をしたが、津藤はそれを信じない、――と、いうのが、清川君の話のとおり二人の仲が面白くなく、里枝の方から別れ話を持ち出していたくらいで、津藤はてっきり里枝が自分に反いたのだと思ったのだ。ここは非常に重大な点で、速断を許さないが、清川君の話から考え、また指定の時間から半時間と経たないうちに出かけていったこと、そして今一つは、前にいった林きぬを第二段の構えにしていた点などから考えて、津藤が里枝を真実に信用していなかったと僕は判断したいのだ。

　そこで金を出せ、いやまだ受取ってない、約束の時間が変ったのだと説明するが、津藤は相手が嘘をいってると考え込んだので、耳を藉《か》すはずがない。押し問答の揚句が、遂《つい》に兇行となったのだ。それから部屋の中をあっちこっちと捜してみたが、二万円の金はどこにもない。初めて里枝の言葉が真実だったとわかったが、愚図々々してはいられないので、そのまま部屋から飛び出した。そして林きぬと会って、大阪へ逃げる話をしたのだろう。その後へ半田さんが入って来て、驚いてきぬを呼んだり、清川君を長野へやったりして、更に事件《こと》をこんがらかして、その上、却って自ら嫌疑をうけることになったのだ――」

「なるほど！」

幡谷の話が一段つくと、清川がまず感嘆の声を上げた。すると、その後から石岡係長が、

「まるで見ていたような話だが、あるいはそんなことかも知れん。事情がよく合っているから」と負け惜しみでなく、真面目にいって、「しかし、その後はどうだね。海江田の方は？」

「これは簡単だ。実は今、林きぬに訊いてみて、それではっきりしたんだが、つまり海江田はあの晩、自分の部屋にいて、きぬが里枝の身代りに立つ前後の事情をすっかり偸《ぬす》み見るか聞くかしたんですよ。おまけにきぬと顔まで合しているのだ。元来、海江田という男は御承知のとおりアメリカゴロで、懐中が寂しくなりかかっているところへ、翌日の新聞を見ると、半田氏が立派な実業家だと判ったので、こいつは甘《うま》い金儲けの蔓《つる》を目附けたと考えたでしょう。そこで早速半田さんを強請《ゆす》りにかかって、銀座裏の会見となったんだが、その途中で一足前に半田氏と会ってきた林きぬに出会したばっかりに、津藤のために殺されたのです。津藤はあの近くで、きぬを待ちうけていたところへ、きぬが飛んで来て、海江田に昨夜見附かった話をしたもので、後難《こうなん》を惧れて、後を追

っかけていって、海江田がビルディングの横手から出てくるところを、何か特別な毒薬か何かで殺したのです。それから死体を運んだのは、現場へ遺棄しておいて、もし半田氏に嫌疑のかかるようなことがあっては、謝礼金《しゃれい》の残額をもらうのに都合が悪いとでも考えたではないでしょうか。警視庁へ送りとどけたのは、運転手を信用さすのに便宜《べんぎ》がよかったというだけのことで、他に理由はないだろうと思いますね」

☆　☆　☆

空はからりと晴れて、天城の谷間にも明るい朝が来ていた。

まだ露を滴《したた》らしている樹々《きぎ》の青葉へ、四月の陽光がつやつやと輝いて、山も谷も生々《いきいき》と甦《よみがえ》って見える。

二人の刑事と津藤の死骸を後へのこして、前の自動車へは刑事係長と林きぬと、それに例の運転手が乗り、後の自動車には幡谷と須藤、それに半田老人と清川が乗った。

林きぬが、係長の訊問に案外すらすらと口を割って、幡谷の推理を裏書してくれたので、意外に早く東京へ引上げることになったのだった。

「ところで半田さん、別荘へ来てからの話は何でした。やはり金をくれろの強請《ゆすり》でしたか？」

自動車が谷間を出て、緩《ゆる》い傾斜の道を辷り出すと、須藤がクッションにぐったりとなった老人に話しかけた。

「ええ、金の強要《きょうよう》です」半田氏がしんみりと答えた。「とうとう一睡も出来ませんでした。あれであなた方が来て下さらなかったら、どんな目に会っているかしれませんでしたよ。幸夫の不始末から、皆さんにも飛んだ御迷惑をかけて申訳ありません――」

半田老人の眼には、露に似たものが光っていた。自動車《くるま》の中はしんみりとして、誰も口を利くものがなかった。

修善寺の町へ入って自動車が停ると、幡谷は時計を見ながら係長のところへ走っていった。が、すぐ引返してきて、

「有難い！　差止め解除だ。――と、僕は途々《みちみち》原稿をこしらえていかなくちゃ間に合わないから汽車にしよう。須藤君も汽車にして手伝ってくれたまえ」

二人は老人と清川を残して駅弁《えきべん》を抱えながら三島行きの汽車に飛び乗った。

「やれやれ、ホッとしたぞ！　しかし、こんな結末になろうとは、ちょっと意外だったね」

汽車が動き出すと、空腹《すきはら》に弁当を詰めこみながら幡谷がいった。

「うん、清川君が飛び出して、ちと風向きは変ったが――」窓から、これも今動き出した二台の自動車を見送っていた須藤が、感慨《かんがい》深げに応えた。「それにしても津藤一人の仕事だとは思わなかったよ。でも、僕はあの男に感謝するよ。お庇で、退屈を忘れて、三日ばかり夢中になっていられたからね――」

四ツの指環《ゆびわ》

1

「秘密探偵――犯罪その他各種事件の秘密調査に応ず。局長は数年間米国にあって有名なるトムソン秘密探偵局に勤務し、親しく犯罪捜査に従事したる経験あり。

　東京丸の内　松江秘密探偵局」

もう何十遍となく読み返した広告を、松江君はまた手にとって読み直した。ここへ事務所を置いて、いろんな新聞にこの広告を出しはじめてから、もう一週間近くなる。それだのにまだ一人のお客もない。広告文が悪いかしら……「秘密厳守、事務敏活」なんどいう文句をどこかへ入れてみたらどうだろう。とにかく、こんな有様では大きなことを云って、無理に説きつけた親父《おやじ》に対して申訳がない。その方はまだ好いとしても、依頼人が一人もなくては第一事務所の部屋代も払えないし、鼻の下も乾上《ひあが》ってしまう。広告の方を今一奮発やってみるかナ……松江君は用もない所在なさに、煙草をぷかぷか吹しながら、一人でそんなことを考えていた。

　と、リリンという呼鈴《ベル》の音。

「また親父が見廻りにでも来たんかナ」と呟きながら扉《ドア》を開けると見も知らぬ六十前後の紳士。

「松江さんはいられるかナ？」といかにも鷹揚な口吻《くちぶり》。

「松江は僕ですが――」

「貴下《あんた》が松江さんで――そうですかい。いやもっとお歳を取った方じゃと思っていたもので――では御免下さい」

　紳士は帽子と外套《がいとう》をとって、傍《そば》の壁へ掛けると、慌てた様子もなく、どっしりと椅子に腰を下して、

「実は、少々合点《がてん》のゆかぬ事が出来《しゅったい》したので、どうしたものかと思案していると、今朝新聞で貴下の広告を見たもので、早速伺ったわけなんですが――」

　そこまで聞いて局長松江君はホッとした。心配することはない。開店第一のお客様だ。やっぱり広告の効目《ききめ》はあったのだ。

「それはどうも、で、その事件と仰有《おっしゃ》るのは？」

「いや、事件というほどの事柄ではないですがナ、実

はその山妻《かない》の指環が紛失したもので……それも普通の品が普通の泥棒に盗まれたんなら、問題ではないんだが大分金目の品で、いよいよ出ないとなると、実はその……責任が俺《わし》にかかってくるんでナ――」

口が渋る上に、「実は実は」を連発するところを見ると、鷹揚には構えているが、老人大分に弱っているらしい。

「貴方《あなた》の責任と仰有ると？」

「それがその、実は、俺が最初に盗んだものなんでナ」

「へえ？　ちょっと合点がゆき兼ねますが――」

「事情《わけ》を話さんでは解りにくいことだが、実は俺の山妻というのが、誠に物の始末の悪い女でしてナ、つまり心に締りがないという方で、いくら云って聞かしても効目がないのですテ、若い時分からの事なんで、今更何と云っても仕方はないが、近頃では娘までもそれを見習うという有様で、俺も大いに心配をしましてナ、何か一つ見せしめに懲《こら》してやろうと従前《まえまえ》から考えていましたじゃテ。すると去年の暮のことですわい、仏蘭西《フランス》に居る弟が山妻の厄抜けのお喜びだと云って、日本の時価で三千円はする宝石入の指環を贈って来ましたんでナ。山妻の奴《やつ》嬉しがって嬉しがって、婆《ばあ》さんの癖に一時はどこへ行くにも指へ嵌《は》めて、人に見せびらかしたものですが、その内に勿体《もったい》ないと云って指から取ったはいいが、さて例の持病でもう箪笥《たんす》の中なんどへ投《ほう》り込んで、鍵も碌々《ろくろく》しないで置いとくという次第でしてナ。俺は今に盗賊《どろぼう》にしてやられるからと、どんなに口を酸《す》っぱくして云ったか知れませんわい。だが、それが性《うま》れつきというもので、だらしなく生れついた奴は死ぬまでだらしないもので、蛙《かえる》の面《つら》に水ほども効目がありませんでナ。そこでこいつは一つ懲しめに思い知らしてやろうと思いましてナ。先月山妻がどこかへ出掛けた間に、そっと指環を持ち出して銀座の丸木へ行って、それとそっくりの模造品を註文したものです。つまり知らぬ間にすり換えて驚かしてやろうと思いましてナ。無論指環はその日の中《うち》に箪笥の中へ旧《もと》通りに戻しておいたのです。それから半月位経って、註文の指環が出来てきたんで、早速と思ったが恰度《ちょうど》、関西から九州の方へ会社の用で出掛けたもので、実は二階の書斎へ置いたまま旅に出ましてナ、この一週間ほど前に帰って来たのです。が、帰京匆々《そうそう》は何かと用があって、ついそんなことも忘れていたんですが、昨日《きのう》ふと思い出して、山妻の居間へ行ってみると、相も変らず例のとおりなんで、早速抽斗《ひきだし》から函《はこ》ぐるみ取り出してナ、自分の居間へ持って来て取敢《とりあえ》ず手提《てさげ》金庫へ蔵《しま》って、大急ぎで二階の書斎へ模造の指環を取りに行ったのです。ところが確か卓《テーブル》の右側の上から二番目の抽斗へ入れてしっかり鍵をかけてあったと思うのに、それが無いのです。思い違いかと上から下まで、両側の抽斗をすっかり開けて調べてみたんですが、やっぱり無い。可怪《おか》しいと思ったが、失《な》くなるはずはないんだから悠然《ゆっくり》捜すつもりで、とにかく代りの品がないのに盗み放しでは可憐想《かわいそう》だし、ひとまず返しておいてやろうと思って、また居室《いま》へ取って返して手提金庫を開けてみると、松江さん、もう影も形も見えないんです！」

「へえ、函ぐるみですか？」

「函ぐるみですとも、それが十分と経たない間ですからナ、まるで奇術師《てづまし》の仕事ですわい。――ところで、そういう事情《わけ》なんで俺の口からそれを云うわけに行かんもので……実は、実際《まったく》思案に暮れて、伺った次第なんですがナ」

老紳士はいかにも困っているらしく、語り終って嘆息《といき》を吐《つ》く。

「ちょっと厄介《やっかい》な事件のようですね。というのが、只今 承《うけたまわ》ったところでは、どうも他処《よそ》から入った泥棒ではないようですから」

「それそれ、俺もそう思う。だもんで、かたがた表沙汰にはしたくないんですテ、どうでしょうかナ、明日あたり、俺の方の社員というようなことにでもして――そうですね、お名前は吉川さんということにしますか――宅へ来て内々で調べて頂きたいもんだが」

「承知しました。それが宜《い》いでしょう。ところでお宅と申しますと――お名刺でも頂いておきましょうか」

「ホウホウ、慌てて自分の名前も云わんで――、いやこれは失礼。こういう者ですがナ。電車だと青山一丁目で下りて左へ折れたら直ぐなんで」と名刺入から抜いて差出す大型の名刺を見れば、「山川合名《ごうめい》株式会社重役山川顕蔵《けんぞう》」――つい最近日本へ帰って来たばかりの松江君にも、それが日本財界の大立物《おおだてもの》であることは、ただ一目その名刺を見ただけで判った。

望んでもないお客様だ。しかも開店第一の来客だ。お剰《まけ》に家庭内の事件と来ている。骨は折れるかも知れないが、その代り骨折り甲斐《がい》は充分にある。

老紳士を送り出してから、松江君は急にゆったりと寛《くつろ》いだ気持になって、そんなことを考えていた。

2

それから約三十分も経たないに、またリリリンと呼鈴の音。

「巧《うま》いゾ。またお客様だ。こんな職業《しごと》にもやっぱり潮《しお》時《どき》というものがあるんだ。どうれ」

松江君は悠々と椅子から起上《たちあが》って出迎えた。と、今度は五十恰好《かっこう》の品のいい婦人、結城《ゆうき》縮みに博多の帯、服装《みなり》もしゃんとしている。

「貴方が松江さんでいらっしゃいますか？――これは初めてお目にかかります。私、ちょっと御相談がありまして、お邪魔をいたしましたが、他でもございません。先刻《せんこく》、良夫《たく》が伺って大体お話を申上げたと思いますが……」とやや口籠《くちごも》る。

「ハア、では貴女《あなた》様は山川さんの御夫人で？」

「左様でございます」

「するとお大切の指環が紛失なすった件でございましょう？　お箪笥の中から？　何かもう手懸りでもあったんですか？」

「いいえ、それとは少しお話が違いますので」山川夫人はゆったりした態度で、「指環はここにあるのでございます。私、持って参りました」

意外千万《せんばん》。松江君が二の句もつげず、口あんぐりの体《てい》でいると、夫人は手提《てさげ》の中から目も眩《まばゆ》いばかりの宝石入の指環を取出して、

「これで御座いますの、これは貴方様がお調べに邸《やしき》へいらっして下さる時までお預けいたしておきます。良夫の話をお聞き下さったことと思いますが、性れつきと申しますか、良夫は実際口喧《やかま》しい方で、この指環のことでもうもう始終《しょっちゅう》ぶつぶつ云って、私もう五月蠅《うるさ》くて五月蠅くて致方《しかた》がなかったのでございます。それに何だか自分で盗んでおいて、私を吃驚《びっくり》させようって考えているらしい様子でしたので、私も裏を掻《か》いてやろうと思いましてね、夙《とう》に模造の指環を誂《あつら》えて、それを箪笥の中に蔵って、真物《ほんもの》の方は別のところへ隠しておいたのでございます、良夫はそれを知らないで、昨日その模造の方を箪笥から持っていったのです」

「へえ！　なるほど――」

「ところで、娘がやっぱりそれに気がついたと見えまして、茶目気《ちゃめっけ》を出しましてね、良夫が二階の書斎へ行っている間に居間の手提金庫からそれをまた盗み出してきたのです。娘は私が何も知らないと思っているようです

が、私すっかり見届けてしまいましたの。こういう筋道《わけあい》なんですから、貴方様にこれをお預けしておいて、いらっして下さる時、何とか巧く取計《とりはから》っていただけばと思いましてね。しますれば、私一週間か十日位良人《たく》には何も云わんで黙っていて、また五月蠅く何かと云い出した時分に、すっかり事情《わけ》を云ってやろうと思うんでございますよ。少し懲しておきませんと、実際五月蠅くて仕方がないのでございますから」

おやおや、どっちがどっちを懲すのか、さっぱり合点がゆかなくなった。一方がだらしないと云えば、一方は五月蝿いと云う。だらしなかろうと五月蝿かろうと、それはこっちの与《あずか》り知ったことではないが、こう話が解ってしまえば、探偵の余地はない。謂《い》わば用のない富豪《かねもち》の御主人と奥様の悪戯《いたずら》ごっこだ。

せっかく、緊張した局長松江君も、聊《いささ》か当外《あてはず》れの気味。

「ではお頼み申しましたよ。何か他にお打合せすることはありませんかしら」

「ハア」松江君は夢から醒めたように、「承知しました。その、実は御主人とお話をして、私吉川という社員になって、明日お伺いすることになっていますもので」

「吉川さん――ああ、そうでしたか。それでは宜敷《よろし》うございます。私は何も知らないことにいたしていますから。じゃ、御免下さいまし、お邪魔いたしました」

夫人は指環を函《ケース》の中に収めて、松江君の手に渡しながら帰っていった。

3

山川夫人の姿が扉《ドア》の外に消えて僅《わずか》に十分、指環の函を前にして、松江君がじっと考え込んでいると、またしても来客を告げる呼鈴。老人達の悪巫山戯《わるふざけ》なら、もうこっちから払い下げだと、大して気乗りのしない足を扉口《とぐち》に運ぶと、これはしたり。つと先方《むこう》から扉を開けて入って来たのは目も覚めるばかりの御令嬢《れいじょう》。錦紗《きんしゃ》お召《めし》に羽二重《はぶたえ》の帯をりゅうとしめて碧玉星《サファイヤ》か何かの帯留《おびどめ》。扉を後に把手《ハンドル》をねじる手頸《てくび》にこれも宝石入りの腕時計がきらり。面長《おもなが》のきりっとした眼許口許《めもとくちもと》、見る人の眼には少々凄いと思われるほどの美人。挙動動作《ものごし》もなかなかに、しゃんしゃんとして、応対もてきぱきしている。

「御免遊ばせ、私電話で御都合を伺ってからと思いましたけれど、そんな閑《ひま》がなかったものですから」

「いや、お電話でなくとも結構です。お茶でも差上ると宜《い》いんですが、何分手が足りませんもので――」

こんな美人が一体何の用件かしらと松江君内々胸をふたつかせながら、そっと相手の顔色を見る。

「いいえ、何ももう――私急ぎますから、用だけお話しておいて、直ぐ帰らなくてはなりませんの。お話って、もう何もかも御承知のはずですが、でも――」

「いや、僕何のお話だか一向《いっこう》分りませんが、お手紙でもいただきましたでしょうか?」

若い婦人が内証事で直接話がしにくくて、最初手紙で用件を云ってきたりすることはよくある例《ためし》、開店匆々のことで郵便配達がうっかり看板を見落しでもしたのではないかと、松江君は気を廻した。

「まあ！　何も御存じないなんて、探偵をなさる方はそんな風に仰有るものですかしら」彼女は皮肉気な微笑を口許に浮べながら松江君の顔を見詰めて、「もう父と母とが参って、すっかりお話を申上げたはずですのに！」

オヤオヤ、やっぱり例の指環の一件なのか。松江君大いに当が外れながらも、相手が若い美人だけにまだ緊張味を失わず、

「ああ、指環のことですか、いやあのことなら御両親《おふたかた》からいろいろと事情を承って、よく承知しています」

「そうでしょう、私きっと父も母もお伺いしたんだろうと思いましたわ。今朝、父が新聞を見てて、貴方のところの広告をノートに書き留めているのを、母がそっと後から覗いていたんですから、他のことではないと思いましてね」

「でも、お嬢さん、指環のことなら、もう御心配なさらんでもすっかり事情が解っていますから」

「私、何も心配して上ったわけではありませんの。それに事情が解ってると仰有っても、それは間違った事情がお解りになっているだけで、真実《ほんとう》のことは御承知のはずがないと思いますわ」

「へえ？　と云いますと？」

「つまりですわ、父も母も真実のことは何も解っていないんですから、どうせ宜加減《いいかげん》なお話を申上げただろうと思いますのよ。その証拠――証拠と云うのも変だけど、母が貴方に指環をお預けして参ったんでしょう？」

「確にお預りしています」

「それは叔父が巴里《パリー》から贈って寄越した問題の指環だと申したんでございましょう？」

「そうです」

「それがもう間違っているのでございます。貴方にお預けしたのは、日本製の立派な模造品ですわ」

「へえ？　すると、お父様が内証でお拵《こしら》えになった方

のですか?」

「いいえ、それとも違いますの。すっかりお話しないとお解りになるまいと思いますが、叔父から贈ってきた指環というのが、謂わばまあ家庭不和の種でございましてね、父は泥棒に入られると云って喧《やかま》しく申しますし、母は母でそれを五月蠅がるし、それならいっそのこと私にでもくれてしまえば宜いものを、父への当つけに態《わざ》と打棄《うっちゃ》って置いたりするんですもの。でも、私、その内に母が実は模造品を拵えて真物の指環は居室の手文庫の中へ蔵い込んであるのを知りましたの。と云うのも、父が口で喧しく云ったばかりでは効目がないので、母の知らない間に、そっと持ち出して吃驚させようと企《たくら》んでいる様子が見えたので、母はその裏を掻いたんだと思います。母にしては大出来《おおでき》なんですけれど、あまり感心したことじゃありませんわ」

「大きに――」松江君は首肯《うなず》きながら合槌《あいづち》を打つ。

「それに父も父なんですわね。お聞き下すったことと思いますが、父もやっぱり模造の指環を拵えていたのです。私最初はただ持出すばかりかと思っていましたのに、模造品の用意をしているのを見ると、そうっと掏《す》り換えておくつもりであったと思われますの、真実に性質《たち》のよくない悪計画《わるだくみ》ですわね、父にしても、母にしても。ですから私公平な裁判官になって、裁断をしようと思って、いろいろと考えた揚句、真実に宜いことを思いつきましたわ」

「なるほど、いやなかなか以て面白いお話です」

「実際《まったく》、面白いんですの。で、私父が関西へ旅行してる留守の間に、二階の書斎に隠してあった模造の指環を持ち出して、それを母の手文庫の中へ入れ、そこにあった真実の指環は私が預ることにしたのです」

「なアるほど、段々と話が複雑《こみい》ってきますね」

「そうなんです、それから昨日のことでした、父が用もないのに母の居間へ入ってゆくので、そっと様子を覗《うかが》っていますと、思ったとおり箪笥を開けて、指環の函を持ち出して、何喰わぬ顔をして自分の居間へ帰っていったと思うと、床《とこ》の間に置いてある手提金庫へそれを入れて二階へ上ってゆきました。留守の間に私が取り出したことを知らずに、卓の抽斗に模造の指環が入っているつもりで取りに行ったのです。どちらにしたってどうせ模造品ですし、それを掏り換えようというんですから、もうそれっきりで知らん風をしていても宜《よろ》しかったんですけれど、ついでのことにもっと悪戯をしてみたくなりましたので、その間に父の居間へ行って、たった今父が手提金庫へ入れていった指環を持って来たのです。ですから、結局父は何も失くしてしまって、色を変えてこちらへ伺ったわけなのです」

「これは意外なお話です。すると、大分話がこんがらかってきたが、要するにお母様《かあさん》が御持参になったのはお父さんが誂《あつら》えて造らせた模造品で、叔父さんから贈ってこられた真実の指環は貴女がお持ちになっていらっしゃると云うわけですね？」

「そうですわ、真実のと、それから母が造らした模造品と二つ持っているのです。ここへ持って参りましたの、私もやっぱり貴方にお預けしておくことにしましょう。これでございますわ」

令嬢は心持ち膨《ふく》らんだ黒革の手提から、同じようなちょっと弁別《みわけ》もつかない天鵞絨《びろうど》の小さい函を二つ取り出して、

「巧く出来ていますわね。函だってこんなにそっくりに出来ているんですもの。内容《なか》のものは素人《しろうと》には弁別がつきませんわ」

と二つの函を開いて見せた。いかにも中に嵌めた宝石の光沢《いろつや》から、金具の細工まで寸分違ったところはない。そういえば、先刻《さっき》山川夫人から預った指環も素人目にはそっくりそのままとしか思われない。

「実際、よく似せたものですね。で、どちらが真物なんです？」

「こっちなんでございます。私も函で見覚えをつけている位のもので、ごっちゃにしたら弁別がつきませんが、でもやっぱりどこか宝石《たま》の光沢《つや》から、細かい細工のところが違っていますわね」

「なるほど、そうですね」

松江君はそう云って、一方の函を手に取り上げたものの、色光沢《いろつや》がどう違うか、細工のどこが変っているか、一向に分らない。

「しますと、貴方は今日お出で下さるんですの、それとも明日」

「ええ、明日お伺いすることにお父様にお約束申したんですが——お父様の御関係の会社の社員の吉川ということにして」

「吉川さんですって——変名なすって。結構ですわ。それでお出で下すって、どういう風になさいますお心算《つもり》ですかしら？」

「さあ、貴女のお話を聞くと、すっかり事情が違ってきましたので、どういう風にしたものですか、これでなかなかお話が複雑っていますからね」

「そうなんですわ、だから私こんなことも考えたんですが——つまり母ばかりが悪いんではなくて、父もやっぱり善くないんですから、どっちがどっちだとも云えま

せんし、両方に公平な審判《さばき》をしなくてはならないのです。つまり片手落《かたておち》のないようにですわ。それで私思いついたのは花枝という女中が、明日にも閑をとって郷里へ帰りたいと云っていますの。ですから、これを幸いと花枝が真物も模造品もすっかり盗んだことにしたらどうかと思いますわ」

「なるほど、それで後の始末はどうなさるんです?」

「後は何でもありませんわ。花枝が郷里へ帰ってからすっかり悔悟して送り返してきたことにするのです。私、今朝もう花枝にその話をしましたの。初めはちょっと変な顔をしていたんですけれど、あの女《こ》は私の云うことなら何でも諾《き》くんですから直ぐ承知してくれましたわ。そうしますれば、母ばかりでなく父もやっぱり盗まれたことになり、その上真物は返ってくるし、どっちがどっちを咎《とが》めるって訳にもゆかないんですから、大変にいいと思いますの。貴方のお意見《かんがえ》はいかがでしょうかしら?」

「妙案です! 蓋《けだ》しそれ以上の妙案はないでしょう。ではそうすることに決めておいて、明日お伺いしてから詳しい御相談を致しましょう。しかし最初から僕を知ってるような様子は決してなさらないで下さい。芝居が打てませんからね」

「それは無論ですわ。私、自分から芝居を壊すような馬鹿なことはしませんのよ。では御邪魔しました。さよなら」

4

「芝居だ。探偵じゃなくて俳優だ!」

松江君は令嬢を送りだすと、椅子に身体《からだ》を投げかけて、いかにも詰《つま》らなそうに呟いた。そしてとぼとぼ晩餐《ばんさん》でも認《したた》めに出ようと思って、卓の上の二つの函を何の気もなく、先刻《さつき》山川夫人から預ったのと一緒に抽斗の中へ蔵い込んだ。それからしっかりと錠を下して、ぶらぶらと夕暮の街を銀座に出て、行きつけの料理店で軽い晩餐を済して、そこらを半時《はんとき》も散歩してから帰って来ると、事務所の入口でパッタリと親父《おやじ》さんに出会《でくわ》した。

「お父さんですか、いいところで。今飯を食いに行ってたところです。さあどうぞ——依頼人がありましたよ。宝石入りの指環の紛失事件で、なかなか複雑《こみい》ってるんだが、ちょっと面白い事件です。そうそうお父さんは宝石のことは明いんでしたね。一つ御鑑定を願いましょうか。手許へ模造品と一緒に指環が三つも来ているんです」

あまり気乗りのしない事件ではあるが、元来探偵なんて職業には賛成してない父親の手前、強《し》いて元気をつけて始終の話をした後で、さて抽斗から天鵞絨の三つの函を取り出した。松江君の父は七八年前まで銀座の××堂時計店に勤めたこともあり、貴金属や宝石類のことに掛けては一《ひと》かどの玄人《くろうと》である。

まず三つの函を順次手にとって、函の外観を念入に見《み》較《くら》べてから、さて蓋《ふた》を開いて、一つ一つ指環を掌《てのひら》に載せて、電燈の下へ持っていって横から縦から穴の穿《あ》くほど見入っていた父親は、つと顔を上げたと思うと、

「それで、この三つの内で、どれが真物だと云うんだね?」

と、眼鏡越しに松江君の顔をじろりと睨むように覗きながら訊く。

「それは僕にお訊ねにならなくとも、お父さんにはお判りでしょう」

「いや、俺《わし》にも判らんから訊くんだ。俺の眼で鑑定したところによると、この三つの中に真実の宝石《たま》の入ったのは一つもないんだからね」

「ええ? すると悉皆《みんな》模造品だと仰有るんですか?」

「そうだ、黄金《きん》は黄金だがね、肝腎《かんじん》の宝石は皆偽物《にせもの》だよ。それは斯道《このみち》の人なら、これが皆日本人の模倣細工だことは一目見れば分るよ。仏蘭西や亜米利加《アメリカ》辺《あたり》の品と較べると、どことなく垢《あか》の抜け方が足りないんだからね、それに何よりも真物か模造品かということは、この宝石を少し注意してみれば判りそうなものだ。第一光沢《つや》がないじゃないか。それ俺の指環と比べたって分るだろう」

父親は左の薬指に嵌めた指環をぬっと松江君の鼻の下に突き出しながら、

「お前だって、真実に立派な探偵にでもなろうってなら宝石の研究位はしとかなくちゃ人に笑われるよ、とにかく、これは鑑定家にかける必要なんどありはしない、三つ共、立派な日本製の模造品だ。裏側のマークを見たって解るじゃないか!」

松江君は口あんぐり。弁解をしようにも、どうしようにも、こうまで断定的にきっぱりと宣告を下されたからには、口を挟《さしはさ》む余地もない。まして松江君の父は永年《ながねん》の間自分で宝石を取扱った人だ。少くとも真物か贋物《まがい》か位の鑑定に誤謬《あやまり》はないはず。

すると事件は更に変ってきたのだ。事は聊か面倒になる。芝居ではなくて、やっぱり探偵を要する事柄だ。今一人何者かが模造の指環を拵えたのだ。そして山川老人より一枚上手の夫人よりも、更に上手の令嬢よりも、今一枚上手《うわて》に出て、真物の指環を巧く失敬しているに違いない。

すると、その一枚も二枚も上手の役者は誰だろう？　山川家の邸内の者か？　それとも邸外の者だろうか？　――松江君はその一夜を落ち落ちと寝《ねむ》りもやらずに三つ巴《どもえ》のように絡みつく三つの模造指環の出処《しゅっしょ》について考え明した。

＊　＊　＊

その翌日午前十時頃、山川合名会社の社員に成り済した松江君は、乃木坂《のぎざか》に近い山川邸へ俥《くるま》を乗りつけ、主人山川氏の紹介で家内の誰彼《だれかれ》に紹介された。夫人も令嬢も、紹介者である主人山川氏よりも事情は充分承知の上である。従って挨拶も応対も心得たもの。但《ただ》しその事情が急転直下したことは、三人が三人共御存じないはず。それを巧く三人三様《さんにんさんよう》に説明しながら、どこからか秘密の鍵を捜し出さねばならぬところに探偵松江君の苦心がある。

まず主人山川氏には、事件の裏面には頗《すこぶ》る巧妙な宝石盗賊《どろぼう》が潜んでいるように思われるということだけを簡単に話し、次いで山川夫人には、昨日夫人から預った指環が真物ではないことを告げ、それから取調べの結果、或る方面から手に入れたと云って他の二つの模造品をも示して、要するに真物の方はずっと以前に盗み去られたものに相違ないと話した。

夫人は松江君の言葉を最初は冗談だと思ったらしかった。が、三つの指環を眼の前に列《なら》べて説明されると、初めて顔色を変えて驚いた。

「で、貴方は良夫《たく》にこの事をお話しなさいまして？」

夫人は声まで顫《ふる》わしていた。

「いいや、御主人には何もお話はしないんです。指環も御覧には入れませんですから当分このことは絶対秘密にお願いしたいと思います」

「承知しました。でも、不思議ですわねえ、三つも同じ指環があるなんテ？　もしかすると娘が悪戯にやっぱり同じようなものを造らしたんではないでしょうか？」

「さあ、まさかそんなこともあるまいとは思いますが、とにかく、お嬢さんにもこれからお目にかかりたいと思っていますので――」

「よく訊いてみて下さいましね。あの娘《こ》はあれでなかなか悪戯っ子ですから、内証で隠してるかも知れません。では、私こちらへ来るように申しますから」

夫人が部屋を去ると間もなく、令嬢が元気よくニコニコしながら這入《はい》って来た。

「松江さん、貴方もうお母さんに何もかもお話しなさったんでしょう――困り入ったような顔をしていましたよ」

「あれガ模造品だということだけ申上げましたよ……」

「そう、それなら宜いんですわ。お父さんだけ困らしたんじゃ不公平ですもの」

「ところが、公平といえば盗賊の方が更に公平なんですよ――」

「何ですって？　よく解りませんが」

「それはです、貴女がお持ちになった二つの指環ですね。貴女がお帰りになった後で、よく調べてみたんですが、あの二つもやっぱり模造品なんです」

「二つとも模造品ですって！　そんなはずはありませんわ。一つは確にお母さんが手文庫の中へ蔵ってあった真物なんですもの」

令嬢は目の色を変えて云う。

「いや、手文庫に蔵ってあったことは事実でしょうが、貴女がそれを取り出される前に、もう誰かが模造品と掏り換えてあったんです。とにかく、僕は専門家に鑑定してもらったから間違いはないんです。御覧なさい、これ三つとも裏側に同じマーク《マーク》が附いてるでしょう。このマークは巴里の宝石商の商標ではないんです」

松江探偵の雄弁よりも、三つの指環の商標が更に雄弁にその事実を証明した。令嬢は開いた口も塞《ふさが》らぬ態《てい》。

「すると一体どうしたというんでしょう？　真実に泥棒が入ったんでしょうか？」

「無論、そう認めるの他はありません。しかしこの泥棒が外から入ったか、それとも邸内にいるかは疑問ですが」

「外から入ったはずはありませんわ。他に何も盗まれたものはないんですもの……でも、邸の内にそんな手癖の悪いものがいるわけもありませんわ」

「御尤《もっと》もです、僕としてもお邸内の誰を疑ぐるというわけにもいきません。しかし外から盗賊が忍び込んだでないとすれば、内の者を疑ぐるより他に途《みち》はないんですから、これから女中や下男の様子に注意してみようと思います。ついてはですね、昨日花枝さんとかいう女中が暇をもらいたいと云ってるとかいうお話でしたが、こういう事情ですから、事件の解決するまで暇は出さないことにしていただきたいと思いますが」

「宜敷うございます。今朝もまた母に早く暇をくれと云っていましたけれど、私からそう申しておきます。あの女《こ》にだけは真実のことを云っても宜いんでしょうね。昨日も申上げたようにすっかり事情を知っているんでございますから」

「すっかりの事情と云いますと？」

松江君の目が妙なところでぎろりと光る。

「つまり芝居の仲間になってもらうつもりで、私が事情《わけ》を話して頼んだんですから——と申しますのが、母が模造品を拵える時に、あの女を宝石商へ使《つかい》にやったことを私知っていたからでございますの」

「なるほど、ではすっかりお話しなさる方がいいでしょう。差支《さしつか》えありません。どうせ三四日の内には解決する事件ですから」

5

松江探偵はそれからの二日間、階上の一室を与えられ、山川家の賓客《ひんかく》になり済して、格別何をするというでもなく新聞を読んだり、退屈になれば邸内や庭園《にわ》を散歩したりして日を送っていた。

が、二日目の夕方、晩餐が済んで、自分の室《へや》へ戻って来ると、急に呼鈴を鳴して女中を呼び、主人夫妻と令嬢に自分の部屋へ集ってもらうようにと云った。

やがて三人の顔が揃うと松江君は、

「皆さんをお呼び立てして誠に相済《あいす》みません。実は御依頼を受けました指環が、やっと発見されましたので、その御報告をいたしたいと思いまして——」

三人三様の面持《おももち》で、互に顔を見合しているのにも頓着なく、松江君は傍《かたわら》の手提鞄から同じような指環の函を四つ取り出して、三人の前に列べながら、

「御覧のとおり、ここに一、二、三、四ツ、四つの指環がございます。この四つの内で捜査の御依頼を受けました巴里製の指環は、一番右ので、他の三つは皆日本製の模造品です。どうして三つも同じような模造品が出来たか、捜査の径路をお話せよとなれば、その一つ一つについて御説明を申上げても宜敷いんですが」

「いや、お取調べの径路《すじみち》などはどうでも宜敷いんでして」

松江君の言葉がまだ終らぬ内に、主人山川氏が口を挟む。

「左様ですか？　で、奥様のお考えは？」

「ええ、もう真実《ほんとう》の指環さえ戻りますれば、それで結構でございます」

「御令嬢も御異存は有ませんか」

「結構ですとも。それに私の知ったことではないんですもの、お母さんさえ宜いと仰有れば……」

しかし令嬢の顔にはいかにも怪訝《けげん》そうな表情《いろ》がある。

「では、一切何も申上げないことにして、四つともこの場でお返しいたしましょう。その代りに私からお願い

しますことは、どうかこの真実の指環は、この際お嬢さんにお譲りになってはいかがでございましょうか。同じく保管をなされるにしても、お若い方の方が、もっと注意も行き届きますし、従って盗難の憂《うれい》も少いことと私は考えますが」

「なるほどそれは宜いことを考えて下さった。そうなれば、第一俺《わし》も余計な心配をせんでも済むんでナ。どうじゃ、お前の考えは?」

山川氏は夫人の方を見る。

「貴方は御自分で勝手に心配をしていらっしゃる癖に……、何も私、貴方に心配などしていただかなくとも宜《よ》うございますのよ……でも松江さんがせっかく仰有って下さるんですし、それにどうせこの娘《こ》に与《や》る品《もの》なんですから、そういうことに致しましょう」

「そう、私に下さるの、おお嬉しい。では、私もう事《わ》情《け》など聞かなくったって宜いわ。お母さん有り難う」

＊　＊　＊

事件《こと》は目出度《めでた》く終った。ところで、探偵松江君はどうして真物の指環を捜し出したのか問題はそれである。

が、それは読者諸君《みなさん》に一つ探偵をしていただきたい。

しかし、もしお解りにならないとならば、こういうことだけ申上げよう。

松江探偵は山川邸を訪ねる前に、模造品の註文を受けた銀座の宝石商を訪《と》うて、確に註文品が合計三つであったことを確めた。最初一つ、後に二つ、疑問になるのは後の二つの一つである。

それでまず大凡《おおよそ》の見当はついた。果然その見当は的中した。二日目の夕方、晩餐を済して、自分の部屋へ帰って見ると、卓の上に天鵞絨の小函、その傍に鉛筆で走り書きした紙片《かみきれ》があった。その文句は、

——わたくし、すっかり改心致しました。指環をお返ししますから、どうか内証にして下さいまし。お願いいたします。

署名はなかったが、筆《ふで》蹟は正《まさ》しく女であった。探偵松江君の心にも、人の情《なさけ》はあった。窮鳥懐《きゅうちょうふところ》に入ればである。

博士の消失

一

「それや無論外国の方が進んでるさ。泥棒と探偵は、要するに逃げる者と追っかける者だから、逃げ足が速ければ、追っかける方だって速くなくちゃならん訳だ。英国のチェスタトンという先生が、犯人は芸術家で、探偵は批評家だと云ったが、僕をして云わしめればだ、犯人は先生で、探偵は生徒さ。つまり泥棒の方が巧妙になればなるほど、われわれの方も巧妙にならざるを得ないんだからね。だが、泥棒の方が進歩しない限り、われわれの方でも大した腕前を見せるわけにいかないということになるんだ。何もこれは自己弁護じゃないんだが、事実そうなんだ。もっとも日本でもボツボツ目新しい犯罪が見えだしたから、われわれの方でもうっかりしてはいられないんだがね」

「目新しい犯罪って、近頃変った事件でもあったかい?」

雑誌記者のAが手にした巻煙草《シガー》に火を点《つ》けながら訊いた。

「あるね、いろいろ。例えばついこの間新聞でも書いてた九州大学の白金《プラチナ》事件、それから発表にはならないが、シベリアから日本へ持込んだ金塊事件、それに最近僕が取扱った変な事件なんぞ、みんな日本では珍しい事件だ」

「君の取扱った事件って、一体どんな事件だね。一席弁じてもらいたいね」

若い医学士のKが、紅茶の皿を横へ寄せて、卓子《テーブル》に両肱《りょうひじ》をつきながら、さあ聴こうという風に構えた。

「そうだね、最早《もう》すっかり解決したんだから、話してもいいが但《ただ》し発表しちゃ困るよ。主人公というのが、君と同じ客商売だからね」

私立探偵のM君はそう云って、紅茶をぐっと飲みほした。

二

——これからはM探偵の話。

仮の名だが、便宜上川村博士とでも云っておこう。その川村博士が患者の診察に出掛けたまま、行方《ゆくえ》が知れなくなったというのが抑《そもそ》も事件の発端《ほったん》なんだ。

何でも夜の十一時頃のことだったそうだ。電話がかかって来て、青山三丁目の木川家だが急病人が出来たので、平常《ふだん》かかりつけの××博士に来診を乞《こ》うたが、折柄不在で間に合わないので、夜分晩《おそ》く甚《はなは》だお気の毒だが今迎えの自動車を差上《さしあげ》るから、直ぐ来ていただきたいとの事、間もなく自動車が来たので博士は直ぐそれへ乗ったんだ。

電話を聞いたのは夫人だから、そこに間違いのあろうはずはない。それに木川家と云えば区内でも名を知られている堂々たる実業家だから、自動車で迎えに来たのも決して不思議ではない。博士としては、むしろいい顧客《おとくい》が出来たと思って、喜んで出掛けていった訳さ。

ところが、それが鉄砲玉で行ききりになったんだ。一時が打っても二時が打っても帰って来ないのだ。もっとも職業《しょうばい》が職業だから、危篤《きとく》な病人にでも出会《でっくわ》すと朝まで附切りということもあるので、多分そんなことだろうと思っていたが、さて夜が明けて朝になっても帰って来ない。それならそれで何とか云って来そうなものだに、こっちから電話を掛けてみようかと思っていると八時頃になってやっと電話が掛って来て、病人の都合で今少時《しばし》帰られないとのこと、やっぱり思ったとおりだったので夫人もやっと胸を撫で下した訳なのだ。

が、正午《ひる》になっても、夜に入っても、博士はやはり帰って来ない。いかに重病人だとはいえ二日も詰切《つめき》りというのは今までにも例がない。まして先方は金持ちの実業家だ。他に知合の医者もあろうし、××博士も今日《きょう》は多分見えられたことであろうから隙《ひま》をみてなりちょっとでも帰って来られぬ道理はない。

そう考えると、夫人は何だか心許《こころもと》なくなってきて、夜の九時過ぎとうとう木川家へ電話をかけて訊いたそうだ。

すると、意外な事実が分ったのだ。

と云うのは、博士は木川家へ行った形跡がないのだ。夫人の電話に対する木川家の返事は極めて簡単で、当邸《やしき》にはただ今病人もないし、川村さんを招《よ》んだこともありません、何かのお間違いではないだろうか——とただこれだけだ。

夫人が驚いたのも無理はない。しかし婦人にしては珍しく冷静な頭脳《あたま》をもった女《ひと》だけに、僕のところへ来た時にもうろたえた様子《さま》など少しも見せなかったが、それでも、さすがに声は顫《ふる》えていた。

　こうした事件を持込《もちこま》れた場合、われわれとしてはまず前後の事情をこと細かに聴取るの他に途《みち》はない。というのは、物的証拠は一つもなく、事件そのものの大体の輪廓さえも分らないからである。ことによると、或《あるい》は事件と称すべきほどの事柄ではないかもしれない。そこで、僕は最初電話がかかって来た時のことから、すっかり訊き正してみたが、最初の電話も後の電話も夫人が聞いたというのだから少しも不審な点はない。前のは女の声で、後のは正《まさ》しく博士の声に相違なかったという。その声に異《かわ》った様子はなかったかと念を押してみたが、大変に電話が遠くて、やっと聞きとれた位なので、声の調子までは分らなかったとのこと。それから迎えの自動車について訊くと、玄関まで送っては出たが、暗い晩だったので、自分にはよく分らなかったが、門まで送っていった書生の話では貸自動車らしかったとのこと。

　それから博士の年齢が四十五歳、色白の細面《ほそおもて》、美髯《びぜん》あり、その夜の服装は黒の背広に外套《がいとう》、中折帽《なかおれぼう》――この事件に関して僕の知り得たところは、要するにこれきりなんだ。

　そこで次は、一つの事件を提供された場合に、必ず喚《よ》び起す推理というやつだ。僕はいろいろと考えた結果、これは事件というべきほどのものではなく、川村博士のちょっとした悪巫山戯《わるふざけ》であるかもしれない。が、もし左様《そう》でなかったならよほど重大な事件と見なくてはならないと判断した。つまり好きな女とでも諜《しめ》し合せて、患者を口実に遊んでいるのか、でなければ何か恐ろしい犯罪《フォールプレー》の犠牲になっているに相違ないと睨んだのだ。

　ともかくも夫人を帰して、その翌朝から早速取調べにかかったが、あっちこっちで訊いてみると川村博士は、酒色の方面にかけては無粋《ぶすい》以上の道徳堅固な人物で純然たる学究肌の人だという。年齢《とし》から考えても、家庭の円満な点から考えても、どうも女狂いなどしそうな人物とは思われない。まして他人から恨《うらみ》を購《か》うというようなことは決してない。するとやはり意外な事件の犠牲になっているかもしれぬ――僕はそう考えて、急に捜査の方針を一変した。

三

博士の消息は三日目になっても分らなかった。手紙も来なければ、電話もかかって来ない。夫人や家族の者は気が気でない。僕は貸自動車《タキシー》に目星をつけて、青山から赤坂界隈《かいわい》はもとより、市内の主なる自動車屋を片っ端から調べ上げたが、更に何の手懸りもない。その内に、三日は暮れて四日目になったが、依然として博士からの消息《たより》はない。

探偵小説だと、こういう場合に意外の手懸《クルー》が天から降ったように飛び出すが、実際の捜査となると、そうお誂《あつら》え向きには出来てないのだ。そこで僕は再び方針を変えて、自動車の方は見切りをつけ、今度は突拍子《とっぴょうし》もない方面へ向けて調査の手を延したのだ。

どういう方法かって、それを今云ってしまっては興味が薄い。ワトソン君の筆法をかりれば、何を考えたか、シャーロック・ホルムズは一日中家を外に出歩いていたが、というところだが、僕の方は高い料金を払って焼け残りの、東京市内を一日中自動車で駈けずり廻ったんだ。

その結果がどうだったと？　無論大成功さ。四日目の夜の八時に、僕は博士の行方を見《み》ん事《ごと》突き止めて、夜の目も眠《ね》ないで心配している夫人の許へ伴《つ》れて来たよ。

どこにいたかって？　それがまた意外なところで、氷《ひ》川《かわ》町からは半里《はんみち》も離れた士官学校の裏手に当る市ケ谷薬《やく》王寺《おうじ》の空家《あきや》なんだ。

ここから例のワトソン式に話をすると、四日目の夜の七時過ぎ、僕の乗った自動車は士官学校の前を通って、柳町の大通りへ入った。二三町《ちょう》もゆくと僕はふと、右側の自働電話に目をとめて、そこから右へ寂しい薬王寺の通りへ自動車を乗り入れたんだ。僕は運転手に徐行を命じて、扉《ドア》から両側の家並を一軒一軒注意していった。が、大抵小さい貸家ばかりで、僕の捜しているような大きい邸は滅多にない。とうとう薬王寺町を右へ左へ、ぐるぐると自動車を乗り廻したが、どうも条件に適《かな》うような家が目附《みつか》らんので、再び最初《はじめ》の自働電話のところへ帰って来て、そこの交番で、

――この附近で、家賃百円から二百円位の家で、最近に引越しをして空家になっている家はないか？――と訊いてみたのだ。

巡査は頭を傾《かし》げて考えていたが、家賃がいくらかそこまでは知らないが、向うの横町を入ってゆくと右側に路《ろ》次《じ》のように奥まった小路《みち》があって、その突き当りに、よ

く空家になる家がある。地震以来もう三度も借主《かりて》が変ったようだか、今は空家になっているかどうか、相当手広く見える邸宅《やしき》だがという返事。

大分耳寄りな話なので、早速その家へ行って見ると門の閉ったところから、燈《ひ》の気のない様子から、人の住んでいそうな気配がない。そこで二三丁も隔った家主を訪ねて聞いてみると、五日前に横田という人に貸したばかりで、空家ではない。夫婦と女中一人位の無人数《むにんず》な家族だから戸を閉めて、どこかへ散歩にでも出掛けたんだろうと云う。

家主の云うとおりかも知れない。しかし或はそうでないかもしれぬ。とにかく、この家だと睨んだ以上、するだけの詮索はしてみなくては気がすまない。僕は無理矢理に家主の老爺《おやじ》を引張り出して、路次の奥へとって返した。その途々《みちみち》、借主や敷金のことなどを訊くと、何でも日本橋の薬問屋の若主人夫婦で、今度の地震と火事に家財道具の全部を灰にして、命辛々《からがら》逃げ出した罹災民《りさいみん》だそうで、事情が事情故《ゆえ》敷金はまだ入っていないが、その代り家賃は一ケ月分前納になっていると云って、家主は手荷物一つ持たずに逃げ出して来た金持の若夫婦に馬鹿に同情した口吻《くちぶり》である。

雑作《わけ》もなく開《あ》いた潜戸《くぐりど》をぬけて、玄関に立って訪《と》うたが、内《なか》からは何の返辞もない、家主は飽《あく》までも散歩だと云い張ったが、僕はそれには構わず、ぐるりと庭の方へ廻って、運転手と一緒に雨戸を烈しくドンドンと力一杯叩いてみた。

するとだ。家の内から何かしら呻《うめ》くような声が聞えるのだ。僕はいきなり雨戸の隙間に耳を当てた。聞える、確に人の呻く声だ。それもこちらの叩《ノック》に応《こた》えるらしいいかにも苦しそうな声である。

家主が何か云っているのも構わず、僕は運転手を手伝わせて一枚の雨戸を外すと一緒に、家の中へ飛び込んだものだ。

耳をすますと、呻き声は廊下の彼方《むこう》から聞えてくる。こんなこともあろうかと、用意して来た懐中電燈を取出して、声をたよりに近づくと、足は自然に一番奥まった一室へ突き当った。

僕は障紙《しょうじ》を開けると一緒に、パッと懐中電燈をさしつけた。と、どうだ。空洞《がらんど》も同然の六畳の間の真ん中に、手足を荒縄で縛られた上に、口に猿轡《さるぐつわ》をはめられた洋服姿の男が、呼吸《いき》も絶々《たえだえ》になって横《よこた》わっているではないか。

僕は一目で――と云うよりも、むしろ直覚的にそれが川村博士であることを知った。荒縄をとき、藻掻《もが》き足掻《あが》いた果に、噛み破いたらしい猿轡を外《はず》してやると、最早《もう》ぐったりとなって、声を出す元気もない。

身体《からだ》のどこにも負傷《けが》をしている様子はないので、多分この四日間、水一滴与えられずに監禁せられていた結果、衰弱しきっているのであろう。その場でどうする術《すべ》もないので、運転手と二人でそっと自動車に運び込み、呆気《あっけ》にとられて立っている家主に僕の名刺を投げつけて、博士邸へと揚上《ひきあ》げたのだ。

四

ここまで来れば、もう事件の経路《すじみち》は手にとる如く分っている。しかし恐《おそら》く諸君には何が何だか見当もつくまい。そこで順序を追うて博士自身の口から聴いた事件の顚末をざっと話すことにしよう。

自動車に乗ると一緒に左右の扉に幌《ほろ》が下されたことさえ不審に思わなかった学者肌の博士は、無論右へゆくべき自動車が濠端《ほりばた》に沿うて左へ、反対の方向に走っているのに気のつくはずはなかったのだ。

自動車が停って、例の路次を奥へ、空家も同然の家の内へ案内された時には、さすがに家の様子がちょっと変だとは思ったそうだ、まだ一度も木川家の門を潜ったことはないが、大実業家の邸宅としては、玄関から、出迎えの女中の様から、あまりに貧弱だとは思ったが、真面目《まじめ》な人物だけに患者の方が気にかかって、そんなことまで深く考えてみる余裕《ひま》もなく、主人とも思えない四十前後の男に案内されて、奥まった病人の部屋へ這入《はい》ったそうだ。

病人というのは、二十五六の若い女で、大きな氷嚢《ひょうのう》を二つも額に載せている様子から、よほどの高熱にうなされていることは診察するまでもなく察しられた。案内してきた男は、今朝方からの急の発熱で、実は××博士が不在のため先刻《さっき》近所の医師に診《み》てもらったが、その医師には判断がつかないと云うので、先生にお出でを願ったわけで、主人は先刻までここにいられたが、夜が更けたので本邸へ帰られて、自分が代理で甚だ失礼をしますと、馬鹿に鄭重《ていちょう》な言葉で挨拶をする。ちらと四辺《あたり》をみると、その部屋には金目らしい二三の装飾もあり、床《とこ》にかかった軸物《じくもの》も相当なものらしいので、博士はきっと木川家の別邸で、事によると病人というのは主人の妾《めかけ》かも知れない、それで主人公は特に自分を避けて本邸へ帰っていったのだろうと——学者にしては出来過ぎた想像をしたんだそうだ。

で、いよいよ診察にとりかかったが、四十度に近い体温で、手をとっても瞼《まぶた》を開いて瞳孔《どうこう》を見ても、患者には殆ど知覚がない。しかし、元来《もともと》健康体らしく、なるほどちょっと診ただけでは、原因が何であるか見当もつかない。

無論感冒《かんぼう》ではない。そうかと云って肺臓部にも、下股《かし》部にも、これと云って認められる異状は少しもない。つまり原因不明の高熱である。博士は初めて接したこの珍しい症状に、学者らしい研究心を起して、約半時間も診察をしていたが、患者は何等苦悶の様子を見せるでなく、ただ昏々《こんこん》と嗜眠《しみん》状態をつづけるだけで、一向《いっこう》症状に変化がなく、いつまで経っても的確な診断の下しようがない。

その内にお茶を差上るというので、別室へ移ってお茶を飲みながら、病室へ案内をした男に診察の結果をありのままに話していた――

というところで、博士の陳述は途切れるのだ。つまり記憶の中断で、博士の頭脳《あたま》にはそれからの記憶が全くないのだ。

何時間経ったか、何日《いくにち》経ったか、それすらも分らない。ふと眼を醒《さま》すと、両手両脚を荒縄で縛られ、口には猿轡をはめられて、真暗い部屋の中に転《ころが》されているのである。博士は初めて恐ろしい犯罪か何かの犠牲にされたことに気がついたが、逃げ出そうにも、救いを求めようにも致方《しかた》がない。博士は夢中になって猿轡を嚙みはじめた、そしてやっと声が出るまでに破きはしたが、同時に疲労と饑渇《きが》に打ち負けて、再び無意識状態に陥《おちい》ったのだ。だから、もし僕が行って庭の雨戸を叩かなかったら、博士はそのまま空家の中で、生命《いのち》を失っていたかもしれないのだ。

「では、あなたは茶菓《さか》の饗応《きょうおう》にあずかってから後のことは、全然記憶がないんですね。御自分でどんなことをなすったかということも」

博士の話が終るのを待って、念のために僕はこう訊いてみた。

「ありません。全然記憶はありません。でも何かしたんですか？　私が？」

博士は意外な面持《おももち》で反問した。

「そうですね、確にそうだと明言は出来ませんが。お茶の後で死亡診断書をお認《したた》めになったはずですが……」

「死亡診断書を――そんなことはありません。断じてありません」

「御記憶にはないでしょうが、しかし確にあなたの御筆蹟だと思われる十一月四日附の死亡診断書があるのです。それにはあなたの実印までちゃんと捺《おさ》れています！」

「ええ！　僕の実印まで！　印は確に持っていましたが、でもその診断書はどこにあるのです？」

「一通は牛込の区役所に、一通は○○生命保険会社にあります。つまり、あなたは巧《たくみ》な保険詐欺《さぎ》の犠牲になられたのです」

僕はそれから博士が飲んだ茶の中に何か恐ろしい薬品が入っていたのではないか、そして熱病患者というのも一時高熱を発する何か不思議な薬品《くすり》を用いて、そういう風に見せかけたではないか――という僕一個の想像を参考のために述べて、巧妙な犯人が催眠状態に陥った博士に暗示を与え、二通の死亡証明書を作製せしめ、区役所へいって死体埋葬証を得て、まんまと保険会社を欺き四万円の保険金を詐取した経路を説明した。

犯人が博士を選んだのは、普通の医師では保険会社の取調べが厳重なので、それの予防線であったことは云うまでもない。

犯人はそれから半月もして、大阪で逮捕せられた。僕が逮捕したかって？　いやいや、僕の仕事は博士の行方を突き止めただけで充分じゃないか。それから上は警察というものがある。もっとも、保険会社から莫大な懸賞金でも提供されてれば、一と奮発しないでもなかったがね。ハハハハ、要するに話はこれだけさ。

何《な》に、僕の捜索の経路《すじみち》を話せって？　これはあれだけ話せば、大概分りそうなものだが――何でもないことさ。女狂いでもなく、人に恨を受けるような人間でもない立派な医学博士を、誘拐《ゆうかい》する以上、誘拐者の目的がどこにあるかということは、ちょっと考えれば誰にだって想像がつこうじゃないか。僕は最初貸自動車《タキシー》を調べれば大概見当はつくと思ったが、駄目だ、震災後地方の自動車が沢山《たくさん》入り込んでいるので、とても調べられるものではないので、その方は断念して保険会社と区役所を調べ、これだけで大体の見当をつけ、次には電話交換局へ飛び込んで二日目の朝博士邸へかかって来た電話を調べると雑作《わけ》はない、自働電話だったので直ぐ薬王寺附近と睨んだのだ。

博士夫人がその時の電話を確に博士だったと云ったは、明《あきらか》に間違いだった。博士の事を心配していた夫人の耳には、その声を聞き分ける余裕がなかったのだ。

耳隠しの女

一

「何んて失礼なことを仰有《おっしゃ》るんです！　製作を見せるなんて、人を誘い出して――わたし、こんなところには一時《いっとき》もいられません！」

そう云いながら、つと椅子を離れた女の顔は、凄いほども蒼《あお》かった。きりっと結んだ唇、怒りに燃ゆるその眼光《まなざし》、彼女の心臓は激昂《げきこう》と恐怖に顫《ふる》え戦《おのの》いている。

「澄子さん、そう云ったものでもないでしょう。僕だって、戯談《じょうだん》に恋をしてるんじゃありませんからね、こうして貴女《あなた》に打ち明ける以上、充分に腹は決めているんです。帰ろうたって帰すものじゃありませんよ」

男は椅子の背によっかかったまま、憎々《にくにく》しいほども落ちついた調子で云う。

「この家には貴女と僕とより他、誰もいないのです。女中も夜の十時までは帰って来ないんです。だから、貴女がどんなに声を出して呼んだって、誰にも聞えはしないんです。と、云って、僕は何も乱暴をしようというんじゃないんですがね……」

「わたし、そんなことを聞いてはいられません。失礼します！」

女は目の前の手提嚢《てさげ》をとると、扉《ドア》の方へ向いてつかつかと歩き出した。

「お待ちなさい！」

声と一緒に、弾《はじ》かれたように起《た》ち上った男は、つかつかと女の行手《ゆくて》に立ち塞《ふさ》がって、威嚇《いかく》するような眼附きで、じっと女の顔を睨みながら、

「澄子さん！　貴女は僕に恥をかかして、よくそのまま帰ってゆかれますね。男には意地というものがありますよ。面目《めんぼく》というものもありますよ。僕は貴女を嚇《おど》すために、短刀なんか出したんじゃないんです。僕は要求が容《い》れられなければ、死んでしまう決心です。しかし、僕は一人では死にません。いや、一人では死ねないのです！」

「あなたは気でも狂ったんですか？」

「気も狂ったでしょう。恋した女《ひと》に救われなければ、

死によって救ってもらうの他はないのです。澄子さん、ぼ、僕と一緒に死んで下さい！」

「詰《つま》らないことを云うものじゃありません。退《ど》いて下さい、わたくし失礼します」

「退くものですか。さあ、一緒に死んで下さい――僕の生命《いのち》も、僕の芸術も、あなたを別にしては存在の意義がないのです。さあ、この短刀で死んで下さい――」

「何になさるのです！　あなたは？」

男の手が卓《テーブル》の上に投げ出された短刀に触れようとした刹那《せつな》、つとそれを払いのけた彼女は、危険と見て素早く自分の手にとった。

「危ない！」

男の叫ぶ声がした。と同時に、彼は短刀を取り戻そうとする。女はわが身の大切《だいじ》、それ渡してはと逃げようとする。が、その時早く、男の手は短刀の鞘《さや》をぐっと摑んだ。女はなおも与《や》るまいと藻掻《もが》く。その一瞬、鞘を辷《すべ》った白刃一閃《はくじんいっせん》、

「呀《あ》っ！」

という叫びと一緒に、男は両手を胸部《むね》に当てて、仰向《あおむ》け様《ざま》にバタリと倒れた。真紅《まっか》な血潮が白い胸衣《チョッキ》を染めながら、傷を抑えた指の下からだくだくと噴きだして来る。

驚きのあまり呆然として突立った女の手から、短刀がポタリと落ちた。その拍子に、彼女は初めて夢からさめたように、部屋の周囲《まわり》を見まわした。そして誰も見ている者がないのを知ると、ホッとした風で、再び死体の方に目をやった。刃《やいば》は心臓でも突いたであろう。その顔は血の気もないまでに蒼褪《あおざ》めて、僅《わずか》に指頭《ゆびさき》と足の爪先《つまさき》をびくびくと動かしているばかり、もうどうすることもできないように思われた。

恐怖と困惑に怯《おび》えながら突立っていた彼女は、やがて何事か思い決した風で、電燈の下に右手《めて》を差しのべて、指に附いた血痕を半巾《ハンケチ》で拭きとると、今度は羽織の袖口から肩のあたりへ飛び散った血痕を隠すために、用心深くヴェールをその上にかけて、そうっと扉を開けながら足音を忍ばして階段を下へ降りていった。

二

洋画界の重鎮《じゅうちん》笠井啓二氏が何者にか殺害せられたという報が、所轄《しょかつ》神楽坂署に知れ、更に警視庁に伝わったのは、その晩の十時であった。

所轄署はもとより、警視庁からは小森捜索係長が二名の刑事と鑑識課の医員を伴《つ》れて、牛込南町の笠井氏邸に

急行した。附近は閑静《かんせい》な屋敷町で殊に夜も晩《おそ》いこととて、平常《いつも》よりひっそりとして、人通りもない街であるが、九時半過ぎに帰って来て主人の横死《おうし》を知った女中が、叫び声を上げて交番へ駈けつけたというので、早くも近辺の人達の耳に入って、係長一行の自動車が着いた時には、門前は一杯の野次馬《やじうま》で、巡査が声を嗄《か》らして追い散していた。

兇行が行われた現場は、玄関を突き当った階段を上ってゆくと、右側の書斎で、笠井氏は中央にある卓子《テーブル》の傍《かたわら》――正確に云うと入口の扉の方に近いところに、東を枕にして仰向《あおむ》け様に斃《たお》れていた。

現場には格別これと云って格闘したような模様はなかった。傷口から見ても、無論ただ一突きに心臓をやられたものらしく、それは床の上に落ちていた兇器によっても察せられることであった。

順序として、女中の――他に家人と云っては誰一人もなく、笠井氏は三十八歳の今日《こんにち》まで独身生活を送っていたのだ――語るところを聞くと、笠井氏は今日《きょう》は外出をしないから、親許《おやもと》へ帰るなり、遊びにゆくなり、夜の十時までは自由にしてよいとのことで、彼女は正午《ひる》過ぎから出掛けて、九時半に帰って来た。が、玄関の戸が開けっ放しになっているのに、階下は真暗《まっくら》で、電燈《あかり》一つ点《つ》いていないので、不審に思って、そのまま二階へ上ってゆくと、この始末なので、ただもうおっ魂消《たまげ》て交番へ訴え出たのだという。

ところで、段々と落ちついて考えてみると、主人は宅《うち》にいる時は、いつも寛袍《ガウン》を着ているのに、ちゃあんと外出用の背広を着けているところを見ると、外出はしないと云ったけれども、やはり外出をしたものと思われる。が、さてどこへ行ったのか、そして一人で帰って来たか、それとも二人で帰って来たかは、女中に判るはずはなかった。

平常《ふだん》、どういう人々が出入りをするかと訊いてみても、交際《つきあい》が広いので一々記憶《おぼ》えてはいないが、女の方《ひと》が多く、中でも吉植《よしうえ》、太田なんど云う人は始終のように出入をしていたという。

要するに、年をとった女中の陳述からは、犯罪そのものに関する手懸りは、何一つ得られそうもないということになり、結局、現場の検証によって、何等かの確証を摑むか、それとも他の方法によって犯人の見込みをつけるの他はないこととなった。

が、それが却々《なかなか》容易ではなかった。いや、左様云うよりも、むしろ絶望であったという方が当っている。と云うのは、まず第一に、殺害の動機と見做《みな》すべきものが全然なかった。家中を調べたが盗まれたものが何にも無《な》い。従って物取り強盗とは思われない。そうかと云って、笠井氏は他人《ひと》に恨みを受けるような人物とも考えられない。即ち意趣遺恨《いしゅいこん》でもなさそうだ。

　第二には犯罪捜索の手懸りが、全然遺されていない、つまり犯人の遺留品が何に一つない。それに殺害に用いられた兇器に遺った指紋が頗《すこぶ》る鮮明を欠いている。微《かす》に残っているところを見ると、手袋をはめてはいなかったらしい。しかし、指紋を後へ残さないように苦心をした跡は瞭々《ありあり》と窺《うかが》われる。

　つまり、犯人は巧みに証拠を隠しおおせているのである。が、ただ一つ、ここに疑問となったのは、それほど、巧妙を極めた犯人が、何故《なにゆえ》、兇器を現場へ遺していったかということであった。指紋はなくとも、兇器そのものは、捜索官にとっては、何よりも重大な手懸りである。それを打棄《うちす》てていった理由が解らない——ということは、捜索係長は素《もと》より、誰しもの頭に真先《まっさき》に思い浮んだことであった。しかし、女中の証言によって、それが笠井氏自身のものであるということが判明すると共に、その疑問は釈然として解けた。

　兇器が笠井氏のものと判ると同時に、これは他殺ではなくて、自殺かもしれないという疑惑が生じた。けれども、そうとすれば、短刀の柄《つか》に笠井氏自身の指紋が残っていなければならないはずだ。のみならず、医師の診断によると、傷口並《ならび》に兇器の刺《ささ》った深さと方向から見て、決して自殺ではないとのことであった。なお医師は傷口から見て、犯人は二度もしくは三度に、突き刺したもので、察するに、最初の一撃によって打倒れたところを、更に乗りかかって突いたものと思われる。でなくて、格闘しつつ三度も突いたものとすれば、こうまで巧みに一つところを突き刺せるものではない。それから兇行は二時間乃至《ないし》二時間半前と推定する。即ち午後八時から八時半の間である——という断案を下した。

　結局、笠井画伯の死について、現場に臨んだ警察官が、その夜の内に知り得たことは以上の事実に過ぎず、犯人が何者であるか、兇行の動機が何《ど》かというようなことは、全然不明で、事件は現場臨検のその場から既に已《すで》に迷宮に入った形であった。

三

　警視庁の自動車が笠井邸へ着く一時間も前のことである。四ツ谷見附から新宿の終点へ向いて、電車通りを驀進《まっしぐら》に走ってゆく一台の貸自動車《タクシー》があった。終点間近の雑沓《ひとごみ》へ来ると、やや速力をゆるめたその自動車《くるま》が、交番の横町を左へ曲って、ぴたりと停まると、背《せい》のすらりとした髪《あたま》を耳隠しに結《ゆ》った二十四五の女が、運転手の手に投げるように一枚の紙幣《さつ》を握らして、直ぐ向うに見える武蔵野《むさしの》アパートメントの中へ駆け込むように消えていった。

女は急ぎ足で階段を駆け上ると、廊下に沿うて一番奥まった室の前に立って、コツコツと扉《ドア》を叩いた。

「お這入《はい》り」と中から嗄《しゃが》れた男の声がした。

扉の把手《とって》をねじると、彼女は一度背後《うしろ》を振返って見て、ついと部屋の中に入った。そして書物やウイスキーの瓶が、乱雑に取り散らされた食膳《ちゃぶだい》兼用らしい卓の前に腰を下しながら、

「もう寝てるの、早いのね、まだ九時を打ったばかりじゃないの」と甘えたような声で云った。

「うん、金がなきゃ、寝るより他に用はないさ」

男は毛布をはねのけて、むっくりと寝台《ベット》の上に起き直った。相当に汚れのついた褞袍《どてら》を着て、少時鬚《しばらくひげ》も剃《あた》ったことのないらしい、一見して高等遊民の卒業生とでも云いたい三十五六の大男である。

「しかし、珍らしいね。仙《せん》ちゃんが、今頃やって来るなんて」

「そうね。どうせ用がなきゃ、こんなところまでわざわざ来られはしないわね」

「用って、何か甘《うま》い仕事でもあるのかい?」

「悟りがいいのね、一生遊んで暮せるような甘い仕事を目《め》付けたんでね、お前さんにもいくらか分前《わけまえ》を上げようと思って、わざわざ貸自動車を奮発して来たんだよ」

「そいつは有り難い。一生でなくとも、一と月でも結構なんだ。一体どんな話だえ?」

「寛《かん》さん、すっかり話をするからね、驚いちゃいけないよ」耳隠しの仙子は四辺《あたり》を憚《はばか》る風で、暗い窓の外を気にしながら、急に声を低くして、

「……あのね、笠井さんが殺されたのよ」

「へえ!」男は口をぽかんと開けて、少時《しばらく》言葉もなかったが、

「あの洋画家の笠井さんがかい? ちょっとこれは眉《まゆ》唾《つば》ものだぜ!」

「遥々《はるばる》嘘や戯談《じょうだん》を云いに来るものかね。わたしたった今殺されたところを見てきたんだもの——」

「へえ! 見てきた! どこで?」

「牛込の自宅《うち》でさ」

「何だか真実《ほんとう》のように思われないな」

「思われなくったって、何だって、わたし最初《はじめ》からしまいまで、すっかりこの眼で見てたんだから、嘘も真実もない話さ。今頃はお巡査《まわり》さんが、狂気《きちがい》のようになって騒いでるでしょうよ」

「そうまで云やあ、まさか昇《かつ》ぐんでもあるまいな。一体どうしたと云うんだね」

寛さんと呼ばれた男は、いつの間にか寝台を下りて、女の前に腰をかけながら、じっと相手の顔を見詰めた。

「それがさ、こういう訳なの。わたし、ちょっと用があったもので、七時過ぎに笠井さんところへ行ったのよ。すると、いくら声をかけても返事がないので、そのまま上っていったのさ、と、二階の書斎で、笠井さんが誰かを口説《くど》いてる声が聞えるじゃないの、わたし、これは面《おも》白《しろ》いと思って、そっと書斎の入口へ近づいて、扉の鍵孔から中を覗いてみたのさ。すると、意外だったわ、誰だと思う、その相手は？」

「解らないね、新しいモデルかい？」

「モデルなら、何にも珍しかないいんだけど、とても尋常《じんじょう》な相手じゃないんだから」

「誰だい？　僕の知った女かい？」

「さあ、知ってるかもしれないのね。名前を云えば、誰だって知ってる女《ひと》なんだから——」

「誰だい、どうせ云うんなら、早くお云いよ」

「白鳥澄子って美人よ」

「へえ！　あの有名な美人かい、白鳥銀行の頭取の？」

「そうさ、だから話が面白いのさ」

「だって、笠井さんが、どうして、そんな美人を引張り込んだんだろう？」

「やっぱり画《え》が好きらしいのね。それにこの前、白鳥さんの肖像を描いたことがあるので、そんなことで知己《ちかづき》になったんだろうと思うの」

「うむ。それで、話は本題へ戻って、どういうことになるんだい？」

男は好奇の眼を輝して、相手の言葉を待ちうける。

「どういうことって、女蕩《おんなたら》しの笠井さんのことだから、口上《こうじょう》は手に入ったものさ。相手を初《うぶ》だと見てとったので、聞いてても擽《くすぐ》ったいような甘いことを列《なら》べたてて、ものにしようとしたんだけど、相手が真実《ほんとう》の初《うぶ》なもので、すっかり怒ってしまったのさ、その時の笠井さんの顔ったら、なかったのよ。それで、澄子さんが、ぷんぷん怒って、部屋を出ようとすると、例の筆法で短刀を取出して、男の面目が立たないから死ぬって嚇しにかかったものさ、死ぬだけなら、まだ宜《よ》かったけど、澄子さんの方で取合う様子がないので、遂々《とうとう》無理情死《しんじゅう》をしてくれと云い出して、卓の上にあった短刀を取ろうとしたのさ。無論、そこまでは笠井さんの芝居だったんだけど、澄子さんの身になってみると、一生懸命なんだから、短刀を渡しては大変だと思って、笠井さんの手を払いのけて、その短刀を摑んだのさ、そうなると、今度は笠井さんの方で驚いてしまって、取り返そうとする、澄子さんの方では死物狂《しにものぐる》いでやるまいとする。夢中になって争っている中《うち》に、笠井さんが鞘を握ったので、短刀は両方から引張りっこになって、白刃《しらは》が閃《ひらめ》くと思うと、笠井さんがあっと云ったなり倒れたのさ。わたしだって、真実にあっと云うところだったから、澄子さんが吃驚《びっくり》したのも、無理はないさね、真蒼《まっさお》い顔をして、少時途方にくれた様子で立っていたが、それでも遂々《とうとう》右手についた血を拭きとって、羽織の上にヴェールをかけて、出ていったの。つまり女蕩しの笠井さんが天罰を受けたわけなんだけど、でも、銀行頭取《とうどり》のお嬢さんが人殺しをしようなんて、全く嘘のような話だわね」

「真実だ。それで、笠井さんはそれっきり縡《こと》が切れたんだね？」

「助かりっこないわ、心臓を刺したんだもの」

「ふむ、偉いことをやったものだ。しかし面白い事件だね。明日の新聞は全面打《ぶ》っとおしで、その記事を載せるだろう。白鳥銀行の令嬢笠井画伯を刺すなんてね。ちょいちょいそういう人目《じんもく》を聳動《しょうどう》さする事件が起らなくちゃ、人生は単調で面白くない！」

「何を云ってるの、馬鹿だね、この人は」耳隠しの仙子は、相手を窘《たしな》めるように冷かな眼色で見下しながら、「新聞には、こんな詳しいことは出やしないのよ。それに澄子さんが殺したなんてことが新聞に出たら、こっちの商売にならないじゃないの」

「新聞へ出ない？　じゃ、警察へ知れる心配はないというんだね？」

「そうよ、澄子さんが、自分で自首して出ない限り、警察へは分りっこないわ。そのことなら、わたし受合ってもいい……」

「受合うと云ったって、警視庁には探偵という奴がいるからね」

「その探偵にも、澄子さんが犯人だってことは、分りっこないのよ。わたしが後からちゃあんと宜《い》いように始末をしといたんだから」

「怪《おか》しい――後の始末をしといたって、どうしといたんだね？」

「それは分ってるじゃないの、第一、短刀の柄に残った澄子さんの指紋をすっかり拭きとってさ。それから澄子さんが遺してきた証拠品を持って来たんだから、どんな探偵さんだって手懸りがないのに、どうすることも出来ないじゃないの」

「なるほど、で、証拠品って何だね?」

「これさ、大切《だいじ》なお金の蔓《つる》だから粗末にしないで頂戴《ちょうだい》」

耳隠しの仙子は、そう云って懐《ふところ》から婦人持の名刺入を取出して、男の手に渡した。印度更紗《インドさらさ》か何かの片地《きれじ》を側《かわ》にした頗《すこぶ》る凝った名刺入である。男はその中から優しい小型の名刺を抜いて、打返して見ながら、

「正《まさ》に立派な証拠品だ。慌てたんだね、こんなものを遺しとくなんて――それで、現場に証拠はないとしても、澄子さんが自首するかもしれんではないか」

「わたしは自首はしまいと思うのよ。笠井さんとは古くからの交際《つきあい》ではないし、それに白鳥澄子さんが人殺しをしようなんて世間では思うはずもないしさ、黙ってれや済むことなんだもの。それから澄子さんという人が、お金持のお嬢さんだもの、顫えていたって、自首して出たりする心配はないとわたしは思うの、それも明日の新聞を見れば分ることなんだけど、今夜中に自首して出なければ、決して自首なんかしやしないわ」

「さあ、そいつはちょっと疑問だがね、もし自首しないとなると、事件は一層面白くなるね」

「そうさ、それでお前さんに一つ働いてもらって、宜いことをしようというんじゃないの」

「なるほど、そういうことになれば、ものになるかも知れん。ちょっと耳寄りの話だて」

「相手が相手だし、事件《こと》が事件だし、そう安っぽい仕事じゃないのよ」

「うん、やっぱりお仙ちゃんだけに、凄いもんだ。少し位、前祝いをやってもいいね……」

四

笠井画伯殺害事件があってから、既に五日の日が経ったが、事件は迷宮に入ったまま、犯人の手懸りは皆目《かいもく》つかず、新聞にはそろそろ警視庁無能の声が聞え出した。

普通の殺人事件でも、全然犯人捜索の見込が立たないとなれば、とやかくの非難が起るのは当然である。まして、今度の事件は洋画界の大立物《おおだてもの》として、世間に識《し》られた笠井画伯が主人公であるだけに、そして当初にこれを報道した各新聞の記事が極めて大袈裟《おおげさ》であっただけに、事件後五日の日が経っても、全然犯人の目星がつかないとなっては、警視庁の活動に多大の期待をかけた世間の

失望は決して尋常ではなかった。その失望が直ちに警視庁無能の声となって現れるのだから堪《たま》らない。

しかし、警察当局は決して手を束《つか》ねて遊んでいるのではなかった。現場並《ならび》に殺害に用いられた兇器については勿論、被害者の関係各方面についても、それぞれ手分をして、出来る限りの捜索はしているのであった。殊にこうした殺人事件には特別の手腕家として知られた青年探偵の倉橋刑事の如きは、事件発生以来殆ど夜の目も寝ずに活動を続けていた。が、その倉橋刑事も、まだ小森捜索係長の前にこれという纏《まとま》った報告をしないところを見ると、やはりまだ何等の手懸りもよう摑まないのであろう。


今日も小森捜索係長は平常《いつも》より早目に出勤して、卓《つくえ》に向うと、二三の報告書にざっと目を通したが、一つとしてこれはという報告もない。それも事件後三日頃までは、各方面に活動している刑事から堆高《うずたか》いほどの報告が集ってきたものだが、五日目となるともう僅に形式的な報告ばかりで、手懸りと見るべきような材料は一つもないので、いささか気を腐らしていると、突然扉《ドア》が開いて、自動車の運転手としか見えない一人の若い男が、案内も請《こ》わずに、つかつかと部屋の中へ入って来た。

「勝手に這入って来るんじゃない！」

むしゃくしゃしていた係長は、免許状でももらいに来た運転手が戸惑《とまど》いしたとでも、思ったろう、頭から噛みつくように呶鳴りつけた。が、意外にも運転手はにこにこと笑いながら、

「係長！　僕ですよ」

と、帽子をとって辞儀をした。よく見ると、それは一昨日《おととい》から顔を見せなかった倉橋刑事だ。

「いや、これは失敗《しくじ》った。君が運転手に変装したのは初めてなものだから、つい見外《みそ》れてね……」係長は気拙《きまず》さを笑いに紛らして、

「そう云やあ、一昨日から姿が見えなかったようだが、どうだね、何か目星が着いたかね？」

「まだ大体の見当だけで」倉橋刑事は係長の傍《かたわら》に腰を下して、煙草に火を点けながら、

「大凡《おおよそ》、こうではあるまいかという位のもので、まだお耳に入れるところまでは行ってないんですが」

「いってなくとも、大体の見当がついたのは偉い。誰だね、一体？」

係長の目は輝く。

「名前は今一二日待って下さい。いよいよというところまで確めてみなくちゃ申上げたくないんです。大分こんがらかっていますから。しかし犯人が女であることだ

けは、間違いないようです」

「女だと？」

「そうです。確に女です」

「ふむ、あれで画家としては、なかなか偉かったそうだが、素行《そこう》の方はあまり良くなかったらしいね。では、つまり原因は嫉妬《しっと》とでもいうんだね」

「まあ、そんなことだろうと睨んでいるんですが、今も云うとおり大分こんがらかっていて、犯人が一人だか二人だか、その辺がよく分らないので、実は念のために鑑識課の意見を聞きにやって来たんですが、お庇《かげ》で大いに得《う》るところがありましたから、二三日の中には、何とか目鼻をつけるつもりです」

「そいつは有難い、いや、今に始ったことでもないが、新聞で何かとうるさく云うんで、なるたけなら早く片を附けてもらいたいんだ。じゃ、一切《いっさい》君に信頼して待つとしよう。ところで応援はいらないのかい？」

「大丈夫です。何《なあ》に相手は素人《しろうと》ですから、証拠さえ摑めば、逮捕することは雑作もないんです。それに、第一逃走の心配は断じてないんですから、まあ安心して待ってて下さい。じゃ、また二三日顔を見せないかも知れませんから――」

青年探偵は、再び自動車の運転手になりすまして、警視庁を外に出ていった。

五

「何とか返事があったかい？」

頭髪《かみ》も刈り、髯も剃《あた》って見違えるような男になった「アパートメントの寛さん」事、早川寛二は、部屋へ通ると、座布団の上に大きな胡坐《あぐら》をかきながら訊いた。

「まだ何とも云って来ないの」耳隠しの仙子は、煙草盆をすすめながら、「だからね、今日は三人で相談して、いよいよ最後の手段に出ようと思って、それで速達を出したわけなの」

「怪《おか》しいね。手紙は三度遣ったはずだね。まさか届かないじゃあるまいね」

「届くも、届かないも、三度目はあの人に持ってゆかしたんだもの」

「そう、前田に持ってゆかしたんだね。じゃ届かないわけがないね。それで昨日中《きのうじゅう》に返事をくれと云ってやったんだろう？」

「そうよ、一二日中にときっぱり書いてやったんだけど。きっと顫え上って、どうして宜いのか困ってるだろうと思うわ」

「そんなことかも知れないね。あまり薬が利きすぎて自首でもされたら、五万円がふいになってしまうぞ」

「そんな心配は断じてないわよ、自首するとなれば、どうせ親達に相談する、親達の耳へ入れば一人娘だもの、十万でも二十万でも出すに決っているさ。ああ、あの人らしいのね」

仙子は玄関に呼鈴《よびりん》が鳴るのを聞いて、自分から立っていったが、やがて二十五六のあまり上等でない背広を着た青年を案内して戻って来た。

「やあ、早川さん、遅くなりました。朝から休むというわけにもいきませんでね」

「何に、僕も今やって来たところさ。お召しによってね――」

「早速ですが、分前の話でしょうね?」

青年は煙草をとって、スパスパと煙を吐きながら云う。

「この人も気が早いのね。そうお安くは先方《せんぽう》で承知をしてくれないんですよ」

「承知をしない? では、こっちの申込を拒絶するというんですか?」

「拒絶するも、しないも、一切返事を寄越さないのよ。だからね、いよいよ最後の手段に出ようと思って、それでお前さん達にも来てもらったんだけど――」

「最後の手段というと?」

「仕方がないから、どこかへ連れ出して、直談判《じかだんぱん》をしようと思うのさ。それでも承知しなければ、お前さん達の手をかりて、どこかへ監禁してさ、親御《おやご》さんに掛合う方が早いと思うの」

「なるほど、そうすれば一も二もないわけですね」

前田が、まず相槌《あいづち》を打った。「相手が親御なら、あなたが持ってる名刺を突きつけて、僕があの晩の話をすれば、文句はないはずですからね」

「それは宜いが、呼び出すのに巧い方法があるのかね?」

「それをいろいろと考えたのさ。が、結局、あの女のお友達に化けるのが一番いいと思ったので、調べてみると木村敏子と云う澄子さんの大仲好しの学校友達がこの春、京都へ縁附《かたづ》いていってるので、その女が東京へ帰って来たということにでもして、どこかのホテルへ呼び出そうかと思っているんだけど」

「それは名案ですね。大丈夫ひっかかりますよ。で、ホテルはどこがいいだろう?」

「市内じゃ、工合《ぐあい》が悪いかも知れんね。大森ホテルあたりじゃどうだい? あすこなら離れもあって、宜いと思うがね」早川の寛さんが云った。

「そうね、あすこなら申分《もうしぶん》ないのね。では、大森ホテルときめて、わたし電話をかけて巧く説きつけてみせるわ。ちょっと待ってて頂戴、早速かけてみるから」

「自動電話じゃ駄目だぜ」

「それくらいのことは弁《わきま》えているわよ。耳隠しの仙ちゃんじゃゃないの！」

六

その翌朝の十時ちょっと過ぎであった。

大森ホテルの玄関先に車を停めて、下り立った若い美しい一人の婦人があった。

「京都からお見えになっている木村さんという方がいらっしゃいましょうか？」取次ぎに出た女中を見ると、彼女は静かな声で云った。「わたし白鳥と申します」

「ああ、木村さんなら、朝の内からお待ち兼ねでございます。さあ、どうぞ」

女中は先に立って、長い廊下を右左に、中庭の築山《つきやま》を越えて、見晴しのいい離れの方へと導いていった。そこは直ぐ眼の下に海を見下す和洋折衷《せっちゅう》の小ざっぱりした離れ座敷で、閑静を好く外人客などの喜びそうな部屋であった。

「どうかこちらへ――」

かねて云いつけられてでもいたのか、女中は西洋室の方へ案内して、扉を開けながら云った。彼女は静に中にとおって、窓際の椅子に腰を下した。

三分と経たないのに、入口の扉がそっと開いた。彼女は懐《なつか》しい友の姿を、久々《ひさびさ》で見る嬉しさに、つと椅子を離れて立ち上った。

が、そこに現れた二人の男女《ひと》の顔は、懐しい友人《とも》の顔ではなかった。それは意外にも、彼女の見も知らぬ初めての顔であった、と同時に、彼女は何かしら恐ろしい予感にでも襲われた風で、真蒼い顔をして思わず後へ退《しさ》った。

「白鳥さん、どうかまあお掛け下さいまし。立ってては話はできません」

先に入って来た女は、彼女の逃路《にげみち》を塞ぎでもするように、円卓《テーブル》を隔てて扉《ドア》を背後《うしろ》に二つの椅子を並べながら、自分からまず腰をかけて、

「わたくし、どこかでお目にかかったようにも思いますが、まあ初対面の御挨拶を申しましょうね。わたし先《せん》達《だっ》て中《じゅう》から度々《たびたび》手紙を差上げた太田仙子と申す者でござ

います。こちらは早川さんと云って、今度のことで御相談を願ってる方なんでございます」

「……」真蒼い顔をした彼女の唇は、何か云おうとして、ぶるぶると顫えた。しかしその口からは一言《いちごん》も声は洩れなかった。

「早速ですけど、今日ここへ来ていただいた理由を何かと申上げる必要はないと思いますが、いかがでしょうね。まさか白鳥さんのお嬢さんが、法廷に立つわけにもゆくまいと思って、あんな手紙を上げたんですけど、御返事が頂けないので、仕方なくおいでを願ったわけなんで、今更何も事々《ことごと》しく申上げるまでもないことなんですが――」

耳隠しの仙子は、そう云って、凄い眼光《めいろ》でじろりと相手の顔を見た。

「わたし、あなたからお手紙をいただいた覚えはありません!」

極度の恐怖に怯えながらも、その声は凛《りん》として響いた。

「手紙をもらった覚えがないんですって? 戯談を仰有ってはいけません。二度は郵便で、一度は直々《じきじき》にお宅へおとどけしたんですよ。それを受取らないなんて、しらばくれては困りますね」

「だって、わたし一度も受取った覚えはないんですもの――」

「ないと仰有る! そう、では、それでも宜いんです。手紙は破いたって、証拠は破けませんからね。澄子さん、わたしはね、あの晩のことをすっかりこの眼で見てるんですよ。あなたが、いくらしらばくれたって、わたしが警察へ行って、あなたの名刺入を証拠にこうこうだと云えば、それっきりじゃありませんか。それにあの晩、あなたを乗せていった自動車の運転手も、あなたの羽織に血が附いていたことを知ってるんです、監獄へ入ることを思えば、五万やそこらの金は何でもないじゃありませんか」

「わたくし、そんなことに御返事は出来ません――」

「出来ないと仰有るの? 赤ん坊じゃあるまいし。それでは、あなたのお父さんに御話して出していただくよりほかありません。ね、早川さん」

「ぐずぐず云うより、その方が簡単に事が運んで宜いでしょうな」

「父に相談すると仰有るんですか?」恐ろしい脅迫者の瞳を避けて、俯向《うつむ》いていた彼女は、怯えきった顔をつと上げて悲痛な声で云った。「それだけはお止《よ》し下さい。わたし、誰も知るまいと思って、黙っていたんですけど、あなた方が御存知とあれば、自分で自首して出ます。今から直ぐに自首して出ます――」

「今さら、そんな殊勝《しゅしょう》らしいことを云ったって、誰が本当にするものですか。手紙さえ見ないなんて嘘をつく癖に」

「いいえ、お手紙は一度も拝見しませんの。でも、もうそんなことを云ってはいられません。わたし、これから直ぐ自首して出ますから――」

彼女はその美しい面《おもて》に悲壮な決心の表情《いろ》を見せて、つと椅子を立った。自首して出られては、計画《こと》は破滅だ。鐚一文《びたいちもん》にもならないばかりか、こっちは却って脅喝罪《きょうかつざい》に問われねばならぬ。二人はそれと見て、目と目でものを言いながら、彼女の行手に立塞がった。

「通して下さい！　わたし警察へゆくんですから！」

「いや、警察へ行く必要はないんだ」早川はその大きな手で打顫《うちふる》える彼女の手頸《てくび》をぐっと摑んで、椅子の方へ無理矢理に押しやろうとする。彼女は気も狂乱の態《てい》で、その手を振りもいで部屋を外に出ようとする。

その折も折、扉がさっと開いて、つかつかと駈け込んで来た青年が、物も云わずに三人の間へ割って入ったと思うと、カチリという音と一緒に、大男の早川の手に、鉄《くろがね》の手錠が目にもとまらず喰い入った。

「何をするんだ、前田！」

早川は唸《うな》るように呶鳴った。しかし青年はそれには耳も藉《か》さず、隼《はやぶさ》のような敏捷《すばや》さで耳隠しの仙子の細腕を摑むと見ると、これまた手錠をカチリと嵌《は》めた。目にも止まらぬ早業《はやわざ》、逃げる間も、反抗《てむか》う閑《ひま》も与えなかった。

「澄子さん、もう大丈夫です、どうかおかけなさい」

青年は二人の方を尻目にかけつつ、呆気《あっけ》にとられて立っている令嬢に話しかけた。

「澄子さん、随分少時《しばらく》でしたね。僕を記憶《おぼ》えていますか、あなたが稚《ちい》さい時分に、お宅に御厄介《ごやっかい》になっていた倉橋です」

「倉橋さん！　まあ、わたしすっかりお見外《みそ》れしていましたわ」

彼女は恐怖と驚きの情を強《し》いて抑えながら、それでもなお打顫える声で答えた。

「思い出して下さいましたか、永年《ながねん》御厄介になりながら、妙なことが好きで七年前にお閑をいただいて以来、すっかり御無沙汰していましたが不思議な御縁でした。七年振で昔の御恩報じが出来ました。御心配には及びません。一切の事情は僕が知っていますから、貴女には何も罪はないのです。笠井氏を殺害した真犯人は、ここにいる耳隠しの仙子という女です！」

「ええ！　わたしが犯人だって？　何を寝呆《ねとぼ》けたこと

を云ってるの、この人は？」

仙子は手錠を嵌められたまま身体《からだ》をゆすぶって啜鳴った。

「犯人か犯人でないか、今に説明をしてやるから黙って聞いているがいい。それよりもまず僕を紹介しておこう。貸自動車《タクシー》の運転手前田だなんて云ったのは、君達を欺《だま》すための真赤な嘘で、本名は警視庁捜索課の倉橋刑事というんだ。よく記憶えとくが宜い。ふん、少々は驚いたろう。それから、貴様を真犯人と睨んだ径路《すじみち》だ。僕は貴様のように鍵孔から窺《のぞ》いてはいなかったが、目に見るように説明してやろう。澄子さんの手にした短刀に、過って触れた笠井氏が、昏倒して一時意識を失ったのを、澄子さんも同様、貴様も死んだとばかり思っただろう。そこで、これを材料《たね》に澄子さんから金を強請《ゆす》ろうと悪党らしい考を起して、それには証拠を無くせねばと、短刀の柄に残った澄子さんの指紋を拭きとりにかかった時に、笠井氏が呼吸《いき》を吹き返したのだ。貴様は驚いたに違いない。しかし、そうなると怨《うらみ》と慾だ。棄てられた怨みに兼ねて、強請りの材料をこしらえようと、貴様は今指紋を拭きとった短刀を、また傷口を突き刺したのだ。そしていよいよ笠井氏の息が絶えたのを見て、再び指紋を拭きとって床に落ちた澄子さんの名刺入を拾い、直ぐその足で仲間を目附けにアパートメントへ駆けつけたのだ。どうして、それが判ったか聞きたいだろう。事は極めて簡単だ。すっかり拭きとったつもりでも、短刀の柄には朧《おぼろ》に二人の指紋が残っていたのだ。しかもその中に、たった一つ拇指《おやゆび》の指紋が立派に残っておったのだ。更に短刀に附いた血の乾き具合から、前後二度に突き刺したことが判ったのだ。その事実は心臓部の傷口も立派にこれを証明している。そこで僕はまず犯人が二人であると睨んだのだ。さて、それから犯人は誰か、被害品がない以上、物取強盗ではない。それなら意趣遺恨の殺人か、笠井氏の素行を調べ上げると女の関係が多い。中でも耳隠しのお仙が最近まで笠井氏の情婦であったこと、それがこの春頃から見棄てられて笠井氏を恨んでいることは、その日の中に判ったのだ。貴様が新宿のアパートメントから戻って来た時、貴様はもう既に監視の下にあったのだ、その翌朝、貴様は新聞を見て、犯人不明と知って、早速第一回の脅喝状を澄子さんに送ったろう。何ぞ知らん、その手紙はポストから僕の手に入ったと聞いては、さすがの貴様も驚かずにはいられまい。お庇で、すっかり事情は判った。のみならず、その手紙で貴様の指紋もとれたのだ。そこで僕は運転手に化けて、まず貴様の相棒の早川に近づいたのだ、新宿の酒場《バア》で前祝いの酒を飲んでる早川の傍《そば》へいって、酔った風して、あの晩羽織へ血のついた令嬢を乗せたなんて、口から出任せを喋《しゃべ》舌ったところ、早川の奴、もし僕に密告されたらそれきりだと思ったろう。早速貴様のところへつれていって、僕を仲間に入れたのだ。それから後は御存知のとおりだ。二度目の手紙も頂戴するし、三度目に僕が直々持っていったはずの手紙も、すっかり脅喝の証拠品に僕が頂戴してしまったのだ。さあ、これだけ説明すれば文句はあるまい。澄子さんに罪はないのだ。最初の傷は過失でもある。正当防衛と云っても宜い。同じ刃《やいば》でも笠井氏の致命傷は貴様が与えた致命傷だ！」

幽霊盗賊《どろぼう》

◆芝公園の活劇

「コラコラ、往来の真ん中へ、自動車を止めてはいかんじゃないか！」

本多巡査は噛みつくように呶鳴りつけた。

場所は芝公園の裏側、往来《ゆきき》の繁《はげし》い運動場《グラウンド》への通路、時刻は午後の五時三十分。夕涼みに散歩がてらの人々が、これからいよいよ出盛ろうという時、往来の真ん中へぴたりと停った一台の自動車。故障か故意《わざと》か、ちょっと動きそうにもないのを見て、巡回中の本多巡査が叱りつけた。

「相済《あいす》みません。ハンドルの具合が悪いもので……」

そう云ってひょいと顔を上げた運転手を見れば、まだ十五六の紅顔《こうがん》の少年である。

「おい！　お前は少年《こども》じゃないか、それで運転手の免状をもっているのか？」

「ハイ、技術優秀の廉《かど》をもって、警視庁から特別に免状を下附《かふ》してもらったんです」

「特別に下附してもらったと？　どれ、その免状を見せてみい」

そう云って本多巡査が運転手台の横から覗き込んだ時、

「盗賊《どろぼう》だ！」

「捕えろ！　逃すな！」と口々に呼《よ》ばわる声。どやどやと走る人の足音。

運転手台から飛びのいた本多巡査は、きっとなって振向いた。人声はプールの向う、丘の彼方《かなた》から聞えてくる。と思った瞬間、木立《こだち》の中からパッと飛び出した洋服の紳士、次いで制服帯剣《たいけん》の巡査。

丘を駆け下りてプールをめぐる細道に出たと思うと、背後《うしろ》を振向いた紳士は、飛びかかる巡査の利腕《ききうで》を取るもおそし、肩車《かたぐるま》にかけてポーンと池《プール》の中に投げ込んだ。目にもとまらぬ早業《はやわざ》、黄色い水をがぶがぶ飲んで、濡鼠《ぬれねずみ》になった巡査には目もくれず怪紳士《かいしんし》はドンドンとこっちへ向いて走って来る。

「こら！　神妙《しんみょう》にしろ！」

細道の出口に立ち塞《ふさが》った本多巡査が、佩剣《はいけん》の柄《つか》をぎゅ、っと握って叫んだ。

「ハハア、これは真物《ほんもの》のお巡査君《まわり》だな」紳士はつと立ちどまって、にこにこと笑いかけた。「御苦労様だが、次手《ついで》に一つ芝居をやってもらいますかナ」

「何んだと！」

そういうも一緒に、本多巡査は打ってかかった。柔道で来い、剣術で来い、力業《ちからわざ》なら誰にも負けない自慢の腕だ。が、これは意外、相手の方が一枚上手《うわて》だ。振り上げた本多巡査の腕首をぐっと摑んで捻《ひね》り上げると、

「お巡査君、あわててちゃいけない、活動写真をとってるんですよ。だがね。御礼は後でするんだから、温和《おとな》しく妥協してもらいますかな。相手が真物のお巡査君だと、見物のお客は大喜びだ！」

活動役者と聞いて気がゆるむと一緒に、どんと一突き、本多巡査はよろよろと二三間《げん》も向うへ突き飛されて、往来の真ん中へ尻餅《しりもち》をぺたり。

あっと思って起《た》ち上ると、もう怪紳士の姿は見えない。おや？　消えたかしらと四辺《あたり》を見廻すと一緒に、ブウブウと鳴る警笛《けいてき》、スタートを切った自動車の窓から、頸《くび》を出したは怪紳士の顔。

「さよなら、どうも御苦労！」

「こん畜生《ちくしょう》！」と歯を嚙んだが、もう遅い。自動車は砂塵《さじん》を立てて驀然《まっしぐら》に、車馬《しゃば》禁制のグラウンドの彼方に影を消した。

「君、逃したのか？　彼奴《あいつ》を？」

呆然《ほうぜん》として突っ立った本多巡査が振向くと、それは濡鼠になった同僚の山田巡査だ。

「おや！」本多巡査がうめいた。

「ぼんやりしちゃいけない。ど、どうした彼奴は？」

山田巡査は急《せ》き込んで四辺を見廻す。

「君だったかい？　僕はまた役者の仲間かと思ったんだ――」

「何を云ってるんだい、君は？　幽霊盗賊はどこへ行ったと云うのに？」

「幽霊盗賊？　どこに幽霊盗賊がいるんだね？」

「こいつ催眠術《さいみんじゅつ》でもかけられたな。今、君、格闘してたじゃないか！」

「今の紳士体《てい》の男かい。あれや、君、活動役者だよ」

「おいおい、昼間夢を見てちゃいけない。幽霊盗賊を、活動役者と間違えたりする馬鹿があるかい！」

「へえ――」

口をあんぐりと開けたまま、本多巡査は一言《いちごん》もない。

大胆不敵《だいたんふてき》の犯人。最近、東京市内の富豪を荒し廻る神出鬼没《しんしゅつきぼつ》の曲者《くせもの》、一度も正体《しょうたい》を見せぬために、いつとは

なしに幽霊盗賊の名がついた大悪漢《だいあっかん》——。それをみすみす逃してしまった。いや、先方《せんぽう》の云うままに活動役者だと信じ切って、うっかり不覚をとったのだ。

地団駄《じだんだ》を踏んでも、もう追《お》つかぬ。

腕が自慢の本多巡査は、歯をくいしばって口惜《くや》しがった。

油断大敵《ゆだんたいてき》、みすみす兇賊を取逃したのだ——しかし、本多巡査は考える。「幽霊盗賊と気がついても、あの怪力には敵《かな》わなかったかも知れないて——」

◆警視総監の厳命

「犯人を目の前に見ながら、活動役者と間違えて、取逃すなんて以《もっ》ての外《ほか》だ！」

警視総監は不機嫌な顔をして、ぷんぷんと怒っている。叱言《こごと》をくっているのは、正面にいる直接の責任者、堀川芝警察署長であるが、その両側に控えた田所捜査係長、岩波強力《ごうりき》犯係長も直接間接の責任上、頗《すこぶ》る耳は痛い。

「君達は今朝の新聞を読んだのか！」総監はなお続ける。「或る新聞なんかは、僕が活動役者と握手をしてる漫画まで描《か》いて笑っていたではないか。警視庁の威信も何もあったものではない。これと云うのも、平常《ふだん》から君達の注意が足りんからのことだ。油断をするからこんな馬鹿な目に会うのだ——それにだ、水口《みずぐち》とかいう秘密探偵は新聞記者に向う十日以内に幽霊盗賊を逮捕してみせると云ってる。——私立探偵輩《はい》がこんなことを云うのも君達がぼんやりしているからだ」

警視総監が蟇《がま》のようなふくれ面《つら》をして、なおも言葉をつづけようとした時、目の前の卓上電話がリリリンと鳴った。総監は手を伸《の》ばして、受話器をとった。

直々《じきじき》総監室へ電話をかけてくるのは、大臣か大臣秘書官か、それとも特別重大な任務にある課長級かである。普通の用事ならば官房主事が取次《とりつ》ぐことになっている。

「ハア、そうです——総監ですが、あなたは？——もっと大きな声で云って下さい」受話器を耳にあてて総監は訊き返す。相手の声が低いと見える。「えッ！　幽霊——幽霊盗賊——君が？」

総監の顔色がさっと変った。声は顫《ふる》えながら吃《ども》る。

「ナニ、僕の背広のポケットを見ろって？　手紙が——ええ？　手紙が入っているはずだと！」

ガチャンと受話器を投げ出すと、総監はすっくと椅子から起《た》ち上って、両手をポケットへ突込んだ。と、小型の封筒が右手の指頭《さき》に触《さわ》った。

高辻《たかつじ》警視総監閣下――女のような優しいペン文字。さっと封を切ると、中からは四つ折のレターペーパー。

今朝の新聞を見ると、昨日《きのう》の小生《しょうせい》の行動に関聯《かんれん》して、大分警視庁無能の攻撃が見えています。蓋《けだ》し当然の非難ではあるが、警視総監閣下としては、定《さだ》めし御不快千万《せんばん》のことと察し上げます。そして今朝は早速《さっそく》各係官を召集して、注意にかねて督励《とくれい》の御演説でもせられることと思います。しかし閣下がいかに焦慮《しょうりょ》せらるるも、また閣下の部下がいかに決死的の努力を以てせらるるも、小生を逮捕することは、到底不可能である――言い換えれば、小生は閣下の部下の手によっては、決して逮捕はされないということを一言《いちごん》申上げておきます。従って小生を逮捕せんとするが如き、無益無謀の努力は、今後一切《いっさい》断念されんことを、閣下並びに警視庁の名誉のために切望に堪《た》えません。もし閣下にして小生の苦言《くげん》を容《い》るることが出来ないならば再び警視庁無能の非難を聞かれるであろうことを念のために申添《もうしそ》えておきます。

幽　霊　盗　賊より

「何という横着《おうちゃく》な奴《やつ》だ！」警視総監の眉根がビリビリと動いた。「いつの間に、これを放り込んだのか？　しかも警視庁を愚弄《ぐろう》し切っとるじゃないか。諸君はこれを見て侮辱《ぶじょく》されたとは思わんのか！」

侮辱されたのは今に始ったことではない。さればこそ、人相書《にんそうがき》を都下の全警察に廻し、彼幽霊盗賊が出没しそうな要所々々に、警戒線を布き、非常線を張って、寄らば捕《し》らんと構えているが、変装の妙《みょう》、出没の妙、その姿は常に影の如く消え去って、遂《つい》にどうすることも出来ないのだ。しかも、彼は自ら侠賊《きょうぞく》と名乗って、決して普通の商家や銀行を襲わず、細民《さいみん》の膏血《こうけつ》を絞り或《あるい》は不正を働いて富を積んだ実業家や金貸《かねかし》をのみ覗《ねら》って歩く。従って世間は暗《あん》に快哉《かいさい》を叫び、面白半分に声を大きくして警視庁の無能を叫ぶのである。

その幽霊盗賊が、今、皮肉にも警視総監閣下のポケットへ、いつの間にかこんな手紙を投げ込んだのである。何の小鼠《こねずみ》ぐらいに考えていた警視総監こそ初めて真に侮辱の味を知り、憤慨《ふんがい》をしているのである。

「一私立探偵が十日の日を限《き》っている。僕は諸君に一週間の期日を与える。警視庁管下の総動員を行《や》ってもいい。一週間以内に、石へ噛みついても、この男を挙げたまえ！」

◆捜査係長の作戦

「石へ嚙みついても逮捕しろ！」――警視総監の厳命。しかも向う一週間と日を限られた厳命である。当面の責任者田所捜査係長は爾来《じらい》殆ど不眠不休の活動をつづけた。都下全警察の署長会議、警戒線非常線の巡視。その間には各方面の報告も聞かねばならぬ。新しい作戦も考えなくてはならぬ。まったく文字通りの不眠不休の大活動である。

が、どうしたことぞ。それ以来、幽霊盗賊の消息は杳《よう》として聞えないのだ。厳重な警戒に恐れをなして、どこかに影を潜めたのか、まるで地上から消えたように、一向《いっこう》に何の消息もない。

警視庁の方ではいささか、拍子抜《ひょうしぬけ》の気味である。手具脛《てぐすね》ひいて張った網が、何の役にも立たないのだ。その間にも、二日、三日と日は過ぎて、警視総監からの厳命――日限《にちげん》を切られた七日の日が、余すところ僅《わずか》に後二日となってしまった。

捜査係長は気が気でない。この二日の間に、先方《むこう》で姿を現すか、それともこっちで彼を捜し出すか、とにかく幽霊盗賊を逮捕しなくては、係長としての面目《めんぼく》が立たぬ。

田所捜査係長は六日目の夜を、まんじりともせず警視庁で明した。全市の要所々々に張った非常線の結果に、一縷《いちる》の望《のぞみ》を托《たく》しながら――

が、それも徒労《とろう》であった。非常線にかかった魚はこそ泥や酔漢《よっぱらい》の輩に過ぎす、狙った大魚はついにその尾鰭《おひれ》の一端も見せなかったのだ。

遂に絶望である。残された最後の一日、七日目の夜が明けた時、連日の苦心奮闘に疲労しきった係長の顔には明《あきらか》に絶望の表情《いろ》が見えた。

ところが、その折も折、突如として意外なる報道が伝った。それは小石川大塚警察署長が、係長への直々の電話であった。

他でもない、少時《しばらく》、姿を見せなかった幽霊盗賊が今度は正面から正々堂々《せいせいどうどう》と名乗りを上げて、小石川区内切っての富豪宮島家へ、八月十日――即ち今日の正午《ひる》から夕刻までに参上するとの前触《まえぶれ》があったという。参上の目的は云うまでもなく金庫の中である。

宮島家の大資産は質屋をしていた先代が細民の膏血を絞り貯《た》めたものだと取沙汰され、おまけに当主も人並外《はず》れたけちんぼで、世間の評判は頗る悪く、俠賊を気取る幽霊盗賊がいかにも目星をつけそうな富豪《かねもち》である。世間の人が知ったならば、やんやと手を拍《う》って喜ぶに違いない。

「しめた！」

係長は思わず叫んだ。行き詰って真暗《まっくら》い道が、急に眼前にひらけて、明い太陽が赫々《かくかく》と輝き出したような気がせられる。

「じゃ、君の方から直ぐ敏腕《びんわん》の刑事を五人も宮島家へやっといてくれたまえ。正午頃までに応援をつれて僕自身で出馬するから！」

係長は電話を切ると、早速部下を集めて作戦の協議をした。百人二百人の巡査刑事を以て、宮島家を包囲することは何でもない。しかし、そうまでも厳重な警戒をしては、いくら幽霊盗賊でも怖気《おじけ》をふるってやっては来まい。要するに最後の目的は逮捕しさえすればいいのだ。日限を切られた七日、その七日目に自分から名乗りを上げて飛び出したこそ勿怪《もっけ》の幸い。

作戦の要領は、警戒薄しと見せかけて、敵を誘い、その実、水も洩さぬ厳重な警戒を以て否《いや》が応《おう》でも逮捕するのが一番だ。すると、物々しい警官の警戒は全然止《や》めて、腕立ちの私服刑事を以て要所を固めるの他はない。

協議一決、正午過ぎ係長以下十余名の私服刑事が三台の自動車に分乗して宮島家に着くと、田所係長はまず主人宮島氏に面会して、一切の手筈《てはず》を定《き》めた。

刑事は総数十六名、内十名は宮島家の正門と裏門の附近を、後の六名は邸内の要所々々を、係長は金庫や貴重品を置いた階上の一室に陣取って、自ら警護の任に当ろうという計画。

◆天窓から覗く顔

「もう大丈夫です。すっかり手配は出来ました。幽霊盗賊が二人来ようと、三人来ようと決して逃《のが》しっこありません」と、田所捜査係長が十分の自信を顔に見せて云った。

「いろいろとお手数をかけてすみません」主人の宮島老人は大いに恐縮した態《てい》で答える。「しかし、これだけ警戒をしていただけば、いくら幽霊盗賊でも、まさかやっては来ますまいよ」

「或はよう来んかも知れませんがね。しかし来てもらわんでは、僕の方は困るんです」

「へえ！」主人はいささか面喰《めんくら》って、「と申しますと？」

「理由は申上るまでもないことで、あんな曲者にいつまでも横行《おうこう》されてはお互いに困るんです。それに警視総監の厳命で、否でも応でも今日中に逮捕しなくちゃ、僕達の首が飛ぶんです。それも、まあ戯談《じょうだん》ですが、僕達としては是非ともやって来てもらいたいのです」

「しかし十五六人もで、警戒をなすっていては、いくら何でも入っては来られませんでしょう」

「そう思って、なるたけ人目につかんように配置をしておきましたがね。何に幽霊盗賊という奴は、入るとなったらどんなところへでも平気で忍び込みますからね。しかし、やって来るにしても、どうせ夕方から日暮時分――或は夜かもしれませんね。いくら何でも、真昼間《まっぴるま》に忍び込むなんてことは――」

係長はふと口を噤《つぐ》んで天井《てんじょう》を見上げた。硝子《ガラス》張の天窓の近くで、ミシミシと屋根を踏む足音が聞えたからだ。

「何ですかな？　あの音は？」

係長は天窓を見詰めながら呟くように訊いた。

「職人でしょう。家が古いので、あちこち雨漏りがしますんで、三四人職人を入れているのです」老人は格別気にも止めぬ風で、「あの天窓のところも少し漏りますから、直しに来たのでしょう」

「そうですか、そんなこととは知らんもので、ちょっと驚きました。しかし変なところへ天窓をおつけになったものですね」

「無くてもいいんですが、御覧のとおり、随分旧式の変な建物で、この部屋は二階の真中《まんなか》にあるので、雨の日などは少し暗いのです。それで五六年前西洋室に直した時、あれもこしらえたのですが、地震でどうかなったと見えて、大雨が降るとボチボチと落ちましてね」

主人の言葉が終るか終らないに、その天窓が五寸くらいするりと開いて、鳥打帽《とりうちぼう》を冠《かぶ》った職人の顔がぬうと下を覗いた。

「御免なせえよ。少し土がこぼれるかも知れないんですがね」

そこにいるのが宮島家の主人と、警視庁の捜査係長であろうとは、夢にも知らない職人の下働きは、ぞんざいな口調で上から呼んだ。

「土がこぼれると？　ここへ？」宮島老人はしかめ面をしながら、「困るね、土なんかこぼされては――」

「でも、仕方がないんでしてね。十分か、二十分ですから、その間、ちょっと部屋をどいてもらうといいんですがね。ここだけ後へ残すというのも厄介《やっかい》なんで」

主人は係長の顔を見た。職人の云う十分か二十分部屋を変ってもらいたいという意味の顔だ。

「差閊《さしつか》えないでしょう。まだ時刻も早いんですから」

「では次の部屋へお越しを願いましょうか」宮島老人

は自分からまず席を立つと、天窓を仰いで、

「なるたけそっとやってくれ。後の掃除が厄介だからな」と職人に注意しながら、係長を案内して部屋を外に出た。

二人の背後《うしろ》にドアが閉ると一緒に、天窓がさっと一ぱいに開いた。と思うと、長い綱がだらりと部屋の真中へぶら下った。と同時に、猿《ましら》のようにこれを伝って下りてきた職人は、片隅の金庫に近づくと見る間に、懐《ふところ》から取り出した合鍵で、苦もなく金庫のドアを開けて、宝石の入った函《ケース》の幾つかを懐に入れると、再び綱を伝ってするすると天窓の上に消えた。真《しん》に電光石火《でんこうせっか》の早業！

◆金庫の中の宝石は……

主人と係長が、再びその部屋へ入って来たのは、それから三十分も経《た》ってであった。

修繕はもう済んだと見えて、天窓は旧《もと》のとおりに閉っている。床の上には目につくほどの泥もない。二人はまたテーブルを囲んで、女中が運んで来たお茶でも喫《の》もうという時、トントンとドアを叩く音がして、顔を出したのは正門の警備に当った沼田刑事。

「係長、こんな手紙が参りました」

刑事が差出す小型の封筒を手にとると、「宮島邸内にて、田所捜査係長殿」と達者なペンの走り書き。

「誰がもって来た？」係長は封筒を破きながら訊く。

「誰だか分りませんが、正門脇の手紙受けに入っていたので、持って参りました。広告のビラと一緒に――」

沼田刑事の言葉が途切れた。途切れたも道理、手紙を開いた係長の顔は、見る見る真蒼《まっさお》に変って、手はわなわなとふるえ出した。

――宮島氏にお約束いたし候《そうろう》とおり、金庫の品々正に有り難く頂戴仕候《ちょうだいつかまつりそうろう》、無益なる御努力は御断念相成《あいな》るよう申上げ候に、過日来《かじつらい》の厳重なる警戒振り、また本日も同様の警戒、何ともお気の毒――

「宮島さん、き、金庫を調べて下さい！」

尋常《ただ》ならぬ係長の言葉に、宮島老人はあわてて椅子を立ち上った。係長と沼田刑事は不安な表情《かお》をしながら、その後につづく。

宮島老人は懐の奥深く蔵《しま》いこんだ金庫の鍵を取出した。が、その鍵の必要はなかった。ドアはとうに開いていたのだ。

「あッ！」金庫の中をのぞくと一緒に、宮島老人はぺったりと尻餅をついてしまった。

「宝石が——家内や娘の宝石がみんな——」

老人の口からは碌々《ろくろく》声も出なかった。無理もない、吝嗇漢《けちんぼ》の老人が妻君《さいくん》や令嬢からねだられて身を切るような思いをして買って与《や》った宝石——しかも、妻君や令嬢は銀行へ預けようというのを、何に大丈夫と、自分で請《う》け合《あ》って金庫へ入れた宝石である。それを盗まれたとあっては、また買ってやらずばなるまいから——

しかし、いよいよ幽霊盗賊が入ったと決れば老人の泣き面など見てはいられぬ。色を変えた係長は足も宙《ちゅう》に階段を下へ駈け下りると、各所に配置した十余人の刑事に一人々々訊いてみたが、正午《ひる》から今までに邸を外に出た者は、車を引いたどこかの商店の小僧が裏門を出入したきり他には全然ないという。広告がビラを配って歩く老人が来たが、それは正門脇の状受けへビラを投げ込んだだけで彼方へ行ってしまったと——これは往来を行きつ戻りつして警戒していた刑事の話。

「その広告配りをつれて来るんだ！」

係長の厳命。刑事は広告配りの後を追うた。その間に、係長は女中頭《じょちゅうがしら》を呼んで、先刻《さっき》裏門から入って来たという小僧のことを訊ねてみた。すると女中頭はどこかの洗濯屋の小僧が家を間違えて入って来て、坂を登ったので水を一杯ほしいと云って、少時《しばらく》休んで帰ったという。格別、怪しい節《ふし》もない。

その内に、刑事が広告配りの老人をつれて戻って来た。

「お前ではないか。この手紙をビラと一緒に手紙受けへ入れていったのは？」

係長は何気ない風で訊いた。

「へえ、私でございます。あの坂の下で頼まれましたので——」

「どんな風の男だったね？　それは？」

「職人でしたよ。鳥打帽を冠った——」

係長はハッと思った。もしかすると天窓からのぞいたあの男ではあるまいか？

「一人だったかい？　誰かつれはなかったかね？」

「伴《つれ》か、どうか知りませんが、車を引いた小僧さんと話し話し歩いていましたよ」

今度はそこにいる刑事達までハッとして顔を見合した。一同《みんな》が期せずして、裏門から入って来た洗濯屋の、小僧を思い出したのだ。

係長は五人の刑事に二人の追跡を命じる一方、屋根瓦修繕中の職人頭を呼んで調べると、果然《かぜん》、昨日雇った新《しん》前《まえ》の職人の姿が見えないという。追跡した五人の刑事が帰って来ての報告によると、車は坂下に打棄《うっちゃ》ってあったが、小僧も鳥打帽の職人も、どっちへ向いて行ってしまったか、附近の人や往来の人達にも訊ねてみたが、皆目《かいもく》行方《ゆくえ》は判らぬという。

係長は地団駄を踏んだ。無念の歯を喰いしばった。またもや、まんまとしてやられたのだ。職人に化《ば》けたは怪賊幽霊盗賊——小僧に化けたは彼が唯一の輩下《てした》。平常は快速自動車の運転手を承《うけたまわ》るあの少年と決った。二人は時間を諜《しめ》し合せておいて、幽霊盗賊が宝石を盗んで逃げ出すと、少年は裏門のところに待っていて、箱車の中へ忍び込まし何喰わぬ顔で、それを引いて逃げたのだ。そして坂道まで来ると、車の中から飛び出して、通りかかった広告配りに手紙をたのみ、痛快を叫びながら姿を晦《くら》ましてしまったのだ。——すべてはすっかり企《たくら》んだ作戦。こっちは見ん事《みごと》、その作戦にひっかかって、一週間の苦心努力を水の泡にしたのみか、再び警視庁の威信を滅茶《めちゃ》苦茶《くちゃ》に蹂《ふ》みにじられてしまったのだ。

癪《しゃく》に触る。忌々《いまいま》しいほど癪に触る。しかし何と云っても、相手は一枚上手である。警視庁の威厳をもってしても、手も足も出ないのだから仕方がない。

それにしても、この大胆不敵、真に神出鬼没を極むる幽霊盗賊の正体は、果して何者であろうか？

◆勇敢な少年

バラックはバラックながら、銀座はやはり銀座である。立ち並ぶ店の装い、人の往来《ゆきき》、自動車の数、どこを見ても銀座はやはり大東京の銀座である。

その銀座二丁目、××玩具《おもちゃ》店の角をまわって、京橋の方へとぼとぼと歩いてゆく一人の少年があった。年は十四五でもあろう。薄汚ないボロ服にハンチング、それに踵《かがと》のすり切れた靴を穿《は》いた様子は、どう見ても職に離れた貧しい少年職工の姿である。

少年は一軒の時計店の前まで来ると、元気のない足を停めて、金側の時計や、宝石を鏤《ちりば》めた装身具などを綺麗に列《なら》べた飾窓《ショーウインド》をのぞき込んだ。そしてわれにも非《あら》ず大きな嘆息《といき》をつくのであった。

その折も折、「あれッ！」という悲鳴が聞えた。次いで、

「大変だ！　狂《きちがい》自動車だ！」と喚《わめ》き叫ぶ人声。

つと振向いた少年の前方僅に十間、一台の自動車が狂奔《きょうほん》した馬のように、一直線にこっちを向いて走って来る。車上《しゃじょう》を見れば十二三の子供がただ一人、声も得《え》立《た》

てず、両手でハンドルに獅噛《しが》みついて、ただ成るがままに委《まか》している。

エンヂンの故障か、ハンドルが利《き》かないのか、それとも全然《まるで》操縦《そうじゅう》が出来ないのか。とにもかくにも、狂自動車は車道を逸《そ》れて歩道へ乗り上げようとしているのだ、顚覆《てんぷく》か、衝突か！　往来の人々は悲命《ひめい》を挙げて逃げ惑《まど》う。危機一髪《ききいっぱつ》のところ。

その狂自動車は、今、少年の眼前一歩に迫った。その瞬間、飾窓に立った少年が電光のように飛び出したと思うと、狂自動車の運転手台へひらりと燕《つばめ》のように飛び乗った。と思うと、狂自動車は歩道とすれすれのところで危うく停った。

逃げ散った群衆は、忽《たちま》ち黒山のように自動車の周囲《まわり》へ集って来た。そして、

「偉いぞ！」

「勇敢な少年だ！」と口々にその少年を賞《ほ》めたたえた。その内に誰かが拍手をすると、それを合図にパチパチと賑かな拍手が起った。

その時、真蒼い顔をした自動車の運転手が巡査と一緒に、群衆の中を掻き分けて入って来た。

「どうも相済みません――ちょっと店へ入ってる間に、きっと坊ちゃんがハンドルを弄《いじ》ったのでしょう。誰方様《どなた》がお停め下さったでしょうか？」

運転手は自動車を停めてくれた人に、礼を云おうとうろうろと四辺を見廻した。が、そこにはもう勇敢な少年の姿は見えなかった。


「君々、ちょっと！」

後から呼ぶ声に、少年はつと足をとめて振返った。すると見知らぬ一人の紳士が、にこにこ笑いながら近づいて来て、

「君は大変立派な行為《おこない》をしておいて、どうして逃げてゆくんだね？」と言葉静《しずか》に訊いた。

「僕、何も逃げるんじゃないんですが」少年は怜悧《りこう》そうなその円《つぶら》な眼をパッチリと見開いて、「あすこにいたって仕方がないんですもの」

「それもそうだが――まあ、そんな話はいいとして君は何か心配事があるんだろう？　それも時計のことじゃないの？」

見馴れぬ紳士は唐突《だしぬけ》に変なことを云い出した。

「ええ！　どうしてそれを御存知です？」と少年は胆《きも》を潰《つぶ》して驚きながら相手の顔を見上げた。

「どうしてって、実は先刻《さっき》から僕、君の後をつけて来てたんだ。時計屋の前へ来ると、立ち止って飾窓を覗き

込む様子から、或はそんなことじゃないかと思っただけのことだよ」

「そうでしたか!」少年はいよいよ驚いた風で、「僕、叔父さんから時計を盗んだろうと云われて癪にさわるので、家を飛び出してきたのです。それで時計屋の前へ来るとつい気になって自分でも知らずに覗いていたのです」

「そうかね、では今叔父さんの家にいるんだね? お父さんやお母さんは?」

「僕は一人ぼっちで、兄弟も何もないのです。それで叔父さんの家に厄介になっていたんだけれど面白くないから、もう帰らんつもりです」

「叔父さんのところでは、何をしていたの?」

「自動車の修繕をしていました」

「じゃ、自動車の運転は巧いはずだ」紳士は感心したように云って、じっと少年の顔を見詰めながら、「すると、君はもう叔父さんの家へは帰らない決心だね?」

「ええ、僕、乞食《こじき》をしても、もう帰らないつもりです」

「そうかね。それでは一層都合がいい。一つ君の力を借りたいんだが、どうだろう。頼まれてくれまいか?」

「ええ、僕に出来ることなら――」

「君になら大丈夫出来ることだ。じゃ、早速頼むこととしよう。他でもないがね、ちょっと使《つかい》に行ってもらいたいのだ。行先は牛込《うしごめ》加賀町の十八番地の木村ふみという女名前の家だ。そこへ行って、この手紙を渡せばいいのだ。が、主人に直接渡さなくちゃいけないよ。三十五六の男だ。その男の顔をよく見てきてくれたまえ。それから、この手紙をどこでどんな人に頼まれたと訊かれたら、東京駅で名前は知らないが丸顔の鼻のわきに黒子《ほくろ》のある人に頼まれたと云うんだ。すると何か品物を出して、これからどこへゆくかと訊くかもしれないから、その時は芝公園のグラウンドで、その人に会うはずだと答えるんだ。それから品物を受取ったら、直ぐ僕のところへ来てくれたまえ。これに住所《ところ》番地があるからね。但《ただ》しこの名刺は途中で破くんだ。僕の名は絶対秘密だからね。――これは電車賃だ」

紳士は一枚の名刺と一緒に五十銭銀貨を少年の手に握らして、

「君の名は?」と訊いた。

「僕、丸山太郎というんです」

少年ははっきりした口調で答えると、紳士から渡された名刺を見た。それには「秘密探偵、水口辰男――麹町《こうじまち》区三番町七五」とあった。

◆有り難い、さあ逮捕だ！

「やあ、御苦労々々、大分遅いので、どうなったかと思って心配していたんだ」

秘密探偵の水口氏は、玄関の書生が変な顔をして案内してきた丸山少年に椅子をすすめながら、

「主人に会って手紙を渡したかい？」と待ち兼ねていたように訊く。

「ええ、門を入ると、丁度僕ぐらいの少年が出て来て、用事なら取次ぐと云ったんですが、僕、御主人に直々会って手紙を渡すように頼まれて来たからと云うと、その少年が生意気《なまいき》に誰からどこで手紙をたのまれて来たと訊くので、教わったように云ったんです。すると中へ入って行って間もなく出て来ると、では中へ通れというので、僕ずんずん二階へ入っていったんです」

「ふむ、で、主人に会ったんだね？　どんな風の男だね？」

「三十五六と云われたんですが、僕には三十位にしか見えませんでした。眉の濃い、眼の光る立派な男で、ちょっと恐いようなところがありました」

「ふむ、それから手紙を渡したんだね？」

「ええ、僕直ぐ出したんです。すると中を開けて読んでみて、じっと僕の顔を睨んでいたと思うと、玄関で少年が訊いたと同じようなことを訊くのです。それからついと起ち上ったと思うと、次の間へ入って行って、新聞に包んだものを持って来て、僕の前に置いたので、僕はそれを持って出てきたのです」

「ふむ、渡す時、何とも云わなかったかね？」

「ええ、何とも云いませんでした。それから僕は電車に乗ろうと、真直《まっすぐ》に柳町《やなぎちょう》へ出て来たんですが、途中でふと後を振向くと、玄関へ取次ぎに出た少年が後からやって来るのです。そうして僕が乗った電車へ飛び乗ったので、もしかすると、僕の後をつけてるんじゃないかと思って、僕は水道橋で乗り換えるところを、うっかり乗り過した風をして万世橋《まんせいばし》までゆくと、やっぱり後をつけてくるので、こいつどうにかして撒《ま》かなくてはと、万世橋際の一品料理店へ入ってゆっくりと飯を食って、裏口から逃げ出してきたのです。それでこんなに遅くなったのでした」

「そいつは巧くやった。感心々々。それで、その新聞包みと云うのは？」

丸山少年がポケットの中から、源平糸《げんぺいいと》でからげた小さ

い新聞の包みを出すと、

「ははあ、人目につかんように、わざと古新聞で包んだんだ。どれ、早速開けてみよう」

水口探偵はテーブルの抽斗《ひきだし》から鋏《はさみ》を出して、糸を切ると、急いで新聞の包みを開いた。すると中から出てきたのは長方形をした小さい箱根細工《はこねざいく》の函。

裏を返し、横を眺めて、少時、函の秘密を調べていた探偵が、片隅のところをぐっと押すと、コトリという音と一緒に、函の側面がまず開いた。後はもう雑作《わけ》もないこと、最後に開いた蓋《ふた》の中から探偵が取出したのは、燦《さん》然《ぜん》たる宝石入りの数個の指環《ゆびわ》であった。

「有り難い！」思わず探偵が叫んだ。「もう逮捕したも同然だ！」

「逮捕ですって？」

自分が持ってきた古新聞の包みから、意外なものが飛び出したので、驚きの眼を見はっていた丸山少年が、不思議な探偵の言葉にいぶかしそうに問を発した。

「そうだ。君には何が何だかさっぱり事情《わけ》が分るまい。これは極々《ごくごく》の秘密だが、君にはまだこれから手伝ってもらわんければならんから、すっかり事情を話しておこう。君は今朝の新聞に出ていた幽霊盗賊の記事を読んだかね？」

水口秘密探偵は癖なのか、ぽかりと突拍子《とっぴょうし》もないことを云い出す。

「小石川の宮島家へ忍び込んで、警視庁の探偵が十六人も厳重に警戒している邸の内《なか》から約二万円近い宝石類を盗み出したというんでしょう」

「そうだ、ところでその幽霊盗賊が盗み出した宝石というのは、これなんだ」

「ええ、この宝石が？」

丸山少年は驚きのあまり唖然とした。

◆秘密探偵の話

「驚くのももっともだ。これには理由《わけ》があることだ。僕は前からあの幽霊盗賊を逮捕しようと思って苦心していたのだ、ところが、君も知ってるとおり変幻出没《へんげんしゅつぼつ》、警視庁でさえ手古摺《てこず》っている怪賊だから、犯行の現場を取って押えようとしても、それはとても難しいのだ。そこで考えてみると、幽霊盗賊の覘うのは宝石類が主である。その宝石を彼はどう始末しているか、僕はそこへ目を附けたのだ。そこで東京、横浜、さらに大阪、神戸へかけて、一月の上も調べたのだ。すると偶然のことから手懸《てがかり》がついて、幽霊盗賊の盗み出した宝石類は神戸のある宝石商の手で、上海《シャンハイ》方面へ売り飛ばされていることが判ったのだ。つまりその宝石商と結托《けったく》して、彼は仕事をしているのだ。そこで僕は二週間ほど前から神戸へ行ってその宝石商を監視していると証拠はいよいよ歴然《れきぜん》となってきた。そこで昨日だ。幽霊盗賊が宮島家を襲うたという記事が大阪の新聞に出ると一緒に、その宝石商は大急ぎで三宮《さんのみや》駅へ駈けつけたのだ。後をつけると東京行きの特急へ乗る。こいつ怪しいと思ったので、僕も一緒に汽車に乗って厳重に監視をつづけて、汽車が品川へ着くと一緒に逮捕したんだ。それから早速携帯品を調べると、手提鞄《てさげ》の中から出てきたのは、君に頼んだあの手紙だ。僕は取敢《とりあ》えずその男を挙動不審として品川署へ預けておいて、巧く手紙を開けてみると『平常《いつも》のように使を出すから、品物を渡してれ』という意味が書いてある。自分で行っては危険と見て、前々から人目につかんように、使を立てて盗んだ品のやりとりをしていたに違いないと睨んだので、こいつ幽霊盗賊をひっかけて確かな証拠を摑んでやろうと、適当な使者《つかい》を捜しながら、銀座まで来ると、偶然、君に出会ったわけだ」

「すると、僕にこの宝石を渡したあの男は、幽霊盗賊だったでしょうか？」

「そうだ、君の云った眉の濃い、眼の光る男が、有名な幽霊盗賊なのだ」

探偵は驚く丸山少年の顔を見ながら、言葉をつづける。

「そこで確実《たしか》な証拠は手に入ったから、今度はいよいよ逮捕の段だ。僕は一週間ほど前に、十日以内にきっと幽霊盗賊を逮捕してみせると新聞記者に断言したのだ。その十日の日も、もう剰《あま》すところ僅に三日だ。それも君のお庇《かげ》で、まず予定通りに運んだのだ。大いに君に感謝するよ。と同時に、あの怪賊を逮捕する場合に、今一度、君の力を借りなくちゃならないんだ」

「何でもお手伝いします！」丸山少年は元気に満ちた声で云った。「幽霊盗賊を逮捕するなんて大いに痛快です。僕に出来ることなら、何でもやります！」

◆兇賊遂に逮捕

幽霊盗賊が、小石川の富豪宮島家を襲うた翌々日、更に一層驚くべき報道が帝都の人々を驚かした。それは東京××新聞に発表された幽霊盗賊の宣言であった。

余《よ》は不正なる手段によって、巨万の富を蓄積したる世間の富豪を膺懲《ようちょう》せんがために、今後順次に彼等を襲うべきことを宣言する。但しそれらの富豪に対しては、直ちに警告を発すべく、もし彼等にして警告を受くると同時に、その資産の十分の一を世の慈善事業に寄附せば、余は彼等になお一片の良心ありと認め、余の黒 表《ブラックリスト》中より彼等を除くべきことを盟《ちか》う。

幽 霊 盗 賊

俠賊気取りの幽霊盗賊は、警視庁を無能と見縊《みくび》って、いよいよ大胆不敵の態度に出たのだ。慄《ふる》え上ったのは、帝都の富豪、いよいよ面喰ったのは警視庁である。

宣言発表と同時に、そこからもここからも、警戒依頼の電話が来る。中には自動車を飛して、警視総監に面会を求め、幽霊盗賊からの脅迫状を突きつけて、警視庁の無能を難詰《なんきつ》する者もある。その一方新聞は筆を揃えて、猛烈に警視庁を攻撃するという有様。

四面楚歌《しめんそか》の中に立った警視総監が、額に青筋を立てて、田所捜査係長以下の面々を呶鳴りつけた。しかし、呶鳴っても、我鳴《がな》っても、脅迫状を突きつけられた大実業家や富豪の邸宅を警戒する他に施すべき策はない。警視総監は都下全警察の非番巡査に召集を命じて、その日の夕方から、幽霊盗賊に狙われた二十余人の富豪の邸宅を厳重に警戒することとした。

＊　＊　＊

その夜の十時過ぎ、士官学校前を市ケ谷見附に出て、電車通りを四ツ谷見附の方へ駛《はし》ってゆく二台の自動車があった。

約一町の距離を置いて、二つの自動車は四ツ谷見附を右へ、塩町《しおちょう》を左へ、昔の青山練兵場《れんぺいじょう》に添うて、人通りもない寂しい陸軍大学の前へ差し蒐《かか》った時、突然、先頭の自動車が停った。と、同時に約四十間も後を走っていた今一台の自動車はこれまたぴたりと進行を停めて、道の左側に寄りながら、ヘッドライトを消した。

前方の自動車では運転手が飛び下りて、タイヤの検査を始めたらしく窓から頸を出した車上の主人との話声が聞える。

「空気が脱けたんですよ」

「家を出る時、検《しら》べなかったのか？」

「すっかり検べたんです。どうも不思議です」

「タイヤが古くなったはずもないし、怪《おか》しいなあ。まあ宜《い》い、早く空気を詰めるんだ」

運転手は空気ポンプを持ってきて、真暗い中でせっせと空気を詰め出した。車上の紳士は煙草を出して火を点《つ》けた。

三分、四分——

「どうだ、まだかい?」紳士がもどかし気に聞く声がした。

「もう大丈夫です」

運転手がそう云って、タイヤの傍《そば》を離れようとした時、暗《やみ》の中から電光《いなずま》のように飛び出した黒い影が手にした布《ぬの》片《きれ》でさっと運転手の顔を掩《おお》うたと思うとただそれっきり、運転手はぐにゃりとなって怪漢の手に倒れかかった。

「早くしないか!」

車上からまた声がした。すると黒い影の背後《うしろ》から「ハッ」と答える声がして、背恰好《かっこう》も服装《みなり》も寸分違わぬ別の運転手が、ひらりと運転手台に飛び乗った。そして自動車《くるま》は再び走り出した。

後に残った怪漢は、死んだようになった運転手を抱え上げて、後の自動車に運び込むとそのまま、自分でハンドルを取って、前方《さき》の自動車を追駈けた。が、青山一丁目の交番の前まで来ると、ちょっと運転を止めて、懐から取り出した名刺に大急ぎで何事か書きつけて、交番の巡査に渡した。

その時、前方の自動車は電車通りを右へ、一直線に走っていた。これを見失うまいと後方の自動車は全速力で後を追う。

五分も経たぬに、二つの自動車はすれすれになって、左側に見える大きな建物の前まで来た。と、前《さき》を行く自動車が、その建物の真正面でぴたりと停った。同時に後の自動車も——

それを待ってでもいたように、厳《いか》めしい建物の中からバラバラと飛び出した十余名の壮漢は、忽ち前方の自動車を包囲して、有無を云わさず車上の紳士を取って押えた。

＊　＊　＊

幽霊盗賊の宣言に胆を冷した東京市民は、その翌朝の新聞を見て、思わず快哉を叫んだ。帝都十五の新聞は、殆どその全紙面を挙げて、大怪賊幽霊盗賊の逮捕を報じたのである。

長い新聞記事をここに転載するのは煩《わずらわ》しい。それに読者諸君は兇賊逮捕の経路《すじみち》は大略御存知のことと思うが故に、その結末だけを記しておこう。

兇賊を逮捕した殊勲者《しゅくんしゃ》は、云うまでもなく水口探偵と丸山少年であった。水口探偵は幽霊盗賊の隠れ家を突留めて以来、追跡の自動車を準備して昼夜の別なく監視をつづけていたのである。

すると三日目の夜、果然、幽霊盗賊は出動の用意を始めた。命をうけた丸山少年は、秘《ひそか》に怪賊の乗る自動車の車庫に忍び込んで、後部《うしろ》のタイヤに深い孔を穿《あ》けた。それとも知らず怪賊は例の如く少年運転手に運転さして出掛けたのである。孔を穿《うが》たれたタイヤは、丁度工合《ぐあい》よく人通りの少ない暗《くらやみ》の道で役に立たなくなってしまった。作戦は図に当ったのだ。

少年運転手が空気を詰めてしまうと一緒に、水口探偵はクロロホルムを浸した布片を以て、まんまと運転手を俘虜《とりこ》にした。と同時に、丸山運転手は怪賊の自動車に飛び乗って、ハンドルをねじた。

手筈はとうに出来ている。四ツ谷区内ならば四ツ谷の警察へ、麹町なら麹町警察へと――が、場所は青山一丁目だ。行先は赤坂警察の他にない。丸山少年が緩急自在《かんきゅうじざい》に自動車を走らしている間に、水口探偵は交番の巡査に、赤坂警察への至急電話を依頼した。

丸山少年が自動車を止めた場所は云うまでもなく赤坂警察署の真ん前であったのだ。

深夜の冒険

一　真夜半《まよなか》の電話

「何を云ったて、彼奴《あいつ》は近来の難物だよ」

「そうだね。すばしこくて、影も形も見せないんだから、どうも始末にいかん。実際《まったく》だよ、今までに指紋一つ残したことがないからね」

「何とか君の方で方法がありそうなものじゃないか。金庫にかけちゃ庁内一の権威《オーソリチイ》の君だもの」

「それは以て無理な註文だよ。金庫の構造から相当研究してるんだから、どんな金庫でも自由自在に開けては見せるがね。金庫を開ける盗賊《どろぼう》を捕えるのは、君の方がもっと上手《じょうず》だよ」

「それが今云うとおり指紋一つ残さないと来てるから、どうにも手が出ないんだ」

「一体、被害件数はどれ位になってるだろう？」

「さあ、山村銀行を筆頭《ひっとう》に、海野《うんの》商店、松村合名《ごうめい》……最近では日本橋の新井商会と……どうせ十件以上だね。被害額は海野商店の三万五千円、戸田銀行支店の二万円、新井商会の一万二千円、……そうだね、ざっと見積っても十四五万円には上ったろうね」

「驚いたもんだね。新聞の攻撃も無理がないよ」

「だから、お互に毎晩当直という訳さ」

「そうして被害のある度《たび》にお叱言《こごと》を食うという段取だね。あああ人生刑事になるなかれだ！」

　警視庁の当直室で、二人の警部が燃え残った暖炉を囲んで話している。一人は犯罪捜索の天才と云われた天野警部、一人は庁内の金庫通を以て自任する亀井警部。

　この二人が、真夜中に近い今頃まで、退屈な欠伸《あくび》を連発しながら当直の次第は、ほぼ二人の会話《はなし》で察しがつこう。近来稀《まれ》なる兇賊、それも金庫破りの専門怪賊が、影の如く魔の如く、帝都を荒し始めてから既に一ケ月、警視庁は都下の全警察と協力して必死の活動を続けてきたが、労して功なし。今日なお怪賊の正体は判明せず、頻々《ひんぴん》たる被害と警視庁無能の声を聞くばかり。地団駄《じだんだ》踏んでも追《おっ》つかず、今はただ警戒網を厳重にし、その道の敏腕家《びんわんか》である二人の警部に夜を徹しての警戒を命じて、機会の到来を待つばかりとなった。

両警部がその当直を仰せつかってから既に六日。幸いにして、その間事件はなかったものの、無ければないで、一層欠伸は出ようというもの。人生刑事の嘆《たん》が出るのも無理はない。

「ところで、もう何時かしら」亀井警部はつゝと振向いて時計を見た。「おや十一時四十分だ。忠男君、もう寝たまえ。何も用はないんだから」

「ハイ」

室《へや》の入口、扉《ドア》に近い机に向いて、一心不乱に読書をしていた少年給仕が面《おもて》を上げてこっちを向いた。

「何を熱心に勉強してるね?」

煙草の煙を輪に吹きながら、天野警部が訊いた。

「小坂博士の科学探偵という本です」

「科学探偵だって? 生意気《なまいき》な書籍《ほん》を読んでるじゃないか。探偵にでもなるつもりかね?」

「ええ、僕大きくなったら探偵になるつもりです」

「止した止した」亀井警部が窘《たしな》めるように、

「そんな馬鹿な考を起すよりは、算盤《そろばん》でも稽古《けいこ》して、小僧《こぞう》になるんだ」

「だって、偉い探偵になって、怪賊を逮捕する方が、もっと愉快で、お国のためになるじゃありませんか」

「生意気を云うね。そう易々《やすやす》と怪賊が捕まりゃ、僕達はこうして寝ずの晩なんかしやしないよ」

「それや、貴下方《あなた》がまだ偉くないからですよ。シャーロック・ホームズみたいになれば、どんな賊だって直ぐ捕っちまいますよ」

すっかり馴れっ子になって、伯父さんくらいに思っているので、忠男君なかなか遠慮をしない。

「馬鹿を云え! 小説の探偵みたいに盗賊が捕まれば、警察はいらないんだ」

こっちも退屈な矢先、天野警部も傍《かたわら》から口を出す。

その折も折、壁にかかった電話の呼鈴《ベル》が、消魂《けたたま》しくリリリンと鳴った。つと起《た》ち上った忠男君が、受話器をとって耳にあてた。

「あ、モシモシ、——、そうです。あ——いますよ。貴方《あなた》は? ええ? 電話口へ——ちょっと待って下さい」

忠男君は受話器を持ったまま、

「亀井さん、誰だか電話口へ出て下さいって」

「僕に? 誰だろう、今頃?」

亀井警部は大儀そうに椅子を離れて受話器を取った。

「ああ、誰方《どなた》ですか? 僕、亀井ですが——」

「亀井警部ですね?」先方《むこう》から念を押す声が聞えた。

「そうです、亀井警部です――」

「間違いないんですね？　それは好都合です。実は貴下にちょっと来ていただきたいんですが……」

「僕に？　どこへです？」

「小伝馬町《こでんま》の八十四銀行へです。あすこへ今日、四五万円現金が入ったので、それを頂戴《ちょうだい》に行こうと思うんです。あすこの金庫は近頃輸入したばかりの最新式の金庫だという話ですからね。一つ僕の手並を貴下に見ていただきたいんです」

「へえ！　な、なんだって？」

亀井警部の声は顫《ふる》えた。

「貴下は耳が遠いんですか？　この夜更《よふけ》に同じ事を繰返しちゃ堪《たま》りませんや。じゃ、さようなら！」

電話は切れた。

「あ、天野君！　金庫破りだ！」亀井警部ガチャンと受話器を投げかけながら、「忠男君！　自動車を云ってくれ！　片時《へんじ》も早く！」

二　開かれた扉《ドア》

二人の警部と、捕物《とりもの》にかけては腕自慢の古谷刑事を乗せた警視庁の自動車は、東京駅の前を永楽町から新常盤《ときわ》橋へ、更に本石町《ほんごく》を一直線に、深夜の街を突走《とっぱし》る。

自動車は小伝馬町の十字路に停った。赤電車が通り過ぎた後の静けさ。四辺《あたり》には犬ころ一つ影を見せぬ。

「あの建物だね！」

天野警部が低声《こごえ》で云った。

「そうです、この辺で震災で焼け残ったのはあの銀行一つです」

古谷刑事が答えた。

向う側の角から四軒目、立ち並ぶバラックの中にたった一つ群を抜いてそゝり建つ三層の西洋建築。自動車を降りた三人は、電車線路を横切って問題の八十四銀行の入口へ急いだ。

が、十歩といかない内に亀井警部はつゝと足を停めて振向いた。自分達の直ぐ後を小走りに追っかけて来る跫音《あしおと》を聞いたからだ。と同時に、警部は、

「やア！」と叫んだ。「君は忠男君じゃないか？」

その声にびっくりして、他の二人も足を停めた。

「どうして跟《つ》いて来たんだね？」

「僕、運転手台へ乗っかって来たんです。金庫破りを逮捕するところを見せて下さい」

「駄目々々！　お前なんどの来るところじゃない！」

天野警部の声は嶮《けわ》しい。「自動車の中で待っていたまえ！」

退屈な当直室のとは事が違う。帝都を刧《おびや》かし、警視庁を愚弄《ぐろう》した金庫破りの怪賊を、今、逮捕しようという矢先だ。給仕なんどに構っている閑《ひま》はない。

三人は厳《いかめ》しい石造建築の正面、重い鉄扉《てっぴ》の前に立った。第八十四銀行本店――近頃書き換えたばかりであろう。鮮かな金文字の表札がかかっている。

手を伸した古谷刑事がいきなりぐっと呼鈴を押した。

十秒二十秒――誰も出て来る者がない。

「もっと強く押してみたまえ！」

二三度、古谷刑事は続けさまにぐっぐっと釦《ボタン》を押した。が、やっぱり何の返事《いらえ》もない。

「仕方がない、扉を叩くんだ！」

そう云いながら、亀井警部がドンドンと力一杯扉を叩いた。と、どうだ！　その拍子に、重い重い鉄の扉がギイと音して、一寸ばかり開いたではないか！

三人は思わず顔を見合した。ハッと思ったのだ、扉が開いた！　何の苦もなく扉が開いた！

巨万の財宝を蔵する大銀行の扉ではないか。出入自由の無料宿泊所の入口とは事が違う。厳重な上にも厳重な鉄の扉である。それが拳《こぶし》の力一つで、雑作《わけ》もなく開くとは？

もう金庫破りが忍び込んだ後なのだ！

三人の頭には、同時に思い浮んだことはそれだった。怪賊は既に目的を達して逃げ去ったか？　それとも未だ金庫の前で仕事をしているだろうか？　いずれにしても怪賊が忍び込んだということは間違いない。

三人は緊張し切った面持《おももち》で、扉を中に踏み込んだ。薄暗い電燈がそこここを照しているだけ、広い建物の中はひっそりとして音もない。

真鍮《しんちゅう》の網に囲まれた勘定《かんじょう》台の前をぐるりと廻って石段を上ると真直に右へ廊下がつづく。その廊下を跫音静に進んでゆくと、突当りが会計課長室、次いで重役室会議室。

会議室の前まで来た時、云い合したように三人が足を停めた。が、どこからも物音一つ聴えて来ない。

「金庫はどこにあるだろう？」

天野警部が呟くように云った。

「さあ——会計課長の室《へや》にでもあるだろう」

「そうでしょうね」古谷刑事が相槌《あいづち》を打った。「それにしても宿直室はどこでしょうね？」

「そうだ。まず宿直を叩き起さなくちゃ——」

ここまで来れば、もう跫音を憚《はばか》る必要はない。三人は急に靴音を立てて宿直室を捜しにかかった。しかし、それは捜すまでもなかった。靴音に目が覚めたのであろう。その時会議室の正面応接室の隣の扉が、内側から半分ほど開いて、四十前後の円顔《まるがお》の男が上衣《うわぎ》の服をひっかけながら、寝呆《ねぼ》けた顔をぬいっと出した。

「だ、誰だ！　君達は？」

廊下に突っ立つ三人の男を見ては、寝呆け眼《まなこ》ならずとも、誰しも胆《きも》をつぶすはずだ。その声は顫えていた。

「僕達は、警視庁の者ですがね、ちょっと御注意申したいことがあって来たのです」

足を後に返しながら天野警部がそう云った。

「注意って、今時分何の御用です！」宿直員は半信半疑の態《てい》である。その時、警部は宿直員の右の眉根に大きな傷のあるのを見た。

「例の金庫破りが、今夜、ここへ忍び込むと云ってきたのです——」

「へえ、あの金庫破りが！」

宿直員は反《そ》り返るほどに驚いた。

「それで飛んで来たんですがね、来てみると入口の扉が開いているんです」

「ええ、入口の扉が！　それは真実《ほんと》ですか？」

驚愕《きょうがく》と恐怖に色を変えた宿直員は、泡をくって部屋の外に飛び出したと思うと、夢中で課長室の前へ走っていったが、扉の把手《とって》に手を掛けると一緒に、

「や！　ここも開いてる！　た、大変だ！」

三　金庫の中は？

色を失った宿直員の後を追うて、三人は課長室に飛び込んだ。同時に、電燈がパッと点《つ》いた。

綺麗に取り片附けた事務用の大卓子《テーブル》を中央に、片隅に置かれた最新式の大型金庫、壁にかかった油絵の額。目につくものはただそれっきり。

天野警部はつと身体《からだ》を跼《かが》めて卓子の下を覗き込んだ。が、無論そこに人の姿は見えなかった。

「ああホッとしましたよ、これで！」

頓狂《とんきょう》な声を出しながら、宿直員が真実《ほんとう》にホッとしたらしく大きな呼吸《いき》をついた。

「忍び込んだものの、どうにもならんで引返したんですな」

古谷刑事が拍子抜けのしたように云った。

「そうでしょう、この金庫は最新式の米国製で、どんな金庫破りでも手の下せるはずがないんですから」

「いや、そうも云えませんぜ――」

金庫の前に突っ立って、じっと文字盤を睨んでいた亀井警部が、小首を傾げながら呟くように云った。

「だって、金庫に少しも異状が無いではありませんか?」

「いやいや、外から見て異状がなくったって、内部《なか》に入ってるものが失くなっていたらどうします――」

「すると内部の物が盗まれていると云われるんですか?」

宿直員の顔がまた蒼《あお》くなりかけた。

「いや、決してそう断定する訳じゃないんですが、文字の組合せを知ってる者なら、この金庫を開けるくらい雑作《わけ》もないことです。それに今夜の電話では、この金庫が最新式の輸入金庫であることを承知の上で、俺の手並を見てくれと云ってきたんですからね」

「へえ!」宿直員は少時《しばらく》呆然としていたが、急に何事か思い出したように、「じゃ中のものは盗まれてるかも知れませんね――そいつは大変だ。課長のところへ直ぐ電話を掛けなくては――」

宿直員が慌てて部屋を出ようとすると、亀井警部がつと止めた。

「ちょっとお待ちなさい。もし異状がなかったら人騒がせですから、僕が調べて上げましょう」

「貴下が?」宿直員は目を丸くして、「貴下にこの金庫が開くんですか?」

「さあ、やって見なくちゃ分りませんがね。どれ、この文字盤の組合せはと――」

亀井警部は金庫の前に片膝ついて、少時組合せの文字盤を睨んでいたが、

「ははア、三回廻転式だな、それではAとGとを合して、右へ一つ、二つ、三つ、――それから左へ一つ、二つ、三つと――」

独言《ひとりごと》を云いながら、右へ左へ組合せの文字盤を廻転している内に、コトンと音がしたと思うと、第一の扉がぎいっと開いた。

今度は第二の扉だ。三人は前屈みになりながら、一生懸命、眼を光らして、亀井警部の指頭《ゆびさき》を見詰めた。と、突然、警部が叫んだ。

「大丈夫だ! 中は開けたものじゃありません」

「どうして分ります？」

「いや、今度は鍵がなくちゃ開かないんです。で、もし合鍵を使って開けたんなら逃げ出すのに気を取られて、元通り鍵をかけたりするはずがないんだ。ところで、ちゃんと鍵がかかっているんですからね」

「でも、落ちついた奴なら、元通りにしておくかも知れんよ」

「そうですね、心配ですから次手《ついで》に中まで開けていただきましょう。何しろ五万円の現金が入っているんですから」

宿直員の言葉にも一理ある。亀井警部はポケットから鍵束を取り出して、その中《うち》から、小さい合鍵を選み出すと、それを鍵孔に差し込みながら、ぐっと右へ一捩《ね》じ――第二の扉は苦もなく開いた。「まるで真物《ほんもの》の金庫破りだね」天野警部が感嘆の声を洩らした。

「ふむ、この道にかけたら真物以上のつもりだがね」

亀井警部は笑いながら、「さあ、後は何でもないんです。この抽斗《ひきだし》さえ開けば宜《い》いんですから」

その抽斗も雑作なく開いた。と、そこに帯封をした百円紙幣《さつ》の厚い束が、幾つもの列をして整然と列《なら》んでいた。宿直員は指先でその紙幣束を一つ二つと算《かぞ》えながら、

「確にあります！　お庇《かげ》で安心しました。やっぱり入るには入ったんだが、手が出ないで逃げていったんでしょうね」

「多分そうでしょう」亀井警部は金庫の扉を旧《もと》通りにしながら、

「この金庫の文字盤の組合せは、簡単なようで却々《なかなか》複雑ですから、手に負《お》えなかったんでしょう。大きなことを云っといて、今頃はどこかで苦笑してるんでしょうよ。さあ、これで旧通りです。では、これで失礼しましょう、どうも夜中《やちゅう》お騒がせして済みませんでした」

「いや、どうしましてこちらこそ不注意から飛んだ御《ご》厄介《やっかい》を掛けました」

三人は宿直員に送られて外に出た。そして聊《いささ》か物足らないような、といって満更不快でもない気分に包まれて、深夜の街を警視庁へと取って返した。

が、三人が三人とも、否《い》や操縦台の運転手まで、少年給仕の忠男君を小伝馬町の十字路に、取残してきたことには気がつかなかった。

四　藻脱《もぬ》けの殻《から》の五万円

さて、これから話が活動写真のように目眩《めまぐ》るしくなってくる。

三人の乗った自動車が、先刻《さっき》の道を逆に、本石町から新常盤橋を突切って、永楽町のガードを右へ、ぐいと急角度で曲ろうとした時。東京駅の方面から、これも全速力で疾駆して来た一台の自動車。邪魔物のない深夜の道を、互いに警笛一つ鳴さず突進して来た二つの自動車《くるま》が、危うく正面衝突をしそうな勢で辛くも道を避けたと思うと、

「やっ！」と向うから声がかかった。「亀井君と天野君じゃないか？」

振り返ると、これも警視庁の自動車。声は正《まさ》しく聞き馴れた小泉捜索係長。

「今頃、どちらへ行かれるんです？」

慌てて自動車を停め亀井警部が問い返した。

「どちらもあるものか、八十四銀行へ金庫破りが入ったんだ！」

「ええ、八十四銀行へ！」言葉は繰返したが、考えるまでもないこと、「それは悪戯《いたずら》です。僕達もその手にひっかかって、今行って来たところです」

「いや、君達が出た後の出来事なんだ。随《つ》いて来たまえ！」

係長はそう云い棄てて、再び自動車を走らした。

嘘だ、断じて嘘だ！　銀行を出てから二十分。いや十五分と経ってはいない。その間に、しかも自分達が出た直ぐその後に、怪賊が押入るなんて、到底《とうてい》あり得《う》べき事ではない。

悪戯だ！　きっとそうだ！　厳重な金庫に匙《さじ》を投げて逃げ出した金庫破りが腹癒《はらい》せにする悪戯なんだ！

二度と再び、その術《て》には乗りたくない。が、鶴の一声――三人の自動車は同じ道を三度《みたび》、行きつ戻りつしなければならないこととなった。

×　　×　　×　　×　　×　　×　　×

二台の自動車が八十四銀行の前に停った時、そして係長の後に尾《つ》いて、再び正面の入口に立った時、三人は思わずアッと声を立てた。

重い鉄の扉がまたしても開いているではないか！　しかも今度は五寸ばかり――。

三人は自分達の背後《うしろ》に宿直員が扉を閉るのを見とどけた。いや、閉めた上に錠を下す音まで確に聞いた。

その扉がまた大きな口を開けて彼等を待っていようとは？ それが不思議でなくて何であろう？

が、その不思議も、その驚きも、一瞬の後彼等が打《ぶ》つかった大驚愕に比ぶれば不思議の事でもなかったのだ。

扉を開けて、案内知った廊下を正面、課長室へ突き当った時、これもまた、半分ばかり開け放された扉の中を覗き込むと、これはしたり！

金庫の扉《と》は左右一杯に開かれて、床の上に散かった債券や書類の山！ 抜き出された抽斗には藻脱けの殻の五万円！「ややや！」「これはどうした」四人が四人異口《いく》同音《どうおん》。呆然自失を通り越して、係長以下唖《おし》のように口も利けずに突立った。

「あの宿直員は？」

亀井警部がそう云うまでには、少くも一分の時が経っていた。と同時に、夢から覚めたように、天野警部と古谷刑事が廊下へ向いて飛び出した。

会議室の前へ——二人はノックする間ももどかしく、さっと扉を押し開けた。と、どうだ！ そこは人影もない空ん洞《がら》で、室内には卓子と三四脚の椅子があるきり寝台《ベット》もなければ寝具もなく宿直室とは受取れない。


部屋を間違えるはずがない。あの宿直員が、上衣をひっかけながら寝呆け眼で出て来た、部屋は正《まさ》しく此室《ここ》だ。

果てな？ 事はいよいよ不思議になった。二人は足も宙に廊下を右へ左へ、宿直員を捜し廻った。と、会議室から三つ目の室にかかった「宿直室」の表札。

「おや、宿直室はここではないか！」

訝《いぶか》る間もない、つと把手《ハンドル》に手をかけたが、扉はびくとも動かない。耳をすますと、中から聞ゆる苦しそうな呻《うめ》き声。

「亀井君！ 亀井君！」

天野警部が大声で呼んだ。駈けつけた係長と亀井警部。扉は合鍵でわけなく開いた。と同時に四人は再びアッと叫んだ。

部屋の中央、寝台の傍《そば》に、両手を背後に縛り上げられ、口に猿轡《さるぐつわ》をはめられた寝巻姿の一人の男が横たわっていたのだ。

古谷刑事が急いで猿轡を取って除《の》けた。見ると先刻《さっき》の宿直員とは、似て似もつかぬ細面《ほそおもて》の顔。

「君は宿直の方ですか？」

捜索係長がまず訊いた。

「ええ、僕は宿直の山田です」宿直員は大きな呼吸《いき》を吸い込みながら、「皆さんは警察の方ですか。盗賊《どろぼう》はどうしました?」

「どうしたじゃない、金庫を開けて、現金だけ全部《すっかり》持っていったんだ」

「ええ、金庫を!」宿直員は真蒼《まっさお》になって、顫え出した。

「堀留署へ非常線を張るように今電話をかけておきましたがね、どうも仕方のないことです。で、貴下は犯人の顔を見ましたか?」

「え、寝てるといきなり両手を背後へ捩じ上げられて猿轡をせられたので、よく見る暇はなかったんですが、洋服に鳥打帽《とりうちぼう》を冠《かぶ》った円顔の男でした。

「円顔の男……」ふむ、捜索係長が鸚鵡《おうむ》返しに訊いた。

「それで年齢《とし》は幾つ位でした?」

「さあ、年齢はよく判りませんでしたが、きっと僕の顔を睨んだ時、右の眉根に怪我でもしたらしい傷のあるのが見えました」

「眉根に傷ですって!」

二人の警部が魂消《たまげ》たような声を出した。出したも道理、宿直員と偽《いつわ》って、三人を金庫の前へつれていった先刻の男がそれではないか。三人はまんまと一ぱい喰わされたのだ。

一切は判った。想像される径路はこうだ。


どこからどうして忍び込んだか、怪賊はまず第一に宿直員を縛り上げた。それから金庫室へ忍び込んだが、最新式の金庫の扉は、さすがの彼にも手が出なかった。そこで御丁寧にも警視庁へ電話をかけて、金庫通の亀井警部を誘《おび》き寄せ、自分は宿直員に化け変って、うまうまと文字盤組合せの秘密を見てとったのだ。

それから後は明々白々、三人を外に送り出し、電光石火《でんこうせっか》、五万円の現金を盗み取り、皮肉にも捜索係長へ電話までかけて、そのまま行方《ゆくえ》を晦《くら》ましたのだ。

大胆も大胆、不敵も不敵、憎々《にくにく》しい怪賊の遣口ではないか。三人は歯ぎしりをして口惜《くや》しがった。怪賊を前にして取逃したということよりも、まんまと一杯食されたのが口惜しいのだ。

しかも、口惜しいばかりで事はすまぬ。その責任はどうなるのだ。

三人は土のように蒼褪《あおざ》めた顔を見合せた。

五　少年の功名

話は三十分前へ戻る。

それは永楽町のガードの下で係長と三人の自動車が鉢

合せをした時だった。八十四銀行の正面の鉄扉が音もなく静に内側へ向いて開いたと思うと、風呂敷包みを小脇に抱えた洋服姿の怪漢が、四辺の様子を覗いながら、そっと往来へ忍び出た。そして銀行の建物に沿うて右へ、足を早めて歩き出した。

それから僅《わずか》に十数秒、その男の姿が第一の横町を右へ廻るか廻らないに、開け放たれた鉄扉の中から、するっと脱け出た一人の少年。跫音を立てまいとてか、両手に靴を脱ぎ持って、凍《い》てついた深夜の路上を、靴足袋《くつした》のまま猫のように男の後を追っかけてゆく。少年は横町へ曲ろうとして、つと電柱の影に寄り沿いながら、向うを覗いた。すると、十四五間《けん》も彼方《むこう》に後燈《リアライト》を消した一台の自動車。怪漢は今、その自動車に乗ろうとしているところである。

電柱の影を離れるも一緒、少年は両手の靴を投げ棄てて、真一文字《まいちもんじ》に駈け出した。間一髪《かんいっぱつ》自動車が辷《すべ》り出したと見る間に辛くも追いついた少年は、飛鳥《ひちょう》のように自動車の後に飛びついた。

後はもう夢中である。全速力で駈けてゆく自動車の予備タイヤに力一杯獅噛《しが》みついて十里《り》でも二十里でも、いや百里が千里の道程《みちのり》でも腕のつづく限り、くっついて行こうというのだ。

自動車は段々と速力を増して、右へ左へ深夜の街を疾駆してゆく。どこをどう走ってゆくか、方角は南か北か、そんなことを考える余裕は更にない。吹き荒《すさ》ぶ暴風《あらし》の中に、樹《き》の小枝にとりすがる小鳥と同然、ただ振り落されまいとして力の限り取りつくばかり。

手の先が痺《しび》れてくる。腕の力が萎《な》えてくる。そして自動車が大小の曲《カーブ》へ差しかかる毎《ごと》に、彼は自分の身体が、今にも路上に投げ出されるかと思われた。

が出発《スタート》を切ってから約四十分、急に速力を減じて、急傾斜の道を上りだしたと思うと、突然自動車はぴたりと停った。

合図の警笛――。人の跫音。囁く声。やがて門の大戸の開く音。

少年はそっと地上に足を下した。と同時に、自動車は堂々たる門構えの邸内へ、吸い込まれるように消えていった。

× × × × × × ×

「モシモシ、警視庁ですか? ええ、寝呆けちゃいけませんよ。大事件だ、大急ぎで当直室へつないで下さい――ええ、貴下は? 亀井さんですね。僕は忠男です。金庫破りの隠れ家を突き止めたから直ぐ来て下さい——ええ？　戯談《じょうだん》なんか云ってるものですか。場所ですか——目白台です。女子大学の正門を目的《めあて》に来て下さい。大至急！　僕、見張っていますから！」

それから恰度《ちょうど》三十分、四台の自動車に分乗して目白台へ駈けつけた二十余名の警官は、忠男少年の先導で、係長の指揮下に怪賊の住家を包囲して、金庫破りの兇賊を何の苦もなく逮捕した。怪賊の寝込みに踏み込んで、直々縄《じきじき》をかけた殊勲者《しゅくんしゃ》が、天野、亀井の両警部と古谷刑事であったことは、今さら云うまでもないこと——。

六　少年の欲しいもの

「忠男君、君は僕達の恩人だ！　君が彼奴《あいつ》の隠れ家を突きとめてくれなかったら、僕等三人は腹を切らなくちゃならなかったんだ」

ほのぼのと夜の白みかかったのも知らず、天野亀井の両警部と古谷刑事の三人は、燃え盛るストーヴの前で忠男少年の手をとって、心からなる感謝の言葉を捧げている。

「実際《まったく》だ。僕達はまだそれで宜いとしても、もしあの事が世間に知れたら、係長から総監にまで累《るい》を及ぼしたかも知れないのだ——真実に命の親も同然だ！　が、それにしても、忠男君、僕達が気がつかなかった彼奴を、君はどうして犯人だと睨んだんだね？」

「それや何でもないことですよ。僕は皆さんにくっついて行ったら叱られると思ったので、ちょっと間を置いて、そっと後から入っていったのです。そして廊下の曲り角のところから頭だけ出して覗いていると、あの男が会議室の前から、上衣を着て出て来たでしょう。その時、僕はてナ、こいつ怪《おか》しいと思ったのです。何故《なぜ》って、皆さんの靴音に眼が醒める位なら、最初《はじめ》にあれだけ呼鈴《ベル》を鳴した時に、眼を醒して起きて来なくちゃならんはずです。呼鈴は無論宿直室へ通じてるはずなんですもの。それだのに呼鈴では目が醒めなかったものが、皆さんの靴音——それも大した音ではなかったのです——に急に目を醒したというのが第一怪しいし、また急に飛び起きて来たものが、胴衣《チョッキ》もズボンも着けてすっかり身仕度《みじたく》を整えていたというのが、一層不思議なんです。だから僕こいつは怪しいと思って、皆さんが金庫室へ入った後で、あの男の出て来た部屋を覗いてみると、普通の応接室で寝台《ベット》も何もないじゃありませんか。それからじっと耳をすますと、彼方《むこう》の方で呻くような声がするので、行ってみるとそこが宿直室なんです。それで僕はすっかり判ってしまったから、貴下方に云おうかと思ったけど、もし拳銃《ピストル》でも持っていて手向われては面倒だと思い直してそっとカウンターの卓子《テーブル》の下に隠れていると、果して皆さんを送り出しておいて、大急ぎで金庫室へ入っていったのです。それから図々《ずうずう》しくも係長へ電話を掛けて、逃げ出してゆくので、僕は後を追っかけて奴の自動車へ飛びついたんです。それだけの事ですよ」

「いや、驚くべき炯眼《けいがん》だ！　服装へ目を着けたのは非凡だよ。いつの間に、君はそんな探偵眼《がん》を養成したんだね？」

「養成も何もないんです。昨夜《ゆうべ》読んでた本に、犯罪捜索に一番大切なものは細心緻密《ちみつ》な注意と観察力だということが書いてあったので、ちょっとそれを応用してみたまでです」

「これや負うた子に教えられたというところだね。恐れ入った！　実際《まったく》恐れ入ったよ。で忠男君、今も三人で話したがね、このお礼に何か君に贈物をしたいのだ。何でも君の欲しいものを遠慮なく云ってくれたまえ。三人の首を取りとめてくれたお礼だから、君が欲しいと云うものなら三人が身代限《しんだいかぎ》りをしても進呈するよ」

「じゃ一つ僕の欲しいものを云いましょうか」

「うん。何でも云ってくれたまえ」

忠男君が何にを申し出るかと、三人はじっとその唇辺《くちもと》を見ていると、

「では、僕に靴を買って下さい！」

「ええ！　靴だって？」

これは少々意外な註文。三人は目を瞠《みは》ったまま、開いた口も塞《ふさ》がらぬ態。

「もっと何か註文がありそうなものだね。靴では少し安っぽいよ」

「そうだ、遠慮はいらぬ、何でも欲しいものを云いたまえ」

「いえ靴で結構です。僕自動車を追駆ける時、脱いで持ってた靴を打棄《うっちゃ》ったので、あれから裸足《はだし》でいるんです。拾いにいくのも面倒だから、記念に一足《そく》買って下さい！」

三ツの証拠

一

少年倶楽部《クラブ》の読者諸君に直木東一郎《とういちろう》君を御紹介したいと思います。

直木君は府立第×中学の二年生。年は明けて十四歳。非凡な頭脳をもった少年です。もし、諸君が、第×中学の生徒に会ったなら、それが何年生でもよい、

「君は直木君を御存じですか?」

と訊いてごらんなさい。すると、

「ああ、直木東一郎君でしょう。知っていますとも!」

と誰もが言下に答えるでしょう。しかも、その答えは、彼等が直木少年と知己《ちき》であることを、さも誇りかに諸君の耳に響くでしょう。それほども直木東一郎君の名は知られています。

直木少年が、しかく有名になったのは、無論、頭がよくて、抜群の成績を占めていることにもよります。しかし、府立×中といえば、高等学校への入学率八割何分と云われるほど秀才揃いの中学です。学業の成績だけで、さほど評判になるはずはない。すると、他に何か原因がなくてはならない——。

そこです。私が直木少年を皆様に御紹介したいというのは。

直木君は稀《まれ》に見る秀才であると同時に、その道の玄人《くろうと》も及ばない探偵眼《がん》をもった少年です。言葉を換えて云えば、つまり少年探偵として、全校の生徒から畏敬《いけい》されているのです。

東一郎君が少年探偵として有名になったについては、東一郎君のお祖父《じい》さんの感化が与《あずか》って力があります。お祖父さんは、二十年以上も警視庁に勤続し、直木刑事と云えば当時悪党仲間から鬼のように恐れられたものでした。それが七八年前職を退いて、今は両親のない孫の東一郎君の行末を楽しみに、静かに老後を養っていますが、昔とった杵柄《きねづか》で、今でも難しい事件が起ると、警視庁の刑事などがお祖父さんの意見を聞きに来るそうです。

東一郎君が少年探偵として非凡な天分をもっているのも、このお祖父さんの血と感化によることは云うまでも

ないことです。

お祖父さんが若い時分の功名話も面白いが、それよりもまず東一郎少年の探偵談をしましょう。

二

これは東一郎君の第一回の探偵談で、中学へ入って間もない頃の話です。

ある日、学校から帰って来ると、その朝、お祖母《ばあ》さんから云われていたので、お銭《あし》をもらって近所の床屋《とこや》へ行きました。

バリカンでの五分刈。手間はとりません。顔も剃《そ》ってもらって、さて帰ろうとすると、丁度そこへ外から帰って来た床屋の主人が、土間を通って奥へ入ったと思うと、忽《たちま》ち、

「泥棒だ！　誰か気がつかなかったか？」

と叫びながら、顔色を変えて飛び出して来たものです。その声があまりに大きかったのと、またあまりに突然だったので、髪を刈っていた職人達はびっくりして棒立ちになりました。

「誰も気がつかなかったのか？　家へ泥棒が入ったのに？」

床屋の主人は猛《たけ》り立って呶鳴っています。理髪師達は互いに顔を見合しながら、文字通り呆然としています。

「他に出口はないじゃないか。皆眠《みんな》っていたんか！」

みんなせっせと働いていたのに、眠っていたかとは少々乱暴です。しかし、慌てふためいたその様子から見ると、よほど大切なものでも盗まれたに違いない。

「誰もここは通りませんよ。裏口からではありませんか？」

一番年長《としうえ》の理髪師がそう云うも一緒、

「裏門は鍵をかけて出たんだ。村井！　何をぼんやりしてる、早く交番へ行って来ないか！」

その声を聞くと、東一郎君の頭を刈ってくれた二十歳《はたち》位の男が白い理髪着のまま、パッと表へ駆け出しました。

迷惑なのはお客です。東一郎君は顔まで洗って、帰るばかりになっていたのでよかったものの、中には半分坊主になった学生もあれば、石鹸《せっけん》の泡に頭をつつまれたまま打棄てられた八字髭《ひげ》の紳士もあるという有様。

東一郎君も何だか帰るにも帰られないようになって、片隅に腰を下して、じっと成行《なりゆき》を見ていました。

駆け出していった村井が巡査部長を案内して帰って来るまでには五分とかかりませんでした。

「折よくこの方が通りかかられたので……」

村井はいきを切らして云いました。

「何か盗難があったそうですね？」

巡査部長の言葉が終るも待たず、床屋の主人は云いました。

「三百円盗まれたのです。それも明日入用《いりよう》があって正午《ひる》過ぎ銀行から引き出してきたばかりの金です。手提《てさげ》金庫へ入れて、しっかり鍵をかけといたんですが、たった半時間ばかり留守を開けた間に金庫の蓋《ふた》が開いて金は影も形もないのです。おまけに此奴《こいつ》共がぼんやりでいつ泥棒が入ったか知らないんです」

「裏口はないのですか？」

「ありますよ。でも、金が置いてある上に、婆《ばあ》さんもいないからと思って、出足に鎹《かけがね》をかけておいたんです。だから表よりしか、入るはずはないんです」

「どれ、現場をみてみましょう」

巡査部長は板の間を、泥靴のまま踏んで狭い裏庭へ出ました。金が置いてあった部屋というのは、その狭い庭の左側に、店とL字形に建てそえたもので、主人夫妻の居間なのでした。

「あのとおりです。あの手提金庫は襖《ふすま》の中に入れてあったんです」

床屋の主人が障子《しょうじ》の隙間から部屋の中を指してそう云った時巡査部長は、

「やっぱり外から入ったものですよ。鎹が外《はず》れているじゃないですか」

と云いながら、つかつかと裏木戸の方へ近づきました。

三

「なるほど、鎹が外れている！」

床屋の主人は口あんぐりの態《てい》です。自分が確かにかけて出たという裏木戸の鎹が、きれいに外されているのです。これでは店に居た理髪師達をぼんやりだの馬鹿だのと叱《しか》るわけにはいきません。

「あ、あすこに泥がついている！」

巡査部長は塀の上を指して、大発見をしたように叫びました。見ると、いかにも板塀の上に草履《ぞうり》の痕らしい泥がくっついています。

「泥棒は塀を乗り越して来たんですね。そして金庫から金を取出して、鎹を外し悠々《ゆうゆう》と出ていったものらしい。ところで、この部屋の障子は締めてあったんでしょうね？」

「ええ、無論きちんと――」

床屋の主人がそう云って部屋の方を振返った時でした。いつの間に、そこへ来ていたのか、東一郎君と並んで立っていた理髪師の村井が、

「旦那、障子にあんな孔がありましたか?」

と注意しました。そう云われて、主人も初めて気がついたようでしたが、なるほど一番端っこの障子の片隅に、舌で舐めずりしたものか、それとも指で開けたのか小さい孔が開いていました。

「この孔はなかったですか?」

巡査部長は眼を障子に近づけながら訊きました。

「ありません。ついこの間貼り換えたばかりですもの」

「フム、すると犯人が中の様子を覗《うかが》うために開けたものですね。とにかく、外から入ったものには違いないが、空巣狙《あきすねら》いにしてもよほど家の事情を知ってる奴でしょうね。よろしい、直ぐ係りの者を寄越しますから、このまままそっとしといて下さい。指紋を取る必要があるから障子や手提金庫なんかには決して触らないで下さい」

巡査部長はくれぐれもそう言い遺して出てゆきました。後はちょっと大風一過《たいふういっか》と云ったような気持です。理髪師達を呶鳴り散らした主人も、泥棒が外から入ったものと分れば、誰を怨《うら》まん由《よし》もなく、大金を置いて留守にしたのが自分の手落ちで、すっかり悄気《しょげ》返っているのでした。

でも、やはり気になると見えて、裏木戸のところへ行って外された鎖を睨んだり、こっちへ戻って空《から》っぽになった手提金庫を覗いたりしていましたが、その中《うち》に、東一郎君が縁側に両手をついて、障子の孔に一生懸命見入っているのに気がつくと、

「おいおい、なにをしているんだね。君は?」

と不機嫌な口ぶりで云いました。

「僕ですか?」

主人の言葉が変に咎《とが》め立てするように響いたので、東一郎君は返事に間誤《まご》つきながら、

「僕、ちょっと調べていたんです」と答えました。

「君達に解ることじゃない。今に刑事さんが来るんだから、邪魔にならんように早くお帰り」

刈り立ての坊主頭が眼についたので、主人の方ではおとくい様だと思って、言葉優しく云ったつもりでしょう。しかし、それは明かに邪魔者《じゃまもの》を追払う言葉だったのです。

「じゃ、僕帰ります」東一郎君はおとなしく縁側を離れました。

「だが、小父さん、刑事さんが来て、もし犯人が判らなかったら、僕んとこへ聴きにいらっしゃい」

「なんだって?」

変なことを云う小生意気《こなまいき》な少年だと思ったのでしょう。床屋の主人が聞き返しました。

しかし、東一郎君はそれには返辞もしないで、サッサと帰ってゆきました。

四

それから三時間近くも経ったでしょうか。いつものようにお祖父さんとお祖母さんと三人で、楽しい夕餉《ゆうげ》をすました東一郎君は、食後の散歩から帰って奥の一室《ひとま》で明日の予習をしていました。勉強にとりかかると、直ぐ夢中になってしまう東一郎君は、その時、表の戸の開いたことも、玄関に人の訪《と》う声がしたことも知りませんでした。


「ご免下さい」

「誰方《どなた》さまで――」

玄関脇の居室《いま》で、夕刊を読んでいたお祖父さんは、皺の入った広い額から眼鏡を外しながら、お祖母さんの取次ぎもまたずに玄関へ出ました。

来客は二人。一人は三十五六の洋服姿。一人はどうやら見覚えのある四十前後の人物。


「直木先生でございますか。私は大塚署のもので、安岡と申します」

鄭重《ていちょう》に辞儀をして大塚署刑事と書いた細長い名刺を差出しました。

――ハハア、また何か智恵を借りに来たナとお祖父さんが思う間もなく、

「私は御近所の床屋で、田中と云うもので……」

と後の男が挨拶する。

「なるほど、見覚えがあると思った。時々白髪《しらが》頭を御《ご》厄介《やっかい》になるあすこの床屋さんでしたナ」

お祖父さんは如才《じょさい》のない応対振りで、気安く二人を迎えながら、

「それで、また何か面倒なことでも持上りましたかな？　お役に立つことなら、何でもおっしゃって下されば……」

お祖父さんは、どんな難問題でも自分に出来ることならばという意気込みである。ところが相手の方では、その意気込みに、却《かえ》って面喰ったらしく、口上《こうじょう》を切り出しかねてもじもじしている。

「実は――その」安岡刑事がやっと口を開きました。

「今日は老先生に御相談に上ったのではありませんので――」

お祖父さんはオヤオヤといった風の面持《おももち》で、じろりと若い刑事の顔を見ました。その眼光には、鬼刑事と呼ばれた往時の凄味が、まだどこか残っています。

「すると誰に御用なので？」

「実は、それも一応伺ってみないでは、何とも申されませんが、老先生にお孫様がおありのように承《うけた》まわっておりますが――」

「ハア、ありますよ。東一郎と申して」

「そのお孫様が今日、この田中のところへ散髪《さんぱつ》にいらっしゃいましたでございましょうか？」

智恵を借りに来たはずの若い刑事が、逆に訊問の形である。それも可愛い孫の東一郎のことについて、奥歯にもののはさまったような物の言い振り。お祖父さんは聊《いささ》か御機嫌を損ねかけたのでした。

「頭を刈ってきたから床屋へは行ったんでしょうが、どこの床屋へ行ったか、そこまでは承知しておりませんがな」

ところが、案外。その返辞を聞くと二人はホッとしたように顔を見合したものです。

「いや、それを承って安心しました。実は、今日の午後三時から四時頃、この田中理髪店へ空巣狙いが入って、三百円ばかり持っていったんです。それで早速取調べてみましたが、却々《なかなか》巧妙な奴と見えて全然、何の手懸りもないので、すっかり弱ってしまいました。ところが、この主人が申しますのに、私達が現場調査をする前に、理髪に来ていた少年さんが、もし犯人が判らなかったら自分のところへ訊ねに来いと云って帰られたということで、その少年さんは誰だろうと店の者に訊いてみますと、×中の帽章を着けていたということしか判りません。その中に、理髪店の直ぐ近くから×中へ通ってる生徒といつか一緒に理髪に来られたことがあると誰か云い出しましたので、その生徒の所へいって訊ねましたところ、それなら直木君だろうという話で、夜中《やちゅう》も顧《かえり》みずお伺いしたような訳でして――」

「へえ――」お祖父さんは頭を傾げながら唸《うな》るように呟きました。「それじゃ、東一郎かもしれん。しかし、何ですかい、東一郎は現場も何にも見ないで、突然そんなことを云いましたか？」

「いいえ、張り立ての障子に孔が開いておりまして、こちらのお孫さんは理髪がすんで、その孔から中を覗いていらっしゃったんでございます。その時、私がこちら様のお孫様とは存じませず失礼なことを申上げますと、今云ったようにおっしゃってお帰りになったんでございます」

「うむ、うむ……」

今度はお祖父さんが、合点《がってん》々々とうなずきました。

「そうですかい。帰って来ても一言もそんな事は云わんので、一向《いっこう》知りませんでしたがな。それでは東一郎を呼んでみましょう。門前の小僧で、あれもならわぬお経《きょう》を読むかも知れませんでな」

五

「東一郎、こちらへお出で」

リーダーの一章を読み終えたところへ、お祖母さんがお迎え役。襖を開けて手をつくと、お祖父さんと二人のお客。一人は床屋の主人なので、東一郎君は「さては、教えを乞《こ》いに来たな」と肚《はら》の中で思ったことでしょう。しかし、それを面《おもて》に現すような東一郎君ではないはずです。

「東一郎、お前、今日この田中さんの床屋へ行ったかい?」

「ハイ、参りました」

「それで、泥棒が入ったと云って騒いでいる時、そこにいたんだね?」

「ええ、部屋のところへ行ってみました」

「では、間違いないとして。ところで、帰り際に、この田中さんに何か云ったということだがほんとかね?」

「ハイ、犯人が判らなかったら、僕のところへ聴きにいらっしゃいと申しました」

「ほウ! 馬鹿にてきぱきしているが、何かしかとした証拠でも握っているのかい?」

「そうです。まず十中九まで間違いないと思う証拠を握っています」

「では、言ってごらん。お祖父さんが判断して上げる。間違っていてもよろしいから」

「いいえ、僕の観察は恐らく間違いはありません。でも、云ってしまうと犯人を出さなくてはなりませんよ」

「それはあたりまえだ。悪いことをした人間は罪に落ちなくてはならんのだ」

「それはそうですとも。だけど、僕は刑事さんじゃないんだから、人に怨まれたくないんですよ」

「一人の悪人に怨まれても、多くの人に喜ばれればいいじゃないか。お祖父さんがいい例だ。二十年間に千人以上の悪人を捕《とら》えて監獄へ投《ほう》り込んだんだ。死刑になった者も二十人からある。それでもお祖父さんは後悔していない。人のために、世のために、善《い》いことをしたと思っている。さア、お前に自信があるなら、すっかり話してごらん」

「では云いましょう。が、その前に刑事さんにお訊きしますが、障子や手提金庫から指紋がとれましたか？」

これは意外な質問でした。安岡刑事は、だしぬけにこんな質問を、逆襲されようとは思いもかけなかったでしょう。

「その指紋が、一つもはっきり取れないそうです。残っているにはいますが、現出が困難だといっていました。何にしても用意周到な奴らしいんです」

その答を聞くと、東一郎君は我意を得たりと云った風で、一つ二つうなずきながら、

「それで確実な証拠が三つ揃いました。もう決して間違いはないと思いますから、順々にお話しましょう。まず第一に、あの障子の孔です。僕はあの孔から犯人を推定したんですが、あれは確に犯人が指の先に唾をつけて開けたものに違いありません。それも、部屋の内側から開けたものなんです。どうしてそれが解ったかというと、細《こまか》い繊維《せんい》から出来ている障子へ指をさしこむと、指のために破れた孔の周囲に、紙の繊維が綿毛のように出てきます。それが指をさし入れた時には、前方へ向いて出ているが、今度指を引くと、繊維は指にくっついて手前へ戻って来るのです。これは指でしても、舌の先端でしても同じことです。それで障子に開けられた孔の傍へ目をもっていって、よく視《み》たならば、繊維の向いている方向によって、その孔がどっちから開けられたものかということが、一見明瞭に判るのです。僕の見たところでは、あの孔は明に内側から指頭《しとう》で開けたものでした。

そこで僕は『おかしいナ』と思ったのです。というのは泥棒は外から内を覗く必要こそあれ、内から外を覗く必要は少しもないはずです。それをわざわざ障子に孔を開けたのには、何か理由がなければならんと思って考えてみると、答は甚《はなは》だ簡単です。つまり、外から内を覗いたように見せかけるためです。誰だって、障子に孔が開いていれば、外から内を覗くために、開けたものとしか思わないでしょう。犯人はそう見せかけようとして、あの孔を開けた——と僕は断定したのです」

「なるほど」

「いかにも！」

安岡刑事と床屋の主人が、殆ど同時に感嘆の声を洩しました。お祖父さんは懐手《ふところで》をしたまま、瞬《まばた》きもせずに聴き入っています。

「そこで更に考えを進めてみると、障子に孔を開けて内《なか》を覗いたように見せかけたということは、部屋の事情

を知らないもののしわざ、もっとはっきり云えば、外《ほか》から忍び込んだものの仕業《しわざ》だと見せかけたものではないでしょうか。僕には、そうとしか判断が出来ないのです」

「すると、犯人は家の者だとおっしゃるんですか？」

床屋の主人が驚いたように、突然口を出しました。

「そうです。僕はそうだと思うんです。それを証明する第二の証拠は、今刑事さんが云われた指紋がはっきり取れないということです。手袋をしていたのなら指紋のないのが当然ですが、世の中には手袋をしなくとも、手提金庫を開けるくらいの犯罪なら、指紋を残さない人間がいくらもあるんです」

「へえ、手袋なしで指紋を残さない人間？」

今度はお祖父さんが口を挿《はさ》みました。二十余年間の刑事生活にも、恐らくそんな巧妙な犯罪人には出会《でっくわ》したことがなかったでしょう。

「ありますとも、お祖父さん。毎日々々朝から晩まで石鹸で手ばかり洗っている人間なら、三分や五分、金庫に触れても指紋は残しませんよ。手提金庫の指紋が、はっきり現出が出来んというのは、僕の説を立派に証明しているではありませんか」

「なアるほど、そうすると、犯人は理髪師の中の誰かということになるナ」

「そうです。ここまで来れば、もう訳はありません。犯人は僕の頭を刈ってくれたあの村井という理髪師です。僕が入っていった時、便所へ行っていたと言訳《いいわけ》しながら出て来て、頭を刈ってくれましたが、その時は気がつきませんでしたけれど、後で顔を剃る時、何だか手がふるえていたのです。僕はその時から変だナと思っていました。それがおまわりさんを呼びに行って帰った時の様子や、殊に後から随《つ》いていって、自分から障子の孔を発見したところなどを見て、もう間違いないと直覚したのです。その直覚は、今申したように障子の孔と綿毛と、指紋の点から立派に証明されたのです。僕の云うことはこれだけです。どう思います、お祖父さんは？」

「いや、申分なしじゃ。多分、犯人はその男だろうとお祖父さんも思う。が、ただ一つ、お前には思いつかんことがあるな」

「なんでしょう、それは？」

「なんでもないことだが、明日は十七日で、床屋の休み日だ」

「なるほど、そうでした。それも考えなければなりませんでしたね」

「そうとも。小鳥でも巣立ちをする前には、餌《え》を沢山《たくさん》食い込む。泥棒も仕事をする場合は、時と場所とを考えるからな。さア、貴下方《あなた》も愚図々々《ぐずぐず》しては居られん。逃げ出されては、また追駆けるのが一仕事じゃ。早くお帰りなさるがいい」

お祖父さんと東一郎君は、急《せ》き立てるようにして、二人を送り出しました。

犯人は無論東一郎君の推定通り村井という理髪職人でした。最初は容易に口を開きませんでしたが、翌朝になって床下から発見した三百円の金を目の前へ突きつけると、さすがの強情者《ごうじょう》も、とうとう自白したそうです。それによると盗むまでの径路は、東一郎君の推定と一分一厘《りん》も違わなかったと、お礼に来た安岡刑事が話していました。

床屋事件はこれでお終いです。これは前にも云った通り東一郎君が犯罪捜索の非凡な天分を示した抑《そもそ》もの最初で、その後、学校の放火犯人を捕えた事件や、お祖父さんと一緒に某伯爵家から紛失した宝石を捜し出した事件など、少年探偵直木東一郎君の名を高からしめた幾多の事件は、その中にまたお話することといたします。

喜卦谷《きけや》君に訊け

一

　喜卦谷《きけや》正男は、十年間すわりつづけてきた梅津果実種苗《しゅびょう》会社の事務机に向いて、その日も、無論、いつものように腰かけていた。

　喜卦谷君は、地位からいえば、帳簿方の一事務員に過ぎなかった。が、実際は、会社の生き辞典《じびき》として、一同《みんな》からひどく重宝《ちょうほう》がられていた。

　真面目《まじめ》で、小心で、好人物で——従って、同僚からは、いささか小馬鹿にされていたにしても、その代り社長からは、またなき者のように可愛がられていたことは事実だ。

　毎日、何辺となく、お定《きま》り文句が事務所の内で繰返される。


「喜卦谷君に訊いてみな！」

　上は社長梅津氏から、下は給仕、小使に至るまで、何か判らないことがあると、すぐ彼のところへ持って来る。喜卦谷君は、それらの質問者を完全に満足させるだけの返事を、常に用意していた。

　誰に何にを訊かれても、まず大きな、ひどく癖のある咳ばらいを、二つして、それからてきぱきと解答を与える。いうことは、おそろしく独断的で、まま御託宣《ごたくせん》めくこともあるが、その博識と記憶のよさには、誰もがむしろ呆れ返る。とにかく、喜卦谷君の存在は、梅津果実種苗会社にとって、どれほど重宝かわからなかった。

　にも拘らず、彼は齢《とし》三十三歳にして、相も変らぬ帳附だった。何に一つ取り柄《え》はなくとも、名古屋高商の出身で、勤続十年というからには、月給八十五円は安すぎるのに不当なるかな喜卦谷君のサラリーはまさに百円に十五円だけ足りなかった。さればこそ、この齢をして、未だ妻をもたず、家をなさず、アパートの二階に簡易生活を続けているのであったが、喜卦谷君は、それを今までついぞ不満に思ったことはなかった。

　その日——三月の第二金曜日の午後、喜卦谷君は社長室へ喚《よ》ばれた。また例のとおり咳ばらいをするつもりで行ってみると、回転椅子にもたれて、太鼓《たいこ》腹を膝の上へせり出させていた社長の脂《あぶら》ぎった赧《あか》ら顔は、あきらかに和《なご》んで見えた。

「喜卦谷君」社長はいった。「どうだ、週末旅行に出かける気はないかね？　君の郷里へさ。旅費は無論、会社もちでな」

喜卦谷君の眼がまん円《まる》くなっていた。直ぐには返事も出来なかった。

「君だって、たまには息抜きもよかろうじゃないか」

「は、そりゃもう……結構なことですが――」

「今晩なり、明朝なり発って、日曜の夜、帰るんだね。ははは、実は君に、越後の因業爺《いんごうじい》の家まで行ってもらいたいんだ」

「あ、解りました」喜卦谷君はホッとすると、どぎまぎした自分を恥ずるように俯向いて、「それなら、喜んでやっていただきます」

新潟県中蒲原《かんばら》郡小須戸《こすど》に近い信濃川畔《べり》に、名産の梨を栽培して、「魁《さきがけ》」という特殊な優良品を出している浅沼専蔵――この老人のことを、会社では「越後の因業爺」と呼んでいた。

「あすこの勘定《かんじょう》は、君、どのくらいだったかね？」

喜卦谷君は、そこで、得意の咳払いを二つして、

「五千七百五十円と七十銭です」

社長がまたにやりと癖のある笑顔を見せた。喜卦谷君の能率鑑賞の微笑である。

「それを払ってやりたいし、それにこの秋の相談もしとかねばならんし」

「それで、私に行けとおっしゃるんですか？」

旅費、会社負担の週末旅行などは、かつて空想もしたことのない彼だった。

社長が大きく頷《うなず》いた。

「爺《じい》さん、病気なんだそうだ。手紙が来てるんだがね。何にしろ為替《かわせ》じゃいかんという難物だからね」

「ひどく旧弊《きゅうへい》な老人です。銀行は信用出来ん、小切手なんかまかり間違えばただの紙片《かみきれ》だ、なんて去年見えた時にもいっていましたから」

梅津氏は太鼓腹をうねらせて笑った。

「今時の生物じゃないな。だが、他《よそ》の店と契約でもされちゃ困るからね。君、面倒でも現金《キャッシ》でもっていって、今年も社《うち》一手ということにしてきてくれたまえ」

自分の事務机にもどった喜卦谷君は、社長直々《じきじき》の命令で、会社の代表者として、重大な任務を帯び、しかも、多額な現金を携《たずさ》えて旅行するのだ、と思うと、急に胸がどきどきして仕事もろくに手がつかなかった。

それほども正直、小心な喜卦谷君であった。

二

喜卦谷君は鍛冶橋《かじばし》際の会社から、蔵前ハウスの自室に帰ると、すぐに扉に鍵をかけて、五千七百五十円と七十銭の現金を、風呂敷包にして、素肌の腹へ捲きつけた。そしてその上へ、しっかりと帯《バンド》をしめた。

それから大急ぎで腹ごしらえに出て、ついでに気のついた買物をして戻って来ると、小型の旅行鞄にとても納まりっこない嵩《かさ》のものを、入れかえ詰めかえるのに小一時間も苦心した。汽車は八時半と十時五分の二つある。やっと八時に支度《したく》は出来たが、彼にはまだ一つ、是非しなければならない用事が残っていた。

彼は階段を一つ昇って、四階八号室の前に立った。

「コツコツ」

「はい。お入り！　——おや、正男さんなの、今時分帰って？」

「いや、僕、これから旅行するんです」

「旅行？　いいわねえ！　一人で？　どこへ行くの？」

断髪のモダーン・ガール。丸の内某《ぼう》商事会社のタイピスト。いつも眉墨《まゆずみ》を黒々と塗って、眼につくほども頬紅を染めている彼女——森千鶴子《ちづこ》が、旅行と聞いてこれもまた少々驚いた風で、喜卦谷君の顔を凝視《みつ》めた。

その円い眼が、口が、鼻が——喜卦谷君にとっては、堪《た》まらない魅惑だった。いや、もっとはっきりいうならば、彼女は、喜卦谷君にとって、世の中で一番の麗人であり、本当に彼の心を魅了したたった一人の異性でもあったのだ。その証拠には、彼は心の中で、彼女と結婚することに、すっかり肚《はら》を決めていた。といっても、それは彼一個の決心で、相手の方では恐らく気もついていなかったろう。というのは、正面からそれが申込《プロポーズ》されたわけでもなければ、またそれを匂わせるような言葉が、彼の口からただの一度も洩れたことはなかったからだ。

ちと話が冗《くど》くなるが——。

喜卦谷君が、その牢固《ろうこ》たる決心にも似ず、結婚申込《プロポーズ》を躊躇《ちゅうちょ》した理由は、いうまでもなく拒絶される危惧《おそれ》が濃厚にあったからだ。消極的な弱点は、彼女が相当以上に虚栄心の強いこと、そして彼自身の給料が百円足らずで、収入増加の見込みは二年後の昇給五円という厳《げん》とした事実だった。一方積極的な弱点は、同じアパートに住んでいて、火曜と土曜にはきまって、彼女を訪問する浦川という競争者《ライバル》があることだった。顔を合しても、目礼さえもしたことのない間柄だったが、彼女の話では、江東工業の技師で、月給は百五十円以上、それに国許《くにもと》にはかなりの資産もあるとのことだった。

喜卦谷君の悩みはそこにある。その悩みを打開するだけの腕も名案も、残念ながら喜卦谷君は持ち合せてなかったのだ。そして週に一二回彼女の室を訪問して、時たま活動か散歩にでも出かけるくらいで、格別悶々《もんもん》の情も起さない彼であった。

「社用で、ちょっと新潟県まで行くんです」

「新潟って！　大変ね。何の用なの？」

「取引先へ金をもって行くんです」

「お金を？　あなたのとこじゃ、一々現金でとどけて？」

「特別ですよ。気難かしい爺さんで、為替や小切手じゃ承知しないんですよ」

「まあ！　徹底してるわね。で沢山《たくさん》もってくの？」

「ええ、六千円ばかり――」

「まア大金だわね――あたし、それだけのお金をくれる人があったら、今でも結婚するわ！」

喜卦谷君は痛いところに触られたようにぎくっとしながら、金の額など、余計なことをいわなければ宜《よ》かったと後悔した。そこで急に話題を転じて、昨日、友人に誘われて見に行った「三勇士劇」の話をしかけたが、彼女の方では一向《いっこう》に興味がないらしく、傍《かたわら》のコンパクトの容器《いれもの》をとって、鏡を覗いたり、口紅を直したりしだした。

それでも、ぽつりぽつりと話が出て、とりとめもない雑談は十時五分上野駅発の汽車に、喜卦谷君を乗りおくれさせてしまうこととなった。

予定の時間をはずすなどということは、喜卦谷君には全く初めてだった。初めてといえば、翌朝五時二十分、新潟行の列車に乗込んだ彼は、事務所の腰掛を尻の下に置かずに、社用を勤める新経験の爽快さを味わいながらも、まとまった金がほしいという最初の、そして切実な欲求をしみじみと感じたのだった。

――それだけのお金をくれる人があったら――。そういった千鶴子の声が、いつまでも耳にこびりついていたのである。

三

午後二時半に、喜卦谷君は矢代田《やしろだ》駅で下車した。浅沼氏の「魁」園は、そこから五マイルくらいであった。彼は駅前のぼろ自動車《タクシー》を雇った。

恐ろしい悪道《あくどう》だった。彼は身体《からだ》の安定のために、少からぬ苦闘をつづけたが、運転手は平気なもので、それからそれと話しかけた。

「とてつもない変人でさあ、あの旦那ったら。あの身上《しんじょう》で、雇人《やといにん》一人置かずに、手鍋さげてござるんだから、呆れてものがいえねえんですよ。梨畑だって、何町歩《ちょうぶ》というものを、一切傭《やと》い人足《にんそく》で押しとおすんですからね。――つまり、奉公人を安心して使えない性質《たち》なんですよ。たった一人の弟でさえ信用出来ないんですものね。御存知ですか、弟さんを？」

「し、知らーんね」

喜卦谷君はクッションから、一尺も跳《は》ね上げられながら答えた。茫漠《ぼうばく》とした早春の越後平野の凸凹《でこぼこ》道を、どうせ知れた寿命《じゅみょう》だとばかり、運転手はスピードを出しつづける。

「ひどい路だね！」

「小須戸へ行く道は、平坦《たいら》でがすよ。――その弟さんというのは、小須戸の町で、手広く仲買《なかがい》をやっていなさるんだが、こりゃ普通《あたりまえ》の方ですよ。ところが、その弟さんでも、どこに金が蔵《しま》ってあるか知らないそうで、何んでもよほど有るらしいが銀行は危ないというので、預けようともしないって話でがすよ」

自動車《くるま》は半時間そこそこで、信濃川の堤防《ていぼう》の下で停った。そこに「魁」園の入口があった。喜卦谷君は金をはらって車をかえしたが、入口のところに客を乗せて来たらしい一台の自動車が待っていた。

彼は見事に棚作りにされた梨の木が蜿蜒《えんえん》と続く間を、細路を辿って歩いていった。そして五分後には、土蔵を控えた百姓《ひゃくしょう》家ともつかぬ大きな平家建の玄関先に立っていた。

二度三度、訪《と》う声に応じて出て来たのは、五十五六の、相当な服装をした背広姿の紳士だった。

「浅沼専蔵さんは、御在宅でしょうか？」

「専蔵は病気で臥《ふせ》っておりますが――誰方《どなた》様で？」

梅津果実種苗会社から来たものだといって、喜卦谷君が滅多に使ったことのない名刺を出すと、その男は鄭重《ていちょう》に彼を玄関傍《わき》の座敷へ通して、

「私は専蔵の弟の和吉と申します」

と自分を紹介してから、急に声を落すと、変り者の兄とは年に一度会うか会わぬくらいのものだが、稀《めず》らしく病気と聞いて、つい今し方来てみると、どうも容態《ようす》が怪《おか》しい。事によると、何にか脳の病気ではないかと心配していると語った。

「脳の病気といいますと？」

喜卦谷君が驚いて訊き返すと、

「まさか気が狂ったでもないでしょうが、少しばかり変なのです。せっかく、遠方までお出で下さったのだから、会ってやっていただきたいですが、何にを申してもお気を悪くなさらんで下さい――幸い、今少し静まっておりますから、では、何卒《どうぞ》こちらへ――」

和吉氏に案内されて、喜卦谷君は専蔵の寝室へ通った。

一年前、鍛冶橋の会社で会った時とは、まるで別人のように憔悴《やつ》れて、見る影もなくなった「因業爺」さんは、垢《あか》じみた木綿《もめん》の布団にくるまって、天井を睨みつめていたが、二人が入ってゆくと、がっくり落窪《おちくぼ》んだ眼を光らせて、

「誰だ！」

と乾《ひ》からびた声で呶鳴った。

「僕、僕喜卦谷です。梅津果実会社の――」

「なに、梅津と！　梅津なら、貸《かし》があるぞ、貸が――五千七百――」

「そうです、七百五十円七十銭です。その支払に伺ったのです」

「持って来たと、お前さんが？　現金でな？」

「はい、無論現金です」

「よし、受取ろう！」

――衰弱はしているが、それほどのこともないらしい――喜卦谷君は、そう思いながら次の間へ退《しりぞ》いて、帯皮《バンド》をゆるめズボンの釦《ボタン》をはずして、腹部《はら》にまきつけた風呂敷包を取出した。

再び寝室へもどると、じろりと札束を横目でにらんだ専蔵は、いきなり萎《しな》びた手で引奪《ひったく》るように摑んで、臥《ね》たなりで一枚々々算《かぞ》え出した。念入りに三度、算えると、彼はそれを枕の下へしっかりと押し込んだ。

喜卦谷君が受取書を出して、捺印《なついん》を乞《こ》うと、老人は掛布団の下で、手を動かしていたが、やがて襦袢《じゅばん》のかくしから大きな印形《いんぎょう》を取出した。

「それから――」喜卦谷君は、腫物《はれもの》にでもさわるようにいった。「社長が申しましたが、この秋も、相変らず――」

「みんな売れッてのかッ？」老人は半分も聞かないに嚙みつくようにいった。「だが、俺《わし》ゃ契約書なんぞ、書かんぞ！」

「結構です。お約束だけしていただけば――」

喜卦谷君は、それだけいってホッとした。

これで自分の使命は果されたのだ――が、こんな乱暴な商談を、かつて聞いたこともない弟の和吉は、兄の脳症に対する疑いをますます深くしたらしく、玄関傍の部屋へもどると、不安そうな顔をして、心許《こころもと》なげに喜卦谷

君に囁いた。

「たしかに頭が変です。幸い自動車《くるま》を待たしておきましたから、私は医者を呼んで来ます。まことに御迷惑でしょうが、一時間ほどここにいていただけませんでしょうか?」

「僕はかまいませんが――でも、そんなに御心配なことはないと思いますが――」

「いや、平常《ふだん》の兄じゃありません。――あの眼の色が怪しいし、それに、いくら何んでも、遥々《はるばる》来て下さった貴方《あなた》に――いや、何んとしても正気《しょうき》の沙汰じゃありません――」

和吉氏は後を頼んで、そそくさと出かけて行った。

喜卦谷君は応接間ともつかぬ部屋の中に、ただ一人残されて、奥の間に臥っている老人のことを考えていた。数町歩にわたる広い梨畑の真ん中に、家族も召使ももたない独りぽっちの老人が、眠っている。それも五千六百円の大金を抱いて――。

――もし、あの金が――

いままで、ついぞ思い浮かばなかった思想《かんがえ》がふいと喜卦谷君の頭の一隅《いちぐう》をかすめた。と同時に、彼はぶるぶると顫《ふる》えて額に冷たい汗の湧くのを覚えた。

四

喜卦谷君は手を背後《うしろ》にしっかりと組んで、室内をぐるぐると廻り歩いていた。そしてかりそめにも、恐ろしい罪悪を思った自分を、責め歎《なげ》く溜息《ためいき》をもらした。

森閑《しんかん》とした幾分かが過ぎた。と、突然、よろめくような跫音《あしおと》が、廊下に聞えた。彼は忽《たちま》ち身体を硬《こわ》ばらせて振返った。と一緒に、背後の襖《ふすま》が開いて、専蔵爺さんの恐ろしい顔が覗いた。

「だ、誰だ!」

病人とは思えない気力のこもった声だった。

「僕です。喜卦谷です」

彼は射すくめられたようになっていた。

「まだ居たのか! 何にを愚図々々《ぐずぐず》しとる。用がすんだら、さっさと帰れ! 帰らないか!」

「は――しかし、僕、和吉さん――」

「馬鹿! 帰れといったら――。ここは俺の家だぞ! 出て行けッ!」

喜卦谷君は、老人の権幕《けんまく》に気圧《けお》されて、帽子と鞄をつかむが早いか、玄関へ飛び出すと、家の窓が、梨棚の蔭になるところまで来て振返った。

――弟和吉氏に約束した手前もある。のみならず、火のつくようにいって、自分を追立《おった》てたあの態度《ようす》は唯事《ただごと》でない。やはり脳の病気かもしれぬ。――と、医者が来るまでは、それとなく監視《みは》っていなくてはなるまい――。

そう思った喜卦谷君は、足音を忍ばせて玄関まで引返すと、唇を潤《うるお》して、呼吸を整えながら、そっと爪立《つまだ》ちして廊下を寝室の方へ近づいて行った。と、障子《しょうじ》を開け放したままで、臥褥《ねどこ》には老人の姿が見えなかった。

――本当に気が狂ったのではあるまいか？

彼はふとそんな気がして、ひやりとした。それからそれと部屋を捜して廻ったが、どこにも病人の影はなかった。

到頭《とうとう》、喜卦谷君は勝手許《かってもと》の方まで捜して行った。すると土蔵につづく納屋《なや》らしい建物の戸が開いて、格子窓《こうしまど》から西日が明るく射込《さしこ》んでいる床に、黒い穴が、ぱっくり開いているのが見えた。

「もしや？――穴倉では？――」

喜卦谷君は、床板の上を匐《は》うようにして、穴の傍《そば》へ近づいた。下へ降りる梯子段《はしごだん》が、中途までおぼろに見えるだけで、後は闇の一色《ひといろ》だった――が段々と、彼の眼がその闇になれてくると、穴倉の奥にぼんやりと白髪《しらが》の老人が見えだした。蹲《うずくま》って、何かもぞもぞとしている――。

壁に嵌《はま》った石を一つ二つと順々に取って除《の》けているのだ。やがて、両腕を深く、壁の中へ突込んだと思うと、老人は中から黒い函《はこ》を取出した。

喜卦谷君の瞳《め》は、暗《くらやみ》に光る猫のように見開いていた。老人の骨張った手が、函の蓋《ふた》にかかった。と、わけもなく開いた函の中へ、老人の懐《ふところ》から取出された紙幣束《さつたば》が――先刻《さっき》、自分が手渡した紙幣束が、そのまま納められた。喜卦谷君は、老人の手つきから、函の中にはもっともっと多額の金が秘蔵されていることを思うて、何度となく固い唾《つばき》をのんだ。その間に、地下の老人は、金函をもとへ戻して、石を置き直すと、醤油か酒の空樽《あきだる》を幾個《いくつ》となく、その前に並べて積み重ねた、喜卦谷君は夢中になって、灼熱《しゃくねつ》の視線を送っていた。

と、老人が突然、顔をねじ向けて、梯子段の降り口を仰いだ。不意を喰った喜卦谷君の眼が、老人の眼とぶつかった。

「や、み、み、見たなッ！」

そう叫ぶと一緒、老人は野獣のように猛《たけ》り立って、入口を目がけて迫って来た。

「盗人《ぬすっと》！　盗人！」

喜卦谷君は駈けながら、その声を聞いた。そして足も宙に廊下を玄関へ駈け抜けようとした瞬間、彼は蒼《あお》い顔を真蒼《まっさお》にして、立ちとまった。

烈しい叫喚《さけび》——それも憤怒《いきどおり》の叫びではなく、死の痛苦を意味するような恐ろしい叫声《こえ》が背後に起って、しかも、それっきり不気味な沈黙に復《かえ》ったからだ。

喜卦谷君は廊下に釘づけられて、暫くは動けなかった。そこに、どのくらいの時間《とき》が経ったか、ふと気がつくと、玄関の方で話声が聞えた。

喜卦谷君は本能的に玄関へ駈けて行った。

「御病人がどこにも見えないですが——」

医師と並んで、玄関を上ろうとしていた和吉氏は、相手の尋常《ただ》ならぬ顔色を見て、ぎょっとしたらしかった。

「えッ！　いないんですって？」

彼は慌てて部屋々々を捜し廻った末に納屋へ行った。

「大変です！　来て下さい、兄がえらい処に倒れて——」

声は部屋を隔てて微かに聞えたのだが、喜卦谷君にとっては、耳元に銃声を聞いたように響いた。彼は穴倉の降り口へ駈けつけた。

「梯子段から墜《お》ちたらしいのです。早く、先生を呼んで下さい、早く」和吉氏が地下から叫んだ。「呼吸《いき》がとまっていますから！」

五

医師の手当で、間もなく昏迷《こんめい》から覚めた老人は、和吉氏の背に負《おぶ》さって寝室に運ばれた。やがて眼を見開いて、あたりを見廻すほどになったが、その眼差《まなざ》しは空虚《うつろ》だった。

老人を看護《みと》る三人が、それぞれ不安そうな色を浮べていた。しかし、それは三人三様の不安だった。喜卦谷君は、もし老人が、はっきり意識を回復《とりかえ》して先刻の事情《こと》を口走ったら——その場合、自分はどうしたらいいだろう？——と、そのことばかり考えていた。

無言の幾分かが過ぎて、和吉氏が堪まりかねたように呼びかけた。

「兄さん！　私ですよ、判りますか？」

老人は薄笑いを泛《うか》べて、微《かすか》に点頭《うなず》いたが、直ぐその後から、

「梨だ。梨が金になる——梨が——」

と、呟くように囈言《うわごと》を口走ったり、後は何にを訊いても答えなかった。

「まああお待ちなさい」

医師はあせり出す和吉氏を制して、入念な診察を始めた。ざっと二十分近くも、いろいろと試験をしていた後で、医師がやっと口を開いた。

「浅沼さん、これは少々変ですよ。どうも、記憶を失《な》くされたではないかと思いますが……それも前からかなりお悪かったのを、後頭部をうって――つまり衰弱している上に打ちどころが悪かったですね――お気の毒ですが、このままでは普通の状態に戻ることは、ちょっと困難だと思います――」

再び沈黙。――この間に、和吉氏はふと思い出したように病人の懐中や枕の下を捜していたが、首を傾げながら、

「あなたから受取った金を、どこへ納《しま》ったか、お気附きにならなかったでしょうか?」

「存じませんな。あっちの部屋にいると、出て来られて、すぐにも帰れといわれたもので、そのまま畑の方へ出ましたので――」

喜卦谷君はつい偽《うそ》をいってしまった。不思議にも、持前の咳払いが出なかった。

和吉氏は沈んだ面持《おももち》で部屋を出ていった。大方、穴倉を捜しに行っただろうと喜卦谷君は考えた。

「おわかりでしたか?」彼は和吉氏が悄然《すごすご》と戻って来るのを待ち兼ねて訊いた。

和吉氏は首を振った。

やがて医師との間に、相談がはじまった。医師は、このままでは回復の見込みがないから新潟医大の精神病科なり、同地の脳病院なりで診察を受けてはどうかと勧めた。

「明日といわずすぐ、新潟へ行かれたがいいでしょう。僕から電話をかけときます――医大の中村博士に診《み》てもらいなさい」

そこで、和吉氏は自動車で兄を新潟へ連れて行くし、喜卦谷君は医師と同乗して、矢代田駅へ引返すことになった。

車の中で、喜卦谷君は医師に訊いた。

「いかがでしょう、先注のお見込みは?」

「主の病気の方は別として、旧《もと》のような頭脳《あたま》になることは、まあ絶望でしょうね。何しろ年齢《とし》が年齢ですからね――」

喜卦谷君は、その夜、駅前の一旅館に宿ることにして、階下の室を選んだ。そして晩飯をすますと、一時間ほど散歩に出たが、旅館の裏手はすぐ原っぱで、それから畑の小路伝いに、その日、往復した悪道へ出られることがわかった。

——何もかも万事誂《あつら》え向きに出来てるではないか！

恐ろしい誘惑が、喜卦谷君の耳に囁いていた。十時までじっと辛抱してから、電話を医師のところにかけてみた。

「ええ、僕も心配なもので先刻電話で訊いてみましたが、中村博士の診断も大体同じだそうです。でも、和吉さんは、入院させて飽《あく》まで手をつくしてみるといっています——まあ、二、三日は帰られないでしょう」

喜卦谷君はほくそ笑んで、受話器を返した。

一つの衝動が、彼の内心にもはやどうすることも出来ない絶対の威力を示していた。昼間でも、人通りの稀《まれ》な五マイルに近い悪道の彼方に、落葉の状蕭条《かたちしょうじょう》たる梨園《りえん》に囲まれた無人の家の地下に、どんなに少くとも五千円以上の金が、所有者の記憶から掻《か》き消されたまま——恐らくは永久に——新しい次ぎの所有者の来るのを待っている！　しかも、その所在《ありか》を知るものは、現在、自分の外《ほか》にはないのだ！

それを自分の所有とすることは——が、彼には、もうそこから先を考える余裕はなかった。旅館の寝静まるのを待って部屋の雨戸を開けて原っぱに脱け出した彼は、春はまだ浅い北国の夜気も感じないで五マイルの路を突っ走った。

往路一時間半。二十分そこそこで目的の仕事を果し、帰路二時間。午前三時半には、再び宿の寝床に戻って、そうと四辺《あたり》を憚《はばか》りながら、暗《やみ》の中で摑みとった獲物を風呂敷包から取出していた。

紙幣束を数える彼の手が顫えつづけた。

千、二千、三千——一万、一万一千——。一万五千円は確かにある！

彼は恍惚《こうこつ》として天井を眺めた。天与！　好運！　結婚！　享楽！

六

月曜日の朝、喜卦谷君は平常のとおり出勤した。上越国境に近い故郷の町を素通りして、日曜日の午後、帰京したのである。

社長が十一時に顔を見せると、彼は受領書を差出して、浅沼爺さんの災厄《さいやく》を報告した。梅津氏は、もちろん爺さんに同情もしたが、「魁」園はいずれ弟の管理に移ることと思ったし、それに昼餐に出かける時間も迫ったので、話はそれきりになってしまった。

相変らず喜卦谷君は、元帳の前に坐った。そして「喜卦谷君に訊け」という言葉と、二つの咳払いが依然として繰返された。が、その間にも、彼は自分の部屋の抽斗《ひきだし》の中に、蔵いこんだ紙幣《かね》のことを考えていた。五つくらいの銀行に、分けて預けようか、それとも公債にでも換えておこうか——汽車の中で、考えつづけてきたことを、彼は今もなお考えていた。しかし、どう考えても、アパートの自室の本箱の抽斗の中に、鍵をかけておいておくことが、一番安全なように思われた。

次ぎは、最初の、そうして最後の目的へ向っての突進だった。彼はその決心と手順のために二日を費《ついや》した。そして水曜日の夜が来た。

朝剃《そ》った髯《ひげ》を、また剃り直し、髪には念入りに櫛《くし》を入れて、彼は元気よく四階へあがって行った。

「千鶴子さん」喜卦谷君は真向《まっこう》から切り出した。「僕は、今まで、わざと僕の資産のことについては、何にもいわなかった。あなたのほんとうに純な、清浄無垢《むく》な愛をつかみたかったからです。でも、もう黙ってはいられなくなったんです。あなたの純《きよら》かな愛情が、僕にむかって動いていることが、はっきり僕に感じられてきたからです。実はね、千鶴子さん、僕、これでかなりの金持なんだ。田舎《いなか》の親戚に死に絶えた家があって、その財産の一部分を僕が譲りうけたんだ——これは内証の話だけど——ざっと二万円くらいはあるんです。で、家庭をもっても、相当の生活をしてゆけると思うんです——千鶴子さん、どうです、僕と結婚してくれない？」

ああいおう、こう話そうと思ったことが、十分の一も口に出なかった。しかし喜卦谷君の思いあまった熱情は、その声にも面《おもて》にも現われていた。千鶴子は最初ぎくりとした風だったが、それから顔が赭《あか》くなり、今度は忽ち蒼く変った。と、思うと、ついにしくしくと泣き出した。

「正男さん！」彼女は喘《あえ》いだ。「もう、遅いわ。あたし、日曜日に浦川さんと婚約しちゃったんですよ！」

七

喜卦谷君は、夜の街を迷児《まいご》のように歩いていた。

一つの目標が——千鶴子との結婚が、目の前にある間は、暗い面被《ヴェール》につつまれていた良心が、今やもくもくと頭をもたげて、善良で小心な彼をぐんぐんと責め苛《さいな》みだしたのだった。

——それだけのお金をくれる人があったら——。

そういった千鶴子を、今さらどうして責めることが出来よう。千鶴子に罪はない。自分が悪いのだ——自分が

——。

では、どうしたらいいのだ？　千鶴子なしに、あの金をもっていることは、ただ苦しむために持っているのに過ぎないのだ！

いくら考えても、喜卦谷君には、抽斗の中の金をどう処分したらいいか、どうにも名案《かんがえ》が浮ばなかった。

その翌日、事務所に顔を出した喜卦谷君は、喪心《そうしん》したように呆然《ぼんやり》としていた。いくら仕事の上に、精神《こころ》を集めようとしても、すぐその後から良心の囁きが彼の心を掻きみだした。算盤《そろばん》が間違い、得意の咳払いが出なくなった。

「喜卦谷君」梅津氏がある日社長室に彼を呼んだ。「近頃、君はどうかしてるじゃないかね。会社の生字引《いきじびき》といわれる君が、君自身の受持のことまで間違うようでは、困るじゃないか」

「……はい、相済《あいす》みません——実は、その——」

喜卦谷君は悄然《しょんぼり》とうなだれた。

「何にか理由《わけ》があるのかね？」

「はい」彼はもじもじしながら——実は間誤《まご》つきながら——失恋が原因だと答えた。

「え？　失恋？　君が？　ハハハハハ……」

社長が大きな腹を揺《ゆす》ぶって爆笑した。が、喜卦谷君は笑いどころではなかった。

彼の能率は、社長に注意されても、ますます低下する一方だった。そして一瞬《とき》の閑《ひま》もなく盗みという観念を呪《のろ》いつづけた。同じ夢が毎夜のように彼を苛み苦しめた。しかし、自分が盗人であるという事実は、どうすることも出来なかった。恋を失い、安息《あんそく》を失い、そして苦悩にさいなまれて——ああ憎むべきは、本箱の抽斗のあの——。

苦悩の一ケ月が過ぎた。そうして更に深い懊悩《おうのう》の一ケ月が尽きようとするある日の午後、喜卦谷君は全く夢想さえしなかった重大事にぶつかった。

半白《はんぱく》の髭《ひげ》に、よく似合う新調の合服を着て、ちょっと目には田舎の老人とは見えない浅沼和吉氏が梅津商会の事務所へ入って来たのである。無論、それだけなら、何にも驚くべきことではなかったのだが——。

「やあ、喜卦谷さん、暫らく」

最初の一瞬、地震にゆすぶられたような衝動《ショック》を感じた彼も案外ゆったりとした相手の様子、いくらか危惧《きぐ》をやわらげながら、それでもまだ、真蒼《まっさお》な顔でいった。

「いかがです？　その後——御病人は？」

「有難う。実は、こんど俺《わし》もあの梨畑を手伝うことになりましたんでね。やる以上、もっと規模を拡げたらという腹もあるもので、御相談にあがったわけで……兄も拡張には賛成でしてな」

「あの御病人が――賛成――と、仰有《おっしゃ》ると?」

「いや、あなたにも喜んでもらいたいもので」と和吉氏はにこにこして、「お庇《かげ》様で、どうやら治りましてな――すっかり」

「本当ですか? ――それは?」

「本当ですとも、随分と手はかかりましたがな――」

喜卦谷君はその間にも事務机の端を力一ぱいぐいと掴んでいた。

「じゃ、もう、退――退院なすったんで?」

「来週の月曜に帰る予定ですが、何分、年齢が年齢だもので身体の方が旧《もと》のようになりませんでな」

その時、給仕が社長室から和吉氏を呼びに来た。

喜卦谷君は、危うく昏倒しそうな自分を、やっとの事で支えていた。元帳の文字が、一上一下《いちじょういちげ》、右往左往に動揺した。

――来週の月曜! 月曜、月曜――頭の中で旋回するものはただそれだけであった。

――今日は金曜だ! 一体どうしたらいいだろう――事務所を出ても、電車へ乗っても、アパートの一室へ帰ってからも彼は混乱した頭脳《あたま》で、ただそのことだけ繰返し繰返し思いわずらっていた。

眠るどころの騒ぎではなかった。それでも、夜が更けると、いくらか頭が働いてきた。

――因業爺さんが記憶を回復した。退院して帰宅すれば、まず第一に穴倉の金を検《あらた》めるだろう。金函を取出して、開けてみる。内は空《から》っぽだ。と、必ず、穴倉の上から覗いていた自分を想い起すにきまっている! 警察、告訴、刑事――。

最後だ!

ベッドの上で輾転《てんてん》する彼の頬に、泪《なみだ》がぽろぽろと伝わった。

窓が白んだ。土曜日だ! 遁《のが》れる途《みち》は?

ふと、一つの考えが泛んだ。

――月曜日までに、金を旧の場所へ戻せるではないか?!

そうだ! 雑作《わけ》もないことだ! しかもそれが最善の、ただ一つの方法ではないか。どうして、もっと早く気がつかなかったのか――喜卦谷君は、息づまる深淵《ふち》の底から急に浮かび上ったような気がして、愚鈍な自分の頭脳を思い切り殴《なぐ》りつけたい気さえした。

翌朝、会社へ電話で病気欠勤の届けをして、喜卦谷君は正午に新潟行きの汽車に乗った。そして幾時間かの間、膝の上に置いた一万六千余円の大金が入った手提鞄《てさげかばん》を、時々思い出したように見やりながら呟いた。

――これを穴倉へ返せば、おれはもとの素寒貧《すかんぴん》だ。しかしそれで旧の人間になれるのだ！

八

翌々、月曜日に、喜卦谷君は晴々しい面持《かお》で会社へ出勤した。

俄然、彼はその能率を回復して、二日と経たないに事務所のあちこちから、往日《むかし》の声が聞かれ出した。

「喜卦谷君に訊け！」

彼は適任百パーセントの元帳方に還元して退出《ひけ》の時間が来ても、ただ一人、居残って働いた。で、恰度《ちょうど》、六時十五分過ぎだった。電話が鳴った。給仕もいなかったので、彼は机から離れて受話機をとった。

「もしもし、はい――僕ですが、喜卦谷は、――ええ？森――あ、千鶴子さん！」

喜卦谷君の手は、耳の傍《わき》でふるえた。

千鶴子のいつにない優しい声が響いた。

「これから、そちらへ伺ってもいいでしょうか？」

あの夜の翌《あく》る日、千鶴子は浦川と一緒に、蔵前ハウスから田端《たばた》の方へ移って、それ以来、消息は絶っていたのだった。その千鶴子が、今頃何の用があって会いたいというのだろう？

「別に差支《さしつか》えはないんだが、どういう御用です？」

「あの、あたし……あの人に騙《だま》されちゃったんですもの。どうしていいか解らないの。口惜《くや》しくって口惜しくって……でね、あなたに相談したいと思って――」

「あの人って、誰です？」

「浦川よ――財産があるなんて、まるきり出鱈目《でたらめ》なのね――でね――あたし、もう別れちゃったの、だから、これからのこと、あなたにようく相談して――」

女は、前に彼が求めた機会を、今与えようとしているのだ。千鶴子は、彼の腕へ体を投げかけてきたのだ。彼は、ただ、それを捉《とら》えさえすればいいのだ。だが、彼は今、彼女の求めるものを有《も》っていないのだ。と、同時にもう再び「罪」を重ねる勇気もなかった。

「ね、伺ってもいい？　それとも、来て下さる？」

「千鶴子さん」彼は深い息を吐《つ》いて重い声で言った。「すみません。僕も嘘をついたんです。実は、僕、百円の金ももたないのです。だから――」

喜卦谷君は、その上に謝罪の言葉をいいたかった。が、

「さよなら」も言わない中《うち》に、電話は先方から切れてしまった。

黒衣の女

不思議な預り物

誰だって、明日のわが身がどうなるか、自分で自分の運命を予知するものは無いはずだ。だから、金井晃二《こうじ》が、寸前一歩の目の前に、世にも奇怪な冒険が、自分を待ちうけているとも知らず、新宿の帝都舞踏場《ホール》の片隅で憂鬱《ゆううつ》な顔をして、蒼い吐息《といき》をついていたとて、格別不思議はないのだが――。

でも、しかし、平常《いつも》は快活そのもので、人さえ見れば笑顔で迎える彼金井が、場所《ところ》もあろうにダンスホールの一隅《いちぐう》で、浮かぬ顔をしていたと聞いたら、ただそれだけで彼を知るほどの友人は、小首を傾げて考えこんだに違いない。

金井晃二、――彼は華族《かぞく》の次男坊で、美男子で、おまけに評判の女優を恋人に贏《か》ち得た幸福者だ。まして、いざとなれば腕に覚えの柔道四段の猛者《もさ》である。その金井が、――と誰しも考えるところだろうが、実は彼にも人知れぬ苦労と悩みがあったのだ。

父親の死後、兄から分けてもらった資産を大切に、じっとして遊んでいればよかったものを、いろんな事業に手を出して、つい人に欺《だま》されたり失敗《しくじ》ったり、最後の骰子《さいころ》を投げるつもりで試《や》った相場の思惑《おもわく》が、これまた物の見事に当が外《はず》れて、このところすっかり意気消沈《いきしょうちん》の彼だった。そこへ今日、ひょっくりと訪ねて来た万里子《まりこ》と、つまらぬことから衝突して、彼女の方から当分、――或《あるい》は拙《まず》くいけばこのまま永久になるかも知れない別れ話まで持上って、いささか自棄《やけ》気味になって家を飛び出し、カフェや酒場《バー》をうろついている中《うち》に、昔懐《なつか》しの気持に誘われたか、ついふらふらと舞踏場《ホール》へ足を踏みこんだのだった。

万里子が、まだダンサーをしていた頃は、毎晩のようにここへ足を運んだものだった。しかし、今はもう大方顔が変ってしまって、広いホールを見渡しても、見知った踊子《ダンサー》は少かった。のみならず、賑かな奏楽《そうがく》の音《ね》を聞いても、現在の彼は相手を求めてホールの中へ浮《うか》れ出るほどの軽い気持にはなれなかった。それどころか、さも楽しそうに浮々《うきうき》と踊っている若い学生達《ひとたち》を見ると、却って自分の気持が重くなって、何でこんなところへやって来たかと、後悔するようないやな気持にもなっていた。

今も、若い学生と組んだ背の高い踊子が、わざとらしくこちらへステップを踏みながら、チラと彼にウインクを投げて、そのまますするすると向うの方へ辷《すべ》っていった。それは万里子と同じ頃、ここの踊子となった、今は押しも押されもせぬナムバー・ワンのリリー梅園だった。平常の彼なら喜んで、――いや義理にでも、そのウインクに応えたであろうが、酒の気が覚めかかって、重苦しい気分に沈みかかっていた金井は、何故《なぜ》ともなく彼女の視線を逃《のが》れるように、つと横の方に顔を反向《そむ》けた。

と、その拍子《ひょうし》に、ホールを囲んだ右手の、彼とは三間《けん》と隔《へだた》ってない椅子に、こっちを向いている一人の男と、偶然、ぱったり顔と顔とを見合した。

一瞬前の金井のように、今度はその男が、ハッとした風で、つと正面に向き直った。が、その慌《あわ》てた様子が、何だか今まで自分の方に注意していたように思われて、金井はじっと目を留めた。

身体《からだ》には窮屈《きゅうくつ》そうな黒っぽい背広を着た、四十前後らしい、頭髪《かみ》を短く苅《か》りこんだ男だが、光線《あかり》の故《せい》ばかりとも思えぬほど蒼白《あおじろ》い顔をして、金井同様、同伴者《つれ》がないのか、学生達の間に一人ぽつねんと坐っている。

むろん、踊りに来たのではないらしい。と云って、人々の踊るのを見て、目をたのしませているとも受取れない。とにかく、こんな享楽《きょうらく》の場所へ出入りをする人間《ひと》のようには思われない男なのだ。そういえば、ちょいちょい入口の方を振返る様子が、誰かをそこに待合せてでもいるらしい。

いずれにしても、全然《まるきり》見知らぬ顔なので、金井はそれきり気にも止めず、ホールの方に眼を移すと、恰度《ちょうど》その時、奏楽の音がハタと止んで、ホール一杯に踊っていた男女の群が、ぞろぞろと自分の席へ引上げ出した。

金井はそれを機会《しお》に立ち上った。正面の時計は十一時半を指《さ》している。彼は帽子をとると、そのまま昇降機《エレヴェーター》の方へ歩いていった。

「まだお早いじゃありませんか」

丁度《ちょうど》、そこへ昇《あが》ってきた昇降機へ踏み込むと、顔見知りのボーイが、ドアを閉めながらニコニコ笑って話しかけた。金井がそれに何か答えようとしていると、

「あ、ちょ、ちょっと！」

背後《うしろ》から追いすがる声がして、バタバタと駈けこんで来た男があった。ドアの方に背を向けて、ポケットの煙草をさがしながら、ボーイと一言二言《ひとことふたこと》話していた金井は、

一階までくると、そこで両切りに火を点《つ》けて、さてどこへとの目的《めあて》もなく、足の向いた方へ狭い通りをぶらぶらと歩き出した。

と、ほんの五六間も来たと思う時だった。ふいに、

「もしもし！」

と傍《そば》の暗い物蔭から、呼びとめる声がして、ひょいと一人の男が飛び出した。

「僕ですか？」

少々面くらった金井が、そう云って立ち止ると、

「ええ、実は舞踏場《ホール》で、お見かけしましたもので――」

そういう相手の顔を見ると、なるほど、つい今の前《さき》、ホールで見たあの男だ。それにしても、直々面《じきじき》と向ったその顔の無気味さ！　前額《ひたい》に刻まれた深い皺、だらりとたるんだ瞼《まぶた》の下から、ぎろぎろ光る怯《おび》えたような眼光《まなざし》！

金井が何か云おうとすると、

「あなたは、……真直《まっすぐ》い方のようにお見うけしますので、恐縮ですが、これを預っていただきたいんですが。……それから、御面倒でも、明日の午後一時に赤坂見附で頂戴《ちょうだい》いたしますから」

半分は顫《ふる》え声で、やっとそれだけ口にすると、その男は四辺《あたり》をきょろきょろ見廻しながら、何かしら紙に包《くる》んだ小さいものをそそくさと金井のポケットに押し込んだ。と思うと、そのまま傍の狭い路次《ろじ》へ、掻き消すように姿を消した。

真夜半《まよなか》の殺人事件

「妙な男だな、――狂人《きちがい》かしら？」

いささか呆気《あっけ》にとられた形で、独言《ひとりごと》を云いながら、金井は右手をポケットに突っ込んで、その紙包みに触《さわ》ってみた。饅頭《まんじゅう》くらいの大きさの、平《ひらべ》ったい、ちょっと重量《おもみ》のあるものだった。が、彼はそれ以上、ポケットから取出して検《あらた》めてみようともせず、

「石礫《いしころ》か何かだろう――」

と口の中で呟きすてると、もうそのことは忘れたように、また暗い気持に復《かえ》って、とぼとぼと歩き出した。

突然、東京音頭《おんど》の陽気な囃《はや》しが耳許《みみもと》で聞えた。気がつくと、いつの間にか、三越《みつこし》裏の明るいカフェー街の入口に立っていた。彼はそこに立てこんだ円タクの間を縫うて、電車通りの方へ歩きかけた。と、狭苦しい車と車の間を、金井の身体を突き飛ばすようにして、三人連れの男が通り過ぎた。

その三人が、ひどくせかせかしていることは、金井に

もよく分った。しかし、声もかけずに押し通ってゆく人もなげなその態度が、ちょっと不快に感じられて、金井は睨むように彼等の顔を一人々々見送った。一人は顎《あご》の四角い、小肥《こぶと》りに肥った地廻りらしい和服姿、も一人は痩《や》せ型の、髪こそ黒いが眼色から、顔の輪廓から、一目でそれと知れる混血児《あいのこ》で、何だか陰険《いんけん》そうな顔にロイド眼鏡をかけている。今一人、これはどうやら猫背《ねこぜ》らしい体軀《からだつき》。だが、いずれも一癖あり気な面構《つらがま》えをして、この界隈《かいわい》をうろついているのを見れば、いずれは新宿に巣くう不良の地廻りにきまっている。

金井はそんなことを考えながら、うるさく附きまとう円タクを振り切って、大分人通りの寂れた電車通りを横切ると、古くから贔屓《ひいき》にしている裏通りの寿司屋へ飛びこんだ。ぞくぞくと寒気《さむけ》がするのに、考えてみれば、まだ晩飯も済してはいなかったのだ。

熱燗《あつかん》を命じて、なみなみと注《つ》いだコップの酒を、ゆっくりと傾けながら、腹拵《はらごしら》えもして、金井がそこを出たのは、もう真夜半《まよなか》を大分過ぎて、そろそろ一時に近い頃だった。

注ぎ足した酒の気で、いくらか元気づいた金井は、駅前へ出て円タクをひろうつもりで、郵便局寄りの狭い通りをぶらぶらと歩いて来た。と、ふいに向うの方で、バタバタと人の駈け出す足音がして、ガヤガヤと騒《ざわ》めく声。暗《やみ》をすかすと、薄暗い軒燈《あかり》の下に、黒い人影が蠢《うご》めいている。

——何かあったな？

金井は弾《はじ》かれたように足を早めて、人々の後に近づいた。そして背伸びをしながら、覗きこむと、二人の警官がこれも今来たばかりであろう、どうやら死体らしい黒いものの上に跼《しゃが》みこんで、傍《そば》の男と話している。

「ほんの今先刻《さっき》ですよ。俺《あっし》が吉の野郎とガードをくぐってこっちへくると、どっかこの辺《あたり》に停っていた自動車が、急に音を立てて走って来たんです。それがまるで藪《やぶ》から棒で、吉の野郎は大方轢《ひ》かれるところでしたよ。そいつをやり過して、ここまで来ると、うんうんと変な唸《うな》り声で、——なア吉」

「ああ、それが何だか息が詰るようで、——」

「そうですよ、旦那《だんな》。でも、俺はまさか人が殺されてるとは思わないから、そのまま通り過ぎようとすると、ふいにウーンと呻《うめ》くもので、びっくりして引返したんですよ。すると、これなんだから、おっ魂消《たまげ》ちまって——」

「あのウーンで、息が絶えたんだね。あれからは、もう声がしなかったから」

「そうだったかなあ。とにかく、おっ魂消て、そのまま交番へ駈けつけたんで、後のことは分らないんだが――」

「その自動車の番号を見なかったかね？」

警官の一人が、年とった方の、頭を角苅りにした魚屋の若衆《わかいしゅ》とでもいった風の男に訊くと、

「さあね、こん畜生《ちくしょう》と思って、振返るには振返ったが、番号なんか気がつきませんでしたよ」

「どんな自動車《くるま》だった？」

「さあ、それもはっきり憶《おぼ》えていねえんだが、どうだね、吉」

「分んねえなア。乗ってた奴の顔はちらと見たんですが――」

「フン、どんな顔をしていた？」

警官が急《せ》きこんだ声で、若い方に訊いた。

「それが一人じゃなかったようですが、俺《あっし》の見たのは洋服を着て、ロイド眼鏡をかけていましたよ。それに何だか毛唐面《けとうづら》をしてたように思いますがね」

「じゃ、先刻あすこのカフェーを覗いた奴かも知れん――」

群集の中から、そう云う声がした。一同《みんな》が振向くと、ソフトを冠《かぶ》った若い勤人風《つとめにんふう》の男だった。

「カフェーってどこのカフェーだね？」

近くにいた警官が、その男を睨むように見た。

「この通りを真直にいったマルヤというカフェーです。それも誰か人を捜している風で、ちょっと覗いて、そのまま出ていったんですが、ロイド眼鏡をかけた混血児《あいのこ》でしたよ」

「混血児？」

警官が意外そうに相手の言葉を繰返した。が、警官よりも、むしろハッと思ったのは金井であった。

ロイド眼鏡の混血児、――それは先刻、三越の横手で出会ったあの中の一人に違いない。連れがあったという点、それにあの三人連が、せかせかと人を押し分けて通り過ぎた様子。それは確かに、あの雑沓《ひとごみ》の中を、血眼《ちまなこ》になって、誰かを捜し歩いていたのだ。

それにしても、被害者はどんな男だろう？　金井は急に燃えるような好奇心に煽《あお》られて、人々の中へ割り込むように入っていった。

今までは、人々の背後《うしろ》から警官の頭ばかり覗いていたので、何も分らなかったが、そこは夜分は用もないのか硝子《ガラス》戸を閉めきった、人の気もない建物と建物の狭間《はざま》で、奥の方に炭俵《すみだわら》らしいものを一ぱいに積んである。つまり空地《あきち》を利用した物置場で、死体はその入口のところに、

往来の方へ頭を向けて、仰向けになって横《よこたわ》っていた。

　薄鼠色《うすねずいろ》のワイシャツを染めて、ネクタイが横っちょに飛んだ胸部《むね》から顎へ、こんこんと流れている真赤《まっか》な血潮が、まず金井の眼に入った。ついで、眼を半眼に閉じた、蠟《ろう》のような真蒼《まっさお》い男の顔が――。

　と、その瞬間、金井は何かで打たれたようにドキッとしながら、危うく声を出すところだった。何故と云って、それは先刻帝都舞踏場の表で、自分に話しかけたあの男ではないか。それも、自分の外套《がいとう》のポケットに、何か得体の知れないものを押し込んで、そのまま暗の中へ消えていったあの男が、一時間と経たないうちに、もう死体となって横っているのだ！

紙包みの内容《なかみ》

　額に刻まれた深い皺、重そうな瞼の下にじっと動かない瞳。それに瞭々《ありあり》と恐怖の表情《いろ》を浮べた曲った口唇《くちもと》、――それは確かに、ホールから自分の後を追っかけて来て、不思議な依頼物《たのみ》をしたあの男に違いない。

　――すると自分としては、黙ってはいられないわけだが、――でも、この場で早速警官に話したものか、それとも後からゆっくり届出《とどけで》たものだろうか？

　金井が死体を見ながら考えていると、

「おや、何か手に握っているゾ」

　改めて死体を覗きこんだ一人の警官が、突然頓狂《とんきょう》な声を上げたと思うと、ぎゅっと握りしめた死人の右手から、変な紙片《かみきれ》のようなものを取上げた。

「へえ？　これは胸へつける喪章《もしょう》らしいが」

　警官は両側に黒い枠《わく》をとった布片《ぬのきれ》の喪章のようなものを、軒燈にすかして見ていたと思うと、

「おや！　何かと思ったら髑髏《どくろ》が描いてある！　怪体《けったい》なものを握っているなア。こんなものは元どおり当人に持っていてもらうんだ――」

　警官は吐き出すように云うと、その布片を今一度死人の手に握らしておいて、今度は急に気がついたように、大声を上げて、周囲の群集を追払《おっぱら》いにかかった。

　前の方にいた連中は、誰も彼も、肩をつかんでぐんぐん押《おさ》れた。金井もその中の一人で、いつの間にか往来《とおり》一ぱいになった野次馬《やじうま》の中にもまれていた。

　――届けるのは明日《あした》でもいいだろう。いや、うっかり届け出ても、真実《ほんとう》にはしてくれないかも知れん。何だか分らないものを預ったなんて云ったら、却って変に疑《うたぐ》られるにきまっている。

――それにしても、あの男は自分の生命《いのち》が危いことを知っていたのだろうか？　知っていて、自分に、あの紙包みを預けただろうか？　どうもそうとしか思われない、――すると、この紙包みとこの事件との間には、何か深い関係があるに違いない。

――それに自分の眼には、はっきり見えなかったが、警官が見つけたあの髑髏の喪章？　相手に刃物を向けられる時、まさかにあんな喪章なんか、手に握っているはずはない。すると、犯人が兇行の後で、あの男の手に握らしていったではないだろうか？　恐ろしいギャングか何かが、仲間を裏切った者に対する復讐《ふくしゅう》か何かの記号《しるし》に――。

――そういえば、犯人は果してあの三人連の仲間だろうか。ロイド眼鏡の混血児なんて、いくら新宿界隈だって、そう幾人もうろうろしているわけはない？

金井は、野次馬の間にもまれながら、そんなことを考えているうちに、いつの間にか、自分の右手がポケットの紙包みを、しっかと握りしめているのに気がついた。と同時に、彼はきょろきょろと自分の周囲を見廻した。何故ともなく、誰かしら自分を見ているような変な感じがしたからだった。それもポケットに突っ込んだ自分の手に、何者かの眼がじっと注がれているような気がしたのだ。

だが、四辺には誰もそんな人間はいなかった。金井はホッとした気持で、野次馬の間を縫いながら、円タクを拾うと、真直に東中野の自分の家へ急がした。

自動車《くるま》の中で、彼は幾度、ポケットの紙包を取出して見ようとしたか知れなかった。しかし、もし運転手の目に触れたら、――彼は、そう思って、固い紙包を握りしめたまま、じっと辛棒しつづけた。

門前で自動車を下りた金井は、潜門《くぐり》を抜けて、そのまま玄関の方へ歩きかけた。と、ふと足許《あしもと》に白い封筒が落ちているのに気がついた。拾い上げると自分の名宛が書いてある。彼は歩きながら封を切って、玄関の燈火《あかり》にすかして見た。肉の細い万年筆の走り書きだが、その筆蹟には見覚えがなかった。

――外套の右のポケットにある品物を、君が所持している以上、君の生命《いのち》は危険だ。身辺に十分注意せられよ。

金井はそれを読むも一緒、ぎょッとして思わず背後《うしろ》を振返った。そこらの暗《くらやみ》から、恐ろしい眼が、じっとこっちを窺《うかが》っているような気がせられたのだ。

彼は腰のポケットから鍵を取出すと、急いでドアを開けにかかった。すると、まだ寝もしないで待っていたか、中でスイッチをひねる音がして、婆《ばあ》やがそこに出迎えた。金井の家に若い時から奉公している気丈《きじょう》な婆やで、独身《ひとり》者《もの》の金井は、若い女中など使うよりも、気心を知った婆や相手の方が結局気楽と考え、家事万端をまかして、たった二人きりの暢気《のんき》な生活《くらし》をしているのだった。が、何もかも手違いとなり、家財道具の整理までして、どこか勤め口でも捜さなければならなくなった現在《いま》、可哀相《かわいそう》ではあるが、婆やにも暇を出して、自分はアパート住いでもしようか、と実は考えていたのだが。——しかし、あの殺害された男を、目の前に見た瞬間、彼の頭からは自分のことなど跡方もなく消し飛んで、ポケットの中の預り物のことばかり考えていた。それが今また不思議な手紙を受取って、彼はもう奇怪な事件の渦巻《うずまき》の中に、すっかり巻きこまれたような気持だった。

「まだ寝ないでいたのかね？　さっさと寝っちまえばいいのに——」

せっかく、出迎えた婆やに、金井の言葉は邪慳《じゃけん》だった。

「でも、お帰りがないと、心配になって、つい眠られないのでございますよ」

「子供じゃあるまいし、心配などせんでもいいよ。さア、早くお寝《やす》み。僕はまだ調べものがあるんだから」

「では、お茶でもこしらえてまいりましょうか」

「いいよ、もう何も欲しくないんだ」

金井はつけつけ云って婆やを向うへ追いやると、そのまま自分の書斎に入って、ドアやカーテンに気を配りながら、やっと椅子に腰を下して、ポケットの紙包みを取出した。

包《くる》んだ紙は、大分時代がついてるだろう、黄色くなった奉書《ほうしょ》らしい厚紙《あつがみ》で、それを開くと、最初受取った時、石礫《いしころ》と思ったも道理、中から出て来たものは恰度掌《てのひら》に握りつぶされるくらいの大きさをした鉛《なまり》の団子《だんご》。それも一方に刃物か何かで切断されたものらしく、切りとった跡がついている。

ダイヤや白金《プラチナ》は予想しなかったにしても、何か貴重なものが、——と心をときめかした金井は、いささか呆気にとられた形で、掌にのっけた鉛の団子を、呆然として眺めていた。と、ふとその面《おもて》に、小刀《ナイフ》か何かで彫りこんだらしい文字が見えた。

昭和五年九月——勝

年月日はいいとして、勝というのは何だろう？　裏を返してみたが、他には何にも文字はない。金井は掌の上で鉛の団子を転《ころが》しながら、少時《しばらく》じっと睨んでいたが、やがて、それを傍におくと、今度は包んであった紙をとって、皺を伸しながら拡げてみた。すると黄色がかった紙

の上に、これは鉛筆で、
横浜、本牧《ほんもく》、上海軒《シャンハイけん》、花勝《はなかつ》
と書体は拙いが、ハッキリ読めた。

万里子の勧告《すすめ》

不思議な預り物と、奇怪な手紙、――二つとも解けない謎を考え悩んで、暁方《あけがた》近くやっと眠りについた金井が、翌朝、眼を覚したのは十時頃だった。

朝風呂に飛びこんで、顔を剃《そ》りながら、彼は、「午後一時に赤坂見附で――」と云ったあの男の言葉を思い出していた。しかし、その当人が死んでしまったからには、出かけていっても仕方があるまい。それよりも、どこかでうまい昼飯でも食って、ゆっくりと考えてみよう。彼はそう思って、紅茶に咽喉《のど》を湿《うるお》すと、朝の新聞をポケットに突込んで、停車場の方へ歩いていった。例の不思議な預り物は、持って出ようかと思ったが、手紙の文句が気にかかって、彼は出しなにそっと、書斎の壁際の長椅子《ソファ》のクッションの下へ隠しておいた。

中村屋へでも行ってみよう、――彼はそう思って、省線に乗ると、ポケットの新聞を取出して、ふと昨夜《ゆうべ》の事件が出てはいまいかと、早速社会面を開いてみた。すると、新聞の中央に、「新宿深夜の殺人」と三段抜きの記事が目についた。

――今暁《こんぎょう》一時頃、淀橋《よどばし》区新宿×丁目××番地先の街上で、鋭利な短刀様の兇器で、胸部を刺殺《さしころ》された年齢三十五六歳、紺サージ洋服姿の死体が発見された。住所氏名その他一切《いっさい》不明であるが、懐中《かいちゅう》に二十余円在中の紙入れが、そのままになっていたのを見ると、犯人は物取りの目的でないことは明かである。なお発見者の談によれば、加害者は現場より自動車にて逃走したものらしく、従って犯人は一人以上との見込みで、警察当局は目下右自動車の行方《ゆくえ》を厳探中《げんたんちゅう》である。

深夜の出来事だけに、敏腕《びんわん》な新聞記者も、あまり深入りをして詮索《せんさく》する時間がなかったのか。それとも警察の方で、故意《わざ》と詳しい発表を差控《さしひか》えたか。被害者の人相《にんそう》や、その手の中に、奇怪な髑髏の喪章を握っていたことなどは、少しも書いてなかった。

金井は記事を読み返しながら考える。

――もし、自分があの時、これこれだと警官に話していたら、新聞記者はきっと猟奇的《りょうきてき》な筆を揮《ふる》って、この三倍も四倍もの記事を書き立てていたに違いない。そして金井晃二の名は、奇怪なロ－マンスの立役者として、否《いや》応《おう》なしに多勢の人々の目に触れていただろう。それのみか、今頃まだ警察に引きとめられて、何かと取調べられているかもしれない。

——それを考えると、昨夜、黙っていたことは、結果において宜《よ》かったが、さてこれからどうしたものか。いつまでも黙っているわけにはゆくまいし、それにあの手紙だって、誰か事情を知ったものが書いたとすれば、そう馬鹿には出来ないが。

とつおいつ考えこんでいるうちに、彼はいつの間にか新宿を乗り越して、もう信濃町《しなのまち》に近く来ていることに気がついた。

——そうだ。乗り越したついでに、万里子のところへ行ってみよう。彼女《あれ》に話したら、何か智恵を貸してくれるかもしれない。

昨日《きのう》、喧嘩別れをしたばかりの彼女であるが、やはり会ってみたい気持も幾分は手伝っていただろう。が、その気持よりも、頭脳《あたま》のいい、何事につけても彼女一流の鋭い観察と批判をもった万里子に、昨夜の話をして、智恵を借りたい念願《ねがい》が先に立って、彼は四谷見附で電車を降りると、そこから間近い本村町《ほんむら》の文化アパートを訪ねていった。

万里子はこれから劇場《しばい》へ出かけるところだと云って、黒のビロードに黄色いスカーフの附いた外出着《アフタヌーン》をつけていたが、それでもさすがに部屋へ通して椅子をすすめた。

円味《まるみ》を帯びた輪廓の正しい、怜悧《れいり》そのもののような彼女の顔は、金井の眼には、いつ見ても端正で美しかった。しかし、昨日と同様、彼女は笑顔も見せず、無表情な陰気な感じで、つけつけと金井に話しかけた。

「今日は何しにいらっしたの? 当分、会わない約束をしたじゃないの?」

「うん、でも会いたかったんだよ」金井は折れて出るように優しく云って、「それに、君の智恵を借りたいことが出来たもので——」

「あたしの智恵?」

万里子は軽く相手をあしらいながら、

「あたしの智恵は、昨日、すっかりあなたに上げてしまったじゃないの。ふらふらしないで、何だっていいから、一つことをしっかりとやり遂げなさいって、——あなたに足りないものは、それだけよ。自分の眼の前へ転ってきたものを、ぐっと摑んで、何でもいい最後までやってゆくこと、でなくっちゃ何をしたって成功しないにきまっているわ——」

「うん、それはよく判ったよ。しかし、今日来た話は別なんだ。実は——」

金井は、彼女の小言《こごと》を聞くのが嫌さに、早速、昨夜の出来事を、最初から順序を立ててすっかり話した。が、意外にも万里子はさして驚く風もなく、天井を見たり、窓の外を眺めたりして、静に話を聞いていたが、やっと話しが終ると、じっと金井の顔を見ながら、

「面白い話ね。でも、その話、まだ誰にもしないでしょうね？」

と静に訊いた。

「するものか、警察へも云っていかないくらいだもの」

「じゃ、宜かったわ。あなたの名が新聞に出て、変な噂《うわさ》なんか立っては、あたしまで困るんだから」

「で、僕はどうしたらいいだろう？　今もいうとおり変な手紙も来ているし、今からなら警察へ届けたって、大して騒ぎもしまいと思うんだが――」

「いいえ、警察へ届けるのは、あたし絶対に反対、――第一、今から行ったんでは、散々《さんざん》お小言を食うにきまっているわ。それに変な手紙なんか、何もびくびくすることはないじゃないの。怪しい奴が来たら、あなたの力で、取って投げてやればいいんだわ」

そう云った彼女の口唇《くちもと》に、やっと初めて微笑が洩れた。が、すぐまた元の顔に復《かえ》って、

「あたし、何だかあなたが大変愉快な冒険に向いて、今スタートを切ろうとしているような気がするわ。結果はどんなことになるかも知れないけど、インテリ・ルンペンのあなたには、退屈しのぎに持って来いだわ。警察へなんか届けないで、どんな冒険に出会《でくわ》すか、迎えの舟が来たら躊躇《ちゅうちょ》しないで乗っかってみたらどう？」

「うん、君がそう云うんなら、その覚悟でかかってもいいんだがね」

「ほんと？　それだと頼母《たのも》しいんだけど、また途中で腰が砕けてしまうんじゃないかしら」

「大丈夫だよ。やるとなったらどこまでもやって見せるよ」

「そう！　では、しっかりおやんなさい。どんなことになるか、楽しみにして待ってるわ。じゃ、そこまで一緒に出かけましょう」

賞美堂《しょうびどう》事件

四谷見附で万里子と別れた金井は、すっかり元気な気持になって、近くの料理店《レストラン》で軽い昼食《ランチ》を済すと、晴々《はればれ》しい顔をして、電車通りを赤坂見附へ歩き出した。

不思議な依頼者が、死んでしまった以上、もう約束の

場所へ出かけてゆく義務も必要もないわけだが、もしかすると、あの手紙を自分のところへ投げこんでいった何者かがいるかも知れない。その人間は、あの男を殺害した仲間ではないにしても、自分があの男から頼まれた不思議な預り物の秘密を知っているに違いない——。

そんなことを考えながら、石煉瓦《いしれんが》の広いペーヴの道を、汗ばむような暖い太陽をうけて、金井は赤坂見附まで来ると、清水谷《しみずだに》公園へ通じる弁慶橋《べんけいばし》の袂《たもと》に立って、行き交《か》う人を眺めていた。

三十分、四十分、——約一時間も経ったが、誰も金井に注意の眼を向ける者はなかった。彼はそろそろ退屈を感じて、鈴を鳴して我鳴《がな》り立てる新聞売子から早版の夕刊を買うと、橋の欄干《らんかん》にもたれながら、何気なく新聞を開いてみた。すると、いきなり目についた大きな表題《みだし》、

新宿の怪殺人事件

被害者は出獄間もない前科者

既報、新宿の怪殺人事件については、昨夜来、新宿署に捜索本部を置き、徹宵《てっしょう》調査の結果、意外にも被害者は先月下旬、三年の刑期を終え出獄間もなき前科二犯小幡庄助《こばたしょうすけ》なること判明し、捜索当局は俄然《がぜん》色めき立ち、犯人捜索に異常な緊張を示している。小幡庄助は近年の怪事件として騒がれた銀座二丁目貴金属商賞美堂強盗事件の嫌疑者の一人として捕えられたが、同事件については遂に自白せず、ために余罪により収監《しゅうかん》されたもので、出獄後も厳重監視中であったに拘らず、彼は巧みに尾行《びこう》をまいて、数日来行方を晦《くら》ましていたという。なお確聞《かくぶん》するところによると、被害者の掌中《しょうちゅう》から髑髏を描いた奇怪な喪章が発見されたというので、当局は恐らく賞美堂事件に関聯《かんれん》する怪事件と睨み、同事件再調査の意気込みで活動中である。

因《ちなみ》に賞美堂事件は昭和五年二月十日の出来事で、夜半二人組の強盗が店員出入口より押入り、当直店員を縛り上げ、当時、同店で某国《ぼうこく》大使夫人より依托《いたく》され飾附《かざりつけ》修理中の頸飾《くびかざり》（価格十万円）を始め、宝石その他貴金属総計約五十万円を強奪、自動車で悠々《ゆうゆう》逃走した怪事件で、当時、賞美堂は依托品に対する責任上、懸賞金五万円、（後十万円に倍加）を提供し、犯人捜索に努めたにも拘らず、遂に迷宮《めいきゅう》入りとなったものである。

金井は新聞を読むと、橋の欄干にもたれたまま、三年前の古い思い出に耽《ふけ》り出した。新聞にもあるとおり、何しろ五十万円の貴金属が強奪された大事件、殊に犯人捜しの懸賞金が五万円、それも二月《ふたつき》後には十万円に値上げされたために、警察当局が一層の緊張を見せたのはもと

よりながら、一方では素人《しろうと》探偵の活躍が大変で、賞美堂ではその応接に忙殺《ぼうさつ》され、店の商売は一時《ひととき》中止も同然の状態だったと云われたものだ。

ところが、その素人探偵の中に、金井の友人で、新聞記者の矢口大輔《だいすけ》があった。その頃、よく銀座のカフェーをぶらついていた金井は、時々矢口とも会って、その探偵談を聞いたことだが、彼に言わせると、あれだけの大仕事が店の事情に通じない者に出来べきはずはない。従って犯人は内部にある、というので、刑事の向うを張って何十人という店員の素行《そこう》調べをはじめ、今に十万円の賞金を取ってみせるんだと本気で意気込んでいたものだった。

それが約二ケ月も経って、事件の当夜、強盗のために縛り上げられた店員の一人が、通勤の途中、電車の中で、その夜の強盗の片割《かたわれ》らしい男を見かけ、追跡して捕えたのが今の小幡庄助。調べてみると前科二犯の兇状《きょうじょう》持ちだし、てっきり犯人は彼だという警視庁当局の見込みで、さすがの矢口大助も匙《さじ》を投げてしまったのだが――。

さて、その小幡庄助は、新聞記事にもあるとおり、厳重な取調にも口を割らず、他の罪名で収監され、三年の刑期を終えて出獄早々《そうそう》、何者にか殺害されてしまったわけだが、もし彼がほんとうに賞美堂事件の連累《れんるい》であるならば、彼から不思議な預り物をしたことを、あの矢口に話してやったら、彼は飛び上って喜ぶにきまっている。

話してやろうか。いや、――待てよ、彼は新聞記者なのだ。うっかり饒舌《しゃべ》って、新聞の材料《たね》にされては、また万里子から叱られる。そうだ、万里子は云ったのだ。

――どんな冒険に出会すか。迎えの舟が来たならば、躊躇しないで乗ってみよ！

脅迫

金井は手にした新聞を畳んで、ポケットに押し込むと、今一度、眼を上げて広い十字路のあちこちを見廻した。橋の袂に立ってから、もうかれこれ二時間近くになるが、誰もそれらしい者は現れないし、これ以上、立ちん坊をつづけてみても、時間を空費するだけのことだ。

彼はとうとう思い断《き》って、通りかかった円タクを呼びとめると、新宿へと命じて、行きつけの喫茶店カナリヤの前で下りた。そこは万里子とも時々行ったことのある、この辺では、まず感じのいい小ざっぱりした店だった。

客はそう立てこんでいなかったが、金井は階段を上って、人気《ひとけ》の少ない、いつも自分が坐りつけている柱の蔭

のテーブルに腰を下すと、紅茶とケーキを取って、ポケットの夕刊を今一度読み返していた。すると、後のテーブルから、ふいに、

「今日の夕刊ですか?」

と話しかける声がした。新聞に読み入っていたわけでもないが、自分の側《そば》へ、人の来たことなど、少しも気のつかなかった金井は、無言のまま、ついと後を振返った。と、赤いネクタイをした鳥打帽《ハンチング》の男が、じっと自分の顔を凝視《みつ》めるように睨んでいる。

――おや、何だか見たような顔だが――

そう思った金井が、今度はぐいと身体を捩《ね》じ向けると、色の白い面長《おもなが》の顔、尖《とが》った鼻。それよりも瞼の下から覗く碧味《あおみ》のかった瞳、――見た眼でそれと知れる混血児《あいのこ》。それもロイド眼鏡は外しているが、確に昨夜《ゆうべ》のあの顔だ!

金井は思わずハッとした。が、何気ない体《てい》で、そのまま向こうとすると、

「昨夜の人殺しのことが出てるでしょう?」

と達者な言葉で、追っかけるように話しかけた。

「ええ、何か出てるようですね」

金井は仕方なく、気のなさそうな返事をした。

「出てるようだって、あなたは今までその新聞を読んでたでしょう。あの男から預ったものが気になって――」

「何ですって?」

どきッとしながら、それで強《しい》て平気を装いながら、金井は再び振返った。

「何を云ってるんです、君は? 僕は、君とは初対面だが――」

「初対面でも何でも、そんなことは宜《い》いですよ。こっちじゃ、ちゃあんとあなたを知っているんだ。実は、あれを頂戴に赤坂見附まで行ったんだが、あすこじゃ、ちょっと工合《ぐあい》が悪いんで、ここまで尾けて来たんですよ。さあ、あの男から預ったものを出して下さい」

相手は椅子から腰を浮して金井の方へ手を出した。

「分らないなア。何の話をしているのか――」

金井は心臓の鼓動《こどう》を感じながら、じっと相手の顔を見返した。

「白っぱくれるのは止しましょうよ。見附の橋の上に二時間も立ってたあなたじゃないですか」相手は皮肉気に云って、白い歯を見せながら、「どうせあの男に返すつもりで立ってたでしょう。それをこっちへ廻してもらうだけなんで、――それも無代《ただ》でというんじゃないんです。それを渡してもらって、それからあの男が何と云っ

たか教えて下さったら、お礼は十分いたしますよ」

表面《うわつら》は鄭重《ていちょう》に聞えるが、下卑《げび》た言葉で、その口調から眼色《めつき》から、明《あきらか》に相手の態度は強制的で、脅迫だ。金井はそれが癪《しゃく》だった。勢い返す言葉も荒くなった。

「僕は、何も君とそんな話をする必要がないんだ。あっちへいってくれたまえ」

「何だって?」碧い眼が、ぎろッと光った。「こっちはこれで筋道を立てて話しているんだ。詰んねえ、強情を張って、後で後悔するよりも、温和《おとな》しく引渡したらどうだね。間誤々々《まごまご》してると、君も髑髏の喪章を摑まなくちゃなるまいぜ!」

「なに? 髑髏の喪章? じゃ、君は――」

「ふん、それだけ云やあ沢山《たくさん》だろう。さあ、あれを出したまえ!」

一瞬、金井を襲った恐怖の念が、そのすぐ次ぎの瞬間には、脅迫に対する反抗と、悪魔に対する憤怒《いきどおり》に、却って油を注ぎかけて、彼はさっと椅子を蹴《け》りながら、相手を睨んで立っていた。

「君なんどから、命令をうける理由はない! 退《ど》きたまえ、そこを!」

「それじゃ、生命《いのち》が惜しくないというんだナ? 今一度考えなおしてみたらどうだね。悪いことは云わないが――」

「五月蝿《うるさい》! 一度聞いたら沢山だ!」

云うが早いか、柔道四段の金井の拳《こぶし》が、蒼白い相手の顔にぐわんと鳴った。ふいを打たれて、よろよろと蹣跚《よろめ》いた混血児《あいのこ》は、それでもテーブルに獅噛《しが》みついて、

「畜生!」

と目を瞋《いから》して喚《わめ》き返した。

四辺《あたり》にいた女給達が、悲鳴を上げて飛び散った。そこらのテーブルから、どやどやと四五人の学生が集って来た。

「まあ、金井さん、どうなすったんです?」

顔馴染《かおなじみ》の女給監督が、慌てて階下《した》から駈けつけた時には、ここそこと逃げ出す相手を追っかけようとする金井を、皆《みんな》が寄って群《たか》って引き止めていた。

「一体、どうしたんです。あの人、あなたの知ってる人?」

「いや、知らないんだ、あんな奴――」

「それで、何か失礼なことでも云ったの?」

「うん、その――」

やっと椅子に腰を下した金井が、心配気に訊く女給監督に明瞭な返事をしかねて困っていると、そこへ階下から上って来た若い女給が、

「金井さんって、此方《こちら》？　――今、自動車の運転手さんが、これを持って来ましたわ」

と四角い封筒を差出した。

――金井様、――

確に宛名は自分である。急いで開封してみると、真白《まっしろ》いレター・ペーパーの面に、たった一行。

――例の件、必ず警察に知らせるな。

と書いてあるきり、そこには署名も何もない。目を近づけると、たった今、書いたばかりと見えて、インキの色も半乾《はんがわ》きだ。

でも、書体は昨夜の手紙と同じらしい。

「運転手だけだったかね？」

金井の声は周章《あわ》てていた。

「ええ、店へ入って来たのは運転手だけでしたけど、自動車《くるま》の中には、御婦人の方が乗っていらっしゃったようですわ」

「女？　どんな女？」

「さあ、ちらと見ただけで、気をつけなかったんですが、たしか黒の洋装をした素敵《すてき》な方のようでしたわ」

奇怪な電話

混血児との活劇から、女給達に取巻かれて、思わぬ時間を潰《つぶ》してしまった金井が、喫茶店カナリヤを出たのは、もう夕方に近く、いつの間にかべったりと曇った空からは、冷い雨が風に交って落ちていた。

彼はそのまま円タクに飛び乗ると、中野の自宅に帰って、夕食は後廻しにして、長椅子《ソファ》の下に隠しておいた鉛の包みを取出した。「昭和五年九月、勝――」右から左から、ためつすがめつ眺めてみても、ただそれだけの文字である。しかし、団子のようなその鉛に、何かしら重大な秘密が隠されていることは、今となっては間違いない。

第一に、あの男が殺されたのは、明にこれがためだ。そして恐らくはその下手人《げしゅにん》の一人であろうあの混血児が自分の後を尾《つ》けて来たのも、これを手に入れたいがためだった。すると、この鉛は既に人間《ひと》一人の生命を奪っている。間誤々々していれば、今に自分もあの男と同じ運命に遭うかも知れない。

だがしかし、この鉛のどこに、そんな秘密がつつまれているだろう？　あの殺害された男が、賞美堂事件の連類者《なかま》で、従って彼が大切にしていたこの鉛が、何かあの事件と関係《かかりあい》があるとしても、高《たか》が一塊《いっかい》の鉛ではないか。

「待てよ」金井はその時、ふと鉛を包んだ紙の方へ目を移した。「そうだ、ここに書いてある横浜本牧上海軒を訪ねてみたら、或《あるい》は何か判るかも知れない。鉛に刻んだ『勝』の字と、『花勝』とは恐らく同じものを意味しているに違いない」

金井がそんなことを考えていると、ふいに廊下の方で電話の呼鈴《ベル》が鳴り響いて、婆やが誰かしら女の声だと取次いだ。

「女の声？　彼女《あれ》ではない？」

金井は起《た》ちながら婆やに訊いた。万里子ではあるまいかと思ったからだ。

「いいえ、声が違うようでございますよ」

金井は電話口に立って受話器をとった。

「モシモシ、僕、金井ですが」

「金井さん、金井晃二さんですね？」

澄み切った、白金《はっきん》のような女の声だ。確かに万里子の声とは違う。

「そうです、僕金井晃二です」

「では、まことに失礼ですが、ちょっと私のところまでお出かけ下さいません？」

「お宅へ伺うんですか？　あなたは誰方《どなた》です？」

「それはお訊ねなさらないで、――とにかく、私のところへいらっしって下さるわけに参りません？」

「でも、お名前もわからないのに――」

「誰だか分らないから嫌やだと仰有《おっしゃ》るんですか。それとも私が恐いんですか？」

「そんなわけではないんですが、あまりに唐突《だしぬけ》なお話ですし、一体どういう御用向きでしょうか？」

「それは電話では申上げられないんです。それに私の方ではあなたをよく存じ上げておりますのよ。私の言葉を信じて、すぐいらっしって下さいません？」

「私を知ってると仰有って、どうもお人違いではございませんか？」

「いいえ、ようく存じておりますわ。お信じになれないなら詳しく申上げてみましょうか。あなたはこの頃、いろんな事業で大変御損をなさったでしょう。それから万里子さんと二三日前、仲違《なかたが》いをなさいましたわねえ、……それに昨夜《ゆうべ》は新宿で不思議な目にお会いになったことも存じておりますわ」

「そのことで、僕に何か御用があると仰有るんですか？」

「そうなんです。今のままでいらっしては、第一あなたが危険です。――私の言葉を信じてすぐいらっして下さい。悪いことは申しません！」

女の声が急に重々しく、命令的に変ってきた。

「お住所《すまい》は？」

「三番町の花村女学院の隣りです」

「花村女学院の隣？　それでは四谷寄りの方ですね？　番地は？　ええ、十七番？　じゃ、三十分位したら、ともかく、伺うことに致しましょう」

「いいえ、自動車《くるま》がお宅の門前《まえ》に待っております。雨の中をお気の毒ですけれど、それに乗ってすぐいらっして下さい」

「そうですか。それでは――」

「ああ、ちょっと」相手が慌てて呼び止めた、「それから、いらっして下さる時、昨夜の預り物を持ってきて下さい。あれをお手許《てもと》においては危険です」

受話器をおいて金井はハッと我に返った。ぐんぐんと圧《の》しかかってくる電話の声に、何を考える余裕《ひま》もなく、相手の正体《しょうたい》も突き止めないで、つい先方《むこう》の言葉に引きずりこまれてウンと云ってしまったが、――でも、自分が事業に失敗《しくじ》ったことから、万里子との仲違いの経緯《いきさつ》、それに昨夜の出来事まで、一切合切《いっさいがっさい》知りつくしているらしいあの女は、一体どうした女だろう？　万里子自身ならともかく、あの声はどう聞いても万里子の声ではなかったのだ。

もしかすると、あの混血児の一味のものではあるまいか？　しかし、どうやら自分に好意を寄せているらしいあの口吻《くちぶり》から察すると、そうとも思えない節がある。

「では、喫茶店へ手紙を届けたあの女だろうか？」

金井はふと運転手に四角い封筒を持たして寄越した自動車の女を思い出した。「必ず警察へ知らせるな――」あの文句を読んだ時、彼はきっと万里子であろうと思ったが、今になって考えると、こんな事件に万里子がそれほどの興味と熱をもっていようとも思えない。するとやはり、今の女だったろうか？

いずれにしても、行くと約束したからには、このまますっぽかしてしまうわけにはいかないのだ。これも乗りかかった舟だ。そうだ、万里子が言った誘いの舟だ。冒険の門出《かどで》のつもりで出かけてみよう。

金井がそう決心して、鉛の団子をしっかりと内衣嚢《うちかくし》にしまいこんで、帽子を摑んで出ようとすると、

「この雨にまたお出かけでございますか？」

婆やが訝《いぶか》しそうに彼を見上げた。

「うん、ちょっと出かけるがね、すぐ帰ってくるよ」

「お出先は三番町でございますか?」

「ああ、そうだよ」

「それでお電話を聞いていたんでございますが、三番町の学校の隣と申しますと、今は空家《あきや》になっているはずでございますが――」

「何《な》に? 空家になっているって? どうして、そんなことを知っているね?」

「あすこには市岡さんと仰有るお邸《やしき》があって、婆やの姪《めい》がずっと御奉公していたんでございます」

「うん、あの新劇団を組織していた市岡さんか」

「ええ、それが芝居の方が面白くいかないのと、隣りの学校が五月蠅とかで、つい先月売払って小石川の方へお引越しになったんでございますよ。先達《せんだって》姪が来て話をしておりましたから間違いはございません」

「じゃその後へ誰か来てるんだろう」

「でも、表通りの方は、学校で買いとって塀やなんかも壊しているという話でございましたが――」

「番地は同じでも、家は違うかもしれん。とにかく、行ってみれば分ることだ」

「しかし、あの辺はみんな大きなお邸ですから、十七番地が二軒もあろうとは思えません。きっとあの家でございますよ。それに誰だか分らない女の方《ひと》からの電話なんか、怪体《けったい》じゃありませんか」

傍《はた》で電話を聞いていて、心許《こころもと》なく思ったのであろう。それとなく引止めようとするが、金井はもう靴を穿《は》いて、婆やが渋々《しぶしぶ》と差出す洋傘《かさ》を受取ると、もう雨の中に飛び出していた。

顔を見せぬ女

まさかと思って、玄関か門のところまで来てみると、その門口《かどぐち》を阻《はば》むように、一台の箱自動車がぴったりと横付けになっていた。

おやおや、金井が驚く閑《ひま》もなかった。

「金井さんでございますか?」

車の中から声がして、運転手が後を向いてドアを開けた。

「僕、金井だが、君は迎えの車かね?」

「ハイ」

「どちらからの迎えだね?」

金井は電話の主《ぬし》を知ろうとして、踏板《ステップ》に足をかけながら訊いてみた。

「さア、誰方ですか、お名前は存じませんが、こちらへ伺ってお伴《とも》をしてくるようにとのことでして――」

「じゃ出入りの邸じゃないんだね？」

「ハイ、途中で呼びとめられたんです」

運転手はそういうと、もうハンドルを握りしめて、車は西風に追われながら、土砂降《どしゃぶ》りの中を走り出した。

金井は前の小さい鏡に映った運転手の顔に注意した。眉の濃い、眼の落ちこんだ浅黒い顔をしているが、格別悪党らしい面構えとも見えなかった。しかし、自動車《くるま》に乗った以上、どこへ連れてゆかれるかしれたものでない、――彼はそう思って車窓《まど》と運転手の方を油断なく凝視《みまも》りながら、それとなく警戒をつづけていた。

しかし、自動車はどうやら順路を通って、新宿に出ると、それからは雨に光る軌道《レール》を追うて、人通りの寂れた電車通りを真直に四谷《よつや》の方へ走り出した。

追分《おいわけ》から塩町《しおちょう》へ、金井はやっと安心して、背後《うしろ》のクッションに凭《もた》れかかると、初めてポケットの煙草に手をやった。

四谷見附を左へ、自動車は土手《どて》添いの道を少時《しばらく》行くと、横町を右に曲って、警笛《けいてき》を鳴しながら暗い建物の前に停った。と、雨の中に降り立った運転手が、扉《ドア》を開けて傍《そば》の石段を指した。

金井は洋傘をひろげながら四辺を見廻した。よくは分らないが、そこが土手三番町の辺《あたり》であることは間違いなかった。しかし花村女学院の隣にしては、土手から横町へ入り過ぎているように思われた。

その時、運転手はもう石段を上って、ドアのところで何かひそひそと話していた。金井が後から上ってゆくと、運転手の蔭になっていたドアのところから、頭の禿《は》げ上ったちょっと見た眼には傴僂《せむし》かと思われるほど背骨の曲った詰襟《つめえり》服の老人がじろっと金井の顔を見上げた。そして丁寧にお辞儀をしながら、自分の後について来るように目顔で合図をして、薄暗い廊下をゴトゴトと歩き出した。

金井は老人の後から、靴音を立てないようにゆっくりと歩いていった。それは長い建物に添うた廊下で、左の方は植込みのある広い庭になっているらしかった。でも、廊下のそこここに燈《とも》った仄暗《ほのぐら》い電燈の光線《あかり》は、足許を照すのがやっとで、四辺の様子までは分らなかった。

二三十間もゆくと、廊下はドアに突き当った。老人はそのドアを開けて、金井を中に案内すると、バタバタとスリッパの音を立てて引返していった。そこは中央にテーブルと、椅子を置いたきりのがらんとした洋間で、正面のドアが細目に開いて、真暗《まっくら》い次ぎの部屋が覗いていた。

金井は目の前の椅子に腰を下して、ポケットの煙草を取出すとマッチを擦《す》って吸いつけた。と、その拍子に、頭の上の電燈がふいと消えて、真暗い部屋の中に、マッチの火がゆらゆらと燃え上った。

やがて、その焔《ひ》も消えてしまうと、無気味な暗の中に、口にくわえた煙草の火が、蛍火《ほたるび》のように光り出した。雨は音を立てて降りしきっている。部屋の中も、窓の外も漆《うるし》のように暗い。

「停電かしら?」

急にぞっとするような寒気《さむけ》を感じて、金井が口の中で呟いた時、突然、パッと強烈な光線《ひかり》が目を射った。と思うと、眼も眩《まばゆ》い煌々《こうこう》たる光線が、天井に近い部屋の四隅から、金井の顔を、いや全身を照しつけていた。今の今まで少しも気がつかなかったが、部屋の四隅に反射鏡《はんしゃきょう》を利用した電燈装置がしつらえてあったのだ。そして金井は今、その反射光線の十字火《じゅうじか》を浴びて立っているのだ。

眩《まぶ》しい光線を避けるように、金井はつと右手を上げた。と眉庇《まびさし》になった手の下から、正面のドアを背にして、すっくと立った真黒い人間の姿が、影のようにぼんやりと眼に映った。

じっと瞳を凝らすと、いつどこから現れたか、それは黒色《こくしょく》の洋装をした女で、長いスカートの下から細いすらりとした脚の線と、クリーム色の小さいハイヒールが、くっきりと覗いている。

金井の瞳が靴から脚へ、上半身へと忍ぶように移っていった。しかし光線《こうせん》の加減と、服の色で、膝から上は全然《まるきり》見境いもつかなかった。殊に同じ色の帽子にヴェールで包んだ顔の辺はまるで輪廓さえも定かでなかった。

その時、手套《てぶくろ》をした女の手が微かに動いた。と同時に、三十分前に聞いた白金のような歯切《はぎれ》のいい美しい声が、目に見えぬ相手の口から響いてきた。

「よくいらっして下さいました。さア、お掛け下さいまし」

電話を通して聞くとは違って、穏かな中に人を威圧するような力の籠《こも》った声音《こわね》だった。

「でも、お帰りになるまでは、決してそこから動かないで下さい。私、どんなことを申上げても、話がすむまでは動かないとお約束を遊ばせ」

「僕の自由を束縛しない限り――」

金井は努めて平静を装いながら、きっぱりと答えた。

謎のままに

「あなたの自由を束縛するなんて、どうしてそんなことが出来ましょう。それどころか――」

　顔を見せない黒衣の女は、いよいよ落ちついた口調で、

「私はあなたの御力を借りて、大変愉快な面白い仕事をしようと計画《もくろ》んでいるのです。それでこんな雨の中をわざわざお呼び立てしたわけですが、この仕事を巧《うま》くものにするためには、私が表に顔出しをしてはならないのです。ええ、むろんあなたに対しても、私が何者であるかということは、当分の間、絶対秘密にしておかなければなりません。あなたはそれを承知して下さいますの？」

「そう仰有るなら、是非もないことでしょう」

「ではお話しますが、私はあなたのことは、先刻《さきほど》も電話で申上げたとおり、すっかり承知しています。あながいろんな事業で失敗《しくじり》なさったことも、お友達仲間から羨《うらや》まれた万里子さんとの仲が、つまらぬことから気拙《きまず》くなってしまったことも、そして現在のあなたがひどく沈んだ気持でいられることも、ようく知っているのです。それで余計なことですが、今のままで不愉快な日を送っていらっしては、お身体のためにもよくないし、少し思い切った気晴しでもなさって、暢々《のびのび》としたお気持になられたらどうかと、蔭ながらお案じ申していたのです。あなた御自身でも、そうお考えにはなりません？」

「仰有るとおりです。実は僕もそう思っているのですが」

「そうでしょう。だから、私、今夜あなたをお呼びしたのです。あなたの気晴しになるばかりでなく、巧くさえいけばあなたが満足せらるるだけの報酬《ほうしゅう》を得られる仕事が見つかったからなのです。もっとも、それだけの報酬を得るためには、むろん危険は伴います。でも、あなたならきっとその危険に打ち克《か》つことが出来ると思いますわ」

「何ですか？　一体、その仕事というのは？」

　急《せ》き込むように云いながら、金井はつと上半身を前にかけて、心憎いほど、落ちつきすました相手の正体を見極めようと、じっと暗《くらやみ》の姿に瞳をこらした。しかし、女は光線の蔭に巧みに顔を隠して、その輪廓も見せなかった。

「何でもないことです。要する資本はただ勇気一つです。どんなことがあろうとも物に動じないで、最後まで

突き進んでゆく勇気をもって、私の云うとおりにして下さればいいのです。差当《さしあた》っての仕事は、あなたがそこにお持ちの鉛の包紙に記してある横浜の名宛人《なあてにん》を訪ねてゆくことです」

「名宛人と云って？」

「花勝と書いてありましょう。本牧の上海軒といえば表面《おもて》は支那料理を兼ねたカフェーです。そこに花勝といえば誰でも知っているバーテンダーがいるはずです。本名は花田勝三郎といって、破戸漢《ごろつき》上りの男ですが、あなたなら何《な》にも恐れることはありません。その男に会って、どんな方法をとろうとも、とにかく、髑髏団の名を使って、鉛の半分をもらってくるのです」

「ええ？　髑髏団の名を使うんですか？」

金井はぎょっとして、思わず腰を浮しながら、「髑髏団というのは、あの混血児の仲間ではありませんか？」

「そうなのです。しかし、その名前を使う方が花勝の手から半分の鉛を手に入れるのに都合がいいのです。何もあなたに彼等の仲間になれとお勧めするのではありません。時と場合で、目的のためには手段を択《えら》ばないでもいいはずです」

「判りました。で、半分の鉛を手に入れたら？」

「それは、第二段の仕事に移る時です。その時は、あなたの報告を待つまでもなく、私の方から御相談いたします。その辺のことは私にお委《まか》せ下さればいいのです。それよりも横浜へ行って花勝と取引をして下さるかどうかが目の前の問題です。お引受け下さいます？」

正体を見せない女、謎のような折衝《せっしょう》、――でも相手があの混血児の同類《なかま》でないことだけは確実らしい。しかも、彼等の内幕を詳細に知っていて、それで自分を援《たす》けて、一仕事しようとしているのだ。が、何にはあれ、事ここに至っては、男一匹、後へは退《ひ》けない場合だった。

「やりましょう。僕の力で巧くいくかどうか、とにかくやれるところまでやってみましょう」

「そう。御決心がつきまして、――それで、私も安心しましたわ。あなたがその決心でぐんぐんやって下されば、きっと成功するにきまっています。私、それだけは保証しますわ。でも、冗《くど》いようですけど、仕事に取りかかったら十分お身の周囲《まわり》に用心をして下さい。彼等はきっとあなたを邪魔物にして、どんなことをするかも知れません。私、これからも出来るだけのことはしますけれど、何と云っても御自分でお気をつけて下さらないといけません」

「有難う、すると二度もお手紙を下さったのはあなたでしたか？」

これからもと云った相手の言葉から、金井はふと昨夜の手紙、それに今日喫茶店で受取った手紙のことを思い出して訊いてみた。

「そうなのです。私はあの鉛の塊《かたまり》が、偶然あなたの手に移った時から、あなたに危険のないように、そればかり祈っていましたの。そういえば、あの鉛の塊を私お預りしておきましょう。髑髏団の仲間はあれを狙っているのですから、お手許にあっては危険です」

金井の心には、もう相手を疑う気持は微塵《みじん》もなかった。それが誰であるにせよ、自分に対して心からの好意を寄せてくれていることは、はっきりと分ったのだ。彼は云われるままに、内衣嚢から鉛の包みを取出すと、目の前のテーブルに置いた。

「それでは、今度お目にかかるまで、私、責任をもってお預り致しますわ。じゃ、兵は迅速《じんそく》を貴《たっと》ぶと云いますから、明日にでも横浜へお出かけなすって下さい。――じゃ、今夜はこれでお別れしますわ。自動車《くるま》が外にお待ちしていますから、どうかお静かに――」

そう云うも一緒、部屋の四隅の電燈が掻き消すように一時に消えて、漆のような暗《くらやみ》の中に衣《きぬ》ずれの音が微にした。が、やがて、頭上の電燈《あかり》が仄暗く部屋の中を照した時には、もう女の姿も、テーブルの上の鉛の包みも、煙のように消えていた。

髑髏の喪章

――万里子でないことは、あの声で明かだ。では、一体誰だろう？　自分が事業に失敗ったことはともかく、自分と万里子との関係を知っている者といえば、そうだ、もしかしたら帝都座のリリー梅園ではあるまいか。彼女と万里子とは昔から姉妹《きょうだい》のような親しい仲だから、或は万里子からいろんなことを聞き知っているかも知れぬし、それに昨夜《ゆうべ》のことも、故意か偶然か、帝都座から自分の後を尾けて来て、それとなく自分の様子を窺っていたのかも分らない。そういえば、何だか彼女の声だったような気もするが――。

しかし、リリー梅園なら何も自分の前に、顔を隠す必要はないはずだ。それに声は似ていたとしても、あんな男性的なてきぱきしたところもないはずだ。とすると、自分の知った範囲では、誰も心当りの女性はないが――。

でも、今となっては、あの女が何者であろうと、そんなことはどうでもいいのだ。自分は彼女の言葉を信じ、同時に自分自身の決意から、彼女の前に冒険を盟《ちか》ったのだ。その冒険の結果が、果して行き詰った自分の運命を開拓してくれるか否か、それは第二の問題として、ともかくも、現在の自分の気持を転換するために、伸《の》るか反《そ》るか、冒険に向いて突進しよう——。

金井はそんなことを考えながら、往《い》った時と同じ自動車《くるま》に乗せられて、真直に自分の家へ帰って来た。すると、門前に一台の自動車が停って、内玄関に電燈がついているのを見て、誰か来客だろうと思いながら、つかつかと玄関に近づいて格子戸《こうしど》を開けた。

と、その物音を聞きつけて、転げるように出迎えた婆やが、

「若様、た、大変でございます——」

尋常《ただ》ならぬ表情《かおいろ》で、後をつづけようとした時、婆やの背後から中折《なかおれ》を冠った背広姿の男が二人、ぬうと顔を出して、

「あなたがこちらの御主人ですか?」

と無愛想な声で話しかけた。

「ええ、僕、金井ですが、貴下方《あなたがた》は?」

金井が靴を脱ぎながら不審《いぶかし》そうに訊き返すと、

「それでは、まあこちらへお入り下さい」

二人の男は先に立って、書斎の方へ入ってゆく。金井は何が何だか分らずに、二人の後から書斎へ入ると、思わずアッ! と声を上げて、そのままそこに立ち竦《すく》んだ。

書斎の中は、足の踏場もないまでに引掻《ひっか》き廻されて、まるで暴風雨《あらし》の跡も同然、テーブルの抽斗《ひきだし》が片っ端から抜き出され、床の上には書棚の書物を一つ残らず投げ出して、壁の額縁から鳩時計まで取外してある乱暴さだ。

「こ、これは一体どうしたというのだ?」

金井が婆やの方を振返ると、二人の中の背のずんぐりとした小男が、

「お留守の間に、二人組の強盗が入ったんですよ。今、婆やさんの電話で、駈けつけたところですが」

と事もなげに云って、細長い名刺を差出した。金井が新宿署刑事高梨《たかなし》正夫と書いたその名刺を受取って、ちょっと呆気にとられていると、

「それで婆やさんから大体の話は聞いたんですが、あなたが出かけられて間もなく、内玄関から二人組の強盗が入って来て、婆やさんにピストルを突きつけて、あなたが昨夜《ゆうべ》何か小さい紙包みを持って帰られたはずだ、その所在《ありか》を知っているだろうと云うので、婆やさんはむろん知らないと答えたそうです。すると、この部屋へやって来て、このとおり引掻き廻して、それから二階の寝室へも行ったそうですが、結局見つからないと云って、何か棄台詞《すてぜりふ》を残して帰っていったというんです。それでお

宅には格別これという被害はないわけですが、どうも前後の模様から、普通の物奪り強盗ではないようで、何かあなたの方にお心当りはないですかな？」

「心当りと云って――」

心当りは十二分にあったが、金井はわざと言葉を濁した。

「つまり、彼等が狙ってきた紙包みですね。何かそんなものを昨夜持って帰られましたか？」

「ええ、そのちょっとしたものですが――」

最初は白《しら》を切ろうと思ったが、もし婆やの口から洩れていてはと思い直して、金井は渋々それだけ答えた。

「ちょっとしたものと云って、物は何ですか？」

「紙に包んだ鉛の塊でした」

「どうしてそれを持って帰ったんです？」

「昨夜、新宿で変な男に預ってくれと云って頼まれたんです」

「変な男に？　で、今、それをお持ちなんですか？」

「持っていません。実は先刻返してほしいという電話がかかって、迎えの自動車が来たものですから、四谷まで持って行って今帰って来たわけです」

「四谷のどこですか？　で、誰に渡してきました？」

刑事はいつの間にか手帳を出して、金井の顔を凝視めながらぐんぐんと突込んでくる。しかし、そこまで来れば、金井の方はもう周章《あわて》ることはなかった。

「それが婆やも電話を聞いたので知っているはずですが、名前も云わないし、女の声で四谷の花村女学院の隣だと云ったんですが、行ってみると、まるで見当もつかない真暗いところで、連れ込まれた部屋がまた変な電気装置がしてあって相手の顔が見えないのです。で、僕はまるで狐《きつね》に憑《つま》まれたような気持で帰って来たんです」

「へえ？　場所も相手も分らない？　昼間行っても分りませんか？」

「真暗い雨の中をぐるぐる廻ったので、さっぱり見当がつかないのです」

「ふーむ。そいつは困ったな」刑事が手帳を持ったまま唸るように呟いた。「実は婆やの話によると、二人組の一人は眼鏡をかけた混血児《あいのこ》だったというのです。ところで、新聞で御承知でしょうが、昨夜、新宿で殺人事件があって、その容疑者の一人に混血児がいるんですよ。それは大凡《おおよそ》見当がついているんですが、ただその被害者が普通の人間じゃなくて、重大事件に関係しているので、混血児の一味がその男を殺害した目的もほぼ想像がつくわけで、今夜ここへ来た混血児が同一人だとすると、ちょっと問題になるわけですが――」

「そうですか、新聞はちょっと見たんですが、何だか銀座の賞美堂事件の連累者だとかいう話で」

「そうですよ。十万円の懸賞附の犯人ですからね。――ところで、あなたにその紙包みを頼んだというのはどんな男だったでしょう？　まず年齢《とし》から？」

「さあ、それが帝都座の裏で、暗い横町からふいに飛び出して何か云いながら、僕のポケットへそれを突っ込んで、そのまま姿を消したので、よく憶えていないんですが、洋服を着た割方丈《せい》の高い四十年輩の男でしたよ」

「じゃ、やはりあいつかな――」

二人の刑事が互に顔を見合せながら呟いた。それから何事かひそひそと話していたが、結局、明日再調査をするかも知れないから、部屋をそのままにしておくように、そして金井には午前中外出しないように言い残して帰っていった。

刑事の自動車が門前から消えてゆくと、

「若様！」と婆やが怯えたような声で、「強盗から、こんなものを預っておりますよ。気が顛倒《てんとう》して今思い出しましたが――」

懐《ふところ》へ手を入れて、何かもぞもぞと捜していたと思うと、恐々《こわごわ》と取出した小さい布片《ぬのきれ》。

「やっ！　それは！」

金井が嗄《しわが》れた声で叫びながら、差伸《さしの》べた手を思わず後へ引込めた。それは両側に黒枠の入った髑髏の喪章であった。

隻眼《かため》の巨漢

「おや、金井君じゃないか！」

混雑時間《ラッシュアワー》を過ぎても、まだ乗降りの客でごった返す東京駅のプラットホームで、中央線を京浜《けいひん》線に乗り換えた金井の前から唐突に声をかけて、吊皮《つりかわ》にぶら下った乗客を押し分けながら近づいて来た顔。それは古い知合の新聞記者の矢口だった。

「いいところで会った。今、社へ帰って君んところへ電話をしようと思っていたんだ」

「どうして？　何か用があるの？」

「あれサ、昨夜《ゆうべ》の――」

矢口は金井の前に俯向《うつむ》きかかって、声を落しながら、

「たった今聞いたんだよ。あすこじゃ、昨夜の事件を大分重大視してるよ。それで、君に直々詳しい話を訊こうと思ったんだ」

「だって、あれだけのことだよ。僕には何も分らない

んだ」

「だって話はかなり面白そうじゃないか。一杯奢《おご》るよ、一つ詳細話してくれたまえ。有楽町で下りるんだろう?」

「いや、ちょっと横浜《はま》まで出掛けるところなのだ。今晩は工合が悪いね」

「困ったな、そいつは、——おや、もう有楽町だ。帰りは遅くなるのかね?」

「そいつが判然《はっきり》しないんだよ。早かったら、帰りに交際《つきあ》ってもいいがね」

「じゃ、十一時頃まで待っていよう。なるべく早く帰ってくれたまえ。じゃ——」

発車の信号を聞きながら、そそくさと飛び出していった矢口の後を見送って、金井はやれやれと思った。彼が下車する有楽町まで、二分とはかからない東京駅で出会したのがこっちの運が好かったのだ。賞美堂事件の当時には刑事の向うを張って懸賞金を狙っていた矢口だから、時間があれば根掘り葉掘り、きっと五月蠅《うるさく》話を強請《せが》んだに違いない。それもあの黒衣の女との約束がなく、そして冒険の一歩を踏み出してさえいなければ、金井は喜んで一切を話してやったことだろう。しかし彼は警察の取調をやっと一時間前に切抜けて、今、横浜への車中なのだ。

その金井が桜木町《さくらぎちょう》で円タクに乗換えたのは、もうそろそろ午後の八時に近かった。

「旦那、本牧はどちらですか?」

運転手がスタートを切りながら訊ねた。

「上海軒というのがあるだろう?」

「へえ、上海軒ですか?」

運転手の声が、何だか怪訝《けげん》そうに響いたと思うと、すぐその後から、

「上海軒は旦那、初めてですか?」

「うん、初めてだがね——」

「向うにお連れでもあるんですか?」

「いや、誰も連れなんかないんだが、一人で行っちゃ入らさないのかね?」

「そんなことはありませんよ。しかし、なかなか盛んなところだそうですからね、初《はな》から一人でいらっしゃる方は稀《めずら》しいんですよ。何しろ本場の上海でも見られないといういろんな設備《しかけ》があるそうで、地下室へ入ったらまるで八幡《やわた》の藪知らずだという話ですからね」

「ほう、それじゃうっかり地下室へは入ってゆかれないね」

「でも、たんまりお金を持って行くなら面白いところ

でしょうよ。その代り吐き出してしまわなきゃ帰してはくれないかも知れませんがね」

　無駄口を叩いている中に、電車通りを離れて、裏通りを走っていた自動車が、とある町角へ来て停ると、運転手がドアを開いて、右へ入った小路《こうじ》の奥を指して、上海軒はこの奥だと教えてくれた。

　なるほど、そこは自動車が通るには、ちと無理なくらいの、案外に閑静《かんせい》な通りである。でも、両側のそこここには薄汚い飲食店が並んで、船乗りや地廻りらしい酔漢《よっぱらい》が、行燈《あんどん》の影からのぞく白粉《おしろい》を塗った女の子を戯《からか》っていた。

　その間を縫うて、ものの二丁も行くと、右側に二階建の支那料理店風の建物が目についた。入口に上海軒と木《き》地《じ》に白く彫りこんだ大きな表札がかかっていた。

「ははア、ここだな」

　金井は呟きながら、その前に立ち停って、建物の内外《うちそと》に注意した。外観はそこらにいくらもありそうな支那料理店で、運転手が話したような広い地下室の設備などありそうには見えず、店の中も寂然《ひっそり》として大して客が立てこんでいる様子もなかった。が、金井がちょっと足を停めた間に、案内人《ガイド》らしい日本人をつれた外人と、三人連の米国の水兵がどやどやとドアを排して入っていった。

　金井はすぐその後にくっつくようにして中に入った。そこはスタンドのついた簡単《てがる》なバー式の部屋で、細長いテーブルを囲んで十人近い連中が腰かけていた。

　いきなりスタンドの前へ行った水兵の後から、金井が空《あ》いた席を探していると、側へ来た支那人の給仕が、

「あちらの部屋が空《す》いております」

と奥まったドアの方へ案内しながら、壁際にかかった銅鑼《どら》を一つ軽く叩いた。と、それを合図にドアが内側から開いて、これもやはり支那人の年取った給仕が、片隅の食卓に案内した。

　低い天井の下に、煙草の煙が濛々《もうもう》と立ちこめて、暫くは人の顔も見えなかったが、酒と手軽い料理を注文して、部屋の中を見廻すと、衝立《ついたて》で仕切ったテーブルのあちこちには、日本人よりも、支那人や外国の船員らしい太陽《ひ》に焦《や》けた顔が多く、それが思い思いの言葉でがやがやと喋舌《しゃべ》りながら、洋杯《コップ》の酒を呷《あお》っていた。

　胸を吐《つ》くような部屋の臭気《におい》や、薄汚いテーブルにも拘らず、案外美味《うま》い料理に箸《はし》をつけていると、ふいに隣の衝立の向うで大きな声がして、どこかの国の水夫らしい二人連の赤毛の毛唐が酔払《よっぱら》った廻らぬ舌で呶鳴り出した。見ると金井を案内してきた年とった支那人の給仕を相手に、何か頻《しき》りと言い争っているが、どうやら文句をつけ

て金を出し渋っているらしい。その中《うち》に段々と声が高くなって、遂々《とうとう》手もつけられなくなってきた。

支那人の給仕《ウエーター》がするりと二人の側を離れて、背後の柱へ近づいた。と見ると、そこにある呼鈴《ベル》の釦《ボタン》をぐっと押した。

と、部屋の奥の一段高くなったところにかかった絨毯《じゅうたん》らしい重いカーテンがするすると開いて、そこから頭と胴と一塊になったような巨大漢《おおおとこ》が、大きな棍棒《こんぼう》を右手にもって、のっそりと現れた。

「花勝だ！　花勝だ！」

テーブルのあちこちから、呟く声が聞えて、四辺が急にひっそりとなった。

花勝！　得体の知れないあの鉛をくるんだ紙に記してあった名、——黒衣の女が自分に会えと教えた男だ。金井はじっと巨人を凝視めた。左の眼が潰れて、右眼《うがん》も眉の下に落ち込んでいるが、その隻眼《かため》がぎろぎろと蛇のように光って、醜怪《しゅうかい》な顔を一層無気味に見せている。

テーブルの間を縫うて、酔払いに近づいた花勝は、その凄い形相《かお》で相手の二人を睨めながら、

「おい！　勘定《かんじょう》を払って、出てうせろ！」

嚙みつくように呶鳴りつけた。が、二人は酔払っているし、それに腕ずくなら相手を択ばぬ船員《ふなのり》だった。花勝の声を聞くも一緒、彼等は椅子を振上げて暴れ出した。

巨人の棍棒が真向《まっこう》から振り下された。テーブルの食器が音を立てて転がり落ちた。衝立が倒れた。椅子が飛んだ。が、一瞬の後には二人の毛唐はぐったりとなって床の上に倒れていた。

「態《ざま》を見やがれ！」

花勝は吐き棄てるように云って、

「おい、こいつを運び出せ。愚図々々《ぐずぐず》云ったら、向うの溝《どぶ》へ打《たた》きこんじゃえ！」

集って来た四人の給仕が、血に塗《まみ》れた二人の毛唐を舁《かつ》いで、裏口から運び出した。それを見送っていた花勝が、物凄い眼で四辺を睨み廻しながら引上げて行こうとするのを、

「おい、花田君！」

金井が横から呼び止めた。ハッとしたようにこっちを向いた隻眼の巨人が、背中を丸くしてじろっと金井の顔を覗き込んだ。

謎の「姐御《あねご》」

「お前さんかね、俺《あっし》を呼んだのは？」

たった今、酔払いの外人水夫を二人まで殴《なぐ》り倒した大《でっ》かい用心棒を抱えこんで、巨《おお》きな体をのっそりとこっちへ向けた花勝が、薄気味悪い隻眼《めっかち》で、じろと金井の顔を見据えながらぐっと顎をしゃくった。

「そうだ、僕が呼んだんだ」

金井が落ちついた声で静に答えた。

「今の酔払いの仲間とでもいうのかね？」

「いや、あの連中とは関係ないがね」

「それじゃ何の用ですえ？」

「少々君に話があるのだ。それも内密《ないしょ》で――」

「内密の話？」

いやに落ちつきすました相手の態度《ようす》に、花勝の方がいささか気を呑まれた形で、じろじろ金井の顔を見ていたと思うと、

「じゃ警察の旦那ですかい？」

「それも見当が違ったね。とにかく、どこか静かなところで話したいが、君の部屋はどうだね？」

「俺の部屋？　汚いところだが、構わなきゃ来てもらおうか。だが、懐へ変なものなんか呑んでるじゃないだろうな？」

「心配したもうな。君よりゃ僕の方がびくびくしてるんだ」

金井は自分の強気を示すつもりで、笑いながら無造作に云ってのけたが、実はそれが偽《いつわ》りのない本音《ほんね》だったのだ。先刻の運転手の口裏から察しても、この建物の内部《なか》にはどんな秘密が包まれているか知れたものではない。そこへもって来て、相手は酒場《バー》の用心棒を引きうけている生命《いのち》知らずの破落漢《ごろつき》である。その男の後へくっついて、案内も知らぬ建物の中へ踏みこんで、おまけに途轍《とてつ》もない相談を持掛けたら、それこそどんな結果になることやら、むろん肚《はら》はきめてかかっているが、それにしても内心多少の不安はあったのだ。が、一方では、その獰猛《どうもう》な面構えにも似ず、相手が案外温和《おとな》しく弱気に出ているのが、金井にはむしろ意外であった。自分が糞落《くそお》ちつきに落ちついて、泰然《たいぜん》と構えているからでもあろうが、警察の者かと訊いてみたり、こっちの懐中《ふところ》を心配したり、格別嫌やな顔も見せずに自分の部屋へ案内してゆくところなんど、外人水夫を殴り倒したあの花勝とは受取れない。

待てよ、これには何か仔細があるかも知れない。油断

をしてはならないぞ、――金井が用心しながら随《つ》いてゆくと、花勝は悠々と食卓《テーブル》の間を縫うて給仕人《ウェーター》の一人に何事か囁きながら食堂を外に、すぐ目の前のドアを排してゴトゴトと階段を地下室へ下りていった。そして一階とはまるで見違えるような明るい、ひっそりとした幾つかの部屋の前を通って、奥まった右側の一室へ入っていった。そこは床の上に汚れた花茣蓙《はなござ》を敷いたがらんとした部屋で、隅の方に粗末な寝台《ベッド》が置いてあった。その寝台の枕許《まくらもと》に近く、黒鞘《くろさや》の日本刀が壁に凭せかけてあるのが、真先《まっさき》に金井の目についた。

「ここなら誰も来やしねえ。椅子なんて気の利《き》いたものはないんだが――」

花勝は寝台の後から円形《まるがた》の低い腰掛を取出すと、それを金井にすすめて、自分はベッドの端にどっかり腰を下しながら、

「それじゃ早速だが話を聞くとしようか。一体どんな用向きですね？」

手にもった用心棒に角《かど》ばった顎をのせて、金井の顔をじろりと見た。

「君に少々無心《むしん》があって来たんだがね」

「無心？　何の無心ですい？」

「それがちょっと風変りな無心だが、その前に、僕が何者だか名刺代りに君に見せとくものがあるのだ」

金井はどこまでも図々《ずうずう》しく構えて見せて、昨夜婆やから受取ったまま、チョッキの衣嚢《かくし》へ入れておいた黒枠附きの髑髏の喪章を、つと相手の鼻先へつきつけた。と、顔を横にして濃い眉根の下から、隻眼《めっかち》の瞳でじろッと見ていた花勝が、ハッとしたように肩をすくめて、

「へえ、分りやしたよ。名刺代りの信任状《しんにんじょう》という奴ですね。お前さんの顔を見た時から、大方そんなことだろうと思っていたんだ。じゃ用向きなんて改って聞くまでもねえ話だ。先刻、お前さんの方の姐御から、電話で凄い文句を聞いたばかりだ。宜うがす、俺も生命をかけた大切の品だが、一つじゃ用が足りんし、それに相手がお前さん方みたいなギャングじゃ、そっちへ行ってる一ツを、今更返せの何のと野暮《やぼ》なことを云ってみても始まるまい。熨斗《のし》をつけて綺麗に進上《しんじょう》しましょう。御覧なせえ、このとおり肌身離さず持っている生命から二番目の品なんだ――」

吐き出すように云った後から、内衣嚢へ手を突っこんで、無造作に取出した鉛の団子を金井の前に差出した。形状《かたち》から重量《おもさ》から、一方の切断面《きりくち》から、それに消えかかってはいるが円くなった表の方に年月日を彫りこんであるところまで、確に帝都座の前で、あの小幡庄助から預

った鉛の塊の対《つい》の半分に違いない。

「そいつを、こうして綺麗さっぱり渡したからには、先刻姐御にも話しておいたが、もう俺に関係《かかりあい》はないんですからね。そのことを仲間の者にもよく話しておいてもらいたいんだ。これから先、どんな悶着《もんちゃく》が起ろうと、俺の名前と居所《いどころ》だけは、決して口に出さないということをね」

「いいとも、男と男の取引だ。その点はしかと引受けたよ」

「俺の云うことはそれだけなんだ。じゃ、せっかく訊ねて来てくれたんだから、一杯飲《や》ってお別れにしますかね」

「有難う。だが、そいつは今度にしよう。姐御が待ち兼ねているんだから――」

「そうですかい。それなら無理には引きとめまい。じゃ、帰りはこっちからがいいんだ。裏通りへの近道があるんですよ――」

暗《やみ》に消えた女

狐にでも憑《つま》れたような気持、というが、金井の今がそれだった。

　花勝に案内されて、秘密の通路らしい薄暗い階段を上って、人通りもない淋しい往来《とおり》へ送り出された彼は、ほんとうに自分で自分の頬《ほっ》ぺたを抓《つね》ってもみたいほどの気持で、足の方向も知らずに半《なか》ば夢中で歩いていた。

　相手はどうせ強《した》たか者だ。こっちの話においそれと応じてくれようはずはない。だから、嚇《おど》しても見、すかしても見、場合によっては腕ずくの強談判《こわだんぱん》までゆくつもりで十分覚悟をしていたのだ。それがさて、ぶつかってみると、何という他愛もない結果に終ったことか。こっちから話を切出す前に、先方《むこう》では何もかも呑み込んでいて、まるで他人からの預り物でも渡すように投げ出してくれたのだ。

　髑髏の喪章を見た花勝が、ぎくりとしながら、自分をギャングの仲間だと信じてしまったのは確かな事実だ。だが、彼が「生命から二番目の大切な品」を、惜気《おしげ》もなく投げ出したのは、自分より一足先に不思議な電話がかかっていたお庇《かげ》なのだ。彼はその電話で、恐ろしい「姐御」から「凄い文句」を聞かされて震え上っていたのである。そこへ折よく飛びこんで行った自分が、凄い姐御の使者《つかい》と見られたわけである。

それにしても、その「姐御」というのは何者だろう？　むろんあの混血児の仲間にはきまっているが、あの破落漢《ならずもの》の花勝を電話口へ呼び出して、口先一つで震え上らすとは、恐ろしい女もあったものだ。お庇で、こちらは楽々と目的を達したが、後からのこのこ出掛けてゆくギャングの方では、さぞかし驚くことだろう――。

足も宙の夢心地で、そんなことを考えながら歩いていた金井は、その時、ふと足を停めて振返った。何だか後で人の足音を聞いたような気がしたからだ。

しかし、淋しい街路《まちなか》のどこにも人の姿らしいものは見えないので、金井はそのまま前方《むこう》へむいて歩きつづけた。気がつくと、両側には裏長屋らしい軒の低い家並が連《つらな》っているが、どの家からも灯影《ほかげ》一つ洩れず、四辺はだんだんと暗く淋しくなってゆくばかり。

「はてナ？　道を間違えてやしないかしら？」

金井は何だかそんな気がして、口の中で呟いた。でも、花勝と分れてから、まだやっと三四町来たばかりなのだ。今少し行けば、どこか表通りへの横町があるだろう。金井はそう思い直して、前方に見える街燈の下まで歩いて来た。と、驚いたことに、両側の家並がそこで急に途絶えて、目の前にはどうやら運動場《グラウンド》らしい真暗い広場が横わっているのだ。

「おやおや、こいつはえらいところへやって来たぞ」

こんなことなら、あの花勝に詳しく道を聞くんだったに。――途方もないところへやって来たことに気がついた金井は、そう思って早速足を後に返そうとした。と、その瞬間《とき》、傍《かたわら》の暗《くらやみ》からひょいと飛び出して来た黒い影が、物も云わずにいきなりずしんと金井の横っ腹にぶつかった。

「だ、誰だ！」

ふいを突かれて、足を踏みしめる余裕《ひま》もなく、金井はよろよろとなりながら呶鳴りつけた。と、その声に応じるように、今一人の怪漢が、今度は金井の背後から咽喉《のど》輪《わ》へ向いて躍りかかった。

「何にを！」

肩から頸へかかった腕を掴むも一緒、相手の身体がひらひらと前方へ飛んだ。しかし、その途端、最初の奴が金井の脚に一生懸命獅噛みついた。

意外なタックル、――立ち向ってくる相手なら、柔道四段の金井である。二人や三人物の数とも思わぬが、唐突《だしぬけ》に足頸へとっつかれては、足枷《あしかせ》をされたも同然、五分の力も出なくなる。

「畜生！」

金井は相手を蹴散らそうと、遮二無二《しゃにむに》、両足を踏ん張った。しかし。相手も必死だ、だにのように獅噛みついて放さばこそ。間誤々々していては、今の奴が向って来るにきまっている。

「面倒だ！」金井はぐっと身体を捩じて、相手の横面《よこつら》を殴ろうとした。途端、何かしらサッと彼の頰を掠《かす》めて飛んだ。と、思うと、強靱《きょうじん》な革製の紐《ひも》が、振り上げた腕《かいな》ぐるみ金井の胴体をぐいぐいと締めつけだした。突っ立ったまま身動きもならない有様。ハッと思った時は、もう仰向け様に引き倒されて、頭の後をいやというほど路面に叩きつけていた。

「おい、〆《しめ》たぞ！　さア、向うへ運ぶんだ！」

甲高《かんだか》い嗄《しゃが》れたような声が近くでした。金井は頭部《あたま》の中が痺《しび》れてゆくのを感じながら、それでもどこかで聞いたような声だと思った。そうだ、あのカナリヤの二階で聞いた混血児の声なのだ。

「ひ、卑怯者《ひきょうもの》！」

金井は歯を食いしばって呻きながら叫んだ。しかし、その時、彼はもう二人の男に舁がれて真暗い原っぱの方へどんどんと運ばれていた。

「その辺でいいだろう。突き据えろ。なあに、じたばたすれや一発くれてやれやいいんだ。おい、留公《とめこう》、こいつを持っていろ」

混血児は頭の方を抱えていた仲間の男に、金井を縛った革紐の端を渡すと、ぐったりとなった金井の前に立って、

「おい、昨日は俺を非道《ひど》い目に会わしやがったな。腕力じゃ敵《かな》わないかも知れんが、カウボーイの革紐にかかっちゃ、いくら君でも仕様があるまい。口惜《くや》しけれや動いてみろ、射《ぶ》っ放してもらいたくてむずむずしてる奴が衣囊《かくし》の中に待っているんだ。……な、だから云わんことか、昨日温和しく渡しておきゃこんなことにはならなかったんだ。君がいくら白っぱくれたって、俺達はあの野郎の口から赤坂見附で明日の正午《ひる》過ぎ受取るってことをちゃあんと確めてあるんだ。その赤坂見附に一時間も二時間も呆《とぼ》けた顔をして突ッ立っていた癖に、知らんの何のと云ったって誰が承知するものか。今夜花勝に会いに来たのも、大方あの用事に違いあるまい。まあ、文句は後にして、そこに持ってるなら貰っておこうよ。手許にないなら、隠した場所を聞かなくっちゃ——」

だが、金井の耳には相手の言葉が夢の中の囁きのよう

にしか聞えなかった。倒れた拍子に叩きつけた後頭部がきりきりと痛んで、頭脳の芯が麻痺《まひ》したようにぼやけてしまって、それが現実の出来事か、幻想の世界か、はっきりと自分で識別が出来なかったのだ。彼は相手の声を夢幻《ゆめうつつ》の中に聞きながら、ふと目の前に恋人万里子の姿を思い浮べた。と微笑《ほほえ》みかける彼女の顔が、忽《たちま》ちヴェールに包まれた黒衣の女の姿に変った。と、今度は混血児の冷い手が上衣のポケットに触るのを感じた。右から左へ。更にチョッキの小さい衣嚢へ向いて——。

その時、金井の頭脳に花勝から受取った鉛の団子がはじめてはっきりと甦《よみがえ》った。その鉛は万一の場合を考えて、ハンカチに包《くる》んで、しっかりとズボンのバンドに結《ゆわ》えてある。もし、あれへ混血児の手が触ったら、——金井はそう思うと、もう堪《たま》らないような焦燥を感じ出した。

と、その折も折、どこから現れたか、四五人の黒い影がバラバラと彼等の周囲《まわり》を取囲んだと思うと、手にした棍棒や竹片《たけへら》で物も云わずに三人を目蒐《めが》けて打《ぶ》ってかかった。金井を縛った革紐の端をもっていた男が真先に悲鳴を挙げて逃げ出した。蹲《しゃが》みこんで金井のポケットを探っていた混血児が、背後から不意を打たれて、つんのめるように這いつくばった。

「どうだね、怪我《けが》はなかったかね?」

這々《ほうほう》の態《てい》で逃げ出してゆく混血児の後を見送りながら、一人の男が金井の肩に手をかけて訊いた。

「有難う、大したことはないんだ。お庇様《かげさま》で危いところを助けてもらって——」

金井がやっとこうさ起ち上ってお礼を云いかけると、

「お礼ならあの方《ひと》に云うんだ。俺たちはあの女の方《ひと》に頼まれて駈けつけただけのことよ」

「女の人に?」

金井はハッとしながら、その男の指す方を振向いた。と、原っぱの入口の仄暗い街燈の下に、こっちを向いてじっと立っている一人の婦人。頭から爪先《つまさき》まですっかり黒色ずくめの洋装——。

金井はよろめきながら、二歩《ふたあし》三歩《みあし》駈け出した。が、その時もう黒衣の女は、街燈の下を離れて夜の暗《やみ》に掻き消すように消えていた。

安全な避難所

「これや、君、——病院じゃないか?」

停った自動車の窓から、白い建物の入口にかかった何々病院と書いた看板を覗きながら、金井は意外そうに呟いた。

「ハイ、山下町の吉川病院ですが、――あの方は、こちらへお伴をするようにとのお話でしたので――」

身体を捩じ向けて、ドアを開けにかかっていた運転手が、そう云って金井の顔を見た時、玄関のドアが開いて小走りに出て来た看護婦が、

「金井さんでございますか。――どうぞ、院長先生がお待ちでございます」

とドアを開けて呼びかけた。金井は病院とは変だなと思ったが、院長が待っていると聞くと、それではやはりあの女が先へ廻って自分のことを頼んだに違いない、と思い直して自動車を下りた。

救援に来てくれたルンペン達に酒代《さかて》をくれて、今度は道を踏み迷わないように表通りへの一筋道を、教えられたとおり上海軒の横手までくると、前方《むこう》から来た運転手風の男が、自分の顔をじろじろ見ながら、名を確めておいて、小さい紙片《かみきれ》を差出した。見ると、自宅と喫茶店カナリヤの二階で二度までも受取った紛《まが》いもない彼女の筆で、この運転手の自動車に乗って、すで来てくれるようにと書いてあった。念のために訊いてみると、黒色ずくめの洋装をした婦人に、たった今、そこで頼まれたのだという――。

目の前に姿を見せながら、そのまま去《い》ってしまったのは、それではどこかで自分を待ち合すつもりだったのか。金井はそう思って、そのまま自動車に乗って来たのだ。短い文句の中に、むろんどこへとも行先は書いてなかったが、多分停車場の附近か、そこらの喫茶店ででも待っているだろう、――痛む頭をクッションに凭せながら、そんなことを考えていると、意外にも自動車は、今云うとおり病院の前で停ったのだ。

「どうぞ、こちらへ――」

帽子を脱《と》って診察室へ通ると、眼鏡をかけた四十前後の人の好さそうな院長が、

「金井さんですね。どこかお怪我をなさったそうですが？」

と金井の身体をじろじろと見廻し出した。

「格別、怪我ってほどのことでもないんですが、倒れた拍子に後頭部を少し打っただけで――」

金井の方で間誤つきながら頭の後に手をやると、

「どれどれ」と院長は金井を椅子に掛けさせて、容態を訊きながら診《み》ていたが、

「大したことはないでしょうが、頭部《あたま》のことですから、やはり手当をして二三日安静にしていらっしゃるがいいでしょう。静かな部屋を準備しときましたから、すぐお

休みなさって下さい」

「でも、僕、そんなに大したことはないと思いますが」

金井は面喰《めんくら》いながら、周章《あわ》てて云った。が院長はにやにや笑いながら、

「いや、大切《だいじ》をとるに越したことはありませんよ。それに御紹介の方からのお話もありますから、まあ二三日休養するつもりで、ゆっくりしていらっしゃい。その方も今に見えるはずですから——」

院長は金井には口も利かせず、形ばかりの手当をして、ぐるぐると金井の頭部に繃帯《ほうたい》をかけると、そのまま看護婦に言いつけて、階上の病室へ案内さした。

外傷《きず》らしい傷もないのに、大袈裟《おおげさ》に繃帯なんどして、その上入院患者扱いにされるのが金井は少からず不愉快だった。しかし、院長の口裏から察しると、それもどうやらあの女からの依頼《たのみ》があってのことらしく、それに彼女が今顔を出すというので、彼は温和しく看護婦の後に従《つ》いて階段を上っていった。すると普通の病室とは見えない二室《ふたま》つづきの洋風の部屋へ導かれて、否応なしに服を脱がされ、氷嚢《ひょうのう》までくくりつけて寝台《ベッド》の上に寝かされた。

「とうとう、入院患者にされてしまったのか」

看護婦が部屋の電燈を消して、隣りの附添室のスタンドに覆傘《シェード》をかけて出てゆくと、急にしんとなった薄暗い部屋の中で、金井は擽《くすぐ》ったいような変な気持で呟いた。が、それから間もなく、どこかの部屋で時計の音がしだしたので、耳を立てて一つ二つと十まで算《かぞ》えた時だった。廊下にひそやかなスリッパの音がして、入口のドアがそうと音もなく開いた、と思うと、影のような真黒い人の姿が忍ぶようにするすると部屋の中に入って来た。

「御免遊ばせ、——いいえ、そのままで——」

金井がハッとして起き上ろうとすると、その時もう、仄暗いスタンドの光線《あかり》を背《うしろ》に暗《くらやみ》の中の影絵のように真直に立った彼女の口から、昨夜《ゆうべ》聞いたばかりの澄み切った声が洩れた。

「昨夜《きのう》のように、動かないでそのままでいらして下さい。でないとお話が出来ません！」

例の威圧するような声が、金井の耳に凛《りん》と響いた。金井は半ば起しかけた頭を、再び氷嚢の上に静に落した。

「今夜はほんとにお気の毒致しましたわね。でも、大したお怪我でなくて結構ですが、お痛みはいかがですの？」

「痛みなんか、何でもないのです。ほんのちょっとばかり——」

「そう、それだといいんですが、でも頭部《おつむ》のことです

から、お大切になさらないといけません。私、あなたがあすこで駈け出そうとして、よろよろとなったのを見て、きっとどこかお怪我をしていらっしゃると思いましたの。――で、お傷の方はいいとして、花勝の方は巧くいきまして？」

「ええ、それが偶然というか、ギャングの姐御と花勝は云ったんですが、とにかく凄い女から電話がかかっていたんですよ。そこへ折よく僕が行ったもので、僕をその姐御の使者《つかい》と思ったらしいんです」

「で、あれを渡してくれまして？」

「雑作《わけ》なく投《ほう》り出してくれましたよ。これです、ここにこうして持っているのです」

金井は夜具の下から、ハンカチに包《くる》んだまま看護婦にも気取《けど》られないように、懐中《ふところ》に隠していた鉛の団子を取出して、枕頭《まくらもと》の小卓《こづくえ》の上に置いた。

「それは大成功でしたわ。あたしはまたもしかすると、あの混血児の仲間にあすこで横取りされたのではないかと心配していたんですが、それを聞いて安心しました。すると秘密の鍵は二つとも手に入ったわけで、もうあなたは御自分の役割を立派にお果しなすったのです。これからはその鍵をどんなに使うか、私の方の仕事です。どうか三四日お持ち下さい、きっと吉報《きっぽう》をお耳に入れることが出来ると思います。でも、役目は済んだと云っても、これからが危険です。髑髏団の仲間はきっとあなたを附け狙うにきまっています。だから、当分の間は安全な避難所に身を隠していらっしゃるがいいと思いますわ」

「安全な避難所というと？」

「ここです。この病院なら誰も気のつくはずがありません。お宅の方へは私から御心配のないようにお電話でもしておきますから、暫くここに隠れていらしてはいかがです」

「しかし、病人でもないのに、こんなところでじっとしていられますかな？」

「でも、今も申すとおり、飛び出したら危険です。今のところギャングの仲間はあなた一人を目標《めじるし》にしていますから、姿を見せたら、どんなことをするかも知れません。ですから、くれぐれも申しておきますわ、ここから動いたら危険です、――では、私、それをお預りして失礼いたしますわ」

影のような彼女の姿が、つかつかと寝台の傍に近づくと思うと、金井の方に巧みに顔を反向《そむ》けながら、つと鉛の団子を取上ると、

「それでは、どうかお大切に――」

別れの言葉を後に残して、不思議な彼女は廊下の外に

消えていた。

原っぱの殺人

翌朝、目を覚すと頭の痛みは拭ったようにとれていた。金井は寝台《ベッド》の上に起き直って、カーテン越しに日だけた朝の日を仰ぎながら、さてこれからの退屈な時間をどうして過したものかと考えた。

食事を済して、日当りのいい窓際の椅子に凭《よ》っかかりながら、往来を隔てた建物の上越しに、静かな海の景色をぼんやりと眺めていると、診察服を着た院長が、看護婦もつれずにひょっくりと入って来た。

「いかがです、痛みは？」

「お庇様ですっかり快《い》いんです。今日はもう繃帯もとっていただこうと思うんですが」

「繃帯はまあとらない方がいいでしょう。大して邪魔にもならないでしょうから」

「しかし、傷もないのに、何だか大袈裟過ぎて調子が悪いんですよ」

「でも、入院患者ですからね、それくらいのことは我《が》慢《まん》しなくちゃ——」

友人にでも話すように云って、口唇《くちもと》に変な薄ら笑いを見せる様子が、どうやら自分がここを避難所にしていることを万事承知の上らしい。察するところ、あの不思議な女との間に十分な諒解《りょうかい》がついているのだ。すると院長はあの女が何者か、名前から何から知っているかもしれない。金井がそう思って、女のことを訊こうとすると、院長が急に声を落して、

「それはそうと、この名刺入れはあなたのじゃありませんか？」

と診察着の下に手を入れて、服のポケットから皮の名刺入れを取出した。

「ええ、僕んです。名刺と回数券が入っているはずですが、——昨夜《ゆうべ》、診察室ででも落したでしょうか？」

昨夜、診察室で服は脱がなかったし、落したはずはないがと思って訊いてみると、

「いや、診察室ならいいが、実はえらいところで拾ったんですよ。本牧の町裏で——」

「へえ！」金井はひどく狼狽《ろうばい》しながら、強《た》ってそれを紛《まぎ》らすように、「では、あすこで落したんでしょうか。でもどうしてまたあんなところへ行らっしゃったんです。往診にでも？」

「往診は往診ですが変った往診で、昨夜十二時過ぎに

事件がありましてね。丁度、警察医が東京へ出かけていて留守だもので、僕が代理に呼び出されたのです。それも現場は本牧裏の空地だというので、自動車を裏町へ乗り入れて、町端《まちはず》れで下りると、ひょいと足許にこれが目についたのです。平常《いつも》なら気にもかけないところですが、もしや事件に関係がありはしないかと、手にとってその場で中を見たのです。するとあなたの名刺でしょう。お名前を聞いたばかりのところだったから、まアよかったですよ。そのままポケットに突っこんで持って帰ったんですが、中も見ないで係官の前へ出したら、ちょっと厄《やっ》介《かい》なことになるところでしたよ」

「そうでしたか、それはどうも、――実は昨夜、僕もあすこへ行ったんです」

「どうせ、そんなことだろうと思いましたよ。でも、事件が事件だから、うっかりこんなものが目に入ると、ちょっと来いときますからね」

「そうでしょうとも、それに僕も少しばかり殴り合いをやったんだから、疑ぐられても仕方がなかったわけで――」

「いや、事件は十一時半頃だから、あなたに関係のないことは僕でも証明しますがね。それに頭へ瘤《こぶ》をこしらえた程度の簡単な事件ではないんですから――」

「じゃ、誰か殺《や》られたんですか？」

「一人は即死、一人は瀕死《ひんし》の重傷です。殺られたのはあの近くの上海軒の用心棒をしている花勝という有名な破落漢《ごろつき》ですがね」

「へえ！　あの男が――」

金井は思わず声を挙げて、ハッとしながら口を噤《つぐ》んだ。

「知っていますか、あの男を？」

「ええ、いつか会ったことがあるのです」

金井が間誤々々しながらやっとそう云って誤魔化《ごまか》すと、院長は大して気にもとめない風で、

「じゃ、御存じでしょう、隻眼《めっかち》の大男で、用心棒には持って来いの男ですよ。そいつが背中から匕首《あいくち》らしい兇器で、たった一突きにやられて即死です。今一人は上海軒でも知らない顔だというんですが、これは立ち向っていくところを花勝にやられたらしく、顔から胸を大分刺《や》られて虫の息になっていました。三十前後の服装《みなり》も風采《ふうさい》も立派な男でしたが」

「すると、花勝を刺した犯人は逃亡したわけですね？」

「むろん逃げたでしょう。現場に兇器もなかったようですから」

「それで原因は何でしょう？　警察の方ではどう見ています？」

「さア、それは僕に関係のない話だが、現場で取調べをうけていた上海軒のボーイ達の話では、九時頃にも一人花勝のところへ知合らしい男が来て、奥の部屋で話していたが、それはほんの五分か十分くらいで、十一時頃にまた他の男が訪ねて来て、一緒に連れ立って出かけたというのです。そこで現場に倒れている男を見せると、一緒に出ていったのは混血児で、これは前に来た男らしいと云っていましたよ。それで警察では、その二人が共謀《ぐる》になってやったんだと見て、早速不良狩りにかかったようですがね――」

院長がそこまで話した時、看護婦が入って来て警察からの電話だと告げた。院長がそそくさと出てゆくと、金井は椅子の中で腕組みしながら考えこんだ。

まず第一に、金井は自分が事件渦中《かちゅう》の人物になっているのに驚いた。九時前後に花勝の部屋へ入っていった男、――つまり、自分が花勝のために瀕死の重傷を負わされていることになっているのだ。ボーイ達がその男を自分と見たのは、大方服装や年齢《としごろ》が似ていたからであろうが、それにしても自分の名刺入れを院長が拾ってくれたのは幸運だった。もし他人の手に拾われていたら、それこそその男と間違えられるくらいの災難では済まなかったのだ。

花勝を殺したのは、あの混血児にきまっている。彼等は自分が秘密の鍵をもってないことを確めると、――腰のバンドへ結《ゆわ》えつけているとも知らず――今度は上海軒へ押しかけて、花勝を連れ出したのだ。ところが、花勝の方では姐御からの電話で使者に渡したと云うし、彼等の方ではそれを信じるはずがなく、そこで遂々生命《いのち》のやりとりにまでなったであろう。

どうもそう考えるより仕方がないが、そうだとすると可哀そうなのは花勝で、どこまでも幸運だったのは自分一人だ――。

でも、新聞はその事件をどういう風に扱っているだろう？　金井は急に新聞を読んでみたくなって、玄関の下《げ》足番《そくばん》に頼んで朝の新聞を五六種も買って来させた。が、意外なことには、どの新聞を開けてみても、昨夜そんな事件があったことは一行半句も書いてなかった。東京の新聞には出てなくとも、横浜の新聞には何か書いてありそうなものだと思って、あちこち引っくり返してみたが、やっぱりどこにも見つからなかった。

深夜、それも場末の出来事なので、朝刊に間に合わなかったかもしれない。金井はそう思って夕刊を待ちかねたが、その夕刊が来ても花勝殺しの記事はどの新聞にも出ていなかった。

「記事差止めというやつかな?」

金井は淡い失望を感じて、口の中で呟きながら、最後に取上げた帝都新聞を開けてみると、大きな活字でギャングという字が目についた。読んでゆくと、京浜の盛場を根拠《ねじろ》に横行する古い新しいギャングの内幕を書き立てたつづき物で、いろんなギャングの名前を列《なら》べた中に髑髏団の名も入っていた。

帝都新聞といえば、昨日の夕方東京駅で出会《でっくわ》したあの矢口のいる新聞だ。自分がギャングに襲われた話を頻りと聞きたがっていた矢口である。大方、あの男が新宿の殺人事件や、記事を差止められた花勝殺しに関聯して、それとなく側面からギャングの内幕を暴《あば》きにかかったものだろう。

金井がそんなことを考えていると、受附の看護婦が速達だと云って、四角な封筒を置いていった。見ると東京中央局の消印があって、例の細かい女文字で自分の宛名が書いてある。金井は急いで封を切った。と、

十二月十五日午後八時、相州逗子《そうしゅうずし》旧舟木別邸にてお目にかかりたく、右おふくみの上、この手紙は早速御焼《おや》き棄《す》て下さるよう——。

と頭も尾《しっぽ》もない用件だけの文句が走り書きに認《したた》めてあった。十五日と云えば、まだ一週間も先のことだが、どうしてまた逗子なんかへ、それも夜の八時に来てほしいというのだろう?

二度目の罠《わな》

最初の一日はどうにか暮れたが、次の日、——つまり三日目になると、金井は檻《おり》の中にいる猛獣《けもの》のような倦怠《けんたい》を感じ出した。

真実《ほんとう》の病人ならば是非もないが、どこと云って悪いところもないのに、わざわざ繃帯をして、病人らしく見せかけて、凝《じっ》としていなければならないとは、それがあの女の心づくしであるにもせよ、金井にはどうにも我慢の出来ないことだった。

それに、そうした所在なさの一方では、万里子のことが思い出されてならなかった。あの日、会った時は、まだ何だか他人行儀《たにんぎょうぎ》のようなところはあったが、それでも幾らか気持を直していてくれたようにも思われる。

あれから、あの不思議な女の言うままに、こんな冒険を敢《あえ》てしたのも、謂《い》わば万里子の勧告《すすめ》があったからだ。その後、どうなったか、どうしているか、恐らく彼女の方でも、自分のことを案じているに相違ない。——そう

いえば、花勝の殺されたことを、あの女にも報《しら》してやりたい。秘密の鍵は手に入ったにしても、花勝の死は直接間接事件に関係のあることだ。——花村女学院の隣《となり》家へ行けば、あの女がどこにいるか何者か、捜し出すことも出来るであろう。

金井はそんなことを考えていると、もう檻のような病室の中に、ちっともじっとしていられない気がして、正午《ひる》過ぎ院長が往診に出かけた留守の間を幸い、頭の繃帯をかなぐりとって、そこらへ散歩にでも出かける風をしてぶらりと病院を外に出た。

桜木町まで円タクを走らせて、約一時間を電車に揺られながら、四谷見附で下車すると、あの雨の夜、迎えの自動車で通った花村女学院の前の土手縁を右へ、横町へ向いて入って行った。そして確かこの辺だったと思いながら足を停めると、すぐ右側に見覚えのある石段のついた小さい門が目に入った。と同時に、彼はそこに貼られた貸家の札を見て、呆然として立竦んだ。

どこへ引越していったか、訊ねようにも近所は大きな邸ばかり、貼札に書いてある家主か差配《さはい》の住所は日本橋の方である。

金井はとぼとぼと足を返して、本村町の万里子のアパートを訪ねていった。

「あれからどうしていらしゃったの？」

格別嫌やな顔もせず、金井を迎えた万里子は真先にそう云って訊いた。やっぱりこっちで思うとおり、自分のことを心配していてくれたのか、金井はそう思うと無性《むしょう》に嬉しい気持がして、あの日、四谷見附で別れてからのことを、それからそれと話して聞かせた。

が、聞いている彼女の方では、大して驚いた様子もなく、ただじっと耳を傾けているだけだった。

「それでは今横浜の病院に入っているというわけなの？」

話が終ると、万里子が澄み切った可愛《かあ》いい瞳《め》を上げて、じっと金井の顔を見た。

「うん、その女《ひと》の好意で少時《しばらく》避難しているわけなんだ」

「じゃ、ぽかぽか飛び出してなんど来ては、その方に済まないじゃありません？　せっかく、そんなに心配してくれてるのに」

「でも、病気でもないのに、大《だい》の男が二日も三日も寝台《ベッド》にごろごろしていられるものか」

「だって、こんなにして出て来て、ギャングに見つかって、もしものことがあったら、どうするおつもり。あたしもやっぱり病院に隠れていることをおすすめするわ。日の暮れない内に、これから直ぐ横浜へお帰りになったがいいわ。転ばぬ先の杖《つえ》ということもあるんですから――」

万里子にそう云われては、返す言葉もない金井であった。彼は結局、報告は報告として、再び檻の中に舞い戻るべく彼女の説法を聞きに来たのに過ぎなかったことを思いながら、それでも彼女に会えたこと、どこかまだほんとうに打解けないところはあるが、親情《しんじょう》の籠った彼女の言葉を耳にしたことに満足してそのままアパートを後にしたのだった。

万里子はすぐ横浜へと云ったが、四谷見附まで歩いている中に、彼はふと中野の自宅へ一度帰って、それからにしようと思い直した。そこで省線の乗場の方へ、踏みかけた足をとめて円タクを拾うつもりで振返った。とその拍子に、彼は自分の五六歩前で、これもふいに足をとめた若い女とパッタリ顔を突き合せた。

「まア、お足をとめて下さって、恰度よございましたわ。あなたは金井さんでございましょう?」

愛くるしい円顔《まるがお》をした二十才前《はたち》と見える和服姿のその女が、金歯《きんば》の覗く口唇を綻《ほころ》ばせて、いきなり金井に話しかけた。

「ええ、僕、金井ですが、あなたは?」

見も知らぬ顔なので、金井の方で面食《めんくら》って問い返すと、

「私、あの方のお使であなたをお捜しに参りましたの。横浜の方へお電話をしたら、二時間ほど前にお出かけだとのことで、きっとお宅か万里子さんのところだろうというので、今そこへお訪ねすると、たった今お帰りになったとのお話で、私大急ぎで追って参ったんです」

「あの方というと?」

「そう申せばお判りになるから、お目にかかったらすぐお伴れ申すように、何か急な御相談事があるようなお口吻《くちぶり》でございましたわ」

――そう云えば判る? 自分が横浜にいることを知っている女、――それは万里子を除《の》けてはたった一人しかないはずだ。あの不思議な女に違いない、それも電話をかけたり、使を出したりするところを見ると、何か急な用事が出来たのだ。

「そうですか。判りました。じゃ、これからすぐお伴をしましょう」

金井は円タクを呼んで女を乗せると、自分も後から飛び乗った。行先はもう女がそれと命じたらしい、運転手は見附を真直に、権田原《ごんだわら》から神宮《じんぐう》の外苑《がいえん》へ抜けて、渋谷の方へ走り出した。電車道を真直ぐに、道玄坂《どうげんざか》を上り切ると、女が右へ左へと指図《さしず》をして、自動車はやがて住宅地らしい一角に停った。

「どうぞ、こちらへ——」

女は車を下りると、目の前の植木に囲まれたちょっとした構えの家へ金井を導きながら、内玄関から入って、廊下を真直ぐに二階へ向いて案内した。

二階に応接間があるのだろうか？　金井がふとそんなことを考えながら、足下に軋《きし》む階段を踏んで二階へ上ると、女は突っつきのドアを開けて、

「こちらで、お待ちを願います。お見えになったことを申して参りますから」

と階段を下へ下りていった。そこは書斎らしい、と云って書棚もなければ、格別の装飾もないテーブルと肱突《ひじつき》椅子を置いたきりの洋間だった。

「何だかがらんとした無趣味な部屋だが——」

金井が四辺を見廻してそんなことを考えていると、間もなく階段を踏む足音がして、背後のドアがサッと開いた。

椅子に掛けようとしていた金井が、つと振向いた。と、閾《しきい》のところに、一歩足を部屋の中に踏み込みながら、ぬッと突っ立ったのは、黒衣を纏《まと》うたあの女ではなくて、ハッキリ顔に覚えのあるあの混血児だった。

「ヤッ！」金井が驚きの声を挙げる閑もなかった。

「とうとう罠にかかったな。フン、今度はもう逃げようたって逃がしはせんぞ。動いたらこれだ——」

そういうも一緒、ブラウニングの銃口《つつぐち》を金井の前に突きつけた。

私刑《リンチ》

「おきまり文句だが、手を上げてもらおうか。——フン、それからその椅子へかけるんだ」

真向から拳銃《ピストル》を突きつけた混血児の瞳《め》が、金井の顔を見据えながらぎろッと光った。

その眼は敢て恐くはない。だが、拳銃をもった相手に向いて抵抗《てむか》ってゆくのは無謀に近い。言われるままに、金井は両手を上げて椅子に掛けた。

「ようし、じゃ留公、縛っちまえ！」

混血児の後にいた背のずんぐりした人相の悪い男が、つかつかと部屋の中に入って来て、両手もともに金井の身体をぐるぐると椅子の背に縛りつけた。

「ついでのことに、足も動けないように縛りつけろ」

罠にかかった獲物《えもの》も同然、どうされようとも仕方がない。金井は完全に彼等の俘虜《とりこ》になってしまったわけである。

「こうなったら観念したまえ。ひどい手数をかけた酬《むく》いだ。君のお庇で、こっちは仲間の者まで殺したんだ。それどころか、本牧から巧く姿を消してしまって、随分と骨を折らしやがったよ。――でも、どうせあの女のところへは顔を出すだろうと思ったら、やはり睨んだとおりだったね。まさか、恋人の隣の部屋に俺達の間諜《スパイ》が隠れていようとは思わなかったろうからナ。ははア、君も感心と女には甘い方らしいね――」

金井の目の前に、手にした拳銃を投げ出して、態《ざま》を見ろと云わんばかりに皮肉な雑言《ぞうごん》。それとも知らずつういうっかりとあんな女の口先に乗せられたとは、何という莫《ば》迦《か》だったろう、――金井が唇を噛んで口惜しがるのを、相手は小気味《こきみ》よげに見やりながら、

「ははア、いささか驚いたと見えるナ。だから最初に云わんことか、俺達はこうと思い立ったら、どこまでもやり通さなくちゃ置かないんだ。で、生命《いのち》が惜しいなら、この辺で観念して、すっかり曝《さら》け出してしまうことだよ、ね。そこで早速だが、あの鉛の団子だ。あれをどこへやったんだね?」

「――」金井は唇を噛んだまま、相手の顔を睨み返した。

「フフン、云わないというのか。それで済むなら結構だが、どうせは割らなきゃならん口だ、さっサと云ってしまうが得だろうぜ。君があの女と共謀《ぐる》になっていることや、花勝の手から片方の鉛を受取ったことくらいこっちでも分っているんだ」

「分っているならいいじゃないか!」

金井が吐き出すように呶鳴り返した。

「ところで分らないのはその女さ。何という女か、どこにいるか、それを教えてもらいたいのだ」

「それはこっちだって知らないのだ」

「知らない? フン、子供じゃあるまいし、相棒の名前を知らないなんて云ったって誰が承知するものか」

「承知しようとしまいと、知らないものは知らないのだ」

金井は嘘は云ってなかった。黒衣の女が何人《なんぴと》か、その隠れ家はどこにあるか、それは金井自身も知りたいのだ。しかし、そうした事情を、仮りに話してみたところで、何にもならないことなのだ。それよりも売り言葉に買い言葉、彼は相手の顔に爆弾でも投げつける気持で真向から突っぱねた。

「フン、どうせ易々《やすやす》と口は割るまい。こっちもそれは承知の上だ。ようし、それじゃ段々と口を割るようにしてやろう。今、お客様を迎えにいってるんだから、それ

までじっとして待っていたまえ。じゃ、留公、猿轡《さるぐつわ》だ
——」

薄汚い布片《きれ》で金井の口を封じておいて、捨台詞《すてぜりふ》を後に、二人が部屋を出てゆくと、後はひっそりとして長い長い退屈な時間がつづき出した。日はとうに暮れて、電燈《あかり》もない真暗い部屋の中に、一切の自由を奪われた金井は、痛憤《つうふん》から悔恨《かいこん》へ、寂寥《せきりょう》へと追いつめられて、最後《おしまい》にはもう何も考える心の緊張《はり》もなくなっていた。

どれくらい時間が経ったか、それは金井には分らなかった。ふいに家の前に、自動車が停って、ガラッと下の格子戸が開いたと思うと、つづいて階段を踏む足音がして、二人の男が入口のスイッチを撚《ひね》りながら、のっそりと部屋の中へ入って来た。一人は先刻金井を縛った男だったが、今一人は見も知らぬ顔だった。

「一つところにじっとしていちゃ退屈だろう。これからお引越しだ」

留公はそう云いながら、相棒と二人で金井の両手を縛り上げて、階段を下へ、門前に待たした自動車の中に連れこんだ。

ブラインドを下したまま、どこをどう走っているか全然《まるきり》見当もつかない中に、自動車は真暗い小路にとまって、金井は二人に護《まも》られながら、裏門らしい通路から変な建物の中に連れこまれた。

大きな洋館らしい構えだが、がらんとして電燈一つ点いてはおらず、何だか廃墟《はいきょ》といった感じのする家の中を、蠟燭《ろうそく》の光を便りに、留公を先頭に右へ左へと進んでゆくと、やがてドアに突き当った。

「おうい」

ノックに応じる声がしてドアがそうと中に開いた。

「早かったナ。恰度いい、そろそろ取りかかろうというところなんだ」

それはあの混血児の声であった。が、金井はその声を聞きながら、まず目の前の光景に思わずゾッと身顫《みぶる》いした。

周囲《ぐるり》を壁に囲まれた奥行きの長い部屋の中央《なか》に、細長いテーブルがあって、その上に二本の蠟燭がゆらゆらと青白い焔《ほのお》を立てて燃えているのだ。そしてその蠟燭の灯《あかり》で、かえって無気味に見える部屋の向うに猿轡をせられた一人の男が、これもまた椅子に縛りつけられたまま身動きもならずに坐っているのだ。

底知れぬ淵へ

「何だか見たような顔だが――」

金井がそう思って、仄暗い燈火《あかり》を透《とお》して、その男の顔を見ようとすると、

「もっと前へ行って、あの男の顔を見るがいい。知らない顔ではないはずだ。あいつは我々の秘密を嗅《か》ぎつけて、新聞へ書き立てている男なんだ――」

そう聞いて金井はハッと思いついた。猿轡をせられているので、何だか様子が変っているが、そうだ矢口だ。新聞記者の矢口なのだ。

「矢口君、君もか――」

声を出して呼ぼうとしたが、こちらも口は利けないのだ。

「フン、やっと分ったらしいね。俺達もあの男を捕えてみて、一昨日《おととい》東京駅で君と話をしていた男だと分って、いささか奇縁に驚いたんだ、――が、そんなことはどうだっていいのだ。とにかく、俺達の秘密を新聞へ素破抜《すっぱぬ》くような奴はそのままにしてはおけないのだ。それだけ俺達は生命がけだということを、君に見せておこうと思ってここへ君をつれて来たのだ。切《せ》めて別れの言葉くらいかけさしてやりたいが、もう時間がおそい。じゃ、ドクトル、そろそろかかってくれたまえ」

声に応じて部屋の隅から、眼玉の光る猫背の男が進み出た。いつかの晩、新宿で混血児と一緒に歩いていたあの男だ。見ると左手に小さい壜を、右手には注射器のようなものを持っている。

どうしようと云うのだろう？　まさか殺そうというのではあるまいが、――金井は急に不安な気持に襲われて、つと顔を反向けた。何だか真正面《まとも》から矢口の方を見ているに堪《た》えられない気がしたからだ。

と、ふいにうーんという声がした。微かな、しかしはっきりと聞える呻き声だ。

金井はハッとして正面《むこう》を向いた。と、今の今まで、椅子の背に縛られながらも、真直に坐っていた矢口は、ぐったりと椅子に落ちこんで、項垂《うなだ》れかかった横顔が白蠟《はくろう》のように蒼褪《あおざ》めているのだ。

「おや？」

金井が驚きの眼を瞠《みは》ると、それを待ってでもいたように、混血児が振返った。

「今更驚くにも当るまい。もうあの男は死んでいるんだ。俺達は一度云ったことは、決して取消しはしないか

らね。あれでどこにも傷跡一つついてないから、どこかへ打棄《うっちゃ》っておけば、どんな名医が診たって心臓麻痺《しんぞうまひ》とし
か思えないんだ――」

「今度は貴様の順番《まわり》だよ」

留公が嘲《あざけ》るように口を出した。

「いや、この好男子《いろおとこ》は考え直すよ。むざむざ死んじゃ、第一あの女が可哀相だ。ね、君」

二人が何を云っているか金井の耳には入らなかった。

彼は自分の瞳《め》を疑うように、じっと矢口の方を凝視めていた。

「さア、この辺で鉛の行先を云ってもらおうか？　ね、一体あの女は何者だね？」

ふと気がつくと混血児の手が襟首《えりくび》のところで動いていた。自分の返事を聞きたいために、猿轡をとってのけているのだ。

やっと口だけは自由になった。と同時に、彼の心中《こころ》にむらむらと反抗の念が燃えてきた。

「人の自由を奪って脅迫するなんて、何という卑怯な遣方《やりかた》だ。恥しいとは思わないのか！　僕は鉛の在所《ありか》を知っている。だが、君達のような卑怯者に、誰が云ってやるものか！」

鬱憤《うっぷん》と反抗の爆発が、金井の咽喉を突いて部屋中に響き渡った。

「おい！　あの薬を忘れたか、阿呆《あほう》めが！」

混血児が、金井の声に明《あきらか》に狼狽の色を顔に見せて、つと留公の方に目配《めくば》せした。口は利けても両手は縛られたままである。彼は再び傍《そば》の椅子に否応なしにぐるぐる巻きに縛りつけられてしまった。

猫背の男が陰険な眼をして、しずしずと金井の傍に近づいてきた。そしてじろッと金井の顔を眺めながら、いきなり彼の右手の袖《そで》をまくり上げた。

「おい、最後だぞ。生命《いのち》は惜しくないか――」

金井の眼に青い液体の入った注射器が映った。彼は思わずひやりとして、全身の血が氷るように感じた。

――俺はまだ若い、この若さで、死んでしまっては――それもたった一言で救われるのだ。でも、――彼は激しい懊悩《おうのう》に悶《もだ》えた。

だが、生命が惜しくて、秘密を喋舌《しゃべ》ったとあっては、第一男の一分が立たないし、それにあの女にも済まないのだ。万里子――にも執着は多分にある。しかし、万里子は自分から離れていったのだ。その悲しみから自分を救ってくれようとしたのがあの女だ。そうだ、あの黒衣の女が何者であろうとも、自分はあの女の好意に反《そむ》くことは出来ないのだ――。

「どうだ、決心がついたのか?」

「云わない! 僕は断じて云わないのだ!」

「何《な》に!」

猫背の右手がサッと動いた。と思うと、恐ろしい注射の針が金井の腕にひやりと触れた。

甘い夢を見るような一瞬の気持。ついで彼は石のように重い自分の体を感じた。黒衣の女の、あの澄み切った白金のような声を聞きながら――。

でも、その声もだんだんと遠くなって、彼は暗闇の、底知れぬ垂直なトンネルの中に石のように落ちてゆく――。

拷問

悪夢のような幻《まぼろし》の世界から、金井はふと我に返った。と同時に、咽喉からこみ上げてくる嘔吐《はきけ》を感じた。まるで船暈《ふなよい》も同然の不快さだが、吐き気ばかりで何も咽喉からは出て来ない。そのはずだ、胃の中は空っぽだ。胃が胃を食っているような空腹《ひもじさ》なのだ。

四辺を見廻すと、煤《すす》けた鼠色《ねずみいろ》の壁に囲まれた土蔵《くら》のような部屋である。高い天井の明い窓から蒼い空が覗いている。昼間だ――。

嘔吐をじっと堪《こら》えて、静に考えていると、ふいと昨夜《ゆうべ》のことが思い浮んだ。そうだ、自分はまだ椅子に縛られたままなのだ。するとあのテーブルの向うで矢口が殺されたのだ。それから自分も、――でも矢口はあれからどうしたろう? 真実に殺されてしまっただろうか、それとも? その時、背後《うしろ》でドアの開く音がして、軽い靴音と一緒に混血児の顔が現れた。

「やっと眼が覚めたね。まあ生命あっての物種《ものだね》だ。眠《ねむ》気《け》覚しにこの新聞でも読みたまえ」

目の前へふいと投げ出した新聞を見ると、赤い鉛筆で印をつけた記事がある。

「矢口大輔氏――本紙記者矢口大輔氏は昨夜十二時、社よりの帰途自宅門前にて心臓麻痺のため急死した。氏は昭和元年入社、警視庁詰記者として敏腕を揮《ふる》い、最近は帝都に横行するギャングの内面を探査し、目下紙上に連載中であったことは読者諸子の熟知せらるるところ、稿半《こうなかば》にして長逝《ちょうせい》を見る、まことに痛憤の至りである」云々《うんぬん》。

金井が一息に読み終えると、混血児がそれを待っていたように、

「あの男は我々に戦《たたかい》を挑《いど》んだのだ。しかし、筆の力で

我々を征服することが出来ると思ったのが抑々《そもそも》の誤りさ。だが、君の場合はチト違うんだ。我々は君を敵とは思っていない。君から例の秘密を聞きさえすればいいのだ。だから、まだ君を殺してはならないのだ」

「僕は男だ。二言《にごん》はない――」

「ははア、そんなことが云える間はまだいいがね。今に云えなくなってくるよ。口さえ割れば直ぐ自由にしてやるし、分前《わけまえ》にもありつけるんだ。どうだね、考え直してみては――」

だが、金井は横を向いて、眼を閉じたまま眠った風をしていた。混血児の方では、衰弱からきた真実《ほんとう》の眠りだと思ったらしい。爪先で歩いてそっと部屋から出ていった。

それから一時間も経った時分、やはり彼等の仲間らしい一人の男が、盆の上に肉の入った支那料理をどっさりのせて持って来た。

空腹だった金井は、自由を許された片手で貪《むさぼ》るように口に入れた。腹は充ちても、それが一層の苦痛を与える食物《くいもの》であろうなどとは、考えている余裕もなかった。

二人前もありそうな支那料理を一気に掻きこんでしまって、彼は始めて飲物のないのに気がついた。と同時に、料理がひどく塩辛かったことがやっと分った。嘔気《はきけ》を催《もよお》していた咽喉から口中が、今度は急に恐ろしい渇きを訴え出した。

先刻《さっき》の男が食器を下げに来たので、飲物のことを云うと、彼はそれには答えないで、金井の手を再び元のように縛りつけて、素知らぬ顔で出ていった。

咽喉の渇きはだんだんと激しくなって、空腹にもました苦痛を覚えだした。口の中はからからに渇いて熱っぽく、一滴の唾液《つば》も出なくなった。

そこへまた混血児と留公の二人が入って来た。

「どうだね、飯はうまかったかい？」

「飯は食ったが、水を飲ましてくれ。このままじゃ死んでしまいそうだ――」

「そろそろ弱音《よわね》を吐き出したな。二日や三日水を飲まんでも、木乃伊《ミイラ》にゃならないよ。但《ただ》し、あの女の名前と居所を云やあ、水くらい何杯でも持ってきてやるんだがね」

「ば、莫迦！　死んだって云やあしないんだ！」

「まだ強情を張るんだナ。それじゃお互いに根気くらべだ。また明日のことにでもしようよ」

「どうですね。一つ二つ痛い目を見せてやったら――」

傍から留公が面憎《つらにく》そうに云うのを、混血児は手を取るようにして出ていった。

いつの間にか天窓の空が暗くなって、真暗い夜が来た。その夜が明けて朝になった。

咽喉の渇きはますますひどくなるばかりで、舌も口唇《くち》も火傷《やけど》でもしたようにからからになった。せめてその舌を冷そうと歯を喰いしばって、大きな呼吸《いき》をしてみたが、却って熱を感じて苦しかった。

もう自由に声も出なくなった。このままでいれば死を待つばかりだ。この先、この苦しみは幾日つづくことだろう？

とうとう彼は朦朧《もうろう》とした意識の世界に落ちて、ひどい悪夢に魘《うな》され出した。どこだか分らぬ谷川の岸を歩いている。目の前に清冽《せいれつ》な泉が右から左から流れている。彼はその泉に向いて夢中になって屈《かが》みこんだ。と、忽ち水は砂の中に消えてしまった。

明るいレストランで冷たいビールをうけていた。泡立ったビールがコップの周囲《まわり》に溢れている。彼がそれを口唇に運ぼうとすると、液体はそのまま焔となって燃え上った。

「万里子！　万里子！」彼は夢の中で彼女を呼んだ。

と、それに答えるように耳許で声がした。

「鉛の団子はどこへやった？」

しかし彼はもう眼を見開くだけの力もなかった。欲しいものはただ昏々《こんこん》とした眠りであった。が、彼等はその睡魔を利用して、夢幻《ゆめうつつ》の中に金井の口を割ろうというのらしく、入り代り立ち代って彼の眠りを妨げた。

もう彼は昼と夜との弁別《みわけ》さえつかなくなっていた。単なる咽喉の渇きだけではなく、体に異状を呈してきたのだ。そこで始めて水が与えられ、両手の自由も許されることになった。

始めは飲んでも飲んでも体に水が廻り切らない気持だった。それでも軽い食事をとって、暫くすると幾分人心地がついてきた。しかしひどい衰弱はすぐその後から恐ろしい疲労と睡魔を誘うて、彼はうとうとと深い眠りに落ちていった。

監禁されてから幾日目かの夜が明けると、飲物を添えた朝食が与えられた。彼は打って変った待遇《もてなし》を不思議に思いながら、それでも快く咽喉を通した。

と、果然、その後から恐ろしい報酬《むくい》が来た。混血児と一緒に二人の仲間が、細長い二枚重ねの板を持って入って来たと思うと、金井の両手を抑えつけて、左右の拇指《おやゆび》を有無を云わせず二枚の板で挟んでしまった。

「君はちと沈黙家《だんまりや》過ぎるようだから、少し口を利いてもらおうと思うんだ。これはかかったらどんなむっつり家《や》でもお喋舌《しゃべり》になるんでね——」

その声が終らないに仲間の一人が、板の一端にある捩《ねじ》釘《くぎ》をぐいと廻した。すると二枚の板がぎゅうと二本の指を圧《おさ》えつけた。釘を廻すにつれて、板の圧力が加わり、指は今にも砕けるような痛み方だ。

「云わんか！　これでも――」

金井は歯を食いしばって唸った。涙が頬を伝うて落ちた。だが、彼等は手をゆるめようとはしなかった。

「まだ云わんか！」

拇指はもう骨ごと砕けてしまったかと思われた。しかし、金井はきっと歯をくいしばって遂に口は開かなかった。

混血児を中心に三人が何事かひそひそと話しだした。金井の強情我慢さにさすがの彼等も驚いたらしく、次にとるべき手段についての相談をしているのだった。その中に、一人が混血児の耳に何事か囁くと、

「なるほど、そいつは名案だ。じゃ、早速それにとりかかろう」

どんな巧い考えが浮んだか、三人は金井の手から責め道具を取ってのけると、急いで部屋を出ていった。

万里子！　万里子！

それから二日目の、夜も十時近い頃であった。

ずっと元気を回復《とりかえ》したものの、縛《いまし》めの身を相も変らず椅子の背に凭っかかった金井が、真暗い部屋の中にうとうととしていると、突然廊下に騒がしい足音がして、ギャングの仲間がどやどやと入って来た。

「燈火《あかり》を点けろ、燈火を――」

金井の傍で混血児の声がすると、誰かがパッと燐寸《マッチ》を擦った。やがて蠟燭が点《とも》されて、部屋の中に仄白い光線《あかり》がポウッと流れた。瞬間、金井はハッと息を吸うた。

細長いテーブルの端《はずれ》に、――いつかの晩、矢口が殺されたその椅子の上に洋装をした若い女が、嫋《なよや》かな姿態《からだ》を二人のギャングに捕《つかま》えられて、もうどうする力もないらしく、顔を項垂れたまま、身動きもせずに腰かけている。

一体どうした女性だろう？　そしてその女を彼等はどうしようというのだろう？

が、それ以上、考えている余裕《ひま》はなかった。混血児が何か一言云ったと思うと、ギャングの一人が、いきなり女の手をとってぐいと後《うしろ》に捩じ上げたのだ。

「痛《いた》ッ——」

女が恐ろしい悲鳴と一緒に、のけ反るように面《かお》を上げた。その声、その顔。

意外！ それは万里子ではないか。そうだ、万里子だ、確に彼女に違いない。

「いたッ！ 助けて——」

身を藻掻《もが》いて救いを求める悲鳴。苦悶の表情《かおいろ》。どうしてそれを見ていられよう！

「止《や》めてくれ！ 話す、何でも話す！」

堪りかねて、金井は遂に声を挙げた。

混血児の顔に、まずホッとした勝利の微笑が浮んだ。万里子が放たれた手を顔に当てて崩れるように椅子に倒れた。

死んでも云うまい。どんな責苦《せめく》にも堪えてゆこう。そうした固い決心も、今は遂に砕けてしまって、金井は訊かれるままに総てを語った。電話で呼び出されて、麹町《こうじまち》の花村女学院の近くで不思議な会見をしたことから横浜へ行って花勝から鉛の片方を受取ったこと、それから病院での再度の会見、それに十五日の夜の八時に逗子の舟木別荘で会う約束があることまで、すっかり話をしてしまった。

ギャング達は意外な面持というよりも、むしろ呆然として金井の話を聴いていた。そして後から細々《こまごま》と根掘り葉掘りいろんなことを訊いていたが、

「よろしい、大体訊くだけは訊いたようだ。では約束どおりあの女は赦《ゆる》してやる。しかし、君の方は今の話が事実かどうかを確めて、それからだ。じゃ、留公、その女を自動車で送ってやれ——」

万里子を引立てて、一同がドヤドヤと出てゆくと、金井は椅子の上にぐったりとなって、男泣きに泣いた。

自分はあの女を裏切ったのだ。それも、今はもう自分を愛してもいない万里子のために、——あの女は自分を信じ、自分の力に頼っていた。それをあの万里子のために裏切ってしまったのだ。そしてその結果は、あの女の上に恐ろしい魔手が落ちかかるにきまっている。

切《せ》めて、これを救うことが出来るなら……でも、現在《いま》の自分には彼女に危険を報《しら》せる手段《てだて》もないのだ——。

金井は悔恨と懊悩に身を悶えながら、それでもいつの間にか浅い眠りに落ちていた。

と、ふいに彼は目を覚した。どこかで自分の名を呼んだような気がしたからだ。

「金井さん！」

二度目の声にハッとして振返ると、誰かしら自分の傍に立っている。

「さア、早く、――見つからない中に――」

云うより早く、黒い影が金井の手を取って引立てた。金井はつと起ち上った。胴体を縛った綱《つな》がいつの間にか解かれているのだ。縛られた足も――。

「こちらです。私の後について」

白金のような優しい声。間違いもない、あの女だ、黒衣の女だ。

「あなたでしたか。僕は、僕はあなたに――」

「解っています。それよりも早くこちらへ」

暗い廊下のどこをどう通ったか分らなかった。ドアを排《お》して屋外《そと》に出ると、もう夜明に近い薄明りの中を、植込みの中を縫いながら、潜門《くぐり》らしい小門《こもん》の前まで走って来た。

「ここを出て真直ぐに右へ行くのです。――それからお宅へは帰らないで――」

彼女はそう云って、潜門を開けて、金井を外に送り出すと、そのまま板戸を閉め切った。

金井は彼女に詫《わ》びたかった。彼女の信頼を裏切って、大切な秘密まで洩したことを謝りたかった。しかしそこには最早《もはや》厳重な戸が二人の間を隔てていた。

そうと板戸をたたいてみたが、返事はなかった。彼女は後へ残って何をしようというのだろう？　でも、せっかく助け出してくれたのに、間誤々々していてギャングの仲間に見つかっては、彼女の好意を無にするわけだ。彼女には十五日の前に、また会う機会があるかも知れぬ……。

金井は云われたとおり右に向いて歩き出した。道の両側に煉瓦の塀がつづいたいやに淋しい通りを抜けると、朝靄《もや》につつまれた大きな森が、急に目の前に展《ひら》けてきた。

「ここは一体どこだろう？」

足をとめて四辺を見廻していると、払暁《あけがた》の空に白い大きな建物が、ふんわりと浮き出してきた。何だか見覚えのある建物のような気がして、じっと眼をとめると、そうだ、上野の美術館だ。

「すると、自分は今上野の森にいるのだ」――そう思うと張り切った気持が、一時にゆるんで、ひどい疲労と安堵《あんど》から、彼は目の前のベンチにべったりと腰を下した。

小鳥がどこかで鳴き出した。眠りから覚めかけた都会の雑音が潮《うしお》の遠鳴りのように響いてくる。金井は呆然《ぼんやり》と夜明の声を聞きながら、これからのことを考えていると、ふいに背後の方から靴音が聞えてきたので振返った。と、動物園の塀に添うて、すたすたと歩いてゆく洋装の女。見ると横顔ながら、どうやら万里子のようである。彼は慌ててベンチを起つと、

「万里子！　僕だ、僕だよ――」

とよろめきながら後を追うた。女はチラと振返った。が、ただそれだけで、却って足を早めながら、動物園の前までゆくと、そこに彼女を待っていた自動車の中に、ふいと姿を消してしまった。

「人違いだったろうか？」金井は消えてゆく自動車の後を見送りながら呟いた。「いや、そんなはずはない。確に万里子に違いなかった――」

暗《やみ》の乱闘

ズボンの衣嚢《かくし》に若干《そこばく》の金が入っていたのを幸い、軽い朝飯をとり、戸を開けたばかりの洋品店へ飛び込んで間に合せの鳥打帽《ハンチング》を求めてやっと人並みの姿になった金井は、そのまま日比谷行きの電車に乗って、日比谷ホテルに落ちついた。

自宅《うち》へ帰っては危険だ、とあの女が云ってくれた。そう云えば万里子のアパートも危険である。それに万里子は、もう自分を匿《かくま》ってくれるだけの好意はもっていないだろう。するとホテル以外に身を置くところはなかったのだ。

何《な》にはあれ一睡《ひとねむり》しなくては、――金井は部屋へ案内されると、そのまま寝台《ベッド》に横になってぐっすりと眠ってしまった。そして目を覚したのはもう夕方近い頃だった。

それでもまだ眠り足りない気持だったが、空腹を覚えたので、食堂へ下りてゆくと、テーブルの上にあった夕刊の日附がふと眼にとまった。

十二月十六日、金曜日――彼はハッとして、今一度眼を近づけた。確に十二月十六日だ。夕刊の日附は翌日になっているから、まだよかったのだ。すると今日が約束の十五日、時計を見ると五時半過ぎだ。

ギャングの手に捕ってからは、昼と夜との区別《けじめ》もなかった。でも、考えてみると病院に二日、渋谷から上野へ移されて四五日の日は経っていよう――。

いずれにしても約束の時間は今夜の八時だ。間誤々々してはいられない。金井は周章てて飯を搔きこむと、そのままホテルを飛び出した。

ギャングの方では、どうせ手を廻しているにきまっている。その中へ飛びこんでゆくのだから、時間があればこっちもそれだけの覚悟をしてかかりたかった。しかし、最早《もう》そんな時間の余裕はなかった。彼は二三の買物をポケットに詰めこむと、新橋から横須賀行きの電車に乗った。

逗子の駅へ下りたのは、それでも七時ちょっと前だった。駅前の車夫をおさえて、

「舟木さんの別荘は?」と訊くと、

「線路を五六町逆戻りして、右手へ入ってゆくんですが、しかしあの別荘は今空家になって誰もいませんよ」

「そうかね。いや、僕はその近くへ行くんだが――」

金井がそう云って、踏切の方へ歩きかけると、後から中折帽をかぶった一人の男が、

「舟木さんの別荘ですか。とても途中が暗くて大変ですよ。私もあちらへ行くから御一緒に参りましょう――」

と声をかけて近づきながら、肩を並べて歩き出した。洋服姿ではあるが勤人のようには見えず、何だか一癖あり気な風貌《かおつき》をした男である。

「もしかするとギャングの仲間じゃないだろうか?」

金井はふとそんな気がした。しかし、一つ二つ世間話をしてみると、そんな風にも思えなかった。でも、それとなく用心しながら随いてゆくと、その男は線路に沿うた道を右に折れて、爪先上りの小道を二三町も来た時分、急に足をとめて、右手にたった一軒、ぽつねんと建っている暗い建物を指しながら、

「これですよ、舟木さんの別荘は――」

と低声《こごえ》でまるで囁くように云ってから、じいっと四辺を見廻しだした。その様子がいよいよもって変なので、金井も躊《ため》らいながら立っていると、その男がふいに、

「おや」と低い叫びを挙げて、きっと建物の方を睨みつけた。真暗い建物の窓にぽうと淡《うす》い燈火《あかり》が差したのだ。が、それはすぐ消えて、今度は次ぎの窓に燈火が点った。と、今度は金井が思わず、

「やッ!」と声を上げた。燈火のついた窓の外を一人、二人、――まだその後から黒い影が、横切って通るのがはっきりと見えたからだ。

「こっちだ、こっちから廻らなくちゃ――」

駈け出そうとする金井の手を、傍の男が引きとめるように摑んでいた。畑の中の小道を、崖《がけ》のような傾斜を、金井はその男の後から、息を弾《はず》ませて這い上った。

「静に、音を立てないで――」

そう云って、胸の高さほどある生垣《いけがき》を、ひらりと飛越えたその男の後から、金井もやっと別荘の庭へ足を入れると、燈火のついた窓際へ、這い寄るように近づいた。

息を呑んで、そうと硝子戸越しに眼をやると、ここにもまた、電燈代りの蠟燭の灯が、ゆらゆらと蒼白く燃え上る薄暗い部屋の中に、これは意外、入口のドアを背にして、両手を高く上げたまま、三人の男がこっちを向い

て立っている。見れば、何とそれは眼鏡をかけた混血児を中央に、あの留公と猫背の男の三人なのだ。

それにしてもこっちにいるのは誰だろう？　金井がつと右手の方を覗きこむと、すぐ目の前の壁際に、小型の拳銃《ピストル》を右手に持って、ヴェールに包んだ横顔をちらと覗かせている洋装の女、――帽子から上衣《コート》から黒ずくめの、――では、やっぱりあの黒衣の女だったのか。

金井の耳に、その時、始めて窓をもれる彼女の声が聞えてきた。

「――真ん中が混血児のヘンリーさんで、髑髏団の首領でしょう。後のお両人《ふたり》は配下《てした》なのね。御苦労様にきちんと時間も違えないで、よくいらっして下さったわね。私、お約束をしたわけではないんだけど、先刻からお待ちしていましたのよ。――それは、あなた方にあの宝石のことを御報告したかったからなのです。真先に結果からお話しますわ、せっかくここまでいらして下さったけど、あの宝石はもうとっくに元の所有主《もちぬし》の手に返ったのです。今頃は大方賞美堂の金庫の中へ入っている時分でしょう。捜し出したはむろん私よ、――どうして捜し出したか、それもついでにお話をしましょうね。――賞美堂から宝石を盗み出そうとした元々の主謀者は、二三年前に死んでしまった山口とかいうあなた方の大親分だったそうですね。ところが配下の小幡が、その計画を裏切って、あの花勝と共謀《ぐる》になって、一足先に盗み出してしまったので、あなた方の親分はすっかり怒ってしまって、小幡が刑務所から出て来たら殺しちまえと、遺言までして死んでいったというのでしょう。それで、あなた方は小幡が出てくるのを辛棒強く待っていて、親分の遺言を果すと一緒に、小幡が宝石を隠した場所を突きとめようとしたんだが、一歩手前で、お気の毒にもその秘密の鍵が偶然私の手に入ったのです。私は小幡が殺された新聞を読んでいたので、あの鉛の中に何か秘密があると思って、花勝の手から譲りうけた分と二つを調べてみると、中から鍵が一つずつと、宝石の在所《ありか》を書いたものも一緒に出て来たのです。つまり小幡と花勝は、せっかく宝石を盗み出したものの、警察の目が厳しいので、処分に困った揚句、二つの鍵がなければ開かない仕掛の小型金庫に宝石を入れて、この別荘の裏手へそうっと隠しておいたわけなのです。そして今も云うとおり、二つの鍵を別々に、鉛に包《くる》んで警察の警戒がゆるむのを待つ中に、小幡が捕ってしまったため、宝石はそのままになっていたという筋道です。それを偶然私が捜し出してしまったので、あなた方には大変お気の毒なことになったんですが、もうこうなったらすっかり諦めてしまって、古い言草《いいぐさ》だけど温和しくお縄をいただいたら――」

その時、混血児の傍に立っていた留公が、何かに驚いたように、ひょっと後を振向いた。と、いつの間にそこへ来ていたか四五人の刑事が、

「御用だ！」

と嚙みつくように呶鳴りながら、どやどやと三人に向いて飛びかかった。いきなりテーブルが顚倒《ひっくりかえ》って蠟燭の灯が消し飛んだ。と同時に、真暗闇の部屋の中に、罵《のの》しり喚く声と取組み合いの物音がごっちゃになって聞えだした。

金井が入口を捜しながら、夢中で家の中に駈け込んだ時は、もう五人の刑事が混血児の仲間を取って押えて、一人の刑事が懐中電燈で部屋の中を照しながら、倒れたテーブルを引起して蠟燭の灯を燈していた。

金井の目が、薄暗い部屋の片隅に、小さくなって踞《うずく》まっている女の姿をやっと見つけた。

「僕です、金井です。怪我をしたんじゃないですか？」

金井は、黒衣の女がきっと怪我をしているのだと思って、急いで駈け寄りながら声をかけた。と、彼女はつと面《おもて》を上げて、金井の手につかまりながら起ち上った。

「大丈夫ですか？　怪我ではないんですか？」

懐中電燈をもった刑事が心配そうに二人の傍に近づいて、彼女の顔から胸の辺へ燈を向けた。

「ええ、ちょっとテーブルの端《はし》が触っただけです。大丈夫ですわ――」

その声が、何だか黒衣の女とは違うようだと思って、金井は燈火《あかり》に照された彼女の顔を初めて見た。と、それは何んと、黒衣の女とは全然別の、自分の恋人万里子の顔ではなかったか⁉

「や、君は？」

金井が思わず息を呑んで、驚きの声を痙攣《ひきつ》らせた。いや、それは驚きという以上に、金井には到底信じられないことだった。

逗子ホテル

「あなたまで欺してしまって済みませんでしたわね。でも、敵を欺こうと思えば、まず味方を欺けというんですから、御免なさいね。それも元はと云えば、みんなあなたを思ってのことですわ――」

三人のギャングを取囲んで刑事達が東京へ引上げてゆくと、金井と万里子は駅から呼んだ自動車を、逗子ホテルに乗りつけて、疲れた身体を階上の一室に憩《いこ》いながら、

静かに語り合っていた。

「私はあなたがあまり物事に恬淡《あっさり》し過ぎて、事業《しごと》をやり遂げる執着心が足りないのを、前々から物足りなく思っていたのです。そこへまた最後の仕事を投げ出しておしまいになったと聞いて、いい機会だし、心を入れ変えていただくつもりで、散々あんな愛想《あいそ》づかしを申上げて、そのままお別れしたのです。でも、私も何だか気持がむしゃくしゃしたので、あれから新宿へ行ってぶらぶらしながら帰りかけると、あなたはお気がつかなかったようでしたが、帝都座の前であなたがあの小幡に何か頼まれていらっしゃるところをふと見かけたもので、それから見え隠れにあなたの後を尾けていって、小幡が殺されているところも見たのです。それで何だかあなたのことが心配になって、あんな手紙をとどけておいて、翌日を待っていると、あなたがいらっして下さってあのお話です。私はこれはきっと新聞記事のとおり、賞美堂事件に関係があると思ったので、あなたと四谷見附でお別れすると、その足ですぐ帝都新聞の矢口さんを訪ねてみました。するとやっぱりそうらしいので、一つあなたを助けて、一仕事してみよう、それには今も云ったとおり、自分を隠してかからねばと思ったもので、電話であなたをお呼びして、わざわざ声の調子まで変えてあんなお芝居をしたのです。

麴町のあの家は、私の関係している新劇団の研究所で、市岡さんのお邸の一部だったんですが、あの前から貸家になっていたのを市岡さんにお頼みして、一晩だけ貸していただいたのです。それから花勝のことは、上海軒を調べて、あなたがいらっしゃるちょっと前に、私が髑髏団の仲間のような顔をして電話をかけたおいたのでした。それからのことは、もうあなたにも判っていらっしゃるはずですわ」

「でも、あの上野の早業《はやわざ》は？」

「ええ、あれは私、誘拐《ゆうかい》されてると知って連れられていったんですの。それはあなたが横浜の病院へも帰らないというし、きっと彼等の手に捕っていられるだろうと思って、捜《さぐ》りがてら彼等を逗子へ誘《おび》き出してやろうと思ってのことでした。行ってみると、思ったとおり、あなたは監禁されているし、それに都合よくあなたが今晩逗子で会う約束だと云って下さったので、私は赦されたを幸い、すぐ引返して、あなたをお援けしたのです。でも動物園の前では失礼しましたのね。大切の前の小事だとは思ったんですけれど、ぐたぐたに疲れたあなたを後へ残して、自動車へ乗った時は、ほんとに済まないと思いましたの。あれから私、警視庁と賞美堂へ出かけて、事情《わけ》をお話しておいて、こちらへ来たのです。そして別荘の裏山から金庫を掘り出すと賞美堂の方に渡しておいて、警視庁の刑事さんとギャングが来るのを待ちうけていたんです。――私達はこれで十万円の賞金がもらえるので、働き甲斐もあったんですが、でも矢口さんはお気の毒なことをしましたわね。賞金をもらったら、矢口さんの遺族の方にもお分けして、残りで今度こそ立派な事業《しごと》を創《はじ》めましょうね――」

四本指の男

（一）

狂《きちがい》自動車

「じゃ、今度は僕が問題を出すよ。いいかい。花子は春子の二倍の柿をもっている。千代子は春子の半分だけもっている。そして千代子のは一個《ひとつ》なんだ。すると花子はいくつ持っているか？　さア、答えてごらん？」

「ええ、千代子は春子の半分で、それで一つなんでしょう。——解ったわ。答は四つよ」

「えらいね。君は——」

「えらかないや。落ちついて考えれば、何でもないじゃないの。では、私聞くわ。野路《のみち》を牛が歩いているんです。見ると二匹の牛の前に一匹の牛が行き、二匹の牛の後にも一匹の牛が行き、二匹の牛の間にも一匹の牛が歩いて行くんですって。すると、みんなで幾匹の牛が歩いていますか？」

「莫迦《ばか》にややっこしいじゃないの。二匹の前にも、後にも、一匹なの？」

「ええ、それから中にも一匹なのよ。ようく考えてごらんなさい」

大東京の真ん中、大きな商店やデパートが軒《のき》を並べた日本橋通りの歩道の上を、学校帰りの小学生が二人、片方は妹でもあろうか、睦《むつま》じそうにメンタルテストをやりながら、肩を並べて歩いている。

「わからない？」

「九匹かしら？」

「駄目よ、そんなお答えないわ」

「だって二匹の後に一匹、前に一匹、中にも一匹、——あッ、そうか、分ったよ。なあんだ三匹だ」

「ええ、三匹よ」

二人がニッコリ笑顔を見合した時、突然、後《うしろ》の方で、「危い！」と大きな声がしたと思うと、次《つづ》いて、

「大変だ！　危い——」

と口々に叫び喚《わめ》く人声。

二人がハッとして振返ると、約三十米《メートル》も向うの車道を、こっちへ向いてまっしぐらに走ってくる一台の高級自動車。見れば運転台には七八歳の可愛《かわい》い少年がたった一人。どこへ行ったか運転手の姿は見えない。――それだのに、自動車は狂《きちが》いのように、独りでこっちへ走って来るのだ。

危い、ほんとに危い。――打棄《うっちゃ》っておいたら、今に電車にぶつかり、人を轢《ひ》く。それよりもあの車上《しゃじょう》の少年が――。

両側の歩道を歩いていた多勢の人達が、皆足をとめてあれよあれよと叫んでいる。が、どうすることも出来ないのだ。その間にも、狂自動車は歩道に沿うて、盲馬《めくらうま》のように走って来る。

と、その時だった。メンタルテストをやっていた少年と少女の後から、ひょいと飛び出した鳥打帽《ハンチング》の少年が、いきなり狂自動車を目蒐《めが》けて、横合からヒラリと踏板《ステップ》へ飛び乗った。と思うと、運転席のドアを開けて、ハンドルをつかむも一緒ギィギィギィとブレーキのかかる音がして、自動車はぴたっとそこに停った。

それと見て、両側の歩道からドッと群集《ひとむれ》が押し寄せてきた。中には交通巡査の姿も見える。


「どうしたんだ、一体! 危険千万《せんばん》じゃないか!」

警官が人々を押し分けながら、自動車に近づいた。しかし誰も答える声がない。車の中には洋服姿の少年が、今にも泣き出しそうな顔をして、呆然として立っている。

「運転手はいないのか? 運転手は?」

警官が四辺《あたり》を見廻して大きな声で呼んでいると、やっとどこからか駈けて来た運転手が、ペコペコ頭を下げながら警官の前に現れた。

「ヘイ、どうも相済《あいす》みません。ちょっと用足しをする間と思って、ハンドルを止めたきりでおきましたもので、きっと坊ちゃんが面白半分に手を触れたことと思います。飛んだお騒がせを致しまして――」

運転手はすっかり恐縮した様子で、

「でも、誰方《どなた》が停めて下さったでしょう。お礼を申さなければなりませんが――」

と警官の顔から、四辺の人々を見廻した。

すると、誰かが、

「鳥打帽を冠《かぶ》った少年のようだったが――」

と呟くように云った。

「そうだそうだ、鳥打帽を冠った少年だった」

「どこへ行ったかなア、あの少年は?」

皆がやっと勇敢《ゆうかん》な少年のことを思い出して、自分の周囲《まわり》を見廻したが、どこへ行ったか少年の姿は見えなかった。

不思議な紳士

姿が見えないも道理、運転手が駈けつけた時分には、鳥打帽の少年はもうそこから百米《メートル》も離れた横町を、薄汚いズボンのポケットに両手を突っこんだまま、とぼとぼと歩いていたのだ。

その様子が、狂自動車を停めたことなど、もうとっくに忘れているらしい。それよりも、何か他に考え事でもあるのか、何だか沈んだような顔をして、とぼりとぼりと歩いている。

「君！　君！」

後から呼ぶ声がした。が、彼は自分が呼ばれているとは知らなかった。

「君！」

ポンと肩を叩かれて、彼は初めて足を止めた。振返ると、中折帽《なかおれぼう》を冠った立派な紳士が立っていた。

「呼び止《とめ》てすまなかったね。一緒に歩きながら話そう――」

紳士は少年と並んで歩き出すと、

「僕は、今、君が自動車を停めて、あの少年を救ったのを見ていたんだよ。君は誰にも出来ない大変立派な行いをしておいて、そのままこっちへ来てしまったね。僕は、君の勇敢な行いにも感心したが、それよりも人の前で手柄顔《てがらがお》をしないで、そうとこっちへ来たことに、もっともっと感心したのだ」

少年は恥《はずか》しそうに、下を向いたまま黙っていた。

「君は誰というの？　聞かしてくれないかね」

「水上透《みなかみとおる》というのです」

「年齢《とし》は幾歳《いくつ》？」

「十三です」

「十三にしては大きいね。それで今、何をしているの？」

「変な工場にいたんだけど、面白くないので飛び出してきたのです」

「それじゃ、これからどこへ行くの？　お父さんのところへでも帰るつもり？」

「お父さんもお母さんもないんです」

少年の声が潤んできた。

「ほう、お父さんも、お母さんもない。じゃ兄さんや、弟さんは？」

「兄さんが一人あるんですが、海軍へ行っています」

「そうかね。すると帰る先もないわけだね。それじゃどうだね、僕の仕事を手伝ってくれないかい。今、恰度《ちょうど》、君にいい仕事があるんだが――」

「出来ることなら、僕何でもするつもりですが、学校もあまり行ってないんですから」

「いいさ、勉強はこれから閑々《ひまひま》にするんだよ。学問はなくったって、君のような勇敢で、機敏《きびん》な少年なら、何でも出来るよ。それでは手伝ってくれるね」

「でも、どんなことをするのです？」

透少年が、顔を上げて、じっと紳士の顔を見た。

「どんなことと云って、まあお国のために働くんだ。詳しいことは、その中《うち》にだんだんと解ってくるよ。それでは、これから東京駅のステーションホテルまで行ってくれたまえ。僕が連れていくといいんだが、他処《よそ》へ廻る用があるから、僕の名刺をもって一人で行ってくれたまえ。乗車口と降車口の真ん中に、ホテルの入口があるね。あすこへ行って、百三十号室の田代さんに面会に来たといえばいいんだ。女の人だよ。それでその人の云うとおりにするんだ。君が行くことは、今電話をかけておくからね」

紳士はそう云って、ペンと名刺を取出すと、それへ、すらすらと何か書いて、電車賃と一緒に透少年に渡しながら、

「じゃ、すぐ行ってくれたまえ。君の喜びそうな面白い仕事が待ってるよ」

少年が受取った名刺を見ると田代伸一《しんいち》、「水上透君御紹介」と書いてあった。

新聞売子

水上少年がステーションホテルの玄関へ着いたのは、それから二十分もしてであった。入口にいたボーイが、鳥打帽を冠った薄汚い少年の姿をじろじろと見ていたが、水上少年は平気だった。

「百三十号室の田代さんに取次いで下さい。僕、水上というものです」

少年の言葉が、あまりにてきぱきしていたので、ボーイの方で少々意外な顔をして、早速電話で取次いだ。

「では、こちらへ――」

ボーイに案内されて、昇降機《エレベーター》で二階へ、長い廊下を百三十号室の前まで来た。ドアを叩くと、

「お入り――」

中から優しい声がした。つとドアを開けると、目の前に洋装をした、断髪《だんぱつ》の婦人が、笑顔を見せて立っていた。まだ若々しい女学生みたような女《ひと》だった。

「あなた水上さんと仰有《おっしゃ》るのね?」

「そうです。名刺をいただいて来ました」

透少年がポケットからもらった名刺を出すと、それを受取りながら、

「ええ、先刻《さっき》兄さんから電話がかかって来ましたわ。あなた走ってる自動車へ飛び乗って、子供を救ったんですって、偉いわねえ。私、それを聞いて、ほんとに感心したわ」

入ってゆく早々《そうそう》、自分のことを賞《ほ》められて、水上少年は真赤《まっか》な顔をしながら俯向《うつむ》きこんでしまった。

「それだけの勇気があれば、今からお頼みする仕事なんか何でもないわ。却って退屈かもしれないくらいよ」

「どんな仕事です? 僕に出来ることでしょうか?」

少年が心配そうに訊いた。

「出来るわ。新聞売子《うりこ》になればいいんですもの――」

「え、新聞を売るんですか?」

今度は少年が驚いたように問い返した。

「そうよ。それもこの東京駅の乗車口のところで、立ってて売るのよ。出来るんでしょう?」

「ええ、新聞を売るくらいなら――」

「でも、も一つ用事があるのよ。真実《ほんとう》はそれが主《おも》の仕事で、新聞の方は附けたりなの。つまり新聞売子に化《ば》けて、東京駅の乗車口を出入りする人を見張っているのです」

「何千人も何万人もの人をですか?」

「ええ、そうなの。そしてその何万人の中から、たった一人の人を探し出すのです」

「ほウ、宝探しみたいですね。それは面白いや!」

少年の顔が急に生々《いきいき》と輝いてきた。

「でも、それが容易じゃないわ。何と云ったって多勢の人だから――」

「だって、たった一人の人でしょう。男ですか、女ですか?」

「男よ、それも××××人なの」

「じゃ、見付《みつか》るでしょう。どんな男です、それは?」

「どんな顔をしているか、どんな服装《なり》をしているか、それは分らないの。分っていることは、たった一つだけ、右手の拇指《おやゆび》が無いのです」

「それだとすぐ分りますよ。でも、どうしてその××××人を捜すのです? ××××のスパイですか、そいつは?」

「まア、そんなことなの。後からお話するんだけど、そのつもりで見張っていて下さるといいわ」

あの紳士が、お国のために働くのだと云った理由《わけ》が、どうやら分りかけてきた。

「じゃ、今からすぐやりましょう。早い方がいいんです。でもその×××人が見附かった場合はどうします？」

「それなの、見つかったら、どこへ行くか行先を突きとめるんです。そうね。それから私のところへ、すぐ報《しら》してもらうんです。大概《たいがい》ここにいるから、こちらへ電話をかけていただけばいいわ。それじゃ、売店の新聞を売っている人のところへ行きましょうね。もう頼んであるから、行きさえすればいいんです」

怪外人？

東京駅は大東京の関門《かんもん》だ。

朝から夜まで、間断《ひっきり》なしに、何万人の人間を来る日も来る日も呑吐《どんと》している。殊に朝と晩との混雑時間《ラッシュアワー》は、まるで蟻《あり》の行列のように人の群がつづいてゆく。

その行列を目あてにして、乗車口の附近には、そここに新聞売子が陣取って、中には声をからして売っている。その中へ、今日からまた一人の新米《しんまい》売子の顔がふえた。それは云わずと知れた水上透少年だ。

今出たばかりの夕刊を、小脇に抱えて、乗車口に近い石段の前に、突っ立っているその姿は、他の新聞売子達には、まだ商売に馴れない新米の憐《あわ》れな姿と見えたであろう。しかし水上少年の方では、憐れどころか一生懸命だったのだ。新聞なんか、売れようと売れまいと、そんなことはどうでもよいのだ。自分の任務《つとめ》は他にある。

「やって来ないかなア。右手の指が一本欠けている奴が――」

出つ入りつの人の波を、目を光らして見廻しながら毛《け》唐《とう》の姿を求めていると、

「君、夕刊を一枚！」

ハッとして振向くと、軍人さんが立っている。

「ハイ、どうも有難う」

銅貨を二枚受取って、ふと向うを見ると、背の高い毛唐が来る。もしやと思って、近づいてくるのを待っていると、

「おい、朝日と日々《にちにち》！」

またしてもお客様だ。それも五銭白銅《はくどう》を出してお剰銭《つり》をくれろというのだ。間誤々々《まごまご》していたら、毛唐は向う

へ行ってしまう。

これで外人さえ来ないなら、退屈をしないだけでもいいのだが、場所が東京駅だけに、後から後から外国人がやって来る。それを一々見張りながら、片方で新聞売りをやるのだから、どうしてなかなか忙《せわ》しいのだ。

「あッ、また来たぞ。今度は二人づれだ。いやに背の高い奴だが――」

丸ビルの方から肩を並べて大股に歩いてくる二人の外人。一人は雲突くような大男で、何だか人相《にんそう》が悪い上に、見ると右手をズボンの衣嚢《かくし》に突っ込んでいる。

「はてナ?」

人相の悪いのは第二として、右手を突っ込んでいるのがどうも不審だ。ようし、あの右手を見てやろう!

水上少年、二人の毛唐が近づくと、巨大漢《おおおとこ》の前から右に廻りながら、

「夕刊を買って下さい、夕刊を――」

と五月蠅《うるさ》いほどにせがみついた。が、相手は聞えぬ風で、伴《つ》れの男と話しながら、のっそのっそと歩いてゆく。

「新聞を買って下さい! 今出た夕刊です」

後を追うて駅の内まで入りながら、小脇から抜き出した新聞を、相手の右手に押しつけると、やっと毛唐が振向いた。と思うと、ぎろりと光る青い眼で、少年の顔を見下して、ポケットから出した大きな手を、静に横に振りながら、

「日本の新聞いらない。日本の字、私読めない――」

云われてハッと気がついた。そうだ、外国人へ売りつけるのに、日本の新聞ではいけないのだ。でも、人は見かけによらないものだ。あんな恐い顔をして、右手を衣嚢に入れているので、てっきりそうだと思ったのに、右手の指は完全無欠確かに五本揃っていた。さて、今度来る毛唐はどうかしら?

そんなことを考えながら、旧《もと》の石段のところへ帰りかけると、一二等待合室の方から、ステッキを小脇に抱えて、つかつかと出て来た風采《ふうさい》の立派な外人が、今度は先方《むこう》から少年の方に近づきながら、

「国民新聞の夕刊を下さい」

と達者な日本語で話しかけて、真白い手袋をした手で十銭玉を差出した。

「ハイ、有難う――お剰《つ》りです」

そう云って、新聞と一緒に剰銭を渡した水上少年の眼がどうしたことぞ、キラリと光った。それも手袋をした相手の右手を瞶《みつ》めながら。

（二）

消えた外人

日本橋の大通りで、狂自動車を停めて車上の少年を救いながら、手柄顔もせずに横町を歩いていた水上少年の後から、一人の紳士が呼び止めた。紳士は少年の可憐想《かわいそう》な身の上を聞くと、一枚の名刺をくれて、東京駅のステーションホテルへ行ってみよ、君に適当な仕事があると云ってくれた。

教えられたホテルの百三十号室へ行ってみると、若い女の人がいて、東京駅の乗車口で新聞売子になって、四本指の××××人を捜してくれと頼まれた。

水上少年は早速新聞売子になって、駅の入口に立っていた。すると白い手袋をした風采の立派な一人の外人が側へ来て、夕刊をくれと云った。水上少年は夕刊と一緒に、剰銭《つりせん》を渡しながら、それを受取る外人の手を瞬《またた》きもせず見つめていた。

小さい新聞売子の眼が、不審そうに自分の手許《てもと》を見つめていようなどとは知るはずもない外人は、その場で早速新聞を開いて、下段《した》の方にある広告を見ていたが、やがてそれを畳んでポケットに入れると、構内を出て、丸ビルの方へ向いて歩き出した。

その時、水上少年は何を考えたか、向うの方に立って、自分と同じく夕刊を売っている少女の側へつかつかと駈けてゆくと、

「君、この新聞をみんな上げよう！」

と小脇にかかえた夕刊を、いきなり少女の前へ差出した。

「あたしにくれるの？　で、あなたはどうするの？」

少女は水上少年が気でも狂《ちが》ったと思ったに違いない。呆気《あっけ》にとられて訊き返した。

「僕、用が出来たんだ。サア、みんな上げるよ」

「だって、今が一番売れる時じゃないの？」

「うん、だけど僕、新聞なんか売ってはいられないのだ。だから、君に進呈するんだよ。――あ、そうだ、一枚だけもらっていかなくては――」

水上少年は少女売子の手に渡した夕刊の中から、外人に売った国民新聞の夕刊を一枚引きぬくと、それをポケ

ットに突込んで、そのまま人群の中に消えてしまった。

時刻は恰度午後五時、混雑時間《ラッシュアワー》の始りで、会社や官庁から出てくる人々が、東京駅へ向いてぞろぞろと行列をつづけている。その行列とは反対に、水上少年は丸ビルの方へ向いて、ぐんぐんと大跨《おおまた》に歩いてゆく。云うまでもない、新聞を買ったあの外人の後を見失わないように尾《つ》けてゆくのだ。

その外人は今、丸ビルの前を左へ、赤い煉瓦の建物が、外国の街のように立ち並んだ大通りの歩道を、ステッキを右手に持って、コツコツと歩いている。

それにしても水上少年は、その外人を、どうして尾行《びこう》する気になったのだろう？　あの女の人から捜してくれと頼まれたのは、右手の拇指が一本欠けている四本指の××××人だ。前方《むこう》を行くその外人は、たしかに××××人には違いないが、しかし、ステッキを持った右手の指は、立派に五つ揃っている。手袋こそしているが、五本の指がちゃあんとステッキの頭にかかっているのだ。

すると水上少年、何か感違いをしているのではあるまいか。

それはとにかく、水上少年は約十五米の距離をおいて、外人の姿を見失わないように、夕暮の街をとぼりとぼりと尾けてゆく。外人はそんなこととは知らないらしく、次の町角を右に廻り、また左に曲った。

今度は人通りの少い、町幅も狭い通りである。尾行するには都合がよいが、四辺はだんだんと薄暗くなりかけている。見失っては大変だ。水上少年は外人との距離を狭《せば》めようと、急に足を早めて歩き出した。

と、その時、前方を歩いていた外人が、突然ピタと足を停めて、つと後を振返った。水上少年はハッとしながら、思わず顔を横に向けた。

——気がつきはしなかったかしら？

心配しながら、再び顔を元に戻して前方を見ると、おや！　外人の姿は、どこへ消えたのか影も形も見えない——。

扉を隔てて

こっちの顔を見られたくないので、水上少年はついと横を向いたのだ。でも、それはほんの十秒かそこらの間だった。そのちょっとした間に、外人は煙のように消えてしまった。駈け出したなら、足音ぐらい聞えるはずだ。

「そうだ。あの建物《ビルヂング》の中に入っていったのに違いない」

水上少年はたった今外人が立ちどまった左側に、ビルヂングの入口があるのを見て、急いでその方へ行ってみた。すると入口のドアがまだ微《かす》かながら動いている。

「てっきりここへ入ったのだ」

彼はそう思うと、つとドアを排《お》して中に入った。そこに勤めている人達はもう帰ってしまった後だろう、正面にある昇降機の扉《と》も閉って、誰も人の姿はなく、二階へ上る階段に、電燈の灯《あかり》が淋しく燈《とも》っているだけだ。

耳を立てると、コトリコトリと階段を踏む靴の音が、頭の上から聞えてくる。あの外人の靴音だ。

水上少年は、急いで靴を脱ぐと、それを両手にもったまま栗鼠《りす》のように階段を上りはじめた。

一階から二階へ、二階から三階へ。

その三階の廊下まで来た時、間違いもない外人の姿が、廊下の左側にある部屋の中に消えてゆくのを彼はたしかに見とどけた。

「よし、もう大丈夫だ。ここから逃げっこはないいんだから」

水上少年は、やっと敵を追いつめたような気持で、ホッとしながら、それでも足許《あしもと》に用心して静に静にドアの前に近づくと、把手《とって》の下の鍵孔《かぎあな》にそっと片方の目を当てた。と顔は見えないが、中からぼそぼそと話声が聞えてくる。

「早かったね。大分待ったかい？」

そう云ったのはあの外人だ。

「いや、たった今来たばかりですよ。約束だから国民新聞の夕刊だけは、銀座で夕刊を見て飛んで来たんです。でも、あなたは、九州からいつ帰って来たんです？」

「四日ばかり前に帰って来たんだ」

「あの方は巧くいったんですか？」

「うん、目的だけは達して来たよ」

「それや成功でしたね。僕はまた帰りが遅いから、憲兵隊にでも捕ったじゃないかと思って心配していましたよ」

「それさ、危うく捕るところを、やっとのこと逃げ出して来たんだ」

「それで今どこにいるんです？」

「ステーションホテルの七十二号室に泊っているよ」

「危いじゃありませんか、あんなところにいては？」

「いや、変なところに隠れるよりも、ああいうところへ大ぴらに泊り込んでいる方が却って安心だよ」

「憲兵隊や警察の裏を掻いてるわけですね。ところで何か急な用でも出来たんですか」

「うん、実は九州からすぐ上海《シャンハイ》へ飛ぶつもりだったが、警戒が厳重で仕方なしにこっちへひとまず帰って来たんだ。ところで手に入れた品を一日も早く先方《むこう》へとどけなくちゃならないんだが、僕はうっかり汽船《ふね》へ乗れないから、面倒でも君に行ってもらおうと思うんだ」

「上海へ行くんですか?」

「うん、それには明日の午後二時に神戸から上海丸が出るんで、それへ乗ってもらいたいんだ」

「よろしい、行って来ましょう。それで持ってゆく品物は?」

「うん、それは極秘だが――」

そこまで来ると、急に二人の声が低くなった。何か秘密の品を上海へ持ってゆくについて、相談をしているらしいが、それが聞きとれないのがどうにも残念千万だ。

人の話を盗み聞くのはよくないことだ。しかしそれも相手によりけりである。今までの話の様子からすると、二人は何か悪いことを企《たくら》んでいるらしい。憲兵隊だの警察だのというところから見ると、決して普通の悪事ではない。

「極秘の話とは、何だろう? それを聞いてやりたい――」

水上少年は後の話の聞けないのを歯掻《はがゆ》く思って、鍵孔へぴったり耳を当てながら、思わず知らずドアへぐッと身体《からだ》を寄せた。

と、その重量《おもみ》で、鍵のかかってなかったドアの発条《ばね》が、パチンと音を立てたと思うと、ドアがパッと内に開いて、凭《よ》っかかっていた水上少年は、つっかい棒を外《はず》された丸太棒《まるたんぼう》のように、どしん、と音を立てて、部屋の中へ転げこんだ。

「だ、誰だ!」

忽ち《たちま》雷《かみなり》のような声が起った。

密室へ檻禁《かんきん》

「誰だ、君は?」

ハッとして起《た》ち上った水上少年の頭の上から、噛みつくような声が呶鳴った。顔を上げると、眼の異様に光る何だか混血児《あいのこ》らしい背の高い男が、ハッタと自分を睨んでいる。

「泥棒をしにやって来たのか、小僧《こぞう》の癖に?」

そういうも一緒、大きな手が水上少年の肩をぐっと摑んだ。

「いいえ、僕、泥棒なんかじゃありません」

「泥棒でない? じゃ、何で他人《ひと》の部屋へ入って来たんだ？」

「僕、部屋を間違えたんです」

「部屋を間違えた？　嘘を吐《つ》け！　足音を立てないように靴まで脱いで、手にもっているじゃないか！」

「いいえ、僕、ほんとに部屋を間違えたんです。これから気をつけますから、御免下さい——」

何と云われても謝る他に途《みち》はない。水上少年は頭を低《さ》げて平謝《ひらあやま》りに謝った。が、その時、傍《そば》にいた白い手袋の外人が、ふと思い出したように、

「おや、その少年《こども》は東京駅の入口で、僕が新聞を買った少年だ——」

と呟いたと思うと、急に恐ろしい顔をして、背の高い男に何かひそひそと囁き出した。

——失敗《しま》った。感づかれたか！

水上少年は冷《ひや》りとして、二人が話している間に部屋から逃げ出してしまおうかと考えた。しかし、その隙《ひま》はなかった。

「こら！　君は東京駅からこの人を尾けて来たんだね。一体誰に頼まれたんだ？　おい、言わないと非道《ひど》い目に合わすぞ！」

男は少年の肩を摑んで、力まかせに揺ぶった。

「僕、誰にも頼まれはしません。ただ部屋を間違えて——」

「まだ、そんなことを云って白っぱくれるつもりか。おい、正直に云わないと、これだぞ！」

どこに隠していたか、相手は右手に握った拳銃《ピストル》を、水上少年の鼻先に突きつけて、

「生命《いのち》が惜しいなら、誰に頼まれて来たか、真直《まっすぐ》に云うんだ、云わなきゃ、ドンといくぞ！」

今にも引鉄《ひきがね》を引きそうに食指《ひとさしゆび》をびくびくと動かしている。

生命は惜しい。こんなところで、こんな男にむざむざ殺されては、ほんとうの犬死《いぬじに》だ。しかし、自分の生命が惜しいからとて、ここであの人の名を喋舌《しゃべ》っては、自分の一分が立たないのだ。あの人は仕事がなくて困っていた自分を助けてくれた恩人である。そうだ、仮令《たとえ》自分はどうなっても、あの人の名を口に出すことは出来ないのだ。

そう決心すると、もう平気だ。殺そうと、どうしようと勝手にするがいい——。水上少年はすっかり度胸《どきょう》をきめてしまった。

「おい、何故《なぜ》云わないんだ。引き鉄《がね》を引いたら、それっきりだぞ！」

「仕方がありません。僕、誰にも頼まれはしないんで

すから」

彼は拳銃を前に、きっぱりと云い放った。

「生意気な小僧だ。ほんとうに射ち殺すぞ！」

恐い目をかっと見開いて、水上少年を睨めつけながら、今にも引鉄を引きそうに身構えた。

「ヂム君、ちょっと待ちたまえ」

その時、傍の外人が口を出した。

「殺すと後が厄介《やっかい》だよ。それよりも、あすこへ打《たた》き込んで、ゆっくり口を割らす方がいいじゃないか」

「そうですね。それもいい。よし、じゃこっちへ来るんだ」

混血児らしい大男は、水上少年の手をとって、ぐんぐんと奥の方へ引ずってゆくと、部屋の隅っこにある密室のドアを開けて、その中へ否応《いやおう》なしに水上少年を押し込めて、パタンとドアを閉めると、外から厳重に鍵を下した。

救いの手！

檻《おり》のような、狭苦しい真暗い密室の中で、水上少年はじっと腕を組んで坐っていた。

外人と混血児がひそひそ声で、相談をすまして、部屋を出ていってから、もう大分の時間が経った。

四辺はひっそりとして、まるで深山《しんざん》の中にでもいるような静けさだ。高いビルヂングの三階、それも密室の中に閉じ込められているのだから、どこからも物音一つ聞えやしないに不思議はない。

その中で、水上少年はじっと観念の眼を閉じて考えている。

——こんなことになったのは、自分の不覚だ。二人の話を半分聞いて、引返《ひっかえ》してゆけばよかったのに、——でも後悔先に立たず、今さらどうにも仕方がない。だから自分は覚悟をちゃんと決めている。しかし、あの外人は、たしかに四本指の男に違いない。自分がそうだと睨んだ眼に、決して間違いはないはずだ。それにあの二人は何か秘密の品をそっと上海へ持ち出そうとしている。それもあの外人が、自分で持って行っては危険なので、混血児を代りに立てて上海へ遣《や》ろうとしているのだ。

——それをあの人に報してやることが出来ないのは、何と云っても残念だ。声を立てても誰も人はいないし、もし、このドアを押し破ることが出来たらなア。そうだ、無益と思ってやってみよう。

水上少年はむっくりと起ち上ると、両足を踏張り、掌に渾身《こんしん》の力をこめて、一生懸命ドアを押しにかかったが、ビクとも動くものではない。

「それでは打《ぶ》つかってみたら――」

今度は両腕を組み、身体を横にして、肩のところでドシンドシンと打つかってみたが、相手は鉄壁も同然、こっちの身体はゴム毬《まり》のように弾《はじ》き返され、とうとうへなへなとなって、再びぐったり腰を下した。

もう運命を待つ他ない。その運命も、あの外人のために、きっと非道い目に合わされるにきまっているのだ。仕方がない。その時は、あの毛唐の手に武者《むしゃ》振《ぶ》りついて、四本指の証拠を見とどけてやるんだ――。

水上少年がそんなことを考えながら暗《やみ》の中に坐っていると、突然どこかでカチッと変な音がした。と同時に、スルスルと戸の開くような物音がして、床の上にずしんと重い足音が響いた。

誰か部屋の中に忍び込んできたような気配だ。

「誰だろう?　あの毛唐が引返して来たかしら?」

そう思って、そうと耳を立てていると、床を踏む足音が一歩々々こっちへ向いて近づいて、やがてドアの前で立ち止ったと思うと、今度はガチャガチャと何か金属の触れ合う音がはっきり聞えた。

「鍵だ!」と思う間もなく、ドアの鍵孔に鍵を差し込む音がして、カチリと錠前が外れると一緒、重いドアがサッと開いて、

「透君!」

と暗の中から声がした。

何だか聞いたような声だが、――と考える閑《ひま》もなかった。直ぐ後から、

「早く早く。さア、僕の手につかまって――」

と急《せ》き立てる声がして、水上少年の手をとると早く、密室の中から引立てながら窓の方へと歩いていった。

「気をつけたまえ。ここから下りるんだ。窓を越すんだから僕につかまって」

相手が誰か、顔を見る間も、名を訊く閑もなかった。開け放たれた硝子《ガラス》窓を、ひらりと外に飛び出したその人の肩に取組って、やっとこらさ《とりすが》窓を越えると、

「さア、足許に用心して。踏み出《はず》したら大変だよ。非常梯子《ばしご》だから――」

夢中で窓を乗り越したが、そう云われて始めてやっと気がつくと、自分は今、三階の窓から地上へ通じる火災の時の非常梯子の頂辺《てっぺん》に立っているのだ。

目を落すと、足下《あしもと》遠く街路が見える。蛍火《ほたるび》のような街の灯、その下を歩いている小さい人間《ひと》の姿。

水上少年は今、不思議な救い主《ぬし》と一緒に、その高い高

い非常梯子を、一本の鉄の鎖に取縋って、生命懸けで下りてゆこうとしているのだ。

では、その救いの主は誰だろう？

（三）

梯子を伝うて

人のために善い事をしたならば、何か酬《むく》いがあるものだ。狂自動車を停めて、車上の少年を救った水上透少年は、今度は不思議な紳士に自分が救われ、新聞売子と云って東京駅の前に立つこととなった。新聞売子となっても、本当は四本指の×××人を捜し出すのが役目である。

幾人もの外人が通りかかった中に、白い手套《てぶくろ》をしてステッキを持った一人の外人が、水上少年から一枚の夕刊を買って、丸ビルの方へ歩いて行った。水上少年は何と思ったか、その後を尾けてゆくと、外人は大きなビルヂングの三階に姿を消した。

部屋の中からひそひそと話声がするが、大切なところが聞きとれない。じれじれしながら、ぐっと、ドアに寄り添うと、その拍子《ひょうし》に身体の重みでドアが開いて、水上少年はよろよろと部屋の中へ転げ込んだ。驚いたのは中の二人、眼の異様に光る混血児《あいのこ》らしい男が、いきなり水上少年の肩を摑んで、真向《まっこう》から拳銃《ピストル》を突きつけた。

が、水上少年は泰然自若《たいぜんじじゃく》、何を訊かれても知らぬ存ぜぬの一点張りで押し通した。そして遂々《とうとう》部屋の片隅にある密室へ檻禁されることとなった。ビルヂングの三階、それも奥まった密室の中である。呼んだとて叫んだとて声の聞えるはずはない。水上少年はじっと観念の眼《まなこ》を閉じて坐っていた。と、もう真夜半《まよなか》も過ぎた頃、何者とも知れぬ一人の男が忍び込み、密室の扉《ドア》を開けて、透少年の手を取り、窓口から非常梯子へと連れ出した。

「ゆっくり下りるんだよ。足許に気をつけて――」

不思議な男は透少年に注意しながら、自分から先に立って、嶮《けわ》しい非常梯子を下りはじめた。空に星明りはあっても、足許なんか見えるものではない。だから、暗《やみ》の中での空中の梯子乗りも同然、随分と危い芸当《げいとう》だが、透少年はそんなことよりも、自分を救ってくれた不思議な男が何者か、それが気になって、夢中で階段を下りて行った。

「ここで曲るんだ。油断しないで随《つ》いて来たまえ」

二段目へかかった時に、不思議な男が後をちらと振向いて、励ますように囁いた。

透少年は、その時初めて、何だか聞いたような声だと思った。しかし、それか誰の声だか思い出すことは出来なかった。

その中に二段目を下りて一段目へ、やっと地上に下り立って、街燈の下で帽子を眉深《まぶか》に冠った相手の顔を見た時、透少年は思わず、

「やッ！　あなたは！」と歓喜《よろこび》と驚きの声を上げたものだ。透少年が驚いたも道理、それは今日の昼間、日本橋で自分を呼び止めたあの不思議な紳士田代氏だったからである。

それにしても、自分がビルヂングの三階に檻禁されていることを、この人はどうして知っていたのだろう？　透少年が不思議に思って、その理由《わけ》を訊こうとすると、田代氏はもうそこを通りかかった円タクを呼び止めて、

「透君、君は靴もないだろう、さア、乗りたまえ、話しは後だ！」とまず自分から飛び乗った。

拇指《おやゆび》の正体

それから十分の後、不思議な紳士田代氏と水上透少年は、ステーションホテルの百三十号室で、あの断髪の令嬢と、テーブルを囲んで坐っていた。

「私、透さんどこへ行ったかと思って心配してたのよ。まさか新聞売子が嫌になって逃げ出したでもあるまいと思って——」

透少年の顔を見ると、真先に令嬢が口を開いた。

「僕逃げ出したりなんかしません。四本指の外人を見附けたので、後を尾けて行ったんです」

「ええ！　四本指の外人を？」

令嬢がさも驚いたように云う後から、

「透君、それは真実《ほんと》かね？」

と不思議な紳士も訊き返した。

「真実です。僕この眼でしっかり、見とどけたんですもの」

「待ってくれたまえ。実は、僕電車を下りると、君が外人の後を尾けてゆくのを見たので、それとなく後を追うて、君があのビルヂングの三階へ上ってゆくところま

で確めたのだ。それで外人の様子も、それとなく注意して見たんだが、あの外人は手套こそしていたが、ちゃあんと五本の指が揃っていたではないか？」

そう聞いて、彼はあの密室から自分が救い出された経《すじ》路《みち》がやっと解った。不思議な紳士田代氏は、自分が三階の部屋からいつまでも出て来ないので檻禁されたと知って、夜の更けるのを待って、非常梯子を使って救い出しに来てくれたのだ。すると今度は透少年が自分の冒険の経路を語る順番だ。

「そうです、指は五本揃っています。しかし、あの拇指は真実の指ではないのです」

「真実の指ではないというと？」

「義指《つくりゆび》なんです。義指をくっつけているのです。だから手套をしているんです」

「どうしてそれが分ったね？」

不思議な人田代氏の眼が、返事いかにと透少年の口唇《くちもと》をきっと見詰めた。

「僕のところへ来て、夕刊を一枚買ったのです。その時、新聞と一緒に剰銭《おつり》を出すと、それを右手で受取ったんですが、見ていると拇指は少しも動かないのです。だから僕、怪《おか》しいと思って注意していると、新聞を開いて読むのにも拇指は使わず、それからステッキを握っても拇指は添えているだけですから、もう間違いはないと思ったのです」

「なるほど」

不思議な紳士がぐっと大きく首肯《うなず》いた。と、断髪の令嬢が、

「じゃ、きっとその外人に違いないわ。で、それから透さん、どうしたの？」

「僕、その後を尾けて、ビルヂングの三階まで行って、部屋の扉口で、中の話を聞いていたんですが、大切なところが聞きとれないので、ドアの鍵孔へぐっと耳をあてたんです。すると鍵がかかっていなかったので、身体の重みでドアが開いて、よろけこんだ拍子に捕まって密室へ投《ほう》り込まれたのです」

「まア、可哀想《かわいそう》に、――で、中には多勢人がいたの？」

「いいえ、毛唐と混血児みたいな男がいたきりです。それで毛唐の方が憲兵隊や警察の目をくぐって、九州から何か持って来たらしいです。ところが、それを上海へ送らなければならないのだが、自分が持って行っては危険だから、混血児に行ってくれと頼んでいたようでした」

「じゃ、やっぱりそうだわ、ね、兄さん」

令嬢が美しい眼を輝かしながら、不思議な紳士の方を

見た。

「ウム、確かに九州からと云ったね？」

「ええ、四五日前に九州から帰って来て、今はこのステーションホテルの七十二号室に泊っていると云っていました」

「何《な》に？　このホテルの七十二号室に？」

不思議な紳士と令嬢が、異口同音《いくどうおん》に驚きの声を上げた。と同時に、令嬢が傍の卓上電話を取り上げて、

「大急ぎで、帳場《カウンター》へつないで下さい。支配人《マネージャー》がいないなら給仕《ボーイ》でも誰でもいいのよ！」

機密の設計図

「モシモシ、帳場ですか。こちらは百三十号室の田代ですが、七十二号室には誰方がお泊りです？」

「七十二号室ですか、ちょっとお待ち下さい」電話の向うから帳場係らしい寝呆《ねぼ》け声がして、宿帳を繰っているらしい音が微に聞えた。やがて、

「お待せしました。七十二号にはバンカーベックというアメリカの方がお泊りでしたが、今夜の十時にお引払《ひきはら》いになりました」

「十時に？　で行先は？　汽車にでも乗ったんですか？」

「さア、それは承《うけたまわ》っておりませんですが――」

令嬢が電話を切ると、

「じゃ、風を喰《くら》って逃げ出したんだね」

不思議な紳士が、残念そうに呟いた。

「そうだわ、きっと。透さんが飛び込んだので、驚いて宿を変えたに違いないわ。――名前は変えていても、同じホテルにいたのに気がつかなかったなんて、燈台下《とうだいもと》暗《ぐら》しって、このことだわね」

令嬢もいかにも口惜《くちお》しそうな口吻《くちぶり》である。しかし水上少年には、あの四本指の外人がどんな秘密をもっているか、不思議な紳士と令嬢がどうしてその行方《ゆくえ》を捜しているか、さっぱり理由《わけ》が解らなかった。そこで、二人の顔色を見ながら、

「でも、一体どうした人間《ひと》です、あの外人は？」と訊いてみた。

「ウン、君のことだから話してもいいだろう。あれはジョン・ハリスという×国の有名なスパイなんだ」

「じゃ、日本の陸海軍の秘密を盗みに来ている奴ですね」

「そうだ。盗みに来ているどころか、もう既に日本

海軍の秘密を盗んでいるのだ。佐世保《させぼ》で建造中の新巡洋艦《じゅんようかん》の設計図が、一週間ばかり前に紛失したので、大騒ぎになって取調べていると、職工の中《うち》に外国のスパイに買収《ばいしゅう》されて設計図を盗み出した不届者《ふとどきもの》があることが判ったのだ。それでその職工を逮捕して、相手のスパイが何者か調べてみると、名前は知らないが××××人で、拇指のない男だと白状したので、全国に手配をして、今その行方を捜しているところなのだ」

「そうでしたか。じゃ、盗まれた設計図を取り返せばいいんでしょう？」

「そうとも、設計図さえ取返せば、何も云うことはないんだ」

「それなら雑作《わけ》もないことです。あの混血児を捕えればいいんです。あいつがその設計図を持って明日上海へ行くんですから——」

「でも、いつ、どこから上海行きの汽船《ふね》に乗るか分らないだろう？」

「いや、分っているのです、——でも、今何時です？」

「午前一時二十分だわ」

令嬢が腕の時計を見ながら云った。

「では、もう汽車はありませんね。じゃ、駄目です！」

透少年が落胆《がっかり》したように云うと、

「汽車がなくったって、他に方法はあろうじゃないか。どこから汽船に乗ると云っていたね？」

「明日の午後二時に神戸を出る上海丸に乗るんだと云っていました」

「明日の二時？　間違いないね。——それならゆっくり間に合うよ」

「だって特急の燕号《つばめ》でも、夕方でなきゃ着かないでしょう？」

「汽車でなくったって、飛行機という便利なものがあるじゃないか」

「そうだ飛行機なら大丈夫ですね」

「二時間あれば大阪まで行けるんだ。じゃ、透君、明日飛行機で東海道を散歩しようよ」

「え、僕も行くんですか？」

水上少年が思わず嬉しそうな声を上げた。

「君も行くサ。君が行ってくれなくては、混血児がどんな顔をしているか、僕には判らんじゃないか」

「そうですね。じゃ、嬉しいな、僕、飛行機に乗ってみたくて乗ってみたくて仕方がないんです！」

あまりの嬉しさに、透少年は夢中になってそう叫んだ。

飛行機で――

東京から大阪への航空会社の旅客機は、午前十時に羽田飛行場を出発する。

澄み渡った五月の碧空《あおぞら》に銀翼《ぎんよく》を伸して、帝都を後にした飛行機は、不思議な紳士田代氏と水上少年を乗せて、約二十分の後には、早くも富士を右に見ながら箱根の上空を一飛びに、東海道の空を西へ西へと壮快なコースをつづけて、正午前にはもう大阪の木津川《きづがわ》飛行場に着いていた。

飛行機を下りると、そのまま自動車を飛して梅田駅へ、そこからは阪神急行電車で神戸へ、二人は午後一時かっきりにメリケン埠頭《ふとう》に立っていた。

「おう、大きな汽船がいる。一艘《そう》、二艘、三艘――」

水上少年は神戸の埠頭へ来たのは初めてだった。だから静かな海上の彼方此方《かなたこなた》に、赤い船腹を見せて碇泊《ていはく》している外国通いの大きな汽船を見ると、四辺に多勢の人が往来《ゆきき》しているのも忘れて、思わず感嘆の声を発したものだ。

「ああ、あれですね、上海丸は?」

水上少年は、その時早くも、桟橋《さんばし》に横づけになって、煙突から煙を吐いている汽船の船首に上海丸の三字を見つけて、その巨大な船体に驚きの眼を見張っていた。

と、そこへ桟橋へ急ぐ人波を掻き分けて、中折帽に背広姿の一人の紳士が、つかつかと二人の傍へ近づいたと思うと、

「やア」

と両方から声をかけて、不思議な紳士田代氏と互に手と手を握りしめた。

「御苦労様、今やっと駈けつけたところだ」

「早いものですね。でもお疲れでしょう」

「いや、疲れたとも思わんね。ところで、君に紹介しなくちゃならん人を連れて来たがね」

田代氏はそう云って、透少年を振向きながら、

「この少年だよ、水上透君といって、今度僕の助手になってもらったんだ。電話では詳しい話は出来なかったが、例の四本指の毛唐を見つけてくれた殊勲者《しゅくんしゃ》だ。お庇《かげ》でヂムという混血児が秘密の設計図をもって、今日の汽船で上海へ行くことも分ったのだ」

「それはお手柄でしたね。するとこの水上君に混血児の首実検《くびじっけん》をしてもらうわけですね」

「そうだ、水上君が首実検役だ。透君、この方はね、

吉川さんといって僕のお友達だ。今朝東京から電話をかけて、混血児の逮捕を手伝ってもらうように頼んでおいたのだ」

　透少年が帽子をとってお辞儀をすると、吉川氏も答礼《とうれい》しながら、

「しかし、先刻《さっき》からここで見張っているんですが、混血児らしい者は、まだ乗船しないようですが」

「それは怪《おか》しいね。午後二時出帆《しゅっぱん》の上海丸というから間違いないはずだが」

「まだこれから乗るかも知れません。とにかく、汽船《ふね》へ行ってみましょう。もう出帆までにたんと時間もないようですから」

混血児逮捕

　出帆間際の上海丸は、乗客や見送人でごった返すような騒ぎだった。赤や白のテープが、甲板《かんぱん》と桟橋の間に滝のように流れて、別れを惜しむ人々の声が、汽船の上と下から耳を聾《ろう》するようにどよめいていた。

　三人はその群集《ひとむれ》の中を抜けて、桟橋から汽船へ渡された板梯子を上海丸の甲板へどんどんと上って行った。と、そこに立っていた汽船《きせん》の事務長が、船客と思ったか、

「切符を拝見します」

と右手を出して呼び止めた。すると真先《まっさき》にいた吉川氏がポケットから名刺を出して事務長に渡しながら、何事かひそひそと囁いた。と思うと、事務長が急に驚いたような顔をして、吉川氏にペコペコお辞儀をしながら、

「そんな方はまだお乗りにならないようですが、念のために調べて参りましょう」

と周章《あわ》てた様《さま》で、船室の方へ入って行った。

　傍に立って、その様子を見ていた透少年は、吉川氏が急に偉い人のように思われてきた。こんな大きな汽船《ふね》の事務長が、あんなに頭を低げるところを見ると、きっと偉い人に違いない。しかし、その吉川氏が田代氏に向いては敬語を使って話をするのだ。すると田代氏の方は、もっともっと偉いはずだが、――それにしてもこの二人は一体どうした人だろう？　警察の人ではないし、他のお役人のようにも見えないが――。

　透少年がそんなことを考えているところへ、ホテルの赤帽が息を切らしながら、大きなトランクを担《かつ》いで上って来た。と、その後からロイド眼鏡《めがね》をかけたちょっと見ると外人らしい男が、船員に切符を見せながら三人の前を通り過ぎた。

「はてナ？　眼鏡をかけているが？」

呟きながら、じっとその男の後を見送っていた透少年が、つと田代氏の側に寄って、

「あの男です！」と囁いた。

「間違いないね？」

「眼鏡で誤魔化《ごまか》しているんだけど、間違いありません」

「よし、じゃ吉川君、頼む。あの男だ」

船室《ケビン》へ入ってゆく男の後を、吉川氏が大跨に追いかけた。田代氏と透少年がその後に続いた。

「モシモシ、ヂム君」

船室へ片足踏みかけた混血児が、吉川氏の声を聞いて、ハッとしたように振向いた。

「ハハア、ヂム君と云ったら振返るところを見ると間違いないね。ちょっと取調べの必要があるから、このまま船を下りて憲兵隊まで来てもらいたいんだ」

「憲兵隊へ？」混血児がぎょッとしながら、それでも平気を装うて、

「何の用事です？　僕は何も怪しい者じゃないんです」

「愚図々々《ぐずぐず》云う必要はない。ちゃあんとここに証人がいるんだ。水上透君、正面から首実検をしてやりたまえ」

声に応じて、田代氏の背後《うしろ》にいた水上少年が、つかつかと前に進み出た。と同時に、混血児の顔が見る見る中にサッと変った。東京のビルヂングの一室に檻禁してあるはずの水上少年が、突然目の前へ飛び出したのだから、驚いたのも無理はない。

「これで文句はないだろう。汽船を下りる間、手錠《てじょう》は許してやる、サア、僕の後に随いて来たまえ。それから赤帽君、御苦労だが、そのトランクを今一度担ぎ出してくれたまえ」

×　　×　　×

混血児のヂムは憲兵隊での取調べで、四本指の×××人から秘密の設計図を頼まれて、上海へ渡る計画だったことを白状した。そしてその設計図はトランクの底から発見されて、日本海軍の秘密は幸い外国の手へ渡らずに済んだ。

「これも水上君のお庇だ。海軍に代って僕から厚くお礼を申しておくよ。それから四本指の毛唐の隠れ家もヂムの口から判ったので、東京の憲兵隊へ取抑《とりおさ》え方を頼んでおいたよ。だからこの事件はこれで一段落として、これからもお国のために、大いに働いてくれたまえ」

大阪憲兵隊の吉川少佐は、ヂムの取調べが済むと、水上少年の手を取って、心からの感謝を陳《の》べた。

珍客

一

戦争の古傷《ふるきず》から二、三年来持病《じびょう》のようになった神経痛《しんけいつう》のため、半歳ほど前、××汽船会社の重職を退《しりぞ》いて、今は名誉理事の閑職《かんしょく》についている久保田氏は、二月《ふたつき》も前から都下の重《おも》だった新聞や郷里の新聞にまで広告を出して、旧友というよりも幼友達《おさなともだち》の相沢藤吉《とうきち》を捜している。

遠い昔の竹馬《ちくば》の友というだけに、他には大した縁故もなく、まして相見ざること四十幾年、久しく音信も絶えてしまって、今では事実生死のほどもどうかと思われる幼友達を、どうしてまた新聞広告までして捜し出そうというのか。それは当人以外の傍《はた》の者にはちょっと想像もつかないことだった。

久保田氏が、殆どその記憶から忘れ去っていた幼友達の名を呼び起したのは、つい二月前、それも偶然、古い手提鞄《てさげかばん》の中から相沢の手紙を発見したのが原因《もと》であった。

会社を退いて、一ケ月あまり夫人同伴《どうはん》で伊豆の温泉に遊び、いくらか痛みもとれたので帰京して間もないこと、衣類の虫干《むしぼ》しにまぎれて日当りのいい縁側へ投げ出された古い黒革《くろかわ》の手提《てさげ》鞄が、ふと久保田氏の目にとまった。それはまだ会社へ迎えられない、ずっと前の海軍省へ出ていた少佐時代から久保田氏の小脇に抱えとおされ、会社の人となって課長から重役の椅子についたころ、やっと手放した思い出の深い鞄であった。

久し振《ぶり》にその手提鞄を手にとって、懐《なつか》しそうに眺めていた久保田氏が、鍵の下りてない錠前《じょうまえ》を外《はず》して何気なく中を覗くと、底の方にぺったりとくっついて一通の封書が入っていたのが目についた。取出してみると、そろそろ黄色くなりかけた薄っぺらな封筒の上に、チビ筆らしい拙い書体で会社宛てに自分の名が記されており、裏を返すと大正十四年十月の日附で、神田区表神保町《おもてじんぼうちょう》××番地桐生《きりゅう》方相沢藤吉と書いてあった。

久保田氏が発信人の名前を記憶の底から喚《よ》び起すまでにはかなりの時間がかかった。手紙は封が切ってあるし、自分の手提鞄にしまいこまれていたのだから、一度は自分で目をとおして、いずれゆっくり返事でも書くつもりで取っておいたのが、ついそのままになってしまったに違いない。

謹呈　朝夕秋冷相覚《あいおぼ》え候処《そうろうところ》高堂愈々《いよいよ》御清祥邦家の為――

内容《なかみ》を抜き出して、書体から文句から、まるで裃《かみしも》をつけたような四角張《しかくば》った手紙を半分近く読んだ時、久保田氏が思わず軽く膝を打って、

「あ、あの相沢藤吉だったか！」

とやっと合点《がてん》がいった風で、われにもあらず呟いた。と同時に、そろそろ六十に近い久保田氏の眼前に筒袖《つつそで》の着物に、藁《わら》の草履《ぞうり》をつっかけて、家鴨《あひる》に石礫《いしころ》を投げながら河沿《かわぞい》の路を行ったり来たりしている二人の少年の姿が夢のように浮んできた。家鴨追いに夢中になって、学友の影が見えなくなった野道《のみち》を一散《いっさん》に駆け出す二人の背中には、教科書と一しょに風呂敷に包んだ石板《せきばん》や石筆《せきひつ》がガタガタと鳴っていた。恐ろしい先生の顔を目の前にちらつかせて、呼吸《いき》せききって学校の門をくぐった時には、もう授業の鐘はとうに鳴って、二人の少年は胸をはだけ、風呂敷包を背負《せお》ったまま、最初の一時間をしょんぼりと教壇の傍に立たされた。

いつも鼻洟《はなみず》を垂《た》らしてはいたが、手先が器用で、ボールを蹴ることの巧かった少年だった。学校からの帰りに田圃《たんぼ》の小溝《こみぞ》に小さい緋鯉《ひごい》を見つけて追っかけ廻した時も、藤吉少年が巧く両手で掬《すく》い上げて、大きな里芋の葉に入れて持って帰ったことだった。

手紙はその藤吉少年が一別以来三十幾年目に、失業苦の窮状《きゅうじょう》を細々《こまごま》と認《したた》め、恥を忍んで昔の友情に縋《すが》ろうとした長い長い涙の文言《もんごん》だった。

大正十四年といえば恰度《ちょうど》一と昔、久保田氏が欧米漫遊《まんゆう》から帰って重役に昇進早々《そうそう》、△△汽船との合併問題で多忙を極めた年である。恐らく相沢の手紙はその忙しい中で受取り、一応目を通して何とか考慮をしたいと思って、手提鞄の中に入れたまま、多忙にまぎれ、つい思い出す暇もなく忘れてしまったものだろう。

――大正二年上京、某《ぼう》印刷会社に見習工として入社し、爾来《じらい》今日まで刻苦精励《こっくせいれい》、漸《ようや》く××部職長にまでなってホッとする間もなく、震災《しんさい》のため職を失い、その後新聞社や小さい印刷所に職を求めたが思わしからず、今は再び失職して、自分一人ならばともかく、家族を抱えて路頭《ろとう》に迷うのほかない状態となっている。御承知のとおり郷里には何もなく、東京にも目下の窮状を訴える先は貴殿《きでん》を措《お》いて一人もない。平素御無沙汰をいたしておいて勝手なお願いの出来る義理ではないが、今は万策《ばんさく》つきてのこと。どんな仕事でもいいから何と

か御配慮を願えまいか――

今読み返してみても、そぞろに同情を禁じ得ない手紙である。目の前に迫る饑渇《きかつ》におびえながら、この手紙を投函してからの幾日を、彼はどんな気持で自分からの返事を待ったであろう。たとえ、それが万が一の期待だったにしろ、遂《つい》に何の返事ももらえず、望みをかけた友情に諦めの嘆息《たんそく》をもらした時、彼の心に去来《きょらい》したものは果して何であったろう？

久保田氏は墨の滲《にじ》んだ古い手紙を前に、胸のどこかをしめつけられるような暗い気持になってきた。武人《ぶじん》しての半生はもとより、民間の事業に関係してからも、一つの信念と矜持《ほこり》をもって悔いない道を歩みつづけて、五十六年の過去を振り返って何一つ心にかかる翳《かげ》もないつもりだった久保田氏である。古い手提鞄の中から出て来た幼友達の手紙が一つの気がかりの材料となったに不思議はない。

二

相沢藤吉君（徳島県人）住所知りたし
東京四谷区番衆町××地　久保田

東京の新聞に相沢藤吉の名前だけ大きな活字を使った尋ね人の広告が幾度となく掲載された。新聞を細かく読む人ならすぐにも気がつくであろうが、世間には表題《みだし》だけ走り読みする気忙《きぜわ》しい人や、ろくろく新聞を見ていない人達も多いことを考えて、久保田氏は主《おも》だった四つほどの新聞に一月あまりも断続して同じ広告を出してみた。そしてしまいには倶楽部《クラブ》で顔を合わす知人達の話題に上ったばかりか、時には訪問客の口からまで相沢藤吉の名がもれるほどになったが、さて当《とう》の相沢藤吉からは何の消息《たより》も聞かれなかった。

もう東京にはいないかもしれない。といって、親戚《みうち》もなければ、自分の田畑一つない田舎《いなか》へ帰ってゆこうはずもない。もしかすると、もうとっくの昔――自分に窮状をうったえたあの当時、行きつまって、——或《あるい》は病《やまい》にでもとりつかれて死んでしまったのではあるまいか。

もしそうだとすると、郷里の方でわかっているはず、久保田氏はそう思って郷里の役場へ手紙を出して問い合せてみたが、二十余年前当地を出たままその後一向《いっこう》消息を聞かないが、戸籍《こせき》面はそのままになっているという折返しての返事だった。

小学時代の同窓《どうそう》で、阪神方面で活躍している連中もボツボツあるように聞いている。もしかしたら、その連中の誰かを頼寄《たよ》って身を寄せているのではないだろうか。久保田氏は最後の希望《のぞみ》をそこにかけて、大阪と郷里の新聞にも同じ広告を出してみたが、やはり何の反響もなくそのままになってしまった。

そこまで手をつくしても、結局徒労《とろう》に終ったからには、久保田氏としても最早一切《もはやいっさい》を諦めるの他はなかった。どんなに零落《おちぶ》れた姿《なり》をしていようとも、もし自分を訪《おとず》れて来てくれれば、手をとって、古い手紙の詫言《わびごと》もいおうし、遠い昔の思い出も語り合おうし、それに今もなお窮迫《きゅうはく》した生活をつづけているようなら、何か適当な方法を講じてもやろうと、あれこれと就職口《しごと》のことまで考えていたのに——。

久保田氏はいよいよ相沢の行方《ゆくえ》調べを断念すると、そろそろ寒さに向うので、師走《しわす》の声を聞かない中《うち》に、また伊豆の方へ出かけようとボツボツ支度《したく》にかかっていた。すると郷里の新聞に二度目の、そして最後の広告を出してから十日も経ったある日の夕方、それも冷い小雨の降る中を、突然、何の前触れもなしに相沢藤吉が訪ねてきた。

女中がもじもじしながら相沢の来訪を取次いだ時、いつものように夫人とたった二人の夕餉《ゆうげ》の膳に向っていた久保田氏は、その場に箸《はし》を投げ出すと、二三日来また軽い痛みを覚え出した脚部のことも忘れて、自分から玄関へ立っていった。

相沢の名は十分承知しているから、女中が変な顔をして取次いだのも無理はなかった。この寒空《さむぞら》にオーバも着ず、縞目《しまめ》もわからぬほどよれよれになった服をまとうて、小さい鞄と貧相《ひんそう》な帽子を手にしょんぼりと立っている老人の姿は、どう見ても物もらいか、押売《おしう》りの仲間としか思えなかった。遠慮深く、おずおずとして、お辞儀ばかり繰返す相手に、やっと靴を脱がして、あかあかと火の燃えている応接間に無理矢理腰を下さすまでにはかなりの手数と時間がかかった。

「よう訪ねて来てくれた。もう、君には会えないかと思って、実は諦めていたんだ。二月も前から広告を出しているんだが、どこからも何ともいってこないものでね」

　相見ざること四十年、その間、人生の荒波《あらなみ》にもみぬかれて、どこにも昔の面影をとどめぬほど、あまりにも変り果てた旧友の姿に、つくづく同情の瞳をそそぎながら久保田氏が労《いたわ》るように話しかけた。

「その広告を、実は昨夜のこと、修繕に出してありました靴が出来てまいりまして、それを包んであった古新聞で見ましたもので、大変おそくなりまして――」

　じゃ、今でもやはり新聞を読むことも出来ないような惨めな生活を送っているのか、それにしては蒼白《あおじろ》い顔こそしているが、案外元気らしく見えるし、昔ボールを蹴《け》った時分の敏捷《すばし》こさを思い出さす鋭い眼光もしているがと、久保田氏は幼友達に対する同情と昔を懐しむ気持で一ぱいだった。

「それも昔のままの名前でいましたら、自分で気がつかないでも、誰かが教えてでもくれたでしょうが、五六年前に名前を変えましたもので――」

「ホウ、名前を変えていたのかね？」

「へえ、何をしても面白くいかないもので姓名判断で見てもらいまして、健造《けんぞう》という名にいたしております」

「左様かな。それではいくら新聞広告をしても、誰も気がつかなかったはずだ。それで現在どこにいるんだね？」

「東京で食いつめてから八王寺の方へまいりまして、つまらぬ会社の集金人をやっておりますので――」

「八王子？　じゃ目と鼻の間だが、いつからそっちへ行っているね？」

「へい、もうどうこう十年にもなりましょうか」

「すると、僕に手紙をくれて間もない時分だね。いや、君を捜していたのも、実はあの手紙を十年も経って靴の底から発見したもので甚《はなは》だ相すまぬことをしたと思って、そのお詫《わ》びもいいたいし、久々《ひさびさ》で君の顔も見たいと思ったわけでね。とにかく、飯でもやりながら話をしよう。今夜は雨も降ってるし、まア着物でも着更えてゆっくりしてくれたまえ。何しろ二月も君の来るのを待っていたんだよ」

　久保田氏はめずらしく浮々《うきうき》した気持で、固くなって辞退する相沢に服を脱がせたり、風呂をすすめたりして、やっとのことで暖かい茶の間の食卓に対《むか》い合った。それも相手の気持を寛《くつろ》がしたいばかりに、夫人も混《まじ》えず、自分では足の痛みを我慢《がまん》しながら、わざわざ炉をきった日本座敷にしたのであった。

三

「君のことを思うと、真先《まっさき》に眼の前に浮かんでくるのは球蹴りのことだよ。三年生と四年生が二組にわかれて球蹴りをした時、君に敵《かな》うものは誰もなかったからな」

久保田氏は相手の気分を引き立たせようと二人に共通な昔の思い出を語りながら頻《しき》りと酒をすすめた。

「そういえば品原芳馬《よしま》というこれも元気な少年がいたね。憶《おぼ》えているだろう? これは木登りの名人だったじゃないか」

「ハイ憶えております」

「いつか学校からの帰りに目細谷《めぼそだに》の栗林《くりばやし》へ入って、品原を木の上へ登らして栗を盗《と》っているところを、中井先生に見つかって、翌日学校で後へ残されたことがあったっけ」

「ハア、そんなこともございましたな」

「あの中井先生ももう故《な》くなられたろうが、少年には恐い先生だったね。大きな竹の鞭《むち》をもって、他処見《よそみ》でもしているとビシビシ背中を打って廻ったたね。今時、小学校であんな手荒《てあら》いことをしたら、即刻問題を起すところだろうがね」

「あの先生は後に郡視学《しがく》さんになられたそうで——」

「そうかね、われわれはただ恐かったが、それだけによく出来た先生だったろうね。君はあの時の仲間でなかったかナ、一度、これも学校の帰りに四五人で喧嘩《けんか》をしているところを見つかって、翌日、放課後に教員室へ皆で呼ばれたのはいいが、学校の往復に喧嘩なんかするんじゃない。喧嘩をしたいならここでやってみい。それで勝った方が勝ち、敗《ま》けた方が敗け、先生が行司《ぎょうじ》をしてやるというんだ。考えてみれば乱暴な話さ。それで僕がいきなり目の前にいた一人を突き飛ばすと、それが誰だったか後へよろけて、そこにあった黒板の角へ頭をぶちつけて、わっ! と声をを上げて泣き出したものだテ。すると中井先生が僕を睨みつけて散々《さんざん》に叱りつけたんだが、子供心にも最初先生がいった勝った方が勝ちだという言葉が頭にあるものだから、中井先生が嘘を吐《つ》いたような気がして、その時のことが今でも頭にのこっているよ。勝ったつもりが、反対に叱られたんだから、よほど口惜《くや》しかったと見えるんだね、ハ、ハハッ——」

久保田氏はすっかり愉快になって、一人で話しつづけたが、相沢の方では相槌《あいづち》を打つばかりで、自分から古い昔の記憶を喚び返そうとはしなかった。一つ机に列《なら》んでお互に悪戯《いたずら》をしあった幼馴染《おさななじみ》でも、そこには五十年という長い歳月《つきひ》が二人の間に大きな溝を掘っている。こっちは打ちくつろいでかかっても、先方《むこう》ではやはり目の前の大きな溝が気になるであろう。久保田氏は無理もないことに思ってだんだんと話題《はなし》をくだけた方へ持っていった。

「君はどう思うかしらんが、僕は今の子供から見ると、総じてあのころの小学生は早熟《ませ》ていたような気がするんだがね。これは自分が年をとったので、昔を振返《ふりかえ》ってそんな風に思うのかも知れないが、しかし僕自身のことを考えてみても、十二、三という年齢《とし》でもう初恋といったようなものを知っていたんだからね」

「へえ?」

相沢がめずらしく面《おもて》を上げて、チラと主人の顔を見た。

「もっとも、それは尋常《じんじょう》科から高等科へ移ってからだが、それ同級生で町から来ていたお林《りん》さんというのがあったろう」

「ハア、上町《うえまち》の薬種屋《やくしゅ》の娘で伊藤という——」

「そうそう、あの娘だよ。尋常科をすむと我々《われわれ》はお土居前の高等小学へ、女の子は今もあるかどうか柳瀬《やなせ》山の麓《ふもと》の補習学校へ通っていたんだろう。それで高等へ通う僕と毎朝、それもきまって麓の切通《きりとお》しで出会《でくわ》すようになったんだが、それが可笑《おか》しいものでいつとはなしにお林さんの顔を見ると、僕の方で何というか、そうそうよれるという言葉があったね。つまり顔を合わすと羞《はに》かむような気持になって、後にはこっちから相手を避けて通ったものだよ」

「へえ、そんなこともございましたかね。私は高等へは参りませんでしたので——」

「そうそう、君は尋常科きりだったからね。それで面白いじゃないか、会うのが厭《いや》ならぐっと廻り道でもすればいいものを、顔は見たいんだね。それで切通しまでいって、前方《むこう》からくるお林さんの顔を見ると、ついと切通しの裏手へ、わざわざ小径をとおって逃げ込んだものでね。それも友達に変に思われないために、切通しの裏手に小さい滝があったろう、あの滝に氷柱《つらら》が垂れ下っているのを取りにゆくといって口実《こうじつ》までこしらえたものだ。それでも終《しま》いには友達に感づかれてひどく冷かされたことを覚えているがね」

「左様でございますかね。あの女《ひと》は若いころは綺麗《きれい》な方でございましたね」

相沢が盃の縁をなめるようにして、低い声でいった。酒は強いのか弱いのか、すすめられるままにチビリチビリと飲んだのがいつの間にか顔《かお》に出て、蒼白かった顔面にぽうッと赤味がさしていた。

「細面《ほそおもて》の美人型だったね。綺麗だったからいいところへ縁づいたんだろうね?」

「それが――人の話でしたが、海軍の軍人さんに縁があって片づいたそうですが――」

「ほウ、海軍の軍人というと? やはり国の者かね?」

「いえ、広島の人とかいう話でございますが、その旦那様が早く故くなられて、子供がなかったので一時実家へ帰っておりましたが、その頃はあの薬種屋も駄目になりましたもので、何かで身を立てるつもりで東京へ出たんだそうでございます」

「ほ、ほウ」久保田氏は珍らしく相手の口が綻《ほころ》びかけたのと、一つには自分の記憶の底に夢のようにのこっている美しい少女の思い出にひたりながら、すっかり朗《ほが》かになって、促すように後を訊いた。

「それでどうなったんだろうね?」

「ハア、それが人伝《ひとづて》の話でございますが――」

相沢がそこまでいった時、後の襖《ふすま》が開いて違った女中が閾際《しきいぎわ》からしとやかに、「お手紙でございますが」と手にした二三通の手紙を差し出した。久保田氏はろくろく振向きもしないで、

「いいから、書斎のテーブルの上へ――」

軽く顎《あご》で命じると、すぐまた相手の方へ視線をうつした。

「それで東京へ出て裁縫《さいほう》の学校とかへ通っております中に、相手が出来て、その男としばらく一緒に暮していましたが、元来、それが性質《たち》のよくない男で、間もなく別れてしまい、それからは当人も自堕落《じだらく》になり、終いには東京の場末で客商売の店に出ていたとか聞いておりますが、それからどんな風になりましたやら、そんな話を聞いたのも最早大分古い話で――」

「それは気の毒な話だね。僕はまた今頃は素封家《そほうか》の御《ご》隠居《いんきょ》さんにでも納まっているかと思ったが、つまり昔からいう美人薄命《はくめい》という部類だろうね。何にして、もういいお婆《ばあ》さんになっていることだろう。こっちはそろそろお爺《じい》さんになりかかっているのだから、――ところで昔話もいいが、君は今何にをしてるといったかナ?」

「怪しげな田舎の無尽会社の――」

「ああ集金係という話だったね。それで妻君と子供さんが二人か。子供が大きいといいが十四や五では、なかなか楽じゃないだろう。で、何か君に適当な職業をお世話して上げたいと思っているんだが、それはまア朝の話にして、雨も降ってるし今夜は宿《とま》ることにしたまえ。いいだろう、家の方は――」

相沢藤吉は御馳走《ごちそう》になった上に、そんな厄介《やっかい》までかけ

てはとひどく恐縮しながら、晩《おそ》くまで省線電車があるからと固辞《こじ》していたが、久保田氏はそれを無理矢理に説き伏せて、それからまた一しきり昔話に耽《ふけ》った後で、相沢を寝室に案内させ、自分は書斎へ入って、先刻女中がおいていった手紙に目を通すと、そっと相沢の部屋をのぞいて、

「用があったらいつでもベルを鳴らして、女中を起してくれたまえ。手水《ちょうず》はわかっているだろうね」

「ヘイヘイ、もう何から何まで、こんなにしていただきましては罰《ばち》が当ります」

相沢はふかふかとした夜具の前にきちんと膝を折って、感謝の言葉を繰返した。

「いや、お蔭様で愉快だったよ。これで僕も気持が晴々《はればれ》してゆっくりと寝られそうだ。じゃお寝《やす》み――」

久保田氏は静かに襖を閉めて自分の部屋へ引きとった。

四

それからものの一時間も経ってである。

もうとっくに夢路を辿《たど》っているはずの相沢藤吉が、むっくりと起き上って、しばらく凝《じ》っと聞耳《ききみみ》を立てていたと思うと、やがて夜具の中から這《は》い出して、部屋の片隅のみだれ箱に入っているよれよれの服と着更え、鞄を手にそうと襖の外に抜け出した。そして仄暗《ほのぐら》い廊下を猫のように足音を忍ばして、突当りのドアを開けると、そのまま書斎の中に消えていった。

懐中電燈の光線が、真暗《まっくら》い書斎の一隅《いちぐう》にある硝子《ガラス》張りの棚を円《まる》く照した。その棚の上には刀剣《とうけん》好きの久保田氏が、数千金を投じて蒐《あつ》めた専門家仲間でも評判の刀剣の鍔《つば》が整然と二段に列び、最下段にはこれも名匠の手になった業物《わざもの》らしい二口の短刀が刀架にのせて飾ってあった。

電燈を片手に、棚の前に近づいた相沢藤吉が、その前に踞《かが》んで片膝をついたと思うと、小さい針金をもった右手の指頭がすばしこく動いて、硝子戸の錠前がコトリと外れた。同時に、棚の上の金銀細工が片っ端《ぱし》から一つ残らず手許《てもと》の鞄に運びこまれた。最後には刀架の上の短刀までも――。

飾棚の前を離れた彼は、更に部屋の周囲を見廻して、目につく限りの貴重な品を物ほしそうに眺めていたが、遂に思いあきらめたか庭に向いた硝子戸の方へ歩み寄って、そっとカアテンを引き開けた。

と、その途端、カチッとスイッチの音がして天井のシャンデリヤが真昼のように部屋を照した。

ハッとなって振返った相沢藤吉の目の前に、廊下のドアがサッと開いて、パジャマ姿の久保田氏が短銃《ピストル》を右手に、こっちを向いて立っていた。

「狼狽《うろた》えなくともいい！」

久保田氏の声が森《しん》とした書斎の中に重々しく響いた。

「君が贋物《にせもの》だことは承知していた。だから眠《ね》た風をして起き出してくるのを待っていたのだ。まず、その鞄の中のものを、元のところへ返したらどうだ。交渉《はなし》はそれからのことにしよう」

相手が悄然《しょうぜん》として飾棚の前に引返して、鞄の中から短刀や錺を取出すのを、傍《かたわら》から監視していた久保田氏が、

「それで全部《すっかり》だね。よろしい。それではこっちへ向きたまえ。立つなり、腰かけるなりそれは自由だ」

自分は傍の椅子に腰を下して、手にしたピストルを目の前の円卓《テーブル》にのせながら、汚い帽子を手摑《てづか》みに、さすがに面《おもて》を得上げず突立っている相手に向いて、

「君が相沢藤吉の贋物であると知ったのは、たった一時間前だ。正直なところ、それまでは真物《ほんもの》だと信じ切って、衷心《ちゅうしん》から歓待していたのだ。君の方でもまたそれに応えてうまく芝居を打ったのだ。それがどうして贋物とわかったか、君は不思議に思うだろう。誰に聞いて来たか、君がいい加減な作り話をしていた時、女中が手紙をもって来たのを君も傍から見ていたはずだ。飯をすましてからあの手紙を見ていると、中に真物の相沢藤吉が朝鮮から寄越した手紙があったのだ。七、八年前、彼地へ渡ってある農場で働いているが、内地の新聞なんか一向に読まないもので、あの広告も他人《ひと》から教えてもらうまで気がつかなかったと十年前の手紙と同じ筆蹟で書いてあるのだ。はてナと思った。ふと思い出したのは相沢藤吉の上唇に小さい黒子《ほくろ》があったことだ。五十年という月日は人間の面貌《かお》も姿も性格までもかえてしまうかもしれないが、唇についた黒子だけはまさかに失くなるはずはあるまい。そう思ったので、僕はわざわざ君の寝床へ黒子の実検に出かけていって、いよいよ贋物だと確かめたのだ。だから、その場で警察を呼んで引き渡そうかと思ったが、そうなってみると僕の方でも意地悪く、君が贋物に化けて訪ねて来た目的を突きとめてからでも遅くはない、それと一つには君に訊いてみたいと思うこともあったのだ……」

相手は面を伏せたまま、野天にさらされた案山子《かかし》のように、身動きもしないで立っている。

「今現場を捕えて、君の目的はハッキリとわかった。で、その方はいいとして、僕が君に訊きたいというのは、君の経歴――つまり素姓《すじょう》だ。どうせ臭い飯を食った

兇状《きょうじょう》もちには相違あるまいが、それにしてもやはり同じ郷里の者だろう?」

「何とも申訳ございません……」土色をした相手の口唇《くち》《もと》からかぼそい声がやっともれた。

「本籍《ほんせき》は埼玉の方でございまして……」

「埼玉? それにしては僕の郷里のことを多少とも知っているのはどうした理由《わけ》だ、町の名も知っているし、それに話に出たあの女が薬種屋の娘だなどということをどうして知っているのだ?」

久保田氏は目の前にいる男の影にきっと糸をひいている何者かがあるのだ、しかもその男は自分と相沢との関係や薬種屋の娘のことまで知っている者に違いない、そしてそれは恐らく同郷か隣村の自分と同じ年輩の姓名《なまえ》を聞いたらあるいは記憶の底から思い浮んでくる人間かもしれないと思ったのだ。

「どうして知っているか、誰に聞いたかいえないかね?」

相手が俛垂《うなだ》れこんだまま、容易に口を開きそうにもないのを見て久保田氏がじれじれした風で繰返した。

「有りのままにいってしまえばだが、でなければ警官を呼ぶだけの話だ」久保田氏はそこまでいって、じいと相手の顔を見ていたが、今度はいくらか声を和《やわ》らげて、

「僕は君に洗いざらい泥を吐《は》かしておいて、まだその上警察へ突き出そうというのではないのだ。何も持っていかれたわけではないし、それに僕としても泥棒に御馳走したなどといわれても、あまり名誉な話でもない。だから、改めて僕から交換条件を持ち出そう。君があっさり僕のいうことに返事をすれば、何もいわずに赦《ゆる》して上げよう。それが出来ぬとあれば詮方《しかた》がない——」

「何んとも申訳ありません、実は——」

ぐっと頭を低《さ》げてお辞儀をしながら、蒼白い顔をちらと見せたが、面目《めんぼく》なげにまた下を向いて、

「実は先刻《さきほど》お話に出ましたあのお林が——」

「あの女を知ってでもいるというのかね?」

「ハイ、実はあれが私の家内でございまして——」

「へえ?」

久保田氏が自分で自分の耳を疑ぐるように目を瞠《みは》った。

「それは真実《ほんと》の話かね?」

「この上作り事は申し上げません。彼女《あれ》について先ほどお話ししましたことはみんな真実のことで、東京へ出て来て裁縫の勉強をしている時分に、善くない男にひっかかったと申上げましたその男は私のことでございます。……私も元来《もともと》からの悪人ではなく、真面目《まじめ》に医者の勉強をいたしておりましたのが、彼女《あれ》を喜ばしたいと思って、

つい他人《ひと》様のものに手を出すことを覚え、とうとう深入りをしてしまいまして――」

「フム、それで今もあの女《ひと》と一緒にいるのかね？」

「ヘイ、可哀相《かわいそう》に彼女《あれ》にも長い間ひどい苦労をさせまして――」

久保田氏はどういっていいか合せる言葉もない風で、黙って卓《テーブル》の上の煙草をとった。何だか聞かでものことを聞いてしまって、今更耳を掩《おお》うてみても始まらないような気持だった。

「それでは、君の細君《さいくん》の指金だね、僕のところへやって来たのは？」

煙草を一ぷくすうと、久保田氏が椅子の背にぐっと倚《よ》りかかりながら、急に気の抜けたような語調《こえ》で訊いた。

「いいえ、彼女《あれ》は元から堅気《かたぎ》な女で、始終《しじゅう》私に真人間になってくれと申しておりまして、……今度のことでも彼女《あれ》が新聞を見まして時々お噂《うわさ》をしますもので、私がそれとなくお二人の関係をいろいろとたずねますと、もう感づいたと見えて、もしお二人の御迷惑《めいわく》をかけるようなことがあったら、今度こそ自分で警察へ訴えて出ると申しましたほどで……実は彼女《あれ》にも面目ないことと思っております、……それも長い間の関節炎《かんせつえん》で、臥《ふせ》っておりますのに……」

面も得上げず、潤《うる》んだ声でとぎれとぎれにいって身動きもしない相手の様子を瞶《みつ》めながらじいっと考えこんでいた久保田氏が、無言のままつと椅子から起《た》ち上った。そして吸いさしの煙草を灰皿に投げ込んで、目顔で相手を促しながら、ドアを外に、内玄関の格子戸《こうしど》を細目に開けると、暗い夜空を仰ぎながら、

「雨もどうやら上ったようだ――」

と低い声で呟いた。

評論・随筆篇

シャグラン・ブリッヂのあそび方

シャグラン・ブリッヂは森下雨村氏発案の新しいカードの遊び方で森下氏はじめ本誌でお馴染の江戸川乱歩氏や、その他の探偵小説家の間には近ごろ非常な流行を極め、倶楽部《クラブ》まで出来ている位です。乞《こ》うてその遊び方を広く一般に御紹介することとしました。ついでですがシャグランとは「煩悶《はんもん》」「憂愁《ゆうしゅう》」などを意味するフランス語で、ゲームに敗《ま》けて歯がみして口惜《くや》しがる敗者の煩悶ぶりを形容して名づけられたものです。

これは四人一組でやるカードの遊びで、われわれはブリッヂと呼んでいますが、遊び方はどっちかというとポーカーに近く、麻雀《マージャン》にもよく似た所があります。しかし原則は甚《はなは》だ簡単なものです。が、技が進んできますと、対手の手を読んだり、術策を弄《ろう》したり、得もいわれぬ妙味が生じてきて、一度手を覚え込んだら、どうしても止められないというほど面白いものです。初めからそう込み入った事も説明出来ませんから、まず遊び方のアウトラインを書いてみましょう。

遊方の概略

適宜の方法で親をきめます。（二回目からは勝った人が親になります）親に当たった人はよくカードを切り、次位の人に手を入れさせ左廻りに七枚ずつ配り、余ったカードは一まとめにして真中に伏せます。これが場札です。（この時に一番上の札だけ表を向けて置く方が興味があります）親はまず一番上の札を取り、手の札の不要なのを一枚捨てます、次ぎの人は親の捨てた札が欲しければ拾うし、欲しくなければそれを伏せて、場の札を一枚めくります。無論めくった札は見せないのです。そうして手の内の不要な札を捨ます。（めくった札が不要なら、そのまま捨てて宜《よろ》しい）次ぎの人はまた前の方法を繰返します。こうして順次に廻って行くうち、各自は手の七枚の札を段々替て行って、ある組合せをこしらえるのです。

札の組合せ

札の組合せ方は二通りあります。一つはキングとか８とかいう札を三枚または四枚そろえる事（横のそろえ方）一つは同じ印の札、例えばクラブの札を自然数の順序に三枚以上そろえる事（縦のそろえ方）即ちクラブの７８９とそろえるとか、クイーン、ジャック、10とそろえるとかするのです。エースは２にもキングにも続きます。２１キングで三枚の組合せが出来る訳です。念のために申し添えますが、この数のそろえは必ず同じ印の札でなくてはいけません。

ストップ

縦横いずれのそろえ方でも四枚以上の組は役となり、十五点を得ます。（点数の計算及び役（オナー）の事は後に述べます）手の札が三枚の組と四枚の組とが出来るか、或《あるい》は後に述べるように三枚の組が二組と、残る一枚が下された組につくとか（三枚以上の組合せは下す事が出来るのです）とにかく手の札七枚が残らず下せる場合

よこのそろえ方　たてのそろえ方

には、ストップと声をかけて競技をやめさせ、ストップをかけた人がその回の得点を占めます。最終回までストップがなければ最後に残った点数の最も少い人がストップになります。同点の時は点の一番低い札を持っている人がストップでこれまた同じならばスペード、ハート、ダイヤ、クラブの順できめます、七枚の札は必ずしも一時に下さなくても、幾回に分けて下しても好いのです。

捨てる札、拾う札

少し練習してみましょう。競技の初めに前の人がハートのジャックを捨てたとします。この時自分が外《ほか》にジャックの札を二枚持ってるとか、ハートのクイーンと10を持っているとかいう場合は横縦いずれかの組が出来ます

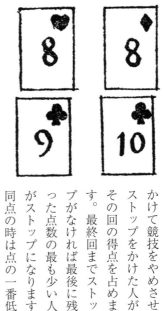

から喜んで拾います。（もっとも政略上しぶしぶ拾う事もあります）その他の場合は拾う事はよほど考えねばなりません。時に上位の人を胡麻化《ごまか》すために、或は手詰りにさせるために、全く少しの必要もないのに拾う事がありますが、これは初心のうちは無理です。また前述のハートのジャックを上位の人が捨た場合に戻りますが、この際手にジャックを一枚持っているとか、或はハートのクイーンを持っているか、つまりハートのジャックを拾ったために、縦横いずれかの二枚組が出来るに過ぎない時にはまず拾わない方が好いのです。これはジャックを拾えば、上位の人はもう決してその附近の札はくれませんし、手が見えすいていけないのです。但《ただ》し手に一枚ジャックを持っている時に、ハートのジャックを場から引いたとすると無論持っていて好いのです。この際はジャックを二枚持っている事は誰も知らない事なのですから。で拾って好い場合は、すぐ三枚組が出来るか、さもなくば横縦ともに二枚組が出来る場合、即ちハートのクイーンとスペードのジャックを持っている時にハートのジャックを拾えば、このジャックは横縦共に役に立ちます。こうして置けばクラブまたはダイヤのジャックが手に入るか、ハートのキングまたはハートの10が手に入るか、三枚組が出来るのに四つの場合がある訳です。

前述の場合ハートのジャックが欲しくなければ、これを伏せて、場の札をめくります。そうして不要の札でなるべく次位の人の欲しくない札を捨ます（次位の人の手は二三回廻るうちにほぼ想像がつきます）自分の捨る札は皆の人が見ていますから、なるべく自分の手を見すかされないようにしなければいけません。例えばダイヤの8を拾って、クラブの8を捨たりしますと、拾った8は縦に続くという事を見破られます。またダイヤの10が欲しい時に外《ほか》の10を捨たり、ダイヤのジャックを捨たりして、上位の人に安心してダイヤ10を捨させるのは常套《じょうとう》手段《しゅだん》です。

こういう風にして上位からは欲しい札を貰うように、次位には欲しい札を遣らないようにして、一番早く手の札を揃えればよいのです。

下す事

前にちょっといいましたように三枚以上の組が出来れば下す事が出来ます。例えば8が三枚揃ったりスペードの567と揃ったりすれば下す事が出来るのです。しかし出来さえすれば下すというわけには参りません。第一には四枚そろうと役になって点が貰えます。ですから8

が三枚揃ったとしても、もう一枚の８がどこへ出るか待つ必要があります。殊に４５６と縦にそろっている場合には３が来ても７が来ても役になりますから一層待つ必要があります。第二に下手《へた》に下すと、つぎに述べるように対手につけられる恐れがあります。ですから容易に下せないのですが、さりとて下さないでいて誰かにストップをやられると、にぎった札の点数だけマイナスになりますし（８三枚の場合はマイナス二四点です）それにこれも後に述べるようにジョーカーという剽軽《ひょうきん》な奴がいて、いつ何時《なんどき》どんな札の身代りになって出るか分りませんから、ジャックの札を三枚にぎって澄ましている時に、ジョーカーがそのうちの一枚のジャックになってクイーン、キングとくっつけて下されると、ジャック三枚の組合せは忽ち破壊せられてしまいますので、時機を見て下さねばならないのです。

つける事

つけるという事はこの遊びの大変面白い点です。つけるというのは三枚なり四枚なりの組が場に下してあった場合に、それにつながる札はそれへつけられるという事なのです。例えば８三枚の組が下してあればそれへもう一枚の８がつきます。ハートの２３４の組へはハートのエースと５がつきます。５がつけられると、その上へ６をつける事が出来ます。これは誰でも自分の順番の時でありさえすれば出来るのです。ですから前にちょっといいましたように手の札が三枚組と四枚組にそろわなくても、三枚組が二組出来て、残る一枚がどこかへつけばストップになる訳です。三枚組二組をじっと握って、三枚組のいずれかへ続く札をめくり当てるか、拾うかすれば忽ち役づきストップにするし、そのうちに誰かが下して、それへ残る一枚がついてもストップという風に、虎視《こし》眈々《たんたん》としている時は実に愉快な事です。しかし、この際もし誰かにストップを先んじられたら、さぞ悲鳴を上げる事でありましょう。

このつけるという事のために札は容易に棄てられません。誰かがクラブのジャックを拾ったとします。それが縦横いずれの組にそろったか分りませんが、自分の手に他のジャックの札を持っているとか、或はクラブの10を持っているとかしたら、いずれとも見極めがつくまで棄てられないのです。（対手の手を見極める事はつくという事のみならず、どういう札が自分の手に来るかという事を知る上に非常に必要な事です。例えば自分の前側の人が８三枚を集めたようでしたら８の札を持つという事は甚だ愚ですし、上位の人にクイーン三枚の組が出来たとすれば、ジャックは不用な札ですからくれるかも知れません。また次ぎの人に10が三枚揃ったとすれば10の札はやる事は出来ません）また場にエース、キング、クイーン一揃いが下された時に同種の3及び10の札は容易に捨られません。何ゆえなら2及びジャックがつけば、それぞれその上へつける事が出来るからです。ただし2なりジャックの札なりがすでに出ていれば持つ必要はありません。またこういう事があるためにつけるという事も容易に出来ないのです。前述のエース、キング、クイーンの一揃いにあわててジャックをつけると、10を持っている人にストップをさせる事があります。また実際エースを持っている人が、態《わざ》とクイーン、ジャック、10の組を下し、キングをつけさせて、ストップしようというトリックはよく使われる事です。以上の説明でも場に出た札や拾われた札は、十分覚えていなければならぬ事がお分りでしょう。ところがジョーカーにぶつかるといよいよ記憶の必要を感じるのです。

戯《ぎ》　牌《はい》

ジョーカー（戯牌）はこの遊びに実に微妙な働きをするもので、これがなかったらこの遊びの興味は大半なくなるといっても決して過言《かごん》ではありません、ジョーカーはいかなる札にでも代用出来るのです。但しすでに場に棄てられて伏せられた札や一揃いになって下された札、またそれにつけられた札には代用する事は出来ません。と同時にジョーカーによって代用せられた札は無効になります。これは縦の関係の場合、例えばジョーカーをキングに代用してクイーン、ジャックとつけて下した時にその印のキングが無効になるのは明瞭ですが、横の関係の場合、例えばジョーカーをクラブとハートのキングにつけて、キング三枚としておろした場合に、残ったキングのスペードとダイヤのいずれが無効になるかという事はちょっと複雑です。この場合はいずれか一枚後に残った方が無効になるので、もしスペードのキングがジョーカー外二枚のキングの組合せにつけられたら、ダイヤのキングが無効になります。もしダイヤのキングがつけられるなり、揃いの中に這入《はい》って下されたりすれば、スペードのキングの方が無効になります。

　ジョーカーの働きは絶大ですから、これを得た人はストップの機会が非常に多いのですがジョーカーの値打は変通自在にありますから、あまり早く代用して下してはつまりません。早まって下して、よくその後からジョーカーに代用さした札をひく事があります。その時まで待っていればジョーカーは外の札に代用出来たわけですからストップの機会が十分あったわけです。かといってジョーカーを握っていて他の人にストップされると後に述べるようにマイナス三〇になりますし代用しようと思っていた札を飛んでもない所で棄てられてしまうとギャフンと参るのです。例えばキングとジャックを持っていてジョーカーを中に挟んでクイーンに代用して下そうと思いながら、愚図《ぐず》ついているうちに、次位の人にポンとそのクイーンを棄てられると、万事窮《ばんじきゅう》すでキングもジャックも役に立たなくなる事があります。また8二枚とジョーカーとを持っている時に、前側あたりで8を一枚棄てたとしますと、もう8は一枚よりありませんから、ウカウカして、また8を棄てられると、手の8が二枚ながら駄目になりますから、そういう時は早くジョーカーを出ない8に代用して下さなければなりません。しかし出来るだけジョーカーは長く持っているのがよいのです。

ジョーカーの力があまり強いので、その勢力に二三の制限が加えてあります。ジョーカーは初めの一廻りと最終の一廻りは無効です。但し最終回（場の残り札が四枚になった時）に這入って、初めてジョーカーが出た時は、引当《ひきあ》てた人に限り有効です。もう一つ、ジョーカーはスペードの3が場に下された時（3三枚の組或は234という風に）無効になります。但し3が場ですたって終った時や、つけられた時はジョーカーは無効になりません。

役の事

度々《たびたび》いいましたように、縦横いずれにしても四枚組をこしらえれば役としてプラス十五点です。絵札を四枚集めた時に限りダブル・オナーとしてプラス三十点です。七枚すっかり揃った場は大役（グランド・オナー）としプラス一〇〇点です。なおストップの際、他の三人のマイナス合計が一二〇点を超える時はオナーになります。ストップを続けて三回取ればこれまたオナーになります。このオナーは後に述べるように吟味《ぎんみ》方に非常に関係してきます。

失策の場合

ジョーカーの使用を誤った場合、例えばすでに無効であるのに使うとか、すでに出た札に代用した場合はその人にマイナス五〇点を附し、その回を没収してやり直します。ジョーカーに代用されて無効になった札を使用した場合も同様です。ちょっと注意しておきますが、ジョーカーがキング二枚と共に下された場合に、すでに一枚キングが出ていれば残ったキングは当然無効です。その他続かない札を下したり、規則を破ったりすれば、すべてマイナス五〇点で没収です。この場合にも役は役として認めることになっています。

待ったなしの事

競技中は絶対待ったなしです。札を棄ててからつぎの人が拾いそうなので、あわててひっ込めるなどはいけません。札を打出《うちだ》したらもう終《しま》いです。打出す前によくよく考えて、下すべき組は下し、つけるべき札はつけてしまい、しかる後札を捨るのです。

次ぎに点数の事を述べましょう。それには左の点数表を見て下さい。

例一　第一回はAがストップをしました。（●はストップの記号です）その時、Bは三九点、Cは二七点、Dは三八点に相当する札を握っていたので、それだけマイナスとなったのです。（マイナスの記号は省きます。なお札の点数はジョーカーは三十点絵札は各一〇点他は札自身の点数だけです）第二回はCがストップをしまして他は表にある通りの負点《ふてん》です。第三回はDのストップです。左半分にある数字は第二回の負点の合計です。第四回の右半分がこの回の成績で、ストップはありません。最後においてBの負点が最小だったので、ストップになりました。五回目の左半分は前回までの負点合計です。この回はBのストップで、H印は、役（オナー）をとったので、即ちプラス十五点です。十二回にDのH印が二つあるのはダブルオナーの印でプラス三〇点です。

役（オナー）（十五点）

ジョーカーを使ったそろえ方

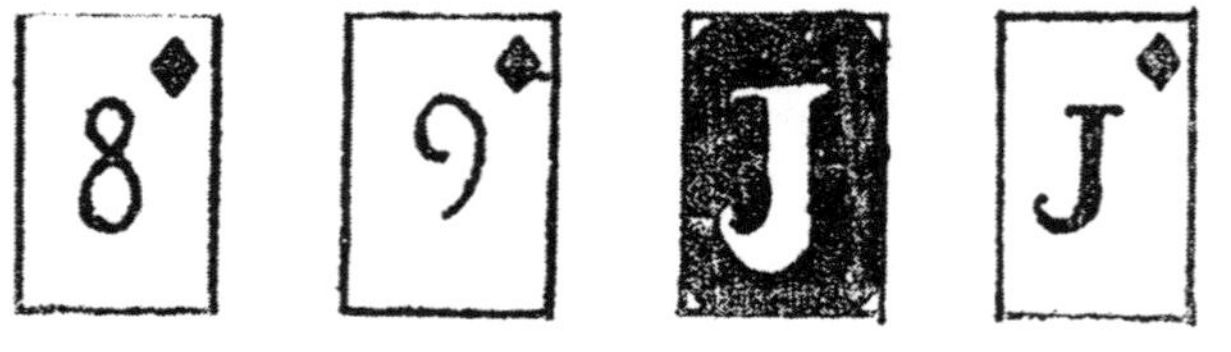

競技は十二回で一段落です。十二回の終りにAはマイナス合計二六九点、役なし。Bは二四八点、役の十五点

シャグラン・ブリッヂの採点表

（例一）

	1/2	3	4	5	6	7	8	9	10	11	12	T		
A	0● / 33	33 / 19	52 / 10	62 / 14	76 / 10	86 / 40	126 / 42	168 / 29	197 / 31	228● / 1	229 / 40	269 / 〃	−149 −100	−249
B	39 / 33	72 / 19	91 / ●2	93● / H0	93 / 23	116 / 27	143● / 0	143 / 36	179● / 0	179 / 5	184 / 64	248 / 233	−113 +100	−13
C	27● / 0	27 / 15	42 / 10	52 / 36	88 / 20	108● / 0	108 / 9	117● / 0	117 / 24	141 / 19	160 / 29	189 / 〃	−69 0	−69
D	38 / 10	48● / 0	48 / 8	56 / 35	91● / H0	91 / 31	122 / 14	136 / 24	160 / 17	177 / 9	186● / HH	186 / 141	331 0	+331

（例二）

	1/2	3	4	5	6	7	8	9	10	11	12	T		
A	6 / 36	42 / 2	44 / H23	67 / 42	109 / 38	147 / 40	187 / 20	207 / 41	248 M / H19	317 / 37	354 / 24	378 / 348	−228 −300	−528
B	2● / 19	21 / 29	50 / 5	55 / 34	89 / 40	129● / 0	129● / H0	129 / 15	144 / H8	152 / 42	194 / 31	225 / 195	−75 0	−75
C	16 / 39	55 / 30	85 / 42	127● / H	127● / H	127 / 13	140 / 21	161 / H8	169 / 12	181● / 0	181 / 24	205 / 160	−40 0	−40
D	7● / HH	7● / H	7● / H	7 / 31	38 / 20	58 / 37	95 / 7	102● / 0	102● / 0	102 / 20	122● / 0	122 / 62	343 300	643

を差《さし》ひいて二三三点。Cは一八九点の役なし。Dは一八六点、役三つ四十五点を差《さし》ひいて一四一点となりました。

毎回のかけ高（これは随意《ずい》に競技者がきめてよい訳ですが、参考までに書きます）二五点ずつ十二回で三〇〇点です。ストップは全かけ高を得ますから、一〇〇点になります。ですから三回ストップがあれば零《れい》で、それよりストップ一回増す毎に一〇〇点ずつ増し、ストップ一回減る毎に一〇〇点ずつマイナスになります。毎回の負点合計からは一回につき一〇点ずつ、つまり一二〇点を減じ、その差額を出させ、四人のうちの一人の最低点の人が吟味料として取ります。この競技ではDが最低点で、ABCよりそれぞれ一四九点、一一三点、六九点、合計三三一点を得ました。各個について調べますと、Aは二回しかストップがないので、これがマイナス一〇〇点、外に吟味に取られるのが一四九点で、合計二四九点のマイナスです。

これによって、この遊戯はストップを取る事と、外に毎回の負点を少くする必要のあるのがお分りでしょう。

例二　これは圧倒的勝負の例です。御覧の通りAはストップなしで、これが三〇〇点のマイナス負点が合計三七八点、役をひいて三四八点、それから一二〇点をひいて二二八点のマイナス、合計五二八点のマイナスです。

十回目のM印（ミステークの意）は失策のため、負五〇点を附せられたのです。これに反してDは圧倒的の勝利で、ストップ六回を占めています。

五人以上の場合

ちょっと断っておきますが、この遊戯は初めにいったように四人の遊びですが、五人でも出来ます。第一回は適当な方法で一人が退《しりぞ》き、二回目から前回のマイナスの一番おおい人を退かせ、退いていた人を入れます。そうして退いていた人にはその回の負点の平均点を与えます。退いていた人には毎回の賭高二十五点は免除します。六人七人でもこの方法で退かせれば好い訳ですが、興味は薄くなります。

札の記憶

以上の説明でお分りのとおり、この遊戯では出た札を覚えている事が一番肝要です。初心のうちは自分の棄てた札のうち次ぎの人に拾われたもの位しか覚えていませんが、実は上位の人の拾った札を覚えていないと、上位の人が何を作りつつあるかという事が分りませんから、従ってどんな札を棄てるだろうかという見当がつかなくなり、自分の手をどうしようかという方針が立ちません。また向う側の人の拾った札も覚えていないと、つく札の見極めがつきませんし、向う側の人と自分とが作ろうとしている組合せがかち合っていても気がつかない事が出来ます。対手の手の見当《あ》てをつける一例を挙げますと、仮りに向う側の人がクラブの10を拾ったとする。それだけでは10が三枚揃ったのか（四枚そろえば役になり、かつもう札はないのですから。まあトリック以外は下す訳です）或はクラブの８９10と揃ったか、９10ジャックと揃ったか、10ジャック、クイーンとそろったか、或はまだ二枚しか揃わないか、それともトリックにひろったか分らないのです。ですが、二三回廻るうちにだんだん分ってきます。一番分り易いのは場に10が一枚出てもまだ握っている場合です。この場合に10三枚の組なら持っていた所で仕方がないから、必ず下すでしょう。下さない所を見ると10を含んだ縦の組合せに相違ありません。しかるに同じ印のクイーンはすでに出ているし、自分の手に8があるとしましょう。そうすればこれは９10ジャックの一聯《いちれん》に相違なく従って自分の手の8はそれが下されたらつく札です、とこういう風に推測するのです。

もう一歩進みますと、拾う札と共に棄てる札にも気を配らねばならぬ事が分ります。拾う札は胡麻化しが利《き》くのです。また実際技が少し熟してきますと、赤い札が欲しい時に態と黒い札を拾って見せて、黒札を棄てるのを牽制《けんせい》する事もあり、大きい札の欲しい時に態と小さい札を拾ったりする事があります。ですが棄てる札は胡麻化せません。次位にやれない札を持っているので、犠牲になってやむを得ず自分の要《い》る札を棄てる事はありますが、まず普通の場合は不要の札から棄てます。ですから棄てる札で対手の手が十分読める訳です。どうしても三人の対手の棄てる札、拾う札をすっかり覚えていて、対手の手を推測出来なければ駄目です。花札や麻雀では出た札が皆表向きになっていて一目瞭然《いちもくりょうぜん》ですが、この遊戯にはジョーカーというもののある関係から皆伏せますから、この点は中々面倒です。しかし初心のうちは申合せて表向きにして置いても宜しいのです。

二枚札の見限り

これは大分高等政策になりますが二枚札の見限《みきり》という事はなかなかむつかしい事です。二枚札というのは10を二枚とか、或はクラブの８９と持っている場合で、初めから10を二枚持っているがどこへも10が出ないという時には誰かの所に他の二枚が集まっているのです。そういう時はいい加減に見切って一枚棄てて見ます。幸い次位で三枚そろえばもう一枚の札はつけられます。これは時機を見る事がなかなかむつかしいのです。また８９と続いて前後がさっぱり出ない場合にはどこかに三枚続きが出来ていますから、辛抱していると二枚そろってつく事が多いのです。これらの事は練習の上でないとちょっと呑み込めません。

雑則

この外に二三雑則がありますから挙げておきます。

一番はじめの場札、即ち上向きになっている札がジョーカーの時には無論親が取って宜しい。この際は他の人々は共同策戦でこれを殺そうとして差支《さしつか》えありません。即ち３の札を捨たり、スペードの２や４を捨て、極力スペードの３を含む組を作らせようとするのです。

以上の外には絶対共同策戦を許しません。しかし二枚札を一枚打出すのはやむを得ませんし、最後に自分の手を少しでも少くするために一番大きな札を棄てるのは、よしそのために次位の人がストップをする事が分っていても差支えありません。

最後の回に這入った時、もし場の札をめくるともう自分の所へ廻って来ない、ところが自分は他の人に下さしてつけたい札を持っている時には、上位の人の棄てた札をそのまま廻して差支えありません。ただし同じ札については一廻りに限りますから、初めの捨て主まで廻れば、その人は札を替るか、しからずば場の札をめくらねばなりません。

探偵新作家現はる

この頃読んだものの中《うち》で、非常に興味深く感じたのは、アメリカの新作家ヴァン・ダイン氏（S. S. Van Dine）の探偵小説である。探偵作家としてのヴァン・ダイン氏の出現は、つい最近のことで、その作品は僅《わず》かに左の四篇しかない。

1　The Benson Murder Case.（一九二六年十月、紐育《ニューヨーク》スクリブナー出版）
2　The Canary Murder Case.（一九二七年七月同前）
3　The Greene Murder Case.（一九二八年三月同前）
4　The Mothers Goose Murder Case.（予告あり、恐らくもう出版されたことであろう。この他、目下《もっか》アメリカン・マガジン十月号から The Bishop Murder Case. を連載中）

この中「ベンソン事件」は、品切れででもあるのか、手に入らず、読んだのは「カナリア事件」と「グリーン事件」及び「ビショップ事件」の一部だけであるが、そのいずれも筋の組立て方と云い、犯罪捜索の手順方法と云い、またその形式と云い、すべてが在来の探偵小説に見ることの出来なかった新鮮味《しんせんみ》に充ちているばかりでなく、それぞれの作を通して窺《うかが》われる作者の非凡な学識に対して十分の敬意を払わなければならない立派な作品である。

表題が語るとおり、いずれも殺人事件を取扱ったもので、「カナリア事件」は小鳥の舞踏に出て評判になり、爾来《じらい》カナリアという名で知られているマァガレットという美しい女優が、間借りをしているアパートメントの一室で殺されるところから始り、「グリーン家事件」の方はグリーン家と称する旧家の遺族六人が、目に見えぬ兇手《きょうしゅ》に片っ端《ぱし》から殺害されてゆく不思議な事件を取扱っている。

犯罪の捜索に従うのはフィロ・ヴァンスという裕福な青年紳士で、その博識《はくしき》多才と頭脳の明敏《めいびん》さとは真《しん》に驚歎《きょうたん》に値するものがあり、恐らくガボリオのルコックも、ドイルのホームズも、フリーマンのソーンダイク博士も、その点においては遥《はるか》に一籌《いっちゅう》を踰《ゆ》せざるを得まいと思われる。

彼はあらゆる語学に通暁《つうぎょう》している。古典と現代の文学に通じている。現在から未来に亘《わた》る科学に詳しい。音楽並《ならび》に絵画の造詣《ぞうけい》が頗《すこぶ》る深い。犯罪学に関する研究の如きはいうまでもない。加之《しかのみならず》、彼の鋭敏な頭脳は、その博識と相俟《あいま》って、接触するあらゆる人物事象《じしょう》に向って超人的な観察と批評を投げる。アウトルック記者の言葉をかりれば、全くフィロ・ヴァンスなる人物は、数限りない探偵物語の作者が産み出した幾多の不可思議な人物中の最も不可思議な人物である。

この中心人物を別にして作中に動くのは彼の親友で、直接事件を接受する紐育《ニューヨーク》検事局のジョン・マアカム検事、並にヴァンスの友人で秘書役、即ちホームズにおけるワトスンの役を勤める作者ヴァン・ダインその人である。

一

ところで、ホームズがコーナン・ドイルである如く、ヴァン・ダイン氏がフィロ・ヴァンスであることは云うまでもないとして、それならばヴァン・ダイン氏その人は何者かという問題が必然的に起ってくる。これは「ベンソン事件」が出で、次いで「カナリイ事件」が出版され単行本としては珍しい売行きを示した当時、アメリカの読書界が――今日《こんにち》我々が感じる以上に――異常な興味を以て迎えた問題であった。というのはヴァン・ダインという名は一般読書界には未だかつて知られなかった名であり、かつその作品を通して、この匿名《とくめい》作家の正体《しょうたい》が文士にせよ、また学者にせよ、とにかく尋常《じんじょう》な人物でないことが判ったからである。そこで新聞や雑誌界では、一つはその作品を得んがために、一つは読書子《どくしょし》の好奇心を満たさんがために、ヴァン・ダイン氏の正体を摑もうとして騒ぎ廻ったものらしい。が、出版者であるスクリブナー社の商略《しょうりゃく》上からか、それともヴァン・ダイン氏その人の一存《いちぞん》からか、処女作「ベンソン事件」が世に出てから足掛《あしかけ》三年、約一年半というもの、この異常な学識と天分をもった作者が何人《なんぴと》であるかということは皆目分らなかった。それがこの五月、アウトルック誌上にハリー・サルピーター氏が「仮面《マスク》に隠れた人、ヴァン・ダイン」という一文を発表するに及んで、初めてその正体が明《あきらか》になったわけである。縦令《よし》それが出版業者の政略上からであったにしても、問題の人が英米の読書界の話題となった作家であるだけに、それは単なる挿話《そうわ》として以上に興味がある。ヴァン・ダイン氏その人の紹介を兼ねて、アウトルックの記事の大略を書いてみよう。

二

「一九二六年の十月八日、チャレス・スクリブナー社が、全然無名の作家S・S・ヴァン・ダインなる人の『ベンソン殺害事件』を出した時、読書界も批評家も、この作者の何人であるかということを口にした者はただの一人もなかった。探偵小説の作者は、後から後からと数限りなく出て来るが、それらはすべていつの間にか影のように消えてゆくのが習《なら》いである。この作者も、ついで第二の作を世に問わなかったならば、果してどうなっていたかもしれない。が、翌年七月二十二日、その第二作『カナリア事件』が同じ社から出版され、美術鑑賞家のフィロ・ヴァンスが再び舞台に登って、怪奇極まる殺人事件を、美学の原理を応用して物の見事に解決するに及んで、この非凡な学識と天分に恵まれた新しい作者が、何人であるかを知らんとする好奇心に読書界の興味は湧き立ってきた。そして『ベンソン事件』と『カナリア事件』とは、十万以上恐らく二十万の読者に読まれ、翌二八年三月二十四日に出た『グリーン家事件』は、更に人気をあおって、この年度中アメリカでの第一の売行きを示すと共に、ヴァン・ダイン氏の名は全アメリカの読書界を風靡《ふうび》し、活動会社は既刊三巻を映画化することに決定した。

文学、語学、科学、美術、音楽、往《ゆ》くところとしかならざるなきこの博識多才の匿名作家の正体が、果して何人であるか。いろいろな揣摩憶測《しまおくそく》が聞えてきた。イ・エル・ピアスン氏だとか、ジョン・ガルスワージー氏だとか、ジ・カリンズ氏だとか、その他二三著名な作家や学者の名が挙げられた。しかし、それらは悉《ことごと》く的《まと》を外《はず》れた推測に過ぎなかった。

『カナリア事件』を出して間もなく、シカゴの某《ぼう》新聞が、ヴァン・ダイン氏に寄稿を依頼したことがあった。氏は快諾《かいだく》して原稿を送った。その時、編輯者《へんしゅうしゃ》が邪気《じゃき》のない巧みさを以てその写真を寄せられんことを切願《せつがん》した。が、ヴァン・ダイン氏がそれに応じるはずはなかった。でも、自分は画家であるからというので、自《みずか》らカリカチュアを描いて編輯者の希望を充《みた》した。

その似顔は細部においては非常によくその人を描いているが、全体の印象としては忠実なスケッチではないと云われていた。いやに尖ったその耳、左から右への髪の分け工合《ぐあい》、特色のある口と顎《あご》の髯《ひげ》、それに片目鏡《かためがね》——それらの全てが、大学以外にある人物で、アメリカにおける最も学者的な文筆家の一人として知られ、『近代絵画論』、『絵画の将来』、『ニイチェの教理』、『創造的意志』等の名著あるW・H・ライト氏（Willard Huntington Wright）に似ているという噂《うわさ》が立った。

と同時に、スクリブナー社は風聞子《ふうぶんし》の強要もだし難く、ヴァン・ダイン氏はハーバアトの出身で、犯罪学並に薬物学の研究家であり、かつて新聞記者であったということを洩《もら》した。W・H・ライト氏は十五年前イヴニングメールの文芸欄記者で、ハーバアトで人類学人種学を専攻したことがあり、薬物学に興味をもち『著名なる医学的犯罪事件』に序文を寄せたこともあり、またポオ、ガボリオ以来の世界各国の探偵小説を蒐録《しゅうろく》した『探偵小説集』を監輯《かんしゅう》出版している事実もある。のみならずその後間もなくブレンタノ社の『新刊寸評』にS・S・ヴァン・ダインの名で発表された一文の内容と、前記『探偵小説集』の巻頭に附せられた三十五頁《ページ》に亘るライト氏の探偵小説に関する意見とが、大体同じであるばかりでなく、中には全然同一の文句もあるという事実、また詮索《せんさく》家の調べ上げたところによると、ライト氏の母方の祖母がヴァン・ダインという名であったとの報道、更にまたヴァン・ダイン氏がライト氏宛の郵便物をも接受《せつじゅ》しているという事実、それらから推《お》して異常なる声名を馳《は》せたこの匿名作家は、ウイラアド・ハンチントン・ライト氏以外の人間ではないということにならざるを得ない」

ハリー・サルピーター氏はこう書いて来て、

「実はその通りである。ヴァン・ダイン氏の探偵小説を通して知られるその該博《がいはく》な学識は、ニイチェ哲学の造詣において、比較宗教学の研究において、音楽並に絵画に関する経験と名著において、その蘊蓄《うんちく》を十分に示しているハンチントン・ライト氏以外の人物では持合せていないことを明に語っている。ライト氏は前にも述べたとおり『ニイチェ研究』『近代絵画論』の二名著の他に、幾多の著書があり、奏楽長《コンダクター》たらんとしてロチェスターで音楽を学んだこともあり、ハーバアトにおいては人類学並に人種学を専攻して名誉褒賞《ほうしょう》を与えられた天才である。そうした経験と蘊蓄はヴァン・ダイン氏の作品の所在に片鱗《へんりん》を見せて閃《ひらめ》いている。

私は個人的にライト氏を知っている。で、一度、彼がヴァン・ダインの匿名を用いたについて、それは探偵小説なるがためではないかと訊ねてみた。すると氏は然《しか》りと答えて、その後から、『この国では探偵小説は匿名を用いる方が人気を呼び易いようである。英国ではチェスタトン、メーソン、ミルンなど錚々《そうそう》たる文壇知名の士が本名を出して競うて立派な作品を発表しているが――』と附け加えた。そして、『全ての点で円熟の境に入った君が、探偵小説界に新機軸を拓《ひら》き、異常な成功を収めたということは、君としても満足であろう』と云うと、ライト氏は『ヴァン・ダインの名で探偵小説を書いたがために、学究《がっきゅう》としての自分の地位が低《さが》ったとも思わぬし、むしろ自分はアメリカで、探偵小説を発表して成功したことについて、英国の著名な作家達と同様の誇《ほこり》を感じている。しかし探偵小説は今一二篇も書けば、自分は再び旧《もと》の道に復《かえ》って、「言語学と作家」及び「近代絵画論」の姉妹篇である「近代文学論」並に「近代音楽論」を完成したいと思っている』と語った」と結んでいる。

三

ヴァン・ダイン氏の紹介は、その作品個々について、今少しく梗概《こうがい》を語り、プロットの巧味《うまみ》や、フィロ・ヴァンスの特異な犯罪捜索法などを事細《ことこま》かに説かなければ十分とは云いがたいが、それを詳細に語ることは、作品を読みたい人達にとっては却って後の興味を殺《そ》ぐであろうから、この辺にとどめて、とにかくヴァン・ダインなる作者が普通の探偵小説家ではなく、その作品が少くとも在来の探偵小説の型を破った頗《すこぶ》る新し味《み》に富んだもので、探偵小説界に一つの新しい衝動《ショック》を与えたものであるということを附言しておく。

探偵犯罪考

探偵の元祖

巴里《パリー》警視総監ヘンリーは、ある日一通の不思議な手紙を受取った。

「僕を警視庁の探偵に使ってはくれまいか。もし採用してくれるなら、僕は貴下《きか》の部下となって、今巴里を荒し廻っている怪賊どもを片っ端《ぱし》から逮捕して見せる。きっと一人残らず逮捕して見せる。その代りこっちにも註文がある。それは首尾よく怪盗を検挙しつくしたら、僕の罪を赦《ゆる》してもらいたい。かくいう拙者は、先年ラ・フォースの監獄を破って逃走したユーゼーヌ・ビドックだ」

総監ヘンリー氏は、フフンと鼻の先で笑った。

「ビドックと云やあ、あの脱獄囚《だつごくしゅう》の騎兵中尉か。忠義立てして、罪を購《あがな》おうというんだナ。いけ図々《ずうずう》しい、そんな奴にかかり合ってなどいられるものか！」吐き出すようにそう云った総監の顔は、苦虫《にがむし》を噛みつぶしたように不機嫌だった。

無理もない。巴里は今百鬼夜行《ひゃっきやこう》の状態《ありさま》である。魔の如き怪盗の群は、厳重を極めた警戒の網《あみ》を尻目に、巴里市中を横行闊歩《おうこうかっぽ》して、被害は頻々《ひんぴん》として相つぎ、警察無能の声は囂々《ごうごう》として起っている。

その最中《さなか》にこの手紙である。それも破獄《はごく》の前科者からの手紙である。嘲弄《ちょうろう》か皮肉か、何《な》にはあれ、そんな輩《やから》の言葉に耳傾けたとあっては、第一巴里警視庁の估券《こけん》にかかる――。

総監ヘンリー氏はそう考えた。無論、それは当然のことである。

しかし、怪盗は依然として出没する。警視庁甘《あま》しと見くびってか、彼等の活動は日を逐《お》うて甚《はなは》だしく、警察はあって無きが如しという有様。到頭、警視庁当局も策を施すべきものがなく、呆然《ぼうぜん》手を拱《こまね》いて彼等のなすがままに委《まか》せておくより他に術《すべ》はなかった。

その折も折、ある微罪に問われて警視庁へ護送されてきた風体卑《ふうていいや》しからぬ一人の壮漢が、その取調べに当って、直々《じきじき》警視総監ヘンリー氏に会いたいと申し出た。

やがて、総監室に導かれたかの壮漢は、ヘンリー総監の前に立つと、

「私はいつか貴下に手紙を差上げたビドックです。強《ごう》窃盗《せっとう》に脅《おびや》かされつつある巴里市民の迷惑を見ては、もうじっとしていられなくなって、今日《きょう》は直々貴下に会いに来たのです。私を信用して働かして下さい。市民を苦しめる鼠賊《そぞく》共は二月《ふたつき》とたたない中に、一人残らず逮捕してごらんにいれます」

口幅《くちはば》ったいくらいではなく、むしろ大胆不敵《だいたんふてき》である。が、溺れるものは藁《わら》をもつかみたい習《なら》い。怪盗横行に手も足も出なくなった今である。総監ヘンリー氏の心は微《かす》に動いた。しかし、何と云っても相手はお尋ね者の脱獄者だ。それを早速《さっそく》警視庁に使うことは世間に対する手前もある。

答えに躊躇《ちゅうちょ》する総監の顔色を見てとったビドックは、妙案をそこに持ち出した。それは破獄囚ビドックが逮捕されたということを公然天下に発表して、再びラ・フォースの監獄に送るのである。そして、その途中で脱走したということにしてもらいたい。さすれば、自分は彼等怪盗の群に投じて、密《ひそか》に警視庁と連絡をとりながら、片っ端から彼等を逮捕しようというのである。

総監ヘンリー氏は首肯《うなず》いた。そして計画は極めて巧妙に運ばれ、悪漢ビドックが再度の脱走を企《くわだ》て、巴里市

中に潜入したという噂《うわさ》がパッと仏蘭西《フランス》全土に拡がった。

巴里市民の恐怖は一段と増した。と同時に、無能呼わりをされた警視庁は、俄《にわか》に緊張して大活動を開始した。その効があってかどうか、旬日《じゅんじつ》を出でずして怪賊共は片っ端から検挙され、遂《つい》に彼等の巨頭《きょとう》コンスタンチンも秘密の隠れ家でまんまと逮捕された。

云うまでもなく、それはユーゼーヌ・ビドックの隠れたる功績であった。少年時代を曲馬団《きょくばだん》の中に過し、後軍隊に入って騎兵将校となった彼は、軽快隼《はやぶさ》の如き人間であった。その上に、彼は古今を通じて比類なしと云われた変装術の名人だった。その変装術と敏捷《びんしょう》とを以て、巧みに怪盗の群に近づき、彼等の隠れ家を突きとめては、警視庁に密告したのである。

彼はその功績によって、正式に巴里警視庁の探偵となり、爾来《じらい》十余年その職にあったが、後に官を辞して私立探偵局を開いた。しかし人事意の如くならずで、その晩年は不遇に終ったと伝えられているが、それはとにかくとして、彼ユーゼーヌ・ビドックが今日《こんにち》の刑事探偵の元祖であり、同時に私立探偵の先駆者であるということは記憶しておかねばならぬ。

仏国と英国の名探偵

探偵の元祖ビドックが、探偵術と犯罪捜査機関のお膳《ぜん》立《だて》をつくったのが千八百十七年、今から百十三年前の話。

そのビドックは泥棒から探偵になり、探偵から更に泥棒に逆戻りして千八百五十七年に数奇な生涯を終ったが、彼が遺した探偵術は、自らそこに後進誘導の道を拓《ひら》いて、仏蘭西の警察界に幾多の天才的名探偵を輩出した。カンラー、クロード、マセ、ゴロン、コシフェール等巴里警視庁の五人男と云われる彼等の名は、有名無名の悪漢輩《あっかんはい》から鬼神《きじん》のように恐れられたものである。

これら仏蘭西の探偵に特異なところは、彼等がでっち上げた所謂《いわゆる》経験家ではなく、探偵家としての異常な天分をもっていたことと、今一つは他の国の探偵に真似《まね》の出来ない辛抱《しんぼう》強さをもっていたことである。

「探偵はその道に生れた人でなければならぬ。偶然の機会から探偵になることは出来ない」という言葉がある。つまり探偵としての十分な天分をもち、その上、その仕事が好きな人間でなければならないという意味である。仏蘭西の探偵は、そうした伝統の中から生れた上に、今も云った辛抱強さがある。

ある重大事件の犯罪現場から、遺留品《いりゅうひん》として発見された紙片に「バター二封《ポンド》」と書いてあったのをたった一つの心頼みに、巴里全市のバター商店を虱《しらみ》つぶしに訪ねまわって、バターを売った商人と、買った犯人を捜し出したカンラー探偵の苦心譚《くしんだん》や、犯人を追跡して全欧洲を七ケ月も放浪しつづけたゴロン探偵の物語などは、捜査機関の発達した今日では、さして稀《めずら》しくはないとしても、その当時にあっては真《しん》に稀有《けう》の探偵捕物《とりもの》譚であった。

海を隔《へだ》てて向い合った英国で、探偵制度を採用したのは仏蘭西よりは約三十年も後《おく》れた千八百四十年代のことで、国務次官のジェームス・グラハム卿《きょう》の意見で、倫敦《ロンドン》警視庁に十一人の私服刑事を置いたのが抑《そもそ》もの最初である。それが犯罪捜査に非常な好成績を示したとあって、数年後には百八人に増加されたが、それでも、当時警視庁管下《かんか》にあった六千人という制服の警官隊に比例すると、極めて微弱なものであった。それが千八百七十六年になって、警視庁内にある不祥《ふしょう》な瀆職《とくしょく》事件が起って、大改革が行われ、新《あらた》に刑事課が設けられ、ホワード・ビンセント大佐が同課長に任命されて以来、所謂スコットランドヤード（倫敦警視庁の意味）の面目《めんもく》は一新されることとなった。が、仏蘭西にくらべると、その組織が抑《そもそ》もの出発点から異《ことな》ってもいるし、それに国柄や国民性も大いに相違しているために、自然探偵の素質や、犯罪の捜査法にもそれぞれ特長はあるが、仏蘭西に比べると、英国の方には所謂ゴロンやマセのような名探偵というものは少いようである。

プランセス街の秘密

探偵の歴史を詮索《せんさく》しても、読者には大して面白くもあるまい。ここらで、名探偵の苦心談を一二御紹介しよう。仏蘭西人が、「仏国探偵史上の一記録」と呼ぶマセ探偵の探偵捕物談の一つ。時は一八××年の十二月のこと。探偵マセがまだ少壮警部として活動していた頃の話である。

管下プランセス街の某《ぼう》下宿屋の古井戸から一本の脚——それも膝からポキリと切断されて、腐爛しかかった脚が発見された。容易ならぬ事件と見た署長マセは、即刻現場に駆けつけて、夜を徹して井戸の浚渫《かえだし》を行ったが、そこからは何ものも発見されず、結局切断された脚と、それにくっついていた靴足袋《くつした》をたった一つの手懸《てがか》りとする他はなかった。

切断された脚を、最初に鑑定した医師が、「これは女の脚だ」と断定したばかりに、マセ探偵（当時はまだ署長であった）は、巴里全市にわたって行方《ゆくえ》不明《ふめい》の婦人を捜し始め、警視庁の失踪者名簿に登録せられた過去六ケ月間の失踪者、男三十八、女八十四、計百二十二名を片っ端から調べ上げ、八十四人の婦人失踪者の中から被害者と認むべき者十四人を選《えら》み出した。

これだけでさえ容易な仕事ではなかったが、更にその十四人の女を捜し出すために、彼はどんなに苦心をしたことか、それが今日のように、捜査機関が完備しているならば雑作《わけ》もないことであるが、その当時にあっては全然根気一つの仕事であったのだ。

しかもその十四人の中から、「これこそ！」と睨《にら》んだ最後の三人――一人は少女、一人は人妻、一人は未亡人の三人をあらゆる手段を尽《つく》して捜した結果、やっとのこと彼が摑み得た最後の事実は、その三人が三人とも立派に生きているという事実であった。それのみか、切断された脚がタルヂュ博士によって再び鑑定された結果、それが女の脚ではなくて、男、それも老人の脚であると判明した時、探偵マセの失望はどんなであったろう。寝食《しんしょく》を忘れた二ケ月の苦心は、全然水泡《すいほう》に帰したのである。にも拘らず、彼は再び奮《ふる》い起《た》って苦心惨憺《くしんさんたん》、全七ケ月を費《ついや》して遂に真犯人ボアルボを逮捕したのであった。

マセの苦心を紹介すると共に、犯人ボアルボの残忍《ざんにん》性と悪業《あくごう》も、犯罪史上の一記録として紹介する価値がある。ボアルボはある女と一緒になりたいために、その結婚費用をこしらえる必要から、遠縁《とおえん》に当るボダスに借金を申込んだ。が、それを見事にはねつけられたので、殺意を起して、ボダスを自分の下宿に誘《さそ》い出して殺害し、何万フランの有価証券を奪ったのである。

そこまでは普通の殺人事件で、格別のこともないが、さてそれからである。ボアルボは殺害した死体の始末を考えた末、これをバラバラに切り刻んでセーヌ河へ遺棄しようと決心した。

まず四肢《しし》を切断して、胴体を刻み切り、両手両肢《りょうあし》まで一寸刻みに切り取った。そして深夜に乗じ、その肉片《にくへん》と骨片《こっぺん》を幾度かにセーヌ河に運んで、河の流れに投げ込んだのである。

だが、さすがの彼も、最後に残った頭部と、一本の脚の始末には困《こう》じ果てた。そのままでは発見される怖れがある。と云って、頭蓋骨《ずがいこつ》を刻むことは普大抵《なみたいてい》の仕事でない。そこで彼が思いついたのは、頭顱《とうろ》をそのままセーヌの川底に沈めようという妙案である。彼はそれがために多量の鉛《なまり》を購い求め、それを頭蓋骨の中に流し込んでセーヌの深淵に沈めた。そして一本の脚はかつて出入したことのある下宿屋に、古井戸のあったことを思い出し、油紙に包《くる》んでそっとそこへ投げ込み、素知《そし》らぬ顔をしていたのである。が、何ぞ計《はか》らん、その古井戸の脚から足がついて、犯罪史上類例なき惨虐犯人も遂々《とうとう》マセ探偵のために逮捕せられたのである。

肉片塩漬《しおづけ》事件

次ぎは英国に起きた有名な犯罪事件を書いてみよう。一八五七年、十月のとある朝、二人の少年がロンドンのテームス河上でボートを漕《こ》いでいると、ウオタールー橋の支柱に一包みの何物かが引っ掛っているのを発見した。ボートを近づけてみると、それは毛氈《もうせん》に包んだもので、さして重くはなかった。二人は喜んで早速陸に引揚げてみると、中にはいくつかに切った人肉と男の服が入っていた。驚いた二人は包みをそのままにして、早速この旨を警察署へ訴えた。

警察では時を移さず、その包みを鑑定家に調べさせると、肉片は二十三個で手と頭とはなく、左の第三肋間《ろっかん》と第四肋間に小刀で刺した痕《あと》があり、それが致命傷であろうと鑑定した。毛髪の工合《ぐあい》から毛深い黒色《こくしょく》の毛を持った男と思われたが、その他に適確な特徴は何も得られなかった。肉片の一部は煮られた後、塩漬にされていたものらしかったが、骨の様子から見ると、殺害されてまだ三週間か四週間しか経っていないことが判った。服に血痕はついていたが、ポケットには何一つ入っていなかったのである。

これだけのことが判ったものの、警察ではさて誰であるかということは、全く五里霧中《ごりむちゅう》で手の下しようがなく、まず三百磅《ポンド》の賞金をかけて、その手懸りを得ようとした。が、多分外国船の水夫であろうとか、医科大学の学生が悪戯《いたずら》をしたのであろうとか言うたわいもない報告ばかりで何物も得られなかった。

話かわって、倫敦でも、最も繁華《はんか》な街の一つである新《しん》牛津街《オックスフォードがい》に、歯科診療所を持つハウレー・クリッペンの細君であるベル・エルモア夫人が、急に社交界に姿を見せなくなった。彼女は倫敦の婦人音楽組合の名誉会計係をつとめていたほどで相当社交界ではその名を知られていた。

ベルの友人で、同じ音楽組合の一人であるマーチネット夫人は、ベルが急に姿を見せなくなったので、もしや病気ではないかと彼女の家を訪れた。すると夫であるクリッペンが出迎えて、ベルは米国加州へ用事で出発した旨を告げた。

それから十日もたつと、ベルの夫は別の女（それは彼の秘書）をつれ音楽会に現れた。見ると、彼女の毛皮の頸巻《くびまき》や、頸飾りは皆ベルのものであった。それから二三日するとベルが米国で急死した旨が音楽組合へ報じられ、新聞に死亡広告が掲載された。

この様子がどうも変だと感じだしたのが、ベルの親友であるマーチネット夫人と、ナッシュと云う診察所の小使《こづかい》である。ベルが外国へ旅行するのに、頸巻や頸飾りを持って行かないのも不思議であるし、どうもベルの夫の様子が怪しいと二人は睨んで、とにかく警察へ密告することとなった。

当局では、早速クリッペンを訪ねて、ベルの様子を訊ねると、

「イヤ実はあんな死亡広告を出しましたが、あれには他に恋人《いい》があってそのことから私と大喧嘩《おおげんか》をし、そのままあれは家を出て行きました。私も腹立ちまぎれに、あした死亡広告を出したのですが今頃はいい男とどこかで夢を見ていることでしょう」

と、平然として語った。警察でもそれ以上追求したとて駄目であると、その場はそれで帰った。すると、クリッペンは刑事が帰えるとすぐ、小使のナッシュに十五六歳の子供の服を買わしめた。小使は不思議なものが入用《いりよう》だなと思ったが、言いつけ通り買ってきた。

翌朝、ナッシュが診察所へ行ってみると、クリッペンから手紙が来ていて、急用で旅行するから当分は留守である旨が書かれ、自宅の鍵が封じ込んであった。

ナッシュは怪しいと思って、早速警察へ報じた。ヂウという名探偵はすぐその鍵を貰って自宅の方を調べてみたが何事もなかった。が、念のためもう一度その翌日行ってみた。しかしその時も、何事も発見し得なかった。もう一度！　と、根《こん》のいい探偵は三度行ってみて、今度は地下室の床の煉瓦《れんが》を剝《は》がしてみた。楽々《らくらく》と起きてきた。「占《しめ》たッ」と思って、段々《だんだん》掘り下げて行くと果して一個の包みが出て、それには骨の一部や肉片や内臓が塩漬になって入っていた。しかし肝腎《かんじん》の頭は見つからなかった。早速テームス河上で拾った骨片と照し合せてみると、全く同一物であることが判った。

時を移さず逮捕命令が発せられ、逮捕したものに百磅《ポンド》の懸賞がかけられた。と、間もなくアントワープに碇泊中のカナダ行汽船モントローズの船長から、ロビンソンと称する男と、その息子の動静が怪しい旨が急告された。警察は直《ただち》に、かの地の警察に逮捕依頼の電報を発して、難なく逮捕することが出来た。果してそれはクリッペンと男児に変装した情婦であった。さすがのクリッペンも今は観念して、遂にベル殺しの一件を逐一《ちくいち》自白した。

炉で人肉を焼く

次に書こうと思うのは、一時全米の知識階級を震駭《しんがい》させたパークマン博士惨殺事件である。これは被害者も加害者も大学教授という最高の学府に職を持つ人であったのみならず、その殺害の経路が文字通り、「事実は小説よりも奇」であったからだ。

ハーヴァード大学医学部の教授パークマン博士は、十四年来かつて一度も昼餐《ちゅうさん》に顔を出さぬ日とてはなかったが、一八四九年十一月二十三日に限って何故《なにゆえ》か顔を出さなかった。家族も支配人もある不吉な予感に襲われて早速博士を探そうとしたが、その日は遂に顔を見ることは出来なかった。否、それを最後として永遠に消えたのである。

すると、その翌々日、同じ大学の化学教授をしているウエブスター教授が、パークマン博士の弟で、牧師をつとめているフランシス・パークマン氏を訪ねて、

「私は金曜日（博士が昼餐に顔を出さなかった日）の午後、パークマン博士に逢いましたので、拝借していた九百円を御返却したところ、博士は一枚の証文を出されて、それをペンで突《つ》つき破って相済《そうさい》の記《しる》しとされました」

と、行方不明の話を噯《おくび》にも出さず、それだけ言うと帰って行った。

この話を牧師が甥《おい》のブレークに話すと、ブレークは金曜日に叔父がウエブスター教授を訊ねたならば、教授こそ叔父の行方について何等かの暗示《ヒント》を与えてくれるに相違ないと、ウエブスターを大学に訪れた。

すると、その日は教授の講義のある日ではなかったが、出勤していて、しかも実験服を身につけて部屋から現れてきた。

教授はブレークの顔を見ると、「何か用でもあるのですか」と、冷淡に訊ねた。ブレークは、教授が叔父から金を借りていたことも知っていたので、叔父の金曜日の行動について訊ねると、教授は牧師に語ったと同じことを繰返し、なお、パークマン博士に担保を返して戴《いただ》きたいと言ったら、今持っていないから後ほど返すと言っていられた旨を語った。そこでブレークは、お支払になった金は現金でしたかと訊ねた。

「いいや、二百円はニュージーランド銀行の小切手であったが、後はよく覚えていない」という至極曖昧《あいまい》な返事であった。

ブレークはすぐ銀行へ走って、小切手の払出しを調べ

たが、ウエブスター教授からは払出してなかった。それにウエブスター教授附《つき》の小使がパークマン博士が失踪した日、教授の部屋から博士の声で、「何とかしてもらわねば困る」と言ったことが判って、いよいよ教授が怪しいということに議論が一致した。

翌日、三人の警官は教授を訪れて訊問すると共に、教授の部屋、実験室を検視した。しかし何等の不審の点はなかった。

ところがその翌日、小使が実験室の炉の裏側になっている壁にふと手をやると、「あッ」と言って手を引いたものだ。

そこは焼けつくように熱かった。それに教授は講義が休みであるのに、昨日も今日も実験室に閉じ籠《こも》って何事かを行っていた。小使は鍵穴から窺《のぞ》いてみたが、更に判らなかった。しかし、教授の態度といい、パークマン博士の行方不明といい、どうしても博士の死骸は大学内にあるに相違ないと考えて、心当りを捜索しはじめた。と、教授専用の便所に、二三日前から錠が下りたままになっていることを思い出した。

「そうだ！　あそこが疑《うたが》わしい」と、雀躍《こおどり》して便所の裏側の壁を打ち破ってみると、果して男の骨盤と、二つになった片脚とが現れてきた。

小使の急告によって、警官と予審判事とは馳《か》けつけて、再度《ふたたび》各部屋の大捜索が開始された。すると、炉の中からは白骨や歯が続々と現れ、茶道具入れの中からは、まだ生々《なまなま》しい胸部と脚の一部が現れてきた。教授は炉の中で焼却しようと企てていたのである。

令状は執行され、教授は直《ただち》に逮捕されたが、訊問中ストリキニーネを秘《ひそ》かに呑んで、「あの小使の奴めに相違ない、俺の恩も忘れて……」と、小使を罵《ののし》りつつ床の上に倒れてしまったのである。

毒婦ブ侯爵夫人

少し話の方向を転換して、女性の犯罪……というと、話が固くなるが、実は毒婦について書いてみようと思う。いずれの時代を問わず、いずれの国を問わず毒婦というものの種は尽きないものである。

一六七二年七月三十一日、巴里の社交界においては、ちょっとその名を知らたサン・クロアという一紳士が巴里の自邸で病歿した。未亡人は葬儀を済すと直に財産整理に掛ったが、殆ど費消《ひしょう》されていて、これというものもなかった。

が、ここに一つ密封された木の小匣《こばこ》が叮重に保管されていた。夫人はこれを見ると、これこそ夫が亡き後自分に残しておいてくれた宝石なり有価証券なりが入っているものと考え、早速開けようとした。が、ふとサン・クロアが生前、自分が死んだらあの小匣はブランビリエー侯爵夫人に渡してくれと言ったことを思い出した。

　ブランビリエー侯爵夫人とは、一時宮廷に奉仕したこともあり、社交界にも知られた婦人であった。そこでサン・クロア夫人は、公然とこれを侯爵夫人に渡すことを拒んだ。

　問題はすぐ裁判に移され、裁判官立会の上で謎の小匣は開けられることになった。

　すると、どうであろう——その中からは財産どころか、他人の借用証文が二通と、昇汞《しょうこう》、硫酸塩《りゅうさんえん》、アンチモン、阿片《あへん》、その他の毒薬が現れてきたのである。裁判官もサン・クロア夫人も開いた口が塞《ふさ》がらなかった。

　——以上が、仏蘭西において今なお話題にのぼるブランビリエー侯爵夫人の悪事露顕《ろけん》の緒《いとぐち》となったのである。

　ブランビリエー侯爵夫人は、正妻のあるサン・クロアと長い間秘密な悦楽に酔っていたが、それが端《はし》なくも父ダウブレイに知れて、サンは告訴されて裁判の結果投獄された。その服役中に、彼は錬金術師《アルケミスト》のエキヂリという男から毒薬を秘かに授ったのである。

　さて、出獄して侯爵夫人に近寄ろうとするには、自分を獄舎に送ったダウブレイが眼の上の瘤《こぶ》である。だが考えてみると、ダウブレイは侯爵夫人の実父である。侯爵夫人が、この計画に果して加担してくれるかどうか甚だ疑しかったが、彼は夫人をうまく口説《くど》いた。すると夫人は何事か思うところあって、すぐその悪逆に賛成して、自らの手をもって父に毒薬を与えることを約束した。果して、日ならずして父は病名不明の悪疾《あくしつ》に罹《かか》り間もなく死去した。

　ダウブレイ家の財産は長兄に与えられた。侯爵夫人の眼は、再度この長兄に向けられたのである。夫人はその財産横領《おうりょう》を秘に企て、遂に長兄をも毒殺し、次に次兄をも従僕《じゅうぼく》の手から毒を授けて仆《たお》してしまった。しかし、やがて財産が自分の懐《ふところ》中にころがり込んでくる矢先、情夫のサン・クロアは最後の呼吸《いき》を引き取り、端なくも秘密の小匣が開かれて、ここに侯爵夫人の逮捕命令が発せられたのである。

　裁判にかけられた時、夫人は飽《あ》くまでも件《くだん》の匣中の薬は病気治療のためであると言い張ったが、遂に猛火の中に投げ込まれて死刑に処せられてしまった。

二人の女海賊

ブランビリエー侯爵夫人は正《まさ》に毒婦であるが、ここに語るメリー・リードとアンヌ・ボニーという二人の女性は、決して毒婦ではない。が、その運命たるや一篇の小説にも優《まさ》るもので、読者は或《あるい》はその実在を疑うかも知れないが、この二人の物語の事実であることはもはや疑う余地はない。

二人は同時代に生れた女海賊であった。メリー・リードの母は、海員を夫としていたが、妊娠《にんしん》中に行方不明になってしまった。生れた子は男であったから、夫の遺形《かたみ》と可愛がって育てたが、間もなく村人と関係して妊娠した。そのうち夫の遺形である男の子が死んだので、次に生れた女の子を以前の男の子のように見せかけるために、男として長い間育てた。それがメリー・リードである。メリーが十七歳の時、義勇兵が募集されたので、彼女も男としてその中に加わり、騎兵隊に入った。

すると、同じ隊に美しい若い士官がいて、彼女はいつ知らずその男を恋するようになった。が、相手は一兵卒と心得ているから振り向きもしなかった。そこで彼女は、秘かに若き士官にふくよかな乳房を見せ、自分は女である旨をつげ恋を告白した。若き士官は軍律厳しい中であるだけ男装女性であることは好都合であった。二人は熱烈に恋し合い、人眼を忍んで媾曳《あいびき》をしていたが、やがて除隊になると、二人は立派に結婚式を挙げた。

ここでメリーの運命もほぼ道程が定《きま》った訳であったが、運悪くその若き士官は、結婚後間もなく死んでしまったのである。

生活の途《みち》を絶たれたメリーは再度男になって、西印度《インド》通いの船員となって働くこととなった。ところが航海中に英国の海賊船に襲われ、乗組員のうち、たった一人だけメリーが英国人であったので、海賊はメリーを自分の船へととどめさせた。メリーは致し方なく、海賊の手先として働かねばならなかった。

この海賊船に今一人の男装女性がいた。それがアンヌ・ボニーである。ボニーはメリーを一眼見て、熱烈に恋してしまった。しかし、自分が女であるということを知らないメリーは、この恋を察してはくれまい。いかにして打明けたら……と、日夜ボニーは悩んだ。それに男装こそしておれ、ボニーはその海賊船の船長の情婦になっていた。もし、メリーを恋していることが船長に知れたならば、いかなることが惹起《じゃっき》するかも分らなかった。そういう不安もボニーにはあった。

しかし恋情《れんじょう》は日増しに募《つの》った。ある夜、ボニーは思い余って、メリーに自分の胸のうちを打明けた。

「実は私は女です。そして貴方を恋しています。どうか私の心の裡《うち》を察して下さい」と、メリーの柔い手をとってかきくどいた。すると、メリーはまじまじとボニーを打ち眺めていたが、やがて悲しそうな声で、「実は私も女です！」と、告白した。ボニーは少なからず絶望したが、いかんともし難い運命だった。

メリーの乗った海賊船は貨物船を襲って、金目の物を略奪するばかりでなく、役に立ちそうな船員はこれを擒《とりこ》として、船に引留めておく例となっていた。たまたまそうして引留められた船員のうちに、特にメリーの眼を牽《ひ》いた颯爽《さっそう》たる若い男があった。メリーはある夜、その男に自分の胸中を訴えて、自分が女であることを語った。男もそうした淋しい運命のさ中にあるうちとて、二人は忽《たちま》ち恋し合うに至った。二人の恋は白熱的に昂《こう》じて行った。

しかし、ある日、その若い男はふとしたことから海賊の一人と争って、決闘することとなった。メリーは恋人の身を想い、非常に悩んだ揚句、恋人の身替りとなって、自分が海賊の一人を引受けると言い出し、二時間前にその仇敵《きゅうてき》をおびき寄せて、剣とピストルとを以って暗殺してしまった。

やがて二人は逃亡して夫婦になったが、間もなく捕えられて、メリーは死刑を宣告された。されど、その時には彼女が心から愛していた男の胤《たね》を宿していたので、分娩《ぶんべん》まで執行を猶予《ゆうよ》された。

……が、獄中で病気のためにこの数奇な運命の幕を閉じた。

一方アンヌ・ボニーは、依然として男装をしつつ船長の情婦となっていたが、航海中激浪《げきろう》に浚《さら》われて果敢《はか》なく散ってしまった。

十一人を殺した青鬚《あおひげ》

最後に、青鬚と称せられる犯罪について語ってこの項を終ろうと思う。

青鬚とは婦人と不法的に結婚して後にこれを殺す犯罪をいうのであって、重《おも》にその目的は保険金を奪うためであった。英国のジョセフ・スミス、仏蘭西のランドルーなど最も有名な青鬚であって、スミスは三人の女と結婚して、三人とも風呂場で溺死《できし》せしめた。ランドルーは実に十一人の女を殺して女の財産を奪った。

一九一九年二月二日、ラエントという乳母《うば》が、突然巴里の検事局へ出頭して、自分の姉がフエミエという男と結婚して、ガンベーの新家庭に移ろうとしたまま行方不明になったと訴え出た。と同時に、コローンという四十四歳の寡婦《かふ》と、マルシャジエという三十八歳の老嬢が、フエミエと結婚してガンベーへ旅立ったまま行方不明になったと報じられた。

当局は早速ガンベーの警察に移牒《いちょう》して、厳重な捜索を行うと、ギエーというそれらしい男を発見した。その男は若い婦人と同棲《どうせい》していて頑《がん》として実《じつ》を吐かなかったが、種々《いろいろ》な証人が出て、それがフエミエと名乗る男であり、実は恐ろしい青鬚のランドルーであると判った。捜索の結果彼の持物のうちから一冊のノートが現れ、それに女の名前、時間、その他が記入してあった。名予審判事ボーナン氏は、それを三年がかりで調べた揚句、次のような戦慄《せんりつ》すべき事実を発見した。それによると、十人の女と一人の男を殺害したことが瞭《あきら》かになったのである。

一、クーシエー。十七歳の男児を持った裁縫《さいほう》職の寡婦で、ランドルーは、彼女達は英国へ行ったように知己《ちき》に語ったが、旅行免状は下附《かふ》されおらず、そのまま行方不明となった。(ここでは男児と二人)

二、リーヌ。南米生れの女で新聞にあることを広告した。ランドルーが応じて彼女を訪れたが、そのまま行方不明となった。

三、クロザチエ。五十歳を越した家政婦であったが、二万フランの貯金を持っていた。ランドルーと共にヴェルヌイエへ旅行したまま行方不明、二万フランの金は、ランドルーの手によって綺麗に引出された。

四、エオン。前記クロザチエの友達。ランドルーはエオンに動産を金に替えさしめて、ガンベーに案内したが、そのままエオンの姿を見ることは出来なかった。

五、コローン。タイピストで、ランドルーと地下鉄で知合になり、ガンベーへ連れられて行ってそのまま。手帳の中に彼は往復切符一枚、片道切符一枚と書いた。ランドルー一人帰えればよいからである。

六、バブレー。金は持っていなかったが、ランドルーに惚《ほ》れて遂にガンベー行き。

七、ビュイソン。料理屋の女中で一万五千フランの貯金を持っていた。これもガンベーで。貯金と家財はランドルーの手で処理された。

八、ジョーム。三十八歳の人妻。教会で知り合になり、ガンベーへ招待されてそのまま行方不明となった。手帳には「十一月二十六日、千百十一フラン」と記入してあった。

九、パスカル。三十三歳の人妻。ガンベーに一度招待されて、その日は無事に帰えり、二度目に……。

十、マルシャジエ。小旅館の女主人、結婚媒介所《ばいかいじょ》でランドルーと知己になり、ガンベーへ招待され、愛犬二匹を連れて行ったが、犬もろ共行方不明となった。後に至って、犬の屍体のみ附近から発掘された。

ガンベーの家（別荘）並《ならび》に彼のヴェルヌイエの家からは、夥《おびただ》しい女の衣服や持物が発見されたが、死体はどこに隠したか最後まで自白しなかった。多分焼棄《しょうき》したものと断定された。彼は断頭台《だんとうだい》にのぼるまで、冤罪《えんざい》であることを主張して死んで行った。

ランドルーはかように身に覚えのないことを飽くまで主張して、同情を買おうとしたが、今一人の有名な青髯イルーは判決を言い渡されると、皮肉な顔をして裁判長に言った。

「……だって女を殺さなければ、私は二重結婚の罪を犯すことになるじゃありませんか！」と。この言葉は今でも反語として、洒落《しゃれ》ッ気の多いロンドンっ児《こ》に使われている。

青髯の起原《きげん》

青髯（ブリュー・ベアード）というのは、前にも書いた通り、不法的に結婚して女を殺し、保険金を詐取《さしゅ》したり、貯金を奪ったり、財産を横領する世にも憎むべき犯罪を言うのであるが、この犯罪は欧米に限らず、日本においても時々行われた。先年「保険魔」と称して、新聞に大々的に書かれた川本匡《きょう》などは瞭《あきらか》にこの青髯であって、彼は情婦を次から次へ殺害して、その保険金を奪ったのである。

そもそもこの青髯という名称はどこから出たかと言うに、一七〇〇年代のフランスの文豪シャール・ペロールの童話「バルブ・ブリヨ」が、その発生地であると言われている。

この童話の筋は、青髯を生した悪漢が六人の女と結婚して六人共殺害して、死体は秘密室へ隠しておいた。ところが七人目の女は、その秘密室を見て戦慄し、早速二人の兄弟に救いを求めたので、兄弟達は青髯の帰えるのを待って、彼を殺したというのである。

この話は欧洲では古くから伝説として残っていたもので、その青髯が犯罪の名称となったのだ。

探偵小説の見方

探偵小説は「謎々《パヅル》」の複雑なものだといった人がありますが、確かに、それも一つの見解でしょう。短篇と長篇を問わず、探偵小説は必ず「問題」とその「解決」というプロットをもっていなければなりません。問題というのは「犯罪」で、解決は即ち「犯人探し」で、いかなる探偵小説でも、この骨子《ほねぐみ》に変りはないのです。つまり一つの定跡《じょうせき》があるわけで、従って他の小説とは違って誰にでも書けそうに見えて、さて書くとなるとこの定跡をふんで、しかも変った新しいところを出さなければならないので、決して楽ではないのです。

その定跡について、外国のある作家が次のように説明しています。

一　序曲――人物の登場
二　人物に役の割振り
三　読者を欺《あざむ》くための善玉悪玉混入
四　犯罪――突如、爆弾投下のごとく
五　犯人捜し、警官、検視官、友人、親戚、素人《しろうと》探偵の活動
六　容疑者ことごとく無罪――超人的名探偵の出現
七　探偵の事実堅めと証拠提供
八　自殺または他の出来ごとによる犯人自滅
九　事件関係の美人と探偵との結婚

最後のハッピイ・エンドは当節あまり流行《はや》らないようですが、大体《だいたい》探偵小説のプロットといえば、この順序を踏んでいるのです。言葉を換えていうなら、犯罪事件を読者の前に提出して、その犯人がわからないように筋を運び――それも極めて合理的に――最後まで読者の好奇心を引きずってゆこうというのが探偵小説のねらいどころです。

だから全ページの半分も読まないうちに、犯人の目星がつくような作品は無論のこと、たとい犯人の目星はつかずとも一向《いっこう》に読者の好奇心をそそらず、三分一も読んであくびを繰返すような作品も失敗の作というべきでしょう。

そこで探偵小説家が筆をとる場合に、一番苦心をする点は、筋の組立てと読者の目をくらますためのいわゆる

トリックとに、今まで誰も試みなかった新味《しんみ》を出そうというところにあるのです。筋は勿論、トリックでもありふれたのを使っては、読みなれた読者は「なあんだ、こんな手を食うものか！」と馬鹿にするにきまっています。ヴァン・ダインの「カナリヤ事件」で、犯人が歌姫を殺害し、その場へ歌姫の吹き込んだレコードをかけておいて、まだ生きているように見せかける場面があります。二千冊も探偵小説を読破したというヴァン・ダイン氏のことゆえ、恐らくこんなトリックは今まで誰も使ってはいないでしょうが、炯眼《けいがん》な読者は蓄音機《ちくおんき》が発明された当時のいろいろの珍談逸話《いつわ》を思い浮べて、「ははア」と首肯《うなず》いたことと思います。要するに探偵作家の苦心は、犯罪の動機とその手口に新しい方法を発見し、そして新味のあるトリックを考え出すことにあるのであって、その上に小説としての芸術的価値があればあるほど、傑《すぐ》れた作品となるわけです。先達《せんだつ》て甲賀三郎君と大下宇陀児《うだる》君が探偵小説について意見を戦わしていましたが、今日の探偵小説はともかく、多分の通俗性と同時に立派な芸術味をもったガボリオやコリンズなどのすぐれた作品を味わってみれば、あんな疑問は決して起らないはずだと思います。

大分探偵小説の解剖《かいぼう》じみた話になってきましたが、探偵小説の見方といえば、以上の話を逆に考えて作品の鑑賞をして下さればいいのです。つまり作者の取扱った犯罪なり、その手口なりに新味があるかどうか、次ぎには犯罪捜索の方法がどうか、そしてその作品が全体として低級な犯罪小説ではなく、相当の芸術味をもっているかどうか――そこまで見てもらえば探偵小説の読者として申分ない方です。それほどでなくとも、探偵小説を読む以上、せめて作中の探偵と競争して犯人を捜すぐらいの努力はあってほしいと思います。ぼんやりと筋をおって、作者の手練手管《てれんてくだ》に乗せられ、最後の一ページまで来てから「ははあなるほど」と感心するようでは、読んでいるのではなく、読まされているのです。

普通の探偵は犯罪捜索のために拡大鏡や試験管を用いますが、非凡な超人的探偵は、暗に物を見、無言の音を聴くのです。それは単なる第六感ではなく、経験に基づく推理と判断の力です。探偵小説の読者も多くの作品を読んでゆくうちには、自然と推理と判断の訓練を得らるることでしょう。そしてそれが探偵小説を味わう上においてばかりでなく、世間を見る上にも参考となれば甚《はなは》だ結構だと思います。

悪戯者《いたずら》

つい先達《せんだって》引払った小石川の高台の家に、私は全八年を暮した。化物《ばけもの》屋敷だと云った誰彼の悪口をまつまでもなく、古いことは覚悟の前で、ただ、庭が広いのを取得《とりえ》に移り住んだのであったが、入ってみて驚いたのは、鼠《ねずみ》の悪戯振《ぶり》である。

まるで俺達の楽土へ余計な奴が飛び込んで来たと云わんばかりに跳梁《ちょうりょう》する。天井裏での運動会はまだしも、日中台所へ飛び出す、ちょっと目を外《そら》せば子供のお八《や》ツまでも掻浚《かっさら》ってゆく。人の好い拙者《せっしゃ》も遂々《とうとう》肚《はら》に据えかねて、当時近所にいた猫通《ねこつう》の生方《うぶかた》敏郎君を思い出した位であった。その矢先、大町桂月翁の訃《ふ》に接し弔問《ちょうもん》に出かけた帰途、今日こそは生方邸をと思いながら音羽《おとわ》通りへ差《さし》蒐《かか》ると、麪麦屋《パンや》からちょろちょろと駆け出した子猫を見て、その場で所望《しょもう》して連れ帰った。その子猫がその道にかけては驚くべき天才で、お庇《かげ》で四五年は静穏《せいおん》に過ぎた。ところが、猫が老境に入るにつれ、鼠がまた暴れ出した。でも、まだ彼女がいる間はよかったが、この夏死んでしまってからは、鼠の横暴振りは八年前に復《かえ》って、女中部屋から子供部屋へ、遂《つい》には主人公の枕頭まで押しかけて、文字通り人もなげなる振舞いである。

鼠取りをかけると毎晩二匹ずつ入っている。それが二晩三晩つづいても、鼠の数は一向《いっこう》減ったようにもない。いささか癪《しゃく》に触らざるを得ない。猫いらずを用いてみたが、そんなものは先刻承知と云った顔である。さてどうしてくれようかと考えた。電気学の泰斗《たいと》某《ぼう》博士が天井裏に電燈装置をして彼等を驚かした話も思い出したが、それは事容易でない。鼠駆逐《くちく》にモルモットを飼う話も聞いたが、鼠がモルモットと仲善しになって共同生活をしたとの経験談を耳にしては、これも問題にならぬらしい。

何かな名案もがなと考えた末、思いついたが鼠が智恵をしぼって猫に鈴をつけたあの昔語りである。よし、あれを逆に応用して一つ鼠共を驚かしてやろうと決心した。そして早速鼠取りをかけて、伯父さん格とも見ゆる年輩の一匹を俘虜《ふりょ》にした。

さて、それからが大変であった。子供の羽子板から鈴をもぎ取り、学校の手工用の針金に結びつけ、籠《かご》の中の鼠を巧く捕えて、その足へ針金をしっかと結《ゆわ》えつけるまでには、たっぷり一時間はかかったものである。それで万端《ばんたん》よしとあって、彼等の出入りするお台所へ解放したのが、夜の十時近くであった。そこで、今一度繰返すがさあ、それからが大変なのだ。

チリンチリンチリン。天井裏を走る鈴の音、最初の間は一家中挙《こぞ》って、鈴の音を追いながら面白がったものであるが、そして天井の隅っこへ行くと一緒に、キキと鳴く声、パッと散る鼠の跫音《あしおと》に計画図《ず》に当れりとちょっと愉快な気持になったものであるが、事実は案外の結果を生じた。と云うのは、鼠の仲間が驚いたのは、最初の一二時間に過ぎなかったのだ。針金と鈴に対して彼等は多少の驚きを味ったであろう。しかし馴れるにつれてそこに何等危害のないことを知ると共に、彼等は恐らく、怪しげなるその玩具をつけて帰って来た仲間を侮辱《ぶじょく》して、自分達の安眠と活動口を邪魔する彼を仲間から疎外《そがい》しようとかかったらしい。

チリンチリンの音が止ると同時に、キキキという嚙み合う悲鳴、パッと散る跫音。次いで友恋しさか、憐愍《れんびん》を求めてか、しつこくもその後を追う鈴の音。天井裏にはその三段の音響が二時三時まで続いて、遂に夢まどかならずであった。

それのみでない。夜が明けると、常日頃は静穏な頭の上に、全く友に見棄てられたであろう寂しい彼が、重い足を引摺《ひきず》ってゆく、チリンチリンがいかにも憐れっぽく鳴るではないか。よしない事をしたというような気持が私の心に起りかけた。と同時に、彼の生活のことが急に気になり出した。鈴をつけてのこのこと台所へ出かけることは出来ないだろう。まして友達は彼に餌を運んでやるほどの同情も義俠心《ぎきょうしん》もあるはずはない。今日一日ぐらいで、きっと餓死するに違いないと思ったものだ。

が、全《まる》二日は鈴の音が聞えた。三日目、勤めから帰ってきた私が、靴を脱ぎながら、

「鼠は？」

と訊くと、小さい子供が、

「お台所でお隣のどら猫に喰われちゃったわよ！」

と平気な顔で答えた。

編者解題

湯浅篤志

　森下雨村の小説を読んでいて、まず感じることはその読みやすさにあるだろう。雨村は、昭和一〇年に「軽い文学《ライト・リテラチウア》」を提唱し、探偵小説が気軽に、誰にでも受け入れられるように、内容を含めて、そのわかりやすさを強調していた（「「軽い文学《ライト・リテラチウア》」の方向へ」、論創ミステリ叢書33『森下雨村探偵小説選』［二〇〇八］に収録）。雨村が『新青年』という雑誌の編集主幹から博文館という大手出版社の編集局長までを歴任したことがそうさせたのかもしれない。だが、あくまでも読者の目線に立ち、作品が広く受け入れられることを意識していたのであった。

　雑誌が売れるという商売目線としてとらえることはたやすいことである。しかし、それだけではない。探偵小説が江湖に受け入れられる土壌を考えていたのに違いない。難解なトリックを使ったり超人的な探偵を登場させたりするのではなく、誰にでも楽しんでもらえるように、事件の謎を解明していこうとする情熱的な人たちの姿を探偵小説の中で示したかったのだ。そのような意味で、読者への探偵小説啓蒙の気持ちがあったのは、確かなことである。

　森下雨村の本名は、森下岩太郎。明治二三（一八九〇）年二月二七日の生まれ。以前、ご子息の森下時男さん宅にお邪魔したとき、雨村の住民票のコピーを見せていただいたことがある。そのとき、時男さんが「巷の年譜に雨村は二月二三日生まれと書いてあるものもあるが、あれは間違いです」とはっきりとおっしゃった。コピーを見ると、たしかに二七日と記されてあった。「二三日」と誤記された理由は不明だが、まだそのような日付が流布しているようなので、ここに記しておくことにする。

雨村は昭和四〇（一九六五）年五月一六日になくなった。平成二七（二〇一五）年は雨村の没後五〇年になる。その節目の年の翌平成二八（二〇一六）年には、雨村が昭和七年に出した長編探偵小説『白骨の処女』（六月、河出文庫）や、少年少女探偵小説として大正一四年から一五年にかけて雑誌連載した『消えたダイヤ』（一一月、河出文庫）が立て続けに出版された。また、昭和四年に書かれた「青蛇の帯皮」が雑誌連載時の竹中英太郎の挿絵と共に、末永昭二編『挿絵叢書　竹中英太郎（二）』（八月、皓星社）に収録された。さらに平成二九（二〇一七）年に入ってからは、雨村が大正五年に雑誌連載をした『怪星の秘密　森下雨村空想科学小説集』（三月、盛林堂ミステリアス文庫）も刊行されたのだ。このように、雨村の紡ぎ出す探偵小説などが江湖に知れ渡るようになってきたことにはうれしく感じられる。雨村の読みやすさが受け入れられる時代になってきたのであろう。

前巻の『森下雨村探偵小説選』では、「呪の仮面」（昭和七～八年）と「丹那殺人事件」（昭和一〇年）の二作の長編を収録した。スピーディな展開で読ませるスリル小説でもある「呪の仮面」と地味な犯罪調査を描く本格物の「丹那殺人事件」である。スタイルは異なるが、よく言えば、雨村の小説作風の幅広さを表しているということになるだろう。雨村は、佐川春風、三木白水、花房春村など複数のペンネームを持っていることが知られているが、作品の多様性に比例していると考えられないだろうか。作家としてデビューした大正四（一九一五）年当時には、立花萬平、雨の村人などの別名もあった。

本巻は、そうしたスタイルの幅広さをもっと味わっていただくために、探偵物を中心にさまざまなタイプの小説を集めた。大正一二（一九二三）年から昭和一一（一九三六）年までの作品を収録し、巻頭には代表作「三十九号室の女」を置いた。またエッセイも同時期のもので、雨村の日常生活を垣間見るような内容のものを取り上げた。なお、雨村の文章には癖があり、誤植と受け取られかねない記述も散見するが、それも作者の持ち味として修正しなかった。諒とされたい。

以下、本書に収録した各作品について、簡単な解題を付しておく。作品によっては、内容に踏み込んでいる場合もあるので、未読の方はご注意されたい。

〈創作編〉

「三十九号室の女」は、『週刊朝日』昭和八年五月七日号（二三巻二一号）～八月二〇日号（二四巻九号）に発表された。挿絵は、吉田貫三郎。昭和八年九月に朝日新聞

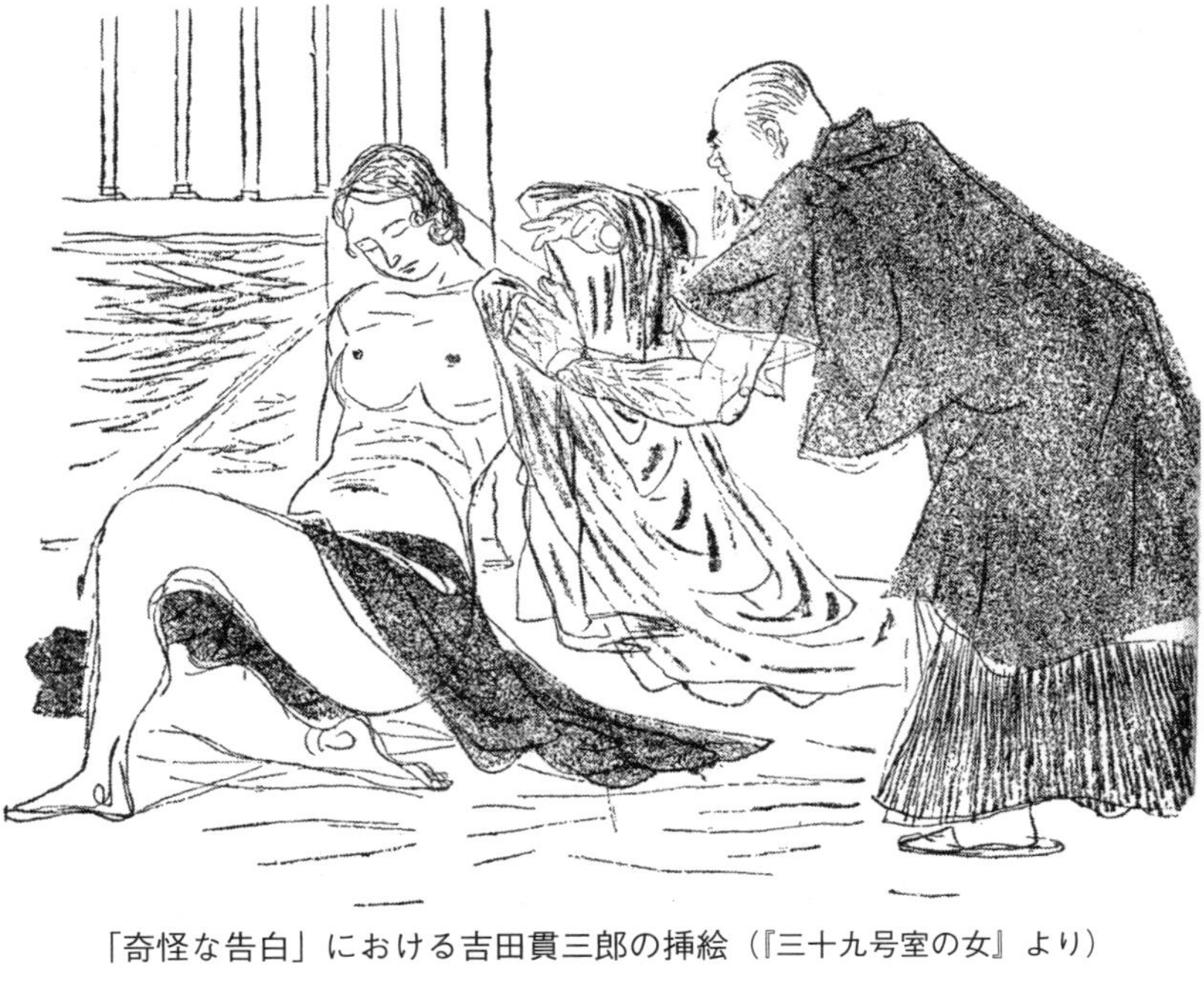

「奇怪な告白」における吉田貫三郎の挿絵（『三十九号室の女』より）

社から週刊朝日文庫として刊行された。また昭和二二年六月には蒼土社からも小型本として発行されている。

弁護士事務所に勤めている須藤千代二は東京駅にいて、時間をつぶしていた。彼は今の仕事に飽きてしまっていたのだ。転職も考えていたそのとき、突然、東京駅の拡声器で呼び出しをくらった。東京ホテルから見知らぬ女が電話をかけてきたのだ。不審な電話に須藤の胸はドキドキする。そこへ友人である新聞記者の幡谷に出会い、今、ホテルで女が殺されたんだと告げられた。須藤は電話の女との関連を直感した。

スリリングな冒頭で始まるこの「三十九号室の女」は、須藤と幡谷が探偵顔負けの活躍を見せ、三十九号室で死んだ女の事件の謎を解いていく物語になっていた。二人は足を使い捜査をして、どこへでも行き、怪しい人物を目撃したり、めぼしい人物に会って証言を得たり、証拠を見つけたりしてくる。そこで導き出される犯人の姿は意外な人物だった。超人的な探偵の姿を連想させるというよりは、素人らしいまなざしで事件に大きな関心を抱き、ひたすらその解明に全力をつくすというふうに描かれていた。その情熱的な姿は、物語最後にある須藤の「退屈を忘れて、二三日ばかり夢中になっていられたからね」という言葉に象徴的に表れているだろう。それがまさに探偵小説でJ・S・フレッチャーに影響を受けた雨村が表したかったことなのだ。

ちなみに雨村は、東京と地方都市をむすぶ交通メディアを巧みに用いて登場人物たちを動かしているので、読者はちょっとした旅行気分も味わうこともできる。これは読者を退屈させないサービスなのかもしれない。『白骨の処女』（昭和七年）や『丹那殺人事件』にも同様のことがいえるだろう。雑誌連載時の挿絵は吉田貫三郎なのだが、女性が着物を脱ぐ場面や女の死体がヌードになっているシーンも描いていた（「奇怪な告白」前ページ挿絵）。エロティックであり、なまめかしかった。読者へのサービスが過剰だったことも付け加えておく。

「四ツの指環《ゆびわ》」は、『講談倶楽部』大正一二年六月増刊号（一三巻九号）に発表された。佐川春風名義。挿絵は、高畠華宵。単行本初収録。

財界の大立て者である山川顕蔵が、フランスに住む弟に作らせた時価三千円はする宝石入りの指輪がなくなった。その行方をめぐって山川夫妻や娘が、それぞれ個人で東京丸の内にある松江秘密探偵局に訪れて、指輪の行方を探してくれと松江探偵に頼んだ。そこで自分の事情や都合を語っていくのであるが、松江は三人の話をうまく整理し、指輪の発見につなげていく。指輪が家庭不和の元になっていたが、松江がそれを心配する娘の気持ちを酌みとり、夫婦に対しても仲が落ち着く方向に導いていったのだ。捜査というよりは、揉め事をなくす探偵の情けが中心となった話である。

「**博士の消失**」は、『雄弁』大正一三年一月号（一五巻一号）に発表された。佐川春風名義。挿絵は、竹内霜紅。単行本未収録。

　患者の診察に出たまま戻らない川村博士の誘拐事件の顚末について、私立探偵のM君が語っていく。M君は博士を捜すために東京市内を一日中自動車で走りまわった。その結果、ある貸家で衰弱しきった博士を見つけ出した。それは作品冒頭でM君が語った「犯人は先生で、探偵は生徒さ」という言葉を実行に移したからであった。関東大震災後の交通や電話のあり方などを調べて手がかりにするM君の捜査方法が、都市のインフラストラクチャーを探偵小説の一要素と考える雨村の考え方と結びついていて興味深いものがある。

「**耳隠しの女**」は、『講談倶楽部』大正一三年八月増刊号（一四巻一二号）に発表された。佐川春風名義。挿絵は、竹内静古。単行本未収録。

　洋画界の重鎮笠井啓二は、白鳥澄子と無理心中を企てた。しかし澄子に抵抗され、争っている最中に偶然、笠井の胸に短刀が刺さってしまった。現場の陰では、耳隠しの仙子が潜んで見ていた。それをネタに澄子を強請ろうとしたが、警視庁の倉橋刑事の捜査によって真犯人が明らかになっていく。倉橋の手紙や指紋を手がかりに推理を進めて行く捜査方法は基本であるが、逆にそれらによって、仙子の浅はかな思い付きを浮かび上がらせる効果があるといえるだろう。題名の「耳隠し」は大正半ば以降に流行した女性の髪型だが、仙子のその場しのぎの思い付きを象徴するものとして雨村は取り上げていたのかもしれない。

「**幽霊盗賊**《どろぼう》」は、『童話』大正一三年九月号（五巻九号）に発表された。佐川春風名義。挿絵はあるが、画家は不明。単行本未収録。

　東京市内の富豪を荒らし回る神出鬼没の曲者で、一度も正体を見せない「幽霊盗賊《どろぼう》」。警察を挑発し、出し抜く手口は完璧だった。警察は大胆不敵なやり方に焦っていた。しかし秘密探偵、水口辰雄は、自動車の運転が上手な丸山少年と組んで、「幽霊盗賊《どろぼう》」を捕まえる。

　物語の後半、自動車の運転に長けている丸山少年が、子供のいたずらで銀座の車道を突っ走ってくる自動車の運転台に飛び乗って、歩道に乗り上げるところで間一髪停めたシーンがある。このとき「狂自動車だ！」という言葉に象徴されるシーンに驚かされるが、ここでの登場人物の動きが雨村の好みだったらしい。その後、違う小説において、同じような場面を冒頭に組み込んでいたという事実があったからである。たとえば、「四本指の男」（昭和九年、本巻に収録）や戦後の「黒い爪の男」（昭和二三年）である。いずれも、このシーンを作品の冒頭に置いて、読者に刺激を与えて，物語を読み進める力にしていたといえるだろう。雨村の小説には、自動車（乗り物）が物語を進めるための重要な鍵になっている作品が多い。これはその初期の頃の作品になると思われる。

「深夜の冒険」は、『キング』大正一四年三月号（一巻三号）に発表された。佐川春風名義。挿絵は、竹内霜紅。単行本未収録。

警視庁の少年給仕、忠男君は、小坂博士の「科学探偵」という本を一心不乱に読み、将来探偵になろうとしていた。そのような彼を犯罪捜査の天才といわれた天野警部や、警視庁内の金庫通で知られる亀井警部はからかう。そこへ都内の銀行、会社、商店などの様々な金庫を開けて金銭を盗んでいく兇賊から、今度は小伝馬町の八十四銀行を襲うとの電話があった。警部たちは出動するが、ミスを犯してしまい、結局、本に書いてあったことを実行した忠男君に助けられた。小坂博士は小酒井不木であり、不木の考える科学探偵のあり方が忠男君に踏襲されていることが、旧来の捜査方法を対象化していて、少年探偵を夢見る雨村の書き方が現れている。

「三ツの証拠」は、『少年倶楽部』昭和三年二月号（一五巻二号）に発表された。佐川春風名義。挿絵は、吉邨二郎。単行本未収録。

中学二年の直木東一郎君は、その道の玄人も及ばない探偵眼をもった少年探偵として有名だった。祖父は警視庁に二十年以上勤続して、悪党仲間から鬼のように恐れられた直木刑事だった。ある日、近所の床屋で髪を五分刈りにしてもらっていると、主人が泥棒に入られ、三百円盗まれたことに気づいた。東一郎君は現場にいたが、主人に「もし犯人が判らなかったら、僕んとこへ聴きにいらっしゃい」と生意気な言葉を残して帰って行った。その夜、直木家へ刑事と床屋の主人がやってきた。祖父は東一郎君に犯人の心当たりを聞き、東一郎君は三つの証拠をあげて、犯人をずばり言い当てた。探偵眼の発露として、証拠から推理を働かせるのだが、それがいわゆる「科学的」であり、雨村の描く少年探偵のスタイルであったといえるだろう。

「喜卦谷《きけや》君に訊け」は、『週刊朝日』昭和七年六月一日号（二一巻二六号）に発表された。挿絵は、岩田専太郎。

単行本初収録。

梅津果実種苗会社の中では、日に何遍となく「喜卦谷君に訊いてみな」とお決まりの文句が繰り返されていた。真面目な小心者で好人物の喜卦谷正男君は、会社の生き字引だったからだ。そのような彼が社長室に呼ばれ、梨を栽培している浅沼専蔵に、梨の代金六千円ばかりを現金で払ってくることを命ぜられる。断髪のモダンガール、丸の内のタイピスト森千鶴子との結婚話も絡んできて、大金をめぐっての一騒動が起きる。

雑誌初出には「探偵小説」と題名の上にあって、そういう風味があるだけであるが、結婚に心躍らす喜卦谷君の情けない感じが良く出ているコントとしても読めるだろう。題名も掛詞的になっていて、それを暗示している。雨村のいう「軽い文学《ライト・リテラチウア》」が実践された短編の一つであるといえるかもしれない。もう一人の登場人物、浅沼老人は頑固な老人として描かれていた。いごっそうの雨村が昭和三十年代、土佐高知で一途に果樹栽培に徹したことを考えると、ひょっとしたら雨村の無意識の願望が現れていたのか。

「黒衣の女」は、『冨士』昭和九年一月(七巻一号)〜四月号(七巻四号)に発表された。挿絵は、嶺田弘。単行本未収録。

帝都舞踏場《ホール》の一隅で浮かぬ顔をしていたのは、金井晃二だった。彼は華族の次男坊で美男子、柔道四段で女優の恋人までいたのだが、兄から分けてもらった父の遺産をほとんど遣ってしまい意気消沈していた。その夜、ダンスホールの帰り道、見知らぬ男に石が入ったような紙包みをもらい、明日の午後一時に赤坂見附で返して欲しいと頼まれる。だが、彼に紙包みを渡した男は殺されてしまい、金井は紙包みの中身である団子状の鉛をめぐる事件に巻き込まれていく。

雨村が延原謙らと発行していた『探偵小説』昭和六年九月号(創刊号)では、フランク・フローストの「黒衣の女」が大井禮吉訳で掲載されていた。その冒頭で、黒っぽい服を着た若い女性から小さな紙包みを押しつけられる主人公、陳見春栄がいた。紙包みの中身は三、四十枚の使われた小切手だった。雨村の「黒衣の女」と同じような事件の発端であったが、雨村はこのエネルギッシュな冒頭にインスパイアされたと思われる。

雨村の方は、事件の謎を解いていくというよりは、突然現れた黒衣の女のいう通りに金井が動いていき、同じく鉛の団子を狙っている髑髏団と呼ばれるギャングに追われ、格闘し、捕縛され拷問を受けるというアクション風の味付けがなされている物語であった。あたかも映画を意識したような構成になっていた。ストーリーや場面だけではなく、主人公の金井晃二や黒衣の女をはじめ、ギャング団などもその役柄にそったわかりやすい風貌であり、それらしい物言いをしている設定が印象的である。

雨村はまた、大正一三年六月にフレデリック・コーツの「黒衣の女」を翻訳していた（『探偵傑作叢書』第二二巻所収、博文館）。同名の小説なので、関係があるように思われるのだが、こちらのほうは主人公の叔父の葬儀に現れた黒衣の女をめぐっての話で、叔父の遺産の行方が焦点となっており、雨村の「黒衣の女」とは全く違う話である。雨村は、たぶん「黒衣の女」という意匠を借りただけであり、昭和八、九年の時代風俗を「黒衣の女」という記号を用いて読者の想像力に訴えようとしただけかもしれない。

「四本指の男」は、『小学五年生』昭和九年四月（一四巻一号）〜六月号（一四巻三号）に発表された。挿絵は、羽石弘志。『小学五年生』昭和一一年一一月号（一六巻八号）の別冊付録『愛国の冒険』にも収められたらしい。現物は未確認。近年では、『江戸川乱歩電子全集11 ジュヴナイル 第2集』（小学館、二〇一七年一月）に収録されている。

四月号の表題には「特別愛国冒険探偵」という角書きがあり、雨村の顔写真付きで「御執筆下さる森下先生は現在探偵小説界の第一人者です。風を起して雨を呼ぶかスパイ戰物語、號を追ふに從つて興味湧き上るでせう。愛讀を乞ふ。」という編集部の言葉があった。その後に前述した「幽霊盗賊《どろぼう》」で見られた「狂自動車」の場面が続いていた。

学校帰りの小学生が二人、メンタルテストをしながら肩を並べて歩いているシーンから始まっている。ここで「メンタルテスト」という言葉がでてくるが、雨村は大正一三年に「メンタルテスト」（『童話』五月〜六月号）という小説も書いていた。そこでは少年探偵駒井道夫君が、目撃者の認識が定かでないことを証明するためにメンタルテストを試みて、取り調べを受ける川上少年にかかる金銭泥棒の疑いを晴らしていた。物語の核心として使われたメンタルテストであった。江戸川乱歩の「D坂の殺人事件」（大正一四年）や「心理試験」（同）などを連想するが、子供向けの作品なので、もっと単純な問いかけとなって構成されていた。「四本指の男」の主人公水上透君の場合は、彼の周囲に対する注意深さと認識力、理解力、そして洞察力の凄さを伝えるために用いられたようだ。

当時のメンタルテストとは、「従来の試験方法は単に暗記力をのみ試験したのであつて、理解力及び能力を試験する」ものであったという見解もあった（志賀潔「余の試みたる所謂メンタルテスト」、『科学知識』大正一三年七月号より）。そうだとしたら、子供の会話に「メンタルテスト」という話題を出すのは、背伸びをしたがる小学生の興味を惹く話題だとも考えられるかもしれない。彼らが「四本指の男」の作品冒頭のメンタルテストを読む。そして伏線の回収の仕方を期待する。しかし、それは裏切られてしまった。話がどんどん展開していってしまうからだ。雨村が過去の自己作品の断片を、ジェットコースターのように新しい作品にコラージュするやり方で、少年探偵小説を紡いでいった可能性を示唆する材料といえるだろう。

ちなみにこの作品の底本は、森下時男さんが所有していた『小学五年生』であるが、これは高知県佐川町の雨村の書斎にあったものである。雨村自身も愛着を持っていたらしく、平成七（一九九五）年一二月に取り壊された自宅には掲載誌が残されていた。蔵書の一部分は、昭和四二（一九六七）年六月に寄贈され、日本近代文学館に収められたが、少年少女雑誌は自宅に残されたらしい。なお、この『小学五年生』は裏表紙が取れていたため、巻数確定には江戸川乱歩研究家の中相作氏のお世話になりご教示いただいた。

「**珍客**」は、『週刊朝日』昭和一一年春季特別号（二九巻一六号）に発表された。挿絵は、宮本三郎。『妖奇』昭和二三年四月号に再録。挿絵は富永謙太郎。単行本未収録。

会社の重職を退いて名誉理事の閑職についている久保田氏は、新聞にまで広告を出して幼友達の相澤藤吉を捜していた。古い手提げ鞄の中に忘れていた相澤の手紙を発見したからだ。それは、生活に困り、久保田氏に仕事を請おうとした手紙だった。八方手を尽くして捜してみたが、見つからない。そのようなある日、冷たい小雨が降る中を、突然、何の前触れもなく、相澤藤吉が訪ねてきた。歓待する久保田氏。しかし相澤を泊めたその夜、事件は起こった。相澤の意外な告白が、久保田氏の気持ちを最後に和らげる。人情味溢れる好短編。探偵風味は薄いが、雨村が若い頃に影響を受けた国木田独歩の作風を思い出させる。

〈評論・随筆編〉

「**シャグラン・ブリッヂのあそび方**」は、『サンデー毎日』大正一五年八月二九日号（五巻三八号）に発表された。単行本未収録。大正一四、五年頃、探偵作家の中で流行した「シャグラン・ブリッヂ」なるトランプゲームの遊び方を説明した文章である。一部、冒頭部分に誤植と思われる語句があったので、意味の通るように修正した。

最初の枠に囲まれた部分は『サンデー毎日』編集部の言葉で、その中に「森下雨村氏発案の新しいカードの遊び方」とあるが、雨村に言わせると、実際は甲賀三郎が考えた遊びであるらしい。「甲賀三郎が僕の家庭でやつていたトランプと花歌留多を組みあわせた遊びに目をつけ、それを工夫改良して新しいブリツヂを創案し、シヤグラン倶楽部をつくつたのである。会員は探偵作家を中心として選んだ」と雨村は述べていた（「シャグラン倶楽部（二）」、『ぷろふいる』昭和一二年一二月号より）。「シャグラン」という言葉は、甲賀三郎か、あるいはフランス語に堪能だった作家・評論家の平林初之輔が名づけたそうである。

シャグラン倶楽部のメンバーは、甲賀三郎、延原謙、田中早苗、平林初之輔、都築直三（巨勢洵一郎）、松野一夫、岡崎直樹、吉田美登、田畑忠治、堀見建三、そして森下雨村の十一名だった。岡崎直樹は、当時窒素研究所勤務で高等官二等の技師。雨村と同郷で、学生時代から懇意にしていた。その縁があったため、雨村に「同僚に探偵小説を書いてみたい」という男がいると持ちかけて、甲賀三郎と大下宇陀児を探偵文壇に送り出していた。吉田美登は博文館の社員。田畑忠治と堀見建三は東京朝日新聞の社員。

大正一四年頃にシャグラン倶楽部は結成され、皆でゲームをしたり、旅行に行ったりして大いに楽しんだようだ。会員だった挿絵画家の松野一夫は、当時、東京小日向台にあった雨村の家の隣に住んでいた。休日を利用して、シャグラン倶楽部有志で伊豆の湯河原温泉に泊まったことの思い出などを語っている（松野一夫「探偵作家交遊録」、『探偵実話』昭和二七年三月三一日特別増刊号より）。

「探偵新作家現はる」は、『新青年』昭和四年一月号（一〇巻一号）に掲載された。単行本未収録。

昭和三年頃に読んだアメリカの新作家、ヴァン・ダインについて紹介した文章。新鮮味にあふれ、作品を通じて窺われる作者の非凡な学識に敬意を払う必要があると述べている。この昭和四年頃、雨村は英米の探偵小説を精力的に紹介していた。とくにヴァン・ダインの人気が凄まじいことを語ることが多かった。「探偵小説時代」（『東京日日新聞』昭和四年三月二三日〜二六日付、『森下雨村探偵小説選』収録）でも、英米の出版界読書界で探偵小説が盛況で、斯界の寵児としてヴァン・ダインを取り上げていた。

「探偵犯罪考」は、『講談雑誌』昭和五年七月増刊号（一六巻八号）に掲載された。単行本未収録。

フランスやイギリスの元祖名探偵の紹介とともに、フランスのマセ探偵の苦心談やイギリスで起きた死体バラバラ事件をいくつか紹介し、毒婦や女海賊、そして青髭などの犯罪などについて語っている。このエッセイが掲載された『講談雑誌』は、「世界新軟派奇聞集」という特集を組んでいる増刊号であった。その中で雨村が「軟派」に関係のある欧米の興味ある犯罪を列挙していたのだ。ちなみに、名探偵マセの苦心談については、『死体を無くした男』（『朝日』昭和六年三月号）や「人肉を撒く男」（『冨士』昭和一二年九月特別増大号）で詳しく述べられている。雨村は青髭ランドルーについて簡単に述べていただけだが、松本泰は、恐怖・戦慄の実話として青髭のことを「青髭と九人の妻」（『文芸倶楽部』昭和六年春季増刊号）で二〇ページにも亘って紹介していた。竹中英太郎の挿絵だったので、雰囲気がよく出ている。

「探偵小説の見方」は、『サンデー毎日』昭和六年一一月一〇日号（一〇巻五一号）に掲載された。同誌で特集された「大衆文芸講座」の一つである。単行本未収録。

探偵小説を創作するときは、その定跡にしたがって書いて行く必要があることを説き、そこから探偵小説の見方を述べている文章。具体例として、前述したヴァン・ダインの小説のトリックを出しているところが雨村らしい。また、探偵小説のプロットを「定跡」という言葉で用いて説明するところが、囲碁好きの雨村の面目躍如である。

「悪戯者《いたずら》」は、『文芸春秋』昭和七年二月号（一〇巻二号）に掲載された。単行本未収録。

雨村が八年暮らした都内小石川の高台にあった家では、鼠たちの狼藉に悩まされた。雨村は名案を思いつき、実行したが、反対に鼠の悪戯者が不憫に思えてきた。話のオチが何ともいえない。文中に「庭が広い」とあるが、雨村の家も広く風呂もあった。離れもあり、学生を住ませていたらしい。庭には、桐の木、さるすべり、常緑樹などが植えられていた。低い竹垣の向こうに、松野一夫が住んでいた。その隣の家の主人が東京ステーションホテルに勤務していたそうだ。雨村の小説には『三十九号室の女』のようにホテルを題材にしたのがよく見られるが、ひょっとしたら取材していたのかもしれない。

森下雨村小説リスト

湯浅篤志・編

〈凡例〉

・本リストは、森下雨村の小説を発表順にまとめたものである（再録については省いた）。翻訳、随筆、実話（事実譚、奇談）などは収録していない。ただし、翻訳（抄訳）に関しては、原作者名が記されていない作品、また翻案でも原作者名が記されていなかったり不明確だったりするもの、もしくは翻案と思われる作品は収録してある。

・別名義の場合は、出典名の後に以下のように略して記した。（立）＝立花萬平名義、（雨）＝雨の村人名義、（佐）＝佐川春風名義、（三）＝三木白水名義、（花）＝花房春村名義、（森）＝森下岩太郎名義

・出典が確認のできない場合は、「★未確認」とした。

・備考は※印で記した。

【明治42（一九〇九）年】

宝島探険　『宝島探険』（大学館）3月29日発行

※表紙と本文では「母子草著」だが、奥付は森下岩太郎名義。

【大正4（一九一五）年】

桜田余聞　下弦の月　『少女の友』9月号（立）

天保奇聞　里菊物語　『少女の友』11月号（立）

【大正5（一九一六）年】

怪星の秘密　『少女の友』1月〜12月号

【大正6（一九一七）年】

ダイヤモンド　『少女の友』1月〜9月号

西藏《チベット》に咲く花　『少女の友』10月〜大正7年6月号

死と恐怖の都　『新小説』11月号（森）

【大正7（一九一八）年】
赤い塔の家　『少女の友』7月〜12月号（雨）
名画の行衛　『中学生』10月号

【大正8（一九一九）年】
犬の探偵　『少女の友』1月〜7月号
亡父の声　『中学生』1月号〜　★4月号以降未確認
不思議な謎　『少年世界』5月号
Z光線の秘密　『少女の友』8月〜12月号（雨）
秘密の地図　『小学男生』10月〜12月号（三）

【大正9（一九二〇）年】
極光は輝く　『日本少年』1月〜6月号（三）
※「?・」の仮題で掲載後、読者からの募集で題名が決まった。
魔のすむ森　『小学男生』1月〜3月号（三）　★3月号未確認
トム・サム譚《ものがたり》　ちび助の冒険　『少年少女譚海』1月〜11月号
※5月〜6月号、8月〜10月号はそれぞれ休載。

【大正10（一九二一）年】
甲賀孫兵衛　『日本少年』2月号
地底の世界　『少年倶楽部』3月号
極楽の国へ　『幼年世界』4月号　★未確認
ヂツケンズ物語　孤児オリバー　『少年少女譚海』4月〜7月号
謎の無線電信　『中学世界』4月〜11月号
伯爵夫人の死　『淑女画報』5月〜6月号
象と鯨の綱引き　『少年世界』小波氏お伽三十年記念増刊5月増刊号
楽園探険　『幼年世界』7月号　★未確認
赤道を超えて　『日本少年』7月〜12月号
ヂツケンズ物語　少女ネル　『少年少女譚海』8月〜12月号

【大正11（一九二二）年】
水の中の赤ん坊　『少年少女譚海』1月〜5月号
ニッパーの冒険　『少年世界』5月〜大正12年2月号　★5月号未確認。
少女ネルリ　『少年少女譚海』6月〜12月号

【大正12（一九二三）年】
ロビン・フッド　『少年少女譚海』1月〜4月号

少年探偵富士夫の冒険　『少年倶楽部』3月～4月号（佐）
魔か幻か　『少年倶楽部』5月～7月号（佐）
活動狂ヂック　『少年世界』3月～6月号　★5月～6月号未確認
四ツの指環《ゆびわ》　『講談倶楽部』6月増刊号（佐）
ZI号　『少年倶楽部』8～12月号（佐）
ニッパーの冒険　『少年世界』8～11月号★8月号未確認

【大正13（一九二四）年】

博士の消失　『雄弁』1月号（佐）
地底の宝玉　新アラビヤン・ナイト　『少年倶楽部』1月～4月号
少年富豪ドン　『少年世界』1月～5月号
死の密室　『少年世界』6月～9月号
橄欖の壺　『童話』2月号
般若の面　『童話』3月～4月号（佐）
奇怪な銃弾　『日本少年』4月号（佐）★未確認
魔の棲む家　『日本少年』5月～9月号（三）
消えた宝石　『女学世界』5月～6月号（三）
メンタルテスト　『童話』5月～6月号（佐）
魔の狂笛　『少年倶楽部』6月～12月号（佐）
誘拐　『週刊写真報知』6月25日号　★未確認
密室の少年　『童話』7月～8月号（佐）
宝石狂　『週刊写真報知』7月15日号　★未確認
耳隠しの女　『講談倶楽部』8月増刊号（佐）
幽霊盗賊《どろぼう》　『童話』9月号（佐）
紅色の手　『少年世界』10月～大正14年5月号

【大正14（一九二五）年】

怪盗？名探偵？　『少年倶楽部』1月～2月号（佐）
黄龍鬼《ホンリヤンコエイ》　『日本少年』1月～10月号（佐）
死美人事件　『講談倶楽部』2月号（三）
深夜の冒険　『キング』3月号（佐）
消えたダイヤ　『少女倶楽部』3月～大正15年5月号（花）
呪ひの塔　『少年倶楽部』3月～7月号（佐）
呪ひの宝玉　『少女画報』3月～12月号（佐）　★6月号以降未確認
幻影魔人　『少年倶楽部』9月～大正15年9月号（佐）

【大正15（一九二六）年】

宝石を覗ふ男　『キング』2月号（佐）
手紙の主　『キング』5月号（佐）
白鳩館　『少年世界』6月号
五階の窓〈合作探偵小説・三〉『新青年』7月号
呪はれた小羊　『小令女』8月号（花）★未確認
十二時前後　『講談倶楽部』10月増刊号（佐）

※横溝正史による代作とされている
指のない男　『少年倶楽部』10月号（佐）
天国の少年　『少年倶楽部』12月号

【昭和2（一九二七）年】
怪人魔人　『少年世界』1月〜5月号、7月〜12月号
※実際は横溝正史による代作（横溝正史『渦巻く濃霧』初収録）
新訳理科童話　『少年少女譚海』9月号

【昭和3（一九二八）年】
三ツの証拠　『少年倶楽部』2月号（佐）
俠勇ニッパアの冒険　『少年少女譚海』7月〜10月号

【昭和4（一九二九）年】
暗夜の一発　『文芸倶楽部』8月号
青蛇の帯革　『文芸倶楽部』12月号

【昭和5（一九三〇）年】
菫色覆面の怪人　『少年少女譚海』1月〜4月号（佐）

【昭和6（一九三一）年】
天翔ける魔女（連作・「江川蘭子」終編）『新青年』2月号
闇を縫ふ男　『文芸倶楽部』5月〜10月号（佐）

【昭和7（一九三二）年】
殺人迷路（連作・1）『探偵クラブ』4月号
青斑猫　『報知新聞』夕刊　4月17日〜9月11日付
白骨の処女　『新作探偵小説全集8　白骨の処女』（新潮社）5月30日発行
負債　『新作探偵小説全集8　白骨の処女』（新潮社）5月30日発行
喜掛谷《きけや》君に訊け　『週刊朝日』6月1日号
呪の仮面　『講談倶楽部』8月号〜昭和8年5月号
三人が拾つたもの　『週刊朝日』10月1日号

【昭和8（一九三三）年】
謎の暗号　『少年倶楽部』1月〜2月号
死の警笛《サイレン》　『現代』1月〜9月号
チョコレートの函　『日曜報知』2月26日号（144号）
電気水雷事件　『少年倶楽部』3月〜5月号
怪盗？　間諜？　『少年倶楽部』6月〜9月号
三十九号室の女　『週刊朝日』5月7日〜8月20日号
智恵の戦　『少年倶楽部』10月〜12月号

【昭和9（一九三四）年】
窓から覗く顔　『京城日報』　1月3日、7日、10日付
消えた怪盗　『少年倶楽部』　1月～2月号
黒衣の女　『冨士』　1月～4月号
秘密の地下道　『少女倶楽部』　2月～3月号
蓋を開けば　『日曜報知』　2月18日号（190号）
黒い虹（リレー式探偵小説・第四回）　『婦人公論』　4月号
四本指の男　『小学五年生』　4月～6月号
死の冒険　『小学五年生』　7月～11月号
室井君の腕時計　『週刊朝日』　8月1日号
最後の殊勲　『小学五年生』　12月号

【昭和10（一九三五）年】
懸賞尋ね人　『少年倶楽部』　2月号
丹那殺人事件　『週刊朝日』　1月6日～4月21日号
桃色《ピンク》の胸衣《ブラウス》　『日曜報知』　12月15日号（234号）～昭和11年
　5月17日号（244号）

【昭和11（一九三六）年】
襟巻騒動　『新青年』　1月号
父よ・憂ふる勿れ　『新青年』　2月号
四つの眼　『新青年』　3月号
珍客　『週刊朝日』　春季特別号
隼太の花瓶　『新青年』　4月号
噛みつくペット　『新青年』　5月号
救はれた男　『新青年』　6月号
上海の掏摸　『新青年』　7月号

【昭和12（一九三七）年】
不思議な肖像画　『少女倶楽部』　7月号
魔海の髑髏船　『魔海の髑髏船』　★未確認
　※少年少女読物文庫（湯川弘文社）の一冊。発行月日不明。

【昭和13（一九三八）年】
奇獄ものがたり　『新青年』　8月特別増大号
墓場から出て来た男　『冨士』　10月号（佐）

【昭和21（一九四六）年】
闇の裏　『宝石』　8月、10月～11月号（佐）
悪夢　『月刊高知』　11月～12月号　★12月号は未確認

【昭和22（一九四七）年】
天誅　『ロック』　2月号
運命の茶房　『トップ』　9月号
少年探偵公平君登場　『少年ロック』　11月号

【昭和23（一九四八）年】
勝負　『Gメン』 2月号
四つの暗号　『野球少年』 3月号
悲恋　『仮面』 5月号
深夜の冒険　『宝石』 5月～6月、8月（7月と合併）号
母よ安らかに　『小説特集』 7月号
黒い爪の男　『探偵少年』 8月～9月号
闇からの声　『探偵少年』 10月～12月号
アトリエの殺人　『月刊高知』 12月号

【昭和24（一九四九）年】
円山台の殺人　『大衆読物国民の友』 1月号
綱を切れ、綱を！　『少年クラブ』 1月号
探偵正ちゃん　『少年』 別冊　1月号　★未確認
お化屋敷探険　『冒険少年』 3月号
カルロは生きてる　『少年世界』 5月号
紅唇《ルージュ》に罪あり　『モデル』 5月号
幽霊犯人　『少年世界』 9月号
鳴らない鐘　『少年日本』 10月号

【昭和25（一九五〇）年】
南海の少年　『少年世界』 5月号　★未確認
友情の凱歌　『太陽少年』 5月号
左千夫の巧妙　『漫画少年』 9月号　★未確認
チャリンコの冒険　『少年クラブ』 11月号
チャリンコの探偵　『少年クラブ』 12月号

【昭和26（一九五一）年】
鬼巌城　『漫画少年』 1月～12月号　★6、8月号以外未確認
胸像の秘密　『少女サロン』 4月号

［著者］**森下雨村**（もりした・うそん）
1890年高知県生まれ。本名・岩太郎〔いわたろう〕。1911年早稲田大学英文科卒。やまと新聞社社会部記者を経て、18年に博文館の雑誌編集者となる。20年に創刊された『新青年』では編集主幹となり、江戸川乱歩や横溝正史などを世に送り出した。作家や翻訳者としても活躍し、別名義を使って少年少女向け探偵小説も多数執筆している。32年に作家専業となり、「一般大衆に喜ばれる軽い文学としての探偵小説」を目指した〈軽い文学〔ライト・リテラチウア〕〉を提唱する。41年頃に高知県佐川町へ戻り、戦後は故郷で過ごした。1965年5月、脳出血の後遺症のため死去。釣り随筆『猿候川に死す』（1969）を遺した。

［編者］**湯浅篤志**（ゆあさ・あつし）
1958年群馬県生まれ。成城大学大学院文学研究科博士前期課程修了。大正、昭和初期の文学研究を中心に活動している。日本近代文学会、日本文学協会、『新青年』研究会会員。著書に『夢見る趣味の大正時代――作家たちの散文風景』（論創社、2010）、編著に『森下雨村探偵小説選』（論創ミステリ叢書33、論創社、2008）、共編著に『聞書抄』（叢書新青年、博文館新社、1993）などがある。

森《もり》下《した》雨《う》村《そん》探《たん》偵《てい》小《しょう》説《せつ》選《せん》Ⅱ　〔論創ミステリ叢書110〕

2017年12月20日　初版第1刷印刷
2017年12月30日　初版第1刷発行

著　者　森下雨村
編　者　湯浅篤志
装　訂　栗原裕孝
発行人　森下紀夫
発行所　論 創 社
〒101-0051　東京都千代田区神田神保町2-23　北井ビル
電話　03-3264-5254　振替口座　00160-1-155266
http://www.ronso.co.jp/

印刷・製本　中央精版印刷

ISBN978-4-8460-1670-8